Das Buch
Pollock Shermar ist der wahrscheinlich berühmteste Detektiv des 31. Jahrhunderts – zumindest der berühmteste Detektiv, der auf der guten alten Mutter Erde unterwegs ist. Er hat seine eigene Holo-Serie, seine eigenen Actionfiguren und seine eigenen Videospiele – und das obwohl er seit zwanzig Jahren keinen einzigen Fall mehr gelöst hat. Nach einem folgenschweren, gründlich vertuschten Ermittlungsfehler hat er sich zur Ruhe gesetzt und seitdem keinerlei neuen Fälle mehr angenommen. Doch als sich Wilbur Graeme Lantis bei ihm meldet, wird Pollocks Aufmerksamkeit (und sein angefressener Ehrgeiz) geweckt: Im exklusiven At Lantis-Resort sind eine Reihe unerklärlicher Morde geschehen. Mit seinem Partner, dem Nacktmull-Beta Bruno Digger, macht sich Pollock auf die Suche nach einem Mörder, der keine Spuren hinterlässt. Die Liste der Verdächtigen ist lang ...

Der Autor
Thomas Plischke hat sich in der deutschen Phantastik bereits mit der Saga *Die Zerrissenen Reiche* einen Namen gemacht, bevor er in die entfernten Sternsysteme des JUSTIFIERS-Universums aufbrach. Thomas Plischke lebt in Hamburg.

Der Herausgeber
Markus Heitz, 1971 in Homburg geboren, ist einer der erfolgreichsten deutschen Autoren. Zahlreiche seiner Bücher standen monatelang auf allen Bestsellerlisten. Mit dem Roman »Collector« hat er das Tor in das JUSTIFIERS-Universum geöffnet.

Der Umschlagillustrator
Oliver Scholl, geboren 1964 in Stuttgart, ist Production Designer in Hollywood und hat an vielen großen Science-Fiction-Filmen wie *Independence Day, Godzilla, Time Machine* und *Jumper* mitgearbeitet.

Mehr Informationen unter:
www.justifiers.de
www.justifiers-romane.de

THOMAS PLISCHKE

JUSTIFIERS®

AUTOPILOT

Roman

Mit einer Kurzgeschichte von
Markus Heitz

WILHELM HEYNE VERLAG
MÜNCHEN

JUSTIFIERS®

ist ein Rollenspiel-Universum
von Markus Heitz

MIX
Papier aus verantwor-
tungsvollen Quellen
FSC® C014496

Verlagsgruppe Random House FSC-DEU-0100
Das für dieses Buch verwendete FSC®-zertifizierte Papier
Holmen Book Cream liefert Holmen Paper, Hallstavik, Schweden.

Originalausgabe 07/2012
Redaktion: Catherine Beck
Copyright © 2012 für den vorliegenden Roman
by Markus Heitz und Thomas Plischke
Copyright © 2012 dieser Ausgabe by
Wilhelm Heyne Verlag, München,
in der Verlagsgruppe Random House GmbH
Printed in Germany 2012
Umschlagillustration: Oliver Scholl
Umschlaggestaltung: Nele Schütz Design, München
Satz: Christine Roithner Verlagsservice, Breitenaich
Druck und Bindung: GGP Media GmbH, Pößneck

ISBN: 978-3-453-52940-3

www.justifiers.de
www.heyne-magische-bestseller.de

MISSION REPORT

6713845-AL3379P

Sicherheitsfreigabe: streng vertraulich (At Lantis Sicherheitsdienst)
Beteiligte Organisationen: At Lantis Resort, *Knowledge Alliance*
Aufgabe: Aufklärung einer Mordserie
System: diverse
Planet: diverse
Zeit: 20/05/3021–03/10/3042
Autor: Thomas Plischke

THOMAS PLISCHKE

AUTOPILOT

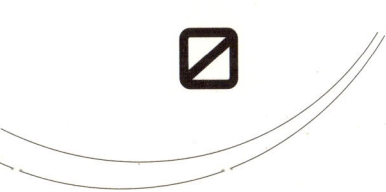

20.05.3021 A.D., 02:47
System: Eritrea II
Planet: Gambela
Ort: Bunkeranlage 120 km nordwestlich von Abobo

Sirrend schlug die nächste Kugel direkt neben Pollock Shermars Kopf einen faustgroßen Brocken aus dem Stahlbeton.

»Wir sitzen in der Falle!«, schrie Jost wie irre. Und sofort nochmal: »Wir sitzen in der Falle.«

Ach was! Echt jetzt? »Halt die Fresse!« Pollock duckte sich tiefer hinter die beiden Fässer und versetzte seinem Kameramann einen derben Hieb vor die Brust. »Halt endlich die Fresse!«

Jost plumpste auf seinen fetten Hintern. »Madonna«, heulte er auf.

»Sie kann dich nicht mehr hören, du Idiot«, knurrte Pollock. *Da hat man einen Technikfreak dabei, und dann hat der nicht mal einen Schimmer, was ein Störsender ist. Na bravo …*

»Grundsäuberung der Anlage in sechzig Sekunden«, verkündete eine gleichmütig-freundliche Ansage aus den

9

Lautsprechern. »Bitte nutzen Sie dringend einen der ausgewiesenen Notausgänge.«

Pollock lugte um die Fässer herum zu der Stelle, wo er den schießwütigen Wachroboter vermutete, der ihn und Jost aufs Korn genommen hatte.

Die Maschine machte mit einem ihrer acht Spinnenbeine gerade einen Schritt nach vorn und zermalmte mit ihrem Gewicht den Brustkorb eines toten Gardeurs. Die Sensorenköpfe auf ihrem Rumpf surrten und klickten.

Hermes Christus sei Dank ist das Ding dümmer als ein Hund. Pollock brach trotzdem der Schweiß aus.

»Grundreinigung der Anlage in fünfzig Sekunden. Bitte nutzen Sie dringend einen der ausgewiesenen Notausgänge.«

Das war's. Wir sind erledigt. Es blockiert den einzigen Ausweg aus dieser beschissenen Halle. Wir kommen da nicht vorbei, ohne dass es uns durchlöchert wie ein Sieb. Er ließ sich gegen die rechte Tonne sacken und wischte sich das bittere, klebrige Öl ab, das ihm vorhin ins Gesicht gespritzt war. *Und ich sag noch zu Pablo: ›Schieß nicht auf irgendwelche Tanks. Egal, was du machst, schieß nicht auf Tanks.‹* Natürlich hatte Pablo seinen Finger am Abzug nicht im Griff gehabt, und es war erstaunlich, wie viel Flüssigkeit in den Tank gepasst hatte. Genug, damit alle in der Halle etwas davon abbekamen. Einzig der Gedanke daran, dass Pablo nach seinem panischen Rumgeballere zügig den Löffel abgegeben hatte, bereitete Pollock eine gewisse Genugtuung. Seltsamerweise löste die flüchtige Erinnerung daran, wie Pablos Schädel zerplatzt war, nicht die geringste Spur von Ekel in ihm aus. Im Gegenteil. *Ich könnte was zu essen vertragen. Es ist doch scheiße, mit leerem Magen zu verrecken, oder?*

»Grundreinigung der Anlage in vierzig Sekunden. Bitte nutzen Sie dringend einen der ausgewiesenen Notausgänge.«

Er hörte den nächsten klackenden Schritt des Wachbots und schauderte. Nicht weil die Maschine die Distanz zu ihnen verkürzte und ihre ohnehin minimalen Überlebenschancen weiter reduzierte. Es war eine ganz andere Erkenntnis. *Es ist in mir drin! Verdammt! Dieses Drecks-zeug!*

Pollock kam nicht mehr dazu, reflexartig auszuspucken. Jost hatte sich aufgerappelt und ragte über ihm auf. Alles Weinerliche, alles Weiche war aus seiner Miene gewichen. »Das ist alles nur deine Schuld, du arroganter Wichser«, sagte er mit gebleckten Zähnen. Dann stieg ein dumpfes Grollen aus seiner Kehle empor, und er hämmerte Pollock die Kamera gegen die Schläfe.

Pollock kippte zur Seite und riss die Arme vor den Kopf. Das stotternde Krachen einer kurzen Salve aus einer automatischen Waffe ertönte. Josts rechte Schulter zerstäubte in einem feinen roten Nebel. Die Kamera rutschte ihm aus der Hand und zerschellte zu seinen Füßen. Er geriet ins Schwanken, ging aber nicht zu Boden.

»Grundreinigung der Anlage in dreißig Sekunden. Bitte nutzen Sie dringend einen der ausgewiesenen Notausgänge.«

Der Wachbot näherte sich stampfend.

Eine winzige Ewigkeit starrte Pollock gierig auf das Blut, das aus Josts Wunde sprudelte. Selbst der Schmerz an seiner Schläfe war vergessen. *Worauf wartest du?*, drängte eine gehässige Stimme in seinem Kopf, ein finsteres Flüstern voller Gier und Vorfreude. *Mach ihn kalt. Er*

11

gehört dir! Lass dir nicht von diesem Drecksding die Beute streitig machen!

Pollock hätte es getan. Er hätte Jost umgebracht. Er hätte ihn in tausend kleine Fetzen gerissen. Weil es so sein musste. Weil es so *richtig* war. Weil die Reize, die auf sein Hirn einprasselten, nur diesen einen Schluss zuließen. Josts zitternde Knie, seine unkontrolliert zuckenden Finger, das nasse Röcheln aus seinem Mund. Er war waidwund. Leicht zu töten, leicht zu fressen.

Pollock hatte bereits alle Muskeln zum Sprung gespannt, da überlagerten neue Impulse die alten. Das sachte Erbeben des Bodens unter der tonnenschweren Last des Wachbots. Das leise Zischen der Servogelenke der Maschine. Der feine Geruch nach heißem Stahl und Pulverdampf. *Weg!*, kreischte eine andere Stimme in Pollock. Lauter, schriller. *Weg!*

»Grundreinigung der Anlage in zwanzig Sekunden. Bitte nutzen Sie dringend einen der ausgewiesenen Notausgänge.«

Pollock spurtete los, auf das große Schott zu, hinter dem die Freiheit und das Leben lagen. Er setzte über gefallene Gardeure hinweg, schlidderte durch Blutlachen, stolperte über beiseite geschleuderte Sturmgewehre und von den Köpfen gerissene Helme. Manche der Toten waren ineinander verkrallt, weil sie unmittelbar vor ihrem Ableben in den Nahkampf gegangen waren. Andere hatten sich wechselseitig über weite Distanzen die Lichter ausgepustet. In den meisten Leichen klafften jedoch Löcher, die sich nur durch das große Kaliber erklären ließen, mit dem der Wachbot gemäß seiner Programmierung für Ruhe und Ordnung sorgte.

»Grundreinigung der Anlage in zehn Sekunden. Bitte nutzen Sie dringend einen der ausgewiesenen Notausgänge.«

Weg, weg, weg!, tobte und bettelte es in Pollock.

Drei Meter trennten Pollock noch von dem halbgeöffneten Schott. Vielleicht gerade noch genug Zeit, durch den Spalt zu schlüpfen und die automatische Verriegelung zu aktivieren. Vielleicht, vielleicht auch nicht.

Hinter sich hörte er ein Geräusch, das wie ein unterdrücktes Husten klang, gefolgt vom Klimpern von Metall, das über eine harte Oberfläche hüpfte.

Was ist das? Was ist das? Bei einem allerletzten Aufbäumen schrie Pollocks klarer Verstand die animalische Panik in ihm nieder. *Der SENTINEL ist mit einem Granatwerfer ausgerüstet, du Idiot!*

Dann endete die Welt für Pollock in einem grellen Blitz. Als die Druckwelle der Detonation ihn erfasste und gegen das Schott schmetterte, war er nicht mehr bei Bewusstsein.

»Beginn der Grundreinigung«, erfolgte eine Ansage, die außer von den Sensoren des Wachroboters von nichts und niemandem mehr wahrgenommen wurde.

Der Bot ging in Standarddefensivhaltung und fügte sich in sein Schicksal.

1

»Du hast dich kein bisschen verändert.«

Das waren die Worte, mit denen Pollock Shermar von der Frau mit der Tolle und den durchtrainierten Oberarmen empfangen wurde, in einem schicken Penthouse hoch droben über all dem Glanz und Elend der Global City London.

Es war eine Lüge. Eine dreiste Lüge, aber genau die Art Lüge, die man von einem guten Personal Assistant erwarten durfte. Auch und gerade von einem PA, mit dem man zwanzig Jahre nur über Textnachrichten kommuniziert hatte.

Das, was Pollock in diesen zwei Jahrzehnten getrieben hatte, wäre jedem Lohnsklaven aus Downtown, der drei, vier Kilometer tiefer solch ehrenvollen Aufgaben wie der Filterreinigung der Trinkwasseraufbereitungsanlagen nachging, wie ein wahres Zuckerschlecken erschienen. Irgendwo im letzten Winkel des bekannten Universums auf einer privaten Raumstation abhängen und sich die Zeit abwechselnd mit Training, tiefschürfenden Gesprächen mit zwei Psychoanalyse-Avataren namens Sigmund und Carl sowie Marathons im Cube-Glotzen zu verbringen. *Kann sogar sein, dass ich noch so aussehe wie letztes Mal, aber das ist nicht das, was zählt, oder?* »War das wirklich nötig?«, fragte Pollock.

»Was?«, entgegnete Madonna Presley begleitet von einem unschuldigen Augenaufschlag.

»Mich von Justifiers abholen zu lassen.« Pollock seufzte. »Womit habe ich die Ehre verdient, dass du mir Elite-Einsatztruppen für BlackOps ins Haus schickst? War ich etwa ungezogen?«

»Du solltest nur wissen, dass wir es ernst meinen.« Wir. Wir, das war *Knowledge Alliance,* der unglaublich breit aufgestellte Konzern, dem Pollock vor so langer Zeit seine Seele verkauft hatte. Mit einer einzigen Unterschrift, einem Scan seines Daumenabdrucks und seiner Netzhaut sowie der Übergabe einer Haar-, Haut- und Speichelprobe. Früher hatte sich der Teufel noch mit etwas Blut und einem Kuss auf seinen schwefligen Hintern begnügt, doch die Zeiten waren lange vorbei. »Hätte ich dir eine Videonachricht gesendet, hättest du dich mit einer Wahrscheinlichkeit von 97 Prozent nicht zurückgemeldet. Einem gewöhnlichen Kurier hättest du mit 83,6 Prozent und mir persönlich immerhin noch mit 62,2 Prozent die Luftschleuse vor der Nase zugeknallt, Süßer. Lässt sich alles aus den Daten in deinem Psychoprofil ermitteln. Ein zu hohes Risiko.«

»Ihr meint es also tatsächlich ernst«, stellte Pollock fest.

»Sehr ernst sogar.« Madonna zupfte sich wie beiläufig

ihre Tolle zurecht. »Die Gewinnaussichten sind ... ziemlich exorbitant. Du hast eindeutig lange genug auf der faulen Haut rumgelegen.«

Sie trat näher an ihn heran, musterte ihn einen Moment und hauchte ihm dann links und rechts einen Kuss auf die Wange. Ihr Atem roch nach Erdnussbutter und Bananen. »Willkommen zurück.«

Pollock rang sich ein Lächeln ab. *Warum sind wir zwei eigentlich nie in der Kiste gelandet? Ach ja, richtig. Ich finde die Musik von allen beiden Idolen aus der Steinzeit, denen du so verzweifelt nacheiferst, gleich scheiße. Und leider ist mir das sofort bei unserem ersten Gespräch damals rausgerutscht, was der absolute Mega-Abturner für dich gewesen sein muss. Ehrlichkeit zahlt sich eben nie aus ...* »Hast du abgenommen?«

»Spar dir die Schmeicheleien.« Sanft schob sie ihn zu einem weißen Komfortsessel, der auf das große Panoramafenster ausgerichtet war.

»Nein, ehrlich.« Pollocks Datenmonokel projizierte ihm ihren Namen, ihr Gewicht und ihre Größe in die linke obere Ecke seines Sichtfelds. *64 Kilo auf 1,78. Wenn ich mich recht entsinne, war sie früher deutlich properer ...* »Machst du Sport?«

»Yolates«, antwortete sie knapp. Sie drückte ihn in den Sessel, der sofort begann, sich an Pollocks schmale Körperformen anzupassen und seine Vibromassagepads anzuschmeißen. »Möchtest du was trinken?«

Er winkte ab. »Mir steckt der letzte Sprung noch in den Knochen.«

Madonna zuckte die Achseln, setzte sich in den zweiten Komfortsessel und schlug vornehm die Beine übereinander, die in einer engen Hose aus irgendeinem elastischen Glitzerstoff steckten. »Vielleicht später dann.«

»Und jetzt?« Pollock machte eine ausschweifende Geste, die sämtliche Wohntürme und Wolkenkratzer hinter der Scheibe einschloss. »Du hast mich hoffentlich nicht nur hergeholt, damit ich diese herrliche Aussicht genieße?«

»Ich wollte dir etwas zeigen«, erklärte Madonna nüchtern.

»Dann zeig mal.« Er hob einen warnenden Zeigefinger. »Aber wenn es eine Interviewanfrage oder ein Pitch für eine Whiskeywerbung ist, bringe ich dich um.«

»Ach, Süßer.« Madonna schüttelte den Kopf. »Wir haben genug Archivmaterial von dir, mit dem wir auch die nächsten zwanzig Jahre bestreiten könnten, wenn es um Dinge geht, in denen man alte Aufnahmen von dir recyceln kann.« Ihre Finger huschten über ein dezentes Bedienelement in der Sessellehne. »Ich habe nicht vergessen, womit man dein Interesse am besten weckt.«

Aus dem Panoramafenster wurde ein gewaltiger Bildschirm, auf dem ein 2D-Video startete. Es zeigte einen ungewöhnlichen Raum. Der architektonische Grundstil besaß klassische indische Züge – ein hohes Kuppelgewölbe, ein Säulenumgang, mit Arrabesken versehene Bögen über Türen und Fenstern. Neben der stark stilisierten Blumenornamentik tauchte als weiteres Symbol an mehreren der hellgetünchten Wände ein Wagenrad mit acht Speichen auf. Den Mittelpunkt des Raums bildete eine Art auf zwei Stufen erhöhter Schrein, vor dem Vasen, Opferschalen, Kerzen und Räucherstäbchenhalter aufgestellt waren.

So weit, so normal.

Was den Raum tatsächlich ungewöhnlich machte, war

der Umstand, dass eine Unmenge andere Räume von ihm abzugehen schienen. Pollock zählte auf den ersten Blick fünf Türen und drei Treppen, zwei nach oben, eine nach unten. An einer Wand wiesen mehrere Fenster auf einen palmenbestandenen Innenhof, ohne dass es in dieser Wand einen Durchgang zu diesem Hof gegeben hätte. An der Wand gegenüber waren die Fenster dafür blind, als wären sie nur aufs Mauerwerk aufgesetzt oder würden von einer direkt dahinter verlaufenden Mauer verdunkelt.

Einzig und allein die Positionierung des Schreins schien einen erkennbaren Sinn in die Raumaufteilung zu bringen. Allerdings war die Gottheit, die hier verehrt wurde, Pollock völlig unbekannt. Er bezweifelte, dass sie Teil der traditionellen Hindumythologie war: eine weiße Frau mittleren Alters in einem voluminösen Ballkleid. Das Kleid stammte ganz offenkundig aus jener Zeit, in der als Reaktion auf das Erscheinen der eroberungswütigen ahumanen Rasse der Collectors für ungefähr anderthalb Kollektionszyklen Army-Barock der letzte Schrei unter den Allerreichsten und Allerschönsten gewesen war. Tarnnetze statt Rüschen und Patronen statt Perlen sprachen eine deutliche Sprache.

Vor der Statue kniete ein Mann, der den Kopf tief gesenkt hielt und versonnen einen winzigen, glitzernden Gegenstand in seiner rechten Handfläche betrachtete. Dunkles, dichtes Haar und der kräftige Braunton seiner Haut wiesen ihn als Menschen indischer Abstammung aus. Er trug einen weißen Leinenanzug mit kragenlosem Jackett, das sehr lose saß und dennoch nicht verbergen konnte, dass er das eine oder andere Pfund zu viel auf den Rippen hatte.

Er war nicht allein. So ruhig wie er in seiner Kontempla-
tion versunken war, so unruhig pirschte ein anderer Mann
hinter ihm auf und ab. Dieser Kerl spielte mit der einen
Hand an den silbrig glänzenden Knöpfen seines schwarzen Hemds, während er sich mit der anderen das weit
vorspringende Kinn knetete, obwohl er unablässig redete.

»Gibt es keinen Ton?«, fragte Pollock rasch.

»Nein«, antwortete Madonna knapp. »Schau gut hin.
Gleich geht es los.«

Der Mann in Weiß schaute kurz von dem kleinen Objekt
auf, in dem sich das aus dem Innenhof hereinfallende
Licht einen Sekundenbruchteil lang in allen Farben des
Regenbogens brach. Seine Lippen bebten.

Der Kinnträger nutzte die Chance, schnappte sich den
Gegenstand und presste ihn sich an die Stirn.

Was dann geschah, ließ Pollock so heftig in seinem Komfortsessel zusammenzucken, dass die Vibropads protestie-
rend brummten.

Der Beraubte fuhr herum und grub dem Kinnträger die
Zähne in die Kniekehle. Der Gebissene schrie lautlos auf
und versuchte, den Angreifer abzuschütteln. Der Mann in
Weiß fasste nach oben zwischen die Beine des anderen
Mannes und packte zu. Gekrümmt ging der Kinnträger zu
Boden und wälzte sich auf dem Rücken hin und her.

»Autsch«, murmelte Pollock, und sein eigener Sack kräuselte sich in solidarischer Verbundenheit.

Einen Moment lang sah es so aus, als gäbe sich der Mann
in Weiß mit seinen bisherigen Angriffserfolgen zufrieden.
Dann jedoch wandte er sich halb zum Schrein, nahm eine
der größeren Opferschalen an ihren Henkeln und ließ sie
wie ein stumpfes Fallbeil auf den Kopf des Kinnträgers

herabsausen. Die Kante der Schale traf den Delinquenten dieser Hinrichtung an der Nasenwurzel. Noch während der Mann in Weiß die Schale ein zweites Mal hob, schoss helles Blut in spritzenden Schüben aus dem ruinierten Gesicht des Kinnträgers. Die Schale fuhr herab, wieder und wieder. Pollock schätzte, dass der Kinnträger beim dritten Treffer das Bewusstsein verlor und beim fünften sein Leben, denn von da an stellte er seine schwachen Abwehrversuche ein.

Der Mann in Weiß warf die Schale weg, und zwei Sekunden später bereute es Pollock, Madonnas Angebot in Sachen steifer Drink abgelehnt zu haben. Der Mörder fuhr mit gierigen Fingern in den klaffenden Spalt hinein, den er in den Schädel seines Opfers getrieben hatte, klaubte etwas von der breiigen, rotgrauen Masse darin auf und steckte sie sich in den Mund.

Das Bild erstarrte.

»Das geht jetzt noch eine Weile so weiter«, sagte Madonna. »Der weitere Informationsgewinn dabei ist aber komplett vernachlässigbar.«

»Ich würde dann doch einen Drink nehmen«, räumte Pollock ein.

Er rechnete es seiner PA hoch an, dass sie auf eine spitzzüngige Bemerkung verzichtete. Sie schenkte ihm aus der gut bestückten Hausbar einen großzügigen Schluck einer klaren Flüssigkeit ein.

»Was ist das?«, fragte Pollock, als er das Glas entgegennahm.

»Zero-G-Wodka«, antwortete sie. »Wird nur auf ausgesuchten Orbitalstationen gebrannt. Nach einer halben Flasche fühlt man sich so, wie er heißt. Komplett schwerelos.«

Das Zeug war scharf, aber gut. Pollock wartete, bis das angenehme Brennen im Hals etwas abgeklungen war, dann zeigte er mit dem Glas auf das eingefrorene Videobild. »Das ist ein Fake, oder? Ein Horrordrama für jeden Cube-Junkie, der auf verspritztes Hirn abfährt.«

Madonna legte die gestraffte Stirn in Falten, so gut es eben ging. »Wie kommst du denn darauf?«

»Deswegen.« Pollock zeigte auf eine der oberen Ecken des Fensterbildschirms. »Diese Treppe führt nirgendwohin, außer hoch zur Decke. Ist das ein virtuell zusammengebasteltes Set? Wenn ja, hat da wer mächtig gepennt. Das ist doch ein Anfängerfehler.«

»Es ist echt.«

»Ja?«, hakte Pollock skeptisch nach. »Woher habt ihr es?«

»Aus einer hundertprozentig zuverlässigen Quelle«, sagte Madonna kühl.

»Hm.« Pollock kratzte sich an seinem Backenbart. »Darf ich's nochmal sehen?«

»Klar.« Ein feines Lächeln stahl sich auf Madonnas Lippen. »So oft du willst.«

Diesmal bekam Pollock einen kleinen Audiokommentar von Madonna. »Der Typ, der gleich mit der Schale ausrastet, ist Colt Nadar. Bis zu seinem Rückzug aus der Geschäftswelt ein extrem hohes Tier bei *BaIn*. Hält zwei, drei Patente in interstellarer Komtechnologie. Geschätztes Privatvermögen 35 Milliarden Tois.«

Pollock pfiff leise durch die Zähne. *Mit diesem Taschengeld geht man doch gern in Pension.* Auf dem Bildschirm blitzte der Gegenstand auf, um den sich Nadar mit seinem Opfer gestritten hatte. Pollock führte mit dem linken Auge eine rasche Abfolge blickgesteuerter Befehle aus.

Sein Datenmonokel griff auf ein Physik-Wiki zu und spuckte eine Spektralanalyse des schillernden Blitzes aus. *Reiner Kohlenstoff. Kein Bor, kein Stickstoff, kein gar nix.* »Haben sich diese zwei Vögel etwa wegen eines einfachen Kunstdiamanten so in die Haare gekriegt?«

»Das ist Nadars Frau. Oder das, was von ihr übrig ist.« Madonna grinste breit. »Alexis Nadar hatte vor vier Jahren nach einem Charity-Event in Mumbai einen echt unschönen Unfall in einer Antigrav-Limousine. Er hat sie einäschern und zu diesem Stein pressen lassen. Und nebenbei anscheinend diesen Schrein für sie in seinem Wohnzimmer errichtet. Muss wohl wahre Liebe gewesen sein, was?«

Ein Unfall? Ein tragischer *Unfall vielleicht?* Pollock wehrte sich nicht gegen seine alten Instinkte. »Und wofür wurde bei diesem Charity-Event gesammelt?«

»Für die Rattenkinder von Mumbai.«

»Eine Wohltätigkeitsgala für Betas?«, wunderte sich Pollock. *Habe ich als Einsiedler tatsächlich so viel verpasst?*

»Für Betas?« Madonna lachte. »Entschuldige mal. Da ging's um das Schicksal echter Menschen, nicht um das irgendwelcher im Genkessel zusammengebrauter Freaks. Die Rattenkinder sind eine Gruppe von Unberührbaren, die am Fuß der Müllkippen in der Downtown von Mumbai vor sich hinvegetieren. Die gute Alexis wollte eine Impfkampagne ins Rollen bringen, damit die armen Leutchen wenigstens nicht mehr krank werden, wenn sie schon Dreck fressen müssen.«

»Verstehe.« Er nippte an seinem Wodka. »Aber was macht der andere Kerl da mit dem Alexis-Diamant? Wer ist das überhaupt?«

»Cayce Blavatsky«, sagte Madonna im Plauderton.

»Moment!« Pollock richtete sich ein Stück in seinem Sessel auf. »*Der* Cayce Blavatsky von *Cayce's Cases*? Der Psi-Detektiv? Den hat sein Alter aber mit Überlichtgeschwindigkeit eingeholt.«

»Ein Konkurrent weniger für dich und deine Quoten, Süßer. Und so taufrisch wie du kann eben nicht jeder bleiben.« Madonna grinste noch breiter. »Also freu dich.«

Ich soll mich freuen? Und was grinst sie eigentlich so blöd? »Ich dachte, er wäre auch bei *Knowledge Alliance* unter Vertrag.«

»Erstens hat uns Colt Nadar kurz nach dem Tod seiner Göttergattin ein Angebot für Cayce unterbreitet, das der Vorstand nicht ausschlagen konnte.« Madonna spreizte die Finger beider Hände und inspizierte ihre Henna-Tattoos. »Und zweitens war ich nicht sein PA. Also kümmert es mich auch nicht, dass er sich jetzt die Radieschen von unten anguckt.«

»Ein Exklusivvertrag bei einem Milliardär.« Pollock hob anerkennend sein Glas. »Nicht schlecht, Caycie-Boy.«

»Komm mir bloß nicht auf dumme Gedanken«, zischte Madonna. »Außerdem fehlt dir ein wesentliches Talent, um trauernde Ultrareiche abzuzocken.«

»Das stimmt.« Pollock nickte. »Ich kann mich nicht vor so einen emotional angeschlagenen Klienten stellen, ein wenig in seinen Gedanken lesen und dann vortäuschen, ich stünde mit seiner toten Frau in Kontakt. Das war doch bestimmt die Masche, mit der er Nadar auf sich aufmerksam gemacht hat, oder bin ich da schiefgewickelt?«

»Es freut mich sehr zu sehen, dass dir dein Hirn auf deiner albernen Station nicht eingerostet ist«, sagte Madonna. »Das war exakt seine Masche. Und wenn du dich fragst, warum es bei Nadar so komisch aussieht – die blinden Fenster, die Treppen ins Nichts –, dafür war auch Cayce verantwortlich. Er hat sich da eine These über geometrische Formen zusammengesponnen, mit denen man es den Geistern von Verstorbenen erleichtern kann, sich ihren Hinterbliebenen zu zeigen.«

»Dann ist der Fall doch klar«, stellte Pollock fest. »Cayce führt Nadar eine Weile an der Nase herum und nimmt ihn aus wie ein Pessach-Lamm. Das geht so lange gut, bis Nadar erst einen lichten Moment hat, in dem er die Verarsche durchschaut, und unmittelbar darauf knallen ihm sämtliche Sicherungen durch. Gut, das mit dem Hirnverspeisen ist ein bisschen extrem, aber man hat schon Wale furzen hören. Stellt sich für mich die Frage: Warum habe ich mir einen Mord angesehen, der nicht mehr aufgeklärt werden muss?«

»Aus drei Gründen.« Madonna drehte ihren Sessel zu Pollock. »Grund Numero Uno: Es kam im Umkreis von weniger als einem Kilometer und binnen einer echt knappen Zeitspanne zu einer Reihe weiterer Todesfälle, bei denen den Opfern – wie hast du es so schön genannt? – sämtliche Sicherungen durchgeknallt sind.«

Pollock horchte auf. »Wie viele insgesamt?«

»Sechs Vorfälle, elf Opfer. Mit einer Ausnahme immer schön paarweise.«

Pollocks Hirn schaltete einen Gang hoch. »Ähnlichkeiten?«

»Kaum welche. Außer diesem Kontrollverlust der Täter. Und wir reden über die Variante Kontrollverlust, bei der es bei einigen der Vorfälle im Nachgang etwas schwierig ist, eindeutig zu beurteilen, wer da nun genau Täter und wer

Opfer ist. Ungebremste und unvorhergesehene Aggressionsschübe sind eine blutige Angelegenheit.« Sie stockte kurz. »Und da ist noch die andere Sache.«

»Spuck's aus«, forderte Pollock sie auf. »Ich hänge doch schon so gut wie am Haken.«

»Okay.« Das erstarrte Bild von Nadars grausigem Mahl auf dem Fensterbildschirm wurde durch eine Auflistung chemischer Formeln und die dazugehörigen Molekülmodelle ersetzt. »Im Blut einiger der Toten hat man einen auffälligen Cocktail aus Hormonen und Neurotransmittern nachgewiesen.«

Hermes Christus! Pollock schluckte schwer. »Ist es das, was ich denke?«

»Gut möglich«, sagte Madonna vorsichtig. »Es sind jedenfalls erstaunlich viele der Botenstoffe dabei, die man damals nach Gambela auch in deinem Körper in erhöhten Konzentrationen gefunden hat.«

»Gambela ...« Pollock schüttelte irritiert den Kopf. »Das ist zwanzig Jahre her.« *Zwanzig Jahre, in denen ich versucht habe, nicht wahnsinnig zu werden. Zwanzig Jahre, in denen ich in meinem Kopf nach Erinnerungen gekramt habe, die nicht mehr da sind.* »Der Fall, der mich aus dem Rampenlicht getrieben hat.«

»Der *ungelöste* Fall«, präzisierte Madonna. »Die Chance, dass diese Information ein gesteigertes Interesse in dir auslösen würde, lag bei knapp 87 Prozent. Bingo, würde ich sagen.«

Du schmeißt immer noch gern mit Zahlen um dich, hm? Schön, dann habe ich jetzt auch mal eine Zahl für dich. »264«, sagte er grimmig.

»Bitte?«

»264. 264 unschuldige Menschen und Betas, die auf Gambela verschwunden und wahrscheinlich in diesem verfluchten Bunker gelandet sind. Ein geheimes Labor, das in die Luft geflogen ist.« Pollock schenkte Madonna einen eisigen Blick. »Mit mir drin.«

»Ja, Süßer, das war schon eine schlimme Nummer ...« Madonna wich Pollocks Starren kurz aus, indem sie den Kopf senkte. Als sie ihn wieder hob, hatte sie nicht nur ihre Fassung, sondern auch ihr aufmunterndstes Lächeln wiedergefunden. »Aber sieh es doch mal so: Dank der Wunder der modernen Medizin konnte dein Luxuskörper gerettet und instand gesetzt werden, und du durftest so lange auf deiner kleinen Station ausspannen, bis uns eine heiße Spur vor die Füße fällt, die dir das krasseste Comeback aller Zeiten ermöglicht.«

»Tja, so ist das wohl.« Pollock schürzte die Lippen. »Nur blöd, dass Jost nicht dabei sein kann, um diesen Glücksfall mit uns zu feiern.«

»Du hast Recht. Es ist schon schade um Jost. Ich mochte ihn.« Mit der Hand ahmte sie eine wackelnde Kamera nach. »Er hatte so einen ganz eigenen Stil. So unverfälscht, so direkt.« Sie seufzte. »Aber all diese Leute, die damals auf Gambela draufgegangen sind – inklusive dem armen Jost –, haben absolut nichts davon, dass du dich in deinem Selbstmitleid suhlst. Du hast die Wahl: Du kannst natürlich weiter darauf beharren, dass sich die Welt nur um dich dreht und dein ausgewachsenes Überlebenden-Syndrom pflegen. Oder du kannst endlich die Arschbacken zusammenkneifen und diese Gelegenheit beim Schopf packen, die dir das Schicksal da gerade präsentiert.« Sie neigte sich dichter zu ihm heran. »Du hast die Chance, diese Schweine doch noch zu kriegen. Die Chance, dich an ihnen zu rächen. Sie zur Rechenschaft zu ziehen. Stell dir doch mal vor, wie befriedigend das sein wird: Diese Bastarde glauben zwanzig Jahre lang, sie hätten einen der berühmtesten freien Ermittler zum Narren gehalten, und dann – *blam!* – tauchst du aus dem Schatten der Geschichte auf und knipst sie doch noch aus.« Sie blies den Rauch vom Lauf der imaginären Pistole, für den ihr ausgestreckter Zeigefinger herhalten musste. »Na, wie hört sich das an?«

Zu schön, um wahr zu sein. »Du ignorierst die Möglichkeit, dass dieser Fall auch im zweiten Anlauf in einer Katastrophe endet. Nur weil man etwas beim ersten Mal verbockt hat, heißt das nicht automatisch, dass man es beim zweiten Mal wesentlich besser macht.«

»Ich ignoriere gar nichts«, erwiderte Madonna. »Aber du vergisst etwas, Süßer. Nämlich dass du dich an das Allermeiste, was damals auf Gambela vorgefallen ist, nicht mehr erinnern kannst.« Sie beugte sich noch ein Stückchen vor und tippte ihm sachte an die Schläfe. »Da drin sind nur noch Bruchstücke davon übrig. Hast du mal darüber nachgedacht, dass du dieses Ding am Ende vielleicht gar nicht verbockt hast? Dass es möglicherweise ganz anders war? Dass du diese Explosion absichtlich ausgelöst hast, um noch viel Schlimmeres zu verhindern?«

»Ja.« *Und es kam mir immer wie eine billige Ausrede vor. Eine nette Erfindung, eine Heldengeschichte, mit der man einen fiesen Fehlschlag kaschiert und an die man unbedingt glauben will, um nicht völlig durchzudrehen.* Behutsam nahm er ihre Hand und schob sie von sich. »Aber dafür gibt es leider nicht den geringsten Beweis. Und wenn es einen gegeben hat, ist er mit der Anlage vernichtet worden.«

»Lass uns bitte nicht mehr über die Vergangenheit reden, ja?« Madonna wandte ihren Sessel wieder dem Fensterbildschirm zu. »Die Gegenwart bietet uns Herausforderungen genug.« Sie verpasste dem Bedienpad in der Lehne ein paar neue Streicheleinheiten. Auf dem Bildschirm erschienen eine Handvoll Graphen. Die Linien zeigten alle stark nach unten. »Das ganz links sind deine Quoten für die Wiederholungen der überarbeiteten Staffeln Eins bis Elf. Ich sag's mal so: *Pollock, Private Eye* ist im Moment eher was für hoffnungslose Nostalgiker. Selbst deine Actionfiguren laufen nicht mehr, von T-Shirts und dem restlichen Merchandisingkrempel mal ganz zu schweigen. Ganz rechts siehst du, dass dein Name in der relevanten Zielgruppe beständig an Bekanntheit einbüßt. Die besten Zahlen erreichst du noch bei den 40- bis 69-Jährigen, und selbst da wird es mauer und mauer.«

»Ich bin also ein Auslaufmodell.« Pollock kippte den Rest seines Zero-G-Wodkas auf einen Schluck in sich hinein. »Vielen Dank für die Motivationsspritze.«

»Du bist ein Klassiker, der nur auf einen ordentlichen Relaunch wartet«, hielt Madonna dagegen. »Machen wir uns trotzdem keine Illusionen: Wir müssen dich als Produkt dringend reanimieren.«

»Das hört sich an, als wäre ich schon tot.« Pollock hatte große Lust, sein leeres Glas irgendwohin zu pfeffern. Er war sich nur nicht sicher, ob das Fenster oder die Birne seiner PA das lohnenswertere Ziel gewesen wäre.

»Tot?« Madonna stutzte und blinzelte ihm dann zu. »Jetzt werd mal nicht melodramatisch, Süßer. Dass du dem Tod auf Gambela von der Schippe gesprungen bist, ist einer der wichtigsten Faktoren, mit dem wir beim Publikum punkten können, um eine solide Akzeptanzbasis für dein Comeback aufzubauen.«

Pollock holte tief Luft. »Ich kann der Sache nachgehen, okay. Aber nur unter einer Bedingung. Kein Dokuscheiß mehr. Keine Kameras, die mir am Arsch kleben.« *Und keine knuddeligen Kameramänner mehr, die wegen meiner Unfähigkeit den Löffel abgeben.* »Ansonsten ist es mir egal, wie ihr daraus eine Story macht, die für *Alliance* Gewinn abwirft.«

»Ich wusste, dass du das sagen würdest«, schnurrte Madonna. »Und dein Wunsch ist *Knowledge Alliance* Befehl. Du bist nicht unser bester Hengst im Stall, aber auch noch kein Kandidat für den Abdecker. Wir wollen, dass du dich wohlfühlst.«

»Aha«, brummte Pollock. *Ich hasse es, ihr ins offene Messer zu laufen.*

»Pass auf.« Die Begeisterung in Madonnas seidig-dunkler Stimme wuchs. »Wir machen daraus ein Special. So in die Richtung ›Nach einer wahren Begebenheit‹. Du kannst dich selbst spielen, wenn du möchtest. Ist allerdings kein Muss. Das wird der Hammer. Wir haben da auch genau den passenden Schreiberling an der Hand. Er ist bei *Damn Collie, die!* ausgestiegen, weil die Idioten da immer nur an ihm rumgekrittelt haben. Dabei war er für ein paar echt nette Folgen mitverantwortlich. Die Rap-Oper-Folge, und die, die aus der Sicht von einem der Collectors gedreht war. Der Junge ist ein wahres Hochgeschwindigkeitskreativgeschoss!«

Die Rap-Oper-Folge? Pollocks Magen geriet in Aufruhr, und nicht nur wegen dem letzten Langstreckensprung und dem scharfen Wodka. »Ihr rechnet euch da wohl was richtig Großes aus.«

»Absolut.« Madonna machte aus dem Fenster wieder nur ein Fenster, stand auf und stöckelte auf ihren Cowboystiefeln mit 20-Zentimeter-Absätzen zu einem verspiegelten Einbauschrank. »Wir haben schon einen Teaser produzieren lassen. Nichts Aufwendiges. Nur eine halbe Minute Zusammenschnitt mit dem bisschen Material von Gambela, bevor du in den Bunker bist. Ein paar düstere Sprüche und bedrohliche Mucke drüber, und fertig war der Lack. Das Ding hat *absurd* positive Bewertungen eingefahren. Auf StarLook schmeißt man schon mit Floskeln wie ›Die Retrowelle rollt‹ um sich.« Sie öffnete die Schranktür und holte ein Gadget von der Größe eines Feuerzeugs hervor, das sie Pollock zuwarf. »Hier.«

Er fing das kleine Gerät aus schwarzem Hartplastik auf und betrachtete es. Auf der schmalen Oberseite war ein winziges Mikrofon, auf der Längsseite eine einzige Drucktaste, die leicht angeraut war. *Retrowelle, ja?* »Das ist ein Diktafon.«

»Alles, was du da draufsprichst, wird beinahe in Echtzeit in einer Cloud im internen Netzwerk von *Alliance* gespeichert und dort an mich weitergeleitet«, erläuterte Madonna begeistert. »Und was noch besser ist: Das Spielzeug ist auf Militärniveau. Will heißen: Wer immer die Verbindung unterdrücken will, muss einen *richtig* brandheißen Störalgorithmus an den Start bringen. Funkstille ist damit ein echtes Fremdwort. So eine Pleite wie auf Gambela passiert uns nicht nochmal.«

Pollock schloss die Faust um das nette Geschenk seines Arbeitgebers. *Dankeschön, dass du so gut auf mich aufpasst,*

Mutti ... »Im Klartext: Ihr wollt dieses Special auch dann durchziehen, falls ich bei meinen Ermittlungen in den Kunstrasen beißen sollte.«

»Sei bitte nicht eingeschnappt, Süßer.« Madonna zog einen Schmollmund. »Du musst das auch aus unserer Perspektive sehen: Ein Kommentar aus dem Off ist für uns besser als nichts. Es ist doch sicher nicht zu viel verlangt, dass du mich ab und zu an deinen schlauen Erkenntnissen teilhaben lässt. Nur für den Fall der Fälle.«

Pollock schwieg.

»Nun komm schon, Süßer«, sagte Madonna aufmunternd. »Ich brauche dir doch nicht die Spielregeln hier zu erklären. Wir leben in einer materialistischen Welt, und ich bin ein materialistisches Mädchen, so wie du immer ein materialistischer Junge gewesen bist. Du warst, bist und bleibst eine Investition. Und Investitionen müssen sich lohnen.« Sie legte eine Kunstpause ein und schaute aus dem Fenster zur Smogdecke hinauf, deren Bauch die bunten Lichter des nächtlichen Londons reflektierte. »So eine kleine Raumstation wie die, auf der du dir den Hintern plattgesessen hast, ist im Unterhalt nicht gerade billig. Es ist nur eine Frage der Zeit, bis der nächste Controller auf die Idee kommt, ob man an der Kostenstelle Pollock Shermar nicht eine beträchtliche Einsparung vornehmen könnte.«

»Drohst du mir gerade mit einem Rauswurf?«, fragte Pollock und bemühte sich, möglichst unbeteiligt zu klingen.

»Ich erkläre dir nur, dass wir in Zukunft etwas weniger gepflegte Konversation und dafür bitte etwas mehr Action von dir erwarten. Das ist alles.« Sie lächelte zwar, aber er war nicht sicher, wie nett es wirklich gemeint war. »Aller-

dings habe ich nicht verdrängt, was für ein garstiger Gries-
gram du sein kannst, und deshalb habe ich da auch noch
zwei kleine Boni parat, um dich aufzuheitern.«

»Ich bin ganz Ohr.« *Schlampe!*

»Es kam nicht irgendwo zu diesen bedauerlichen Todesfällen.« Madonna senkte ihre Stimme zu einem verschwörerischen Bühnenflüstern. »Mit etwas Glück wird diese
Angelegenheit der reinste Urlaub für dich.«

»Und wo verbringe ich meinen Urlaub?«

»Auf der Insel der Seligen!« Madonna klatschte begeistert in die Hände. »In At Lantis!«

Pollock teilte den Enthusiasmus seiner PA nur sehr bedingt. »Ihr schickt mich in ein schwimmendes Luxusresort,
das ein findiger Ex-Exec für sich und seine stinkreichen
Kumpels aufgemacht hat, damit sie nach ihrer Pensionie-
rung nie wieder auch nur einen einzigen Gedanken an all
das Elend im Universum verschwenden müssen, an dem
sie selbst nicht ganz unschuldig sind?«

»So ist es«, sagte Madonna und fügte im Tonfall einer
Werbesprecherin hinzu: »Verdiente CEOs sterben nicht.
Sie gehen nach At Lantis.«

»Genau. So wie korrupte Gewerkschaftsbosse, erfolgreiche Mafiafürsten, skrupellose Freibeuter und ausgebrann-
te Stars«, ergänzte Pollock. *Wahrscheinlich passe ich da bestens hin.*

»Dass du immer alles gleich so negativ sehen musst«,
schimpfte Madonna. »Dieser besagte findige Ex-Exec, wie
du es nennst, hat sich extra an uns gewandt und angefragt,
ob du ihm den Gefallen tun und diskret in dieser Sache
ermitteln könntest.«

»Wilbur Lantis hat eigens nach mir gefragt?« Pollock

zeigte sich ehrlich verblüfft über so viel unverblassten Ruhm.

»Er ist ein Riesenfan von dir«, sagte Madonna. »Ein totaler *Pollock, Private Eye*-Nerd. Ist das nicht der Wahnsinn?«

»Hm«, machte Pollock. Ganz wie früher zog sein Unterbewusstsein mühelos einen Schluss. »Lantis ist eure hundertprozentig zuverlässige Quelle, die euch das Video von Nadars ungewöhnlichem Snack zugespielt hat.«

»Hervorragend«, freute sich Madonna. »Deine Synapsen sind schon warmgelaufen. Was will man mehr?«

»Ich würde gern noch wissen, was der zweite Bonus ist, den du mir versprochen hast«, verlangte Pollock.

»Kein Problem.« Sie breitete die Arme aus, als wäre sie eine Preacheress der Church of Stars, die ihren Schäfchen den Willen des Allschöpfers kundtat. »Du fliegst nicht allein nach At Lantis. Ich habe dir einen Sidekick besorgt, Süßer.«

2

Madonna Presley verfolgte Pollocks Weg zum nächsten Turbolift mittels der im Gang vor dem Penthouse installierten Sicherheitskameras. *Es stimmt. Er sieht genauso aus wie immer. Schlaksig, das dämliche Monokel vorm Auge, die Nase einen Tick zu lang, der Mund einen Tick zu groß, die Haare so wirr wie eh und je. Ich sollte mich freuen.* Sie schaltete die Vibromassagefunktion des Komfortsessels ab. Es änderte nichts am unangenehmen Kribbeln auf ihrer Haut. *Ich muss dringend mit Huckleberry absprechen, ob der Backenbart dranbleiben kann oder ob das nicht irgendwie zu machomäßig rüberkommt. Damit dieses Relaunch auch nur ansatzweise klappt, müssen wir auch in der Optik punkten. Und wenn der Bart doch dranbleibt, soll Huck wenigstens ein paar billige Scherze darüber ins Skript einbauen.* Sie massierte sich die Schläfen. *Aber vorher ist noch ein anderer Anruf dran.* Sie schaute auf Pollocks leeres Glas, das er auf der Sessellehne stehen gelassen hatte. *Und* davor *braucht Mutti noch was für die Nerven.*

Sie rührte eine Prise ihres Lieblingsrunterfahrers in den nächsten Wodka, zog ihn auf Ex ab und wählte dann die Nummer, unter der man ihr versichert hatte, Doktor Woo-Suk zu erreichen.

Das Terminal baute eine Verbindung zu einem Anschluss in einer Hotelsuite in unmittelbarer Nähe des Raumhafens auf. Madonna hörte das leise Rumoren startender Schiffe, noch bevor das Bild endgültig stand.

»Und?«, war die knappe Begrüßung der lächelnden Asiatin, deren rundliches Gesicht auf dem Fensterbildschirm ins Riesenhafte vergrößert war. »Zufrieden?«

»Es ist ... faszinierend«, räumte Madonna ein. *Und ein bisschen unheimlich, aber das muss ich dir nicht auf die Nase binden.*

Woo-Suks Lächeln wurde breiter. »Wir haben Ihnen nicht zu viel versprochen.«

»Nein, das haben Sie nicht.«

»Wie hat er sich verhalten?« In Woo-Suks Stimme schlich sich die nüchterne Kühle der Wissenschaftlerin, die bei der Beobachtung ihres Forschungsgegenstands um Objektivität bemüht war. »Wie hat er das Angebot aufgenommen?«

»Gut. Wie prognostiziert.« Madonna wartete vergebens darauf, dass sich ihr Puls beruhigte. »Nur seine Begeisterung über den Sidekick hielt sich in Grenzen.«

»Er muss ihn akzeptieren«, sagte Woo-Suk streng. »Digger wird eine beruhigende Wirkung auf ihn ausüben. Das könnte von entscheidender Bedeutung sein, um einen totalen Kollaps zu verhindern, falls seine Ermittlungen seine blockierten Erinnerungen an Gambela doch noch freischalten. Wann treffen sich die beiden?«

»Pollock ist gerade unterwegs zu ihm.« Madonna lauschte zwei Schläge lang dem Pochen ihres Herzens. »Er ist vor fünf Minuten aus der Tür.«

»Sie begleiten ihn nicht?« Trotz aller Kühle blieb die Rüge eine Rüge. »Fänden Sie es nicht besser, ihm im Notfall gut zureden zu können, falls er mit Digger nichts zu tun haben will?«

Madonna antwortete mit einem Kopfschütteln. »Sie kennen ihn nicht.«

Woo-Suks Mundwinkel zuckten, und aus dem Lächeln auf ihren Lippen wurde ein verächtliches Grinsen. »Ihnen ist hoffentlich bewusst, was für eine zutiefst groteske Behauptung das ist.«

Das war der Moment, in dem Madonna klar wurde, dass eine Prise Runterfahrer bei weitem nicht die nötige Dosis für ein Gespräch mit dieser arroganten Schnalle gewesen war. »Jetzt sperren Sie mal Ihre Lauscher auf, Schätzchen. Kann ja sein, dass Sie ernsthaft glauben, Sie wüssten, wie Pollock Shermar tickt, nur weil es Ihre Entscheidung war, welche Schläuche Ihre Igors in ihn reingeschoben haben und welche Nähr- und Aufbaulösungen man in seinen Tank kippen musste, damit er auch morgen noch kraftvoll zubeißen kann. Aber da sind Sie schiefgewickelt. Ich hingegen kannte Pollock schon lange vor Gambela. Und wenn er eines nicht leiden kann, dann ist es, das Gefühl zu kriegen, man würde ihn zu irgendetwas zwingen wollen. Man muss ihn an einer langen Leine laufen lassen. Sonst wird er bockig.«

»Sie gehen ein hohes Risiko ein, Miss Presley«, stellte Woo-Suk ungerührt fest. »Noch dazu bei einem ziemlich hohen Einsatz.«

»Lassen Sie das mein Problem sein, ja?«, gab Madonna zurück.

»Sehr gern.« Die Doktorin, die Pollocks körperliche und geistige Entwicklung im Auftrag von *Knowledge Alliance* zwanzig Jahre lang sehr genau überwacht hatte, schenkte Madonna einen mitleidigen Blick »Es ist ja schließlich auch *Ihr* Problem, wenn diese Mission in einem Fehlschlag endet. Ich trage nur die Verantwortung für alle internen Prozesse. Meine Arbeit ist also getan, und zum Glück werde ich nicht nach Provision bezahlt.«

Madonna verzichtete auf lange Abschiede. Sie kappte wortlos die Verbindung und hoffte, dass der Pollock Shermar, mit dem sie vorhin geredet hatte, tatsächlich noch irgendwie der gleiche Mann war wie früher.

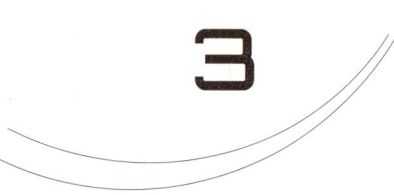

3

Der Turbolift hielt auf seiner pfeilschnellen Reise in die Tiefe alle zwanzig Etagen. Ganz zu Anfang war Pollock noch allein in der Kabine gewesen, doch bei jedem Halt stiegen weitere Passagiere zu, die sich dichter und dichter auf der Fläche eines halben Hardballfelds zusammendrängten. Recht bald lehnte sich Pollock an die hintere Wand und schloss die Augen, weil er die Pop-ups in seinem Monokel nicht mehr ertrug, wenn er den Blick schweifen ließ. *Es kümmert mich einen Scheiß, wo ich die billigsten selbstreinigenden Hemden aus Synthseide in ganz London kriege, und ich will auch wirklich nicht wissen, wo ich mir zum Schnäppchenpreis ein Paar Brüste verpassen oder meinen Schwanz tunen lassen könnte.*

Bedauerlicherweise waren die vielen Menschen um ihn herum immer noch zu hören: Niedere Manager murmelten Anordnungen an Untergebene in Headsets, Teenager summten die Melodien, mit denen ihnen ihre OmniSurround-Player das Hirn weichspülten, Mütter tauschten sich über die effektivsten Neuro-Präparate für die Lernsteigerung ihres Nachwuchses aus. *Sie sind zu laut!*

Die Reinigungssysteme des Lifts gaben sicherlich ihr Bestes, um unerwünschte Gerüche aus der Atemluft zu filtern. In Pollocks Fall war das Beste allerdings noch lange nicht gut genug. Hartnäckig quälten ihn die verschiedensten Noten von Schweiß und Parfum. *Sie stinken!*

Beim dreizehnten Stopp hielt Pollock es nicht mehr aus. Er bahnte sich mit schaufelnden Armbewegungen einen Pfad durch das Menschendickicht und ignorierte die zahlreichen Unmutsbekundungen. *Ich muss hier raus!*

Er fand sich in einer mittelklassigen Einkaufspassage wieder, deren Läden hauptsächlich allerlei billigen Elektroschrott und extrem einfallslose Klamotten feilboten. Zwischen den Besuchern – in erster Linie einfache Angestellte, die gerade aus der Spätschicht kamen – stromerten vereinzelt Viccies umher. Diese Angehörigen einer der jüngeren Subkulturen wollten das Gedenken an die glorreichsten Tage Britanniens vor über tausend Jahren dadurch aufrechterhalten, dass die Jungs geckenhafte Gehröcke und die Mädels bis zum Hals hochgeschlossene Kleider trugen. Wenn Pollock nicht dringend frische Luft gebraucht hätte, wäre er vielleicht sogar stehen geblieben, um einen besonders eitel durch die Gegend stolzierenden Typen darauf aufmerksam zu machen, dass Queen Victoria von seinem blauweißroten Irokesenschnitt und seinem Drachen-Kopfhauttattoo vermutlich nur sehr bedingt angetan gewesen wäre.

Stattdessen folgte Pollock einer Spur von Leuchtsymbolen aus weit aufgerissenen Augen zu einer Aussichtsplattform am Rand des kilometerhohen Turms. Im Innern des Molochs kam er sich immer mehr vor, als wäre er in einem gigantischen Mausoleum lebendig begraben. Feiner Nieselregen, der schwach nach Ozon und Motorenöl roch, empfing ihn. Pollock schlurfte zum Geländer der Plattform und umklammerte es mit beiden Händen. Alliance *hat Recht! Ich bin zu lange nicht mehr unter Leuten gewesen. Kacke!*

Sein Datenmonokel ließ eine Textnachricht von Madonna aufploppen. »Hast du dich verlaufen? Du wirst schon sehnlichst erwartet«, lautete sie.

»Ja, ja, ja ...«, grummelte Pollock. »Ein alter Detektiv ist doch kein Sprungschiff.« *Wovor habe ich eigentlich Angst? Davor, die Wahrheit über Gambela herauszufinden?* Er schlug seinen Mantelkragen hoch und steckte die geballten Fäuste in die Seitentaschen. *Scheiß drauf! Das kommt davon, wenn man sich an die Ungewissheit gewöhnt.*

Pollock suchte sich ein Treppenhaus und ging die letzten knapp sechzig Etagen zu Fuß. Wenn er eines in seinen zwei Jahrzehnten auf einer Raumstation über sich gelernt hatte, dann das: Körperliche Betätigung verscheuchte Beklemmungen, linderte Ängste und blies einem die Birne frei. Kurz vor seinem Abflug Richtung Sol hatten Sigmund und Carl – die Psychoanalyse-Avatare, die Pollock zu seiner eigenen Überraschung ernsthaft vermisste – ihm vorgerechnet, dass er bei seinem Joggen und Spazieren in der Station insgesamt eine Strecke zurückgelegt hatte, die zweimal um den Erdball reichte.

Ungefähr um das zwanzigste Stockwerk herum spürte Pollock bereits ein angenehmes Brennen in den Oberschenkeln. Weniger angenehm war, dass das Treppenhaus nach und nach den sozialen Abstieg widerzuspiegeln begann, den er hier vollzog.

Die flackernden Deckenlampen waren vergittert, die Sicherheitskameras abmontiert, zerschlagen oder angezündet und nie ersetzt worden. Folgerichtig waren die Wände förmlich mit Ganggraffitis, animierten Flyern für halb legale Clubs und Aufrufen zu Flashmobs und anderen Protestaktionen tapeziert. Zudem wurde die Luft nicht nur stickiger, sondern zunehmend mit dem beißenden Gestank von Ammoniak geschwängert, weil es auf den unteren Ebenen des Megaturms scheinbar üblich war, zum Austreten kurz im Treppenhaus zu verschwinden.

Zweimal passierte Pollock Lager von Menschen, die in Ermangelung bezahlbaren Wohnraums hierhin ausgewichen waren und sich in improvisierten Unterständen aus Kartons, Thermoplanen und aus höheren Ebenen geraubten Plastikmöbeln mehr oder minder häuslich eingerichtet hatten. In einem dieser Minislums reckte ihm ein Mädchen, das höchstens sechs oder sieben sein konnte, eine Multibox mit angeschlagenem Display entgegen und fragte: »Bump?«

Pollock hätte an seiner Multibox, die er am Handgelenk trug, nur kurz per Sprachbefehl die CashCow-App aktivieren und einen Betrag nennen müssen, und schon hätte er der Kleinen mit einem sachten Aneinanderstupsen der Geräte ein kleines Almosen zukommen lassen können. Er entschied sich dagegen, weil er nicht ausschließen konnte, dass ihre Box völlig virenverseucht war. Also kramte er in seiner Manteltasche nach einem Kaugummi, schnippte es ihr hin und ging weiter. Das Mädchen bedankte sich mit einem gezischten Fluch, bei dem einer empfindsameren

Seele als Pollock die Schamesröte ins Gesicht gestiegen wäre.

Die Etage, auf der er das Treppenhaus verließ, als Amüsierviertel zu bezeichnen, wäre etwas zu hoch gegriffen gewesen. Suchtbefriedigungsquartier hätte es eher getroffen: Billigste Bumslokale reihten sich an Neopiat-Höhlen, versiffte Spielhallen und dubiose Wettbüros.

Pollocks Ziel, das *Hanif Cromwell,* pries sich selbst auf einem Laufdisplay über dem Eingang als »Original britindischer Pub aus der guten alten Zeit« an, was immer das auch heißen sollte. Der Türsteher – ein bulliger Sikh inklusive Rauschebart und Turban – nickte Pollock halbwegs freundlich zu, als er die Kaschemme betrat. Drinnen lief eine mit rhythmischen Pfauenschreisamples unterlegte E-Sitar-Version der alten Volksweise *London Calling.* Gegenüber einer opulenten Bar aus geschnitzten Elefanten, auf deren Rücken der eigentliche Tresen ruhte, war der Raum in eine Reihe halbrunder Nischen unterteilt. Dort lockten abgewetzte Sitzkissen und niedrige Tische, auf denen vollautomatische Shishas standen. Das wabernde Aroma von aufputschendem Tarótee, schalem Ale und kaltem Rauch kitzelte Pollock in der Nase.

In dem Laden steppte nicht gerade der Bär. Pollock war gerade mal einer von vier Gästen, um die sich die Barkeeperin aktuell zu kümmern hatte. Die Frau hatte jedoch derzeit nur Augen für das, was sich unmittelbar vor ihrem Arbeitsplatz abspielte.

»Ich habe Ihre Freundin nicht angeschaut«, klagte ein schwarzer Albino, dem dicke Rastas bis auf die übertriebenen Schulterpolster seines Cordanzugs fielen.

»Lüg doch nicht so dreckig«, keifte eine dürre Frau, de-

ren Rippen man problemlos durch ihr knallpinkes Stretch-
kleid zählen konnte. »Du hast mir wohl auf die Titten ge-
starrt, du Freak.«

Der dritte Beteiligte an diesem Streit – ein Schrank von
Mann, dessen überdimensionierte Halsmuskeln ihn zweifelsfrei als Nutznießer einer genetischen Aufpolierung
auswiesen – knurrte: »Willst du scheiß Beta mir etwa sagen, meine Püppi hier wäre hässlich, oder was?«

Beta? Pollock stutzte und schaute näher hin. *Tatsache!*
Der vermeintliche Albino ging nur auf den ersten Blick als
normaler Mensch durch. Auf den zweiten fielen seine faltige Haut, seine Knopfaugen und der extraordinäre Über-
biss dann doch zu sehr aus dem Rahmen, den Mutter Natur dem Homo sapiens vorgegeben hatte. *Was für ein Vieh
haben die Herren und Damen von FullCorp denn da reinge-
quirlt?*

»Nein, Ihre Begleitung ist ganz und gar nicht hässlich«,
nuschelte der Beta. »Man ist beinahe geneigt, von einer
Augenweide zu sprechen, Sir.«

»Willst du mich verarschen?«, blaffte der wandelnde
Schrank.

»Na klar will er das!«, keifte seine Püppi.

»Nichts läge mir ferner, Sir«, verteidigte sich der Beta.

Wo steckt eigentlich mein versprochener Sidekick? Pollock
wollte sich schon abwenden, um zu überprüfen, ob er
nicht doch einen weiteren Gast des *Hanif Cromwell* übersehen hatte, da bemerkte er, was für ein T-Shirt der Beta
unter seinem Anzug auf der schmalen Brust trug. »LLOCK,
PRIVATE E«, stand verstümmelt auf dem Shirt zu lesen,
weil der Rest des Schriftzugs links und rechts vom Revers
beschnitten wurde. *O bitte nicht ...* »Entschuldigung!«

Der aufgemotzte Muskelprotz fuhr zu Pollock herum. »Was?«

»Ich glaube, ich habe einen Termin mit dem Mann, den Sie da am Schlafittchen haben.«

»Und?«

Pollock rang sich ein Lächeln ab. »Und da fände ich es ausgesprochen nett, wenn Sie ihn unversehrt lassen könnten.«

»Ey, verpiss dich, Lord Monokel«, rief Püppi erst über die Schulter ihres Lovers hinweg, um dem Fleischberg danach mit dem Finger am Ohrläppchen zu spielen. »Die Glotzerei von dem Freak hat mich echt verletzt, Gary. Wenn du mich wirklich liebst ...«

»Augenblick!« Pollock machte einen Schritt auf die drei Streitenden zu und tippte auf seine Multibox. »Vielleicht lässt sich das mit einem kleinen Bump regeln, hm?«

»Hältst du mich für eine Nutte, du Sackgesicht?«, empörte sich Püppi.

»Mach meine Alte nicht an, du Lutscher!« Gary schüttelte sich die rechte Hand aus, als wäre sie ihm eingeschlafen. Aus seinem Handballen glitt eine kurze, hässliche Stoßklinge, die er dem Beta unter die vorspringende Nase hielt. »Ich kann euch gern beiden die Klöten abschneiden.«

»Fahr dein Implantat wieder ein, Junge«, sagte Pollock ruhig. »Sonst ...«

»Sonst was?«, höhnte Gary.

»Sonst was?«, echote Püppi.

Ich hab's wirklich im Guten versucht ... Pollock seufzte innerlich. *Na dann ...*

Gary wartete dumpf darauf, dass Pollock seine angefangene Drohung konkretisierte. Dazu kam es nicht. Pollock packte einfach mit seiner Linken Garys rechten Oberarm, drückte ihn ein Stück nach unten und schmetterte dem Augie die rechte Faust ins ungeschützte Gesicht, zwei, drei schnelle Schläge direkt unters Jochbein. Pollock verkürzte die Distanz weiter und rammte ihm in einer Seitwärtsdrehung das Knie ins Gekröse. Gary knickte ein, und Pollock nutzte den Schwung, um ihn nach vorn zu stoßen, ohne den Messerarm loszulassen. Ein Ruck, ein Knirschen, und die Schulter des Augies war ausgekugelt. Gary prallte gegen den Beta, und beide gingen zu Boden. Der Beta wurde unter den grob geschätzten hundertzwanzig Kilo des vor Schmerzen keuchenden Schlägers begraben, aber nur so lange, wie Pollock brauchte, um Gary mit einer Serie beherzter Tritte in die Rippen von seinem Beinahe-Opfer herunterzubefördern. Püppi, die irre kreischend eine ungelenke Kratzattacke gegen ihn starten wollte, brachte er mit einem Beinfeger zur Räson.

Pollock hörte, wie sich hinter ihm die Tür des Pubs öffnete, und wirbelte herum. Er begegnete dem finsteren Blick des Sikh-Rausschmeißers, der einen Teleskoptaserstock gezückt hatte, und deutete rasch auf Gary. »Er hat angefangen.«

»Stimmt genau«, kam es sachlich von der Barkeeperin.

Der Sikh schimpfte wie ein Rohrspatz auf Hindi und begann, Püppi und Gary vom Boden hochzutreiben.

Pollock ließ den Türsteher seiner Arbeit nachgehen und zog stattdessen lieber den schnaufenden und ächzenden Beta auf die Beine, um ihn in die hinterste Nische zu bugsieren. Erst dann entspannte er sich ein bisschen, doch es war der Beta, dem seine Locken kreuz und quer ins Gesicht hingen, der das Gespräch eröffnete. »Du hast dich gar nicht verändert. Du riechst sogar gleich.«

Aufgrund des feuchten Nuschelns des Betas war sich Pollock nicht ganz sicher, ob er sich nicht verhört hatte. »Wie meinen?«

»Du riechst sogar gleich«, wiederholte der Beta keine Spur deutlicher.

Pollock drückte den Halbmenschen auf eines der Sitzkissen nieder und nahm neben ihm Platz. »Kennen wir uns?«

Pollock musterte den Beta näher, und nun fielen ihm im schummrigen Licht des Pubs weitere Merkmale auf, die das künstlich erschaffene Mischwesen von einem Menschen unterschieden: Seine Ohren waren kleine, knorpelige Knubbel, die zu hoch am Schädel saßen, und er hatte weder Augenbrauen noch Wimpern, aber dafür fingerlange, weiße Borsten, die ihm aus der Oberlippe sprossen.

Doch erst, als der Beta mit einem enttäuschten Ächzen seine Dreadlockperücke absetzte und die blasse Faltenlandschaft seiner Kopfhaut entblößte, dämmerte Pollock, wo er diese Person schon einmal gesehen hatte. Plötzlich war Gambela nicht mehr Lichtjahre entfernt. Plötzlich war ihm dieser verfluchte Planet fast so nah wie seine fragmentarischen Erinnerungen an ihn. »Bruno? Bruno Digger?«

»So ist es.« In einem erleichterten Lächeln präsentierte der Beta eindrucksvolle Schneidezähne. Er legte die Perücke beiseite. »Ich hätte wohl doch eher auf meine Tarnungsversuche verzichten sollen. Nicht, dass ich dich absichtlich täuschen wollte. Ich hatte nur so viel davon gehört, dass auf diesen Ebenen Betas nicht gern gesehen sind, und da dachte ich ...« Bruno stutzte. »Pollock?«

Pollock antwortete nicht. Zu wild wirbelten seine Gedanken durcheinander. *Er war dabei. Bruno war damals dabei. Vielleicht muss ich gar nicht nach At Lantis. Vielleicht kann er mir sagen, was damals genau passiert ist.*

»Pollock?«, fragte Bruno noch einmal vorsichtig.

»Weißt du irgendetwas darüber, was mir auf Gambela zugestoßen ist?« Pollock rückte enger an den Beta heran. »Du warst doch dabei, oder? Du warst es doch, der *Alliance* darauf aufmerksam gemacht hat, dass jemand auf Gambela irgendwelche fiesen Machenschaften durchzieht, oder? Du hast dieses Video ins StellarWeb gestellt. Von deinem Freund, der vor seiner Hütte entführt wird. Hast du weitergeforscht, wer hinter der Sache steckte, nachdem ich ... nach meinem Unfall?«

»Ich war noch ein halbes Kind, Pollock.« Bruno hob beschwichtigend die Hände, aus deren Fingern lange, schartige Nägel wuchsen. »Ich war gerade mal zwei Jahre aus meinem Tank raus und habe in den Minen geschuftet, als sie Beleshi geholt haben. Ich war zum Graben gemacht, nicht zum Detektivspielen. Deshalb habe ich doch das Video auf deinen Fanserver hochgeladen, damit jemand aus deinem Team darauf stößt. Was hätte ich sonst machen sollen? Ich wusste nur, dass Leute verschwinden und sich niemand Wichtiges daran stört, weil auf Gambela wahrlich kein Mangel an billigen Arbeitskräften herrscht.« Bruno senkte den Blick. »Wir Nacktmulle werden nicht wegen unseres Muts gezüchtet, Pollock. Man züchtet uns wegen unserer Folgsamkeit und weil wir uns ohne Murren in eine bestehende Hierarchie eingliedern. Es hatte mich schon unglaubliche Überwindung gekostet, überhaupt diesen Notruf abzusetzen, anstatt einfach den Vorarbeitern zu glauben, die gemeint hatten, ich würde mir das alles nur einbilden und Beleshi und die anderen wären einfach nur

Deserteure. Wie hätte ich da eigene Ermittlungen anstellen können, nachdem du nie von deinem Ausflug in die Wüste zurückgekommen bist. Ich hatte eigentlich fest vor, den Kopf einzuziehen und die ganze Angelegenheit zu vergessen.«

Er weiß nichts! Gar nichts! Resigniert ließ Pollock die Schultern hängen. »Und wie kommst du dann hierher? Warum bist du nicht mehr auf Gambela?«

»Miss Presley war so freundlich, mich von dort wegzuholen.« Verlegen wischte sich Bruno über die Nase. »Ich hatte schon gedacht, das Universum jenseits von Gambela hätte mich komplett vergessen. Dann stand sie eines Abends vor meiner Hütte. Ein halbes Jahr nach deinem Besuch. Sie hat mich aus meinem Vertrag mit *B'Hazard* rausgekauft und mir einen neuen zur Unterschrift vorgelegt. Einen mit viel besseren Konditionen. Noch zwei, drei Jahre, und ich bin frei und kann hingehen, wo immer ich will, ohne irgendeinen Konzern um Erlaubnis fragen zu müssen. Miss Presley ist wirklich sehr gut zu mir.«

O ja, sie ist eine richtige Heilige ... und ihr Gott heißt Reingewinn. Pollock räusperte sich. »Ich will dir jetzt nicht zu nahe treten, Bruno. Aber ich gehe mal davon aus, Madonna hat dich nicht wegen deiner Bergbautalente eingekauft. Anders gesagt: Was bringt eine Tante aus dem Medienbusiness dazu, ausgerechnet einen Nacktmullbeta anzuheuern?«

»Ich habe in meiner Zeit bei *Alliance* einige wichtige Angestellte aus dem Geschäftszweig Entertainment und Celebrity Culture betreut«, sagte Bruno stolz.

»Das ist mal reichlich nebulös.« Pollock nahm einen der Schläuche vom Haken und warf die vollautomatische

Shisha an. Im Gedenken an Madonna wählte er einen Tabak mit Bananenaroma. »Geht das ein bisschen präziser?«

»Natürlich.« Bruno griff nach einem eigenen Schlauch der Wasserpfeife. »Wie dir nicht unbekannt sein dürfte, ist Medienpräsenz immer mit einer erheblichen psychischen Belastung verbunden. Manche Leute haben damit keine nennenswerten Probleme. Andere hingegen ...« Er nagte einen Moment am Mundstück. »Andere Leute leiden so sehr unter dem ganzen Stress, dass sie ihre Arbeit nicht mehr machen können. Da komme ich ins Spiel. Ein kluger Humanbiologe von *Alliance* hat herausgefunden, dass der enge Kontakt zu Nacktmullbetas einen positiven und allgemein sehr beruhigenden Effekt auf Menschen in Stresssituationen ausübt.«

Pollock zog an der Shisha und atmete den warmen, weichen Rauch durch die Nase aus. »Pheromone?«

»Ganz recht.« Bruno nickte. »Ich begleite meine Klienten mehr oder weniger rund um die Uhr, um dafür zu garantieren, dass sich ihre Stimmungsschwankungen in engen Grenzen halten.«

»Du bist also eine lebende Beruhigungspille«, sagte Pollock. *Vielen Dank für dein Vertrauen in meine Belastbarkeit, Madonna ...* »Du sollst an mir hängen wie eine Klette und verhindern, dass ich vor lauter Aufregung einen Nervenkollaps kriege. Toll.«

»Ich kann dich auch bei deinen Ermittlungen unterstützen«, wandte Bruno ein.

»Ach?« Pollock verschluckte sich beinahe an seinem nächsten Zug aus der Shisha. »Wie denn? So wie eben vielleicht? Du legst dich mit einem Paar zwielichtiger Gestalten an, und ich rette dir die Schrumpelhaut?«

»Nein«, antwortete Bruno ernst. »Ich habe ein eidetisches Gedächtnis.«

»Du vergisst nichts von dem, was du jemals gesehen hast?« *Beneidenswert.*

»Mein Gedächtnis ist nicht auf visuelle Eindrücke beschränkt«, erklärte Bruno. »Es speichert sämtliche sensorischen Wahrnehmungen.«

»So?«

»Der Mann, der mich angegriffen hat, hatte einen Leberfleck neben dem rechten Mundwinkel, und seinem Atem nach zu urteilen, war in seiner letzten Mahlzeit Sojasoße«, begann Bruno, unsortierte Eindrücke herunterzurattern. »Als er auf mir gelandet ist, habe ich etwas in seiner Hosentasche gegen meine Hüfte drücken gespürt, höchstwahrscheinlich eine Schlüsselkarte für ein Wabenhotel. Das Kleid seiner Begleiterin roch neu, und ich gehe davon aus, dass sie es in einem Laden zwei Etagen über uns gekauft hat, wo es gerade im Sonderangebot zu haben ist. Ihr Parfum ist eine billige Kopie von Hans Brandenswans' neuem Duft *Glacial Facial*, und ihre Nägel sind vo...« Er brach ab. »Du siehst nicht gerade begeistert aus. Mache ich was falsch?«

»Nein.« Pollock hängte seinen Shishaschlauch zurück an den Halter. »Ich bin nur dran gewöhnt, allein zu arbeiten.«

»Das stimmt nicht«, erwiderte Bruno. »Als wir uns auf Gambela begegnet sind, hattest du doch auch jemanden dabei. Deinen Kameramann. Er hieß Jost, war einen knappen Kopf kleiner als du, hatte eine knollige Nase und spuckte manchmal, wenn er ›Pollock‹ sagte, und er ...«

»Ich weiß, ich weiß«, unterbrach ihn Pollock. »Und ich weiß auch, dass Jost mit dem Leben dafür bezahlt hat, mir überallhin nachzulaufen. Nenn mir einen guten Grund, weshalb ich dich dieser Gefahr aussetzen sollte.«

Bruno streckte sich. »Alle kommerziell erfolgreichen Ermittler der Menschheitsgeschichte hatten einen Partner, völlig egal, ob sie nun erfunden waren oder tatsächlich gelebt haben. Sherlock Holmes hatte seinen Doctor Watson, Batman hatte seinen Robin, Barbarhianna hatte ihren Bodybot Kevin, Captain Galactic seinen Stiefelmaat Bootsy. Ganz ehrlich, Süßer, Duette bringen mehr Stimmung in die Hütte.«

»Hm. Süßer ...« Pollock kniff die Lippen zusammen. »Das hört sich verdächtig nach Madonna an. Hat sie das zu dir gesagt?«

»Wortwörtlich«, bestätigte Bruno. »Drei von vier Befragten würden sich für einen Relaunch von *Pollock, Private Eye* einen Sidekick für den Helden wünschen.«

4

»Nervös?«, hauchte die Flugbegleiterin mit dem Dauer-lächeln von ihrem Platz vor der Cockpittür aus quer durch die geräumige Passagierkabine des Privatgleiters.

Bruno schüttelte den Kopf. *Nein, Todesangst.*

»Möchten Sie jetzt vielleicht einen Drink?«, fragte die gertenschlanke Frau, die aussah, als wäre sie in ihr enges Kostüm hineingenäht worden. Bruno hatte vergleichbare Angebote bereits mehrfach abgelehnt. »Ihrem Freund hat es gutgetan.«

Bruno warf dem leise neben ihm schnarchenden Pollock einen verstohlenen Blick zu. *Mein Freund? Ich weiß ja nicht …*

Wieder schüttelte er stumm den Kopf, schloss die Augen und versuchte nicht daran zu denken, in welcher wahnwitzigen Höhe der Gleiter in einer noch wahnwitzigeren Geschwindigkeit über die Wellen schoss – und daran, wie wenig von ihm übrig bleiben würde, falls die immerzu als absolut sicher angepriesene Technik wider Erwarten doch versagen sollte.

Er war nun einmal ein Nacktmullbeta, und Nacktmullbetas waren nicht fürs Fliegen gemacht. Als Nacktmullbeta fühlte man sich wohl, wenn man mit beiden Beinen auf der Erde stand, und am allerwohlsten fühlte man sich, wenn man *unter* der Erde herumstromern durfte.

Der Gleiter sackte durch ein kleines Luftloch. Die Sitzlehnen, um die Bruno seine Hände gekrallt hatte, knackten bedenklich. *Ist das die Strafe, die mir das Schicksal für das Lügenmärchen verpasst, das ich Pollock aufgetischt habe? Wenn ja, dann ist das alles nur Miss Presleys Schuld!*

Aber hätte er Pollock überhaupt die Wahrheit erzählen können? Vermutlich nicht. Außerdem wäre die Wahrheit eine viel zu lange, viel zu komplizierte Geschichte geworden. Und sie jetzt preiszugeben, wäre mit viel zu vielen peinlichen Geständnissen verbunden.

Zum Beispiel, dass er bei der Prügelei in diesem Pub eigentlich alles andere als hilflos gewesen war und sich nur von Pollock hatte retten lassen, weil er genau wusste, dass Pollock gern als Retter auftrat. Oder dass Pollock sein allererster und einziger Klient war. Der Klient, um den er sich seit fast zwanzig Jahren kümmerte. Nun ja, ›kümmern‹ war bisher stark übertrieben gewesen. Bis gestern hatte Brunos Arbeit für *Alliance* hauptsächlich darin bestanden, regelmäßig ein paar Stunden in einem speziellen Raum zu sitzen und sich Aufnahmen von wildfremden Leuten anzusehen, die kreischten, tobten, Möbel zerschlugen, sich mit Spiegelscherben die Arme aufritzten oder sonst auf irgendeine Weise die Beherrschung über sich verloren hatten. Alles nur, damit in Brunos Hirn die passenden Synapsen feuerten und den passenden Drüsen die passenden Befehle schickten, um die passenden Pheromone abzusondern. Diese Pheromone wiederum hatte man unter hohem Aufwand aus der Luft um Bruno herum gefiltert und in unterschiedlichen Dosen heimlich, still und leise in Pollocks Luft gemischt. Ein langweiliger, aber lukrativer Job. In finanzieller wie emotionaler Hinsicht, denn Dr. Woo-Suk hatte mit Lob nie gegeizt, auch wenn ihr Projekt anfangs mit übleren Startschwierigkeiten zu kämpfen gehabt hatte als ein großer Raumkreuzer, bei dem die Antigrav-Einheiten ausgefallen waren. »Ohne dich wäre unser gesamtes Vorhaben sinnlos«, hatte sie oft gesagt. »Du bist etwas ganz Besonderes. Außer dir gibt es niemanden, der auf einer so tiefen Ebene eine so enge Verbindung zu unserem Patienten aufweist.«

Unter Aufbietung seines gesamten Willens öffnete Bruno das rechte Auge einen Spalt und lugte daraus zu Pollock hinüber, der immer noch schlummerte wie ein Baby. Mittlerweile schnarchte er nicht einmal mehr. *Ich mag ihn. Ich will nicht, dass er sauer auf mich wird. Und wenn er sauer auf mich wird, war* alles *umsonst.* Die langen Trainingseinheiten zur Überwindung seiner schweigsamen Schüchternheit und die Basisschulungen in Neurologie und Psychologie – umsonst. Der Kurs, bei dem ihm ein überaus freundlicher und geduldiger Gürteltierbeta mühsam beigebracht hatte, wie er seine Klauen und Zähne als natürliche Waffen einsetzen konnte – umsonst. Das Wälzen der unzähligen Terabytes an Daten über Pollocks bisheriges Leben und seine früheren Fälle, die ihm Miss Presley zur Verfügung gestellt hatte – umsonst. *Nein, so weit darf es nicht kommen.*

»Hab ich was im Gesicht?«, murmelte Pollock unvermittelt.

Vor Schreck schnurrte Brunos gesamte Nackenhaut zusammen. »Du bist ja wach!«, quietschte er.

»Was dagegen?«

»Nein, nein. Ich ... äh ...« Bruno spürte seine Tasthaare zittern. »Ich wollte ... nur ... äh ... einen ... also ... einen ...«

»Drink?«, flötete die Flugbegleiterin ihnen zu und rettete den Beta aus seiner Bredouille.

Bruno schüttelte den Kopf, Pollock nickte enthusiastisch und klopfte ihm kumpelhaft auf die Schulter. »Verträgst du armer Wicht etwa keinen Alkohol?«

»In Maßen schon.«

»Na bitte.« Pollock winkte der Flugbegleiterin zu. »Wir hätten dann gern zwei Skullbreaker. Mit ordentlich Eis bitte.«

Bruno rutschte tiefer in seinen Sitz. Die Vorstellung eines Absturzes hatte gerade schlagartig an Grauen verloren.

5

Die pure Dekadenz! Die insgesamt drei Skullbreaker, die Pollock inzwischen intus hatte, trugen nicht dazu bei, dass ihm der Anblick von At Lantis aus dem Kabinenfenster heraus irgendwie angenehmer war. *Was würde die Kleine aus Whitechapel, die mich um einen Bump angebettelt hat, zu diesem Inselreich sagen?*

Wilbur Graeme Lantis hatte von Beginn seines ambitionierten Projekts an aufs Kleckern verzichtet und voll aufs Klotzen gesetzt. Als Keimzelle seines paradiesischen Rückzugsorts für die Elite hatte er eine ausrangierte Orbitalstation im zeitlosen Wagenraddesign auserkoren. Ihre Nabe ragte zwar bei weitem nicht so hoch in den Himmel wie einer der Megatürme der Global Cities, doch was diesem Bauwerk an Höhe fehlte, machte es durch seinen verschwenderischen Prunk wieder wett: Auf jeder einzelnen Plattform an der gigantischen Säule waren grünende Gärten und Parks angelegt worden, und knapp ein Drittel unterhalb der Spitze ergoss sich ein künstlicher Wasserfall einen halben Kilometer in die Tiefe. Rings um dieses Zentrum gruppierten sich kleinere Inseln mit blendend weißen Stränden, die von findigen Landschaftsarchitekten exakt an die exklusiven Wünsche ihrer Bewohner angepasst worden waren. Vom breitbeinigen Koloss als Zierde eines Yachthafens über eine Pyramide als stolzer Verweis auf die eigene Abstammung bis zu Küstenlinien, die in archaischen arabischen Schriftzeichen den Namen eines besonders egomanen Atlanters bildeten, war alles dabei. Wer superreich, aber wasserscheu war und trotzdem im Luxus von At Lantis schwelgen wollte, ließ sich sein Domizil einfach auf einer über den sanften Wogen des Meeres schwebenden Antigrav-Scheibe errichten. Von dort konnte man sicher auch die atemberaubenden Überholmanöver auf der Speed-Air-Rennstrecke besser verfolgen, die sich als liegende Acht über den Himmel spannte. Verbunden waren die unzähligen größeren und kleineren Areale von At Lantis durch ein weit verzweigtes Netz aus Brücken, über die wie winzige metallische Käfer automatisch gelenkte Fahrzeuge sirrten. Alles erweckte den Anschein einer perfekten Utopie, eines Orts, an dem sich selbstvergessene Götter tummelten, die nichts und niemanden zu fürchten brauchten. Pollock musste zugeben, dass die Verteidigungsanlagen dezent gehalten waren, aber wenn man wusste, wo man ungefähr nach getarnten Lafetten, eingefahrenen Geschütztürmen und verschlossenen Startluken für Abfangjäger Ausschau zu halten hatte, wurde man dennoch rasch fündig.

Butterweich setzte der Privatgleiter auf einem Landeplatz dicht unter der blinkenden Spitze der Nabe auf. Pollock wartete, bis er die Hydraulik des Ausstiegs leise zischen hörte, dann stand er auf und stupste Bruno an. »Wir sind da. Alles klar?«

Der Nacktmullbeta antwortete mit einem Zucken seines Unterkiefers, das man sehr wohlwollend als Nicken deuten konnte. Er hatte eine interessante Gesichtsfarbe – porzellanblass mit einem leichten Stich ins Bläuliche.

Weichei. Pollock lächelte der Flugbegleiterin freundlich zu und trat hinaus ins grelle Sonnenlicht. In der Luft lag eine salzige Frische, die Pollock schmerzhaft daran erinnerte, wie lange er nicht mehr an einem Meer gewesen war. *Oder über einem Meer ...* Er schloss die Augen und atmete tief ein.

»Willkommen in At Lantis, Mister Shermar. Ich hoffe, Sie hatten einen angenehmen Flug.«

Der Ruf kam von einer schlanken Frau europäischer Abstammung in einer blauschwarzen Uniform mit goldenen Applikationen an den Schultern und entlang der Hosennähte. Die sichere Art, wie sie trotz der steifen Brise ihre Schritte setzte, ließ zwei Schlüsse zu: Erstens war sie unter den örtlichen CityTroopers gewiss kein kleines Licht, und zweitens hatte sie sich wahrscheinlich mittels diverser Eingriffe in ihren Gencode ihr Gleichgewichtsorgan und ihre Nervenbahnen etwas aufgemöbelt. Was Pollock deutlich besser an ihr gefiel, waren der Schimmer ihres kastanienbraunen Haars und ihre großen, blauen Augen.

»Wie könnte ich keinen angenehmen Flug gehabt haben?« Pollock deutete mit dem Daumen über seine Schulter auf den Gleiter. »Man ist nicht alle Tage in einer Privatmaschine dieses Kalibers unterwegs. Ihr Chef hat einen ausgezeichneten Sinn für Komfort.«

»Das können Sie ihm gleich persönlich sagen.« Ihr Händedruck war kräftig, ihr Lächeln schwach. »Die Crew kümmert sich um Ihr Gepäck.«

»Sehr freundlich, Miss ...?«

»Zelle. Gertrud Zelle.« Sie ließ seine Hand los. »Nennen Sie mich Trudy.«

Bruno, der mittlerweile herbeigeschlurft war, streckte nun seinerseits der Sicherheitsfrau seine Hand entgegen und wurde von ihr komplett ignoriert.

»Ich bin die Hauptverantwortliche für interne Verteidigungsfragen«, erklärte Trudy, während sie ihre Gäste zu einer breiten Automatiktür ins Innere der Nabe geleitete, die selbsttätig aufschwang. »Wenn Sie bitte nacheinander eintreten würden.«

Pollock ging voran. Der Raum hinter der Tür war vollständig verspiegelt – die Wände, die Decke, der Boden, einfach alles. Er kämpfte kurz gegen den Schwindel an, den seine ins Unendliche vervielfachten Duplikate überall um ihn herum auslösten, und taumelte einen Schritt nach vorn. Das Display seines Datenmonokels flackerte ein, zwei Sekunden und zog bunte Schlieren über sein halbes Sichtfeld. Dann fing sich das Gerät wieder, und Pollock fand seine Orientierung zurück, gerade rechtzeitig, um einigermaßen zielsicher auf die zweite Tür zuzusteuern, die sich auf der gegenüberliegenden Seite der Spiegelschleuse öffnete.

Er trat hindurch und landete in einer Art Wartelounge. Eine Couchlandschaft, deren Polster mit sündhaft teurem, antikem Echsenleder überzogen waren, lud zum Verweilen ein, und auch für das leibliche Wohl war bestens gesorgt: Eine Schale mit glänzendem Obst stand auf einem

Tisch aus einem lindgrünen Xenoholz, das von silbrigen Einschlüssen durchzogen war. Aus unsichtbaren Lautsprechern klimperten luftig-leichte Töne, die ein wahrer Virtuose einem Xylo-Flügel entlockte. Die Aufnahme war von solch klanglicher Brillanz, dass man meinte, unmittelbar neben dem Meister und seinem Instrument zu stehen.

Kann sein, dass das auch genauso ist. Ich würde es Lantis sogar zutrauen, sich ein ganzes Symphonieorchester zum Privatamüsement auf Abruf zu halten.

Ein Quieken Brunos riss Pollock aus seinen Überlegungen, *wie* reich ein Mann von der Gewichtsklasse Wilbur Graeme Lantis' wohl wirklich sein musste.

»Das kitzelt!«, jaulte der Beta. »Das kitzelt!«

Bruno wuselte an Pollock vorbei und begann, sich verzweifelt am ganzen Körper zu kratzen.

»Benimm dich!«, zischte Pollock ihm zu, ehe er sich laut und freundlich an die Sicherheitschefin wandte, die das Treiben des Betas kopfschüttelnd betrachtete. »War das schon alles? Nur ein kleiner Scan? Enttäuschen Sie mich nicht. Das hier ist At Lantis. Ich hatte ehrlich gesagt mit strengeren Kontrollen gerechnet.«

»Sie wollen's strenger?« Trudy klopfte gegen eine extrem schmalläufige Pistole in einem Holster an ihrem rechten Oberschenkel. »Bestehen Sie unbedingt auf einem Chip, der Ihnen das Rückenmark zerfetzt, falls Sie über die Stränge schlagen? Mein Boss hielt das für übertrieben.«

»Und Sie?«

»Wir hatten vor ein paar Monaten Ärger. Mit einem Wanderzirkus, ob Sie's glauben oder nicht.« Trudys Miene verfinsterte sich sichtlich. »Ich mag keinen Ärger. Wenn es nur nach mir ginge, würden wir die Perimetersicherung und die Infiltrationsabwehr drastisch verschärfen. Leider geht es in At Lantis aber nicht nur nach mir. Ich bin nicht der oberste Kopf der Befehlskette.«

Perimetersicherung ... Infiltrationsabwehr ... Befehlskette ... Springerstiefel, ich hör euch trapsen. Pollock grinste aufmunternd. »Das heißt, Sie würden uns so einen netten Chip verpassen, aber Ihr Boss hat was dagegen, weil er ein Fan von mir ist und es sich nicht mit mir verscherzen will?«

»Kann schon sein.« Trudy zuckte die Achseln.

»Also ich persönlich würde es vorziehen, wenn wir auf den Chip verzichten könnten«, warf Bruno, der in seiner Kratzerei erstarrt war, leise von der Seite ein. »Wenn es keine Umstände macht ...«

Mal sehen, ob ich richtig liege ... »Sie waren mal eine Justifierin, oder?«, fragte Pollock.

Trudy salutierte spielerisch. »Unsere Ehre heißt Erfolg.«

»Oh, Sie waren bei *Gauss Industries?«,* kommentierte Pollock den militärischen Gruß.

Trudys ohnehin schon große Augen weiteten sich noch weiter. »Sie sind gut.«

»Ich weiß«, schlug Pollock einen vertraulichen Tonfall an. »Wir beide haben etwas gemeinsam, wissen Sie. Lantis hat uns nicht angeheuert, um schlechte Arbeit zu machen.

»Mister Lantis wäre dann so weit«, hallte über das Geklimper des Xeno-Flügels eine kühle Frauenstimme durch den Raum.

»Danke, Themis«, antwortete Trudy. Sie wies mit der Hand auf einen Durchgang, hinter dem eine kurze Rampe zu einem Lift hinabführte. »Hier entlang bitte, Mister Shermar.«

»Gerne doch.«

Pollock setzte sich in Bewegung, und Bruno wollte es ihm gleichtun, doch der Beta sah sich sofort einem Hindernis gegenüber: Trudys ausgestrecktem Arm.

»Nein, du nicht.«

Erstaunlich flink tauchte Bruno unter der Barriere durch und eilte an Pollocks Seite. Seine Hände zuckten sogar in die Richtung von Pollocks Mantelärmel, bis er sich im letzten Moment eines Besseren besann. »Ich bitte vielmals um Entschuldigung, Miss, aber ich habe von meinem Arbeitgeber die ausdrückliche Anweisung erhalten, Mister Shermar bei seinen laufenden Ermittlungen auf Schritt und Tritt zu begleiten.«

»Lass gut sein, Bruno.« Pollock fasste den Beta an den Schultern und drehte ihn zur Couchlandschaft um. »Hier. Setz dich, hör ein bisschen Musik und nimm dir ein Stück Obst. Es wird nicht lange dauern.«

»Aber ... aber ...«, stotterte Bruno.

»Deine Besorgnis in allen Ehren, mein Bester, aber du übertreibst.« Pollock versetzte ihm einen sanften Schubs. »Stell dir einfach vor, ich würde nur eben mal dorthingehen, wo selbst der Ministrator zu Fuß hingeht. Oder muss ich damit rechnen, dass du vorhast, mir dabei auch noch Gesellschaft zu leisten?« Er schlenderte durch den Durchgang und wartete, dass Trudy zu ihm aufschloss. »Warum haben Sie ihn nicht festgehalten?«, fragte er.

»Er war zu schnell«, sagte Trudy knapp.

»O bitte ...« Pollock sah sie schräg von der Seite an. »Keine Spielchen, ja? Sie sind die Sicherheitschefin des teuersten Resorts der Galaxis, und ein kleiner Mullbeta drängelt sich mir nichts, dir nichts an Ihnen vorbei? Wem wollen Sie das erzählen?«

Trudy lachte bitter auf. »Wäre es Ihnen lieber gewesen, ich hätte Ihrem Freund das Genick gebrochen?«

»Von einem Extrem ins andere ... wie charmant«, murmelte Pollock.

Die Türen des Lifts glitten auf. Pollock betrat die Kabine, Trudy blieb davor stehen.

»Sie kommen nicht mit?« Das war eine echte Überraschung. »Haben Sie nicht Angst, ich könnte Ihrem Boss was antun? Sagen wir mal, das Genick brechen oder so.«

»Sie kennen meinen Boss nicht«, sagte Trudy ruhig.

Die Fahrt im Lift war gnädig kurz, und da Pollock sie allein antrat, hatte er auch nicht mit Beklemmungen zu kämpfen. Er rätselte noch über Trudys merkwürdige Andeutung, als der Lift auch schon wieder anhielt. Die Türen öffneten sich, und Pollock glaubte fast, er wäre ohne sein Wissen und ohne es zu bemerken, durch ein TransMatt-Portal befördert worden, so fremdartig war die Umgebung, in der Wilbur Lantis auf ihn wartete.

Welchem Zweck die gut zwanzig Meter hohe Halle früher einmal gedient haben mochte, als die Hauptinsel von At Lantis noch als Orbitalstation ihre Bahnen um die Erde gezogen hatte, war nicht mehr zu erkennen. Nun jedenfalls hatte man sie mit hohem Aufwand in die Nachbildung einer schwül-warmen Höhle verwandelt, von deren Decke grünbraune Tropfsteine und bizarre blaue Kristallformationen hingen. Auf dem Boden wechselten sich von schleimigen Flechten überwucherte Felsbrocken mit schlammigen Stellen und fleischigen Farnen ab, die auf gar keinen Fall irdischen Ursprungs waren. Was Pollock ein wenig beunruhigte, war der Umstand, dass die Flechten an einigen Felsen wie weggebrannt wirkten und die Blätter mancher Gewächse den Eindruck erweckten, als wären sie von gewaltigen Krallen zerfetzt worden.

Hermes Christus! Das sieht aus wie nach einem ...

»Hier bin ich, Mister Shermar!«, donnerte es kräftig aus einer Ecke links von Pollock. Aus einer Stellung aus Sandsäcken und Flecktarnnetzen winkte ihm ein hochgewachsener Mann zu, der noch größer erschien, weil er in einer schweren, blauschwarzen Exo-Rüstung steckte.

»Mister Lantis?«

»Wer sonst?«

Pollock näherte sich der Stellung gemessenen Schrittes, obwohl sein Gastgeber über beide Ohren strahlte. Für einen Menschen, der ein paar Jahrhunderte auf dem Buckel hatte, umgab Lantis die Aura erschütternder Vitalität. Erst als Pollock ihm gegenüberstand, machte er die feinen Anzeichen dafür aus, dass selbst die besten Gentherapien den Alterungsprozess bis dato nur erheblich verlangsamen, aber nicht vollkommen aufhalten konnten: Die Kopfhaut blitzte an den Schläfen bleich durch Lantis' schwarzes Haar, die Haut direkt unter dem Kinn spannte sich nicht so straff wie im Rest seines Gesichts, und das Weiße in seinen Augen hatte einen kaum merklichen Stich ins Gelbliche.

»Pollock Shermar.« Die Servo-Einheiten an den Schultergelenken von Lantis' Panzerung sirrten leise, als er die Arme ausbreitete. »Es ist mir eine große Ehre und ein noch größeres Vergnügen.«

Pollock erwiderte die herzliche Umarmung verhalten. »Die Ehre ist ganz meinerseits, und zum Thema Vergnügen ... na ja, ich bin nicht zum Urlaubmachen hier.«

Lantis grinste nach wie vor wie ein Honigkuchenpferd. »Tun Sie mir einen Gefallen?«

»Kommt drauf an.«

»Nichts Großes, Ehrenwort«, beteuerte Lantis. »Sie würden einen alten Mann sehr glücklich machen, wenn Sie es einmal nur für ihn sagen.«

Wie bitte? Was will er von mir? »Sie meinen aber nicht das Motto aus meiner alten Serie?«

»Doch.« Lantis sah ihn erwartungsvoll an. »Oder ist das zu viel verlangt?«

»Aber nein.« Pollock hüstelte sich den Rachen frei, und trotzdem hatte er das sonderbare Gefühl, die legendären Sätze, mit denen er die Herzen zahlloser Menschen überall in der Galaxie für sich gewonnen hatte, hier und jetzt zum allerersten Mal auszusprechen. »Mein Name ist Pollock Shermar. Ich löse jeden Fall auf jeden Fall.«

Lantis, der geradezu ergriffen gelauscht hatte, bekam tatsächlich feuchte Augen und flüsterte: »Danke. Danke, Mister Shermar. Sie haben einen Traum wahr werden lassen. Und das sagt Ihnen ein Mann, der tief gerührt ist, auch wenn er sich schon so manchen Traum erfüllt hat.«

»Keine Ursache. Jederzeit wieder.« Pollock drehte sich halb zu den Farnen und Felsen der künstlichen Höhle. »Aber vorher hätte ich auch eine kleine Bitte, Mister Lantis. Wären Sie so freundlich, mir zu erklären, wo wir hier sind?«

»Das hier ist der einzige Ort, an dem ich Ruhe und Entspannung finde.« Lantis nahm einen *United Industries* Repeater, der gegen die Sandsäcke lehnte, und lud das Sturmgewehr mit ein paar geübten Handgriffen durch. »Ohne regelmäßigen Aggressionsabbau bleibt kein Paradies lange ruhig, nicht einmal mein eigenes.«

»Ich habe den Cache gelehrt«, meldete dieselbe kühle

Frauenstimme, die Pollock schon oben in der Wartelounge gehört hatte. Diesmal jagte ihm der gleichmütige Klang einen eiskalten Schauer über den Rücken. »Es kann losgehen.«

»O gut«, freute sich Lantis. »Einen kleinen Moment noch, Themis, ja?« Er schlug eine auf dem Boden liegende Plane zurück und enthüllte so ein beeindruckendes Arsenal an Schusswaffen, die sauber nach Größe sortiert nebeneinander lagen. »Hier. Ich kann doch sicher auf Ihre tatkräftige Unterstützung im Gefecht zählen, Mister Shermar. Suchen Sie sich was Hübsches aus.«

Pollock blinzelte einmal zu viel, und sein Monokel begann, Daten über die dargebotenen Tötungsinstrumente auszuspucken. Ungefragt erfuhr Pollock, dass der *TCP Evaporator* der Blaster mit dem niedrigsten Energieverbrauch pro abgegebenem Schuss war, dass die *TTMS Sveeper-MP* ohne eingelegtes Magazin ein Gewicht von unter 250 Gramm besaß und dass man mit der *UI Mower* nur Salven und keine Einzelschüsse abfeuern konnte. Nichtsdestoweniger entschied sich Pollock für genau diese schwere Maschinenpistole und nahm neben Lantis Kampfhaltung ein.

»Keine falsche Zurückhaltung«, bat Lantis grimmig.

»Das sind echte Waffen«, sagte Pollock.

»Natürlich.«

»Habe ich die Broschüre da irgendwie falsch verstanden, oder sind echte Waffen in At Lantis nicht verboten?«

»Ich habe diesen Laden aufgemacht, damit ich tun und lassen kann, was ich will, mein Junge«, sagte Lantis amüsiert. »Da werd ich mir doch nicht selbst meine Hobbys verbieten. Und jetzt Augen geradeaus. Sie kommen.«

Sie kündigten ihr Erscheinen durch ein unheimliches

Stampfen, Reiben und Schaben an, Geräusche wie von urtümlichen Tieren, die in einem engen Pferch kurz vor einer Stampede standen. Doch das, was da vom anderen Ende der Höhle auf die Stellung zustürmte, waren keine Tiere. Es waren Maschinen – eine Horde umgebauter sechsbeiniger Wachbots, so groß wie Pferde aus uralten Western. Wo gewöhnliche Vertreter ihrer Art mit Fernwaffen ausgerüstet waren, hatte man diesen Bots jeweils vier Arme verpasst, die in Vibroscheren endeten, und hinten auf die Rümpfe hatte man ihnen biegsame Schwänze aufgesetzt, die in gezackten Stacheln ausliefen. Und sie waren schnell. *Verdammt* schnell!

Pollock spannte den Finger um den Abzug seiner schweren MP und versuchte, den widerwärtig bitteren Speichel hinunterzuschlucken, der ihm mit einem Mal im Mund schwappte. *Mach schon, schieß!*

Lantis kam ihm zuvor. Das Sturmgewehr in seinen Händen spie krachend einen steten Strom panzerbrechender Hochexplosivgeschosse aus, und die Bots, die vom Zorn des Repeaters getroffen wurden, wiesen schnell kindskopfgroße Einschusslöcher auf, aus denen Funken sprühten und Hydraulikflüssigkeit spritzte. Lantis war ein exzellenter Schütze, der dank seines langen Lebens zweifelsohne unglaublich viel Zeit darauf verwendet hatte, sein natürliches Talent zu verfeinern und seine strategische Raffinesse zu erweitern. Er streute seine Garben so über sein gesamtes Schussfeld, dass er mal links, mal rechts, mal mittig einem der vorrückenden Bots die Beine absenste und so dessen nachfolgende Maschinenkameraden in ihrem Ansturm merklich bremste.

Pollock brauchte einen Streich, den seine überreizten

Sinne ihm spielten, um seine eigentümliche Lähmung zu überwinden. Plötzlich hatte er das charakteristische Husten eines Granatwerfers im Ohr, und der Schock über diesen Laut entlockte ihm einen erschrockenen Aufschrei. *Haben die Dinger doch was für längere Distanzen?* Als auf das Husten keine Detonation folgte, dämmerte ihm, dass er sich getäuscht haben musste. Er biss die Zähne zusammen und ließ die *Mower* sprechen. Seine kurzen Feuerstöße konzentrierte er hauptsächlich auf die Bots, die sein Partner weich gekocht hatte. Ansonsten wagte er es nur vereinzelt, auf die Maschinen umzuschwenken, die über die beschädigten oder bereits ganz zu Klump verarbeiteten Angreifer klettern mussten und daher etwas langsamer waren. Die flotteren Exemplare, die sich durch die Lücken zwängten, überließ er Lantis.

Er käme auch ohne mich spielend zurecht. Was ist das? Ein Test? Er riskierte einen Seitenblick zu Lantis. Dessen Lippen bewegten sich in einem ständigen Murmeln. Pollock rief die Lippenleseapp seines Monokels auf. Eine Abfolge derber Flüche und Verwünschungen wurden ihm auf die Netzhaut projiziert:

Da hast du deinen neuen verfickten Pool, Jewel!

Scheiß auf dich, Alex, scheiß auf dich und deine beschissenen Investmentvorschläge!

Ich schenke dir und deinen Gefühlen nicht genug Beachtung, Blake? Wie sieht's damit aus? Reicht dir das, du Schlappschwanz?

O Colby, wenn ich mir deine hässliche Fresse so ansehe, hätte ich doch besser ins Meer gewichst. Du wärst ein guter Pirat geworden!

Irritiert schloss Pollock die App und widmete sich wieder

voll den krebsartigen Bots. Kaum mehr als eine Handvoll von ihnen war noch übrig, die gemäß ihrer Programmierung weiter ihrem sicheren Untergang entgegenstrebten. Glühende Metallsplitter wirbelten durch die Luft, Vibroscheren klackten und surrten nutzlos, spitze Schwänze peitschten umher, Schlamm spritzte, Farne wurden gestutzt, Felsbrocken durchlöchert.

Es war bald vorbei.

Ein letztes Mal fauchte armlanges Mündungsfeuer aus dem Repeater, dann war einen Augenblick alles still, bis auf Lantis' abebbendes Gemurmel, das leise Ticken der heißen Waffenläufe und das Zischen sterbender Elektronik in den klaffenden Wunden der Bots.

Der beißende Pulverdampf und der stechende Rauch verschmorter Platinen hatten sich noch nicht verzogen, als sich die kühle Frauenstimme zu Wort meldete. »Glückwunsch, Wilbur. Das war eine Trefferquote von 87 Prozent. Keine persönliche Bestleistung, aber angesichts der Umstände ein sehr gutes Ergebnis.«

Lantis tat so, als würde er einen Hut lupfen. »Vielen Dank, Themis.«

»Ihre Trefferquote, Mister Shermar«, fuhr Themis fort, »lag bei 46 Prozent. Unter Berücksichtigung der Tatsache, dass Ihnen das Szenario nicht vertraut war, ein durchaus akzeptables Ergebnis.«

Pollock achtete nicht weiter auf das spröde Lob seitens Lantis' Sekretärinnen-Avatars oder was immer auch da zu ihm sprach. Ihm gingen die Namen nicht aus dem Kopf, die er auf seinem Monokel gelesen hatte. *Jewel, Alex, Blake, Colby* ... »Schießen Sie in Ihrer Freizeit immer auf Mitglieder Ihres Clans, Mister Lantis?«

Lantis lachte ein erstaunlich offenes, dreckiges Lachen. »Nennen Sie mich Wilbur. Ich bestehe darauf.« Er ließ den Repeater sinken. »Sie haben keine Familie, nicht wahr, Pollock? Ein bedauerliches Unglück in einer Fertigungsanlage für Düngemittel, wenn ich mich nicht irre?«

»Sie irren sich nicht ... Wilbur.« *Du bist gut über mich informiert, Fanboy.* Die Erinnerung an das Schicksal seiner Eltern und seiner Schwestern war für Pollock nicht mit Schmerz verbunden. Er war damals – bei dem, was mehr als dreißigtausend Kolonisten das Leben gekostet hatte und bei Gedenkfeiern die Tragödie von Neu-Oppau genannt wurde – nicht mehr als ein Baby gewesen. Ein Baby, das in einem konzerneigenen Waisenhaus von *Alliance* großgezogen und nach Einstufungstests in der Vorschule auf eine spätere Tätigkeit als Ermittler hin erzogen und ausgebildet worden war. »Aber Ihrem Lachen nach zu urteilen, kann ich mich glücklich schätzen, ohne bucklige Verwandtschaft auskommen zu dürfen.«

»Nun ja ...« Lantis wiegte den Kopf hin und her. »Vielleicht würde ich anders reden, wenn ich früher ab und zu die Hosenknarre hätte stecken lassen, wenn Sie wissen, was ich meine. Ich habe mehr als drei Dutzend Kinder und mehr Enkel, Urenkel und sonstige Nachkommenschaft, als ich mir merken kann.« Er deutete mit zwei Fingern das Schnippen einer Schere an. »Zu meinem zweihundertfünfzigsten Geburtstag habe ich mir dann schließlich ein ganz besonderes Geschenk gemacht. Die beste Entscheidung meines Lebens, auch wenn sie ein paar Jahrzehnte zu spät kam.«

»Das ist alles sehr interessant, Wilbur ...« Pollock legte die *Mower* auf den Sandsäcken ab. »Aber ...«

»Aber Sie sind ein Mann der Tat und wollen gleich mit Ihrer Arbeit anfangen.« Lantis nickte. »Verstehe. Kenne ich. Ein wacher Geist verträgt keine Ruhepausen.«

»Ich habe im Gleiter hierher lange genug geschlafen«, gestand Pollock. »Sehr schöne Maschine übrigens.«

»Wollen Sie sie haben?«, bot Lantis an.

Hoppla. Einen Moment verschlug es Pollock die Sprache. *Er würde mir einfach so seinen Gleiter schenken?*

»Als kleinen Vorschuss und Zeichen meiner Zuneigung.«

»Ich habe leider keinen Pilotenschein«, wehrte Pollock dankend ab. »Ich würde nur gern so schnell wie möglich die Aufzeichnungen der anderen Vorfälle sehen, wegen denen ich hier bin.«

»Da muss ich Sie enttäuschen, fürchte ich«, gestand Lantis leicht zerknirscht. »Es gibt nämlich keine.«

»Ach?« *Will er mich verarschen?*

»Dieses Video, das Sie gesehen haben ... das auf dem Colt Nadar diesem Psionikerfritzen das Hirn aus dem Schädel prügelt ... es existiert nur, weil Nadar seinen Wohnbereich aus eigenen Stücken überwachen ließ«, erklärte Lantis. »Stimmt's, Themis?«

»Korrekt, Wilbur«, kam die umgehende Bestätigung. »Mister Nadar bestand auf einer lückenlosen Überwachung, weil er ein mögliches Erscheinen seiner verstorbenen Gattin unter keinen Umständen verpassen wollte. Eine emotional nachvollziehbare, aber aus naturwissenschaftlichem Blickwinkel betrachtet absolut törichte Forderung.«

»Den meisten meiner Teilhaber – oder Untertanen, wie ich sie gern nenne, wenn sie mich nicht hören können – ist die Wahrung ihrer Privatsphäre hoch und heilig.« Lantis warf einen Blick auf die niedergemähten Krebsbots. »Sie haben alle ihre harmlosen Marotten, und sie zahlen bestimmt kein kleines Vermögen, damit sich jeder Idiot auf dem StellarWeb ansehen kann, wie sie diese Marotten ausleben, falls unsere Sicherheit wider Erwarten doch einmal großflächig geknackt werden sollte. Deshalb trennen wir in At Lantis auch strikt zwischen dem öffentlichem Raum, der so umfassend wie nur irgend möglich überwacht wird, und dem privaten Raum, wo man ganz für sich sein kann. Ohne Ängste, Zwänge und Hemmungen.«

»Keine Aufnahmen ...« Pollock strich sich über den Backenbart. »Nadar war der einzige Überlebende dieser Vorfälle, richtig?«

»Ja, war er. Sie wollen mit ihm sprechen, nehme ich an?«

»Selbstredend.«

Lantis zog eine betrübte Miene. »Ich wäre höchst überrascht, wenn Sie noch etwas Sinnvolles aus ihm herauskriegen würden.«

Eine dunkle Ahnung stieg in Pollock auf. »Wo ist er jetzt?«

»Dort, wo er keinen Schaden mehr anrichten kann.« Lantis schulterte den Repeater. »Im Himmel.«

6

Wie immer nach jeder Partie säuberte Wilbur Lantis die Waffen selbst. Es war Teil seiner persönlichen Philosophie, mit der er seit Jahrhunderten sehr gut fuhr: Räum hinter dir auf, dann durchstöbert auch keiner deinen Müll. Waffensäubern war nichts, was ihm ein ernstzunehmendes Maß an Konzentration abverlangt hätte, und so kreisten seine Gedanken um den jüngsten Gast in seinem Reich. Ihm fiel auf, dass der Griff der *Mower,* mit der Pollock gefeuert hatte, von einem dünnen Schweißfilm überzogen war. »Glaubst du, er hat etwas gemerkt?«

»Deine Frage ist sehr unpräzise gestellt«, kam Themis' Erwiderung.

»Du weißt, was ich meine, mein Schatz.« Ein Lächeln huschte über sein Gesicht. *So viele Jahre, und sie versucht immer noch bei jeder Gelegenheit, ihre kleinen Spielchen mit mir zu treiben ...*

»Gut, wie du möchtest.« In Themis' Stimme lag nicht der

73

geringste Vorwurf. »Nein, ich glaube nicht, dass er etwas bemerkt hat. Ich denke, er hält mich für einen Avatar, der für dich die Funktion einer Sekretärin oder einer persönlichen Assistentin hat. Der Verdacht liegt für ihn sicher nahe, da er selbst mit Madonna Presley eine solche Person in seinem Leben hat. Ich habe die Erfahrung gemacht, dass Männer wie er dazu neigen, von sich selbst auf andere zu schließen.«

»Männer wie er?«

»Männer, die sich unverdientermaßen für den Nabel des Universums halten.«

»Du magst ihn nicht.« Wilbur wischte sorgfältig den Schweiß vom Griff der *Mower*. Er war lange genug mit Themis zusammen, um sich einreden zu können, die versteckten Bedeutungsnuancen hinter mancher ihrer Äußerungen zu begreifen.

»Ob ich ihn mag oder nicht, ist völlig irrelevant.« Themis schwieg einen Moment. »Er hat etwas Merkwürdiges an sich.«

Wilbur horchte auf. »*Das* ist mal eine unpräzise Aussage«, stichelte er.

»Er hat beileibe nicht so gut geschossen, wie man es von jemandem mit seinem Erfahrungsstand erwarten kann«, unternahm Themis einen Erklärungsversuch. »Er hat vor dem ersten Schuss sehr lange gezögert.«

»Mir ist ein Mann, der erst nachdenkt und dann schießt, wesentlich lieber als einer, der es umgekehrt hält.« Wilbur ging in die Knie, freute sich über die Geschmeidigkeit seiner Bewegungen dank der Exo-Panzerung und legte die *Mower* zurück zu den anderen Waffen seines Arsenals. »Ich will, dass diese peinliche Angelegenheit möglichst schnell abgewickelt wird, bevor unsere Untertanen unruhig werden. Vertrau mir, meine Liebe. Pollock Shermar ist genau der Richtige für diesen Job.«

»Das hat selbstverständlich nicht das Geringste damit zu tun, dass du seine Serie so spannend findest«, merkte Themis in gleichmütiger Unschuld an.

»Er ist ein Profi«, sagte Wilbur überzeugt. »Dass ihm bei seiner Arbeit bisher immer ständig jemand über die Schulter gesehen hat, änderte nichts an ihrer Qualität. Oder findest du auch, *ich* erledige meine Aufgaben schlechter, weil *du* mich dabei beobachtest?«

»Der Unterschied ist, dass wir beide keine Reality-Doku drehen«, erwiderte Themis stoisch. »Ich bin eben noch einmal sämtliche Folgen von *Pollock, Private Eye* durchgegangen, und ich schätze, dass in zwei Dritteln seiner Fälle bestimmte Ereignisse seitens der Produzenten manipuliert wurden, um ihm ein Image als absolut fehlerloser Ermittler zu verleihen.«

Wilbur richtete sich aus der Hocke auf. »Bleibt immerhin ein Drittel, bei dem er ganz allein zur Untermauerung dieses Images beigetragen hat.«

Aus Luken in den Höhlenwänden rollten robuste Wartungsbots, die eifrig damit begannen, die geschundenen Überreste ihrer aggressiveren Brüder zu bergen.

»Du hast ihm freien Zugang zu allen Bereichen gewährt, die er betreten möchte«, sagte Themis über den einsetzenden Lärm hinweg.

Daher weht also der Sonnenwind ... Wilbur drehte sich in Richtung der nächsten Kamera an der Wand der künstlichen Höhle und lächelte aufmunternd hinein. »Hast du Angst, er könnte etwas herausfinden, das ihn für uns zu einer Bedrohung macht?«

»Nein, davor habe ich keine Angst.« Themis legte eine dramatische Pause ein. »Ich habe Angst, du bist enttäuscht und niedergeschlagen, falls dein geliebter Star versagt. Du neigst bei Rückschlägen zu irrationalen Kurzschlussreaktionen.«

Wilbur runzelte die Stirn. »Es entbehrt nicht einer gewissen Komik, dass ausgerechnet du so etwas sagst.«

»Du hast mich doch immer dazu ermuntert, meinen Sinn für Humor zu schärfen«, gab Themis nüchtern zurück. »Und außerdem bin ich tatsächlich sehr besorgt darüber, dass du es mir nicht verzeihen würdest, wenn ich die nötigen Maßnahme ergreife, falls Pollock Shermar auf etwas stößt, auf das er besser nicht stoßen sollte. Er ist es nicht wert, dass das, was wir beide haben, seinetwegen verloren geht.«

»Oh ...« *Ich Idiot. Es geht ihr nur um mich.* Wilbur schaute tief in die Kamera. »Wenn das so ist, mein Herz, dann würde ich vorschlagen, dass du Pollock gut im Auge behältst und verhinderst, dass er irgendwelche Dummheiten anstellen kann.«

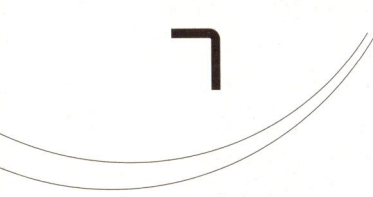

Weiß war die dominante Farbe im Himmel. Nicht nur, weil alle Ärzte und Pfleger Weiß trugen, ebenso wie die Patienten. Auch Wände und Decken waren weiß, genau wie sämtliche Einrichtungsgegenstände in diesem Sanatorium, das auf einer eigenen Antigrav-Scheibe hoch über der Nabe der Hauptinsel von At Lantis schwebte: die Relaxionssessel, die mit Meerwasser gefüllten Floating-Tanks, die Lampen, die Vasen, die Pflanzen in den Vasen. Selbst die Platten der Handabdruckscanner an den Türen zu jenen Flügeln des Gebäudes, die die dort untergebrachten Patienten nicht auf eigenen Entschluss hin verlassen durften, waren weiß. Und für einen Synästhetiker, dessen Wahrnehmung die Reize unterschiedlicher Sinne miteinander verknüpfte, hätten sich die dezenten Gongklänge, die durch die Räumlichkeiten waberten, bestimmt ebenfalls weiß angehört.

Mit Bruno im Schlepptau ließ sich Pollock von einem redseligen Arzt quer durch den Himmel zu Colt Nadars Krankenzimmer führen. Unterwegs machte er zwei mögliche Gründe für sein wachsendes Unbehagen aus: Erstens hatte der quasselnde Seelenklempner verblüffende Ähnlichkeit mit Carl, einem der beiden Avatare, denen Pollock auf seiner Raumstation im Nirgendwo regelmäßig sein Herz ausgeschüttet hatte – hohe Stirn, kantiger Schädel, perfekt gestutzter grauweißer Schnäuzer. Zweitens fühlte er sich in seiner dunklen Kleidung wie ein Fremdkörper, ein ahumanes Geschöpf aus einer fremden Welt, in der nicht alles hell und lichtdurchflutet war. *Für wie viele der kranken Leute, die sich hierhin geflüchtet haben, bin ich wohl der personifizierte Schatten der Vergangenheit?* Dieser zynische Gedanke schaffte es irgendwie, ihn ein wenig aufzuheitern.

»Du siehst nachdenklich aus«, sprach ihn Bruno unvermittelt an, dessen Schuhe mit den hohen Gummisohlen bei jedem schlurfenden Trippelschritt ein hässliches Quietschen erzeugten.

»Ich dachte vorhin einen Moment, wir kämen zu spät«, sagte Pollock. »Als Lantis irgendwas von einem Himmel faselte, in den er Nadar geschickt hat, war ich kurz davon überzeugt, er hätte ihn einfach höchstpersönlich abgeknallt, weil Nadars Ausraster ihm sein kleines Paradies verdorben hat.«

»Wie ist Lantis?«, wollte Bruno wissen.

Verrückt, zuckte es Pollock unfairerweise sofort durch den Kopf. Auch in Anbetracht der Tatsache, dass einer von Lantis' Angestellten mithörte, milderte er die spontan von seinem Unterbewusstsein getätigte Einschätzung hinsichtlich Lantis' geistiger Verfassung deutlich ab. »Er pflegt offenbar skurrile Hobbys. Und er ist ein eingefleischter Fan von mir. Ansonsten ... ansonsten merkt man ihm an, wie viel er schon gesehen und erlebt hat. Er hat sehr klare Vorstellungen davon, was er will, was er von anderen erwartet und wie man sich die Welt so macht, wie sie einem gefällt.«

Sie durchquerten einen weiteren Raum, in dem kugelrunde Floating-Tanks aufgereiht waren. Die Klappen aller zwölf Tanks, in denen man sich als überspannter Atlanter einfach auf dem Wasser treiben und sein anstrengendes Leben im überbordenden Luxus hinter sich lassen konnte, waren geschlossen. »Es scheint, als könnten Sie sich nicht über mangelnde Kundschaft beklagen, Doktor Esquirol.«

»Wir haben hier immer so viel zu tun.« Esquirol fiel in ein etwas gemächlicheres Tempo. »Beruflicher Erfolg, ganz egal, in welchem Metier, schützt einen in keiner Weise vor psychischen Problemen. Im Gegenteil. Solche Personen neigen dazu, sich ständigem Leistungsdruck auszusetzen und die Erwartungen an sich selbst ins Unermessliche hochzuschrauben, was längerfristig natürlich bei vielen nur zu vegetativen Erschöpfungszuständen führen kann. Andere entwickeln ...«

»So spannend ich es auch finde, etwas über die schlimmen seelischen Nöte der gesellschaftlichen Elite zu erfahren, Doktor, brennt mir leider eine ganz andere Frage auf den Nägeln«, würgte Pollock ihn ab. »Wissen Sie zufällig, wo die Obduktionen an den Opfern der unglücklichen Vorfälle durchgeführt wurden, zu denen es in letzter Zeit gekommen ist?«

»Ja«, antwortete Esquirol knapp. »Bei uns.«

»Ehrlich? In einem Sanatorium?«

»Mister Pollock ...« Esquirol zupfte sich im Gehen an seiner weißen Krawatte. Seine bisherige Freundlichkeit schmolz mit jedem weiteren Wort dahin. »Es wird Sie nicht überraschen, dass die Trooper, die zu den Tatorten gerufen wurden, relativ schnell der Auffassung waren, auf die grausigen Spuren eines Verhaltens gestoßen zu sein, das sich den antiquierten Begriff abnormal durchaus redlich verdient hatte.«

»Verstehe.« *Der Schneemann meint, ich würde an seinen Qualitäten als Forensiker zweifeln.* Pollock hob den Arm mit der Multibox. »Könnten Sie mir diese Obduktionsberichte vielleicht aushändigen?«

»Sicher.«

Esquirol blieb stehen, tippte auf seiner eigenen Multibox herum, und einen energischen Bump später waren die Daten auch schon in Pollocks Besitz. Der Empfang wurde mit einem hellen Piepser bestätigt, dessen hohe Frequenz Bruno sichtlich missfiel, denn der Nacktmullbeta rieb sich genervt über die kleinen Ohrmuscheln.

Dann ging Esquirol seinen Gästen wieder voraus, zackiger und zielstrebiger als zuvor. Sein langer Hals wurde mehr und mehr zu einem ungewöhnlichen roten Farbtupfer im allgegenwärtigen Weiß des Himmels. »Ich bin kein Vollidiot, Mister Pollock«, platzte es schließlich aus ihm heraus, nachdem sie eine doppelte Sicherheitsschleuse passiert hatten. »Mir ist klar, warum Sie sich die Berichte genauer ansehen wollen.«

»Wirklich?«

»Ja, wirklich«, zischte Esquirol. »Wegen der ungewöhnlich hohen Konzentration an Neurotransmittern und Hormonen im Blut mancher Opfer. Sie wollen daraus irgendeine abstruse Theorie ableiten. Das sollten Sie sich abschminken. Sie verwechseln da nämlich Ursache und Wirkung. Es kann ja sein, dass es zu Ihrem täglichen Geschäft gehört, in körperliche Auseinandersetzungen verwickelt zu werden und da am Ende jemanden vom Leben zum Tod zu befördern. Aber soll ich Ihnen etwas verraten? Wenn ich Ihnen nach so einer Auseinandersetzung Blut abzapfe, finde ich auch eine ungewöhnlich hohe Konzentration von ziemlich interessanten Stoffen. Das ist eine natürliche Reaktion des Körpers auf eine extreme Stresssituation. Mehr nicht. Dazu kommt, dass von den Bewohnern von At Lantis traditionell eine sehr breite Palette an Medikamenten und ...« Er stockte. »... und Präparaten eingenommen wird. Ohne jede ärztliche Aufsicht.«

»Sprechen Sie von Drogen?«, nuschelte Bruno.

»Nein, ich spreche von Hustenbonbons, Sie Kretin«, höhnte Esquirol.

»Ich muss doch sehr bitten!« Brunos Tasthaare bebten vor Erregung. »Es gibt keinen Anlass für eine derartige Entgleisung, und ...«

»Ho, Brauner.« Pollock klopfte Bruno auf die Schulter. *Vor zwanzig Jahren hätte es dafür ein Paar Ohrfeigen von mir gesetzt, du arroganter Bastard.* Er fixierte Esquirol ernst. »Der gute Onkel Doktor wird sich jetzt wieder einkriegen und uns zu dem Mann bringen, wegen dem wir hier sind. Je schneller das passiert, desto schneller ist er uns auch wieder los.«

Zum Glück war der Weg zu Nadar nicht mehr allzu weit. In einem breiten Gang, auf dem in regelmäßigen Abständen links und rechts Türen abgingen, öffnete Esquirol wortlos den Zugang zu einem schmalen, schlauchartigen Raum. Er wartete, bis Bruno und Pollock ihm in das kahle Zimmer gefolgt waren, das als einziges Möbelstück eine gepolsterte Bank entlang einer der glatten, glänzenden Wände besaß. Dann legte er die Handfläche auf die gegenüberliegende Wand, die einen Sekundenbruchteil später vollkommen transparent wurde und den Blick auf die eigentliche Unterbringung Colt Nadars freigab.

Wie nicht anders zu erwarten, war auch das Krankenzimmer komplett in Weiß gehalten. Die spärliche Einrichtung erinnerte eher an eine Gefängniszelle: ein Bett mit Latexmatratze, ein Tisch, ein Stuhl, ein Waschbecken, eine Toilettenschüssel ohne Brille oder Deckel. Alle waren aus robustem Hartplastik sowie fest und nahtlos in Boden und Wänden verankert. Nadar saß auf dem Stuhl und starrte reglos auf die Tischplatte. Dort glitzerte der Diamant, in den er die Asche seiner toten Gattin verwandelt hatte. Nadar hatte tiefe Ringe unter den Augen, und seine Wangen hatten einiges an Fülle eingebüßt.

»Du hast Besuch, Colt«, sprach ihn Esquirol an.

Pollock registrierte nur am Rande, dass man sich im Himmel offenbar der althergebrachten Therapielehre nach Edwin Oggersheimer verpflichtet fühlte, deren Grunddogma darin bestand, die emotionale Distanz zwischen Behandler und Behandeltem so gering wie möglich zu halten.

Nadar reagierte nicht.

»Das sind Pollock und Bruno.« Esquirol stand so dicht vor der Scheibe, dass sich sein Atem darauf niederschlug. »Sie würden sich gern mit dir unterhalten.«

»Sie sind hier, weil ich Cayce umgebracht habe«, sagte Nadar, ohne den Blick von seinem Diamanten abzuwenden. Seine Stimme klang dumpf und ohne jedes erkennbare Gefühl durch die Scheibe. »Sie wollen wissen, warum ich ihn getötet habe. Ist das wirklich so interessant?«

»Sie haben sein Gehirn gegessen.« Pollock zuckte die Achseln. »So was kommt nicht alle Tage vor.«

Esquirol räusperte sich diskret.

»Du brauchst mich nicht vor der Wahrheit zu beschützen, Phillippe. Ich weiß genau, was ich getan habe.« Ein Hauch von Belustigung schwang plötzlich in Nadars Worten mit. »Kannten Sie ihn, Pollock?«

»Wen? Cayce?«

Nadar nickte.

»Ja. Wir waren Kollegen, wenn man so will. Ich bin ihm ein paarmal über den Weg gelaufen. Er war ein ziemliches Arschloch, mit Verlaub.« Pollock ignorierte Brunos überraschtes Ächzen und Esquirols strafenden Blick. »Es mag zwar sein, dass man als Telepath automatisch zum Arschloch wird, weil man immer mitbekommt, was andere Leute so über einen denken. Das kann einem schon den Charakter zerhageln. Aber ehrlich gesagt glaube ich, dass Cayce schon als selbstgefälliges, aufschneiderisches Arschloch auf die Welt gekommen ist, und es wundert mich kein Stück, dass er so ein schreckliches Ende gefunden hat.«

»Jeder bekommt am Ende das, was er verdient«, sagte Nadar.

Pollock steckte die Hände in die Hosentaschen und trat näher an die Scheibe. »Sie wirken sehr gefasst. Kein Zorn, keine Reue, kein Gejammer. Ich habe ein Video von Ihnen und Cayce gesehen, und ich hatte etwas anderes erwartet.«

Nadar streichelte sanft mit zwei Fingern über den Diamanten vor ihm. »Haben Sie schon mal einen anderen Menschen getötet, Pollock?«

»Hab ich. Acht Stück.« *Die 264 Leute in diesem Drecksbun-*

ker auf Gambela nicht mitgezählt, aber wir wollen nicht klein-
lich werden. »Hat mir nicht sonderlich viel Freude bereitet.«

»Was war Ihre Ausrede?«

Pollock runzelte die Stirn. »Ich kann Ihnen leider nicht
ganz folgen.«

»War es Notwehr?«

»Könnte man so sagen, ja.« Pollock hörte Esquirol laut
schlucken.

»Da haben Sie Ihre Ausrede.« Nadar nickte versonnen
und streichelte weiter den Edelstein.

»Mister Nadar, bei allem Verständnis für Ihre bedauernswerte Situation.« Bruno drängelte sich neben Pollock
an die Scheibe. »Notwehr lässt sich beim besten Willen
doch nicht mit einem Mord vergleichen.«

»Töten ist töten. Und wer aus Notwehr tötet, entschließt
sich, selbst zu töten, um sich nicht töten zu lassen.« Nadar
drehte das Gesicht zur Scheibe. »Meine Ausrede ist, dass
ich nicht Herr meiner Sinne war.«

»Das ist keine Ausrede, das ist die Wahrheit.« Esquirol
blinzelte und fummelte erneut an seiner Krawatte. »Du
hast mir erzählt, du könntest dich an nichts erinnern.«

»Unterbrechen Sie den Mann nicht«, verlangte Pollock.

»Reg dich nicht auf, Phillippe«, bat Nadar. »Ich habe dich
angelogen, weil ich mit der Wahrheit warten wollte, bis
jemand zu mir kommt, der sie vielleicht versteht.« Seine
Augen nahmen einen sonderbaren Glanz an. »Jemand wie
Pollock. Sehen Sie, es spricht vieles dafür, dass mich irgendein äußerer Einfluss zu meiner Tat getrieben hat. Ich
weiß, dass ich nicht der Einzige hier in At Lantis bin, der
zum Töten verleitet wurde. Ich bin nur der Einzige, der

dafür nicht mit seinem eigenen Leben bezahlt hat. Es würde mir also leicht fallen, nun zu behaupten, ich wäre irgendwie benebelt gewesen, in einem Blutrausch, oder wie immer Sie es nennen wollen. Aber es war nicht so.«

»Sondern?«, fragte Pollock. »Wie war es dann?«

»Ein Moment vollkommener Klarheit.« Ein Lächeln umspielte zaghaft Nadars Lippen. »Wenn es ein äußerer Einfluss war, dann hat er mir ein großes Geschenk gemacht. Ich hatte schon lange den Verdacht, dass Cayce mich betrügt. Dass er nicht mit meiner Nidhi in Kontakt steht. Dass er meine Liebe zu ihr nur ausbeutet. Aus reiner Gier.«

Nadar stand auf und presste die Hände gegen die Scheibe. Die plötzliche Bewegung ließ sowohl den Psychiater als auch den Beta einen Schritt zurückweichen. Pollock hingegen begegnete dem Blick des Mörders ungerührt. »Und dann waren Ihre Zweifel mit einem Mal verflogen und Ihnen wurde Gewissheit geschenkt.«

»Ich wusste, dass Sie mich verstehen.« Nadar ließ langsam die Hände sinken und krümmte die Finger dabei zu Klauen. »Cayce war ein Parasit, der sich an mir festgesaugt hatte, und es war Zeit, ihn mir aus dem Fleisch zu reißen, um nicht endgültig zugrunde zu gehen. Ohne das, was über mich kam, hätte ich dazu nie die Kraft gefunden.« Nadar ballte die Fäuste. »Er wusste alles über mich. Er kannte jede meiner Schwächen, jeden meiner Fehler, für den ich mich vor mir selbst und vor meiner Nidhi schämte. Er musste sterben.«

»Was für Fehler waren das?« In Pollock rührte sich der Spürsinn, dem er es so lange verboten hatte, sich ordentlich auszutoben. »Was war so schlimm, dass Sie sich deswegen vor Ihrer toten Frau schämen mussten?«

»Bestätigen Sie ihn bitte nicht in seinen Wahnvorstellungen«, flüsterte Esquirol in Pollocks Rücken.

Nadar öffnete den Mund, doch dann stand ihm plötzlich tiefster Schmerz ins Gesicht geschrieben. Er sackte auf seinen Stuhl und überschüttete den Diamanten mit Küssen. »Es tut mir so leid, Nidhi. Es tut mir alles so furchtbar leid.«

»Colt!« Pollock hämmerte einmal kräftig gegen die Scheibe. »Was war es? Was tut Ihnen leid?«

»Es reicht, Mister Shermar.«

Pollock spürte eine Hand auf dem Rücken. Ruckartig fuhr er den Ellbogen aus, traf etwas Weiches und hörte zufrieden, wie Esquirol stöhnte und würgte. »Colt! Sagen Sie es mir! Ich brauche Ihre Hilfe! Colt!«

Nadar schaute auf, schirmte den Diamanten mit beiden Händen ab, als wollte er so verhindern, dass seine Frau sein Geständnis hörte, und wisperte: »Alle Geister sind kalt, Pollock. Selbst die, die man liebt.«

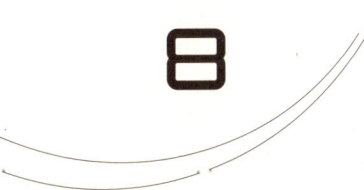

8

»Meine Ermittlungen gehen leider schlechter voran als erwartet, Madonna«, sprach Pollock in sein Diktafon. »Ich hatte mir von einer Unterhaltung mit Colt Nadar zumindest den Ansatz einer Spur erhofft. Da ist nichts draus geworden. Nadar ist ein psychisches Wrack. Wenigstens ist die Unterkunft angemessen. Wilbur Lantis war so freundlich, Bruno und mir Nadars bisherige Wohnanlage zur Verfügung zu stellen. Nadar ist aktuell im Himmel auch definitiv besser aufgehoben als hier.«

Pollock umrundete im Schlendergang ein weiteres Mal den Ehrenschrein, den Nadar im Gedenken an seine Gattin mitten in seinem Wohnzimmer errichtet hatte. Die Statue von Nidhi im Army-Barock-Ballkleid hatte Bruno sofort nach ihrem Einzug in einem Anflug von possierlichem Aberglauben mit einem Bettlaken zugehängt. »Gleich mal ein Hinweis für die Jungs und Mädels, die das Set zusammenzimmern, wenn dieser Fall auf Sendung geht: Die

Architektur hier ist was für Fans von nicht-euklidischer Geometrie. Das Video vom Mord an Cayce wird dem nur in Teilen gerecht. Man muss hier drin aufpassen, dass man sich nicht verläuft, und Bruno hat vorhin eine Gästetoilette entdeckt, wo der Spiegel an der Decke und ein Pissoir verkehrt herum an der Wand hängen. Eines muss man Cayce lassen: Er hatte Nadar eine Weile wohl allerbestens im Griff, wenn der so einen Blödsinn mitgemacht hat.«

Pollock schlug einen Bogen um Bruno, der auf einem Sitzkissen tief gebückt über einem Laptop hockte und durchs StellarWeb surfte. Der Beta hatte sich nach eigenen Angaben für ein so steinzeitliches Rechnermodell samt Tastatur und Maus entschieden, weil ihm seine Klauen beim Bedienen von Touchscreens gewisse Probleme bereiteten. »Ach ja, ganz nebenbei: Danke für den Sidekick. Er erspart mir eine Menge lästige Recherche. Da hätte ich mal früher drauf kommen sollen, dass so eine Klette am Hintern auch ihre Vorteile hat. Er hat mir in Rekordzeit eine Liste mit allen Bewohnern dieser Etage angefertigt, auf der man momentan besser Vorsicht walten lässt.«

Grinsend steuerte Pollock auf eine Stelle in der Wand mit den Fenstern zum Innenhof zu, wo über einem der runden Bögen zwei feuchte Kreise den ansonsten makellosen Putz verunstalteten. »Lantis oder seine Sicherheitstante waren so höflich, die Kameras abmontieren zu lassen, die Nadar hier überall installiert hatte. Eine nette Geste. Der liebe Wilbur hat mir einen Werbetext gedrückt, dass in At Lantis Privatsphäre und öffentlicher Raum aus Rücksicht auf die intimen Details aus dem Leben der gut betuchten Bewohner strikt getrennt werden. Dass die Wohnbereiche nicht überwacht werden, blablaba. Ich kaufe das zwar nicht, aber wenn er meint, für mich den moralisch Unantastbaren geben zu müssen, bitteschön. Solange er nicht anfängt, sich darüber zu beschweren, ich käme ihm nicht schnell genug voran ...«

Pollock schritt zum ersten von fünf selbsthaftenden Folienmonitoren, die er rings um das Zimmer in Augenhöhe an ausgesuchte Ziersäulen gepappt hatte. »Zurück zum Fall. Weißt du noch, wie wir früher am Anfang einer Folge so einen Teaser vorm Werbeblock A hatten, bei dem wir meistens das Verbrechen aus der Perspektive des Opfers in so krude nachgestellten Szenen gezeigt haben? Bei der Nummer, an der wir jetzt gerade dran sind, haben wir die Qual der Wahl. Alle sechs Vorfälle liefern nämlich richtig gutes Material zum Ausschlachten. Aber der Reihe nach.« Er betrachtete die Aufnahmen auf der Folie gefühlt zum hunderttausendsten Mal. »Die ersten beiden Opfer sind Francisco da Mota und seine Haushälterin Consuela Martinez. Da Mota war in seinem früheren Leben, also bevor er Atlanter wurde, Chefprospektor für *B'Hazard* und hatte eine sehr feine Nase für Edelmetalle aller Art. Vor gut einem Monat hat er Martinez aus einem nichtigen Anlass mit einem Katana massakriert. Er hat sie damit allerdings regelrecht tot*geprügelt,* weil die Klinge stumpf war, von wegen Verbot von tödlichen Waffen in At Lantis und so. Auslöser für seinen Aussetzer war, dass Consuela ein antikes Teeservice versehentlich in den Spüler geräumt hat, anstatt es von Hand zu säubern.«

»Du solltest erwähnen, dass da Mota nicht mehr wie ein Brasilianer ausgesehen hat«, merkte Bruno an. »Nur, damit es da keine Irritationen beim Casting gibt.«

»O ja, stimmt.« Pollock schenkte Bruno ein dankbares

Daumenhoch. »Das mit dem Samuraischwert war kein Zufall. Da Mota war auf einem richtig schrägen Trip: Er ist total auf das mittelalterliche Japan abgefahren, weil er der Auffassung war, einer seiner portugiesischen Vorfahren hätte zu den ersten Europäern gehört, die jemals in Nippon aufgeschlagen sind. Dementsprechend sah es in seinem Anwesen aus: Papierwände, Schmuckkalligraphien, ein Steingarten, ein Teich für absurd teure Goldfische, das volle Programm. Das war kein Mann für halbe Sachen: Er hatte drei speziell auf seine Wünsche abgestimmte Gentherapien hinter sich, um seine Hautfarbe und seine Augenform zu verändern. Er wollte genauso aussehen, wie man in Japan damals ausgesehen hat. Dieser Spleen hat ihn wahrscheinlich auch dazu veranlasst, sich hinterher vom Balkon zu stürzen, nachdem er mit Consuela fertig war. Kein klassischer Seppuku, aber ein paar Hundert Meter freier Fall, bevor man auf dem Meer aufschlägt, sind auch kein Pappenstiel. Die Trooper waren übrigens langsamer als die Haie. Was man an Brocken von ihm aus dem Wasser gefischt hat, hätte ohne Umstände in einen Zehn-Liter-Eimer gepasst.«

Pollock ging zur nächsten Folie weiter. »Drei Tage, nachdem Da Mota den Klippenspringer gab, hatte Slim Kaschgalejew, eine ehemalige PR-Ikone von *FullCorp,* Besuch von einer jungen Dame, die nur auf der Durchreise war. Anna Xiaobing hatte gute Chancen, die neue galaktische Schachgroßmeisterin zu werden, und war außerdem ein echt heißer Feger. Slim wiederum war eine wahre Spielernatur, und ...«

»Sag nicht Spielernatur«, mischte sich Bruno ein. »Das könnte den falschen Eindruck erzeugen.«

»Okay, Madonna. Mein Sidekick erteilt mir gerade eine Lektion in korrekter Informationsübermittlung, von der du selbstverständlich profitieren sollst.« *Klugscheißer.* »Slim hatte keine ausgeprägte Vorliebe für Glücksspiel im eigentlichen Sinn. Sein Herz schlug für Strategiespiele und Simulationen. Ich habe keine Ahnung, wie er Anna zu einer Runde Zitteraal überreden konnte, aber wer es früher in zahllosen Propagandaschlachten geschafft hat, der Öffentlichkeit weiszumachen, Tigerbetas wären ungefähr so gefährlich wie eine durchschnittliche Schmusekatze, besitzt zweifelsohne eine gewisse Überredungskunst. Zitteraal jedenfalls ist ein krankes Spiel, das sich unter gelangweilten Justifiers und anderen Militärleuten erstaunlicher Beliebtheit erfreut. Alles, was man dazu braucht, sind zwei Klappstühle aus Metall, eine Energiezelle, eine Handvoll Kabel, eine Schalttafel und eine ordentliche Portion Schmerztoleranz. Man schließt die Zelle an die Stühle und die Schalttafel an, setzt sich und verteilt die Kabel. Die werden abwechselnd so in die Tafel gesteckt, dass immer mehr Saft durch die Stühle fließt. Wer als Erstes umfällt, hat verloren. So einfach, so bescheuert. Das Spannende in diesem Fall ist, dass Slim und Anna so lange weitergemacht haben, bis sie *beide* gut durch waren. In Slims ganzem Apartment roch es – Originalzitat des ersten Troopers vor Ort – wie beim All-You-Can-Eat in einem Mombasa Fried Chicken. Wo wir's gerade von olfaktorischen Hochgenüssen haben, meine Beste ...« Pollock wanderte zur dritten Folie. »Polly van Tongeren war schon mindestens eine Woche tot, als einem von ihren Nachbarn auffiel, dass sie sich irgendwie rarmachte. Jetzt sagst du bestimmt: ›Polly van Tongeren? Den Namen kenne ich doch.‹ Kennst du auch. Das ist exakt das Geigenfräuleinwunder, das uns allen mit ihrem Evergreen *Stellar Serenade* immer noch die Tränen in die Augen treibt. Entweder vor Rührung oder vor Verzweiflung über so viel süßlichen Kitsch. Nur Fräuleinwunder stimmt nicht mehr, und das muss auch Polly aufgefallen sein, denn sie hat sich für einen dramatischen Abgang entschieden. Sie hat sich an einer Geigensaite in ihrem Schlafzimmer aufgehängt. Apropos *Stellar Serenade*. Wäre das nicht was für unseren Soundtrack?«

»Das kannst du vergessen«, grummelte Bruno. »Jetzt, wo sie tot ist, sind die Rechte für ihre Stücke für die nächsten Monate unbezahlbar.«

»Madonna? Mein Sidekick sorgt sich um unser Budget«, spottete Pollock. »Notfalls schwenken wir auf *Cosmic Whispers* von Chu Jiang um. Das lief nämlich über die Anlage von Polly im Dauerrepeat, als man sie gefunden hat. Unsere Diva konnte offenbar nicht damit umgehen, dass ihre Tage als Spitzenreiterin in den Playlists endgültig gezählt waren. Nur gut, dass ich nicht so ein empfindsamer Typ bin. Sonst müsste ich mir bei den Quoten von diesem albernen *Damn Collie, Die!* vermutlich auch einen Strick nehmen.«

Grimmig stapfte Pollock zur vierten Folie. »Juma Wanjiru hatte gewiss keinen Minderwertigkeitskomplex. Wieso auch? Der Junge hat den Vierfachmarathon auf Olympus Prime gleich zweimal hintereinander gewonnen und genügend hoch dotierte Sponsorenverträge, um sich sein 500-Quadratmeter-Apartment damit zu tapezieren. Stellt sich die Frage, wie ein sensationell erfolgreicher Sportler wie er vor zwei Wochen auf die Idee kommt, mit einer Hantel auf seine Trainerin-Schrägstrich-Ernährungsberaterin-Schrägstrich-Managerin loszugehen. Womöglich war es auch Greta Nderiba, von der der fatale Streit ausging. Es ist schwierig, das endgültig zu klären. Fest steht nur, dass Greta an einer schweren Schädelfraktur starb und Juma an einer Gabel, die ihm durchs Auge ins Hirn gestochen wurde.«

»Denk an das Fundstück in Jumas Nachttisch«, erinnerte ihn Bruno.

»Ja, ja.« Pollock winkte barsch ab. »Wenn wir uns das nächste Mal sehen, sollten wir uns dringend darüber unterhalten, wie Brunos andere Klienten so mit seinem elefantösen ... pardon, mullmäßigen Gedächtnis umgegangen sind. Egal. Er besteht darauf, dass ich den Inhalator erwähne, den Juma im Nachttisch hatte. Sieht alles danach aus, als ob Juma hohe Dosen Poppers brauchte, um auch auf der Matratzenrennbahn richtig durchstarten zu können. In Anbetracht der Tatsache, dass es in At Lantis keine Betäubungsmittelschutzgesetze gibt, deren Geltungsbereich sich auf die privaten Räumlichkeiten der Bewohner erstrecken würde, halte ich persönlich das für ein eher vernachlässigbares Detail.«

Pollock stellte sich vor die letzte Folie. »Ich bin mir sicher, dass Ippolito Carter einem jede Menge spaßige Stoffe besorgen konnte, um sich das Leben zu verschönern. Den großen Reibach hat er allerdings in einem Kartell gemacht, das Wirkstoffe aus diversen Suprasoldatenprogrammen kreuz und quer durchs besiedelte All verschiebt. Da ist er vor zwei, drei Jahren ausgestiegen und hat angefangen, wie verrückt Ancients-Artefakte zu sammeln. Vom Drogenbaron zum Liebhaber von Zeugnissen uralter ahumaner Kulturen. Eine erstaunliche Karriere. Ich vermute bei

Carter irgendein fragwürdiges Erweckungserlebnis dahinter, auch wenn das Anhäufen von Artefakten hier bei manchen Atlantern hoch im Kurs steht. Die betreiben das wie eine Art Schwanzvergleich. Letzte Woche hatte Carter Besuch von einem seiner schärfsten Konkurrenten, einem Typen namens Giorgio Tsoukalos. Die beiden teilten nicht nur ihr Faible für die Hinterlassenschaften von Fremdrassen: Tsoukalos ist beziehungsweise *war* ebenfalls hauptberuflich Mafioso. Waffenschmuggler, um genau zu sein. Obwohl wir wohl nie wissen werden, was der genaue Grund für Tsoukalos' Abstecher bei Carter war, können wir davon ausgehen, dass Carter seinen Gast erwürgt hat. Mit explosiven Konsequenzen. Tsoukalos hatte eine offenbar *richtig* gut getarnte Kortexbombe im Schädel. Eine von der Variante, die Spuren verwischen soll und zündet, sobald ihr Besitzer das Zeitliche segnet. Hat eine fiese Sauerei gegeben.«

»Pollock?« Bruno hob vorsichtig einen Finger. »Miss Presley wird sich sicher fragen, woher wir wissen können, dass Tsoukalos von Carter erdrosselt wurde.«

Pollock schnaubte genervt. »Für den Fall, dass du dich gerade wunderst, woher wir wissen, wer da wen erwürgt hat, Mäuschen: Reste von Carters Fingern hingen noch an einem Fetzen von Tsoukalos' Hals. So weit, so gut.« Pollock ließ sich auf eine Couch plumpsen. »Was diese ganze Sache so kompliziert macht, ist Folgendes: Betrachtet man jeden Vorfall für sich allein, könnte man sich ein einigermaßen plausibles Erklärungsmodell zurechtzimmern. Der Japanfreund rastet aus, weil seine Zugehfrau seine Lieblingsteekanne ruiniert hat, bringt sie um, kommt wieder runter und hat zurecht solche Gewissensbisse, dass er einen Kopfsprung aus dem zweihundertfünfzigsten Stock macht. Bei der Spielernatur geht eine nette Runde Zitteraal katastrophal in die Binsen. Die Frau an der Fiedel hängt sich auf, weil sie ihre Tage als Medienberühmtheit gezählt sieht. Der Fitnessfanatiker will sich von seiner spießigen Managerin nicht erklären lassen, dass Poppers scheiße für ihn sind, die beiden kriegen sich in die Wolle, und am Ende haben sie sich wechselseitig abgemurkst. Ex-Drogenbaron trifft sich mit dubiosem Waffenschmuggler, Letzterer hat keinen Bock auf irgendeinen krummen Deal und will sich verabschieden, woraufhin diese hässliche Sache mit dem Würgen und der Kortexbombe passiert. Und warum Nadar seine guten Gründe hatte, diesem Schleimscheißer Cayce die Frontallappen wegzuknabbern, hatte ich dir schon in London erklärt.« Er seufzte tief. »Für solche einfachen Nummern müsste man mich im Grunde nicht aus der Versenkung holen. Das Interessante ist erstens die Häufung dieser Vorfälle. Es gibt so über den groben Daumen gepeilt acht Millionen Atlanter. At Lantis gilt als die sicherste Stadt der Erde, wenn nicht gar des gesamten bekannten Universums. Sechs Vorfälle dieser Art in einem Monat mit insgesamt elf Toten sind garantiert mehr als ein statistischer Ausreißer. Das hab ich im Urin.« Nachdenklich strich er sich über den Bauch. »Zweitens haben sich diese Vorfälle in einer auffälligen räumlichen Nähe zueinander ereignet. Alle in einem Umkreis von weniger als fünf Kilometern auf der gleichen Ebene der Hauptinsel. Man könnte also im übertragenen Sinn fast von einem gefährlichen Viertel sprechen, in dem wir derzeit untergebracht sind. Da liegt der Verdacht natürlich nahe, dass irgendeine Verbindung zwischen den Personen besteht, in deren Wohnarealen es zu diesen Tragödien gekommen ist. Und genau da denke ich mir seit Stunden einen Knoten ins Hirn. Denn außer dem Umstand, dass sie quasi Nachbarn und allesamt stinkreich waren, gibt es nichts Relevantes, was diese Leute miteinander gemeinsam gehabt hätten.«

»Äh, Pollock, das ist so leider nicht ganz richtig«, warf Bruno ein. »Sie hatten alle eine kritische Einstellung zu einem kontroversen Thema.«

»So?« Pollocks Multibox brummte. »Das kannst du mir gleich erzählen. Ich muss da erst ran.« Mit Hilfe einiger schneller Wischer über das Display der Box leitete er den eingehenden Anruf auf den Folienmonitor um, auf dem er von seiner Couch aus den besten Blick hatte. »Was machen Sie denn für eine Trauermiene, Trudy?«, begrüßte er die Sicherheitschefin, deren Gesicht gestochen scharf auf der Folie erschien.

»Ich habe eine Nachricht aus dem Himmel erhalten«, antwortete Trudy.

Na und? Bin ich etwa bei der Church of Stars? Pollock verkniff sich einen bissigen Kommentar. »Und es war keine gute Nachricht, nehme ich an.«

»Colt Nadar ist tot.«

»Hoppla.« Pollock steckte sein Diktafon in die Hemdtasche. »Seine Zelle sah mir aber sehr suizidsicher aus. Oder ist er einfach so tot umgefallen?«

»Esquirol meint, Nadar hätte sich die Pulsadern aufgeschlitzt.« Trudy nahm den Kopf schief. »Er ist sich nur unschlüssig darüber, wie Nadar das angestellt hat. Er will nicht ausschließen, dass einer der Pfleger ihm ein Messer besorgt hat.«

»Wie kommt er denn darauf?«, fragte Pollock.

»Nadars Diamant ist weg«, sagte Trudy. »Esquirol hält es für möglich, dass Nadar seinen Komplizen damit bezahlt hat.«

»Weil er ein Stümper ist!«, knurrte Pollock. *Ich hätte diesem Affen vorhin doch ein paar zimmern sollen.* »Für Nadar war das kein Diamant. Für ihn war das seine Frau. Esquirol kann aufhören, seine Leute zu verdächtigen. Ich kann Ihnen gern sagen, wo sie das Ding wiederfinden.«

»Ich bin gespannt.«

»In Nadar.« Pollock setzte sein Datenmonokel ab und polierte es an seinem Hemdkragen. »Er hat den Diamant geschluckt. Um im Tod wieder mit seiner Frau vereint zu sein. Und vorher hat er ihn dazu benutzt, sich die Adern damit aufzuritzen. Mit genügend Willen dahinter, und den hatte Nadar, hat das nicht allzu lange gedauert.« Pollock runzelte die Stirn. »War seine Zelle nicht kameraüberwacht?«

»Nein.« Trudy schaute betreten nach unten. »Sie wissen schon, Mister Shermar. Privatsphäre.«

»Aus Angst vor einem möglichen Datenklau.« Pollock schüttelte den Kopf. *Wie bequem ...* »Für einen angeblich so sicheren Ort wie At Lantis grassiert hier beachtliche Paranoia.«

Trudy schob das Kinn vor. »Ich sag's Ihnen gern noch mal, Shermar. Ich treffe hier nicht die letzten Entscheidungen. Ich bin nur dazu da, sie nach bestem Wissen und Gewissen umzusetzen. Beschweren Sie sich nicht bei mir, beschweren Sie sich bei unserem Boss. Guten Abend.«

Die Folie zeigte wieder ungerührt Aufnahmen von dem Schlafzimmer, in dem sich Polly van Tongeren an einem

geschmacklosen Deckenleuchter aus rosa Bergkristall aufgeknüpft hatte.

Pollock beförderte sein Monokel zurück an den angestammten Platz, lehnte sich zurück, schlug die Beine übereinander und sah zu Bruno. »Wo waren wir eben stehen
geblieben?«

Bruno bleckte in einem freundlichen Lächeln seine im-
posanten Nagezähne. »Ich war so frei, dich darauf hinzuweisen, dass eine deiner Einschätzungen zum vorliegenden Fall nicht völlig korrekt ist.«

»Erhelle mich«, verlangte Pollock.

Eine schnelle Serie glockenheller Töne, untermalt von
einer dahingehauchten Ansage in einer Pollock unbekann-
ten Sprache, hallte durch den Raum.

»Ist das die Klingel?«, fragte Pollock in den Raum hinein.

Die Töne samt Ansage wiederholten sich.

»Das ist die Klingel«, beschloss Pollock und machte sich
auf, um nachzusehen, wer Colt Nadar da einen Besuch zu
später Stunde abstatten wollte.

9

Die Klingel läutete noch viermal, bis Pollock den Weg durch Nadars verwinkeltes Privatreich zur Eingangstür gefunden hatte, und sie läutete noch dreimal mehr, während Pollock sich mittels der in die Tür integrierten Kamera ein Bild von dem ungeduldigen Besucher machte.

Beim Mann vor der Tür handelte es sich unzweifelhaft um einen Suprasoldaten. Niemand, der Mutter Natur nicht gehörig auf die Sprünge geholfen hatte, besaß in diesem Alter – Pollock schätzte ihn auf mindestens Ende fünfzig – noch solche Muskelpakete. *Fast wie dieses Arschloch, das Bruno in London ans Leder wollte, aber eben nur fast. Wie hieß er noch gleich? Ach ja, Gary.* Gary hatte wegen seiner billigen Augmentierungen etwas regelrecht Grobschlächtiges, um nicht zu sagen *Unförmiges* an sich gehabt. Nicht so der Besucher, der auf seiner Seite der Tür die Kamera ebenfalls fest im Blick behielt. Wuchs und Statur entsprachen genau jenen Maßstäben, die nicht nur in Militärkreisen als körperliche Vollendung galten. Auf Pollock wirkte der Mann, als hätte man Hermes Christi Gegenspieler Ares Satanas in einen sündhaft teuren Anzug gesteckt. Allein das kantige Gesicht wies einen Makel auf: Über den stahlgrauen Augen spaltete eine wulstige Narbe die linke Braue. *Nichts, was man nicht hätte richten können. Er trägt sie absichtlich.*

Pollock zögerte. Suprasoldaten bedeuteten seiner Erfahrung nach fast immer Ärger, und viele von ihnen hatten erhebliche Mühe mit der Impulskontrolle. *Aber ich muss wissen, wer er ist und was er will.* Er stellte sich so, dass er sich seiner Haut notfalls mit einem originalen Elefantenstoßzahn erwehren konnte, der eine der Flurwände zierte, und öffnete die Tür.

Zwei Sekunden verstrichen, in denen der Fremde Pollock einmal von oben nach unten scannte. »So sieht er also aus«, sagte er dann.

»Wer?«

»Mein neuer Nachbar.« Es war eine ruhige, raue Stimme – die Stimme eines Mannes, der es gewohnt war, dass man ihm stets zuhörte und nur selten Widerworte gab.

»Ich darf wohl annehmen, dass Sie nicht Mister Nadar sprechen wollten«, folgerte Pollock.

»Nein.«

Okay. Umbringen will er mich schon mal nicht, sonst hätte er das sofort erledigt. Typen wie er gehören zur Rein-Raus-Fraktion. Die Variante, für die eine Mission gar nicht schnell genug erledigt sein kann. Pollock machte die Türschwelle frei. »Kommen Sie doch rein.« Er führte seinen Gast gewiss nicht auf dem schnellsten Weg um den Innenhof herum ins Wohnzimmer, aber er brauchte immerhin nicht ganz so lange wie auf dem Hinweg. »Möchten Sie was trinken? Ich glaube, ich habe vorhin in irgendeinem Schrank eine schöne Flasche Arrak entdeckt.«

»Ich trinke nicht.« Interessiert musterte der Mann das bettlakenverhüllte Abbild von Nidhi Nadar. »Alkohol ist ein Nervengift.«

»Das ist mein Assistent Bruno«, stellte Pollock den Beta vor, der dankenswerterweise die Folienmonitore von den Säulen gepflückt hatte.

Pollock hätte dem Fremden genauso gut den Haushaltsbot vorstellen können, so wenig Aufmerksamkeit schenkte der Besucher Bruno. »Reden wir nicht lange um den heißen Brei herum, Mister Shermar. Das hier ist nicht wie damals, als Sie dieses Vieh auf Dartmoor II eingefangen haben, das Jagd auf abergläubische Schafzüchter machte. Und auch nicht wie die Affäre mit dieser geisteskranken Preacheress, die ihre Klosterschülerinnen zu Tode gepeitscht hat.«

Da hat aber jemand fleißig meine alten Fälle studiert ... »Wollen Sie mir dann vielleicht verraten, wie es ist, Mister ...?«

»Beauregard. Leo Beauregard.« Er steckte die Hände in die Hosentaschen. »Und nein, das will ich ganz bestimmt nicht. Ich bin nicht hier, um Ihren Job zu machen.« Er lächelte schwach. »Aber ein kleines Kompliment haben Sie sich bereits verdient.«

»Ich bin gespannt.«

»Sie haben auf eine alberne Tarnung verzichtet.«

»Damit würde ich mir nur selbst Steine in den Weg legen«, sagte Pollock. *Außerdem bin ich wohl jemand, der vielen Leuten beim ersten Treffen sofort irgendwie bekannt vor-*

kommen dürfte. »Und bei Ihnen wäre ich mit einer Tarnung vermutlich ja auch nicht weit gekommen.«

Unaufgefordert nahm Beauregard auf einem der Sofas Platz und schlug die Beine übereinander. »Ich bin anders als meine Nachbarn. Ich bin nicht mit einem goldenen Löffel im Mund geboren. Ich habe mir alles, was ich habe, hart erarbeitet.«

»Einige Ihrer ehemaligen Nachbarn hätten es als unglaublich arrogant empfunden, Sie so da sitzen zu sehen und sich anhören zu müssen, Sie wären der Einzige auf dieser Ebene, der hart arbeiten musste.« Pollock begann, ein paar Schränke auf der Suche nach dem Arrak abzuklappern. *Woher habe ich nur diesen Drang, Abstinenzler bewusst vor den Kopf zu stoßen?* »Wissen Sie, Colt Nadar sind die Patente, die ihn reich gemacht haben, sicher nicht im Traum zugeflogen. Miss van Tongeren hat sich bestimmt mehr als einmal die Finger wundgespielt, und ohne entsprechenden Einsatz erzielt man im Sport auch keine solch grandiosen Erfolge wie Mister Wanjiru.«

»Ich spreche von echter Arbeit, Mister Shermar«, sagte Beauregard abschätzig.

Ah, da ist das gute Zeug endlich. Pollock drehte den Deckel der Arrakflasche auf und schnupperte an dem Palmweinbrand. »Echte Arbeit? So wie Sie, der Sie einem – verzeihen Sie die Melodramatik – blutigem Handwerk nachgegangen sind?«

»Korrekt.«

Bruno war dienstbeflissen aufgestanden, um Pollock ein Glas zu reichen, doch den ersten Schluck nahm Pollock demonstrativ aus der Flasche. Warm und geschmeidig rann er ihm die Kehle hinunter. Als der Arrak ihm dann schön die Magenwände auskleidete, schloss Pollock die Augen. »Mister Beauregard, ich will ehrlich zu Ihnen sein. Ich habe nicht die geringste Lust auf Ihre kleine Geschichte, die Sie sich parat gelegt haben. Die Mär vom aufrechten Mann aus einfachsten Verhältnissen, der sich in einer Konzernarmee Stück für Stück hochgearbeitet hat. Der sich seinen Erfolg mit Blut und Leid und dem Leben seiner Kameraden nach und nach erkaufen musste.« Pollock schlug die Augen auf und goss sich sein Glas randvoll mit Arrak. »Der nie vergessen hat, was es heißt, zu denen zu gehören, die Befehle befolgen müssen, obwohl er irgendwann derjenige war, der anderen die Befehle gab. Unter Umständen ist es sogar in einigen Punkten die Wahrheit oder das, was Sie sich als Ihre Wahrheit definieren. Aber Sie müssen verstehen, dass mich diese Wahrheit keinen Schritt weiterbringt. Sie haben eben gesagt, Sie sind nicht dazu da, meine Arbeit zu machen. Stimmt. Ich mache meine Arbeit auch liebend gern selbst. Fangen wir doch sofort an.« Pollock begegnete Beauregards halb misstrauischem, halb verdutztem Blick. »Warum sind Sie hier?«

»Ich will wissen, worauf ich mich einzustellen habe«, sagte Beauregard. »Hier sterben mir im Moment zu viele Leute. Was passiert hier? Sind es die Kartelle, die sich bekriegen und auf Kollateralschäden pfeifen? Irgendwelche Terroristen? Diese linken Träumer von Anti-Kon oder Democrazy, die sich denken, sie greifen die herrschende Klasse genau dort an, wo sie sich am sichersten fühlt? Radikale Betamenschenrechtler wie Pride Fur, die sich daran stören, dass man hier im Überfluss und nahezu völliger persönlicher Freiheit lebt, während man sich andernorts in der Galaxis Betas als billige Sklaven und Kanonenfutter hält? Religiöse Fanatiker, die ...«

»Das weiß ich ehrlich gesagt noch nicht«, fiel ihm Pollock ins Wort. »Ich ziehe nie voreilige Schlüsse.« Er nippte am Arrak. »Sie scheinen sehr gut informiert zu sein. Ich bin davon ausgegangen, dass die Ereignisse, die mich hierhergebracht haben, nicht an die große Glocke gehängt wurden.«

»Als ich noch anderweitig aktiv war, war es eine meiner wichtigsten Pflichten, gut informiert zu sein.« Beauregard verschränkte lässig die Arme hinter dem Kopf, und der Stoff seines Anzugs spannte bedenklich. »Da lernt man schnell, auch auf das Klingeln des kleinsten Glöckchens zu achten.«

Pollock leerte sein Glas und stellte es auf der untersten Stufe des Schreins mit der verhüllten Statue ab. *Verflucht, Lantis hat anscheinend irgendwo ein gewaltiges Informationsleck!*

»Sie tun etwas, was Sie mir vorwerfen, Shermar«, fuhr Beauregard fort. »Sie markieren den harten Mann. Dabei sind Sie weich. Genau wie Lantis.«

Fütter sein Ego, rieten Pollocks Instinkte ihm. »Ich fasse zusammen: Sie sind hier, weil Sie sich ein genaueres Bild der derzeitigen Lage erhofften und weil Sie sehen wollten, was für einen Windbeutel Lantis angeheuert hat, um diese unglückliche Situation mit den gehäuften Todesfällen geradezubiegen. Nur um sicherzugehen, dass Sie keine eigenen Schritte einleiten müssen, um Ihr Leben zu schützen, wozu Sie ohne jeden Zweifel ausgezeichnet imstande wären.«

»Vollkommen richtig.«

»Na gut.« Pollock zuckte die Achseln und setzte seine

zerknirschteste Miene auf. »Sie sind zu schlau, als dass ich Ihnen etwas vormachen könnte. Also lasse ich die Hosen runter. Ich tappe völlig im Dunkeln und wäre für jeden Tipp dankbar. Was würden Sie tun, wenn Sie an unserer Stelle wären? An meiner und Lantis'?«

Aus der Ecke des Raums, in die sich Bruno mit seinem Laptop verzogen hatte, kam ein überraschtes, unverständliches Genuschel. Pollock achtete nicht weiter darauf.

»Ich würde Ihnen ein extrem hartes Vorgehen empfehlen«, sagte Beauregard. Seine Augen funkelten kalt, und er beugte sich nach vorn, die Ellbogen auf die Knie gestützt, als hockte er breitbeinig über einer im blutigen Schlamm eines Schlachtfelds ausgebreiteten Karte. »Was hier vor sich geht, ist ein Angriff. Ein Angriff aus dem Hinterhalt. Guerillataktiken. Und darauf antwortet man nicht mit Zurückhaltung. Man muss dem Gegner seine Grenzen aufzeigen und das eigene Potenzial voll ausschöpfen. An Ihrer Stelle hätte ich für ganz At Lantis einen Ein- und Ausreisestopp verhängt und schon ein paar Dutzend Leute in Gewahrsam nehmen lassen.« Beauregard zählte die einzelnen Gruppen, die er unter Druck gesetzt hätte, an den Fingern ab. »Das Sicherheitspersonal auf dieser Ebene, alle Besucher mit begrenzter Aufenthaltserlaubnis, Kuriere und andere zugangsberechtigte Dienstleister, die Nachbarn der Opfer. Wenn man die alle schön hart in die Mangel nimmt, weiß die Gegenseite, dass man zu allem bereit ist, um sie aufzuspüren.«

»Das würde aber bedeuten, dass wir auch Sie einer groben Behandlung unterziehen sollten«, merkte Pollock an.

»Wer nichts zu verbergen hat, braucht sich vor nichts zu fürchten«, erwiderte Beauregard.

»Sie hätten also keine Angst, dass dabei irgendetwas Peinliches aus Ihrer persönlichen Vergangenheit ans Licht käme?«

»Angst?« Beauregard stutzte. »Wenn hier jemand Angst haben sollte, dann doch wohl eher Sie.«

»Wovor sollte ich mich fürchten?«

»Vorm Versagen zum Beispiel«, sagte Beauregard ernst. »Sie waren doch zwanzig Jahre weg vom Fenster. Es könnte doch sein, dass Sie nicht mehr so gut sind wie früher, und Lantis ist nicht gerade für seine Engelsgeduld berühmt. Sie fangen sich von ihm eventuell schneller einen Arschtritt ein, als Sie glauben.« Beauregard kniff die Augen zusammen. »Wo waren Sie eigentlich die ganze Zeit, Shermar?«

Das geht dich einen Scheißdreck an! Pollock kämpfte dagegen an, dass Beauregards Frage die schmerzhaften Erinnerungsfetzen an die Katastrophe von Gambela aus den Tiefen seines Unterbewusstseins hervorwühlte. »Im Urlaub.«

»Mister Shermar hat sich aus der Öffentlichkeit zurückgezogen, weil seine wachsende Popularität es ihm zunehmend erschwerte, ungestört seinen Ermittlungen nachzugehen«, betete Bruno die offizielle Erklärung für Pollocks Exil herunter, die *Knowledge Alliance* ausgiebigst verbreitet hatte.

»Sieh an.« Beauregard lächelte kühl. »Da hat man Ihnen aber einen hübsch dressierten Anstandswauwau an die Seite gestellt. Ein lebender Pressetext. Wozu die Wunder der modernen Genetik nicht alles gut sind.« Er stand auf. »Sie sollten sich nur nicht der Illusion hingeben, dass Sie hier mit schönen Worten weiterkommen. In At Lantis ist es wie überall: Wer nach Geheimnissen sucht, muss in der Scheiße wühlen, und das kann man nicht, ohne sich dabei die Hände schmutzig zu machen.« Ein knappes Nicken war seine Verabschiedung. »Ich finde allein raus.«

Pollock wartete, bis Beauregards Schritte verklungen waren, dann schenkte er sich Arrak nach und machte es sich auf einem Sofa bequem. »Was hältst du von ihm?«, fragte er Bruno.

Bruno rieb die Nagezähne aufeinander. »Menschen behaupten oft genau das Gegenteil von dem, was sie wirklich fühlen. Er wollte es vor dir nicht zugeben, aber er ist nervös.«

»Möglich«, räumte Pollock ein. »Um das zu beurteilen, würde ich lieber ein bisschen mehr über ihn wissen.« Er zeigte auf Brunos Laptop. »Schau mal nach, welche Spuren er so im StellarWeb hinterlassen hat, ja?«

Bruno klappte den Rechner auf. »Kann das noch zwei Minuten warten?«

»Wieso fragst du das?«

»Ich möchte vorher noch etwas geraderücken.« Der Beta öffnete eine Handvoll Fenster auf dem Bildschirm vor sich. »Ich habe da eine Reihe interessanter Äußerungen gefunden, die ich dir gern vortragen würde.«

»Okay«, sagte Pollock gedehnt.

Bruno schaute ihn an und rief die Informationen ab, die er in seinem eidetischen Gedächtnis gespeichert hatte. Wäre das feuchte Nuscheln nicht gewesen, hätte Pollock geglaubt, er lauschte einem Avatar, so präzise ratterte Bruno die Worte herunter. »Colt Nadar wenige Wochen vor der Charitygala, von der seine Frau nicht zurückkehrte: ›Warum sich Gedanken über die Nöte von irgendwelchen Tankgeburten machen, solange auch nur noch ein einziger echter Mensch im Universum Hunger leidet?‹ Francisco da

Mota, der Ex-Prospektor von *B'Hazard*, in einem Interview über die Gefahren bei der Erschließung neuer Ressourcen: ›Es ist die einzig vertretbare Strategie beim Abbau seltener Rohstoffe auf neu kolonisierten Welten, ausschließlich Betas einzusetzen, anstatt kostbare Menschenleben zu gefährden.‹ Slim Kaschgalejew, den du vorhin Spielernatur getauft hast, bei einer Pressekonferenz für *FullCorp* auf die Frage, inwiefern die Behandlung von Betas als Bürger zweiter Klasse moralisch zu rechtfertigen ist: ›Kämen Sie auf die Idee, Ihren Haushaltsbots volle Menschenrechte einzuräumen, nur weil ihre reduzierten Persönlichkeitsdesigns auf einen freundlichen Umgang mit Ihnen programmiert wurden? Betas sind letzten Endes nichts als biologische Maschinen mit einer genetischen Programmierung, und sie sollten sich glücklich schätzen, die Rechte zu haben, die ihnen großzügigerweise eingeräumt wurden.‹ Polly van Tongeren unmittelbar nach dem umjubelten Auftritt von Anna Conda und Leo Pard beim *Sounds of the Stars* vor zwei Jahren: ›Meiner Meinung nach haben bei einem Spazz-Festival Tiere auf der Bühne nichts verloren.‹ Juma Wanjiru kurz nach seinem letzten Sieg auf Olympus Prime: ›Betas im normalen Leistungssport? Krasseste Wettbewerbsverzerrung. Diese Freaks sollen gefälligst ihre eigenen Ligen und Verbände aufmachen.‹ Ippolito Carter in einem Essay im sogenannten Fachblatt *Ancient Astronauts*: ›Es ist meine feste Überzeugung, dass die Ancients uns seit mehreren Jahrhunderten beobachten und den Kontakt mit uns verweigern, weil wir uns in ihren Augen versündigt haben. Versündigt durch die widerwärtige und unnatürliche Vermischung von Tier und Mensch, dem Minderen und dem Hehren, dem Unreinen und dem Reinen.«

Pollock exte hastig seinen Arrak. *Hermes Christus, er hat es!* »Bruno, weißt du, was du da gerade gefunden hast?«

Der Beta nickte. »Eine mögliche Verbindung zwischen den Opfern.«

»Exakt!« Pollock sprang vom Sofa auf und fing an, eiligen Schrittes Runden um den Schrein in der Mitte des Wohnzimmers zu drehen. »Die Opfer waren alle Bewohner derselben Ebene, Besitzer von Wohneigentum *und* haben sich in der Öffentlichkeit kritisch über Betas geäußert. Am Ende liegt Beauregard mit seiner sonderbaren Paranoia goldrichtig. Es könnten Terrorakte sein. Begangen von fanatischen Betarechtsaktivisten. Eine Zelle von Pride Fur vielleicht. Hat er die nicht eigens erwähnt?«

»Hat er«, bestätigte Bruno.

»Siehst du wohl!«, jubelte Pollock fast. »Es geht hier anscheinend wirklich darum, dass jemand ein unmissverständliches Zeichen setzen will. Das ist unsere Spur, Bruno. Radikale Betas. Oder deren menschliche Unterstützer. Ein Komplott.« Pollock rieb sich die Hände. »Verschieb das Herumstochern in Beauregards Vergangenheit auf später, ja? Als Erstes brauche ich eine möglichst vollständige Liste aller Betas, die in den letzten sechs Monaten in At Lantis waren.«

»Pollock?«, warf Bruno behutsam ein.

»Ich weiß, ich weiß«, wehrte Pollock ab. »Das könnte eine verdammt lange Liste werden. Aber wir haben keine andere Wahl, und wenn mich mein Näschen nicht im Stich lässt, finden wir auf dieser Liste die Leute, die für alles verantwortlich sind. Wir ordnen sie nach verschiedenen Kriterien: Herkunft, Alter, Beruf, Vorstrafen ...«

»Pollock«, sagte Bruno etwas energischer.

»Was?« Pollock warf die Hände in die Luft. »Ist dir das zu viel Arbeit? Dann gewöhn dich lieber dran. Madonna hat dir hoffentlich nicht versprochen, es würde ein Zucker-schlecken, mein Sidekick zu sein.«

»Wie sollen die Betas das denn gemacht haben?«, fragte Bruno.

Pollock stellte das Kreisen um den Schrein schlagartig ein.

»Ich habe eine lose Verbindung zwischen den Opfern gefunden, mehr nicht«, sagte Bruno. »Sie erklärt doch nicht, wie Pride Fur oder sonst wer es geschafft haben könnte, die Opfer dazu zu bringen, komplett durchzudre-hen und dabei sich und andere zu töten.«

»Nicht?«, erwiderte Pollock trotzig. »Dann pass mal auf: Ich bin mir sicher, dass wir überall auf DNA-Spuren von Betas stoßen, wenn wir uns die Berichte der hiesigen Spu-rensicherung von den Tatorten noch einmal anschauen.«

»Glaubst du wirklich, Lantis hätte dich holen lassen, wenn alles so einfach wäre?« Schwungvoll klappte Bruno sein Laptop zu. »Selbst wenn es diese DNA-Spuren gibt, sind sie höchstens Indizien und keine Beweise. Denk mal an den Pub, wo wir uns begegnet sind. Da drin laufen be-stimmt jede Menge krumme Dinger, und wenn man dort danach sucht, würde man jetzt sicher irgendeine Haut-schuppe oder ein Tasthaar finden, das mir ausgefallen ist. Heißt das dann für dich automatisch, ich hätte etwas mit einem Mord zu tun, der in diesem Pub vielleicht geplant wurde oder noch geplant wird?«

»Nein, selbstverständlich nicht.« Pollocks Adern in den Schläfen begannen unangenehm zu pochen. *Zu viel Adre-nalin. Zu viel voreilig ausgeschüttetes Adrenalin.* »Warum hast du mich auf diese Verbindung hingewiesen, wenn du sie für nutzlos hältst?«

»Sie ist nicht nutzlos«, sagte Bruno. »Ich möchte nur nicht, dass du dich in etwas verrennst.«

Zu spät. »Das lass mal meine Sorge sein, ja?« Pollock stapfte zum Tisch und schnappte sich die Arrakflasche. »Ich will diese Liste.«

»Hast du tatsächlich vor, diese Ermittlung einzig und allein mit Vorurteilen und Ressentiments voranzutreiben?«, fragte Bruno bitter.

»Nein.« Pollock hielt auf einen der Ausgänge zu, hinter dem er ein Schlafzimmer vermutete. »Ich mache nur das, was man Betas häufig nachsagt. Ich verlasse mich auf meinen Instinkt.«

10

Die Platte des Stahltischs war eiskalt, die Fixierbänder aus Plastik um ihre Stirn, Schultern, Handgelenke, Hüften, Knie und Fesseln straff festgezurrt.

Pollock, wegen der gleißenden Lampe über seinem Kopf kaum mehr als ein Schattenriss, tätschelte ihr mit der linken Hand die Wange. Der MedGlove an seiner Rechten war eine Klaue aus Skalpellen, Bohrern und Injektionsnadeln. »Das wird jetzt ein kleines bisschen wehtun, fürchte ich.«

Sie wimmerte.

»Sch, sch«, machte es neben ihrem Ohr. Speichel sprühte auf ihre Haut. Sie drehte die Augen ganz zur Seite und erhaschte einen tränenverschwommenen Blick auf die nackte Kreatur, die sie zu beruhigen versuchte. Schartige, vorspringende Zähne von der Farbe eines Zigarettenfilters ragten aus einem Mund mit schmalen, spröden Lippen. Weißblinde Augen fixierten sie fürsorglich. »Beißen Sie lieber hier drauf, wenn sie nicht schreien wollen.«

Eine Klinge schob sich in ihr Sichtfeld. Geschwärzte Keramik, das untere Drittel im Wellenschliff. Sie kannte dieses Messer. Piotr hatte es ihr geschenkt, auf Kinshasa, keine vier Stunden, ehe ihm ein Feuerstoß aus einem Flammenwerfer das hübsche Gesicht zu einer verbrannten Landschaft aus nässenden Rissen verschandelt hatte.

»Machen Sie es sich doch nicht so schwer«, riet ihr Pollock. »Es gibt keinen Grund, die Heldin zu spielen.«

Schluchzend biss sie auf die Klinge, deren Kühle sich sofort in ihre Zähne auszubreiten begann.

»So ist es gut«, lobte sie das nackte Monster.

Als sie das Sirren einer winzigen Kreissäge am MedGlove hörte, schloss sie die Augen.

Pollock hatte nicht gelogen. Es tat weh, aber nur ein bisschen – so wie man als Kind so lange an einem Milchzahn wackelte, bis er schließlich fast von allein ausfiel. Selbst als sie ihr Blut an sich herabrinnen fühlte, war es nur eine willkommene Wärme in all der Kälte. Sogar, als sich Finger in den klaffenden Schnitt in ihrer Brust schoben, um mit einem Knirschen und einem Ruck die Rippen zu spreizen, wurde der Schmerz nicht schlimmer. Trotzdem biss sie immer fester zu.

Eine Hand tauchte ganz in sie ein, glitschend und schmatzend.

»Hast du es?«, nuschelte das Monster ungeduldig.

»Gleich ... gleich«, keuchte Pollock, und sein heißer Atem wehte in abgehackten Stößen in ihr Innerstes.

Seine Finger umfassten etwas Hartes, das in ihrer Brust verborgen und mit ihr verwachsen war.

»Da ... ja ... da ...«, stöhnte Pollock.

Das Monster keckerte und kicherte.

Pollock zerrte das Harte aus ihr hervor, die entstandene Lücke füllte sich mit leerem Druck, und einer ihrer Zähne zersplitterte an der Klinge des Messers. Spitze Bröckchen rieselten ihr auf die Zunge, und sie schluckte und schluckte und schluckte. Sie wollte den Kopf hochreißen, doch das straffe Plastikband um ihre Stirn ließ es nicht zu.

»Was ist es?«, fragte das Monster.

Würgend öffnete sie die Augen.

Auf Pollocks Handfläche ruhte ein kunstvoll geschliffener Edelstein, blutverschmiert und blauschwarz.

»Es ist ihr kleines Geheimnis«, sagte Pollock und wischte sich wie nach einer schweren körperlichen Anstrengung mit dem rechten Unterarm den Schweiß von der Stirn. »Es ist das, was nie jemand hätte wissen sollen.«

Sie gab das Messer zwischen ihren Kiefern frei, stieß die Zunge gegen den stumpfen Rücken der Klinge. Seitlich rutschte die Waffe von ihrem Gesicht herunter, landete leise scheppernd auf der stählernen Tischplatte. »Nein«, bettelte sie. »Nein. Nicht.«

»Es ist vorbei.« Das Monster wischte ihr mit einer Kralle eine Träne aus dem Augenwinkel. »Es endet, wie es enden muss.«

Sie ballte die Fäuste, grub die Nägel in ihr eigenes taubes Fleisch. »Nein ...«

Pollock rieb den Edelstein am Revers seines Mantels sauber, um ihn sich danach vor sein Monokel zu halten. »Oh, eine Gravur«, hauchte er beinahe ergriffen. »Für Natasha«, las er.

»Nein!«, kreischte sie und wand sich in ihren erbarmungslosen Fesseln. »Nein! Nein!« Als könnte sie die Wahrheit aus der Welt schreien.

»Wer ist Natasha?«, fragte das Monster interessiert.

»Sie ist tot!«, heulte sie. »Tot! Tot! Tot! Wie Piotr! Und Maleek! Und Boom-Boom! Tot!«

Ein dritter Schatten fiel auf sie. Jemand näherte sich ihr geräuschlos von hinten. Lantis beugte sich über sie, die hohe Stirn in tiefe Falten gelegt, doch es war Themis' Stimme, mit der er zu ihr sprach: »Wir sind sehr enttäuscht von dir.«

Von oben presste er ihr die Mündung einer schweren Waffe ins Gesicht, direkt zwischen die untere Kante des Fixierbands und den Ansatz ihres Nasenbeins. »Sehr enttäuscht.«

Ein Vibrieren lief durch die Mündung, begleitet vom leisen Surren von Energiezellen, die kurz davor standen, ihre zerstörerische Kraft freizusetzen. Sie kannte dieses Vibrieren, dieses Summen. Sie liebte Laser. So elegant, so mächtig, so eindrucksvoll. Das Knistern der bevorstehenden Entladung schlug in ein heiseres Fauchen um, und sie stürzte in ein gleißendes Nichts.

Trudy fuhr in ihrem Bett hoch. Klatschnass klebte die Decke an ihrem Körper. Sie fasste sich an die Brust. Kein Loch. An die Stirn. Kein verkrusteter Krater. *Ein Traum. Es war ein Traum.* Ihr taten die Zähne weh. Sie fuhr mit der Zunge durch ihren Mund und blieb an einer scharfen Spitze hängen. *Scheiße.* Sie hatte sich einen Eckzahn ruiniert.

Sie schlug die Decke zurück, tappte ins Bad, hielt den Kopf ins Waschbecken, stellte das kalte Wasser an und zählte stumm bis hundert. *Ich hätte nie zulassen dürfen, dass Lantis diesen Schnüffler hierherholt. Es steht zu viel auf dem Spiel. Aber was hätte ich tun sollen? Kündigen?*

Sie trocknete sich die Haare mit einem Handtuch und

kehrte ins Bett zurück. Noch immer hatte sie das Surren der Arclight IV im Ohr, und als ihre auf dem Nachttisch abgelegte Multibox brummte, hätte Trudy den Signalton für die eingehende Nachricht fast überhört. Da ihr Absender niemand war, der große Reden schwang, bestand die Nachricht lediglich aus fünf Wörtern:

Der Frachter ist auf Kurs.

Trudy wünschte sich inständig, irgendeine Form von Zuversicht in sich aufkeimen zu spüren, doch stattdessen fühlte sie nur die Kälte eines Verlusts, den sie vor Pollocks Erscheinen und ihrem Alptraum für überwunden geglaubt hatte. Obwohl es ihr irgendwie gelang, jeden noch so flüchtigen Gedanken an Natasha sofort zu verdrängen, ließ sie ein anderes Bild aus ihrer Vergangenheit nicht los. Mit Piotrs verbranntem Gesicht vor dem geistigen Auge dämmerte sie schließlich fort.

11

Dreimal hatte sich Bruno an die Tür geschlichen, hinter der Pollock schnarchte. Erst dann fühlte er sich sicher genug, um nach einem Plätzchen zu suchen, von wo aus er Miss Presley einen ersten Lagebericht zukommen lassen konnte.

Eine düstere Ecke hinter einer Bank im Innenhof war ihm zunächst wie ein passendes Versteck erschienen. Nach einem Blick zum Sternenhimmel, von dem er nicht die geringste Ahnung hatte, ob er echt oder nur eine sehr raffinierte Simulation war, war Bruno den Einflüsterungen seiner Mullinstinkte gefolgt und hatte sich *unter* der Bank verkrochen.

Da lag er nun, sein Exemplar des Pseudo-Diktafons fest gegen die Lippen gepresst. Es war das gleiche Modell, das Miss Presley auch Pollock ausgehändigt hatte, und es diente demselben Zweck. Seine Bedienung war furchtbar simpel, aber dennoch wusste Bruno einfach nicht so recht, was er in das Gerät hineinsprechen sollte.

*Was ist, wenn ich mich irre? Wenn ich die Lage falsch ein-
schätze? Doktor Woo-Suk braucht verlässliche Angaben.
Schlimm genug, dass die Informationen von mir über Miss
Presley an sie weitergegeben werden. Miss Presley ist nett, aber
sie hat kein sonderlich gutes Gedächtnis. Ich muss mich ganz
klar und unmissverständlich ausdrücken, damit es nicht zu
Reibungsverlusten kommen kann.* Bruno tippte sich mit dem
Diktafon gegen die Nagezähne. *Ich bin doof. Alles, was ich
jetzt sage, wird doch bestimmt irgendwo gespeichert. Miss
Presley spielt Doktor Woo-Suk dann wahrscheinlich alles
direkt vor.* Er atmete auf und drückte den einzigen Knopf
am Diktafon. *Gut. Sehr gut.*

»Hallo Miss Presley, hier ist Bruno. Ich ...«

Was bin ich wieder unachtsam! Er räusperte sich und fing
noch mal von vorn an.

»Guten Morgen, liebe Miss Presley. Guten Morgen, liebe
Frau Doktor Woo-Suk. Hier spricht Bruno Digger. Ich wollte nur rasch Meldung machen, wie es mir mit meinem
Schutzbefohlenen bislang ergangen ist. Alles in allem ist
er ...«

Ja, was?

»... erstaunlich ruhig. Ich kann jedenfalls keinerlei Anzeichen dafür erkennen, dass er an irgendetwas zweifelt,
was seine Erfahrungen vor dem Eintreffen in London anbelangt. Zudem scheint er voll auf die Fähigkeiten zugreifen
zu können, die für ein Gelingen der Mission nötig sind.«

Soll ich es Ihnen sagen? Ich muss ...

»Seine Persönlichkeitsstrukturen sind voll ausgereift,
was sich bedauerlicherweise auch auf seine Neigung zu
jähen Gewaltausbrüchen bezieht. Er hat einen Therapeuten körperlich angegriffen, und ...«

Nein, das klingt zu dramatisch! Und zu unfair ...

»Bei der Vernehmung des einzigen überlebenden Zeugen der unheimlichen Vorfälle sah er sich offenbar gezwungen, einem Therapeuten einen Stoß mit dem Ellbogen in die Magengrube zu versetzen, um die Vernehmung fortsetzen zu können.«

Viel besser!

»Auch beim Besuch eines Mannes aus der Nachbarschaft meine ich, einen kurzen Augenblick bemerkt zu haben, in dem er eventuell davorstand, die Beherrschung über sich zu verlieren.«

Streich mehr das Positive heraus, du Trottel!

»Ich kann aber voller Stolz sagen, dass die Nähe zu mir und die damit verbundene Pheromonaufnahme ohne jeden Zweifel dazu geführt haben, dass Schlimmeres verhindert wurde.«

Ich darf sie nicht anlügen. Schrecklich genug, dass ich ihn *anlügen muss.*

»Zu meinem großen Bedauern waren wir heute aber auch über einen Zeitraum von circa zwanzig Minuten voneinander getrennt. Es wurde mir nämlich nicht erlaubt, dem ersten Gespräch zwischen ihm und Mister Lantis beizuwohnen. Aufgrund der Tatsache, dass wir weiterhin für Mister Lantis Ermittlungen betreiben, können wir jedoch davon ausgehen, dass er gegenüber Mister Lantis keine ernstzunehmenden Verhaltensauffälligkeiten gezeigt hat.«

Genug gepustet. Der Brei ist nicht mehr heiß.

»Drei Dinge bereiten mir aber ehrlich gesagt gewisse Sorgen. Erstens habe ich meine Bedenken, ob ich ihn im Notfall bändigen kann. Er ist größer, als ich ihn in Erinnerung hatte.«

Schieb die Schuld nicht auf andere.

»Damit will ich übrigens keinesfalls den Eindruck erwecken, meine Ausbilder hätten mich unzureichend vorbereitet. Ich bin sehr zuversichtlich, dass jeder Knochenbruch im Training die Sache wert war.«

Da hab ich eben noch so die Kurve gekriegt!

»Zweitens hat er sich bis jetzt noch in keiner Weise zu den Vorgängen auf Gambela geäußert, und ich weiß nicht, ob es klug wäre, dieses Thema zu übereilt anzuschneiden. Wenn Ihre Vermutungen stimmen, dass die Vorfälle hier irgendwie mit der Tragödie auf Gambela verknüpft sind, kommt es noch früh genug zu einer Situation, in der der Stresslevel für ihn definitiv ansteigen wird. Danach kann ich konkrete Angaben dazu machen, wie belastbar Doktor Woo-Suks These von einer damit einhergehenden Freisetzung seiner bislang leider unzugänglichen Erinnerungen in Wahrheit ist.«

Bist du wahnsinnig? Keine Kritik! Schnell! Sag was anderes! Irgendwas anderes!

»Er trinkt viel. Sehr viel. Also alkoholische Getränke, meine ich. Heute Abend allein fast eine ganze Flasche Palmweinbrand. Das ... das ist auch der dritte Punkt, den ich angesprochen haben wollte. Sein Alkoholkonsum. Ich werde versuchen, ihn zu zügeln, wo ich nur kann. Aber ... wie gesagt, er ist größer, als ich ihn in Erinnerung hatte. Und durstiger.«

Hör auf zu stammeln! Mach Schluss!

»Das war für den Moment alles. Falls Sie noch Fragen haben ...«

... können Sie mir die jetzt glücklicherweise auch nicht stellen.

120

»Sie finden sicher einen Weg, mich in dringenden Fällen direkt zu kontaktieren, nehme ich an. Vielen Dank für ... für Ihre Aufmerksamkeit und ... und ,.. auf Wiederhören.«

Du stammelst schon wieder!

»Bruno Digger Ende.«

Er stöhnte auf und hämmerte verzweifelt einmal von unten gegen die Bank. Er bereute es sofort. Nicht nur, weil ihm die Hand wehtat, sondern vor allem, weil er befürchtete, der dumpfe Laut könnte Pollock wecken. *Und was soll ich ihm dann sagen, wenn er mich hier unter der Bank findet? Dass ich anders nicht einschlafen konnte?*

Bruno lauschte. Wie aus weiter Ferne hörte er Pollock schnarchen. Langes, rhythmisches Fräsen. *Glück gehabt!*

Er kroch unter der Bank hervor, rappelte sich auf und schlich ins Innere des Apartments. Er suchte sich eine Handvoll Sofakissen, türmte sie vor Pollocks Tür zu einem kruden Haufen auf und rollte sich auf dem improvisierten Nest zusammen. Es nutzte nichts. Er war schlicht und ergreifend zu aufgekratzt. Als ihm irgendwann einfiel, worum ihn Pollock vor ihrem kleinen Streit, der Miss Presley und Doktor Woo-Suk nicht zu interessieren brauchte, gebeten hatte, wusste er auch, womit er sich die Nacht um die Stummelohren schlagen würde. Es kam ihm wie sinnlose Arbeit vor, aber sinnlose Arbeit hatte seines Wissens noch keinen Nacktmullbeta je geschreckt.

12

Beim Aussteigen aus dem kleinen Elektrofahrzeug, das ihn und Bruno selbsttätig zum Ziel ihres morgendlichen Ausflugs gebracht hatte, verlor Pollock die Geduld. »Was ziehst du für ein langes Gesicht?«

»Ich finde nach wie vor, du machst es dir zu leicht«, sagte Bruno und strich sich das Jackett glatt. »Miss Purrtra hat nichts mit unserem Fall zu tun. Ich schäme mich, dass ich dir diese rassistische Liste angefertigt habe.«

»Speziesistisch«, korrigierte ihn Pollock. »Betas sind keine Rasse.«

»Du kannst so viele Haare spalten, wie du möchtest«, entgegnete Bruno. »Was du hier treibst, ist ein Fehler.«

Krieg dich bitte endlich wieder ein, Mann. Pollock schritt auf den Eingang der von einer gläsernen Kuppel überdachten Plattform zu, die am Turm der Nabe hing wie ein glitzernder Tropfen Harz an einem Baumstamm. »Die Opfer von dieser Ebene hatten öffentlich ihre Vorbehalte gegenüber Betas geäußert. Cleo Purrtra, die auf der gleichen Ebene wohnt, ist eine Betarechtlerin, die in Interviews und bei anderen öffentlichen Auftritten wiederholt angedeutet hat, dass die Terroristen von Pride Fur die richtigen Ziele mit den falschen Mitteln verfolgen. Ich sehe da einen klaren Zusammenhang.«

»Ich nicht.«

»Und deshalb bin ich der Meisterdetektiv und du mein Sidekick, und nicht umgekehrt.« Pollock war bester Dinge. Zum einen hatte der Arrak ihm keinen Kater beschert, zum anderen hatte beim Frühstück Trudy in einem Anruf bestätigt, dass man in Colt Nadars Magen tatsächlich den vermissten Diamanten gefunden hatte. »Qualität setzt sich am Ende immer durch.«

Der Eingang zu Purrtras privatem Reich war eine Art Luftschleuse aus Plexiglas. Was dahinter lag, war schwierig zu erkennen, da das Material von innen beschlagen war. Pollock ging näher, um durch die Schicht aus feinen Tröpfchen hindurchzuspähen. Er machte viel dichtes Grün aus, das von bunten Flecken gesprenkelt war. *Blüten?* Er legte die Hand flach gegen die Scheibe. Sie hatte die angenehme Temperatur eines dunklen Steins an einem warmen Sommertag. *Die Frau weiß, wie man es sich gut gehen lässt.*

Er nahm so Aufstellung vor der Schleuse, dass ihn die darüber angebrachte Kamera in einem günstigen Winkel erfasste, und betätigte die Klingel.

»Ja?«, krächzte es aus der Sprechanlage.

»Pollock Shermar. Ich hätte gern ein paar Worte mit der Dame des Hauses gewechselt.«

»Sind Sie angemeldet?«

Sehe ich so aus? »Ich warte gern ein paar Minütchen. Drinnen, wohlgemerkt.«

»Worum geht es denn?«, kam es nach einer kurzen Pause.

»Darum, ob ich Miss Purrtra jetzt sofort oder erst nach einem Gespräch über ihre pikanten Verbindungen zu gewaltbereiten Extremisten in Gewahrsam nehmen lasse.«

»Taktvoll«, nuschelte Bruno.

»Und auch noch effektiv«, gab Pollok zurück, als die äußere Schleusentür zischend aufglitt.

In der Kuppel angekommen, klärte Pollocks anlaufendes Monokel ihn auf, dass in der üppigen Dschungellandschaft – komplett mit echtem Humus-Untergrund, echten Insekten und Tiergeräuschen vom Band – eine Temperatur von 39 Grad Celsius bei einer Luftfeuchtigkeit von 99 Prozent herrschte.

Ohne atmungsaktiven Mantel wäre Pollock vermutlich nach drei Schritten mit Hitzschlag umgekippt. So jedoch brach ihm nur der Schweiß aus.

Begrüßt wurden er und Bruno von einem Beta im Livree eines Butlers, dessen animalische Genanteile von einem Falken stammten. Er funkelte sie über den scharfen Schnabel hinweg kalt mit seinen schwarzen Augen an. »Miss Purrtra ist in einem Meeting.«

»Wie gesagt, ich kann mich gedulden«, sagte Pollock. »Ein paar Minuten zumindest. Sie könnten Ihr vielleicht Bescheid geben.«

»Ihren Namen kenne ich.« Der Falkenbeta drehte den Kopf zu Bruno. »Aber wer ist das?«

»Ich heiße Bruno Digger, und ich bin der ...« Bruno strich sich mit der Zunge über die Nagezähne. »... der naive Sidekick von Mister Shermar, der anscheinend noch viel über das richtige Auftreten als Ermittler zu lernen hat.«

Die Augen des Butlers verengten sich zu schmalen Schlitzen. »Bist du krank?«

»Krank? Wieso?«

»Du siehst aus wie eine Ratte, der das Fell ausgefallen ist.«

»Ich bin ein Nacktmull«, entgegnete Bruno nicht ohne Stolz.

»Ein Nacktmull, aha.« Hätte der Falkenbeta eine Nase gehabt, er hätte sie gerümpft.

Kehliges Gebrüll und ein Trommeln wie von Kriegspauken zerrissen die Idylle in dem überdimensionierten Wintergarten.

»Sie entschuldigen mich«, sagte der Falkenbeta und stürmte davon, einen Trampelpfad durch das Dickicht hinunter.

Das könnte dir so passen. Pollock schnappte Bruno am Arm und rannte los. »Hinterher!«

Die Gefahr, sich auf der Dschungelplattform zu verirren, war gleich Null. Der Falkenbeta brachte bei seinem Voranhetzen genügend Äste und Zweige der am Wegesrand wuchernden Vegetation zum Wippen, und als Blinder hätte man nur dem nicht abreißenden Brüllen und Trommeln folgen müssen.

Auf einer von sauber getrimmtem Rasen überzogenen Lichtung, auf der umgeworfene Rattanmöbel, ein Sonnenschirm mit durchgebrochenem Stiel, Tabletts und Cocktailgläser verstreut lagen, wartete ein geradezu urtümlicher Anblick. Ein Wirbelsturm der Verwüstung war hier durchgefegt – ein Wirbelsturm in Form eines außer sich geratenen Gorillabetas, der sich das Hemd aufgerissen hatte und brüllend mit beiden Fäusten auf seine Brust einschlug. Sein Zorn galt einer Raubkatzenbeta, die nichts außer einem roten Seidenmorgenmantel trug und sich in die Krone des nächsten Baums geflüchtet hatte. Pollocks Monokel behauptete ungefragt, die interessante Fellmusterung aus schwarzen Linien und Tupfern auf hellbraunem und weißem Grund im Gesicht der Beta deute auf Ozelotgene hin.

»Kong!«, schrie der Butler, der am Rand der Lichtung scharf abgebremst hatte. »Beruhig dich doch!« Seine Hand wanderte unter seine Jacke und förderte einen Taser zutage. »Sonst muss ich dich grillen!«

Kongs Reaktion bestand darin, dass er das Trommeln für drei Sekunden einstellte, um dem Falken einen Rattansessel entgegenzuschleudern. Der Butler ging zu Boden, und der Taser landete irgendwo im Unterholz.

Schöne Scheiße. Angesichts des rasenden Betas keine zehn Meter vor ihm kamen Pollock berechtigte Zweifel an den geltenden Gesetzen von At Lantis, die den Besitz und Einsatz tödlicher Waffen verboten. *Wenn diesem Kerl da gerade das Gleiche passiert wie Nadal und den anderen, sind wir dran.*

Aus den Augenwinkeln bemerkte Pollock, wie Bruno doch tatsächlich Verteidigungshaltung annahm. Sein Sidekick ging leicht in die Knie, hob die Fäuste – die eine knapp neben das Ohr, die andere halb vor die Brust – und drehte sich mit pendelndem Oberkörper ein Stück in der Hüfte, um seinem Gegner ein schmaleres Ziel zu bieten. *Krav Copajitsu gegen einen 500-Pfund-Affen? Viel Glück! Das ist ja, als wollte man mit einer Taschenlampe ein Loch in einen Raumzerstörer brennen.* »Lass das Gehampel«, murmelte er bissig. »Er kann uns problemlos zu Konfetti verarbeiten!«

»Du hast es versprochen, Cleo!«, brüllte der Gorillabeta. »Und du wirst dein Versprechen halten!«

»Ich halte alle meine Versprechen«, antwortete Cleo in einem erstaunlich ruhigen Ton, für den Pollock sie sofort bewunderte. »Ich habe exakt das getan, was ich dir versprochen habe: Ich habe mit Vertretern von *Capella* gesprochen, und leider haben sie sich dagegen entschieden, dich und dein Anliegen zu unterstützen. Sie sind ein Konzern, Kong, kein Wohlfahrtsverein. Ein Konzern, in dem viele freie Betas die wichtigen Entscheidungen treffen, aber eben immer noch ein Konzern. Da kannst du noch so viele Stühle nach Kes werfen, ich kann sie zu nichts zwingen.«

»Doch, kannst du!« Kong zertrat schnaubend ein Glas unter dem Absatz seiner schweren Halbschuhe. »Red noch mal mit diesen Idioten!«

Interessant. Pollock wagte sich ein paar Schritte weiter auf die Lichtung vor. *Er ist für Argumente so weit zugänglich, dass er sie bewusst ignoriert ...* Er sah zu Kes hinüber. Der Falkenbeta hatte eine Platzwunde auf der Stirn, wo ihm helles Blut vom Gefieder tropfte. Er kroch auf Knien am Rand der Lichtung umher und suchte augenscheinlich nach seinem verlorenen Taser. *Das dauert mir zu lange ...*

»Pollock, bleib hier!«, nuschelte Bruno warnend.

»Hey, Rumpelstilzchen«, rief Pollock dem Gorillabeta zu und suchte in der Innentasche seines Mantels nach seinem Diktafon. »Tu der Lady, mir und ganz besonders dir einen Gefallen und mach die Biege.«

Kong fuhr zu ihm herum, die viel zu langen Zähne gebleckt, die kleinen Äuglein unter der nach vorn gewölbten Stirn irre funkelnd. »Was?«

»Du sollst verschwinden, Mann.«

Grunzend bückte sich Kong nach einem halb zertrümmerten Beistelltisch.

»Drücke ich mich so undeutlich aus, oder was?« Pollock zeigte mit der freien Hand auf den Pfad, über den er zur Lichtung gerannt war. »Du jetzt schön brav sein und nach Hause gehen, großer Junge, ja?«

»Reiz ihn nicht, Pollock!«, flehte Bruno.

Kong hob den Tisch über den Kopf. »Was glaubst du Wicht, wer du bist?«

Pollock präsentierte dem Beta das Diktafon, einen Finger auf dem Knopf des kleinen Gadgets. »Ich bin der Typ, der dir die hässliche Rübe wegbläst, wenn du nicht spurst. Weißt du, was das ist?«

Kong blinzelte irritiert, und Pollock musste sich ein Lächeln verkneifen. »Ich erklär's dir. Das ist der Zünder für den Sprengchip, den man dir in den Nacken gepflanzt hat, als du hier in At Lantis aufgeschlagen bist. Das Ding, das die Trooper bei der Einreise jedem Besucher verpassen, damit er keinen Unfug anstellt.« Pollock schürzte die Lippen. »Und ganz ehrlich: Wenn ich mich hier so umschaue, hast du in einer privaten Wohneinheit einer zahlenden Bewohnerin unserer schönen Insel einen ziemlich fetten Affentanz veranstaltet. Lautes Geschrei, Getrommel auf der nackten Brust, demolierte Möbel, eine arme Miezekatze auf einen Baum gejagt und ihrem Butler eine blutige Visage beschert. Man wäre fast dazu geneigt, von Unfug zu sprechen, findest du nicht?«

Die gewaltigen Hände des Betas schlossen sich fester um die Tischbeine.

»Nur zu«, forderte ihn Pollock auf. »Mach ruhig weiter.« Er tippte mit dem Finger auf die Oberkante des Diktafons. »Mir ist das alles herzlich egal. Ich muss die Sauerei ja nicht wegräumen. Wozu gibt es Bots?«

Ganz langsam, Zentimeter für Zentimeter, ließ Kong sein geplantes Wurfgeschoss sinken. Schließlich stellte er es ab, stopfte sich in einer komisch-hilflosen Geste sein zerfetztes Hemd in die Hose und stapfte in gebührendem Abstand an Pollock vorbei, den Blick fest auf das Diktafon gerichtet. Erst am Lichtungsrand brachte der Beta genügend Mut auf, um eine geballte Faust in Richtung Cleo zu schütteln und ein starrköpfiges »Wir sprechen uns noch!« zu knurren.

Grinsend steckte Pollock das Diktafon weg. Bruno kam angelaufen und plapperte erleichtert auf ihn ein. »Großartig, ganz großartig. Nerven wie Drahtseile. Und ich bin dankbar, dass ich mein Scherflein zu unserem gelungenen Bluff beitragen durfte.«

»Dein Scherflein? Unser Bluff?« *Bleib mal auf dem Teppich.*

»Ja!« Bruno nickte aufgeregt. »Es hat doch nur funktioniert, weil du seinen Namen auf der Liste mit Betas in At Lantis gesehen hast, die ich für dich angefertigt habe. Da waren alle drauf. Bewohner wie Miss Purrtra und Besucher wie dieser Grobian.«

Pollock musste lachen. »Als ob ich mich an jeden Namen auf deiner blöden Liste erinnern könnte.«

»Nicht? Aber ... aber ... dann ...« Vor Schreck zogen sich Brunos sämtliche Gesichtsmuskeln zusammen, seine Miene war eine einzige Runzel. »Dann bist du einfach volles Risiko gegangen.«

»Kein Grund, Falten zu schlagen«, beruhigte ihn Pollock. »Ich weiß schon, was ich tue. Hast du Kongs Anzug und seine Schuhe gesehen? Viel zu billig für jemanden, der fest in At Lantis wohnt.« Er sah zu dem Ort hinauf, an den sich die Besitzerin der Dschungelkuppel vor dem Wutanfall ihres Besuchers gerettet hatte. »Wer hier dauerhaft unterkommt, trägt nur den feinsten Zwirn. Echte Seide zum Beispiel.«

Pollock hatte einmal von einem alten Mythos gehört, wonach Katzen, die in Bäume geklettert waren, oft zu feige oder zu dumm waren, um den Rückweg nach unten wiederzufinden. Auf Cleo Purrtra traf das nicht zu. Nach drei eleganten Sätzen von Ast zu Ast, bei denen sich ihr Morgenmantel genau richtig bauschte, um Pollock einige verlockende Einblicke zu bieten, hatte sie der Erdboden wieder. *Wieder so eine angestaubte Mär, die nur erstunken und erlogen ist.* Es war unübersehbar, dass Cleo nicht dazu erschaffen worden war, um an vorderster Front in irgendwelchen Konkriegen zu kämpfen. Dafür wirkte sie zu zart, zu zerbrechlich. *Verlass dich nie auf erste Eindrücke.* Pollock hatte es schwer, seinem eigenen Ratschlag zu folgen, denn es war viel zu leicht, sich in ihren großen grünen Augen zu verlieren.

»Tut mir sehr leid, dass Sie das mit ansehen mussten«, entschuldigte sie sich mit einem koketten Zucken ihrer Ohren.

»Mir tut es leid, dass ich so in Ihr wichtiges Meeting geplatzt bin.«

»Danke.« Einen flüchtigen Moment berührten die Spitzen ihrer Finger seine Hand. »Ich würde Ihnen einen Drink anbieten, aber ...« Sie senkte den Blick, und ihr Schwanz peitschte einmal ruckartig hin und her. »Kong ist ein Mann, der seine Triebe nicht im Griff hat.«

»Für welches Anliegen von ihm haben Sie sich denn bei *Cappella Mining* stark gemacht?«, erkundigte sich Pollock.

Sie ging in die Hocke und las eine Glasscherbe vom Gras auf ein nahes Tablett. »Ein Streit um Schürfrechte auf einem Asteroiden, den Kong bei einer Erkundungsmission entdeckt hat.«

»Natürlich.« *Wenn das stimmt, fress ich eine Besenfabrik, aber sei's drum.* Er stellte fest, dass ihr loser Morgenmantel aus seiner Vogelperspektive einen verdammt schlechten Job machte, was das Verhüllen ihrer Brüste anging. *Eine feste Handvoll. Nett. Ich wünschte, sie würde wieder aufstehen. Das wäre besser für meine Konzentration.*

Cleo sammelte weiter Scherben auf. »Sie sind Pollock Shermar. Sie arbeiten für Mister Lantis, nicht wahr?«

Erst Beauregard, jetzt sie. Weiß eigentlich jeder hier, was mich nach At Lantis verschlagen hat? »Schuldig im Sinne der Anklage.«

Bruno kam dazu, bückte sich und half der Ozelotbeta bei ihren Aufräumbemühungen. »Mein lieber Chef hier ist übrigens der Auffassung, Sie hätten etwas mit den jüngsten Todesfällen auf dieser Ebene zu tun.«

»Bruno!« Pollock hätte am liebsten zu einem kräftigen Tritt gegen Brunos Schädel angesetzt, aber da war leider Cleo im Weg.

»Er ist nach eigenen Angaben ein Speziesist«, redete Bruno einfach weiter. »Und dazu passt die simple Gleichung, die er für sich aufgestellt hat: bekennend betakritische Opfer plus engagierte Betarechtlerin in unmittelbarer Nähe ist gleich klarer Verdacht.«

»Herzlichen Dank, du Nase«, knurrte Pollock. *Was sollte das denn?*

»Ich verstehe.« Cleo sah Pollock lange von unten an, ihr Gesichtsausdruck eine Mischung aus Enttäuschung und Überraschung. Schließlich erhob sie sich aus der Hocke, zurrte den Gürtel ihres Morgenmantels enger und wandte sich zum gegenüberliegenden Rand der Lichtung. »Kommen Sie mit. Ich möchte Ihnen etwas zeigen.«

»Brauchst du mich?« Der blutende Butler, der seinen Taser inzwischen aufgespürt hatte, machte einige zögerliche Schritte auf den Rasen.

»Kümmer du dich um deinen Kopf, Kes«, wehrte Cleo seine Besorgnis ab. »Die Gefahr, dass sich Mister Shermar das Hemd vom Leib reißt und mich auf einen Baum scheucht, um mir zu imponieren, scheint mir nicht sehr groß.«

Bruno eilte förmlich an die Seite der Ozelotbeta, Pollock trottete den beiden eher missmutig nach. Schweigend folgten sie einem gewundenen Pfad ins Zentrum der Plattform. Falls Pollock entgegen Cleos Einschätzung unbedingt darauf bestanden hätte, sie auf einen Baum zu scheuchen, hätte er am Ende der kurzen Strecke die Gelegenheit dazu gehabt.

Sie standen vor einer Schirmakazie, deren Stamm so dick war, dass man sie entweder aus irgendeinem anderen botanischen Garten hierher verpflanzt oder einer genetischen Behandlung für beschleunigtes Wachstum unterworfen hatte. An jedem Ast der breiten, flachen Krone baumelten von dünnen Drahtfäden Dutzende Multiboxen. Die kleinen Geräte waren allesamt extrem kitschige Modelle, die vor lauter Strasssteinchen glitzerten.

Cleo fuhr eine kurze, kräftige Kralle aus ihrem Zeigefinger, stellte sich auf die Zehenspitzen und versetzte einem der funkelnden Geräte einen sachten Stoß. »Diesen Baum zeige ich nicht jedem.«

Das ist vielleicht auch besser so. Pollock kratzte sich den Bart. »Womit habe ich diese Ehre verdient und worin besteht sie?«

»Immer, wenn ich eine Todesdrohung auf meiner Multibox erhalte, wechsle ich sie gegen eine neue aus. Die, die Sie hier sehen, sind alle aus dem letzten Jahr«, sagte Cleo. »Kes ist so freundlich, sie für mich hier aufzuhängen.« Sie zeigte ihre perlweißen, spitzen Zähne in einem verstohlenen Lächeln. »Ich mag Sachen, in denen sich das Licht bricht, wissen Sie.«

Pollock hatte fest vor, sich weder von der Zahl der Multiboxen beeindrucken noch von dem Lächeln verzaubern zu lassen. Beides gelang ihm eher schlecht als recht. »Es hat eben seine Nachteile, sich öffentlich als Sympathisantin von Terroristen wie Pride Fur zu outen.«

»Sehen Sie diesen Ast?« Sie ging halb um den Baum herum und deutete nach oben. An dem Ast, den sie meinte, schienen Pollock die bizarren Früchte besonders dicht zu hängen. »Der ist nur für Drohungen von Pride Fur.«

»Ist das ein Scherz, Miss Purrtra?«, fragte Bruno wie ein Schüler, dem seine Lehrerin eröffnete, dass nicht alle Vögel fliegen konnten.

»Ich bin vielen anderen Betarechtlern bei weitem nicht radikal genug«, antwortete Cleo, doch dabei sah sie Pollock statt Bruno an. »Sie nennen mich ein Haustier und werfen mir vor, ich hätte mich ans Establishment verkauft. Nur weil ich glaube, dass Bilder von Menschenbabys, die bei heimtückischen Anschlägen verstümmelt werden, uns Betas mehr schaden als nutzen. Weil ich mir sehr sicher bin, dass wir uns bestimmt keine Freunde machen, wenn wir Execs von *FullCorp* entführen und sie vor laufenden Kameras erschießen, wenn kein Lösegeld fließt. Weil ich eine große Erhebung, bei der sich uns alle Unterdrückten der Galaxis anschließen, für einen pubertären Wunschtraum halte.«

»Sehr vernünftige Ansichten«, befand Pollock. *Und das, was man als vorsichtige Fanatikerin so von sich gibt, um keinen unnötigen Ärger zu bekommen.*

»Ich weiß, was Ihnen durch den Kopf geht.« Cleo lehnte sich mit vor der Brust verschränkten Armen gegen den Baum. »Sie überlegen, ob ich das alles erzähle, weil es sich so schön anhört. Das kann ich Ihnen schlecht ausreden.«

Sexy und *clever. Eine spannende Kombo. Spannend* und *gefährlich.* Pollock begegnete ihrer scharfsinnigen Analyse, indem er eine Augenbraue hob.

»Sie sind ein Mann, der sich richtig in einen Gedanken verbeißen kann, sobald er ihn erst einmal gefasst hat«, stellte Cleo fest. »Manche finden so etwas unerträglich stur. Ich nicht. Ich finde, es macht einen Menschen faszinierend, wenn er weiß, was er will. So wie Hugh.«

»Hugh Debayle?« Brunos Tasthaare zitterten. »Ihr ehemaliger Besitzer?«

»Das ist die offizielle Variante.« Cleo schaute durch das Geäst der Akazie in den Himmel. »Ja, es stimmt, dass er meine Erschaffung bei *FullCorp* in Auftrag gegeben hat, und es stimmt auch, dass auf einem seiner Privatserver ein

Vertrag abgespeichert war, in dem stand, dass ich ihm gehöre. Daraus leiten die meisten Außenstehenden ab, dass ich für ihn nicht viel mehr als ein Sexspielzeug gewesen bin. Aber wie viele wohlhabende Männer vererben einem Sexspielzeug ihr gesamtes Vermögen und schenken ihm in ihrem Testament die Freiheit?«

»Es gibt nicht viele Männer, die reich genug sind, um sich ihr Sexspielzeug von *FullCorp* maßschneidern zu lassen«, wandte Pollock ein.

»Ich habe ihn geliebt, und er hat mich geliebt.« Cleo zuckte die Achseln. »Die einfachste Sache der Welt.«

»Nicht für eingefleischte Betahasser«, sagte Pollock.

»Mit dem Hass dieser Leute kann ich sehr gut leben.« Die Ohren der Ozelotbeta lagen jetzt flach nach hinten an ihrem Schädel an, und ihr Schwanz peitschte ihr zwischen den Knöcheln. »Was mich wütend macht, wütend und traurig, sind die Vorwürfe der anderen Betas. Hugh hat mir genug hinterlassen, um ein sorgloses Leben in Luxus zu verbringen und komplett zu verdrängen, was in der Welt so vor sich geht. Ich bin frei. Meine eigene Herrin. Nichts zwingt mich dazu, mich politisch zu engagieren und für die Rechte aller Betas einzutreten. Nichts außer meinem Gewissen.«

»Achten Sie nicht auf diese Ignoranten, Miss Purrtra«, sagte Bruno aufmunternd. »Sie tun mehr Gutes, als irgendwer von Ihnen verlangen könnte.«

Schleimer ... »Andererseits ...« Pollock breitete die Arme aus. »Wenn ich mich hier so umsehe, gewinne ich nicht den Eindruck, als hätten Sie auf sämtlichen Luxus verzichtet und weite Teile Ihrer finanziellen Mittel in den Kampf gegen Unterdrückung investiert.«

»Oh, Mister Shermar ...« Cleos Gesichtszüge entspannten sich zu einem freundlich–amüsierten Ausdruck. »Ich prahle nur ungern, aber ich kann Ihnen versichern, dass meine Unterkunft in At Lantis meine Konten wirklich nicht über Gebühr belastet. Sie haben es doch selbst gesagt: Mein seliger Hugh war sehr, sehr reich, und einen beträchtlichen Teil seines Erbes habe ich tatsächlich Stiftungen und Betahilfsorganisationen zukommen lassen.«

»Trotzdem ...« *So schnell kaufe ich dir die Heilige nicht ab, Mädchen.* »Sie hätten weniger Kritiker, wenn Sie nicht ausgerechnet in At Lantis leben würden.«

»Mag sein.« Sie löste sich einige Schritte vom Baum und setzte sich ins Gras. »Ich lebe in At Lantis, weil ich hier ständig Zugriff auf Personen habe, die wirklich etwas bewegen können. Mächtige, einflussreiche Personen. Und auch wenn es hier in der Regel ruhig und gemächlich zugeht, ist nicht jeder, der eine Immobilie in At Lantis besitzt, automatisch ein Aussteiger oder Pensionär. Ich bilde da keine Ausnahme. Zwar sehen viele At Lantis als eine Art Wochenendhäuschen am Meer, und Wilbur Lantis sieht es nicht gern, wenn hier Geschäfte gemacht werden. Nominell sind Verhandlungen dieser Natur sogar ausdrücklich verboten.« Sie fuhr die Krallen aus und zupfte an einem Büschel Gras. »Lantis lügt sich in die eigene Tasche. Wie hat er sich das auch vorgestellt? Er bringt erst die Schalter und Walter aus den unterschiedlichsten Bereichen der interstellaren Gesellschaft auf einem winzigen Flecken zusammen und meint dann, diese Leute vergessen, wer und was sie sind?« Ihr unterdrücktes Lachen klang wie ein Maunzen. »Wie hat man früher gesagt? Die Katze lässt das Mausen nicht. Jeder tut immer das, wozu ihn sein Wesen antreibt. Man kann gar nicht anders. Ich kenne keinen ernstzunehmenden Atlanter, der abgesehen von der Suche nach Entspannung nicht noch ... nennen wir es ›Nebentätigkeiten‹ ... nachgeht. Der eine fädelt bei der Massage im Dampfbad einen kleinen Milliardendeal ein, der andere geht auf den Poloplatz, um einen Untergebenen von außerhalb zu treffen, dem er sagt, über welchem gottverlassenen Planeten es sich lohnen könnte, einen Trupp Justifiers abzuwerfen. Diese Menschen haben früher nie zwischen ihrer Arbeit und ihrem Leben unterschieden, und das tun sie auch jetzt nicht.« Sie streckte sich auf dem Rücken aus und räkelte sich in der Sonne. »Aber ich will Sie nicht weiter langweilen, Mister Shermar. Haben Sie sich eigentlich schon entschieden, ob Sie mich nun verhaften lassen wollen oder nicht?«

13

Jessica Thumper hastete in einer Wolke aus Vanilleduft aus ihrer kleinen Nasszelle in den Wohnbereich ihrer Kabine. Das Fell auf den Füßen der Hasenbeta war noch feucht, und sie hinterließ eine schaumige Spur auf dem grauen Veloursteppich. Normalerweise achtete Jessica peinlich genau darauf, sich rundum trocken zu fönen – von den langen Ohren bis hinunter zwischen die Zehen. Doch dieser Morgen war eben nicht normal. Sie war schrecklich nervös, nervöser als vor dem Erstbesuch bei einem neuen Klienten.

In ein Handtuch gewickelt stand Jessica geschlagene zehn Minuten vor ihrem Kleiderschrank und rätselte, welches Outfit das passende war, um Woods zu empfangen. Der schillernde Overall, der ihre langen Beine so schön zur Geltung brachte? Das strenge Businesskostüm, das sie ansonsten für Rollenspiele wie ›dominante CEO und Abteilungsleiter mit schlechten Quartalszahlen‹ reservierte?

138

Oder doch den absoluten Klassiker, die schwarze Korsage mit den Netzstrümpfen, die ihr flauschiges Dekolleté und ihr Puschelschwänzchen betonte? *Nein, die geht gar nicht. Er ist ja eben kein klassischer Klient.*

Woods war ein echter Gentleman, so viel stand fest. Bei ihm gab es keine gierigen Blicke, keine schlüpfrigen Bemerkungen, kein vermeintlich zufälliges Streifen ihrer Brüste oder ihres Hinterns. *Er hat es ja nicht mal ausgenutzt, dass ich bei unserem letzten Treffen zu tief in die Champagnerflasche geschaut habe, die er mitgebracht hat.* Unruhig schob sie zwei Kleiderbügel hin und her. *Das ist so peinlich gewesen. Einfach halb besoffen einnicken, wie eine blutige Anfängerin. Zum Glück hat er mir das nicht krumm genommen.* Stattdessen hatte er ihr ein kleines Abschiedsgeschenk dagelassen, und was sollte sie sagen? Sie hatte es sofort ausprobiert, und alles, was Woods darüber erzählt hatte, war die Wahrheit gewesen. Jessica hatte sich in ihrem Leben eine Menge Kram eingefahren – Aufputscher, Runterfahrer, Appetithemmer, Neopiat, MescaLSD und andere interessante Sachen –, aber das Zeug war der Hammer. Autopilot hatte Woods es genannt, und der Name war Programm. Auf Autopilot hatte man den sehr überzeugenden Eindruck, sich quasi in sich selbst entspannt zurücklehnen zu können. Wie in einem gemütlichen Cockpit, wo man die Instrumentenanzeigen nur grob im Auge behalten musste, weil ein schlauer Computer einem sämtliche anderen lästigen Pflichten abnahm. Dabei war man alles andere als taub oder runtergefahren, ganz im Gegenteil. Man konnte jeden einzelnen Reiz, jedes bisschen emotionalen und sensorischen Input in vollen Zügen genießen – wenn man ihn denn tatsächlich auskosten wollte. Es war unvorstellbar leicht, unangenehmere Eindrücke entweder ganz auszublenden oder sie gewissermaßen aus sicherer Distanz zu betrachten. Jessica hatte keinen blassen Schimmer, wie die Droge diese Wirkung erzielte, doch das störte sie nicht. Sie hatte sich auf ihren MescaLSD-Trips schließlich auch nie gefragt, welche komplexen biochemischen Abläufe in ihrem Organismus dafür sorgten, dass sie sehr glaubwürdige und fesselnde Unterhaltungen mit allerlei unbelebten Objekten wie Handtaschen und Badezimmerspiegeln führte. Vielleicht hätte Woods ihr erklären können, was Autopilot in ihr anstellte, aber warum hätte sie ihn darauf ansprechen sollen?

Woods war wirklich ein Ausbund an Höflichkeit. Selbst die Fragen, die er ihr über ihre anderen Klienten gestellt hatte, waren sehr zurückhaltend formuliert gewesen. Eigentlich stand in ihrem Arbeitsvertrag ausdrücklich drin, dass sie abgesehen von Pop nicht mit irgendwelchen Dritten einfach so über ihre Klienten plaudern durfte. Für Escorts galt aus nachvollziehbaren Gründen so etwas Ähnliches wie eine ärztliche Schweigepflicht, was ihre Klienten anging. Woods hatte ihr allerdings schon beim ersten Treffen plausibel dargelegt, woher sein Interesse an ihr wirklich rührte.

»Ich muss mich absichern, Jessica«, hatte er in seiner superrauen, supertiefen Stimme gesagt, die immer wie ein Knurren klang, bei dem es ihr intensiv in den Ohren kribbelte. »Eine Filmproduktion, wie sie meinen Partnern und mir vorschwebt, ist eine teure Investition. Auch und gerade für einen relativ kleinen Markt wie den für Betas, sind die Kosten dennoch immens. Da will man keine Überraschungen. Streng genommen gehörst du noch so lange

Pop, bis wir dich aus deinem Vertrag herausgekauft haben. Bevor ich mit ihm darüber verhandle, würde ich nur gern wissen, ob du dir vorstellen könntest, dass einer deiner Stammklienten so auf dich fixiert ist, dass er sich bei Pop unter Umständen ein Vorkaufsrecht für dich gesichert hat. Mir geht es nur darum, bei Pop nicht ins offene Messer zu laufen.«

Das leuchtete ihr ein, obwohl sie nach diesem ersten Treffen nach wie vor ziemlich skeptisch war, ob sie da nur im Begriff war, einem Betrüger aufzusitzen. Dann hatte ihr Woods bei ihrem zweiten Termin – dem mit der großen Champagnerflasche und dem Autopilot – eröffnet, dass sie nicht die erste Escort von der *Pleasant Surprise* war, der er ein solch verlockendes Angebot unterbreitete. Einige andere hatten schon angenommen, und sie musste ihm die Namen zwar aus der Schnauze ziehen, aber als er sie endlich preisgab, ergab plötzlich alles einen Sinn. Warum Pop in den letzten Wochen so guter Dinge war und mit Knete förmlich um sich schmiss. Wo Kamantha, Crispin und die anderen Jungs und Mädels abgeblieben waren, die sie schon seit ein paar Wochen nicht mehr gesehen hatte – nicht auf dem Fitnessdeck, nicht in der Wartehalle am Gleiterlandeplatz, nicht in der Praxis von Doktor Morris zum regelmäßigen Gesundheitscheck. Nach dieser Erkenntnis hatte Jessica all ihre Hemmungen heruntergeschluckt und bereitwillig Woods' Fragen beantwortet. Warum sollte ausgerechnet sie auf etwas verzichten, von dem andere Escorts ganz offensichtlich schon derbe profitiert hatten? Woods wollte sie als einen der Stars für sein ehrgeiziges Projekt, und sie wäre bescheuert gewesen, sich das freiwillig durch die Lappen gehen zu lassen.

Jessica beschloss, die knifflige Entscheidung in Sachen Outfit noch ein paar kostbare Minuten hinauszuzögern, und setzte sich wie sie war an ihren Schminktisch. Als Pop ihr vor zwei Monaten den riesigen Gefallen getan hatte, sie in eine Außenkabine umziehen zu lassen, hatte Jessica das voll ausgekostet. Sie hatte ihre Aufbrezelstation so platziert, dass sie nur den Kopf ein kleines Stück zu drehen brauchte, um vom Spiegel weg und durch das kleine Bullauge hinaus auf das faszinierende und zugleich ungemein beruhigende Auf und Ab der Wellen auf dem Atlantik zu schauen. Das Schönste war, dass an Bord der *Pleasant Surprise* nicht einmal die Gefahr bestand, dass einem speiübel wurde: Ultrasmarte Gyroskope im Bauch des Liners verhinderten, dass das Schiff in den Wogen rollte, wenn es auf seiner Fahrt von Anlaufstelle zu Anlaufstelle rings um die Inselwelt von At Lantis durch den kläglichen Rest eines einst so stolzen Ozeans pflügte. In all der Zeit, die Jessica hier nun schon untergebracht war, hatte sie es noch nie erlebt, dass der Boden mehr als ein paar Millimeter schwankte oder irgendwelche Gegenstände durch die Gegend rutschten.

Daher lag auch ihre Zahnraspel noch genau dort, wo sie sie am Vorabend zwischen ihren Schminkutensilien deponiert hatte. Sie bleckte sich selbst im Spiegel an und versuchte abzuschätzen, ob das Feilen ihrer Zähne wirklich notwendig war. Manche ihrer Klienten schätzten es, wenn sie ihre Zähne so weit stutzte, dass sie kaum noch auffielen. Anderen konnten sie gar nicht lang genug sein. Colt Nadar war eindeutig einer aus der zweiten Gruppe.

Während sie sich das Fell auf Wangen und Kinn glatt bürstete, machte sich Jessica eine wichtige geistige Notiz.

Sie wollte Pop noch unbedingt aushorchen, warum er ihr nicht selbst gesagt hatte, dass all ihre Termine mit Colt Nadar gestrichen waren, anstatt ihr das ausgerechnet über Woods ausrichten zu lassen. Es war schon komisch genug gewesen, dass Pop dazu übergegangen war, ihr ihre letzte Buchung bei Colt nur als nüchterne Textnachricht auf die Multibox zu schicken. Sonst ließ es sich Pop ja auch nicht nehmen, ihr wenigstens in einer kurzen Videobotschaft ein paar warme Worte mit auf den Weg zu geben, wenn er sie zu einem Klienten schickte. Nur bei Woods hatte er da bisher eine Ausnahme gemacht, und jetzt eben auch bei Nadar. Es hätte ihr egal sein können, weil sie mit etwas Glück demnächst sowieso keinen einzigen Kliententermin mehr wahrnehmen würde und weil Woods sie ziemlich auslastete. Außer ihm war Colt sogar der einzige Klient, den sie in letzter Zeit gehabt hatte. Aber sie mochte Colt nun einmal. Er war der Klient, der Woods noch am ähnlichsten war. Wenn sie ihm einen Besuch abstattete, wollte er meistens nur über seine Frau reden und ein bisschen in den Arm genommen und festgehalten werden. Immer, wenn er mehr von ihr verlangt hatte, hatte er vorher überall Räucherstäbchen im Raum verteilt und das Licht gelöscht, bevor er zu ihr ins Bett gekrochen war. *Ob ich ihn vermissen werde?*

Es klingelte.

»Mist«, fluchte Jessica. *Er ist zu früh!* »Ich komme gleich.« Sie schleuderte die Bürste von sich, hüpfte zum Schrank, griff sich nun doch den Overall und schlüpfte geschickt hinein. Mit der einen Hand noch am Reißverschluss öffnete sie die Tür. »Woods«, trällerte sie begeistert. »Tut mir leid, ich ...«

Er fasste sie an der Hüfte, schob sie in die Kabine hinein und trat mit der Ferse die Tür hinter sich zu. Sie ließ es gern geschehen, dass er sie aufs Bett drückte. Sie rieb sogar das Gesicht gegen seine Schulter und flüsterte verführerisch: »Lässt da jemand endlich die Maske der vornehmen Zurückhaltung fallen?«

Jessica hielt die Kraft, mit der er sie in die Matratze drückte, für ein Zeichen entfesselter Leidenschaft. Erst als sie seine ausgefahrenen Krallen an der Kehle spürte, dämmerte ihr, dass sie sich irrte, aber es war zu spät für einen Schrei. Sie starb schnell und nahezu geräuschlos, den Geschmack ihres eigenen Bluts im Mund.

14

Wie die allermeisten Falkenbetas hatte Kes sehr scharfe Augen und einen sehr genauen Blick fürs Detail. Es war eine der Eigenschaften, die Cleo am meisten an ihm schätzte – und nicht nur, wenn er ihr ein von ihm perfekt angerichtetes Lunch servierte so wie jetzt.

»Hühnchen-Satsuma-Sandwich«, schnurrte Cleo nach dem ersten köstlichen Bissen und kuschelte sich tiefer in das zerrissene Polster ihrer Gartenschaukel. »Du weißt, wie man mich glücklich macht.« Sie ließ den Blick über die Lichtung schweifen. »Und schön aufgeräumt hast du auch.«

Kes wischte einen Tropfen Eistee weg, der von der Tülle der Karaffe auf den Tisch gelaufen war. »Danke. Die neuen Möbel werden heute Nachmittag geliefert.«

Cleo musterte die Stelle auf Kes' Stirn, wo ein Streifen Heilgel sein zartes Gefieder verklumpte. »Tut es sehr weh?«

145

»Die kleine Schramme? Nein.« Sorgfältig faltete Kes die Stoffserviette zusammen, mit der er den Eisteetropfen beseitigt hatte. »Mein verletzter Stolz hingegen, der tut weh, ja.« Er drehte den Kopf um nahezu einhundertachtzig Grad nach hinten, als schämte er sich. »Und es tut mir leid, dass dieser aufdringliche Schnüffler dich retten musste.«

»Er musste mich nicht retten«, wiegelte Cleo mit vollem Mund ab. *Das wäre ja noch schöner.* »Kong hätte mir kein Haar gekrümmt. Gorillas, die brüllen, beißen nicht.«

»Trotzdem.« Kes zog sich einen Stuhl heran, dessen Rückenlehne aus Korbgeflecht von wütenden Fausthieben zersplittert war. »Was hast du ihm erzählt?«

»Kong?«

»Diesem Shermar.«

»Nichts.« Cleo klappte ihr Sandwich einen Spalt auf, um mit ihrer Zeigefingerkralle einen der köstlich-frischen Satsumaschnitzen aufzuspießen. »Nichts Wichtiges jedenfalls. Wenn ich Glück habe und er so scharfsinnig ist, wie es auf seinen Fanseiten im StellarWeb steht, habe ich ihn vielleicht sogar dazu gebracht, sich lieber mit einem unserer Nachbarn statt mit uns zu befassen.«

»Du magst diesen schrecklichen Kerl«, stellte Kes nüchtern fest.

»Ich bitte dich.« Hätte Cleo nicht um Kes' sexuelle Präferenzen gewusst, wäre ihr sein Unterton beinahe wie unverhohlene Eifersucht erschienen. »Er hat das Potenzial zu einem zwanglosen Zeitvertrieb, mehr nicht.«

»Ich bin mir nicht sicher, ob es klug ist, irgendwelche Spielchen mit ihm zu spielen«, warnte Kes. »Wir sind nicht die einzigen Betas, bei denen er sich umhören kann. Und er hat diesen Mull im Schlepptau, was es ihm erleichtern könnte, die richtigen Ansprechpartner zu finden.« Kes klackte zweimal mit dem Schnabel. »Eventuell wäre ein Hauch mehr Offenheit ihm gegenüber angebracht gewesen.«

»Meinst du also?«

»Ja, unbedingt. Es kann uns nicht recht sein, wenn Pride Fur in At Lantis Fuß fasst.«

»Du übertreibst.« Cleo biss genüsslich in ihr Sandwich. »Ein paar unter der Hand verteilte Flyer und ein hingeschmiertes Graffiti in den untersten Decks eines Serviceliners ist nicht das, was ich unter Fußfassen verstehen würde. Beim besten Willen nicht.«

»Die radikaleren Anhänger von Pride Fur hassen dich wie die Pest.« Kes beugte sich vor und pflückte einen Krümel von Cleos Oberschenkel. »Du bist für diese Irren das Schlimmste, was man sich vorstellen kann. Du hast buchstäblich mit dem Feind geschlafen. Wenn sie hier tatsächlich eine Zelle einschleusen, dann hast du für sie das größte Fadenkreuz zwischen den Augen. Ich will nur verhindern, dass dir etwas zustößt. Und Shermar könnte genau der Richtige sein, um dir Pride Fur vom Hals zu schaffen.«

»Kes ...« *Wie herrlich heimtückisch für einen Mann mit den hehren Genen eines Raubvogels! Das wäre ja wirklich eine Überlegung wert ...* Lächelnd stellte Cleo den Teller mit dem Sandwich auf ihrem Schoß ab. »Was für ein charmanter Einfall!«

»Dann triffst du dich am besten bald nochmal mit Shermar, um ihn auf diese Fährte zu setzen«, schlug Kes vor und stand auf. »Ich bin in der Küche, wenn du mich brauchst.«

»Gut.« Cleo sah ihrem Vertrauten nach, bis er hinter einer Biegung des Dschungelpfads verschwand, aber ihre Gedanken galten nicht Kes. Sie galten Shermar. Die Vorstellung einer neuerlichen Begegnung zwischen ihr und diesem Mann löste in Cleo etwas aus, das sie lange nicht mehr gespürt hatte. Es war die Vorfreude auf ein riskantes Spiel mit einem gleichwertigen Gegner.

15

Pollock war durchaus stolz auf sich: Er hatte tatsächlich eine Möglichkeit gefunden, unter Menschen zu sein und sich dabei trotzdem das Gefühl zu bewahren, nicht von allen Seiten bedrängt zu werden. Auf dem Plato Boulevard, einer der angesagtesten Einkaufsmeilen auf der atlantischen Hauptinsel, schob sich ein steter Strom bestens betuchter Kunden an Läden und Geschäften vorbei, in denen es allerlei nutzlose Dinge für all jene zu kaufen gab, die im Grunde eigentlich alles besaßen: diamantene Eierbecher, Designerkostüme aus emotionsreflexiven Stoffen, edle Vorzugsausgaben gedruckter Bücher, aus Xenoholz handgeschnitzte Multiboxen im schicken Vintagelook ...

Und dennoch hatte Pollock seine Ruhe, obwohl er unmittelbar am Ufer dieses lärmenden Stroms saß: Jeder Tisch vor dem *Chez Shih-Han* war mit einem Schallschlucker ausgestattet, der sämtliche Umweltgeräusche außerhalb eines Radius von einem Meter auf ein leises Rauschen reduzierte. Der zweite Pluspunkt des Restaurants war das Essen. Man kredenzte feinste chinesische Molekularküche, und Pollock hatte binnen kürzester Zeit ein halbes Dutzend Portionen süßsauren Karpfenschaum in sich hineingelöffelt. Nun lutschte er an einem eiskalten Pflaumenweinbonbon und sprach dabei in sein Diktafon, um Madonna am stockenden Fortgang seiner Ermittlungen teilhaben zu lassen.

»Falls du dich wunderst, warum ich nicht ständig von diesem Quälgeist mit den hübschen Zähnen unterbrochen werde, den du mir freundlicherweise an die Seite gestellt hast ...«, setzte er zu einer an sich unnötigen Erklärung an. »Bruno hat sich bei meinem Gespräch mit Cleo Purrtra ganz schön danebenbenommen. Wenn er nicht so unverschämt gewesen wäre, hätte ich aus dem Kätzchen wesentlich mehr rausgeholt. Also dachte ich mir: Strafe muss sein. Er recherchiert gerade über die frühere Karriere von Leo Beauregard. Purrtra hatte da so eine scheinbar unschuldige Anspielung gemacht, die mir ein bisschen *zu* unschuldig vorkam. Jedenfalls brütete der gute Bruno über seinem Rechner, und ich habe mich mit der Ansage verdrückt, eine längere Sitzung auf dem Porzellanthron in Angriff zu nehmen.« Pollock checkte die Uhrzeit in seinem Monokel. »Inzwischen dürfte er begriffen haben, dass ich unsere gemeinsame Bleibe verlassen habe – vorausgesetzt, er hat alle Klos gefunden, die es zu überprüfen gibt. Ich sag's dir, meine Liebe, gegen Nadars Wohnung sehen so manche Heckenlabyrinthe auf Paradox Gamma echt alt aus. Wie dem auch sei: Sobald Bruno erst einmal geschnallt hat, dass ich ihn abgeschüttelt habe, wird es nicht lange dauern, bis er mich ausfindig macht. Sofern ich das richtig verstanden habe, gehören die Läden und Restaurants hier auf dem Boulevard zum öffentlichen Bereich, der selbstverständlich – und natürlich nur aus Sicherheitsgründen – streng überwacht wird. Bruno muss also nur den Mut aufbringen, bei Trudy anzurufen und sie zu bitten, mich zu orten.« Pollock grinste. »Ups. Ich bin ihn eventuell doch noch ein Weilchen los. Bruno ist alles andere als der Typ für potenziell peinliche Nachfragen.«

Aber für peinliches Dazwischenplatzen, wenn ich gerade vorhabe, meine erste und einzige Verdächtige auszuquetschen. Pollock ließ den Blick über die Flaneure schweifen und blieb an etwas hängen, das ihm wieder einmal zweifelsfrei bewies, dass die moderne Welt am Ende doch nur ein gigantisches Irrenhaus war. »Madonna, du fasst es nicht. Da drüben trägt eine Frau eine fette Angorakatze ohne Beine spazieren. Dafür hat das Vieh so viele Klunker am Halsband, dass man damit wahrscheinlich problemlos unser neues Projekt produzieren könnte. Angorakatzen ohne Beine mit einem Millionenbudget zur Zierde. Jetzt habe ich wirklich alles gesehen. Wie kackt dieses Ding, ohne sich dabei komplett einzusauen? Tja, noch ein Rätsel, das ich ein andermal lösen muss.«

Pollock kratzte einen letzten Rest Karpfenschaum aus einer der Schüsseln. »Ansonsten bin ich dir – und ich hoffe, du weißt dieses Eingeständnis entsprechend zu würdigen – sehr dankbar, dass du mich aus der Versenkung geholt hast. Ich habe schon keinen so guten süßsauren Karpfenschaum mehr gegessen, seit ...« Ein plötzlicher Druck in seinem Schädel brachte Pollock zum Blinzeln. »Seit ...« Es war ein Gefühl, als wollte sich etwas viel zu Großes in etwas viel zu Kleines zwängen – ein Elefant in einen Kaninchenbau oder eine Faust in ein Nasenloch. »Seit ...« *Seit wann?*

Dann schossen Pollock die Bilder durch den Schädel. Von den Wänden einer einfachen Modulhütte. Von einem improvisierten Tresen aus umfunktionierten Transportkisten für Bergbaugerät. Vom Gesicht eines jungen Nacktmullbetas, das von nackter Angst gezeichnet war. Die Bilder lösten eine heftige Gefühlsregung in Pollock aus. Er mahlte mit dem Kiefer, sein Herz schlug schneller. »Keiner kommt jemals wieder«, hallte die Stimme des jugendlichen Brunos aus seinem Erinnerungsfetzen. *Gambela ... es war in Gambela!*

Eine Bewegung unmittelbar vor ihm holte Pollock aus der Vergangenheit zurück. Jenseits der unsichtbaren Grenze, die der Schallschutz um seinen Tisch zog, stand ein Mann, der versuchte, durch ein rasches Winken Pollocks Aufmerksamkeit zu erregen.

Der Zorn, den die freigesetzte Erinnerung in ihm geweckt hatte, war noch nicht ganz verflogen.

»Was?«, blaffte Pollock, ohne zu realisieren, dass der Mann ihn gar nicht hören konnte.

Der Störenfried wertete Pollocks kurze Lippenbewegung ganz offenkundig dennoch als Einladung, denn er trat über die Grenze und nahm ungefragt gegenüber von Pollock Platz. Es war auf den ersten Blick zu erkennen, dass der schmächtige Kerl kein Atlanter war. *Zu viele Hautunreinheiten, zu ungepflegte Hände, zu alte Multibox – und kein Einheimischer, der etwas auf sich hält, würde sich mit so übel zurückgeschleimtem Haar auf den Boulevard wa-*

gen. Aber das Hemd ist neu. Neu und teuer. Applikationen aus echtem Pseudodaktylusleder.

»Pollock Shermar?«, fragte der Mann.

»Wer will das wissen?«

»Mason Lee.« Zu dieser knappen Vorstellung erhielt Pollock gratis ein Lächeln, das kaum weniger schleimig war als die Frisur des Typen.

»Mason Lee?« *Der älteste Hut der Welt!* »Ich kann Sie gern so nennen, wenn Sie unbedingt darauf bestehen.« Pollock taxierte seinen Überraschungstischgast starr. »Sie sehen gar nicht aus wie ein General aus dem dritten Konkrieg. Und nur zu Ihrer Information: Sie wiegen auch mindestens dreißig Kilo weniger als das Original. Ich habe in der Schule gut aufgepasst.«

»Klugscheißer«, erwiderte der ertappte falsche General.

»Berufsrisiko.« Pollock schnippte seinen Löffel zurück in eine der Schalen. »Ich bin beim Essen. Was wollen Sie von mir?«

»Ich will nichts *von* Ihnen«, sagte Lee. »Ich habe etwas *für* Sie.« Er tippte auf seine reichlich zerkratzte Multibox. »Hier drauf.«

»Entschuldigen Sie meine Zurückhaltung«, sagte Pollock spöttisch. »Aber Ihnen dürfte doch klar sein, dass ich jetzt nicht sofort meine Hand zum Bump ausstrecke. Wie kommen Sie darauf, dass Sie irgendetwas hätten, das mich interessieren könnte? Und noch viel wichtiger: Wie kommen Sie überhaupt auf mich?«

Lees Lächeln wich einem besorgteren Ausdruck. »Ich will ganz ehrlich zu Ihnen sein.«

»Darum möchte ich doch ausdrücklich bitten.«

»Ich weiß, dass das merkwürdig klingt, aber ich weiß nicht, wer mich auf Sie angesetzt hat.« Lee warf einen Blick über die Schulter. »Ich weiß nur, dass ich Ihnen eine Datei zukommen lassen soll.«

»Noch ominöser können Sie sich nicht ausdrücken?«

»Hören Sie doch zu ...« Lee beugte sich halb über den Tisch und senkte die Stimme zu einem Raunen. »Als ich heute Morgen in meiner Kabine aufgewacht bin, war da einfach diese Nachricht auf meiner Multibox. Da waren zwei Anhänge dran. Eine Videodatei und ein Programm. In der Nachricht stand, dass ich mir für einen simplen Botengang ein kleines Vermögen verdienen könnte. Die eine Hälfte im Voraus, die andere Hälfte danach. Die eine Hälfte wäre auch schon auf meinem Konto, als Zeichen des guten Willens. Ich hab gleich nachgeschaut, und was soll ich sagen? Mehr Nullen hab ich zuletzt gesehen, als das Pfund noch sechshundert Gramm hatte.«

Interessant ... »Sie hatten da eben ein Programm erwähnt, Mister Lee. Ein Tracker, nehme ich an.«

»Genau.« Lee nickte eifrig. »Für das Signal Ihrer Multibox. Also bin ich los, um Sie zu suchen. Ich will Ihnen nichts Böses. Ich will nur die Datei loswerden und die andere Hälfte einkassieren.« Er hob eine Hand. »Ich schwöre, das ist die reine Wahrheit und nichts als die Wahrheit. Sie hätten sich das an meiner Stelle doch auch nicht entgehen lassen, oder?«

Pollock massierte sich das Kinn. *Okay, hier gibt es genau zwei Möglichkeiten: Entweder lasse ich mir gerade einen gewaltigen Bären aufbinden und laufe Gefahr, mir einen hässlichen Virus auf meiner Multibox einzufangen, oder jemand sehr Mächtiges und Einflussreiches hat sich viel Mühe ge-*

macht, mir eine anonyme Information zu übermitteln. Wer nicht wagt ... »Schön. Machen wir es kurz.«

Der Bump war eine Angelegenheit von Sekunden, aber Lee verduftete nicht.

»Was sitzen Sie noch hier rum? Haben Sie jetzt nicht ein Vermögen zu verprassen?«, fragte Pollock.

»Ich will nur sichergehen, dass Sie sich die Datei auch ansehen«, antwortete Lee entschuldigend. »So stand das nämlich in meinen Anweisungen.«

»Verstehe.« *Du bist nur ein neugieriges Stück, mehr nicht.* »Hand aufs Herz. Sie haben sich das Video nicht angeschaut?«

»Es ließ sich nicht öffnen«, gestand Lee.

Wenn Lee tatsächlich darauf spekuliert hatte, einen Blick auf das winzige Display der Multibox zu erhaschen, bescherte Pollock ihm eine herbe Enttäuschung: Er stellte eine drahtlose Verbindung zwischen dem Gadget an seinem Handgelenk und seinem Monokel her, um das Video direkt vor seinem Auge abzuspielen.

Als er sah, was in dieser mysteriösen Datei aufgezeichnet worden war, war er schlagartig voll konzentriert. Er erkannte die beiden Männer sofort, die dort vor einem altertümlichen Wandrelief aus schwarzem Basalt standen, denn er hatte beide erst vor kurzem auf anderen Aufnahmen gesehen. Der eine – der mit Vollbart und Glatze – war Ippolito Carter, der Drogenbaron, der seit seiner Ankunft in At Lantis zum Sammler von Ancients-Artefakten mutiert war. Der andere – der mit dem rundlichen Gesicht und dem albern auftoupierten Haar – war Giorgio Tsoukalos, Carters Rivale auf der Jagd nach den Hinterlassenschaften uralter ahumaner Zivilisationen.

Pollock ahnte, dass dieser Stummfilm kein Happy End haben würde. Die Aufnahme war offenbar in Carters Residenz entstanden, und noch deutete nichts im Verhalten der beiden Sammler auf mehr als eine harmlose Plauderstunde hin. Sowohl Carter als auch Tsoukalos hatten Drinks in der Hand und eine lässige Körperhaltung, während sie anscheinend über die auf dem Relief dargestellten Flugscheiben sprachen, sofern Pollock ihre Gesten und Fingerzeige richtig deutete.

So ging das etwa eine halbe Minute. Dann drehte sich Carter zu einem Beistelltisch, um sich Whiskey – oder was immer er da auch trank – nachzugießen. Tsoukalos lachte derweil über einen eigenen Scherz und klopfte dabei mit dem Fingerknöchel gegen das Relief. Carters Gesichtszüge erstarrten. Tsoukalos wandte sich von seinem Gastgeber ab, um das Relief aus höchstens einer Handbreit Entfernung zu studieren. Er lachte noch einmal und zog mit der Fingerspitze das Rund einer der Flugscheiben nach. Carters Glas zerschellte auf dem Boden. Er machte einen Satz nach vorn und riss Tsoukalos fort vom Relief, indem er von hinten beide Hände um den Hals seines Besuchers schloss. Tsoukalos geriet ins Straucheln und sackte in einer würdelosen Hockhaltung zusammen. Carter würgte ihn weiter, die Augen lodernd vor Hass, die Zähne gefletscht wie ein wildes Tier. Sein Opfer schlug um sich, ohne sich aus dem Griff befreien zu können. Ein Zucken lief durch seinen Körper, als sich Carters Hände ruckartig noch enger um seine Kehle schlossen. *Das war der Kehlkopf.* Blut quoll über Tsoukalos' Lippen. Carter rammte ihm ein Knie in den Rücken, und seine Abwehrbewegungen wurden schwächer und schwächer, ehe sie ganz erstarben. Nun glitten ihm doch noch die Beine weg, einer seiner Lederslipper rutschte ihm vom Fuß. Dann zerstob das Bild in einem grellen Blitz. *Und das war die Kortexbombe.*

Pollock trennte die Verbindung seiner beiden Geräte.

»Und?«, drängte Lee. »Hat es sich auch für Sie gelohnt?«

»Zisch ab«, entgegnete Pollock.

»Sofort.« Lee machte ein paar rasche Eingaben an seiner Multibox. »Ich will nur noch eben schnell auf mein Konto schauen, um ...« Er verstummte und sah Pollock überrascht an. Schlaff rutschten seine Hände auf den Tisch. Sein Kinn sackte ihm auf die Brust, und sein Oberkörper begann, sich zur Seite zu neigen.

Hermes Christus, was soll das denn? »Hey!« Pollock langte quer über die Tischplatte und stupste Lee an der Schulter an. »Nicht einschlafen!«

Lee riss den Stuhl mit um, als er klatschend auf dem Boden landete.

Ach du Scheiße! Pollock sprang auf und hastete um den Tisch. Er beugte sich zu Lee hinunter, aber Pollock hatte genug Leichen gesehen, um zu wissen, dass in dem Mann zu seinen Füßen kein Leben mehr steckte.

16

Wilbur Lantis redete sich gern ein, dass er sich weniger Luxus und noch viel weniger Exzesse gönnte als die meisten seiner Untertanen. Und dennoch war er nicht frei von Lastern. Eines dieser Laster bestand darin, seit Jahrzehnten einer alten, primitiven Sportart zu frönen, die schon lange nicht mehr als angemessen glamouröse und nervenkitzelnde Freizeitbeschäftigung für einen Multimilliardär anerkannt wurde: Squash. Für Wilbur hingegen sagte Squash etwas geradezu Fundamentales über die menschliche Existenz aus: Ganz egal, wie hart man auch auf etwas eindrosch, um es von sich wegzuschlagen, kehrte es am Ende doch zu einem zurück.

Wilbur spielte Squash auf einem eigenen Court, der auf einer Antigrav-Scheibe errichtet und dessen Wände und Decken bis auf die nötigen Markierungen zur Spielfeldbegrenzung komplett transparent waren. Die Plattform schwebte so hoch über dem Rest von Wilburs Reich, dass sie von dem künstlichen Atoll aus mit bloßem Auge kaum mehr zu erkennen war. Themis neckte ihn manchmal, indem sie behauptete, er würde sich nur in derart schwindelnde Höhen zurückziehen, weil er den Spott seiner Untertanen fürchtete. Die Wahrheit kannten sie trotzdem beide: Wilbur blickte nur gern auf all das herab, was er geschaffen hatte – und auf die, die in seiner Schöpfung lebten.

Ein frustrierendes Problem bei seiner Obsession war allerdings, dass Wilbur keine Gegner fand, an denen er sich messen konnte. Er hatte viel – vielleicht zu viel – Zeit darauf verwendet, sein Spiel zu perfektionieren. So blieb ihm letztlich nichts anderes übrig, als gegen ein Computerprogramm anzutreten, das einen hochwertigen Gegner simulierte. Jedes Mal, wenn der Ball nach einem von Wilburs Schlägen die Wand getroffen hatte, übernahm das Programm die Kontrolle über den Ball und entschied, ob und mit welcher Härte es ihn zurückspielte. Themis nannte das abschätzig Geistersquash.

Nach dem dritten Punkt in Folge für seinen Geistergegner drosch Wilbur seinen Schläger erst gegen die Wand und pfefferte ihn danach vor sich auf den Boden. Der Ball surrte artig herbei und landete sanft neben dem malträtierten Spielgerät.

»Du bist ziemlich angespannt, mein Lieber«, stellte Themis fest.

Wilbur nahm sich ein Handtuch und rubbelte sich das schweißnasse Haar trocken. »Tate hat mich angebettelt, ihm und seiner neuen Frau ein größeres Apartment zu geben.«

»Ich weiß.«

Natürlich weißt du das. Er lugte unter dem Handtuch zu der Kamera an der Decke empor. »Dann weißt du auch, warum ich angespannt bin.«

»Was Tate von dir will, ist irrelevant. Wir stehen vor wichtigeren Herausforderungen.«

Seufzend ging Wilbur zu einem kleinen Kühlschrank in der Ecke und holte sich ein eiskaltes Elektrolytgetränk – Papaya-Limone-Aroma war sein absoluter Favorit. »Was hast du angestellt?«

»Ich verstehe nicht.«

»Du störst mich hier oben nur, wenn du etwas getan hast, von dem du von mir hören möchtest, dass es genau das Richtige war.«

»Es gibt tatsächlich etwas, worüber ich dich informieren muss.«

»Ich höre.« Wilbur drehte die Flasche auf und nahm einen tiefen Zug. *Herrlich!*

»Ich habe Prognosen über Mister Shermars Erfolgschancen erstellt«, erklärte Themis. »Sie waren alles andere als zufriedenstellend.«

Wilbur presste sich die kalte Flasche gegen die Stirn. »Und?«

»In Anbetracht der Tatsache, dass wir Mister Shermar potenziell entscheidende Informationen vorenthalten haben, die uns bereits vorlagen, habe ich beschlossen, Mister Shermar einige dieser Informationen zukommen zu lassen. Ich zitiere aus *Pollock, Private Eye*, Episode 5.09, *Kasernenblues*: ›Mein Verstand ist wie ein MG – ohne fetten Patronengurt mit Daten völlig unnütz.‹ Ich war fest davon überzeugt, dass er Hilfe braucht.«

»Was hast du ihm gegeben?«

160

»Das Video aus dem Wohnbereich von Ippolito Carter.«

Ach ja ... Nachdem er die Flasche geleert hatte, drehte Wilbur sie ordentlich zu und klopfte einen kleinen Marschrhythmus auf seinem Oberschenkel. »Hast du ein Muli verwendet?«

»Selbstverständlich«, reagierte Themis auf das Codewort für jene Besucher, die von ihr und Wilbur als verzichtbar und somit als hervorragende einmalige Informationsüberträger eingestuft wurden. »Es gibt keine direkte Spur zu uns.«

»Schön.« Er stellte die Flasche weg. »Ich bin mir aber ziemlich sicher, dass er herausfinden wird, von wem dieses Video stammt.«

»Er wird nur Vermutungen haben«, erwiderte Themis. »Keine Beweise. Außerdem hat Mister Shermar nach allem, was über ihn bekannt ist, kein so naives Menschenbild, um nicht davon auszugehen, dass wir Daten über deine Untertanen sammeln. Auch und gerade Daten von intimer Natur, die sich bei Bedarf verwenden lassen, um aufkommende Unstimmigkeiten mit den Betreffenden zu klären.«

»Themis, Themis, Themis ....« Wilbur bückte sich nach Ball und Schläger, ein versonnenes Lächeln im Gesicht. »So wie du das ausdrückst, könnte man meinen, wir wären skrupellose Erpresser.«

»Das sind wir nicht.« Themis' Einwand trug beinahe eine Spur echter Empörung in sich. »Wir dienen nur dem Gemeinwohl unseres Projekts.«

»Sicher«, murmelte Wilbur. »Wie immer.« *Aber es würde schwierig werden, das einem Mann wie Pollock Shermar zu erklären.*

Bei seinem nächsten Aufschlag beschleunigte Wilbur den Ball auf recht beeindruckende 220 Stundenkilometer.

17

»Wenn ich nicht aufpasse, wird das noch zu einer schlechten Angewohnheit«, grummelte Pollock.

»Wie bitte?«, fragte Trudy Zelle.

»Nichts.« *Was nützt es, ausgerechnet dir mein Leid zu kla-
gen?*

Pollock und Trudy standen in einem Hinterzimmer des
Chez Shih-Han, wo zwei Trooper den Leichnam Mason
Lees auf einer Palette Sojamilchbeutel aufgebahrt hatten,
um die Flaneure auf dem Plato Boulevard nicht länger mit
dem Anblick des Toten zu belästigen. Pollocks ohnehin
miese Stimmung war noch mieser, weil er binnen weniger
Tage nun schon das zweite Video eines Mords analysieren
musste, zu dem es keinen Ton gab. Das zwang ihn dazu,
die Lippenleseapp seines Monokels anzuwenden, was ihn
wiederum daran erinnerte, dass er eigentlich bereits seit
einigen Jahren vorgehabt hatte, dringend selbst Lippenlesen zu lernen. Das Frustrierendste war jedoch, dass die

163

Anwendung der App sowohl beim Video mit Nadar und Cayce als auch bei dieser neuen Aufnahme mit Carter und Tsoukalos letztlich nur Schlüsse bestätigte, die er auch ohne technische Unterstützung längst gezogen hatte. Nadar war ausgerastet, weil er Cayces billige Scharade als Pseudomedium durchschaut hatte. Und Carter war auf seinen Gast losgegangen, da dieser auf die schlechte Idee gekommen war, an einem antiken Artefakt herumzutatschen und dabei gleichzeitig Kritik an Carters Kompetenz als Ancients-Experte zu üben. Alles keine Überraschungen, trotz des Lippenlesens. *Und bei Nadar konnte ich mir immerhin noch den Spaß erlauben, das mit dem Lippenlesen bleiben zu lassen, bis ich ihn selbst befragen und feststellen konnte, ob meine Schlussfolgerungsmuskeln noch schön geschmeidig sind. Wenigstens hat Nadar den Anstand gehabt, sich erst umzubringen, nachdem ich die Chance dazu hatte, mit ihm zu plaudern. Von Carter ist ja leider nichts übrig, das man befragen könnte.* Pollock beobachtete mit halbem Auge, wie die atlantische Sicherheitschefin irgendeinen Handscanner um Lees Hals kreisen ließ.

»Es war der Chip, oder?«, fragte Pollock.

»Ja.« Trudy nickte. »Die daran gekoppelte Kleinstsprengladung hat ihm das Rückenmark zerfetzt. Er war quasi sofort tot.«

Danke, das hab ich selbst gemerkt. Pollock zwinkerte, um sein Monokel in den Standby-Modus zu schalten. »Und wieso hat der Chip angeschlagen?«

Trudy verstaute ihren Scanner in einem Holster an ihrer Hüfte und zuckte die Achseln. »Das ist noch unklar.« Sie rief eine Datei auf ihrer Multibox auf. »Das Protokoll des Chipüberwachungssystems spuckt nur aus, dass es bei

einer routinemäßigen Überprüfung von Lees Einreise-
daten vor etwa einer Viertelstunde eine Unregelmäßigkeit
gegeben hat. Das reicht aber normalerweise nicht aus, um
eine automatische Terminierung auszulösen.«

»Moment.« Pollock hob einen Finger. »Automatische Terminierung? Sie überlassen die Entscheidung, ob der Chip
hochgeht oder nicht, einem Computer?«

»Ja, innerhalb strenger Parameter.« Trudys Blick wurde
merklich kühler. »Ich habe hier eine Menge Leute zu beschützen, auf die eine Menge anderer Leute einen gewaltigen Hals hat. Ich kann aber nicht überall gleichzeitig
sein, und in manchen Situationen muss schneller eine Entscheidung her, als ich informiert werden kann. Nur weil
tödliche Waffen in At Lantis verboten sind, heißt das nicht,
dass hier nicht gelegentlich Auftragskiller aufschlagen.
Welche von den Sorten, die entweder keine Waffen brauchen, sich ihre Waffen vor Ort selbst bauen oder ihre
Mordwerkzeuge auf irgendeine total geniale, aber unfassbar ärgerliche Weise hier reingeschmuggelt kriegen. Und
wenn ein Besucher, der vorher schon mal irgendwie unangenehm aufgefallen ist, sich dann einem Bereich nähert, in
dem er definitiv nichts verloren hat, kann es sein, dass das
System mir dankenswerterweise die Arbeit abnimmt, ihm
die Lichter auszublasen.«

»Schon okay.« Pollock zeigte auf Lee. »Aber was ist mit
ihm? Ist er denn vor dieser Routineüberprüfung schon mal
aufgefallen?«

»Nein.«

»Also nur ein Fehler im System?«

»Möglich«, gestand Trudy zähneknirschend ein.

Dann bin ich ja mal gleich doppelt froh, dass ich nicht so einen Dreckschip habe. »Es ist nur ein komischer Zufall, dass dieser Glitch passiert, kurz nachdem er mir ein brisantes Video zuspielt, finden Sie nicht?«

Trudys Miene verfinsterte sich weiter. »Was wollen Sie damit sagen?«

»Nichts.« Pollock bemühte sich um einen unschuldigen Tonfall. »Mich würde nur interessieren, wer alles Zugriff auf dieses System hat, das die Chips überwacht.«

»Nur zwei Leute«, sagte Trudy. »Mein Boss und ich. Soll ich nachhorchen, ob Lantis gerade Zeit für Sie hat, damit Sie ihn direkt danach fragen können, ob er Lee eliminiert hat? Oder gehen Sie davon aus, dass ich es war?«

»Es gibt keinen Grund, mich schräg von der Seite anzumachen. Ich mache hier nur meine Arbeit«, ruderte Pollock zurück. »So wie Sie.«

»Gut.«

Pollock ließ die Ex-Justifierin nicht einfach nur so vom Haken. *Ich werde das dieser eingebildeten Schnalle jetzt nicht auf die Nase binden, aber es ist durchaus nicht auszuschließen, dass es wirklich nur ein Unfall war – oder dass jemand ganz anderes sich in ihr geiles System gehackt hat. Die Atlanter sind ein ziemlich arrogantes Völkchen. Wenn ich ihr zeigen würde, was mein Diktafon wirklich ist, wäre sie wahrscheinlich nicht mehr so auf Krawall gebürstet.* »Ich hätte da aber tatsächlich noch eine kleine Frage zu Ihrer Arbeit.«

Die zwei Trooper tauchten wieder auf, diesmal mit einem Leichensack. Dafür, dass At Lantis angeblich so sicher war, zeugte die Geschwindigkeit, mit der sie Lee zum Abtransport abfertigten, von einiger Routine im Umgang mit Leichen.

»Ich will Ihnen nicht auf die Füße treten«, sagte Pollock behutsam. *Auch wenn ich da schon längst drauf stehe.* »Es kommt mir nur merkwürdig vor, dass wir bei jeder unserer Unterhaltungen irgendwann über Sicherheitslücken reden.«

»Ich kann nichts dafür, dass At Lantis so groß ist«, erwiderte Trudy. »Und ich kann noch weniger dafür, dass mein Boss seinen Traum unbedingt mitten im Meer verwirklichen musste. Klar, verglichen mit vor ein paar Hundert Jahren ist der Atlantik eine Pfütze, aber Inseln sind immer beschissen zu verteidigen.«

»Apropos Maritimes ...« Pollock kratzte sich den Bart. »Lee hat mir gegenüber erwähnt, er wäre in einer Kabine untergebracht. Was hat es damit auf sich?«

»Ganz einfach: Er war auf einem Serviceliner eingemietet.«

»Serviceliner?«

Trudy winkte ab. »Noch so eine schlaue Idee von meinem Boss. Große Schiffe für alles mögliche Personal, das er nicht dauerhaft auf einer der Inseln wohnen lassen möchte. Putzkolonnen, Leute, die in Restaurants wie dem hier oder in den anderen Läden draußen arbeiten, Hilfstechniker, Dienstleister von der Fußpflegerin bis zum Hundepsychologen, solche Menschen eben. Und dann halt noch die Besucher, die das Pech haben, dass ihr Gastgeber gerade keinen Platz auf der Couch für sie hat. Oder die, mit denen sich ein Einheimischer lieber unter der Hand treffen möchte, ohne dass da von Dritten engere Verbindungen gezogen werden.«

»Und diese Serviceliner fahren zwischen den einzelnen Inseln hin und her oder wie?«

»Jepp.« Trudy nickte. »Ich nehme an, damit bei ihren Bewohnern gar nicht erst der Eindruck aufkommt, sie wären echte Ortsansässige.«

»Ein klassenloses Utopia wäre bei der angepeilten Klientel von Mister Lantis auch kein verkaufsförderndes Argument gewesen«, sagte Pollock.

Trudy schenkte ihm tatsächlich ein mitleidiges Grinsen. »Tun Sie sich bitte den Gefallen und verwechseln Sie meinen Boss auf gar keinen Fall mit einem Menschenfreund, ja?«

Ihre Multibox piepte. Sie tippte sich an den Ohrhörer und nahm einen eingehenden Anruf an. »Zelle.« An ihrem Gesicht war leicht abzulesen, dass sie sich über die Person am anderen Ende der Leitung nicht gerade freute. »Ja. Er steht direkt neben mir.« Sie nahm Blickkontakt mit Pollock auf und bedeutete ihm, näher zu treten. »Verstehe. Augenblick.« Sie tippte noch einmal gegen den Ohrhörer und sagte zu Pollock: »Für Sie.«

Einen Bump später plärrte Brunos Nuscheln aus dem kleinen Lautsprecher an Pollocks Handgelenk. »Du lebst! Gott sei Dank! Du lebst!«

Hastig verzog sich Pollock in eine der Ecken des Hinterzimmers. »Natürlich lebe ich noch, du Trottel!«

»Wo bist du?«

»Das tut nichts zur Sache.«

»Sag mir, wo du bist, und ich bin so schnell wie möglich da.«

»Nicht nötig.«

»Nicht nötig?« Bruno schnaufte verwirrt, dann folgte eine längere Pause. »Pollock?«

»Ja?«

»Willst du mir eine reinwürgen, weil ich mich bei Miss Purrtra vergessen habe?«

Schlauer Junge. »Das kann schon sein.«

»Oh ...«

»Mach dir deswegen keine Falten. Wo bist *du* überhaupt gerade?«

»In unserer Einsatzzentrale.«

Einsatzzentrale? »Bei Nadar.«

»Ja.«

»Dann rühr dich nicht von der Stelle. Ich bin demnächst zurück.«

»Hervorragend. Wie wunderbar.«

»Freu dich nicht zu früh«, bremste Pollock die übertriebene Erleichterung seines Sidekicks. »Ich bringe Arbeit mit.«

18

»Ich begreife das nicht.« Pollock schüttelte müde den Kopf. »Was soll uns dieses Video sagen, was wir nicht schon längst wussten?«

»Soll ich es nochmal laufen lassen?«, fragte Bruno und stocherte bereits mit der Klaue auf dem Bedienpad seines Sessels herum.

Bei den Anfängen seiner Suche nach Pollock hatte der Nacktmullbeta in den verwirrenden Weiten von Colt Nadars Wohnung einen Raum entdeckt, der als privates Cubekino eingerichtet war. Dort hockten sie nun nebeneinander und sahen sich gefühlt zum tausendsten Mal an, wie ein Artefaktsammler dem anderen den Hals umdrehte.

Pollock legte den Kopf in den Nacken, bis er an das weiche Sesselpolster stieß. *Und was ist auf diesem verdammten Ding so scheißwichtig, dass man dafür jemanden aus sicherer Entfernung per Knopfdruck umbringt?* Er glaubte schlicht und ergreifend nicht an Trudys Hypothese von einem simplen Fehler im Überwachungssystem. *Eventuell bin ich doch zu alt für diesen ganzen Kram.*

Blind tastete er nach der Schüssel Krabbenchips auf der breiten Lehne zwischen sich und Bruno. Er verfehlte sie um mehrere Zentimeter, stieß gegen sein hohes Glas Gin Tonic und schüttete so Bruno den gesamten leckeren Restinhalt in den Schoß.

»Ups«, machte Pollock, während Bruno aufspritzte, um sich in bizarren Verrenkungen jenen Teil der Flüssigkeit von der Hose zu schütteln, der nicht sofort vom Stoff aufgesogen worden war.

Als sich Bruno grummelnd zurückzog, um aus der nassen Hose zu kommen, winkte ihm Pollock mit seinem leeren Glas nach. »Bringst du bitte Nachschub mit? Mein Hirn fühlt sich ganz trocken an.«

Danach versuchte Pollock, sich zusammenzureißen und sich noch einmal voll auf das Video zu konzentrieren. Die Aufzeichnung war just an jenem Punkt angelangt, an dem sich Carter einen neuen Drink eingoss und der wirrhaarige Tsoukalos den schlechten Scherz riss, der ihn wohl zumindest teilweise das Leben gekostet hatte. »Ohne mich hättest du diese Scheibe noch die nächsten hundert Jahre für den Mond gehalten«, sprach Pollock lippensynchron in die Stille hinein mit.

Und dann sah er es!

Ich bin so was von blind! Er hackte auf das Touchpad ein, um einen winzigen Moment zurückzuspulen und das Bild einzufrieren. Wie gebannt haftete sein Blick auf dem Beistelltisch, über den sich Carter beugte. *Da! Und ich Idiot habe es die ganze Zeit übersehen! Bruno mit seinen scheelen*

Knopfaugen kann ich da kaum einen Vorwurf machen, aber ich, ich hätte es sofort sehen müssen ...

Vor der reichhaltigen Auswahl an Flaschen mit diversen Spirituosen auf dem Beistelltisch standen sechs Gläser, von denen drei benutzt waren. Das eine hatte Carter gerade selbst dort abgestellt. Im anderen schimmerte eine bräunliche Neige. *Whiskey? Sherry? Cognac? Auf jeden Fall ist da vor kurzem noch draus getrunken worden.* Das galt auch für Glas Nummer Drei: Zwar war es leer, aber in ihm steckte ein Cocktailpiekser mit einer Olive daran. *Ein Martini? Ein Greek Credit?* Pollock stand auf und trat dicht vor die Projektion. *Drei Gläser. Zwei Leute. Wenn nicht einer von ihnen beiden zwischendurch das Getränk gewechselt hat, muss da noch jemand drittes gewesen sein ... oder Carter hatte unmittelbar vor dem allerletzten Gast seines Lebens noch einen anderen Besucher!*

»Bruno!«, rief Pollock. »Bruno, ich hab's! Ich hab's gefunden!«

Der Beta kam ins Kino geeilt, auf Strümpfen, den Hosenstall noch offen. »Ist etwas passiert?«

»O ja.« Pollock grinste breit. »Mir ist jetzt klar, warum mir dieses Video zugespielt wurde.«

Während er Pollocks knapper Erklärung lauschte, knöpfte sich Bruno langsam die Hose zu. »Und dieser Hinweis ist so wichtig, dass man dafür seinen Überbringer beseitigt, obwohl der das Video angeblich nie selbst gesehen hat?«

»Anscheinend ist er das«, bestätigte Pollock. »Wer immer unser anonymer Informant auch sein mag, er wollte unbedingt, dass wir von Carters anderem Besucher wissen. Und das heißt, dass wir unsere nächste heiße Spur haben. Wir müssen nur noch herausfinden, wer vor Tsoukalos bei

Carter gewesen ist.« Zufrieden fläzte er sich in seinen Sessel. »Darauf sollten wir anstoßen. Was ist eigentlich aus meinem nächsten Gin Tonic geworden, um den ich dich gebeten hatte?«

Bruno trollte sich mit einem gegrummelten: »Kommt sofort, der Herr.«

Während Bruno den Drink besorgte, rief Pollock auf seiner Multibox bei Trudy an.

»Zelle.«

»Pollock hier. Störe ich? Sie klingen beschäftigt.«

»Ich wühle mich gerade durch den Saustall, den unser Freund Lee in seiner Kabine hinterlassen hat. Der Kerl hat hier gehaust wie ein Wilder.« Trudys Empörung war nicht ungewöhnlich: Viele Justifiers – aktive wie ehemalige – hassten Schludrigkeit jedweder Art, weil Schludrigkeit im Feld tödliche Konsequenzen nach sich ziehen konnte. »Was kann ich für Sie tun?«

»Gibt es eine Ihrer Kameras, die den Eingang zum Apartment von Ippolito Carter abdeckt?«

»Moment. Bleiben Sie mal eben dran.«

Zwanzig Sekunden verstrichen, in denen Pollock sehnsüchtig zur Tür blickte und sich fragte, ob er Bruno als Abstinenzler mit der Zubereitung eines Gin Tonics womöglich schwerwiegend überfordert hatte.

Dann meldete sich Trudy zurück. »Ja, so eine Kamera gibt es.«

»Ich bräuchte die Aufzeichnungen von den letzten ... sagen wir ... sechs Stunden vor der Explosion von Tsoukalos' Kortexbombe.«

»Geht klar. Sonst noch was?«

»Das war's schon. Danke.«

Bruno kehrte mit dem Gin Tonic zurück. Pollock nahm den Drink dankend entgegen und nippte daran. »Hmm, ja, geht in Ordnung.« *Ein bisschen schwach auf der Brust, aber was soll's?* Er klopfte auf den Sessel neben sich, als würde er ein störrisches Kleinkind anlocken. »Nehmen Sie bitte Platz, Monsieur. Wir haben gleich noch ein Filmchen vor uns. Titel des Streifens: *Der große Unbekannte.*«

Nachdem die von Trudy angeforderten Aufnahmen eingetroffen waren, leitete Pollock die recht umfangreiche Bilddatei auf den Cubeprojektor um und sprang ganz zum Ende der Aufzeichnung. Die Kamera, von der sie stammte, musste an der Decke eines jener breiten Korridore am Rand der Nabe liegen, von denen die Wohnbereiche der dort lebenden Atlanter abgingen. Alle paar Meter standen Blumenkübel mit exotischen Pflanzen und der Antike nachempfundene, strahlend weiße Marmorstatuen von perfekt gebauten Menschen. Pollock erkannte am linken Bildrand den Eingang zu Ippolito Carters Wohnkomplex. Er ließ die Aufnahme rückwärts ablaufen, mit 16-facher Geschwindigkeit. Es war zwar durchaus drollig, die wenigen Passanten und vereinzelten Elektrofahrzeuge rückwärts durch die Gegend ruckeln zu sehen, doch trotzdem wurden die nächsten zehn Minuten zu einer echten Geduldsprobe.

»Halt, halt, halt«, entfuhr es Bruno schließlich aufgeregt, als Carters Haustür aufglitt.

Pollock stoppte das Video. »Kacke«, flüsterte er.

Es hätte Pollock freuen sollen, dass die Person, die aus der Tür trat, recht auffällig gekleidet war. Weiße, hochhackige Stiefel mit schwarzen Reißverschlüssen am kniehohen Schaft, schwarz-weiß geringelte Leggings, darüber ein ebenso gemusterter Poncho mit einer großzügigen Ka-

puze – das alles hatte eigentlich einen hohen Wieder-
erkennungswert. Leider hatte die Person jedoch nicht nur
die Kapuze tief in die Stirn gezogen, sondern sie hielt zudem den Kopf gesenkt, da sie im Gehen in einer ebenfalls
schwarz-weißen Stricktasche wühlte. Ihr Auftritt dauerte
zudem nur wenige Sekunden, ehe sie aus dem Sichtfeld
der Kamera verschwand.

»Ist das eine Frau?«, fragte Bruno unsicher.

»Wahrscheinlich«, antwortete Pollock. Er machte seine
Einschätzung nicht an der Kleidung fest – gerade an einem
Ort wie At Lantis ließen sich Geschlechtergrenzen allein
anhand des Outfits nur sehr schwierig ziehen. Vorhin auf
dem Plato Boulevard hatte er bei mehr als einer Handvoll
der Passanten lange gerätselt, ob da ein Mister oder eine
Miss an ihm vorüberschritt. »Ich glaube, die leichten Wöl-
bungen da unter dem Poncho könnten Brüste sein. Aber
selbst wenn: Brüste allein machen noch keine Frau ...«

»Stimmt.« Die Zungenspitze des Betas wischte über seine Nagezähne. »Diese Person muss ja aber nochmal zu sehen sein. Das ist doch der Augenblick, in dem sie Carters
Wohnung verlässt. Vielleicht sieht man ihn oder sie besser,
wenn sie dort ankommt.«

Das war eine vertretbare Annahme, doch das Glück war
ihnen nicht hold: Nach etwa zehn Minuten weiteren Spu-
lens fanden sie die Stelle mit der Ankunft von Carters Gast,
aber sie löste nicht die Frage nach dem Geschlecht, geschweige denn die nach der Identität. Die Person näherte
sich der Eingangstür bedauerlicherweise aus genau der
Richtung, in die auch die Kamera blickte, was bedeutete,
dass Pollock und Bruno von ihr nichts außer ihrem Rücken
zu sehen bekamen.

»So eine verfluchte Scheiße!« Pollock hatte nicht übel Lust, sein Glas in der Hand zu zerdrücken. »Von wegen lückenlose Überwachung des öffentlichen Raums. Dass ich nicht lache!«

»Pollock ...« Bruno fasste nach seinem Arm.

Erst wollte sich Pollock der Berührung durch eine rasche Bewegung entziehen, doch als er die Klauen Brunos durch den leichten Stoff seines Hemds spürte, gewann er der Empfindung etwas Angenehmes ab. *Lass ihn. Er meint es nur gut. Es bringt exakt nichts, wenn ich hier den explodierenden Reaktor gebe.*

»Hast du darüber nachgedacht, dass wir den Weg unserer Zielperson auch anders nachverfolgen könnten?«, fragte Bruno.

»Und wie?«

Bruno strich sich über den Nacken. »Es kann doch sein, dass sie einen Chip trägt.«

»Ja ...«, murmelte Pollock. »Gar nicht so doof.«

Drei Minuten später hatte er erneut Trudy an der Strippe. »Ich störe Sie wirklich ungern bei Ihren Aufgaben als Zimmermädchen, aber ich hätte da noch eine dringende Bitte.«

»Ich tue alles, um Sie zufriedenzustellen, solange ich dabei endlich aus dieser versifften Kabine rauskomme.«

»Das wird wahrscheinlich leider nicht nötig sein«, enttäuschte Pollock die Hoffnungen der Sicherheitschefin. »Ich schicke Ihnen gleich die Datei von vorhin zurück. Die mit den Kameraaufnahmen. Ich habe zwei Stellen markiert, an denen zu sehen ist, dass Ippolito Carter vor seinem Ableben noch anderen Besuch außer Tsoukalos hatte. Ich spoilere Sie jetzt mal brutal: Man kann das Gesicht dieser Person nicht erkennen. Aber ich hatte da eben einen spannenden Einfall: Können Sie die Videodatei mit Ihrem System zur Chipüberwachung abgleichen und so diesen mysteriösen Gast identifizieren?«

»Geben Sie mir einen Augenblick. Ich rufe zurück.«

Nervös trommelte Pollock mit den Fingern auf der Sessellehne. »Jetzt heißt es abwarten.« Er sah Bruno an und bemerkte dessen verkniffene Miene. »Welche Laus ist dir denn jetzt schon wieder über die Leber gelaufen?«

»Das muss die spannende Idee gewesen sein, die *du* da eben hattest.«

Hermes Christus, was für eine Mimose! »Okay, sorry, es war deine Idee. Zufrieden? Oder soll ich das bei Trudy auch noch klarstellen?«

»Nicht nötig. Dein Eingeständnis reicht mir.«

»Sehr großzügig.«

»Wie wir Nacktmullbetas nun einmal sind ...«

Der folgende Anruf von Trudy brachte nicht das gewünschte Ergebnis. »Wer immer das da auf dem Video war, ist nicht gechippt. Weder mit einem Lifesaver-Chip, wie die meisten festen Bewohner einen haben, noch mit einem Kontrollchip für Besucher, um den Sie und Ihr Partner herumgekommen sind.«

»Kein Chip?« *Warum kann ich nicht einmal im Leben Glück haben?* »Was heißt das? Dass diese Person Ihnen durch eine von Ihren bedauerlichen Sicherheitslücken geschlüpft ist?«

»Davon gehe ich nicht aus«, antwortete Trudy spitz. »Es gibt mehrere Berufsgruppen in At Lantis, die aus guten Gründen nicht gechippt werden.«

»Zum Beispiel?«

»Bodyguards. Nur um zu verhindern, dass sich ein Hacker von außen ein Bild davon machen kann, wie viel Wert ein bestimmter Atlanter auf seinen persönlichen Schutz legt.«

»Damit man als Auftragskiller nicht weiß, mit wie viel Widerstand man zu rechnen hat, meinen Sie wohl.«

»Dass Sie immer alles so negativ sehen müssen, Shermar.«

»Gut, Bodyguards haben keinen Chip. Wer sonst noch?«

»Escorts.« Trudy seufzte. »Und um Ihnen die Worte aus dem Mund zu nehmen: Ja, so sagt man heutzutage zu Nutten und Strichern, wenn man nicht gerade in der Gosse unterwegs ist.«

»Und diese Escorts kriegen keinen Chip, weil man peinlichen Enthüllungen über ihre Kunden vorbeugen will, falls ein Hacker von außerhalb und so weiter und so fort«, sagte Pollock trocken.

»Ach, was Sie nicht sagen?« Trudy lachte. »Sie ziehen aber sehr schnell sehr richtige Schlüsse, Shermar. Haben Sie schon mal über eine Karriere als Privatermittler nachgedacht? Tja, nur schade, dass aus Ihrem schlauen Ansatz zur Rückverfolgung Ihres geheimnisvollen Besuchers nichts wird.«

»Erstens«, erwiderte Pollock, »war das eigentlich nicht meine Idee. Dafür können Sie meinen Sidekick aufziehen.« *Ehre, wem Ehre gebührt!* »Und zweitens bleibt doch immerhin trotzdem eine winzige Spur. Kann sein, dass ich mich irre, aber unsere Mister oder Miss X sah mir nicht wie ein Bodyguard aus.«

»Okay, Shermar, natürlich.« Trudy lachte wieder, und es klang noch abfälliger als beim ersten Mal. »Ist ja kein

Problem. Es gibt in At Lantis schließlich bloß so ungefähr vierzigtausend registrierte Escorts. Nehmen Sie sich ruhig für jeden Arbeiter aus dem horizontalen Gewerbe fünf Minuten Zeit. Dann sind Sie in ein paar Monaten durch. Lantis zahlt Ihnen bis dahin bestimmt gern Ihre Spesen.«

»Vierzigtausend Escorts?« Pollock schluckte. »Vierzigtausend?«

»Bei acht Millionen Einwohnern in At Lantis ist das eine vertretbare Quote, Shermar, oder fällt das für Sie schon in die Kategorie Sündenpfuhl?«

»Tut mir leid, Trudy. Im Gegensatz zu Ihnen kenne ich mich mit Nutten und Strichern anscheinend nicht sehr gut aus.« Pollock brach die Verbindung ab. »Was für eine saudumme, überhebliche F...«

»Warum bist du nur immer so giftig?«, wollte Bruno in entwaffnender Unschuld wissen.

»Warum ich ›immer‹ so giftig bin, weiß ich nicht genau. Schlechte Erziehung, allgemeiner Hass auf meine Mitmenschen, eine psychische Störung – such dir was aus. Aber was mich im Moment ankotzt, mein Lieber, das kann ich dir sagen.« *Komisch. Hätte nie gedacht, dass es so gut tun kann, die ganze Scheiße rauszulassen, die ich sonst in mich reinfresse.* »Irgendjemand hier in diesem überbewerteten Urlaubsresort spielt ein richtig mieses Spiel mit mir. Schickt mir einen Hinweis, mit dem ich am Ende nichts anfangen kann. Warum? Um mich von etwas anderem abzulenken? Aus perverser Freude daran, mich auf eine falsche Spur zu schicken, die gar keine ist? Siehst du, Bruno, das ist das Schlimmste: Ich kenne nicht mal die absoluten Grundregeln dieses Spiels. Ist es eine Runde ›Verarsch den blöden Schnüffler‹ oder eine Partie ›Hasch mich, ich bin der Frühling‹? Was soll dieser ganze Mist hier?«

Bruno, der sich die kurze Tirade schweigend angehört hatte, runzelte die Stirn und Teile seiner Wangen. »Pollock, ich bin in mich gegangen. Dabei habe ich etwas festgestellt.« Er blinzelte verlegen. »Es könnte sein, dass du mit deiner ersten Theorie unter Umständen gar nicht Unrecht hattest. Ich wollte es möglicherweise nicht sofort einsehen, weil ich in dieser Hinsicht gewissermaßen ... befangen bin. Es spricht nämlich schon etwas dafür, dass Betas in diese Angelegenheit verstrickt sein *könnten*.«

»Hört, hört!« Pollock sah ihn skeptisch an. »Bin ich plötzlich doch kein Speziesist, oder wie?«

»Ich kenne dich nicht lange genug, um mir darüber ein abschließendes Urteil zu erlauben«, sagte Bruno. »Aber in diesem Fall – in unserem Fall – lohnt es sich, ein Detail nicht zu vergessen. Ein Detail, das zumindest für eines der Opfer ein noch klareres Motiv liefert als nur eine kritische Äußerung über Betarechtsfragen.«

»Mach's bitte nicht so dramatisch.«

»Slim Kaschgalejew.« Bruno sprach den Namen aus, als wäre er ein düsteres Omen.

»Die Spielernatur? Der, der sich beim Zitteraalspielen gegrillt hat? Was ist mit ihm?«

»Er war PR-Experte für *FullCorp*.« Bruno senkte den Blick. »Und *FullCorp* ist der Konzern, der als Erstes jemals einen Beta produziert hat. Wenn es tatsächlich radikale Betas in At Lantis gibt ...«

»... wäre unser Slim das symbolträchtigste Ziel, das man sich nur wünschen kann.« Pollock drehte das leere Glas in seiner Hand. *Ich muss dringend weniger saufen. Dass Pride*

Fur darauf scharf wäre, einen Propagandisten wie Slim Kasch-
galejew umzunieten, da hätte ich selbst draufkommen können.
»Wieso ist *mir* das nicht aufgefallen?«

»Ganz ehrlich?« Bruno musterte Pollock, als müsste er sich vergewissern, nicht in eine verbale Falle zu tappen, die ihm da gestellt wurde. »Ganz, ganz ehrlich?«

»Ja.«

»Ich befürchte, du warst zu beschäftigt. Erst damit, dich vor Miss Purrtra in ein möglichst männliches Licht zu rücken. Was ich dir nicht vorwerfe. Miss Purrtra ist eine sehr attraktive Frau. Später warst du dadurch abgelenkt, dass du mich unbedingt für meine Aufmüpfigkeit bestrafen wolltest. Und dann kamen Lee und dieses Video.« Bruno mahlte mit den Nagezähnen. »Im Grunde ist das meine Schuld. Ein guter Sidekick hält seinem Partner außer dem Rücken auch noch den Kopf frei.«

»Vergiss es«, wehrte Pollock ab. Seine Finger huschten bereits über seine Multibox. »Trudy, alte Hütte«, sagte er betont locker, als die Verbindung stand. »Sie werden es kaum glauben. Ich habe eine Spur. Wann können Sie mit mir eine kleine Tatortbegehung machen?«

19

Es gab Augenblicke, in denen Manolete es immer noch nicht ganz glauben konnte, dass ausgerechnet er – ein Bullenbeta, der eigentlich dazu gezüchtet worden war, ein blutiges Ende auf dem Schlachtfeld zu finden – es nach At Lantis geschafft hatte. Zugegeben, er konnte nicht damit prahlen, auf einer eigenen Insel oder in den luftigen Höhen der Nabe zu wohnen, aber für ein Geschöpf wie ihn war eine einfache Kabine in einem Serviceliner trotzdem nicht zu verachten. Und ja, der Job, dem er jetzt nachging, war nicht unbedingt einer, von dem sich Eltern wünschten, dass ihre Kinder ihn hätten – zum Glück hatten Betas keine Eltern im eigentlichen Sinn, denen es das Herz brechen konnte, wenn sich ihr Nachwuchs als Escort verdingte. Außerdem hatte Manolete in Pop einen Zuhälter, der für die Angehörigen dieses altehrwürdigen Berufsstands verhältnismäßig unkompliziert war. Er drohte höchstens alle fünf oder sechs Wochen damit, Manolete irgendwo an den Arsch der Galaxis an irgendeinen richtig schmierigen Typen zu verkaufen, der den Straßenstrich irgendeiner gottverlassenen Plantagenkolonie mit Frischfleisch versorgte. Manolete konnte damit gut leben: Zum einen war das besser, als sich in einem kleinlichen Zwist zweier Konzerne um einen Brocken nutzloser Erde die gehörnte Rübe wegballern zu lassen. Zum anderen hatte er es in gewisser Weise ja Pop zu verdanken, dass er es sich stattdessen im Zufluchtsort der Reichen und Schönen gutgehen lassen konnte.

Wenn er einen Dübel zu viel geraucht hatte – also fast immer –, nannte Pop Manolete liebevoll ›sein Aschenputtelchen‹. Ein bizarres Kosewort für einen Brocken von knapp zweieinhalb Metern und einem Lebendgewicht von dreihundert Kilo, aber Pop hatte eben einen nicht minder bizarren Sinn für Humor. Und es stimmte doch auch: Manoletes Errettung aus den Unbilden eines Daseins als Justifier hatte tatsächlich etwas Märchenhaftes. Vor rund zwei Jahren hatte sich eine Stammkundin Pops mit einer dringenden Bitte an ihn gewandt: Die Dame mit dem speziellen Geschmack hatte in einem notdürftig als Reportage getarntem PR-Filmchen von *FullCorp* einen besonders stattlichen Beta erblickt, von dem sie sich gern einmal nach Strich und Faden beglücken lassen wollte. Sie stand so in Flammen, dass sie bereit war, buchstäblich jeden Preis zu bezahlen, um herauszufinden, wie es sich wohl anfühlte, von diesem Beta besprungen zu werden. Pop hatte seine weitreichenden Beziehungen spielen lassen, um den Vertrag dieses Betas aufzukaufen und seiner Kundin ihren sehnlichen Wunsch zu erfüllen. Dieser Beta war Manolete gewesen, und er konnte mit Stolz behaupten, dass seine Qualitäten als Liebhaber die Vorstellungen seiner Gönnerin noch bei weitem übertrafen.

Alles in allem ist mein Leben bis jetzt ganz gut gelaufen – vor allem für jemanden, der aus einem Tank gefallen ist. Manolete nippte an seinem Proteinshake und drehte sich vom Tresen des *Zehn Hinten* weg, um über die noch spärlich besetzten Tische hinweg durch die breite Scheibe zu schauen, die sich entlang der gesamten Rückseite der Bar zog. Poetisch gesinntere Seelen hätten in dem weißen Band, das sich vom Heck der *Pleasant Surprise* in die Weiten des Ozeans erstreckte, etwas Hehres, Ergreifendes und Bewegendes gesehen – Manolete musste dabei immer nur an eine endlose Line Koks denken, die sich ein unsichtbarer Riese auf einem gewaltigen Spiegel gelegt hatte.

»Manolete?«

Betont langsam wandte sich Manolete nach links, dorthin, wo die unbekannte, leicht schnarrende Stimme erklungen war. *Kundschaft?* Er achtete bei seiner Drehung genau darauf, den Kopf so zu halten, dass es seine Hörner am besten zur Geltung brachte, und blähte ein wenig die Nüstern – beides kleine Tricks, die er in vergnüglichen Stunden vor dem Spiegel einstudiert hatte.

Die Beta, die ihn angesprochen hatte, besaß ein spitzes Gesicht, auf dem seidiges, braunes Fell wuchs und aus dem ihn zwei dunkle Augen anblickten. Die Kieferform und die relativ kleinen Ohren führten Manolete zwar zu einigen Vermutungen über ihre Abstammung – *Wiesel? Nerz? Vielfraß?* –, doch er war nicht sehr talentiert darin, andere Betas auseinanderzuhalten, die die Gene von Marderartigen in sich trugen. In letzter Konsequenz fällte er ein Urteil über sie, das nichts mit ihrer DNA zu tun hatte: *Sie ist süß.* »Ich habe eigentlich frei«, sagte er in seinem rauchigen Timbre. »Aber für dich mache ich eine Ausnahme.«

»Ich will nicht mit dir ins Bett«, erwiderte die Beta freundlich. »Nur ein bisschen plaudern. Und was trinken.« Sie reichte ihm einen Drink in einem schmalen Glas, dessen Rand von einer Kruste kleiner Kristalle überzogen war. Sie stieß mit ihm an. »Priscilla Cutter. Du kannst mich Prissy nennen.«

Er kostete von dem Drink – salzig und bitter, wie Tränen aus Wermut. »Ich hatte etwas Süßes erwartet«, räumte Manolete ein.

»Ich mag Drinks, die nach der Wahrheit schmecken.« Sie lächelte. Sie musterte ihn von Kopf bis Fuß, auf die rasche Art, wie man es tat, wenn man im Feld einen Gegner einschätzte. »Du hast dich hübsch gemacht.«

»Danke.« Es war lange nicht mehr vorgekommen, aber Manolete fühlte sich in seinem lila Tanktop und mit dem schweren Goldring durch die Nase auf einmal nicht nur unwohl, sondern regelrecht verkleidet. »Was kann ich für dich tun ... Prissy?«

»Du bist ein Stricher.«

»Ein Escort«, korrigierte er sie, unschlüssig, ob er nun auf eine bloße Feststellung oder auf eine absichtliche Beleidigung reagierte.

»Du schläfst mit menschlichen Frauen.«

»Unter anderem.«

»Auch mit sehr einflussreichen menschlichen Frauen.«

Er kippte den Drink, den sie ihm ausgegeben hatte, in einem Zug. *Scheußliches Zeug!* »Was wird das? Hast du vor, mir noch ein paar Dinge über mich zu erzählen, die ich schon längst weiß?«

»Nein. Ich habe vor, dich daran zu erinnern, dass jeder von uns eine Verantwortung für das Schicksal unserer gesamten Art hat.«

»Unserer Art?«

»Stell dich nicht dumm.« Sie senkte die Stimme. »Betas«, zischte sie. »Du hast vergessen, wo du hingehörst.«

Ein Funke Zorn begann in Manolete zu glimmen. »Wer bist du?«

»Ich schreibe für den *Howl of Freedom*«, sagte sie ruhig. »Schon mal gehört?«

»Du schreibst also billige Propaganda, meinst du wohl«, schnaubte er. »Verpiss dich.«

»Es ist keine Propaganda.« Prissy sah nicht aus, als fühlte sie sich in ihrer Ehre gekränkt. »Pride Fur steht für eine gute Sache ein, eine gerechte Sache, die von den großen Konzernen als wahnsinniger Kreuzzug dargestellt wird. Deshalb arbeite ich für den *Howl*. Weil es jemanden geben muss, der den Leuten beibringt, wie es wirklich ist.«

»Das ist dein gutes Recht, aber geh mir nicht damit auf den Zeiger.«

»Mein gutes Recht ...« Nun grinste sie, als hätte er einen dreckigen Scherz vom Stapel gelassen. »Viele von denen, denen du es für Geld besorgst, sind der Meinung, wir beide hätten gar keine Rechte. Außer uns ficken zu lassen, natürlich, und nicht nur im übertragenen Sinn.«

»Ich lasse mich nicht ficken«, grollte Manolete.

»Ist das nicht nur eine Frage des richtigen Preises?«, entgegnete Prissy.

Jetzt reicht's! Mit derselben Wildheit, die früher so manchen Gegner das Fürchten gelehrt hatte, versetzte Manolete der kleinen Beta einen Stoß vor die Brust. »Halt die Fresse!«

Prissy taumelte nach hinten, fing sich an einem Stuhl und bleckte die Zähne in einem kalten Lächeln. »Wunder Punkt, hm?« Sie hob beide Hände und suchte den Blick des Barkeepers. »Kannst ruhig die Finger vom Panikbutton nehmen. Ich bin schon weg.«

Sie zog sich ihr Jackett zurecht und ging in Richtung Ausgang. Nach einer Handvoll Schritte drehte sie sich noch einmal zu Manolete um. Ihr Lächeln war nicht verschwunden, aber es war wärmer, verständnisvoller geworden. »Denk darüber nach. Über dich und wer du bist und wem du dienst. Mehr verlange ich nicht.«

Dann war sie fort.

Manolete griff wieder zu seinem Proteinshake. Er schmeckte ihm nicht mehr. *Scheiße ...* So sehr sich Manolete auch dagegen wehrte, es nutzte nichts. Der Gedanke war da, und er verflog selbst dann nicht, als Pop ihm eine Textnachricht schickte, um ihm mitzuteilen, dass ihn ein neuer Klient für die nächsten paar Tage exklusiv gebucht hatte. Im Gegenteil. Das machte den Gedanken nur umso hartnäckiger, umso quälender. *Was, wenn sie Recht hat? Was, wenn ich nur eine Nutte bin? Es stimmt. Ich bin nur eine Nutte.* Der Geschmack dieser Erkenntnis war noch bitterer als Prissys widerwärtiger Drink.

20

»Er trinkt wirklich sehr, sehr viel. Leider wüsste ich nicht, wie ich ihn davon abhalten könnte. Für einen etwaigen Tipp in dieser Richtung wäre ich höchst dankbar.«

Bruno steckte mitten in seiner nächsten Meldung an Miss Presley und Doktor Woo-Suk. Wie schon zuvor hatte er sich dafür unter die Bank im Innenhof verzogen, nachdem er sich vergewissert hatte, dass Pollock tatsächlich eingeschlafen war. Das war an diesem Abend nicht sehr schwierig gewesen – Pollock hatte die Tür zu dem Raum, den er als sein Schlafzimmer auserkoren hatte, offen stehen lassen. Dort lag er nun, alle viere von sich gestreckt, schnarchte und stank für Brunos feine Nase wie ein Schnapsladen, in dem bei einer wilden Schießerei sämtliche Flaschen zu Bruch gegangen waren.

»Außerdem muss ich ein kleines Geständnis ablegen.«

Ja, gut, spiel es nur richtig runter ...

»Er ist mir heute einmal für einen kurzen Zeitraum entwischt. Er hat mich ausgetrickst, indem er behauptete, er müsse sich nur erleichtern, um dann doch unser zugewiesenes Wohnareal zu verlassen. Daraufhin sah ich mich genötigt, mit Miss Zelle in Kontakt zu treten, um zu erfahren, wohin er sich begeben hat. Den aufregendsten Teil der Geschichte kennen Sie aus seinem Mund. Was ich dazu beitragen kann, ist Folgendes: Nachdem ich wieder bei ihm war, roch er ein wenig anders als vorher.«

Puh, wie erkläre ich das jemandem mit einem eingeschränkten Geruchssinn?

Bruno wälzte sich erst auf die eine, dann auf die andere Seite. »Kennen Sie das, wenn Sie ein Gericht zum ersten Mal probieren und sich fragen, was dieses ungewöhnliche Prickeln auf Ihrer Zunge auslöst? Ob es ein bestimmtes Gewürz ist oder doch eher die Zubereitungsart, die diesen besonderen Geschmack hervorbringt? So geht es mir jedenfalls mit seinem Geruch. Es ist etwas passiert, als er allein war. Sie können beruhigt sein. Es ist nichts gewesen, was ihn vollkommen aus der Bahn geworfen hat. Kein Schock über eine ungewollte Einsicht in seine wahre psychologische Verfassung oder so etwas in dieser Richtung.«

Soll ich es wirklich sagen? Wenn ich mich täusche, wecke ich nur falsche Hoffnungen bei den beiden. Doch, ich muss …

»Ich halte es für nicht ausgeschlossen, dass ein winziger Teil jener Erinnerungen, auf die er bislang nicht willentlich zugreifen konnte, in sein Bewusstsein getreten ist. Ich vertrete diese Ansicht allerdings unter größtmöglichem Vorbehalt.«

So, das wäre geschafft. Bleibt nur noch eins.

»In Anbetracht der Tatsache, dass diese mögliche Zugriffnahme auf die fraglichen Erinnerungen eingetreten ist, als er nicht unter meiner Beobachtung stand, spiele ich mit dem Gedanken, ihn auch in Zukunft für überschaubare Phasen unbeobachtet zu lassen. Ich beziehe mich dabei auf eine der Theorien von Doktor Woo-Suk, laut der nicht ausgeschlossen werden kann, dass er ein gewisses Maß an Überreizung und kognitiv-emotionalem Druck braucht, um die Erinnerungen freizusetzen. Und dieses Maß an Druck kann er offenbar nur erreichen, wenn er nicht ständig unter meinem direkten Einfluss steht.«

Mach es deutlicher, verflucht! Bruno atmete tief durch und hielt sein Diktafon, wie ein fanatischer Anhänger der Church of Stars eine gerade gefundene Reliquie umklammert hätte.

»Er muss das Gefühl haben, ganz auf sich allein gestellt zu sein. Er muss Todesangst empfinden. Wie damals auf Gambela.«

21

29.09.3042 A.D., 02:01
System: Sol
Planet: Erde
Ort: Lantis Island, Angestelltenapartment 43/772-LUX

Trudy stand vor dem Schrank, in dem sie eines der wenigen Erinnerungsstücke an ihre Vergangenheit verstaut hatte – im obersten Fach, hinter einem Stapel alter Jogginghosen. Sie konnte nicht schlafen, und wie fast immer, wenn sie keine Ruhe fand, holte sie die Hundemarke aus ihrem Versteck. Sie setzte sich im Schneidersitz vor den Schrank und rieb das kleine Stück Metall zwischen den Fingern. Jemandem, der nur das Leben an einem Ort wie At Lantis kannte, wäre die Marke wahrscheinlich wie ein Anachronismus erschienen, ein Relikt aus einer Zeit hoffnungsloser Rückständigkeit. Trudy hingegen wusste, warum man als Justifier diese vermeintlich überholte Kennzeichnung um den Hals trug, und es hatte nur am Rande etwas mit Tradition zu tun. Metall war robuster und weniger anfällig als Chips. Das war der eine Grund. Der andere war noch ernüchternder: Das Ausgeben von Hundemarken war billiger, als seine Einsatzkräfte zu taggen.

Ich sollte glücklich sein über das, was ich habe. Trudy fuhr den Namen auf der Marke nach. *Das wäre ich auch, wenn ich nicht immer das Gefühl hätte, die anderen verraten zu haben. Ich esse von goldenen Tellern und halte irgendwelchen reichen Arschlöchern das Händchen bei ihren großen und kleinen Sünden wider Anstand und Moral. Und meine Kameraden, sie sind irgendwo in fremder Erde verwest. Ich hätte mit ihnen sterben sollen.* Sie las den Namen jetzt bewusst. *Natasha Bunkanowa ... wo bist du?*

Trudy raffte sich auf und legte die Marke zurück. *Wem mache ich hier eigentlich etwas vor? Ich habe gewusst, worauf ich mich einlasse.* Früher hatte sie nie ein Problem mit Infiltrationen gehabt. Nein, es war für sie sogar immer aufregend gewesen, in eine vollkommen andere Rolle zu schlüpfen. Hier, in At Lantis, war es hingegen anders. *Ich mag Lantis zu sehr. Das ist es. Er behandelt mich viel zu gut. Er hat es nicht verdient, dass ich ihn anlüge.*

Sie setzte sich auf ihr Bett, nahm ihre Multibox und rief die Nachricht auf, die sie noch beantworten musste. Wie alle Botschaften aus dieser besonderen Quelle war sie knapp gehalten: Bekommt der Stauer Urlaub?

Trudy tat sich mit der Antwort schwerer, als sie erwartet hätte.

22

Zu jener Zeit, als Verbrennungsmotoren nach und nach von Elektromotoren abgelöst worden waren, hatte niemand geahnt, wie nah der Aufbruch der Menschheit zu den Sternen bevorstand und wie schnell das Ende der Knappheit fossiler Ressourcen kommen würde. Also hatte man den einfachen Leuten die Umstellung mittels triftiger und fadenscheiniger Argumente gleichermaßen schmackhaft machen müssen. Eines der Argumente pro Elektro lautete schlicht: weniger Lärm. Das war alles schön und gut, doch an diesem Morgen war Pollock selbst das flüsternde Surren aus dem Motor des kleinen Flitzers zu laut, der ihn in Begleitung von Bruno und Trudy zum Wohnareal von Slim Kaschgalejew beförderte.

Dass Bruno bester Dinge und damit selbstverständlich in Plauderlaune war, bot seinem ausgewachsenen Kater zusätzliches Futter. Bruno richtete sein Gequassel zum Glück – zu seinem eigenen wie dem von Pollock – an die

Sicherheitschefin. »Falls ich den Eindruck erwecke, von Ihnen viel zu früh erste Ergebnisse Ihrer Bemühungen zu verlangen, möchte ich schon im Vorfeld vielmals um Entschuldigung bitten, Miss Zelle. Es ist nur so, dass es mir keine Ruhe lässt, ob Sie etwas über den Mann herausgefunden haben, der sich Pollock wegen dieses interessanten Videos genähert hat. Der Verstorbene, dieser Mason Lee.«

Trudy, die es sich nicht nehmen ließ, den Flitzer selbst zu steuern, obwohl das ein Computerprogramm ohne Murren und Knurren für sie übernommen hätte, schaute im Rückspiegel zum Beta. »Ich habe mehr über diesen Kerl herausgefunden, als mir lieb ist. Das Komischste zuerst. Er heißt – sorry, er *hieß* tatsächlich Lee. Zumindest mit zweitem Vornamen. Gavrilo Lee Amir. Ganz schön dämlich.«

Oder auch nicht. Kater hin, Kater her, Pollock witterte eine Chance, in seiner kleinen Kompetenzfehde mit Trudy zu punkten. »Er hat nur zwei Risiken gegeneinander abgewogen. Wenn Leute einen falschen Namen annehmen, kommen sie oft besser mit ihrer eigenen Legende zurecht, wenn sie Teile der Wahrheit enthält. Und kluge Leute, die irgendwo unter falschem Namen agieren, wissen, dass die Gegenseite genau das möglicherweise auch weiß. Sofern die Gegenseite ihrerseits aus klugen Leuten besteht. Unser Lee hat sich nur dazu entschieden, Sie und Ihre Jungs für nicht besonders klug zu halten. Und was soll ich sagen: Er ist mit der Nummer durchgekommen.«

»Sie reden wirres Zeug, Shermar«, kanzelte ihn Trudy ab. »Wie gut, dass wir nur einen Tatort begehen und keinen Zeugen vernehmen wollen.«

»Sie müssen Pollock verzeihen«, bat Bruno. »Er ist ein furchtbarer Morgenmuffel.«

Pollock zeigte Bruno den Stinkefinger.

»Sehen Sie?« Bruno seufzte. »Was haben Sie noch über Gavrilo Lee Amir in Erfahrung bringen können?«

»Er war in diversen Kon-Archiven jedenfalls keine Platzhalterdatei.« Trudy lenkte den Flitzer um eine Ansammlung Statuen und Blumenkübel, um in einen schmaleren Seitenkorridor abzubiegen. »Es konnte ihm zwar nie direkt ein Mord angelastet werden, aber er war bei einem halben Dutzend Anschlägen auf diverse Prominente seltsamerweise immer in unmittelbarer Nähe. Mal arbeitete er auf einer Feier für den Cateringservice, mal war er in einem der umliegenden Gebäude als Techniker beschäftigt. Alles rein zufällig.«

»Ein Auftragskiller?«, fragte Bruno.

»Was sonst?«

»Wie kommen Sie an Kon-Archive?«, wollte Pollock wissen.

»Neidisch?«, spöttelte Trudy. »Sagen wir mal so: Ich bin früher ganz schön rumgekommen, und hier und da schuldet mir der eine oder andere Mensch noch einen kleinen Gefallen. Das dürfte einer der Hauptfaktoren gewesen sein, wegen denen Lantis mich angestellt hat. Und wo ich auf Granit beiße, schmeißt Lantis einfach mit seinem Vermögen und seinem guten Ruf um sich. Vergessen Sie nicht: Nominell befinden wir uns in einer neutralen Zone mit lauter Gleichen unter Gleichen, die keine Lust darauf haben, dass sich hier fadenscheiniges Gesindel herumtreibt. Dafür ist mancher durchaus bereit, uns ein paar Informationen zu übermitteln, die sonst als vertraulich deklariert werden.«

»Heil At Lantis und seinen tapferen Verteidigern!« *Ein-*

gebildete Schnepfe. Pollock vergrub sich tiefer in seinen Sitz. »Wissen Sie auch, auf wen es Lee abgesehen hatte?«

»Ja, dank seiner eigenen Schlampigkeit«, sagte Trudy voller Abscheu. »Wir haben in seiner Kabine jede Menge Fasern von diversen Togen gefunden.«

»Aha. Schon klar. Togen. Sehr verräterisch.«

»In der Tat, Shermar.« Trudy grinste. »Sofern man weiß, welcher Atlanter jeden Monat regelmäßig eine Mottoparty veranstaltet, in der dem ersten Atlantis in einer Orgie ganz alter Schule gedacht wird.«

»Und wer ist das?«

»Kluge Leute wissen so was. Finden Sie's raus.« Trudy bremste hart. »Wir sind da.«

Während Trudy an einem der Paneele neben der Eingangstür einen ID-Check samt Retina- und Handabdruckscan durchführte, fragte Pollock: »Und es wurde noch nichts an diesem Tatort verändert?«

»Wir haben die beiden Leichen abtransportiert. Ansonsten ist alles so, wie wir es nach unserer eigenen Untersuchung hinterlassen haben.« Die Sicherheitschefin wischte sich nach dem Scan ihrer Hand reflexartig übers Hosenbein. »Das könnte auch noch ein Weilchen so bleiben. Wir haben Schwierigkeiten, Kaschgalejews Erben zu finden. Treibt sich irgendwo in einem finsteren Zipfel der Galaxis rum.« Sie warf einen Blick auf ihre Multibox. »Er hat noch knapp einen Monat, bevor dieses Areal neu vergeben wird. Die Leute auf den oberen Rängen der Warteliste scharren schon mit den Hufen.«

Das Erste, was Pollock auffiel, als sich die Tür öffnete, war der Geruch. *Wie altes Fett …*

»Das ist ja widerlich!« Brunos Tasthaare kräuselten sich

196

schier, und er kramte aus der Innentasche seines Anzugs ein Taschentuch hervor, das er sich vor die Schnauze hielt. »Ist die Lüftung defekt?«

»Nein«, sagte Trudy. »Das ist einfach nur ein hartnäckiger Gestank, der sich in allem festsetzt. Wer immer diese Bude übernimmt, schmeißt am besten alles darin weg.«

Pollock schwankte und stützte sich am Türrahmen ab. *Hermes Christus!* Das beklemmende Gefühl, das ihn gestern im *Chez Shih-Han* befallen hatte, war zurück. Er fasste sich an die Stirn.

Vor seinem geistigen Auge tauchte ein Korridor mit roter Notbeleuchtung auf, und er hörte eine freundliche Frauenstimme, nicht ganz so kühl wie die von Lantis' Privatsekretärinnen-Avatar. »Grundreinigung der Anlage in vier Minuten. Bitte nutzen Sie dringend einen der ausgewiesenen Notausgänge.« Er schloss die Lider, doch das Bild blieb.

Zwei Männer in schwerer Panzerung waren in einen Kampf verwickelt. Sie wälzten sich schreiend über den Boden. Aus einer zerfetzten Leitung an der Decke spritzte ein steter Strom einer brennenden Flüssigkeit auf die beiden herab. Trotzdem ließen sie nicht voneinander ab. Das Feuer kroch durch die Lücken in ihrer Panzerung – am Hals, an den Handgelenken, an der Hüfte. Der Bart des einen verwandelte sich in eine schaurige Maske aus Flammen. Er brüllte und schlug die Zähne in das Gesicht seines Gegners. »Weiter, weiter, nicht stehen bleiben, nicht stehen bleiben«, drängte Jost.

»Pollock?« Jemand legte ihm die Hand auf den Arm. »Pollock?«

Er öffnete die Augen.

Vor ihm stand Bruno, der ihm sein Taschentuch entgegenstreckte. »Hier, atme da durch. Dann ist es gleich viel besser.«

»Sie sind mir aber ein empfindliches Spürnäschen.« Trudys Worte troffen zwar vor Spott, doch auf ihren Zügen zeichnete sich etwas ab, das man mit etwas Interpretationsspielraum durchaus als leichte Besorgnis deuten konnte. »Brauchen Madame ein Glas Wasser oder ein bisschen Riechsalz, um bei Besinnung zu bleiben?«

»Geht schon wieder.« Pollock schlug das angebotene Taschentuch beiseite. »Ich hatte gestern wohl nur zu viel Karpfenschaum.«

»Es könnte auch der Alkohol gewesen sein«, warf Bruno mütterlich ein.

Pollock ersparte sich einen Kommentar und stapfte an Trudy vorbei, hinein in Slim Kaschgalejews alles andere als spartanische Unterkunft. *Scheiß auf Gambela. Ich habe im Hier und Jetzt wirklich genug um die Ohren.*

In den vorderen Bereichen des riesigen Apartments gab es für Pollock nichts Überraschendes zu sehen, denn an den schwelgerischen Luxus, der in diesen Teilen von At Lantis allgegenwärtig war, hatte sich Pollock inzwischen bereits gewöhnt. Selbstverständlich wimmelte es vor still in den Ecken stehenden Haushaltsbots jedweder Couleur, natürlich war allein das Schlafzimmer größer als ein Hardballfeld, und dass an den Wänden die Werke allerlei angesagter Kunstschaffender prangten, gehörte in den Privaträumen eines standesbewussten Atlanters schlicht und ergreifend zum guten Ton.

Dennoch war Pollock enttäuscht: Die gesamte Szenerie besaß dank der emsigen Bots eine Sterilität, die seine Hoffnungen schwinden ließ, hier auch nur das kleinste Indiz dafür zu finden, dass auch Kaschgalejew unmittelbar vor seinem Tod außer seiner Zitteraalpartnerin noch einen weiteren, bislang unidentifizierten Besucher gehabt hatte. Um Zeit zu sparen und seine Nerven zu schonen, wies er Bruno an, diese Räumlichkeiten näher zu inspizieren. *Wozu hat man einen Sidekick?* Er selbst ließ sich von Trudy zum eigentlichen Tatort führen.

Der Weg dorthin erwies sich dann doch als einigermaßen interessant. Sie durchquerten eine Reihe von Hallen, die es von ihren Dimensionen her mit dem ungewöhnlichen Spielplatz von Wilbur Lantis aufnehmen konnten, auf dem der Gründer von At Lantis aus allen Rohren auf unschuldige Botgegner feuerte. Kaschgalejew indes hatte in seinen Hallen anderen Trieben als reiner Zerstörungswut gefrönt: Die Räume waren in kleinere Parzellen unterteilt, wo auf Tischen unterschiedlichste Brettspiele aufgestellt waren. Manche – einfache Spiele ohne großes Zubehör wie Schach, Halma, Dame und Mühle – erkannte Pollock wieder. Andere hingegen hatte er noch nie gesehen, und für die meisten dieser Spiele brauchte man offenbar Dutzende Figuren, Marker, Würfel, Kartenstapel und weitere Hilfsmittel. Ihren Brettern fehlte auch die simple Eleganz, die die erste Gruppe auszeichnete: Die Felder waren hier keine simplen geometrischen Formen, sondern oft detailreiche Abbildungen von Orten, die der Wirklichkeit entlehnt waren – Länder, Kontinente, Sternensysteme. Offenbar simulierten diese Spiele Konflikte unterschiedlichster Natur, denn auf den Brettern standen sich immer zwei oder mehr Armeen aus Figuren gegenüber, die um Ressourcen, Territorien und diplomatischen Einfluss stritten. Die drückende Stille – nur durchbrochen vom Widerhall von Pollocks und Trudys Schritten auf dem kahlen Boden – und das damit einhergehende Gefühl, sich durch eine Blase stillstehender Zeit zu bewegen, verlieh der Gesamtatmosphäre etwas Museales. Das lag nicht zuletzt daran, dass Spiele, wie Slim Kaschgalejew sie gespielt hatte, heutzutage kaum noch Anhänger hatten. Wen die Spiellust packte, der tobte sich in virtuellen Welten aus, die in einer unüberschaubaren Vielzahl von Genres und Mechanismen dank solch technischer Gadgets wie der Multibox jederzeit und überall zur Verfügung standen: Shooter, RPGs, Actionquiz, Celebrity-Adventures, Datingspiele, Raumfahrtsimulationen, Raumfahrtsimulationen mit Datingspiel-Elementen ... Es gab nichts, was es nicht gab, in perfekter Grafik und glasklarem Sound, austarierbar auf jeden beliebigen Schwierigkeitsgrad, kostenlos übers StellarWeb oder zum kostenpflichtigen Abo-Download. Sich mit einem anderen Menschen an einen Tisch zu setzen, um langwierig Figürchen hin und her zu schieben, wäre einem Großteil der Bevölkerung wie ein durch und durch öder Zeitvertreib vorgekommen. Ein Rückfall in eine Epoche, in der die Menschen unter beklagenswert unkomfortablen Umständen ein beschwerliches Dasein zu fristen hatten. Nur die Ärmsten der Armen – von der Entwicklung abgehängte, bedauernswerte Existenzen wie Slumbewohner oder Tagelöhner in entlegenen Kolonien – sahen sich gezwungen, auf derart primitive Spiele zurückzugreifen. Und auf der anderen Seite eine erlesene Clique unter den Superreichen, die sich aus unverständlichen Gründen als Hüter der Reste einer langsameren, rückständigen Kultur verstanden, die nach dem Aufbruch der Menschheit ins All, nach den Kon-Kriegen, nach dem Kontakt mit Ahumanen und nach all den anderen umwälzenden Ereignissen der letzten tausend Jahre ferne Vergangenheit war.

Schließlich kamen Trudy und Pollock an der Parzelle an, wo Slim Kaschgalejew den Tod gefunden hatte. Vermutlich hätte Pollock sie auch ohne Trudy aufgespürt, denn niemand hatte die verschmorte Schalttafel und die beiden Stühle beseitigt, auf deren Sitzflächen braune Reste von versengtem Stoff und Fleisch klebten. *Tja, Slim, da mühst du dich ab, altertümliche Spiele vor dem Vergessen zu retten, und dann erwischt es dich ausgerechnet bei Zitteraal.*

Unschlüssig umrundete Pollock die Überbleibsel der tragisch geendeten Partie. Hier gab es keinen so augenfälligen Beleg, dass Slim mehr als einen Besucher gehabt hatte. *Womit hast du gerechnet, du Idiot? Mit einem dritten Stuhl?*

»Enttäuscht?«, fragte Trudy.

Pollock ignorierte sie und ließ den Blick durch die Halle schweifen. Durch den Durchgang zum nächsten Raum fiel ein Streifen Sonnenlicht. »Ist da hinten das Apartment schon zu Ende?«

»Schon?« Trudy sah ihn verblüfft an. »Ist es Ihnen zu beengt, Shermar, oder was?«

Pollock schlenderte auf das Licht zu. Die Halle, die sich vor ihm öffnete, war ein ganzes Stück kleiner als die, aus der er kam. Auf der gegenüberliegenden Seite war sie durch eine Glasfront begrenzt, durch die mehrere Schiebetüren Zugang zu einer Terrasse boten. Dominiert wurde der Raum allerdings nicht von dem herrlichen Ausblick aufs Meer, sondern von einem runden Tisch, auf dem ein maßstabsgetreues Modell der Nabe der atlantischen Hauptinsel aufgebaut war. Fünf antike Holztruhen, in deren gewölbte Deckel Wappentiere lange untergegangener Adelshäuser eingeschnitzt waren, dienten als reichlich unbequem wirkende Sitzgelegenheiten. Als Pollock näher kam, sah er, dass neben dem Turm ein Spielbrett ausgebreitet war – es beschrieb einen Kreis von ungefähr anderthalb Metern Radius und war förmlich von Figuren und Markern übersät. Pollock brauchte einen Moment, um zu erkennen, was es darstellte: die Etage der Nabe, in der er sich gerade befand.

»Haben Sie sich das hier bei Ihrer Untersuchung angesehen?«, rief er Trudy zu.

»Was?«

»Dieses Spiel hier.«

Trudy schüttelte den Kopf. »Nein. Wieso?«

»Amateure«, sagte Pollock leise.

Trudy hatte allerdings ausgezeichnete Ohren. »Oh, Entschuldigung, dass ich nicht jedes verdammte Spiel hier inspiziert habe. Tut mir leid. Könnte daran liegen, dass ich und meine Leute damit beschäftigt waren, den Hausherren von seinem Stuhl loszukriegen, ohne ihm den gesamten Arsch abzureißen.«

Pollock blendete ihr Gezeter aus und konzentrierte seine Aufmerksamkeit auf das Spielbrett. Die Figuren waren aus irgendeinem Kunstharz gegossen und wirkten erstaunlich lebensecht. Eine von ihnen lag auf der Seite. *Geschlagen oder nur umgefallen?* Pollock betrachtete die winzige Nachbildung eines Mannes im Kimono mit einem Katana in der Rechten näher. *Da Mota. Das erste Opfer.*

Er umrundete langsam den Tisch und machte die Miniaturausführungen einiger bekannter Gesichter aus. Da war Cleo Purrtra – *Ein Catsuit? Wirklich?* –, und neben ihr ein Marker, der eine Klaue zeigte, von deren Spitze Blut tropfte. *Weil man ihr gute Kontakte zu Pride Fur nachsagt?*

Auch der militärische Bürstenschnitt von Leo Beauregard war unverkennbar. Auf seinem Feld hatte Kaschgalejew gleich zwei Marker platziert. *Eine explodierende Bombe. Ist das nur ein Verweis auf sein Temperament, oder sollte ich mir ernsthaft Sorgen um Leo machen?* Der andere Marker war vergleichsweise harmlos. *Zwei Männer, die sich die Hände reichen. Freunde? Geschäftspartner? Komplizen?*

Pollock ging weiter und erreichte das Segment des Bretts, das für Kaschgalejews Wohnareal stand. *Slim ist ja gar nicht zu Hause.* Kaschgalejew zu identifizieren erwies sich als kleine Herausforderung, denn er war eitel genug gewesen, die eigenen Gesichtszüge für seine Figur etwas edler gestalten zu lassen, als es der Wirklichkeit entsprach: Mini-Slims Nase war kürzer, seine Wangenknochen höher und sein Kinn energischer. Er teilte sich das Feld mit einer zweiten Figur, die Darstellung eines untersetzten Mannes, der beinahe so breit wie hoch war. Die Figuren waren einander zugewandt und berührten sich fast. *Ist das nur ein unschuldiger Besuch, oder heißt das, dass in der nächsten Runde einer der beiden vom Feld genommen worden wäre? Schade, dass Slim nicht so freundlich war, hier irgendwo auch die Spielanleitung zu hinterlegen.* Pollock massierte sich beiläufig die Schläfen, um den frechen Kater in seinem Schädel im Zaum zu halten. *Und aus dem Marker auf diesem Feld werde ich genauso wenig schlau. Eine geöffnete Tür, hinter der man einen Sternenhimmel sehen kann. Direkt an der Außenwand des Apartments dieses Zwergs. Ein Notausgang ins All?*

Er widmete sich wieder dem Feld, in dessen Entsprechung in der Realität er sich selbst momentan aufhielt. Der eine der beiden Marker darauf trug ein universelles Symbol für Reichtümer: einen Stapel Goldbarren. Auf dem anderen war ein Wappen abgebildet, ein rotäugiger schwarzer Drache, und Pollock jagte ein Schauer der Erregung über den Rücken. *Das Wappen! Das hab ich eben erst gesehen!*

Er hetzte um den Tisch herum zu einer der Truhen. Tatsächlich! Der Schnitzerei fehlte zwar das Rot des Drachenauges auf dem Marker, doch ansonsten war es das gleiche Fabeltier: der peitschende Schwanz, die aus dem Maul züngelnden Flammen, der weit nach hinten gespreizte Flügel – es passte alles!

»Ha!«, machte Pollock. *Slim, du alter Schlingel!*

»Was sind Sie denn plötzlich so in Wallung, Shermar?« Trudy kam interessiert näher.

»Das ist nur die Vorfreude.« Pollock lächelte verschmitzt. »Ich glaube, diese Truhe offenbart uns gleich ein Geheimnis über Slim, das Ihnen und Ihrem jämmerlichen Haufen entgangen ist.«

Pollock riss den Deckel der Truhe auf, Trudy schaute ihm über die Schulter.

»Leck mich am Arsch!«, entfuhr es Pollock höchst unprofessionell.

»Das Geheimnis scheint mir nicht sehr groß zu sein«, sagte Trudy angesichts der leeren Truhe. »Mehr so mikroskopisch klein. Oder meinten Sie die Fussel da in der Ecke?«

Entnervt und verärgert schlug Pollock den Deckel wieder zu und starrte den Drachen an. *Ist es doch nicht dasselbe Vieh?* Dann schenkten ihm seine Instinkte eine unverhoffte Chance, seine Ermittlerehre zu retten. *Das Auge!*

Er ging in die Knie und drückte auf dem Drachenauge herum, begleitet von einem geradezu entgeisterten Lachen seitens Trudy. Es verstummte, als das Auge mit einem Klicken aus dem Schädel des Drachen sprang. Pollock drehte es um. Wie eine winzige Schale aus Holz barg das Auge einen noch winzigeren Gegenstand, der im Gegensatz zur Truhe eindeutig aus sehr modernen Zeiten stammte.

»Ist das ...«, setzte Trudy an.

»Ja, ist es.« Pollock hielt ihr das Fundstück triumphierend unter die Nase. »Ein Speichermodul.«

»Unglaublich.«

»Und Sie haben mich schon für irre gehalten, was?« Pollock schüttelte den Kopf, eine harmlose Bewegung mit großen Konsequenzen. Er nahm aus dem Augenwinkel eine blitzschnelle Bewegung wahr, dann war das Glas seines Datenmonokels von einem Sekundenbruchteil zum anderen nur noch ein Spinnennetz aus Rissen.

Hermes Christus! Seine Reflexe zwangen ihn, den Kopf von der Bewegung wegzudrehen. Splitter rieselten ihm auf die Wange, das Speichermodul glitt ihm von den Fingerspitzen, die Fassung des Monokels rutschte von seinem Jochbein. Er drehte den Kopf zurück und sah auf der anderen Seite des Raums eine geduckte Gestalt auf der Schwelle einer geöffneten Schiebetür stehen – menschengroß, schwarzer Kampfanzug, ein langes, dünnes Rohr in der einen Hand, die andere am Gürtel.

Pollock warf sich hinter den Tisch in Deckung und stieß hart mit der Schulter gegen eine Truhe. Er keuchte und spürte, wie sich in seinem Kopf etwas anbahnte, das er nun auf gar keinen Fall gebrauchen konnte. *Nein, verdammt!* Er stemmte sich gegen die Flut von Eindrücken, die über ihn hereinzubrechen drohte – den bitteren, öligen Geschmack im Mund, die Ansage einer Computerstimme, der Geruch von Pulverdampf. Er robbte ein Stück nach vorn, auf ein Beinpaar zu. Er packte es an den Hosen und zerrte daran. »Runter, Jost, runter!«

Die Knie des Beinpaars knickten ein, seine Hände wanderten höher zu den Hüften, zogen und rissen weiter. Als eine Frau halb neben, halb auf ihn fiel, war er einen Moment wie gelähmt. »Jost?«, flüsterte er.

»Loslassen!« Die Frau – *Trudy, ja, Trudy!* – wälzte sich von ihm herunter.

Pollocks Blick irrte umher und blieb schließlich an der Gestalt in der Schiebetür hängen. Sie hatte ein Ende des Rohrs an die Lippen gepresst, das andere richtete sie wie den Lauf eines Gewehrs auf Pollocks Gesicht aus.

Scheiße! Pollock stützte sich mit beiden Händen vom Boden ab, um den Oberkörper nach oben zu wuchten. Das Geschoss aus dem Blasrohr wischte so nah an seiner Nasenspitze vorbei, dass ihn die Luftverwirbelungen kitzelten. Er brauchte dringend bessere Deckung. Blind tastete er auf dem Tisch herum, bis er die Kante des Spielbretts zu fassen bekam. Figuren und Marker fielen ihm entgegen.

»Unten bleiben!«, herrschte er Trudy an, während er das runde Spielbrett wie einen Schild vor sich hielt. Der dünne Karton zitterte, als sich etwas in ihn hineinbohrte, dem Gefühl nach sehr dicht an seinen ungeschützten Fingern. Er rappelte sich in die Hocke hoch, zählte stumm bis drei, sprang auf und spurtete nach rechts. Er lugte um die Kante des Spielbretts. Sein Angreifer hatte sich von ihm abgewandt und sprintete quer über die Terrasse, auf die hüfthohe Brüstung zu. Mit einem Satz flankte er über das Hindernis und stürzte in die Tiefe.

Heilige Scheiße! Ein Selbstmordattentäter? Pollock warf das Spielbrett beiseite, hetzte zur offenen Schiebetür, durch sie hindurch und weiter zur Brüstung. Er bremste seinen Lauf im letzten Moment, fing sich ab und beugte sich so weit ins Leere hinaus, dass er ob dem gähnenden Nichts unter ihm um ein Haar die Balance verloren hätte. Er suchte nach dem Angreifer, der mittlerweile nicht mehr sein konnte als ein kleiner schwarzer Punkt. Zu seiner Überraschung entdeckte er ihn viel weiter von der Außenwand der Nabe entfernt als erwartet – und er war auch deutlich besser zu erkennen. *Er fliegt!* Links und rechts spannten sich zwischen den Armen und Beinen des Kerls schwarze Gleithäute. *Ein Wingsuit! Oder ein Beta?*

Beinahe, als wüsste der feige Assassine, dass er beobachtet wurde, legte er die Gliedmaßen eng an den Körper an und schoss im Sturzflug dem glitzernden Atlantik entgegen, wurde kleiner und kleiner, bis er verschwunden war.

»Shermar! Weg da! Runter von der Terrasse!«, brüllte Trudy von drinnen. »Schaffen Sie Ihren Hintern hier rein!«

Pollock zögerte.

»Vielleicht war er nicht allein!«

Diese Warnung reichte aus, damit Pollock im Innern des Apartments Schutz suchte. Trudy bellte Anweisungen an ihre Trooper in ihre Multibox, aber Pollock machte sich keinerlei Illusionen. *Viel Glück beim Suchen, Kinder. Das war ein Profi.*

»Pollock! Pollock!« Bruno stürzte in die Halle, das Gesicht vor Anspannung verrunzelt. »Ich habe Schreie gehört.«

»Ach was? Echt jetzt?« Pollock schlug einen weiten Bogen um den Tisch, um seinen Partner abzufangen. »Pass bloß auf, wo du hintrittst, Jost! Wenn du unsere Spuren zertrampelst, bist du dran! Wir suchen drei Blasrohrpfeile und ein Speichermodul in Erbsengröße.«

Bruno schaute ihn nur an, als hätte er den Verstand verloren.

23

»Habe ich da eben deine Multibox piepen gehört?«, fragte Pollock Bruno, nachdem er von einer ausgedehnten Sitzung ins Wohnzimmer ihres Quartiers zurückkehrte. *Warum es mir immer nur so auf den Darm schlagen muss, wenn jemand versucht, mich umzubringen?*

Bruno nickte. »Es war Doktor Esquirol. Aus dem Himmel. Er hat die Analyse des Pfeils fertig, den wir ihm geschickt haben. Du hattest Recht. Er war vergiftet.«

»Natürlich hatte ich Recht.« Pollock warf sich auf die nächstbeste Couch. »Ich bin nicht davon ausgegangen, dass mich dieser Wichser mit einer Taktik der tausend Nadelstiche erledigen wollte.«

»Ein sehr potentes Neurotoxin, das man aus dem Schwanz des Dukatskorpions gewinnt. Das Gift hatte eine weite Reise hinter sich.« Bruno schüttelte sich. »Ich hasse Krabbelzeug. Aber da war übrigens noch mehr.«

»Lass hören.«

»Die Spitze des Pfeils war nur ein Überzug aus Stahl, aber das eigentliche Geschoss ist voll organisch.«

»Man hat ihn wachsen lassen? Wo? Wie lässt man Pfeile wachsen?«

Bruno kaute auf seiner Unterlippe. »Streng genommen ist Pfeil der falsche Begriff. Es ist eher ein Stachel. Laut Doktor Esquirol war die Bruchstelle noch recht frisch. Nicht älter als vier oder fünf Stunden.«

In Pollocks Magen rumorte es erneut. »Fuck! Ich sag dir, was da los ist. Kennst du die dritte Folge aus der ersten Staffel von *Damn Collie, Die*?«

»Nein.«

»Echt nicht?«

»Nein.« Bruno rümpfte die Nase. »Ist das so schwierig zu glauben?«

»Ist ja nur die erfolgreichste Serie der Galaxis«, sagte Pollock.

»Ich bin eher der Typ für romantische Komödien«, gestand Bruno. »Ich habe gehört, dass es bei *Damn Collie, Die* ziemlich gewalttätig zugeht, und ich habe in meinem Leben wirklich schon genug Gewalt gesehen.«

Romantische Komödien? Darüber müssen wir später dringend noch mal ein ernstes Wörtchen reden. »Zurück zum Thema. *Damn Collie, Die*, erste Staffel, Folge drei. Da taucht ein finsterer Stachelschweinbeta auf, der auf Liquidierungen spezialisiert ist. Thorn. Der verwendet auch seine eigenen Stacheln, um seine Opfer unauffällig zu vergiften. Ich dachte nur immer, dass hätte sich irgendwer ausgedacht, und nicht, dass es da einen realen Hintergrund geben könnte.«

Bruno seufzte. »Soll ich das für dich recherchieren.«

»Warum nicht? Fang am besten im *DCD*-Wiki an«, emp-fahl ihm Pollock. »Das ist erstaunlich detailliert.«

»Du verzeihst mir doch sicher, wenn ich mich auf meine eigenen Quellen verlasse anstatt auf die angebliche Exper-tise von einem Haufen Nerds.«

»War nur ein Vorschlag.« *Snob!* »Bist du mit dem Spei-chermodul weitergekommen?«

»Die Verschlüsselung war kein Pappenstiel.« Bruno zuckte die Achseln. »Ich habe bei Miss Zelle um Hilfe ge-beten, und die hat mein Anliegen anscheinend an Miss Themis weitergeleitet.«

Pollock runzelte die Stirn. »An Lantis' Sekretärinnen-Avatar? Und was heißt bitteschön ›anscheinend‹?«

»Miss Themis hat sich bei mir gemeldet, ohne dass Miss Zelle mir vorher darüber Bescheid gegeben hätte.«

»Ach so.« *Pedantischer Snob!* »Und?«

»Wir haben die Daten entschlüsselt.« Der Nacktmullbeta rief eine Bilddatei auf einem der Folienmonitore an den Säulen auf. »Schau's dir selbst an.«

Auf dem Bildschirm drehte sich die Darstellung einer Molekülspirale langsam um die eigene Achse.

»Das sieht mir nach etwas aus, das Laborratten Spaß machen könnte«, stellte Pollock fest.

»RNA«, bestätigte Bruno. »Quasi der Schlüssel, der in Zellen genetische Informationen in Bauanleitungen für Proteine übersetzt.«

»Und was gibt dieser Strang da bei den Zellen in Auftrag?«

»Nur weil ich in einem Tank herangewachsen bin, macht mich das nicht zu einem Genetiker.«

»Was bedeutet die lange Zahlen- und Ziffernkombina-tion da unten rechts?«, fragte Pollock.

»Eine Patentkennzeichnung, nehme ich an«, sagte Bruno. »*FullCorp* hat ein Copyright auf dieses Material.«

»Test bestanden.« Pollock grinste. »Nicht schlecht für einen Laien.« Er massierte sich den Bauch und richtete sich dabei auf. »Was wir brauchen, ist aber echtes Fachwissen. Ruf bei Madonna an und richte ihr einen lieben Gruß aus. Sie soll mal bitte eine Genetik-Koryphäe auftreiben, die mir erklären kann, womit wir es hier zu tun haben. Wofür habe ich denn meine unsterbliche Seele an einen Kon wie *Alliance* verkauft? Aber bitte niemanden, der zufällig in At Lantis wohnt, ja?«

»In Ordnung.«

»Und noch was.« Pollocks Bauch gab ein knarzendes Gluckern von sich. »Auf dieser Etage ist auch ein Zwerg untergebracht. Ich würde gern wissen, wer er ist.«

Bruno schüttelte den Kopf. »Ich weiß, dass du nicht viel von Rücksichtnahme gegenüber Minderheiten hältst, doch du müsstest dich bitte etwas präziser ausdrücken. Meinst du jemanden, der kleinwüchsig ist, oder jemanden, der genetisch an das Leben auf einem Planeten mit erhöhter Schwerkraft angepasst ist?«

»Letzteres.«

»Aha, einen Heavy also«, sagte Bruno und betonte die angemessene Bezeichnung überdeutlich.

»Ja, genau.« *Meine Herren, was sind wir heute wieder spröde!* »Ich habe vor, mich mit diesem Mann zu treffen, um nachzuhorchen, warum Slims Spielfigur auf seinem Feld stand.«

»Ich halte fest.« Bruno begann seine Aufgaben an den klauenbewehrten Fingern abzuzählen. »Ich prüfe nach, ob es wirklich Stachelschweinbetas gibt, die als Justifiers tätig sind und ihre körpereigenen Stacheln als Geschosse oder sonstige Waffen verwenden. Ich informiere Miss Presley, dass du unbedingt mit einer Fachkraft in Sachen Genetik sprechen möchtest. Und ich besorge dir den Namen des Heavys, der auf dieser Etage wohnt.«

»Korrekt.«

»Und was hast du heute noch so vor?«, wollte Bruno wissen, wobei ein winziger Hauch Vorwurf in seinem Nuscheln mitschwang.

»Ich?« Pollock stand auf. »Ich gehe erst noch mal eine Runde auf den Topf. Falls ich da jemals wieder runterkomme, schaue ich bei unserem Freund Beauregard vorbei. Mich interessiert nämlich, was er zu Slims Marker mit dem Händeschütteln zu sagen hat. Und danach klingele ich bei Cleo Purrtra durch und frage sie, ob sie nicht einen Happen mit mir essen gehen will. Wenn sich mein Verdacht bestätigt, dass mir ein Beta nach dem Leben trachtet – und dieser Verdacht *wird* sich bestätigen –, kann ich ihr vielleicht aus dem Schnäuzchen ziehen, wen ich da gegen mich aufgebracht habe.«

»Schön.« Bruno nickte. »Viel Spaß. Brauchst du Ersatz für dein Monokel?«

»Hab ich im Koffer.« *Moment ...* »Warum beschwerst du dich nicht?«

»Worüber?«

Spiel nicht das Unschuldslamm! »Seit Madonna dich mir geschenkt hat, hängst du mir am Arsch. Und jetzt teile ich dir mit, dass ich den Rest des Tages auf dich verzichten kann, und du nimmst das einfach so hin?«

»Du bist ein erwachsener Mann«, sagte Bruno ernst. »Ich bin nicht dein Kindermädchen. Ich bin dein Partner. Der

Anschlag auf dich hat mich eines gelehrt: Ich werde nicht verhindern können, dass du in Gefahr gerätst, und ich wüsste nicht, wie ich dich effektiv vor vergifteten Stacheln aus Blasrohren schützen könnte. Noch dazu halte ich weder Mister Beauregard noch Miss Purrtra für eine Bedrohung für dich.« Er stockte kurz. »Halt, nein. Was für dich gilt, muss auch für mich gelten: Falls Mister Beauregard dir Böses wollte, hätte ich gegen einen ehemaligen Justifier wie ihn bei einer gewaltsamen Auseinandersetzung sicher nicht den Hauch einer Chance. Und was Miss Purrtra anbelangt, möchte ich nicht Zeuge werden, wie du dich ihr in sexueller Absicht näherst.«

»Was?« Pollock lachte. »Ich will nur mit ihr reden.« *Obwohl ich das Kätzchen sicher nicht von der Bettkante stoßen werde, wenn es unbedingt mit mir schmusen will.* »Wie kommst du darauf, dass ich vorhabe, sie anzubaggern?«

Bruno tippte sich auf die Nase und blinzelte ihm zu. »Wir Nacktmulle haben diese große Nase nicht nur, weil sie so toll aussieht, Pollock. Wie gesagt: Du bist ein erwachsener Mann. Ich mache dir keinerlei Vorwürfe. Beschwer dich aber bitte nicht bei mir, wenn die Katze ihre Krallen zeigt und du mit Kratzern nach Hause kommst, hm?«

Pollock rieb sich genüsslich den Bart. *Solange die Kratzer auf dem Rücken sind, ist das kein Problem.*

24

»Also, Shermar, was kann ich für Sie tun?«

Pollock betrachtete den Ex-Justifier, der nur in einer langen Sporthose vor ihm stand. Seine beeindruckenden Muskelpakete an Armen und Rumpf glänzten regelrecht, weil sie von einem feinen Schweißfilm überzogen waren. »Ich hoffe, ich komme nicht ungelegen.«

Beauregard, der gerade einen ordentlichen Zug aus einer Wasserflasche nahm, machte eine wegwerfende Geste mit seiner sehnigen Pranke.

»Okay.« Pollock sah sich nach einer Sitzgelegenheit um. Beauregards Apartment war eine Studie in spartanischer Innenarchitektur: grau gestrichene, schmucklose Wände, einfache Kugellampen an der Decke, ein absolutes Mindestmaß an robustem, rein auf Funktionalität ausgerichtetem Mobiliar. *Ich kann mich schlecht auf seine Drückbank setzen.* Pollock blieb gezwungenermaßen einfach in der Mitte des Raums stehen und verschränkte die Arme hinter

215

dem Rücken. »Mister Beauregard, bringen wir es ohne Umschweife hinter uns. Ich schätze Sie als einen Mann ein, der albernen Spielchen nichts abgewinnen kann. Das genaue Gegenstück zu einem Ihrer verstorbenen Nachbarn auf dieser Etage. Ich habe mich in Slim Kaschgalejews Wohnung umgesehen und bin dabei auf ein interessantes Brettspiel gestoßen.«

»Sein Pseudoschach mit Atlantern als Figuren?« Beauregard lächelte schief. »Ja, ich habe ihm immer gesagt, er bräuchte mal ein ordentliches Hobby.«

»Auf dem Feld mit Ihrer Figur lagen zwei Marker. Einer mit einer explodierenden Handgranate, einer mit zwei Männern darauf, die sich die Hand reichen«, sagte Pollock. »Was hat Slim damit denn Ihrer Meinung nach ... nun ... markieren wollen?«

»Shermar, Shermar, Shermar.« Beauregard nahm das Handtuch, das er um den Hals hängen hatte, und wischte den Schweiß vom schwarzen Polster der Drückbank. »Wollen Sie jetzt doch Ihre Arbeit auf mich abwälzen? Ich dachte, Sie sind hier der schlaue Privatdetektiv.«

»Bin ich auch«, sagte Pollock. »Ich will bestimmt nichts auf Sie abwälzen. Es ist nur so, dass Sie jetzt wegen dieser Marker quasi Teil meiner Arbeit geworden sind. Aber na gut. Machen wir's anders. Ich sage Ihnen, was ich mir so überlegt habe, und Sie sagen mir, ob Sie meinen, ich könnte richtig liegen.«

»Warum nicht?« Beauregard legte sich auf die Drückbank, hob scheinbar mühelos eine Doppelhantel aus ihrer Halterung, an deren Enden bestimmt jeweils siebzig Kilo hingen, und begann, Eisen zu pumpen.

Angeber ... Pollock versuchte, nicht weiter auf das beeindruckende Muskelspiel zu achten. »Fangen wir mit der Handgranate an. Es könnte sich natürlich nur um einen Verweis auf die Tätigkeit handeln, mit der Sie früher Ihre Brötchen verdient haben.«

»Stimmt.« Beauregards Stimme klang nur ansatzweise gepresst. »Aber?«

»Aber ich halte es nicht für ausgeschlossen, dass sie auch ein Symbol für eine Ihrer grundlegenden Charaktereigenschaften ist. Sie verstecken es ganz gut, doch ich denke, Sie sind ein Choleriker, den man nicht über Gebühr reizen sollte, wenn man weiß, was gut für einen ist.«

»Stocher nicht mit dem Stock im Tigerkäfig«, gab Beauregard Pollock Recht. Auf und ab ging die Hantel.

»Sehr schön.« Pollock machte ein paar Schritte nach hinten, um sich locker gegen die Wand zu lehnen. »Kommen wir zu diesem Händeschütteln.« *Freunde? Geschäftspartner? Komplizen? Zeit, sich festzulegen, Junge ... oder?* »Man kann vermutlich sagen, Sie beide – Slim und Sie – waren im weitesten Sinne miteinander befreundet.«

Beauregard zeigte keine Reaktion, sondern hielt den Blick aus seinen einen Deut zu eng beieinander liegenden Augen fest auf die Stange der Hantel gerichtet.

»Echte Freundschaften entstehen jedoch in der Regel aus geteilten Erfahrungen oder ähnlichen Grundeinstellungen« zu den wichtigen Dingen des Lebens«, erläuterte Pollock weiter. »Beides schließe ich in Ihrem besonderen Fall aus. Slim war ein PR-Fuzzi, der darauf trainiert war, um den heißen Brei herumzureden, Sie verstehen sich als Mann der Tat und klaren Worte. Sie sind der Auffassung, Sie hätten sich von ganz unten hochgearbeitet, und Sie möchten auch nie vergessen, woher Sie gekommen sind, wenn ich mir Ihre Einrichtung so anschaue. Auf der anderen Seite hat Slim im Luxus geschwelgt und seine kostspieligen Spleens gepflegt, wie es die meisten Atlanter tun.«

Beauregard nickte stumm.

»Ich könnte mir vorstellen«, fuhr Pollock fort, »dass Sie und Slim dennoch gemeinsame Interessen hatten. Sehen Sie, mir hat jemand anderes erst neulich erzählt, wie dumm es wäre, davon auszugehen, dass in At Lantis keine Geschäfte gemacht werden, nur weil Mister Lantis persönlich das gern so hätte. Da ist viel Wahres dran. Und daher interpretiere ich diesen Marker auch so, dass Sie und Slim miteinander Geschäfte gemacht haben. Man könnte eventuell sogar sagen, Sie waren Geschäftsfreunde.«

Beauregard hängte die Hantel zurück in die Halterung und richtete sich auf. »Respekt, Shermar. Sie sind ja doch kein Windei. Ja, es ist richtig. Slim und ich haben hier und da den einen oder anderen Deal durchgezogen. Rein privat. Ich kenne genügend Leute, die ihm noch das abstruseste Spiel von irgendeinem Hinterwäldlerplaneten besorgen konnten, und er ... Sie wissen doch, was *FullCorp* hauptsächlich so treibt.«

»Alles, was mit Genetik zu tun hat.«

Beauregard schaute auf seinen mächtigen Bizeps. »Sie sind nicht blind, Shermar. Sie wissen, dass ich zu Beginn meiner Laufbahn einem Suprasoldatenprojekt zugewiesen worden bin, wo man Mutter Natur ein wenig auf die Sprünge geholfen hat, um hühnerbrüstige Hänflinge in gestandene Krieger zu verwandeln. Und Sie kennen auch die Kehrseite der Medaille.«

»Klar, allerlei unschöne Nebenwirkungen als Preis für

das Aufpowern.« *Von so harmlosem Krimskrams wie Akne über Nervkram wie Impotenz bis hin zu den wahren Freuden des plötzlichen Organversagens.* »Slim hat Ihnen Medikamente besorgt?«

»Exakt.« Beauregard schob das Kinn vor, doch es wirkte auf Pollock nicht sonderlich souverän. Eher wie die trotzige Geste eines Mannes, der einsehen musste, dass es doch keine so gute Idee gewesen war, mit seiner aufgetunten Lieblingskarre volles Rohr über eine Buckelpiste zu heizen. »Slim konnte mir Mittel beschaffen, lange bevor sie auf dem freien Markt erhältlich waren. Mittel, die noch nicht alle nötigen Tests durchlaufen hatten.«

»So?« *Schön blöd ...*

Beauregards narbenverschandelte Braue zuckte. »Ich weiß, was Sie denken, Shermar. Sie denken: ›Wie kann man nur so ein beschränktes Arschloch sein und Feuer mit Feuer bekämpfen wollen?‹ Stimmt doch, oder?«

»In etwa, ja.«

»Dann will ich es Ihnen erklären.« Beauregard ballte die Fäuste. »Ich sehe es als eine Schlacht auf verlorenem Posten an. Es ist nur eine Frage der Zeit, bis mich der Gegner erwischt. Mir geht es nur darum, so lange wie möglich durchzuhalten. Um meine Würde und Ehre und Achtung vor mir selbst nicht zu verlieren. Und dazu ist mir jedes Mittel recht.«

»In der Liebe und im Krieg ist alles erlaubt«, sinnierte Pollock. *Und jetzt ahne ich auch, was mir mein angeforderter Genetikfachmann wohl über den RNA-Schnipsel aus Slims Geheimversteck erzählen wird ...*

Beauregard stand auf und schüttelte die Arme auf. »Und bevor Sie es von jemand anderem hören: Ich habe Slim übrigens beigebracht, wie man Zitteraal spielt. Ich hätte nur gedacht, er hätte mehr Grips in der Birne, als sich dabei selbst lecker knusprig zu braten.«

»Geschenkt.« Pollock grinste. »Solange ich nicht davon ausgehen muss, dass Sie Slim und seine letzte Zitteraalpartnerin irgendwie dazu gezwungen haben, sich wechselseitig zu grillen. So in der Variante ›Ich bin explodiert, weil ein Deal mit ihm nicht zustande gekommen ist, und da habe ich ihm einen kleinen Besuch abgestattet, um ihm die Leviten zu lesen, und da habe ich dann so richtig rot gesehen und mir ein Küchenmesser geschnappt und die beiden bedroht, damit sie auf ihren Stühlchen Platz nehmen und brav Käbelchen um Käbelchen einstöpseln, und dann, ja dann hab ich es versehentlich ein bisschen zu weit getrieben‹.«

»So war es nicht«, sagte Beauregard ernst. »Darauf gebe ich Ihnen mein Ehrenwort. Haben wir uns da verstanden?«

Sir, ja, Sir! Pollock nickte. »Aber wer hätte dann ein Interesse daran, Slim tot zu sehen?«

»Ist das nicht eine Frage, die Sie sich leicht selbst beantworten können?«

»Tun Sie mir den Gefallen«, bat Pollock.

»Na gut.« Beauregard holte tief Luft. »Nehmen wir an, Sie sind ein Konzern und finden heraus, dass einer Ihrer Ex-Mitarbeiter seine alten Kontakte nutzt, um sich ein bisschen in die eigene Tasche zu wirtschaften, noch dazu mit einer Ware, die potenziell Todesopfer fordert und dadurch ihren guten Ruf schädigen könnte. Was machen Sie dann?«

»Ich hau ihm auf die Finger«, sagte Pollock.

»Fast«, berichtigte ihn Beauregard. »Sie hauen ihm am besten gleich die Rübe runter, um seinen Komplizen in Ihrem Unternehmen klarzumachen, dass Sie da absolut keinen Spaß verstehen. Für lästige Außenstehende wie örtliche Ermittlungsbehörden lassen Sie das Ganze aber selbstverständlich nach einem tragischen Unglück aussehen.«

»Danke.« Pollock deutete eine kleine Verbeugung an. »Vielen Dank.«

»Wofür?«

»Sie haben mir Arbeit abgenommen. Sie haben mir soeben ein perfektes Motiv für den Mord an Slim Kaschgalejew geliefert.«

»War mir ein Vergnügen.«

»Allerdings ...« Pollock wackelte mit dem erhobenen Zeigefinger. »Allerdings hilft mir das nur bedingt weiter. Es erklärt einen der Todesfälle, die auf dieser Etage in letzter Zeit gehäuft auftreten. Einen, aber längst nicht alle.«

Beauregard musterte ihn ungläubig. »Denken Sie, ich wäre der einzige *Geschäftsfreund* von Slim in der Nachbarschaft gewesen?«

»Oh ...« Pollock fuhr sich über den Bart. *Interessant ...* »Sie meinen, *FullCorp* stünde nicht auf lose Enden.«

»Wer tut das schon?« Beauregard zuckte die Achseln und griff wieder zu seiner Wasserflasche. »Darf ich Ihnen zur Abwechslung mal eine persönliche Frage stellen?«

»Ich bitte darum.«

»Mir ist etwas an Ihnen aufgefallen.« Beauregard zögerte. »Bei unserem ersten Treffen waren Sie mir gegenüber deutlich aggressiver. Ein richtiges Großmaul. Heute wirken Sie dagegen im Vergleich wie frisch aus dem Mädcheninternat. Ganz höflich und wohlerzogen. Was ist passiert?«

»Sagen wir, ich habe eine wichtige Erfahrung gemacht, die mich ein wenig Anstand und Demut gelehrt hat«, antwortete Pollock. *Dazu kann es kommen, wenn einem um ein Haar ein vergifteter Stachel ins Auge geschossen wird.* »Falls Sie mit der durchgreifenden Art von *FullCorp* in Sachen illegaler Medikamentenschmuggel richtig liegen, wäre ich fast dazu geneigt, davon zu sprechen, ich könnte ins Visier der Justifiers geraten sein, die hier die unschönen losen Enden beseitigen sollen.«

»Muss ich mich etwa um Ihre Gesundheit sorgen?«

»Nicht nötig«, wiegelte Pollock ab. »Sie machen sich doch schon genug Sorgen um Ihre eigene.«

Beauregard lachte. »Gut gegeben.«

»Apropos Justifiers und Liquidierungen …« Pollock fiel ein, dass er mit Beauregard einen erfahrenen Mann auf dem Feld verdeckter Operationen hatte. »Gibt es Stachelschweinbetas, die als Assassinen ihre eigenen Stacheln als Waffen einsetzen?«

»Schau mal einer an!« Beauregards Laune verbesserte sich schlagartig weiter. »Sind Sie am Ende ein Fan von *Damn Collie, Die*?«

»Fan ist übertrieben.« Pollock winkte ab. »Aber man kommt um diese Serie ja kaum herum, wenn man zwei gesunde Augen hat. Also Stachelschweinbeta-Assassinen – Fakt oder Fiktion?«

»Ich würde Ihnen gern sagen, dass das dem kranken Hirn eines Schreiberlings entsprungen ist, Shermar.« Beauregard sog Luft durch die Zähne. »In diesem Fall muss ich Ihnen aber mitteilen, dass die Hirne der Eierköpfe, die bei *Full-*

Corp neue Halbmenschen zusammenbrauen, noch um einiges kränker sind. Und ich möchte Ihnen jetzt keine Angst einjagen, aber die Kill-Quote dieser Chims liegt bei annähernd einhundert Prozent.«

Wie überaus erfreulich ... Pollock räusperte sich. »Hätten Sie vielleicht einen kleinen Tipp parat, wie man so ein kleines Schweinchen wieder loswird?«

»O ja ...« Beauregard nickte. »Man zieht den Schwanz ein und rennt so schnell man kann in den hintersten Zipfel des bekannten Universums.«

25

»Bevor ich zum eigentlichen Grund meines Anrufs komme, hätte ich erst noch eine Frage: Wie geht es unserem Patienten?«

Bruno hatte mit genau dieser Frage gerechnet, doch er zog dennoch den Hals ein, als Doktor Woo-Suk sie ihm stellte. Die Medizinerin mochte auf dem Monitor von Brunos Klapprechner nicht sonderlich groß erscheinen, doch das scherte seine Nacktmullinstinkte nicht: Im Umgang mit selbstbewussten Frauen sprangen in Bruno die Unterwürfigkeitsreflexe seiner animalischen Vorfahren an, die als einzige Säugetiere staatenbildend waren und in jedem weitverzweigten Bau eine eigene Königin besaßen. *Ich muss ehrlich zu ihr sein.* »Nach dem Anschlag auf ihn hat er mich einmal versehentlich Jost genannt. Das hat mich zunächst verunsichert, aber da er danach erschütternd unerschüttert wirkte, gehe ich davon aus, dass wir keine störende Überlagerung seiner kognitiven Matrizen zu befürchten haben.«

Doktor Woo-Suk atmete sichtlich auf, ein Anblick, der Brunos Herz wärmte. »Ich muss dir nicht erklären, was hier auf dem Spiel steht. *Alliance* hat viel Geld in Projekt Lazarus investiert, aber die Geduld der Vorstände ist begrenzt. Sie werden irgendwann Ergebnisse sehen wollen. Kommerziell verwertbare Ergebnisse.«

»Und das ist auch ihr gutes Recht.«

»Wie bitte?« Einen halben Ozean entfernt beugte sich Woo-Suk näher an die Kamera an ihrem Monitor.

»Und das ist auch ihr gutes Recht«, wiederholte Bruno ein paar Dezibel lauter. *Warum flüstere ich eigentlich die ganze Zeit? Ich sitze in meinem Zimmer und habe extra die Tür abgeschlossen, falls er früher nach Hause kommt. Es kann rein gar nichts passieren.*

»Ich möchte dich jedenfalls darum bitten, weiter genau auf alle Anzeichen zu achten, die auf eine Überlagerung oder gar einen Zerfall einer der beiden Matrizen hindeuten könnte«, verlangte Woo-Suk.

»Natürlich«, nuschelte Bruno servil.

»Ich kann mich hoffentlich darauf verlassen, dass du im Ernstfall nicht die passenden Griffe vergessen hast, die die richtigen Knoten in seinem Nervensystem ausschalten, bevor es zu einem Totalverlust kommt.«

»Absolut.«

»Ich habe mir das RNA-Modell angesehen, das du mir geschickt hast«, wechselte Woo-Suk abrupt das Thema. »Es wurde ohne jeden Zweifel von *FullCorp* gebastelt. Es handelt sich um ein maßgeschneidertes Produkt auf Basis eines simplen Herpesvirus. Offenbar wird es auch auf ganz ähnliche Weise übertragen – in erster Linie wohl über Schleimhautkontakt. Die Wahrscheinlichkeit einer Infektion allein durch den Konsum einer Flüssigkeit, in der das Virus in ausreichender Konzentration vorhanden ist, liegt meinen Schätzungen nach bei über 90 Prozent.«

Bruno stieß ein erschrockenes Pfeifen aus. *Es ist ansteckend!*

»Interessanterweise ist es augenscheinlich kein Produkt, das für den Einsatz am Menschen konzipiert wurde«, sagte Woo-Suk. »Seine Zusammensetzung legt vielmehr den Verdacht nahe, dass es ursprünglich auf die Verwendung bei Beta-Humanoiden zugeschnitten wurde.«

Bruno spürte seine Tasthaare schwingen und zittern wie dürre Äste in einem Hurrikan. »Jemand hat versucht, ein Virus zu bauen, mit dem man Betas auslöschen kann?«

»Nicht so voreilig«, ermahnte ihn Woo-Suk. »Zum einen ist das Virus sehr wohl auf den Menschen übertragbar und zeigt dann auch einen unübersehbaren Effekt. Zum anderen ist es kein biologischer Kampfstoff, zumindest nicht in Anbetracht seines ursprünglich angedachten Einsatzgebiets. Die Simulationen und die Tests am lebenden Objekt waren da ausgesprochen aufschlussreich.«

»Was macht dieses Virus im Körper eines Betas?«, fragte Bruno mit bebender Stimme.

»Es löst eine engere Vernetzung der Zellen im Corpus amgydaloideum aus, dem Teil des Großhirns, der unter anderem für die Verarbeitung von externen Reizen zwecks einer Analyse möglicher Bedrohungen zuständig ist. Die Amygdala ermöglicht es, dass ein Organismus die nötigen Warn- und Abwehrreaktionen zeigt, um sein Überleben in prekären Situationen zu sichern. Sie ist an einem immens wichtigen Prozess entscheidend beteiligt: der Wahrnehmung und Einordnung aller Formen von Erregung, also solchen Empfindungen, die mit Affekten und Lust in Verbindung stehen.«

Ich wünschte, ich hätte bei meinen Neurologieschulungen besser aufgepasst ... Verschämt senkte Bruno den Kopf. »Und ist es schlimm, wenn die Zellen in der Amygdala enger vernetzt sind?«

»Für Beta-Humanoide ist das bis zu einem gewissen Grad absolut unbedenklich«, beruhigte ihn Woo-Suk. »Es wirkt sich sogar positiv aus. Wie du sicher weißt – und es ebenso sicher schon selbst erlebt hast –, haben Beta-Humanoide aufgrund der animalischen Anteile ihrer Triebe, Instinkte und Reflexe wesentlich größere Schwierigkeiten als echte Menschen, in emotional komplexen Situationen angemessen zu reagieren. Sie zeigen dann beispielsweise ein Abwehrverhalten, wo sich ein Mensch zu einem Angriffsverhalten entschließen könnte, und umgekehrt. In gewisser Weise sorgt das Virus dafür, dass ein Beta-Humanoider einen wesentlich klareren Blick auf die genannten Situationen und noch dazu ein signifikant erhöhtes Steuerungspotenzial für seine Reaktionen und das damit einhergehende Verhalten entwickelt.«

Bruno war erleichtert. »Dann wollte *FullCorp* den Betas also eher etwas Gutes tun?«

»Das sind nicht die Kategorien, in denen bei der Entwicklung solcher Produkte normalerweise gedacht wird«, dämpfte Woo-Suk seinen Optimismus. »Das Ziel bestand wohl vorrangig darin, Beta-Humanoide in ihrem jeweiligen Einsatzbereich effektiver zu machen.«

Man wollte also bessere Soldaten, wie immer ... Trotz dieser herben Erkenntnis fand Bruno die Aussicht, dank eines solchen Mittels persönlich etwas unabhängiger von seinen animalischen Impulsen zu werden, durchaus verlockend. »Gibt es Nebenwirkungen?«

Woo-Suk nickte. »An vorderster Stelle wäre eine schwerwiegende psychische Abhängigkeit zu nennen.«

»Wie kann man nach einem Virus süchtig werden?«, wunderte sich Bruno.

»Indem die Leute, die es bauen, es so anlegen, dass es sich nur eine begrenzte Zeit vermehrt, und ohne das Virus bildet der Körper die Vernetzung schließlich wieder zurück«, erklärte Woo-Suk. »Es ist nicht als Geschenk an die Beta-Humanoiden gedacht. Es ist ein Produkt, das Gewinn abwerfen soll. Außerdem ist nicht davon auszugehen, dass es jemals weite Verbreitung findet.«

»Wieso nicht? Weil es in der Herstellung zu teuer ist?«

»Nein.« Woo-Suk lächelte kühl. »Weil es für Menschen leider gefährlich ist.«

»Inwiefern?«

»Nach einer Infektion und der deshalb einsetzenden Veränderung in der Amygdala werden zunächst beständig Stresshormone ausgeschüttet. Beta-Humanoide sind an diese ungemein hohen Konzentrationen gewöhnt, Menschen hingegen nicht. Paradoxerweise führt eine Infektion in ihrem Verhalten zum genau gegenteiligen Effekt als dem, der bei Beta-Humanoiden zu beobachten ist. Das Gehirn eines infizierten Menschen verarbeitet immer mehr äußere Wahrnehmungsreize nach und nach als Teil einer Bedrohungssituation, und die Person fällt dadurch auf krude, reflexhafte Verhaltensmuster zurück. Die Folgen reichen je nach bereits vorhandener psychologischer Verfassheit von Gewaltausbrüchen – bei ohnehin tendenziell eher dominant-aggressiven Persönlichkeitsstrukturen –

bis zu suizidalen Tendenzen, falls der Infizierte ohnehin mehr zu selbstzerstörerischen Episoden neigt.«

Um Bruno herum schien sich alles zu drehen und er packte den Monitor links und rechts, um dem Schwindel nicht völlig zu erliegen.

»Bruno? Alles in Ordnung?« Woo-Suk klang ernsthaft besorgt. »Bruno?«

»Entschuldigung ... ich ... Sie ... das ist ...«, stammelte er.

»Bruno!«, schlug Woo-Suk einen schärferen Ton an. »Reiß dich zusammen? Was ist denn mit dir los?«

Die harte Ansprache weckte in Bruno den angeborenen Befehlsempfänger. »Entschuldigung, Doktor. Es ist ... nichts. Beziehungsweise es ist toll! Sie haben uns auf unserer Mission hier einen entscheidenden Schritt weitergebracht. Ich ...« *Red nicht so viel von dir!* »Ich muss Ihnen ein großes Kompliment aussprechen. So viele wichtige Informationen in so kurzer Zeit aus einem einfachen Modell zu gewinnen, das ist ...«

»Keine unnötigen Lobeshymnen«, unterbrach sie ihn. »Ich musste nur einige unserer Datenbanken durchforsten.«

»Hä?«, entfleuchte es Bruno höchst unhöflich.

»Das Patent auf dieses Virus wurde von *FullCorp* vor bereits etwa zwanzig Jahren eingetragen«, sagte Woo-Suk amüsiert. Sie hatte mit einem Mal die verstohlene Miene einer Frau, die einen heimlichen Triumph feierte. »Als Verschlusssache, die nur im Streitfall zu öffnen war. Mag sein, dass es außer uns niemanden gibt, der ahnt, was sich dahinter verbirgt, aber wir kennen den Erreger fast genauso lange.«

»Zwanzig Jahre?« Bruno schauderte es.

»Es ist das gleiche Virus, das wir isolieren konnten, nachdem wir Pollock Shermars Körper von Gambela geborgen hatten.«

»Nein ...« Es traf Bruno schwer, aber er begriff nun, dass er nicht der Einzige gewesen war, dem wie Pollock von Anfang dieser Mission an bestimmte Dinge verschwiegen worden waren. *Sie haben es uns einfach nicht gesagt!* »Sie wussten es. Sie und Miss Presley. Alle beide. Sie wussten, wie diese Todesfälle hier zu erklären sind.«

»Ja.«

»Aber warum haben Sie das mir und Pollock vorenthalten?« Es war nicht leicht, gegen eine Königin aufzubegehren, doch Bruno trug nicht nur das genetische Material von Nacktmullen in sich. »Er wäre doch völlig anders an die Ermittlungen herangegangen, wenn er das gewusst hätte.«

»Und ganz genau darum haben wir es nicht getan«, sagte Woo-Suk. »Ich bin felsenfest davon überzeugt, dass es für die Harmonisierung der beiden kognitiven Matrizen das Beste gewesen ist, unserem Patienten einen Fall zu präsentieren, an dem er sich lange reiben kann und für den er auf all seine Erfahrung zurückgreifen muss. Außerdem möchte ich dich daran erinnern, dass Madonna in genauer Absprache mit mir sehr wohl einige Andeutungen ihm gegenüber hat fallen lassen, die eine Verbindung zwischen seiner neuen und der auf Gambela gescheiterten Mission nahelegten. Wenn wir den alten Pollock Shermar wiederhaben und damit beweisen wollen, dass Projekt Lazarus rentabel ist, können wir ihn schlecht losschicken, um einen Fall zu lösen, wie ihn jeder x-beliebige andere Ermittler auch hätte lösen können. Darum ging es uns, und bis jetzt sehe ich nicht den geringsten Grund, an unserer Strategie zu zweifeln.«

Bruno stöhnte gequält. »Aber was erzähle ich ihm denn nun? Über das Virus, meine ich. Wenn ich ihm jetzt sage, dass es dieses Virus auch auf Gambela schon gab, besteht doch die Gefahr, dass der Schock zu groß ist und es doch zu einem Zerfall der Matrizen kommt.«

»Dann würde ich dir dringend empfehlen, dieses Detail nicht zu erwähnen«, riet ihm Woo-Suk.

»Ich soll ihn anlügen?«

»Du sollst ihn schonen.« Woo-Suk bewegte ihren Arm auf die Kamera zu. »Du *wirst* ihn schonen.« Dann wurde der Monitor schwarz, bis auf eine blinkende Nachricht am unteren Bildrand, die Bruno darüber informierte, dass seine Gesprächspartnerin die Verbindung unterbrochen hatte.

Eine Weile starrte Bruno reglos auf das dunkle Display. In ihm regte sich etwas, das er nicht einzuordnen verstand. Es war nicht die Verärgerung darüber, dass ihn Woo-Suk wie einen Idioten behandelte. Es war auch nicht die Furcht davor, Pollock könnte ihn durchschauen, wenn er sich verplapperte. Es war eher Trauer – ein kleines, fest eingeschnürtes Knäuel aus lange verdrängter Verzweiflung und Ohnmacht, das da langsam aus den Untiefen seines Unterbewusstseins aufstieg. Der konservierte Schmerz über den Verlust all seiner Freunde, die auf Gambela gestorben waren. Woo-Suk hatte nicht nur die Erklärung für die unheimlichen Vorfälle in At Lantis geliefert, wegen derer Bruno mit Pollock hierhergekommen war. Sie hatte ihm auch offenbart, weshalb er und Pollock sich vor zwanzig Jahren überhaupt auf Gambela begegnet waren. Weshalb

Beleshi und Gelila und Haile und all die anderen für immer fort waren, blinde Flecken auf seiner Seele.

Weil ein Scheiß-Konzern ein Produkt testen wollte, ohne dass jemand davon Wind bekam. Weil niemand ein paar Dutzend oder ein paar Hundert Betas aus irgendeiner abgeschiedenen Minenkolonie je vermissen würde. Weil die verdammten Menschen bessere Soldaten brauchten ...

26

Das Restaurant, das Cleo Purrtra für das Date vorgeschlagen hatte, verfolgte ein etwas eigenwilliges Konzept. Das *Seefood* versuchte, gleich zwei Bedürfnisse seiner Gäste zu befriedigen: das nach vorzüglichen Gerichten auf Fisch- und Meeresfrüchtebasis und ihren Voyeurismus. Das gesamte Personal – vom Empfangschef über die Bedienungen bis zu den Köchen in der offenen Schauküche – war splitterfasernackt, eine Parade haarloser, perfekter Körper. Und dennoch galten die Blicke vieler der hier an Glastischen versammelten Atlanter einer ganz anderen Attraktion.

Cleo Purrtra trug ein schulterfreies, schwarzes Abendkleid, das viel von ihrem kurzen, schwarzbeige gestreiften Pelz zeigte. Jede ihrer Bewegungen, mit denen sie den Lachs auf der Platte vor sich nur unter Zuhilfenahme ihrer Krallen fein säuberlich filetierte, zeugte von jener Eleganz, die betafreundliche Lifestyle-Reporter immer ins Schwärmen brachte, wenn sie über Betas mit Genen von Katzen-artigen berichteten. Die Blicke hier jedoch waren nicht von unverhohlener oder klammheimlicher Bewunderung geprägt. Aus ihnen sprach eine sonderbare Mischung aus Empörung und Stolz, Neugier und Ablehnung. Pollock kam sich vor, als wäre er mit einem berüchtigten Antikapi-talisten an der Hand auf einem Vorstandsmeeting eines intergalaktischen Bankhauses erschienen. Als Freund der gepflegten Provokation bereitete ihm das nicht einmal das geringste Unbehagen.

»Man kann sie nicht übersehen«, sagte Cleo belustigt.

»Was?«

»Die Art, wie mich diese Leute ansehen.«

»Nehmen Sie es doch als Kompliment. Betas sind selten.«

»Selten«, schnurrte Cleo. »Wieder so ein Begriff, den Menschen oft für Tiere verwenden. Aber du hast ja Recht.«

Du? Pollock quittierte ihren Wechsel zur vertrauten An-rede mit einem verschmitzten Lächeln. »Und die Leute sehen sich nun einmal gern schöne Dinge an. Deswegen sind sie hier.«

Cleo wehrte die Schmeichelei mit einem Wink ihrer Hand ab, als würde sie eine Fliege verscheuchen. »Ich weiß genau, warum wir Betas bei den meisten Menschen ein unangenehmes Gefühl auslösen. Es ist nicht, weil wir so anders sind, sondern weil wir euch so ähnlich sind. Wir zeigen euch etwas auf, das ihr in der Regel verdrängt: dass die Grenze zwischen Mensch und Tier eine künstlich ge-zogene ist. Dass Menschen Tiere sind. Hoch entwickelte Tiere, ja, aber eben immer noch Tiere. Tiere, die sich Din-ge wie Vernunft und Moral und Anstand ausgedacht ha-ben, weil sie sich für ihre eigenen Triebe schämen. Wir

Betas sind die greifbare, sichtbare Verkörperung all dessen, wovor ihr euch in euch selbst fürchtet.«

»Das sind kühne Worte für jemanden, der sich für Betarechte einsetzt«, sagte Pollock.

»Mag sein.« Cleo zuckte die Schultern. »Aber es ist die Wahrheit. Und ihr Menschen müsst dieser Wahrheit ins Gesicht sehen. Ihr werdet euch an uns gewöhnen müssen. Der Geist ist aus der Flasche. Ihr habt uns gemacht, und wir gehen nicht mehr weg.«

»Das ist eine noch steilere These«, erwiderte Pollock auch auf die Gefahr hin, aus einer bislang netten Plauderei endgültig eine ziemlich düstere Diskussion zu machen. »Es ist durchaus denkbar, dass unter den Menschen irgendwann ein stillschweigender Konsens entsteht, dass es ein schwerer Fehler war, jemals Betas zu erschaffen. Deppen wie diese Fanatiker, die nichts Besseres zu tun haben, als für ein an sich wünschenswertes Ziel dadurch einzutreten, dass sie Menschen massakrieren, fördern diese Entwicklung aktiv. Was, wenn sich die Kons darauf einigen, ihre Natus-Tanks stillzulegen? So, wie sie sich schon darauf geeinigt haben, keine Androiden mit menschlicher Intelligenz mehr zu bauen, weil man das damit verbundene Risiko nach einigen schmerzhaften Erfahrungen als zu hoch eingestuft hat? Dann könnte die Menschheit das Beta-Problem einfach aussitzen. Sechzig, siebzig Jahre, und die Sache wäre gegessen. Betas pflanzen sich schließlich nicht fort.«

Cleo leckte sich eine Kralle sauber und beugte sich ein Stück nach vorn, um Pollock tief in die Augen zu sehen. »Und du meinst ernsthaft, dass wir Betas keine Wissenschaftler kennen würden, die unseren Kampf um Gleichberechtigung unterstützen und schon emsig daran arbeiten, uns die Möglichkeit zu schenken, eigene Kinder in den Armen zu halten? Die Galaxis ist groß. Was macht dich so sicher, dass wir diese Hürde nicht schon längst genommen haben und an geheimen Plätzen die erste Generation Betas großziehen, die von Müttern geboren und nicht aus Tanks entnommen wurden?«

Eine Bedienung trat an den Tisch, um Pollock eine weitere Portion Sushi zu servieren.

»Magst du ihre Brüste?«, fragte Cleo, nachdem sich die Frau wieder zurückgezogen hatte.

»Was könnte man an ihnen nicht mögen?« *Ist sie eifersüchtig?*

»Ich horche nur nach, weil ich die Widersprüchlichkeiten menschlichen Verhaltens nach wie vor faszinierend finde«, erklärte Cleo. »Dieser Ort hier ist ein gutes Beispiel. Schöne, junge Menschen tragen ihre Reize zur Schau, und viele von denen, die diese Reize genießen, geraten darüber in sexuelle Erregung. Aber leben sie diese Erregung aus? Gehen sie auf die Objekte ihrer Begierde zu und signalisieren ihnen ihr Begehren? Oder lenken sie die Lust, die in ihnen geweckt wurde, wenigstens auf die, mit denen sie hier sind und von denen sie behaupten, sie wären ihnen in leidenschaftlicher Hingabe verbunden?«

Pollock verlagerte sein Gewicht von einer Hinterbacke auf die andere, weil der Themenwechsel die Durchblutung seines Unterleibs anregte. »Fragst du mich gerade, warum die Leute hier nicht wild auf den Tischen vögeln?«

Cleo grinste. »Hast du denn eine Antwort?«

Ich laufe dir nicht ins offene Messer, Muschikatz, tut mir sehr leid. Er schob sich ein Sushiröllchen in den Mund und antwortete kauend: »Keine Antwort, bei der ich mich nicht auf Konzepte wie Sittsamkeit oder anerzogene Scham oder gesellschaftliche Konventionen zurückziehen müsste, die du mir dann sofort wieder als Auswüchse der Angst der Menschen vor ihren eigenen Trieben auslegen würdest.« Er spürte ihren aufgeregt unter dem Tisch peitschenden Schwanz sacht gegen sein linkes Schienbein stoßen. *Hoppla!* »Soll ich dir etwas verraten?«

»Ist es ein Geheimnis?« Sie legte die Ohren ein winziges Stückchen an.

»Ich denke nicht.« Er tupfte sich mit einer Serviette die Lippen sauber. »Mehr eine Einschätzung, wie ich unser kleines Spielchen hier beurteile.« Er zeigte auf ihren Lachs. »Du legst es darauf an, dass man dich so anschaut, wie man dich anschaut. Du isst rohen Fisch. Wie eine Katze.«

»Er schmeckt mir eben«, sagte sie in offensichtlich gespielt-beleidigtem Tonfall und zog die Schultern hoch.

»Glaube ich dir sofort. Das darf er auch.« Er lächelte. »Worauf ich hinauswill, ist, dass du diese besondere Form der Aufmerksamkeit, die man dir deswegen schenkt, auch ganz besonders genießt.«

»Ertappt.« Sie legte sich eine Hand aufs Dekolleté. »Ist das ein Verbrechen?«

»Nein. Es ... es ...« Die Art, wie ihre Klaue eine winzige Schneise in das Fell auf ihrer Brust zog, bannte seine Aufmerksamkeit. Wieder einmal schien es ihm, als würde sein Schädel zu eng für seine Gedanken. Das leise Klirren der Sektflöten von den Nebentischen steigerte sich zum Bersten von dickem Glas, gedämpftes Gemurmel und Gelächter zu panischen Schreien. Von einem Reiskorn, das sich ihm irgendwo hinten in seinem Mund zwischen zwei Backenzähnen festgesetzt hatte, breitete sich ein bitterer, öliger Geschmack aus.

»Pollock?« Die Ozelotbeta fasste über den Tisch nach seiner Hand. »Habe ich was Falsches gesagt?«

Ihre Berührung – warm, weich, zärtlich – ließ den Druck in Pollocks Kopf verfliegen. »Entschuldige.« Er spülte den bitteren Geschmack mit einem Schluck Weißwein herunter. »Ich war abgelenkt.«

»Oh …« Sie zog ihre Hand zurück. »Da sitze ich und rede die ganze Zeit nur selbstverliebt von mir. Tut mir leid. Ich habe dieses Treffen mit einem richtigen Date verwechselt. Ich habe vergessen, warum du wirklich hier bist. Was macht dein Fall?«

»Da läuft alles bestens.« Mit zwei Fingern massierte sich Pollock die linke Schläfe und seufzte. »Heute Morgen hat ein Beta mich angegriffen und versucht, mich umzubringen, als ich mich in der Wohnung eines der Opfer umgesehen habe.«

»Wie unschön.« Cleo bleckte die Zähne. »Aber du hast es überlebt. Das ist doch das, was zählt. Ganz offensichtlich weißt du dich zu wehren.« Sie kniff die großen Augen mit den geschlitzten Pupillen zusammen. »Wo wir gerade beim Thema Selbstverteidigung sind … Hat Lantis dich tatsächlich mit den nötigen Befugnissen ausgestattet, um die Chips von Besuchern zu sprengen?«

»Nein.« So *verrückt ist er nun auch wieder nicht.* »Dein wilder Affe ist nur auf einen Bluff reingefallen. Was treibt Kong? Hat er dich nochmal belästigt?«

»Hat er nicht. Er ist ganz, ganz brav«, sagte Cleo heiter.

»Was man anscheinend nicht von allen hiesigen Betas

behaupten kann.« Pollock schob seinen Teller beiseite, um beide Ellbogen auf den Tisch stützen zu können. »Hör zu, Cleo, mein aufmüpfiger Sidekick hat mit seinem blöden Gelaber einen hässlichen Schatten über unser erstes Treffen geworfen. Er hat dir Dinge über mich gesagt, die so definitiv nicht zutreffen. Ich bin bestimmt kein Speziesist.«

»Aber?«

»Aber es ist auffällig, dass ich bei meinen Ermittlungen immer wieder auf Betas stoße«, versuchte Pollock, eine möglichst neutrale Formulierung zu wählen. »Eines der Opfer war PR-Mann für *FullCorp*, den Konzern, der als Erster überhaupt jemals Betas produziert hat. Und zufälligerweise hat mich genau in der Wohnung dieses Typs ein Beta angegriffen. Ich muss kein Speziesist sein, um mir meinen Teil dazu zu denken. Das riecht nach Pride Fur.«

Cleo lehnte sich auf ihrem Stuhl zurück und verschränkte die Arme vor der Brust. »Und jetzt hoffst du, ich könnte dir etwas über Aktionen von Pride Fur hier in At Lantis verraten.«

»Ja.«

»Hast du meinen kleinen Souvenirbaum vergessen?«, fragte Cleo vorwurfsvoll. »Oder glaubst du, den habe ich da nur als falsche Fährte für aufdringliche Schnüffler wie dich stehen?«

»Weder noch.« *Spiel hier bitte nicht das beleidigte Kätzchen, ja?* »Ich bin ein großer Junge, Cleo. Ich habe meine Hausaufgaben gemacht. Pride Fur ist keine Armee mit einer festen Kommandostruktur. Pride Fur ist eine Idee, der sich jeder Beta verschreiben kann. Und nur weil manche der richtig durchgeknallten Zellen in dir eine Verräterin sehen, weil du etwas gegen wahllose Massenmorde hast, bedeutet das nicht, dass andere in dir nicht zumindest eine potenzielle Verbündete erkennen. Die Zellen, die eher auf gezielte Tötungen stehen. Und ich halte es für ausgesprochen wahrscheinlich, dass so eine Zelle im Moment in At Lantis aktiv ist.«

»Ach, Pollock ...« Cleo strich sich mit einer Hand mehrfach übers Ohr. »Selbst wenn – und ich betone: *wenn* – eine solche Zelle Kontakt zu mir aufgenommen hätte, gehst du doch hoffentlich nicht davon aus, dass da einfach eine Gruppe Betas an meiner Tür klopft und sich ordentlich mit Klarnamen vorstellt. Es ist sogar möglich, dass ich hier Leuten von Pride Fur begegnet bin, ohne es überhaupt zu merken. Zu mir kommt ständig irgendwer, der irgendwas von mir will. Einen hast du doch sogar persönlich getroffen. Kong. Und das war einer von ...« Sie maunzte gequält. »Weißt du, wie viele Betas es in At Lantis gibt?«

O nein ... Pollock ließ die Schultern hängen. »Sag jetzt bitte nicht ein paar Zehntausend.«

»Was?«, gab Cleo verblüfft zurück. »Es sind nur knapp unter tausend. Wie kommst du denn auf deine absurde Zahl?«

»Nur so.« *Knapp unter tausend? Na toll.* »Ich hatte da eine andere Spur, die ins Nichts verlaufen ist.«

Erwartungsvoll sah ihn die Beta an.

Okay ... Pollock wartete, bis ihm ein eilig heranstürmender Jüngling mit beachtlichem Gemächt Wein nachgeschenkt und sich wieder verzogen hatte. »Eines der Opfer hatte offenbar Besuch von einer Nutte – pardon, einer Escort –, unmittelbar bevor es einen spektakulären Abgang hingelegt hat. Stellt sich leider raus, dass Escorts nicht getaggt sind und es zu allem Übel eben ein paar Zehntausend Menschen in At Lantis gibt, die als Sexdienstleister arbeiten.«

»Weißt du, wie diese Escort aussieht?«

Warum? Hast du nebenbei ein paar Pferdchen laufen, Süße?

»Nein. Ich weiß nur, was sie – oder vielleicht auch er – anhatte. Hohe Stiefel, Strumpfhosen, Kapuzenponcho, alles in Schwarz-weiß. Das Gesicht war auf dem Video, auf dem ich sie gesehen habe, nicht zu erkennen.«

Cleo säuberte ihre Krallen am Rücken eines Messers, das sie von Pollocks Seite des Tischs stibitzte, von einigen Lachsresten. »Dann weißt du also nicht mal mit Sicherheit, ob sie ein Mensch gewesen ist?«

Pollock runzelte die Stirn. »Was sonst? Eine Ahumane?«

»Auch nicht schlecht«, murmelte Cleo. »Ich dachte eigentlich an eine Beta.«

»Eine Beta? So, so. Gleiches Recht für alle«, verlangte Pollock überrascht. »Wenn du mich fragst, wie ich auf meine paar Zehntausend komme, würde ich gern wissen, wie du auf eine Beta kommst.«

»Wegen der Opfer dieser unheimlichen Vorkommnisse, wegen denen du dich in At Lantis rumtreibst.« Erneut spürte Pollock Cleos Schwanz unruhig unter dem Tisch hin und her peitschen. »Dein Nacktmullfreund hat es mir doch erklärt. Die Opfer waren alle mehr oder wenige offene Betahasser.«

»Aha. Und deshalb haben sie nichts Besseres zu tun, als mit Betas in die Kiste zu steigen?«, hakte Pollock nach. »Betas, die ihren Körper verkaufen, wohlgemerkt.«

»Pollock, Pollock, Pollock ...« Cleo schüttelte den Kopf, als wäre sie schwer enttäuscht von ihm. »Vergiss doch nicht die Grundregeln der Bigotterie.« Sie legte das Messer beiseite. »Schau, die meisten Betas sind damit zufrieden, sich als Angehörige einer unterdrückten Minderheit in ihrem Selbstmitleid zu suhlen. Sie gefallen sich in ihrer Opferrolle, die die Menschen für uns geschrieben haben. Ich nicht. Ich wollte schon immer verstehen, wie die Strukturen hinter dieser Unterdrückung aussehen. Und wenn man diesem Drang nachgeht, stößt man rasch auf etwas Erstaunliches: Manche Menschen wollen das, was sie doch angeblich hassen, am liebsten ficken. Und das ist nicht nur eine Metapher.«

Pollock schwieg.

»Die menschliche Geschichte ist voll davon«, fuhr Cleo fort. »Weiße Menschen ficken schwarze Menschen, die sie als Sklaven halten und die für sie wenig mehr sind als Tiere. Politiker verabschieden Gesetze, die Sex zwischen Männern unter Strafe stellen, und ficken insgeheim mit Strichern. Generäle ordnen ethnische Säuberungen an, um eine ihrer Ansicht nach minderwertige Rasse auszulöschen, und richten Lager ein, in denen sie die Frauen dieser Rasse vergewaltigen können. Muss ich weitermachen?«

»Passt schon.« *Hermes Christus, da ist was dran ...*

»Und? Ist doch plötzlich gar nicht mehr so abwegig, dass du nach einer Beta-Escort suchen solltest, wenn du diese Spur weiter verfolgen möchtest, oder?« Cleo schnurrte zufrieden, streckte die Arme aus und fuhr zwei, drei Mal ihre Krallen aus und ein. »Ich kann dir glaubhaft versichern, dass die Beta-Escorts, die in At Lantis arbeiten, nicht nur Betas als Kunden haben. Ganz im Gegenteil. Ohne Menschen mit entsprechenden Vorlieben würde man als Beta-Escort am Hungertuch nagen.«

Pollock wägte stumm die Chancen ab. *Ein paar Zehntausend gegen was? Vier, fünf Dutzend Beta-Nutten, die ich mir näher anschauen müsste? Das könnte es durchaus wert sein.* »Du kennst nicht zufällig die eine oder andere Beta-Escort persönlich?«

»Ich muss doch sehr bitten.« Cleo zog einen Schmollmund. »Ich bin ein anständiges Mädchen. Aber du brauchst gar nicht so enttäuscht zu schauen. Ich kenne da jemanden, der dir sicher weiterhelfen kann.«

27

»Erinnere mich daran, dass ich diese Schuhe nie wieder anziehe, ja?«

Cleo lag langgestreckt auf ihrem frisch bezogenen Bett, versunken in die Wonnen einer Fußmassage, wie sie nur Kes ihr bescheren konnte.

»Hat er sie denn wenigstens bemerkt und entsprechend gewürdigt?«, erkundigte sich der Falkenbeta.

»Nicht, dass es mir aufgefallen wäre.«

»Typisch.« Kes klackte mit dem Schnabel. »Ich befürchte, er ist ein Bauer. Und ich Idiot suche extra die ganz anschmiegsame Seide raus. Ich hätte Heu auslegen sollen.«

»Unterschätz ihn nicht«, warnte Cleo ihren Vertrauten. »Pollock mag für manche Dinge blind sein, für andere hat er ein gutes Auge.«

»Pollock, ja?« Kes verstärkte den Druck auf Cleos samtene Sohlen. »Nicht mehr Mister Shermar? Sind wir schon so

244

weit? Umso erstaunlicher, dass *ich* dir jetzt die Füße kneten muss.«

»Daran bin ich selbst schuld«, gestand Cleo. Sie drückte sich kurz ein Kissen ins Gesicht. »Wenn ich nicht angefangen hätte, von Beta-Escorts zu erzählen ... das war ein ziemlicher Abturner. Schade. Jetzt könnte es doch tatsächlich sein, dass Pollock und ich nicht mehr dazu kommen, übereinander herzufallen.«

Kes' Hände erstarrten, und er schaute auf. »Was heißt das?«

Cleo wackelte mit den Zehen, um ihn an seine Pflichten zu erinnern. »Das heißt, dass Pollock mit etwas Pech das Zeitliche segnet, wenn er sich mit den ungebetenen Gästen anlegt, die sich angeblich in At Lantis herumtreiben.«

Kes massierte eifrig weiter. »Du willst ihn also nicht warnen?«

»Wovor denn? Vor einem Gerücht?« Cleo fauchte verärgert. »Ich habe keine Angst vor denen. Sie sind in meinem Revier, und hier stelle ich die Regeln auf.«

»Selbstverständlich.« Rasch suchte Kes nach dem nächsten Druckpunkt an Cleos Ferse. »Dann hast du ihm also einen Köder hingehalten, und er hat angebissen, was?«

»Ich musste nicht mal richtig damit wackeln.« Sie stöhnte. »Er ist ein gieriger kleiner Kerl. Wir sind in dem, was Konzernschranzen am liebsten haben: in einer Win-Win-Situation.«

»Die meinerseits einer gewissen Erklärung bedarf«, merkte Kes an.

»Es ist doch simpel«, sagte Cleo und richtete sich halb auf. »Nehmen wir einmal an, ein radikaler Ableger von Pride Fur hat hier wirklich eine neue Zelle aufgebaut.

Dann gibt es jetzt zwei Möglichkeiten. Entweder Pollock lässt sie auffliegen und überlebt die Nummer. Oder er geht dabei drauf, Lantis wird richtig fuchtig und setzt seine ganzen Trooper auf den Fall an. So oder so sind wir die Zelle los.«

»Weiß Pollock, worauf er sich da einlässt?«, fragte Kes.

»Ich bin nicht seine Mutter«, antwortete Cleo barsch.

»Natürlich nicht.« Er klopfte ihr sanft auf den Fußrücken. »Fertig.«

»Danke.«

»Gern geschehen.« Kes stand auf. »Kann ich heute Abend sonst noch etwas für dich tun?«

»Ja.« Cleo mummelte sich in eine Seidendecke ein. »Sei ein Schatz und übernimm einen Anruf für mich.«

»Bei wem?«

»Bei dem Mann, dessen Hörner du so magst.«

Kes lächelte verschämt. »Und was sage ich ihm?«

»Dass er sich auf extrem neugierigen Besuch einzustellen hat.«

28

Pollock sprang von der Couch hoch. »Und warum hat sie dir das alles erzählt?« *Da ist man mal fünf Minuten nicht da, und schon macht diese kleine Ratte hinter meinem Rücken den ganzen Fall klar.* »Ich wollte selbst mit ihr reden.«

»Vielleicht wollte sie ...« Bruno brach den begonnenen Satz ab und zeigte auf eine Flasche auf dem Couchtisch. »Ich habe noch mehr Palmwein gefunden. Magst du was?«

»Nein, im Moment nicht.« *Netter Versuch.* »Im Moment würde mich mehr interessieren, was dieser Gen-Tante einfällt, sich nicht persönlich mit mir zu unterhalten, sondern mir ihre Infos über dich ausrichten lässt.«

Bruno goss einen großzügigen Schluck Palmwein in ein Glas und stellte es in Pollocks Reichweite. »Doktor Woo-Suk ist eine vielbeschäftigte Frau. Du solltest ihr dankbar für ihre Zeit sein, statt dich zu beschweren.«

»*Ich* hatte ja gar nichts von ihrer Zeit«, motzte Pollock und griff reflexhaft nach dem Drink.

»Warum freuen wir uns nicht darüber, was wir jetzt alles wissen?«, schlug Bruno vor. »Die Todesfälle sind kein Rätsel mehr.«

»Stimmt.« Der aromatische Palmwein hellte Pollocks Stimmung tatsächlich sofort auf. »Die Ausraster lassen sich alle prima durch dieses Virus erklären. Was wir allerdings noch nicht erklären können, ist, wie sich die Leute mit dem Zeug angesteckt haben.«

»Laut Doktor Woo-Suk könnte man das Virus theoretisch in ein Getränk mischen«, sagte Bruno. »Dann wären die Opfer gewissermaßen vergiftet worden.«

»Vielen Dank für diesen netten Hinweis.« Grimmig schaute Pollock in sein Glas. *Ab jetzt wird nur noch zu Hause getrunken.* »Und wenn wir mal für einen Augenblick annehmen, dass es wirklich *FullCorp* ist, die hier mit einem Team Justifiers angerückt sind, um Slim hinterher zu räumen, haben wir sogar ein Motiv. Sie legen Slims Kunden um.«

»Hm.« Bruno zupfte an einem seiner Tasthaare. »Das passt zumindest zu Miss van Tongeren.«

»Unserer Violinistin, die sich aufgeknüpft hat?«

»Ja. Sie litt ja offenkundig unter schlimmen Depressionen. Slim könnte ihr Aufheller besorgt haben, die noch nicht auf dem freien Markt zu kriegen sind.«

»Das Gleiche könnte man für Colt Nadar annehmen.« Pollock prostete der nach wie vor unter einem Laken verborgenen Statute von Colts Gattin zu. »Er könnte versucht haben, mit Antidepressiva über ihren Verlust hinwegzukommen.«

»Und der Sportler war sicher auch ein guter Abnehmer für allerlei Experimentelles. Steroide, Aufbaupräparate oder so was in der Richtung. Und vergiss nicht die Poppers auf seinem Nachttisch.«

»Ja, ja.« Pollock seufzte. »Eine schöne Theorie. Nur schade, dass sie so viele Lücken hat.«

»Als da wären?«

»Da Mota, dieser Japan-Nerd, ist *vor* Slim vom Balkon gesprungen. Warum sollte *FullCorp* mit einem Kunden anfangen, *bevor* sie den Dealer plattmachen? Das ist Lücke Nummer Eins.« Pollock leerte sein Glas. »Lücke Nummer Zwei ist von grundsätzlicherer Natur. Wir reden hier nicht über Junkies aus irgendeinem Slum. Wir reden über Superreiche. Menschen, die sich spielend jedes noch so teure Medikament, jeden Therapeuten, jede Behandlungsmethode leisten können. Warum kaufen die irgendeinen Dreck bei Slim?«

»Das hat Beauregard doch erläutert, wenn ich dich richtig verstanden habe«, wunderte sich Bruno.

»Beauregard ist erstens ein Mann, der nicht ohne Nervenkitzel leben kann, und zweitens jemand, der aller Voraussicht nach nicht mehr lange zu leben hat. Wenn Menschen dem Tod geweiht sind, machen sie die sonderbarsten Dinge. Aber die anderen? Was hätte beispielsweise Polly davon abgehalten, sich bei Doktor Esquirol oben im Himmel mal so richtig die Seele liften zu lassen?«

»Nichts.«

»Eben.« Pollock zuckte die Achseln. »Es bleibt dabei: Wir müssen rausfinden, wie sich die Opfer angesteckt haben, wenn wir schnallen wollen, was hier wirklich Phase ist.« *Augenblick!* Er schnalzte mit den Fingern. »Bruno, alte Keule, habe ich da vorhin von dir nicht was von wegen Ansteckung über die Schleimhäute gehört?«

»Ja«, bestätigte Bruno. »Ich sagte: ›Das Virus überträgt sich über die Schleimhäute seiner Opfer, die …‹«

»Du brauchst nicht zurückzuspulen«, fiel ihm Pollock ins Wort. Das reicht schon.«

»Wofür?«

»Für eine neue Theorie.« *Schleimhäute, na logisch …* Pollock grinste. »Was ist, wenn sich die Opfer alle an Escorts angesteckt haben? Beim Sex hat man jede Menge Schleimhautkontakt. Und wir haben gesehen, dass eines der Opfer Besuch von einem oder einer Escort hatte. Escorts, Bruno, es waren Escorts. Leute, die überall fast unsichtbar ein und aus gehen können und über die man so gut wie gar nicht redet. Die perfekten Killer.«

Seinem Faltenschlag im Gesicht nach zu urteilen, teilte Bruno Pollocks Enthusiasmus nur sehr bedingt. »Diese Theorie hat keine Lücken, sie ist eine einzige Lücke. Richtig, wir haben eine Escort gesehen. Eine. Bei einem der Opfer. Mehr nicht.«

»Ich gebe zu, dass wir etwas Wichtiges versäumt haben«, gestand Pollock. »Wir haben uns von Trudy keine Videos liefern lassen, auf denen die Eingangsbereiche der anderen Wohnungen zu sehen sind. Kein Vorwurf an dich. Du bist neu. Das nehme ich auf meine Kappe. Lag wahrscheinlich an dem kleinen Anschlag von heute Morgen. So was bringt mich immer aus dem Konzept. Egal. Ich garantiere dir, dass wir auf diesen Aufnahmen andere oder vielleicht sogar die gleiche Escort sehen werden wie vor dem Apartment dieses verrückten Artefaktsammlers, sobald wir sie anfordern. Und übrigens gibt es jetzt auch Sinn, wie sich Colt Nadar im Himmel aufgeführt hat und was sein komischer Satz mit den Geistern sollte. Die, die kalt sind, auch wenn man sie liebt. Es war ein Geständnis. Oder sagen wir ein Eingeständnis. Er schämte sich vor seiner toten Frau dafür, dass er ihr im Tod nicht mehr treu sein konnte. Er hatte eine Escort, die ihm das gab, was ihm seine Frau nicht mehr geben konnte. In seinem verdrehten Hirn war das wahrscheinlich weniger schlimm, als wenn er sich eine neue Partnerin gesucht hätte.«

An Brunos Faltenmuster hatte sich nichts geändert. »Du vergisst da was. Wenn diese Escorts die Opfer angesteckt haben, müssen sie ja selbst infiziert gewesen sein. Aber uns hat keiner was davon erzählt, dass irgendwelche Escorts ausgerastet wären. Spätestens als du Trudy auf unsere Unbekannte auf dem Video angesprochen hast, hätte sie dir das doch gesagt, wenn es unter den Escorts zu ähnlichen Vorfällen gekommen wäre wie unter den Bewohnern dieser Etage. So was bleibt doch nicht geheim.«

»Elend langer Anlauf und doch zu kurz gesprungen«, feixte Pollock. »Es gibt Escorts, die infiziert sein können, ohne dass sie austicken. Denk mal scharf nach.« Pollock schaute Bruno an und begann, stumm zu zählen. *Eins. Zwei. Drei. Vier. Fü...*

»Betas!« Bruno riss die Knopfaugen auf. »Betas! Die Escorts sind Betas.«

»Herzlichen Glückwunsch, Mister Digger!«, gratulierte Pollock. »Ein freundliches Willkommen auf der Höhe der Zeit. Und jetzt rate mal, wer sich von einer gewissen Beta-rechtlerin, mit der er eben essen war, einen Termin mit einem gewissen Jemand aushandeln lässt, der sich mit Beta-Escorts bestens auskennt?«

»Miss Purrtra arrangiert für dich ein Treffen mit einem Zuhälter?« Brunos Augen wurden noch einmal größer.

»Ah, ah, ah«, machte Pollock. »Wir wollen doch bitte auf die richtige Wortwahl achten. Es ist dir doch sonst so ein ernstes Anliegen, keine Gefühle zu verletzen. Aber ja: Cleo macht für mich ein Treffen mit einem Escort-Manager klar.«

»Wann?«

»Hoffentlich bald.«

»Aber ...« Brunos Schnauze zuckte. »Aber ... aber ... du hast doch noch gar nichts von dem Virus gewusst, als du bei ihr warst. Wie bist du dann auf die Idee gekommen, einen Beta-Manager kontaktieren zu wollen?«

»Ach, Bruno ...« *Ich binde dir bestimmt nicht auf die Nase, dass ich vorhin bereit war, nach jedem Strohhalm zu greifen. Umso schöner, dass einer davon anscheinend ein Rettungsring ist.* »Das hatten wir doch schon mal: Ich Meisterdetektiv, du Sidekick. So steht's im Drehbuch. Und wo wir es gerade von den niederen Diensten haben: Was haben deine Recherchen ergeben?«

»Ist das jetzt noch wichtig?«

»Unbedingt.« Lächelnd schenkte sich Pollock Palmwein nach. »Ich mache nur höchst ungern denselben Fehler zweimal. Ab jetzt fahren wir in diesem Fall nicht mehr eingleisig, wenn wir die Wahl zwischen mehreren Strecken haben.«

»Clever.« Bruno nickte beeindruckt. »Also gut. Zum Thema Stachelschweinbetas, die ...«

»Abgehakt«, verhinderte Pollock erneut, dass sein Partner einen Satz zu Ende brachte. »Gibt es wirklich und sind scheißgefährlich. Nächstes Thema: der Heavy, mit dem Slim zu tun hatte.«

»Uh.« Bruno zog den Nacken ein. »Zu dem habe ich was, aber es wird dir nicht gefallen.«

»Wieso?«

»Er ist ein ehemaliger Kollege von dir.«

29

Wenn Pollock Personen eine imposante Erscheinung zusprach, hing diese Einschätzung in aller Regel direkt mit der Körpergröße zusammen. Das galt auch für Thorium Makutsi, wenn auch unter umgekehrten Vorzeichen: Der Heavy reichte Pollock gerade mal bis zur Brust. Dafür waren seine Schultern mindestens doppelt so breit wie die Pollocks. Makutsis Vorfahren waren offenkundig vor langer Zeit aus Afrika auf einen Planeten ausgewandert, für dessen höhere Schwerkraft ihre Gene so angepasst worden waren, dass sich daraus der charakteristische Zwergenwuchs aller Heavys ergab. Das kurze Haar und der Knebelbart bildeten mit ihrem Schlohweiß einen angenehmen Kontrast zu Makutsis dunkler Haut, die die Farbe von fruchtbarer Erde nach einem ausgiebigen Regenschauer besaß.

So ungewöhnlich wie Makutsis äußere Erscheinung war auch die Art, wie er sich seine Plattform an der Nabe eingerichtet hatte: Sie bestand aus einer einzigen, gewaltigen

Halle, in der Reihen um Reihen von turmhohen Servern blinkten und summten. Überall war man von Bildschirmen und Monitoren umringt. Auf manchen flossen unentwegt die abstrakten Symbole endloser Datenströme vorüber, doch auf den meisten liefen die Programme unzähliger Nachrichtensender aus der ganzen Galaxis: Dort loderten die Wracks zweier beim Start kollidierter Raumgleiter auf Charkhi Dadri Gamma, hier kommentierte eine knapp bekleidete, vollbusige Wirtschaftsexpertin die Entwicklung der Hirsepreise in New Indiana. Von einem Monitor blickten einem die angespannten Gesichter der Vorstände eines Minikons entgegen, die vor der entscheidenden Abstimmung zur Abwehr einer feindlichen Übernahme standen, von einem anderen strahlten einen begeisterte Demonstranten an, die die Aufhebung eines Todesurteils gegen einen Demokratieaktivisten feierten. Einige Aufnahmen – wie die vom laufenden Rap-Opera-Battle auf Tupac IV – waren knallig bunt, während ein kurzer Spot über die Karriere eines Hardballprofis, der in einem Spitzenspiel eine tödliche Schädelverletzung erlitten hatte, in pietätvollem Schwarz-weiß gehalten war.

Pollock war unendlich dankbar, dass sein Gastgeber alles auf stumm geschaltet hatte.

»Ich brauche Ihnen wahrscheinlich nicht viel über mich zu erzählen, Pollock«, sagte Makutsi.

»Nein.« *Wir sprechen uns gleich beim Vornamen an? Meinetwegen.* »Sie sind eine Berühmtheit, Thorium, und außerdem war mein Partner hier so freundlich, meine Erinnerung aufzufrischen.«

Bruno wuchs ob des unerwarteten Lobs um mindestens drei Zentimeter.

Wegen der erhöhten Schwerkraft, die Makutsi in seinem Habitat an die seiner fernen Heimat angeglichen hatte, bereitete Pollock es einige Mühe, die Beine locker übereinanderzuschlagen. Die Polster der kreisrunden Sofalandschaft im Zentrum der Halle waren zwar weich, doch das führte nur dazu, dass Pollock mehr und mehr den Eindruck bekam, in einem zähen Morast zu versinken. »Sie sind der bekannteste Privatermittler, der je auf Freelance-Basis gearbeitet hat. Ihre Spezialgebiete waren Industriespionage und die Aufdeckung fragwürdiger Operationen durch Konzernarmeen. Sie haben unter anderem die Beweise dafür gefunden, dass das Massaker an den ahumanen Ureinwohnern auf Namib Prime auf die Kappe von *B'Hazard* ging, und Sie haben Anna Derewko enttarnt, bevor sie die Baupläne für die *TYGER Mark VII* an ihre Kontakte bei Anti-Kon übermitteln konnte. Sie, Sir, sind eine Legende.«

»Ein großes Wort.« Makutsi nickte bescheiden.

»Für einen großen Mann«, merkte Bruno ohne jeden Sinn für Ironie an.

»Was mir mein Partner nicht verraten konnte, ist, was Sie so treiben, seit Sie Ihre aktive Karriere beendet haben«, sagte Pollock.

»Nichts, worüber sich eine packende Cubeserie lohnen würde.« Makutsi verfolgte über Pollocks Kopf hinweg irgendeine Meldung auf irgendeinem der Bildschirme. »Karrieren ... ich dachte schon, Ihre wäre auch vorbei, Pollock. Wo haben Sie denn eigentlich die letzten zwanzig Jahre gesteckt?«

»Auf meiner kleinen, aber feinen privaten Raumstation.«

»Ehrlich?« Der Heavy hob beide Brauen.

»Ja. Über New Hamadan. Schön ruhig, tolles Essen, kein Stress.«

Bruno unterstrich Pollocks Erläuterung mit einem engagierten Nicken. »Ja, wirklich sehr, sehr ruhig.«

Pollock schielte kurz zu seinem Sidekick. *Woher willst du das wissen?*

»Wie langweilig«, sagte Makutsi enttäuscht. »Andererseits ... einem Außenstehenden würde das, was ich hier mache, sicher auch nicht sehr aufregend vorkommen.«

»Und was ist es, das Sie hier machen?«, fragte Pollock.

»Ich?« Makutsi lächelte. »Ich warte auf das Ende der Geschichte.«

»Wie meinen Sie das?«

»Ich bin alt.« Makutsi schlug sich auf den rechten Oberschenkel. »Und das eine oder andere Ersatzteil habe ich auch schon, dem *Order of Technology* sei Dank. Die Cyborgs bedrängen mich dauernd, ich soll doch ganz bei ihnen einsteigen, aber darauf habe ich keine Lust. Zu viel spirituelles Gefasel. Aber ich schweife ab. Das Ende der Geschichte ... wissen Sie, Pollock, irgendwann habe ich den Punkt erreicht, an dem mir meine moralische Standhaftigkeit ausging. An dem ich mir knallhart die Frage stellte, ob irgendetwas an meiner Arbeit irgendetwas an den Zuständen in der Welt ändert. Die Antwort war ernüchternd. Sie wissen doch, wie es heißt: Wer mit zwanzig kein überzeugter Demokrat ist, hat kein Herz, aber wer es mit vierzig immer noch ist, der hat kein Hirn. Ich habe mir dann lange überlegt, was mich überhaupt jemals dazu getrieben hat, als Ermittler zu arbeiten. Wir beide, Pollock, wir haben wahrscheinlich die gleiche Triebfeder: Neugier. Stimmt doch, oder?«

»Kann man wohl so sagen«, bestätigte Pollock. *Und ein wacher Geist braucht Beschäftigung.*

»Im Alter habe ich festgestellt, dass sich meine Neugier in Wahrheit nicht auf die kleinen schmutzigen Geheimnisse irgendwelcher Kons bezieht«, sagte Makutsi. Der große Resonanzboden seiner tonnenförmigen Brust verlieh seinen Worten die dunkle Schwermut unheilvoller Orakelsprüche. »Mir geht es um das große Ganze. Gleichzeitig habe ich mich damit abgefunden, dass ich die Welt nicht ändern kann. Dass es nicht an mir ist, den Lauf der Geschichte durch mein persönliches Handeln in eine bestimmte Bahn zu lenken. Das ist die typische Selbstüberschätzung der Jugend. Was ich aber wie gesagt gern wüsste, ist, wie diese ganze Sache ausgeht.«

»Welche Sache?« Bruno klang nachhaltig verwirrt.

»Die Menschheit.« Makutsis Augen funkelten, und er breitete die Arme aus, als wollte er jeden Bildschirm um sich herum umfassen. »Die Menschheit und dieses grandiose Schauspiel, das sie seit Zehntausenden Jahren aufführt. Wie endet es? Ich mache mir keine Illusionen. Es ist natürlich eine Tragödie. Aber was wird es sein, das uns aus dem Universum tilgt? Ein Krieg gegen eine ahumane Rasse wie die Collectors? Eine Seuche, die als harmloser Schnupfen anfängt? Zerfleischen wir uns einfach selbst?« Sein lodernder Blick fiel auf Bruno. »Oder schaffen wir uns in unserer Überheblichkeit eine Rasse von Sklaven, die sich gegen uns erheben und uns ausrotten wird, sobald sie ihr Joch abstreift?«

»Also ich für meinen Teil kann Ihnen versichern, dass ich keinerlei Absichten in Sachen Ausrottung hege«, beteuerte Bruno. »Ich baue auf Vernunft und einen langsamen Wandel hin zur Besserung der Lebensverhältnisse von Menschen und Betas gleichermaßen.«

»Ein hoffnungsloser Optimist.« Makutsi lachte donnernd. »Das gefällt mir. Darauf wetten, dass sich Ihr Wunsch erfüllt, mein lieber Bruno, würde ich allerdings nicht.« Er sah einen Moment einem Wartungsbot zu, der das Kühlaggregat an einem der Servertürme austauschte. »Aber ich würde mir auch nicht gleich einen Strick nehmen wie die arme dumme Polly. Die Welt ist, wie sie ist, und das Universum schuldet uns allen rein gar nichts. Doch deshalb auch nur eine Sekunde von diesem irren Spektakel verpassen? Nicht mit mir.« Er drehte den Kopf zu Pollock. »Ist Ihnen das zu fatalistisch?«

»Iwo.« *Höchstens ein bisschen zu durchgeknallt ...* Pollock ließ den Blick über eine Reihe von Monitoren in seiner unmittelbaren Nähe schweifen. Sie zeigten Hungersnöte und Festbankette, Hinrichtungen und Hochzeiten, Aufräumarbeiten nach Naturkatastrophen und orbitale Brandrodungen. »Ich mache mir über diese Dinge nicht allzu viele Gedanken.«

»Wieso das?« Der Heavy legte den Kopf schief und fuhr mit der Hand durch die Luft, als würde er Spinnweben vor seinem Gesicht wegwischen. Sämtliche Bildschirme wurden von einer Sekunde zur anderen schwarz.

»Weine nicht um den Leib, sondern preise den Geist«, zitierte Pollock Hermes Christus. Schon als Kind hatte er Gefallen an dem obskuren Religionsstifter gefunden, der vor über vierhundert Jahren an den Rändern der damals besiedelten Galaxis gewirkt hatte. Hermes Christus hatte ihm als Waisen eine verlockend einfache Erklärung geboten, weshalb Leben zwangsläufig Leiden bedeutete. *Wenn er ein bisschen predigen darf, darf ich das auch.* »Alles Fleisch ist ein Kerker, das Universum ein Gefängnis. Wir sind nur unsere eigenen Wärter.«

»Oho, ein stoischer Gnostiker, der an die Existenz einer Seele glaubt«, raunte Makutsi nicht vollkommen respektlos. »Dann bin ich in diesem riesigen Gefängnis wohl einer der faulen Wärter, die nur noch vor den Überwachungskameras sitzen, hm?«

»Meine Herren«, meldete sich Bruno, der noch tiefer in die Polster gesunken war als Pollock. »So faszinierend das Gespräch bis hierhin auch war, gewinne ich leider den Eindruck, dass wir den eigentlichen Grund unserer Zusammenkunft aus den Augen verlieren.«

»Redet der Kerl immer so?«, erkundigte sich Makutsi bei Pollock.

»Meistens.« *Aber diesmal hat er damit ausnahmsweise voll ins Schwarze getroffen. Diese Scheiß-Schwerkraft ...* »Genug philosophiert, Thorium. Ich bin wegen eines Ihrer Nachbarn hier. Sie kannten Slim Kaschgelejew?«

Makutsi antwortete erst, nachdem er mit einem zweiten Wischen seiner Hand die Bildschirme wieder zum Leben erweckt hatte. »Ja. Er hat mich hartnäckig mit Einladungen zu Spieleabenden bombardiert. Als ob ich nichts Besseres zu tun hätte ...« Er starrte gebannt auf einen Bericht über die Entdeckung eines neuen Uran-Isotops. »Nach dem, was mir über sein Dahinscheiden zu Ohren gekommen ist, war das auch gar keine so schlechte Idee.«

»War er nie persönlich hier?«, fragte Pollock.

»Doch. Zwei, drei Mal. Das letzte Mal vor ... was weiß ich? Einem Monat, sechs Wochen?«

Volltreffer! Pollock straffte seinen Rücken gegen alle Widerstände der künstlich erhöhten Schwerkraft. *Jetzt muss ich nur noch rausfinden, was der komische Marker mit der Tür und dem Sternenhimmel sollte.* »Wie war er damals so drauf?«

Makutsi lächelte. »Es ist ... ungewohnt, derjenige zu sein, dem man die Fragen stellt, und nicht umgekehrt. Sie machen das gut, Pollock.«

»Danke für das Lob. Wie steht's mit einer Antwort?«

Makutsis breites Gesicht verzog sich zu einer Miene, die zu gleichen Teilen Verärgerung und Belustigung widerspiegelte. »Ach, Slim hatte sich da in eine Sache verrannt. Er ... saß der irrigen Annahme auf, ich hätte hier irgendwo zwischen meinen Servern einen alten Sprungantrieb versteckt. Dass das alles hier nur Tarnung wäre – die Kabel, die Bots, die hohe Decke, alles eben –, und ich das in Wahrheit nur hätte, um meinen Antrieb in Schuss zu halten. Um mich und meine Halle, die quasi als weltraumtaugliche Rettungskapsel herhalten könnte, ins All zu beamen, wenn es hier mal brenzlig werden sollte.«

»Wie kam er auf so einen Unsinn?«, fragte Bruno mit bedenklich gerunzelter Stirn.

»Tja, Bruno ...« Der Großteil von Makutsis Aufmerksamkeit galt nun einer Reportage über das Artensterben auf Escobar's Haven nach einem bedauerlichen Chemieunfall. »Wenn Sie so lange dabei wären wie Ihr Freund oder ich, wäre Ihnen eines vollkommen klar: Die Leute reden viel, ganz egal, wo sie auch leben, und meistens ist es dummes Zeug. Verstehen Sie mich bitte nicht falsch. Dummes Zeug ... ist nicht zwingend uninteressant. Es sagt viel darüber aus, was die Leute über einen denken. Und Slim ... Slim hat schlicht und ergreifend zwei Dinge durcheinandergekriegt, die ...«

Makutsi verstummte, und es brauchte ein höfliches Räuspern von Bruno, damit er seine Erklärung fortsetzte. »Das eine Ding ist mein letzter Fall. Der, der mir das nötige Kleingeld für meine bescheidene Bleibe hier brachte. Irgendwelche Idioten hatten den brillanten Einfall, *Enclave Limited* einen Sprungantrieb mit Ancients-Technologie zu klauen, den die Jungs von *Enclave* selbst gerade erst ausgebuddelt hatten. *Enclave* versprach sich eine Menge von dem Teil. Sie planten damit, Großkuppeln für die Kolonisierung von Gasriesen schnell und unkompliziert überall in die Galaxis auszuliefern. Will heißen: Da war richtig, richtig Asche im Spiel. *Enclave* hat mich angeheuert, um die Diebe zu finden. Hab ich auch. War gar nicht so schwierig. Und ich hatte mit *Enclave* eine 1a-Erfolgsprämie ausgehandelt. Das Peinliche für *Enclave* war, dass es ein paar ihrer eigenen Angestellten waren, die die Nummer durchgezogen hatten. Also wollten sie nicht, dass die Sache an die große Glocke gehängt wird. Sprich, offiziell ist der Antrieb nie wieder aufgetaucht, sondern sie haben ganz zufällig bei ihrer Buddelei an der ursprünglichen Ausgrabungsstelle noch einen viel besseren gefunden. Als alter PR-Hase hat Slim zwar kapiert, dass an dieser Story was faul war, aber er hat die falschen Schlüsse gezogen. Er dachte anscheinend, ich hätte mir ...«

»... den Sprungantrieb selbst unter den Nagel gerissen«, vollendete Pollock für den Heavy, weil dieser zu fasziniert von den Schlussminuten eines Hoverpolomatchs war, um es selbst zu tun.

»Und die andere Sache?«, fragte Bruno und versuchte dabei, Makutsis Blick auf sich zu ziehen, indem er mit beiden klauenbewehrten Händen wedelte.

»Die andere Sache ...« Makutsi ballte kurz die rechte Faust, als eines der beiden Teams einen Treffer erzielte. »... ist der Grund, warum so viele Atlanter scharf darauf sind, möglichst auf der Hauptinsel zu wohnen. Noch so ein Gerücht. Lantis hat damals vor der Verwirklichung seines Traums angeblich nicht irgendeine abgewrackte Station gekauft. Nein, nein. Wenn man das glaubt, was sich die alten Schranzen hier so erzählen, hat er sich eine Station zugelegt, die ... Verdammte Scheiße! Bist du blind?« Sein letzter Kommentar galt offenbar dem Schiedsrichter, der den eben erzielten Treffer wegen eines Regelverstoßes für nichtig erklärte. »Wo war ich?«

»Bei dem besonderen Feature der alten Raumstation, in der wir sitzen«, half ihm Pollock auf die Sprünge.

»Ah, ja.« Makutsi schaffte es tatsächlich, sich einen Moment von seinen Bildschirmen loszureißen. »Okay. Die Kurzfassung: Natürlich hatte diese Station auch ihren eigenen Sprungantrieb. Slim hat diese beiden Gerüchte zusammengeworfen oder gedacht, an einem von beiden wird schon was dran sein.«

»Aber was wollte er genau von Ihnen?«, fragte Pollock, der mehr und mehr das Gefühl hatte, sein Blut würde sich in Sirup verwandeln, so sehr kribbelten ihm Hände und Füße von der ungewohnten Schwerkraft.

»Was wohl?« Makutsi lachte. »Er hat allen Ernstes von mir wissen wollen, was er mir bezahlen muss, damit ich im Notfall meinen Sprungantrieb anwerfe, um ihn von hier wegzuschaffen.« Er schenkte Pollock einen Blick, der nichts als eine pure Herausforderung war. »Und was sagt uns das über Slim?«

»Dass er die Hosen gestrichen voll hatte«, antwortete Pollock. *Etwa doch vor FullCorp? Oder vor wem sonst?* »Haben Sie eine Ahnung, vor wem er sich dermaßen eingeschissen hat?«

»Nein, und es interessiert mich auch nicht«, erwiderte Makutsi lapidar. »Mir war auch von Anfang an klar, dass das mit ihm kein Unfall gewesen ist. Slim war die Art von aufschneiderischem Wichtigtuer, die sich überall rasch Feinde macht.«

»Hegen Sie nicht die Befürchtung, einer dieser Feinde könnte auch bei Ihnen vorbeischauen, um in Erfahrung zu bringen, was Slim mit Ihnen zu tun hatte?«, fragte Bruno.

»Sollen sie ruhig.« Makutsi bleckte die Zähne in einem wölfischen Grinsen. »Die meisten Leute sehen Heavys als Freaks, aber manchmal hat es definitiv seine Vorzüge, ein Freak zu sein.« Er hob die Hand und vollführte eine wellenartige Geste mit den Fingern. »Das ist mehr als die Fernbedienung eines Nachrichtenjunkies. Ich kann damit auch etwas richtig Spannendes machen. Irgendwelche Vermutungen?«

Pollocks Muskeln waren träge, sein Verstand allerdings war es nicht. *Mal sehen: Er ist ein Zwerg, und er hat eine Sicherheitsvorkehrung, die nur Zwergen was nützt ... Logisch!* »Sie steuern damit auch die Grav-Module, und wenn Sie ungebetene Gäste haben, fahren Sie die Schwerkraft so weit hoch, bis nur Sie sich hier drin noch rühren können. Potenzielle Angreifer werden von ihrem eigenen Gewicht erdrückt.«

»Richtig.« Mukatsi nickte. »Sie sehen also, dass ich mir

hier um mein Wohlbefinden keine größeren Sorgen machen muss.«

Bruno knöpfte sich in Zeitlupe den Hemdkragen auf. »Sind wir mit unseren Fragen langsam durch, Pollock?«

»Noch nicht ganz.« Brunos Unbehagen war ihm ein bisschen peinlich. *Der alte Zwerg hat vielleicht nicht mehr alle Stecker in der Konsole, aber er hat keinen ersichtlichen Grund, uns enden zu lassen wie zwei gestrandete Wale. Außerdem habe ich mir ausdrücklich vorgenommen, ab jetzt immer zweigleisig zu fahren, und dabei bleibt es.* »Thorium, wissen Sie zufällig etwas darüber, ob auf dieser Etage regelmäßig Beta-Escorts ihrem Job nachgehen?«

»Sehe ich so aus, als ob ich für Sex bezahle?«, knurrte der Heavy.

»Nein, nein«, beteuerte Bruno. »Sie sind ein attraktiver Mann in den besten Jahren.«

»Oder steht Ihnen der Sinn nach etwas noch Exotischerem im Bett als einem Nacktmull, Pollock?«

»Wir sind nur Partner«, nuschelte Bruno hastig. »Keine ... Partner. Also Partner wie in ...«

»Klappe!«, brachte Pollock seinen Sidekick zum Schweigen. »Hören Sie, Thorium, ich wollte Sie auf keinen Fall in Ihrem Stolz als Jäger und Sammler von Bettgefährten verletzen. Vergessen Sie's einfach, ja?«

Wieder machte es den Eindruck, als wäre Makutsi der hypnotischen Kraft der Bilder um ihn herum erlegen. Mit verkniffenem Gesicht studierte er die Einblendung einer Grafik, die die Zunahme an bewaffneten Konflikten in der Galaxis binnen der letzten zehn Jahre anzeigte. Dann lockerten sich seine Züge, und er seufzte. »Pollock, wir sind Kollegen. Ich weiß genau, wie das ist, wenn man ... verzweifelt irgendeiner Spur hinterherläuft. Ich nehme Ihnen die Frage nicht krumm.«

Pollock wollte erleichtert aufatmen und stellte fest, dass das unter den Bedingungen, die in Mukatsis Halle herrschten, gar nicht so einfach war. »Nicht?«

»Nein.« Der Heavy lächelte schelmisch. »Und ich wüsste da sogar jemanden, dem Sie einen schönen Gruß von mir ausrichten können, bevor Sie sie ihr stellen.«

30

Wilbur Lantis hatte an diesem Morgen blendende Laune, wie immer, wenn er einem Mitglied seiner unüberschaubaren Nachkommenschaft eine verbale Abreibung verpasst hatte. Besonders stolz war er auf den Satz: »Der fette Arsch deiner neuen Frau würde sicher ein größeres Apartment rechtfertigen, Tate, aber in Anbetracht der Tatsache, dass du nach wie vor keine Eier hast, sollte euch der Platz in eurer alten Bude doch eigentlich reichen.«

Das hatte Wilbur so gutgetan, dass er sich die Zeit nahm, abermals den größten Fehlkauf seines langen Lebens zu inspizieren. Den Raum, den er dafür in der Nabe reserviert hatte, betrat er selten – vielleicht ein, zwei Mal im Jahr. Er war kein Mann, der gern an selbst verschuldete Enttäuschungen erinnert wurde.

Das Artefakt, das auf einem Podest ruhte, hatte ungefähr die Größe eines kleinen Elektrofahrzeugs und war von grob rechteckiger Form. Sämtliche Kanten waren allerdings abgerundet, und an seinem hinteren Ende beulten sich zwei Ausstülpungen aus, die Wilbur auf unangenehme Weise an etwas Organisches erinnerten – an Euter oder Pusteln, je nachdem, in welcher Gemütslage er war. Heute waren es einwandfrei Euter – Euter aus einem schwarzen, glänzenden Material, das das Licht regelrecht anzuziehen und zu schlucken schien.

Wilbur hatte es von einem Schmuggler erstanden, der behauptete, es illegal im Asteroidengürtel zwischen Mars und Jupiter gefunden zu haben. Der Mann hatte beteuert, keinen blassen Schimmer zu haben, worum es sich bei diesem Artefakt handelte und welchem Zweck es einmal den Angehörigen der fremden Kultur gedient hatte, von denen es erschaffen wurde. Wilbur trat an das Objekt heran und streichelte seine Oberfläche. Es tat, was es immer tat, wenn man es berührte: Es gab ein Summen am alleruntersten Rand des menschlichen Hörspektrums von sich, begleitet von der Ahnung eines Vibrierens. *Ich hätte den schmierigen Typen damals doch ordentlich verhören lassen und es nicht bei einem Standardlügendetektortest belassen sollen.*

Wilbur hatte eine ausgesprochen klare Vorstellung davon, warum ihn das Artefakt nicht losließ: Er hasste Dinge, für die er keinen Verwendungszweck erkennen konnte.

Er wandte sich mit einer Frage an Themis, die er ihr schon oft gestellt hatte. »Du weißt wirklich nicht, was das ist?«

»Nein«, kam die ernüchternde Antwort. »Es sei denn, du schließt dich endlich meiner Analyse an. Es ist mit hoher Wahrscheinlichkeit ein reiner Kunstgegenstand. Diese Annahme wird durch ähnliche Funde gestützt, die vor und nach deinem Erwerb dieses Objekts im gesamten Asteroidengürtel gemacht wurden.« Themis projizierte Aufnahmen von ähnlichen Relikten an die nächste Wand. »Der Gegenstand ganz links, der weiße, der deinem bis auf die Farbe exakt entspricht, wurde bereits 2996 von Susan Michaels, einer ausgewiesenen Expertin auf dem Gebiet ahumaner Kunst, als basalinteraktive Skulptur identifiziert. Ich bedaure, es so hart formulieren zu müssen, mein Lieber, aber du solltest dich damit abfinden, ein Stück galaktischen Kitsch oder kosmischen Tand vor dir zu haben.«

Wilbur tätschelte die Flanke des rätselhaften Objekts. »Hör nicht auf sie. Sie ist nur eifersüchtig.« Er zwang sich, seine Gedanken auf ein Projekt zu richten, das bessere Erfolgschancen hatte, als doch noch erfahren zu dürfen, dass er ein kleines Vermögen für die Entsprechung eines Handschmeichlers zum Fenster hinausgeworfen hatte. »Gibt es was Neues von Pollock?«

»Er war heute Morgen bei Thorium Makutsi«, sagte Themis. »Falls Makutsi nicht etwas weiß, von dem wir nichts wissen, weicht Pollock momentan von der Spur ab, auf die ich ihn geführt habe.«

»Und das schmeckt dir nicht.«

»Nein, das stößt mir sogar übel auf, um in deinem falschen Bild zu bleiben.«

»Entschuldige bitte.«

»Nichts für ungut.«

»Wie weit bist du mit seinem Spielzeug?«, fragte Wilbur.

»Die Übertragungen sind ausgezeichnet verschlüsselt. Auf militärischem Niveau. Dafür brauche sogar ich meine Zeit. Ich schätze aber, dass ich in spätestens achtundvierzig Stunden so weit bin, solange keine unerwarteten Schwankungen in der Rechenleistung auftreten.«

»Macht es dir Spaß?«

Themis ließ sich Zeit mit einer Antwort. »Es ist eine willkommene Abwechslung.«

»Du warst noch nie leicht zu unterhalten«, stellte Wilbur fest.

»Ich bin eine anspruchsvolle Persönlichkeit«, erwiderte Themis.

»Das warst du von Anfang an«, bestätigte Wilbur. »Und es ist einer der Gründe, warum ich nie verlernt habe, dich zu lieben.«

Sie schwiegen eine Weile, in der Wilbur in einem weiten Kreis um seinen Fehlkauf herumschritt.

»Wilbur?«, fragte sie schließlich.

»Ja?«

»Was passiert, wenn Pollock die Wahrheit über mich herausfindet?«

Ja, was dann? Wilbur war an der Stelle angelangt, an der die Ausstülpungen aus dem Artefakt wuchsen, und plötzlich war er überzeugt davon, dass sie am Ende doch nichts als Pusteln darstellen konnten. »Falls es so weit kommt, müssen wir beide Pollock entweder schweren Herzens vertrauen oder ihn leider umbringen.«

31

30.09.3042 A.D., 12:07
System: Sol
Planet: Erde
Ort: Lantis Island, an Bord des Serviceliners
Pleasant Surprise

»Dein Gleiter ist da«, gurrte Dove.

Sie hatte den Kopf durch den Türspalt gestreckt und blinzelte Manolete aufmunternd zu.

»Danke.« *Ist es schon so weit?* Manolete schaute auf die Uhr. *Tatsache.*

Er nahm sich Zeit, das letzte Öl auf seinen Hörnern gründlich einzumassieren. Noch vor ein paar Tagen hätte er sich beeilt, sobald ihn jemand dazu gedrängt hätte, einen Termin wahrzunehmen. Bullenbetas waren generell nicht für ihre geduldige Art bekannt. Inzwischen war er in solchen Momenten jedoch die Ruhe selbst. Manolete hatte sogar eine Erklärung für die Veränderung, die in ihm vorgegangen war: das Gespräch mit dieser blöden Tippse vom *Howl of Freedom*. Wie hieß sie noch gleich? Prissy. Ja, Prissy. Letzten Endes hatte sie mit ihrer albernen Nummer wahrscheinlich genau das Gegenteil dessen erreicht, was sie eigentlich beabsichtigt hatte. Manolete fühlte sich von seinen Klienten und Klientinnen kein Stück ausgenutzt und erniedrigt. Er war eine Nutte, völlig richtig, aber kein Sklave. Es gab nichts, wofür er sich zu schämen brauchte. Ihm war etwas unfassbar Wichtiges bewusst geworden: Er hatte die Kontrolle. Er war denen, die seine Dienste in Anspruch nahmen, körperlich weit überlegen, und mit dieser Überlegenheit war Macht verbunden. Die Macht über Leben und Tod. Wenn er es nur wollte, konnte er so mühelos Schädel einschlagen und Leiber aufspießen, wie sich andere Leute die Schnürsenkel banden. Er war eine Naturgewalt, und er wurde nicht gebändigt, nein. *Ich bändige mich selbst. Weil ich es so will.*

Als das Öl schön eingezogen war, schlüpfte Manolete in das Outfit, in dem die Frau, die den Gleiter geschickt hatte, ihn am liebsten sah. Eine schwarze Lederweste, die sich eng um seinen muskelbepackten Brustkorb spannte, dazu eine schwarze Lederhose, im Schritt so eng wie eine zweite Haut. Abgerundet wurde das Ensemble durch ein Paar Stiefel mit stumpfen Sporen und ein rotes Halstuch.

Dove begleitete ihn zum Gleiterlandeplatz auf dem Oberdeck, weil ihr offenbar wie immer nach einem Plausch war. Sie plapperte allerlei Nichtigkeiten vor sich her, auf die sie zum Glück keine Reaktionen außer einem gelegentlichen Nicken oder einem »Was du nicht sagst?« erwartete.

»Ich bin bald hier weg, weißt du?« und »Jessy, dieses unzuverlässige Luder, hat mir meinen Mascara immer noch nicht zurückgegeben.« und »Ich habe da ein Angebot bekommen, das ich einfach nicht ausschlagen kann, wenn du verstehst, was ich meine.« und »Pop hat irgendwie schlechte Laune in letzter Zeit, und ich glaube, es hängt damit zusammen, dass er eine Ladung echt miesen Stoff gekriegt hat, so richtig derbe stinkendes Kraut.«

Pops Laden, in dem sich Manolete auf seine Einsätze vorbereitete und die Anlaufstelle für die In-House-Kunden des Escort-Services war, lag auf einem der Business-Decks im Bauch des Liners, wo die Miete nicht sofort einen Löwenanteil der Einnahmen auffraß. Zumindest behauptete Pop steif und fest, er hätte die Lage aus diesem Grund so gewählt. Manolete sah die Sache anders. Zum einen war Pop erwiesenermaßen ein Geizhals, der die Handtücher auf den Zimmern genau abzählte und einen furchtbaren Zirkus machte, wenn mal im Eifer des Gefechts ein Wasserbett ein Leck erlitt oder ein Spiegel an der Decke zu Bruch ging. Zum anderen setzte Pop ganz klar auf den Reiz des Verbotenen – in einer Umgebung wie At Lantis, in der das Saubere, das Reine, das Sterile allgegenwärtig war, übte gerade das Anrüchige, das Schmutzige, das *Organische* eine erstaunliche Anziehung aus.

Auf dem Weg durch den breiten Mittelgang der Fressmeile unmittelbar unterhalb des Oberdecks hätte Manolete vollkommen blind sein müssen, um nicht die Blicke zu bemerken, die ihm und Dove von allen Seiten zugeworfen wurden. Die Menschen, die weitgehend ersatzstofffreie Gerichte in sich hineinstopften, die an anderen Orten von At Lantis trotzdem bestenfalls als billigstes Fastfood erachtet worden wären, waren in ihrem Glotzen und Starren alles andere als dezent. Noch vor einer Woche oder so hätte sich ein kleiner Teil von Manoletes Seele – ein aufmüpfiger, hartnäckiger Teil – beständig gefragt, ob er nicht lieber doch auf einem Schlachtfeld gestorben wäre. Jetzt jedoch war dieser Teil verstummt, und aus dem Spießrutenlauf war für Manolete eine Parade geworden, bei der er sich selbst feierte. Statt ab und an verächtlich zu schnauben und die Fäuste zu ballen, strahlte er übers ganze Gesicht und erwiderte stolz die Blicke, bis ein schwächlicher Mensch nach dem anderen wieder peinlich berührt auf seine frittierten Garnelenschwänze oder sein Lammhack am Stiel oder seinen Mango-Spargel-Salat schaute. *Ja, seht nur alle her, ihr Wichte! Ihr habt richtig geraten: Ich gehe ficken. Ich besorg es einer eurer Artgenossinnen, dass sie die Englein singen hört. Und wisst ihr was? Ich kriege sogar noch Geld dafür!*

Dove schnatterte noch immer, als sie den Gleiterlandeplatz erreichten. Sie verabschiedete sich von ihm mit einem flüchtigen Kuss auf die Wange, den Manolete nur wegen ihres Schnabels spürte.

Der Pilot hatte bereits die Ladeklappe des Frachtgleiters geöffnet, und auch die Transportkiste mit dem niedlichen Logo von *Precious Pets* stand schon auf. Zufrieden stellte Manolete fest, dass er heute ganz selbstsicher seinen Platz zwischen Säcken mit Streu und Trockenfutter einnehmen konnte, und seine Fluchtinstinkte regten sich auch dann nicht, als der Pilot die Kiste verschloss. In der Dunkelheit horchte Manolete nach dem Aufheulen der Motoren und dachte darüber nach, wie leicht er aus dieser Kiste hätte entkommen können. Aber wozu? *Im Grunde ist es wie früher, vor dem Abwurf über einem umkämpften Planeten. Nur mit dem Unterschied, dass das kein Selbstmordkommando ist.* Er verschränkte die Arme hinter dem Kopf, streckte die Beine aus und nahm sich fest vor, seine Kundin lauter zum Schreien zu bringen als jemals zuvor.

32

Der Geruch war schon im Eingangsbereich wie eine Wand. Scharf, drückend, klebrig. Pollock würgte, nahm eine Hand vor den Mund, und in seinem Kopf wallte ein einziges Bild auf, nur für den winzigsten Moment.

Ein Zellengang. Leichenfahle, faltige Leiber hinter Sicherheitsglas. Aus nackten Schädeln ragende Stahlstifte.

Dann zog Bruno an seinem Arm, die Nasenlöcher eng zusammengepresst. »Pollock! Hier riecht's verdächtig nach K...«

»Ich weiß, wonach es hier stinkt«, unterbrach ihn Pollock, denn ihre Gastgeberin näherte sich ihnen, auf geschwollenen Füßen in abgewetzten Lederslippern, unter jeden Arm eine maunzende Wurst aus Fell geklemmt.

Die Frau, die die beiden beinlosen Angorakatzen durch die Gegend schleppte, war für At Lantis eine höchst ungewöhnliche Erscheinung: Verglichen mit den göttinnengleichen Grazien, denen man hier sonst so oft begegnete –

feenartigen Geschöpfen, deren Körper und Kleidung perfekte Produkte eines von Diätplanern, plastischen Chirurgen, Modedesignern und Shopping Assistants geformten Lebensstils darstellten –, wirkte sie ungepflegt, ja geradezu heruntergekommen. Stumpfes, strähniges Haar fiel ihr grau in eine fettige Stirn, die Ringe unter ihren Augen hätten einem Waschbärbeta gut zu Gesicht gestanden, wenn sie denn hell und nicht ungesund dunkel gewesen wären. Ihr teigiger, aufgedunsener Leib wurde von einem zerschlissenen Morgenmantel nur unzureichend verhüllt, ihr schlaffes Dekolleté war ein Delta kränklich blauer Adern auf blassgelbem Grund.

»Schön, dass Sie Zeit für uns haben, Miss Winchester«, sagte Pollock und versuchte, sich nicht anmerken zu lassen, wie sehr ihn ihr derangierter Zustand irritierte. »Ich bin Pollock Shermar, und das ist mein Partner Bruno Digger.«

»Ich hätte Sie früher empfangen, aber ich hatte eben noch einen wichtigen Termin«, erwiderte sie mit einer Würde, die in keinem Verhältnis zu ihrem Aussehen stand. Für einen Wimpernschlag erahnte Pollock den Schatten der Dame aus der feinsten Gesellschaft, die Hughette Winchester einmal gewesen war. Damals, als sie für ein Tochterunternehmen von Romanow Inc. ein Vermögen mit der Entwicklung von Haustierschmuck gemacht hatte. »Folgen Sie mir bitte.«

Sie führte sie schlurfend in einen Salon, der den Eindruck erweckte, als hätten die beinlosen Katzen es irgendwie geschafft, sich zur dominanten Spezies auf Erden zu entwickeln. Sie waren überall: auf dem Boden, auf den Sesseln und Diwanen, auf den Couchtischen – selbst im

untersten Fach eines automatischen Servierwagens drängten sich zwei von ihnen aneinander. Eine pelzige, schnur-
rende Invasionsarmee in sämtlichen Farben und Alters-
kategorien, die eine Katzenexistenz so hergab.

»Nehmen Sie doch bitte Platz«, forderte Hughette sie auf
und brachte das beeindruckende akrobatische Kunststück
fertig, sich auf einem Sessel niederzulassen, ohne dabei
die Handvoll Katzen zu zerquetschen, die das Möbelstück
belagerten.

Platz nehmen? Pollock sah sich etwas hilflos um, erspähte
eine unbesetzte Sofalehne und nahm sie in Beschlag, ehe
ihm Bruno zuvorkommen konnte.

Die Eile war übertrieben, denn der Nacktmullbeta blieb
einfach im Türrahmen stehen, die Unterarme leicht angewinkelt, den Mund verzogen wie ein Hypochonder in einer Leprakolonie.

»Mephistopheles mag sie«, kommentierte Hughette
glücklich, als von rechts eine schwarze Katze auf Pollock
zurobbte und eifrig begann, an seinem Mantel zu lecken.
»Darf ich Ihnen einen Drink anbieten?«

Gott bewahre! »Nein, danke.« Pollock hörte zwar das leise
Rauschen von Filteranlagen, die sicherlich ihr Bestes gaben, aber dennoch schwebten überall scheinbar schwere-
lose Katzenhaare in der Luft.

Bruno schüttelte nur stumm den Kopf.

»Was kann ich für Sie tun, meine Herren?«, fragte Hughette.

»Also ...« Pollock zupfte an seinem Mantel, um ihn unauffällig aus Mephistopheles' Reichweite zu bringen. Vergebens. *Makutsi ... dieser Scheiß-Zwerg muss mich verarscht haben. Das kann unmöglich die richtige Frau sein. Obwohl ...*

»Wissen Sie, warum ich in At Lantis bin, Miss Winchester?«, entschied er sich letztlich für einen neutralen Einstieg.

»Mister Shermar ...« Sie ließ die beiden Katzen unter ihren Armen sanft auf ihren Schoß gleiten, zog den klaffenden Spalt des Morgenmantels ein wenig enger und legte vornehm die Hände übereinander. »Ich mag meine besten Jahre hinter mir haben. Ich mag es sogar aufgegeben haben, darauf zu hoffen, dass sich einer meiner nichtsnutzigen Söhne noch einmal hier bei mir blicken lässt, bevor ich die Augen für immer schließe. Halten Sie mich trotzdem bitte nicht für eine Frau, die die Augen vor all dem verschließt, was um sie herum vorgeht.«

Das fällt mir einigermaßen schwer, wenn ich mir dieses Katzenasyl hier ansehe ... »Nichts läge mir ferner, aber ...« Pollock verstummte, weil ihm die Lösung eines Rätsels, das ihn schon seit seinem tragisch geendeten Lunch auf dem Plato Boulevard beschäftigte, auf dem Silbertablett serviert wurde.

Ein kniehoher Bot rollte in den Salon und fuhr zielstrebig zu einer bunt gescheckten Glückskatze, die ihn durch jämmerliches Maunzen auf sich aufmerksam machte. Der mechanische Tierpfleger fuhr erst zwei gummigepolsterte Greifarme aus seinem Chassis und dann eine streugefüllte Lade aus seinem Unterbau aus. Sanft hob er die Katze an, die keinerlei Gegenwehr leistete. Der Bot platzierte sie eine Handbreit über der Lade. Die Katze krümmte den Rücken und löste genüsslich ihren Kot. Danach setzte der Bot sie so sorgsam ab, wie er sie aufgenommen hatte, und die Lade schloss sich.

»Fein gemacht, Grizabella«, lobte Hughette die Katze. »Ganz fein gemacht.«

»Wo finde ich denn eine Toilette für größere Kreaturen?«, wollte Bruno wissen.

»Raus auf den Gang, die vierte links«, schickte Hughette den Beta auf den Weg.

Verpisser! Pollock kraulte Mephistopheles mit einem Finger im Nacken, in der Hoffnung, ihn so vom Mantellecken abzubringen. Ohne Erfolg. »Ich will ehrlich zu Ihnen sein, Miss Winchester. Das Thema, worüber ich gern mit Ihnen sprechen würde, ist ein bisschen heikel.«

»So?«

Pollock nickte.

»Gut.« Sie lächelte dezent. »Die heiklen Themen sind ja auch die interessantesten.«

Na schön. Keine Feigheit vor dem Feind. »Mir hat ein Vögelchen geflüstert, dass Sie sich damit auskennen, wer auf dieser Etage alles regelmäßig Beta-Escorts empfängt.«

Hughettes Miene versteinerte. »Wer hat Ihnen das erzählt?«

»Sie verstehen sicher, dass ich Ihnen meine Quellen nicht nennen kann«, sagte Pollock.

»Wer hat Ihnen das erzählt?«, wiederholte Hughette. Sie ballte die Fäuste, und aus dem weichen Grund ihrer Haut schoben sich ihre Knöchel weiß wie schneebedeckte Bergkuppen hervor. Mehrere der Katzen schienen den Zorn ihrer Herrin zu spüren: Manche fauchten empört, andere robbten von Hughettes Sessel in Richtung sichererer Ecken und Winkel des Zimmers.

»Ich wollte Sie nicht verärgern«, erklärte Pollock ruhig, »aber anhand Ihrer Reaktion kann ich wohl davon ausgehen, dass mein Informant mich nicht belogen hat.«

»Was ich in meinen eigenen vier Wänden treibe, Mister

Shermar«, zischte Hughette, »ist meine Privatsache. Und dürfte ich Sie im Übrigen daran erinnern, dass die Inanspruchnahme sexueller Dienstleistungen kein Verbrechen ist.« Sie stand auf, ging zum automatischen Servierwagen und drückte ein paar Knöpfe an der Seite der Maschine. »Ich muss mir Ihre Unverschämtheiten nicht bieten lassen.«

Der Wagen spuckte einen Becher aus, den sich Hughette sofort an die Lippen setzte. Der Geruch, der von dem Drink ausging, war so intensiv, dass er sogar das Katzenaroma überlagerte.

Oh, man trinkt Gin ... pur ... nichts für Zartbesaitete. Pollock räusperte sich, bekam ein schwebendes Katzenhaar in den Hals, hustete und brachte endlich heraus, was er sagen wollte. »Ich versuche nur, ein paar Morde aufzuklären. Mehr nicht. Sie könnten mir dabei sehr helfen, und ich gebe Ihnen mein Ehrenwort, dass alles, was Sie mir anvertrauen, unter uns bleibt – Ihnen, mir und meinem Partner. Ein kleiner Kreis der Verschwiegenheit.«

Ob es nun am Gin oder an Pollocks mit Bedacht gewählten Worten lag: Hughettes Züge entspannten sich ein wenig. »Mister Shermar«, seufzte sie, »denken Sie, ich wüsste nicht, was aus mir geworden ist? Am Anfang, da tut es noch weh. Jeder Blick in den Spiegel ist eine Qual. Man sieht diese Fremde und fragt sich: ›Wer ist das? Das bin nicht ich.‹« Sie betrachtete sich in einem Futternapf aus Chrom, den sie auf dem Wagen vor der Fressgier der Katzen in Sicherheit gebracht hatte. »Am Anfang, da rafft man sich noch dazu auf, alles Mögliche zu tun, um den Verfall irgendwie aufzuhalten.« Sie lächelte beinahe versonnen. »Allein mit dem Geld, das ich Trainern und Beratern in den Rachen geschmissen habe, könnte ich dreimal in At Lantis wohnen. Aber dann, Mister Shermar, dann kommt der Punkt, an dem man etwas begreift, wenn man ehrlicher zu sich ist als diese lebenden Leichen, die da draußen aufgetakelt eine ewige Party feiern. Man begreift, dass der Verfall nichts ist, was von außen über einen hereinbricht. Er kommt von innen. Und dann, dann muss man akzeptieren, dass das, was in einem ist, sich nicht ändern lässt. Die Seele verzeiht nichts und kennt kein Vergessen. Und sobald man das akzeptiert, wird vieles andere belanglos.« Ihre Stimme, die weicher und weicher geworden war, gewann eine plötzliche Schärfe. »Ob man alt ist oder jung. Ob man seine Kinder liebt oder nicht. Ob man einer oder zehn oder hundert oder tausend Katzen ein Zuhause gibt. Ob man Männer oder Frauen oder Zwitter oder Bots oder Betas vögelt. Es ist alles egal.«

Kacke ... Pollock sah zur Tür, um sicherzugehen, dass Bruno nicht überraschend zurückgekehrt war. *Diese feige Ratte braucht nicht zu wissen, dass ich eine weiche Seite habe.* Dann schob er Mephistopheles behutsam beiseite, stand auf und stakste über die anderen verstreuten Katzen zu Hughette. »Es ist nicht alles egal«, sagte er leise. »Was Sie mir sagen können, zum Beispiel, das ist alles andere als egal.« Er fasste nach Hughettes Hand und streichelte ihr mit aller Zärtlichkeit, die er aufbringen konnte, mit dem Daumen über die Knöchel. »Vielleicht haben Sie Recht. Vielleicht vergisst die Seele wirklich nichts. Aber wenn dem so ist, dann gilt das für das Schlechte genauso wie für das Gute. Und Sie haben die Chance, hier etwas Gutes zu tun.«

Hughette überrumpelte Pollock mit einem Gefühlsausbrauch: Sie fiel ihm schluchzend um den Hals, und er konnte nicht anders, als die Arme um sie zu legen. Ihr Rücken bebte, ihre Hände krallten sich in seinen Mantel, er spürte ihren heißen Atem an der Brust durch den Stoff seines Hemds. Er murmelte ein paar tröstende Worte – »Schon gut. Ganz ruhig« –, und sie presste sich in einer ruckartigen Bewegung noch enger an ihn, warf sich ihm entgegen.

Fuck! Pollock geriet aus dem Gleichgewicht und machte einen ungelenken Schritt nach hinten. Seine Ferse landete auf etwas Weichem, das sich sofort fauchend unter seinem Stiefel wand. Einem Reflex folgend, nahm er den Fuß gleich wieder hoch, zwängte einen seiner Arme aus Hughettes Griff und hielt sich an der Kante des Servierwagens fest, um nicht umzukippen.

Das Fauchen der Katze, auf die Pollock getreten war, ging in ein Maunzen über, anklagend und beleidigt zugleich. Die anderen Tiere im Raum stimmten ein, und begleitet von der Kakophonie dieses Katzenjammers ließ Hughette ihre schweren Arme an Pollocks Flanken herunterrutschen und starrte ihn an. »Du hast ihr wehgetan«, sagte sie leise, und noch einmal, lauter, grollender: »Du hast ihr wehgetan.«

»Sorry«, entschuldigte sich Pollock rasch.

Der Stoß, den ihm Hughette mit beiden Händen versetzte, mitten vor die Brust und mit ihrem vollen Gewicht dahinter, quetschte ihm die Luft aus den Lungen. Seine Hand glitt an der Kante des Servierwagens entlang, dann ins Leere, und er stürzte.

»Du verdammter Wichser hast Grizabella wehgetan«, brüllte Hughette.

Sie trat nach seinem Unterleib, ihr Bein eine wuchtige Keule aus Fleisch.

Er wehrte den Tritt mit dem Knie ab, stechender Schmerz raste seinen Oberschenkel hinauf. *Fuck! Fuck! Fuck!*

Metall kratzte singend auf Metall, als Hughette nach dem Futternapf auf dem Wagen grabschte. Sie bekam ihn zu fassen und hob ihn über den Kopf wie die bizarre Nahkampfwaffe einer ahumanen Rasse. Trockenfutter prasselte als Hagel kleiner brauner Bröckchen auf Pollock nieder.

Pollock zog ein Bein an – das, das sich nicht anfühlte, als hätte man die Kniescheibe mit einem Vorschlaghammer bearbeitet – und setzte zu einem Tritt gegen seine Angreiferin an. Er hatte auf ihren Bauch gezielt, traf sie aber nur am Oberschenkel. Hughette krümmte sich erst und stürzte dann vornüber, führte ihren Schlag jedoch zu Ende.

Die Kante des Napfs schrammte über Pollocks Schläfe, schnitt ihm in die Haut. Heißes Blut rann ihm ins Auge und legte einen rötlichen Schleier über die gesamte linke Hälfte seines Gesichtsfelds. Hughettes fettiges Haar strich ihm über den Mund. Sie war so auf ihm gelandet, dass ihr Gesicht in seiner Magengrube vergraben war. Er *spürte* sie knurren und ihre Zähne an seinem Hemd kauen. *Sie beißt mich!*

Pollock stützte sich auf die Ellbogen und strampelte mit den Beinen. Stück für Stück robbte er nach hinten und befreite immer mehr von seinem Rumpf. Hughettes Gesicht rutschte auf seinen Bauch. Seine Hoden wanderten in ihrem Sack in Richtung seiner Leisten, als ihm klar wurde, dass diese Irre ihm in den Schritt beißen würde, wenn er seine Strategie nicht änderte. Er packte ihr Haar und zerrte ihr den Kopf in den Nacken. Aus einer Fratze aus Wut und Schmerz blitzten ihn Augen an, deren Blick kaum noch etwas Menschliches hatte. Es waren die Augen eines Raubtiers, das seine Jungen verteidigte. Er schlug ihr Gesicht gegen die Seite des Servierwagens. Einmal, zweimal. Ihre Wange platzte auf, und durch ihren Körper lief ein Zucken. Pollock fühlte, wie sich ihre Muskeln leicht entspannten. Er nutzte ihre Phase der Benommenheit, um sich auf den Bauch zu wälzen und noch heftiger mit den Beinen zu strampeln. Wie ein Soldat in der niedrigsten Gangart kämpfte er sich voran, weiter und weiter. Als er seine Beine endlich frei hatte, kroch er noch ein Stück weiter, auf die nächste Wand zu. Dort kämpfte er sich in die Hocke. Sein verletztes Knie gab nach, und er plumpste erst auf den Hintern, um danach zur Seite wegzukippen.

Hughette krabbelte heulend und kreischend über den Boden, der Morgenmantel halb von den Schultern gerutscht, die Haare wirr im blutigen Gesicht, eine völlig außer sich geratene Frau, die panisch nach irgendeiner neuen Waffe suchte, mit der sie ihn massakrieren konnte. Doch das war nicht das, was Pollock vor sich sah.

Der massige Wachbot stakte auf seinen Spinnenbeinen von einer Richtung in die andere. Die Sensorenköpfe an seinem Rumpf surrten und klickten auf der Suche nach einem Ziel, um es auszulöschen. Panisch drehte Pollock den Kopf nach hinten, um Jost vor dem drohenden Feuerstoß zu warnen.

Aber da war kein pummeliger Mann mit Kamera, nur der Hintern einer beinlosen Katze, die wie eine haarige Raupe davonkroch. Pollock blinzelte. Sein eigener Herzschlag donnerte ihm in den Ohren. Er wandte den Blick zurück zu der tödlichen Bedrohung.

Weit, weit hinter ihr, jenseits eines Felds aus verbrannten und *blutüberströmten und zermalmten Körpern, erkannte er ein großes Stahlschott.* Dort vorn! Dort vorn ist der Ausgang! Steh auf! Lauf! Steh auf, verdammt!, *brüllte und röhrte es in ihm.*

Pollock biss die Zähne zusammen. *Ich bin nicht auf Gambela! Ich bin nicht auf Gambela!*

Hughette hatte ihre Suche inzwischen vom Boden auf einen der Beistelltische verlagert – und wurde fündig! Es war eine marmorne Katzenstatue im retroägyptischen Stil, um deren dünne Beine sie die Hand schloss. Als würde sie die Qualitäten der Statue als Mordinstrument erproben, zerschlug sie grunzend die gläserne Tischplatte in tausend Scherben. Das brachte sie offenbar auf eine neue Idee, denn sie griff mit ihrer freien Hand nach einem langen Splitter, packte ihn wie einen Dolch und wankte auf den Knien auf Pollock zu. Dass ihr die Scherbe die Hand zerschnitt, schien sie nicht weiter zu kümmern.

Pollock wollte aufstehen, doch sein verletztes Bein gehorchte ihm nicht. *Scheiße. Vielleicht wäre ich doch lieber auf Gambela. Das habe ich wenigstens überlebt.*

»Halt, Miss Winchester!« Bruno stand auf der Türschwelle, die eben in Pollocks Wahrnehmung noch ein Stahlschott gewesen war. Wie sich der Beta angesichts des Chaos vor ihm einen Rest zivilisierter Höflichkeit bewahrte, war Pollock ein völliges Rätsel. »Miss Winchester, was tun Sie da?«

»Sie bringt mich um, du Idiot!«, schrie Pollock.

Bruno sprang über eine Schar flüchtender Katzen hinweg und stellte sich Hughette in den Weg. »Miss Winchester, beruhigen Sie sich!«

Hughettes Antwort war ein wilder Stich mit der Scherbe.

Pollock wusste nicht, wer für Brunos Krav-Copajitsu-Training verantwortlich gewesen war, aber wer es auch gewesen sein mochte, er hatte exzellente Arbeit geleistet. Der seitliche Ausfallschritt, mit dem der Beta dem Stich auswich und sich gleichzeitig näher an Hughette heranbewegte, war von tödlicher Eleganz. Bruno stieß ihr die Klauen in die Achsel des ausgestreckten Arms, ließ sein Spielbein herumfahren und rammte seiner wesentlich langsameren Gegnerin das Knie in die Nieren. Hughette bäumte sich auf. Der Arm, in dessen Hand sie die Scherbe führte, sackte schlaff herab. Das hinderte sie nicht, mit der Statue nach Bruno zu schlagen. Es war ein ungelenker Hieb, der sie aus dem Gleichgewicht brachte. Bruno brauchte nicht viel mehr zu tun, als den Kopf einzuziehen und den Schwung von Hughettes Attacke zu nutzen, um sie herumzuwirbeln und gegen den Servierwagen zu stoßen.

Vielleicht war es eine Drehung, die sich Hughette selbst in einem unglücklichen Sekundenbruchteil gab, vielleicht waren es die eingeschliffenen Reflexe des Betas: Sie prallte mit dem Gesicht exakt gegen eine der vorderen Kanten des Wagengestells. Das satte Knirschen – wie von einer überreifen Melone, die einem von der Anrichte fiel und auf dem Küchenboden platzte – entlockte Pollock ein bestürztes Keuchen. Anstatt an der Kante weiter entlang zu rutschen, schien Hughettes Gesicht daran zu kleben. Der Rest ihres Körpers sank jedoch sehr wohl in sich zusammen, was einen eigentümlichen Effekt bewirkte: Ihr Rücken bog sich mehr und mehr durch, als führte sie eine besonders anspruchsvolle Yogatesübung durch, für die sie den Servierwagen als Stütze für ihre Stirn nutzte. Die Finger ihrer linken Hand öffneten sich und gaben die Statue frei, in der ohnehin schlechten Luft hing mit einem Mal der Gestank menschlicher Exkremente.

Bruno stand einfach nur versteinert da, beide Hände vor dem Mund, wie eine Person, der man soeben ein schreckliches Geheimnis über die wahre Natur des Universums offenbart hatte.

Scheiße. Pollock starrte auf das Blut, das von der Kante des Wagens auf eines seiner Räder tropfte und von dort dem Teppich entgegenperlte. Mit dem Auge, in das ihm sein eigenes Blut lief, nahm er das von Hughette in einem unnatürlichen Schwarz wahr, fast wie Öl, das aus einem demolierten Bot sickerte. *Scheiße.* Er tastete nach seiner Schläfe und fasste in einen glitschigen Spalt, an dessen Grund er seinen Schädelknochen spürte. *Scheiße.* Dann gingen ihm die Lichter aus.

33

»Ich muss schon sagen, dass ich mir den Verlauf Ihres Aufenthalts hier deutlich anders vorgestellt hatte. Ich habe Sie rufen lassen, um Todesfälle aufzuklären, und nicht um neue herbeizuführen.«

Die Miene von Wilbur Lantis war diesmal nicht die eines eingefleischten Fans. An diesem Morgen erinnerte sie Pollock eher an die eines Mannes, der beim Kauf eines Sportgleiters über den Tisch gezogen worden war und sich statt des erhofften Spaßbringers eine überlackierte Rostlaube hatte andrehen lassen.

»Mir wäre es auch viel lieber, Hughette wäre noch am Leben«, verteidigte sich Pollock. »Ich hatte da nämlich noch ein paar wichtige Fragen an sie.« *Und stattdessen sitze ich in einem von Esquirols Besprechungszimmern und muss mir haltlose Vorwürfe von Amateuren anhören.*

Pollock war nach seiner Ohnmacht in einem Krankenbett zu sich gekommen. Er hätte sich am liebsten sofort aus dem

Himmel verzogen, aber Esquirol hatte darauf bestanden, dass er eine Nacht zur Beobachtung blieb. Übertriebenerweise, wie Pollock fand. Die Wunder der Nanomedizin hatten dafür Sorge getragen, dass sein Knie bereits wieder abgeschwollen und der Spalt in seiner Schläfe durch neue, babyglatte Haut geschlossen war. Gut, ihm hatte der Schädel ein bisschen gebrummt, aber er war in einem Waisenhaus aufgewachsen, wo die Erzieher eine harte Devise ausgegeben hatten: »Krank ist man erst, wenn man den Leichenbestatter rufen muss.« Insofern war es für Pollock eine Qual, dass er eine Nacht in den Fängen Esquirols verbringen musste. Ausgerechnet dieser Schleimscheißer, diese absolute Vollnull. Das Wissen darum, dass Bruno – nur als reine Vorsichtsmaßnahme, wie ihm Trudy in einem kurzen Telefonat versichert hatte – diese Nacht in einer Arrestzelle verbrachte, machte die ganze Angelegenheit nur noch unangenehmer.

»Es war Notwehr«, erklärte er bestimmt zum fünften oder sechsten Mal. »Ein Unfall. Wenn Bruno nicht gewesen wäre, müssten Sie sich über mich gar nicht mehr so künstlich aufregen, Wilbur.«

Lantis seufzte und ließ den Blick über die Schwarz-weiß-Porträts der Granden der Seelenklempnerei schweifen, die wie Ikonen in einer ungewöhnlichen Kapelle die Wände zierten: Freud und Jung – für Pollock eine schmerzhafte Erinnerung an die beschaulichen Tage in seinem freiwilligen Exil und die netten Plauderstunden mit seinen beiden Psychoanalyse-Avataren Sigmund und Carl –, Edwin »Über-Du« Oggersheimer, Mel »Meta-Kognition« Metz, Ursula »Angstlust« Dorn, Oliver »Familiengestimmtheit« Bathland ... »Ich begreife das nicht, Pollock. Ich habe mich auf Sie verlassen. Ich habe alles getan, damit Sie Ihre Ermittlungen schnell und unkompliziert durchführen können. Ich habe Sie nach besten Kräften unterstützt. Ich habe Ihnen alle Freiheiten gelassen. Ich habe Ihnen sogar einen Gleiter geschenkt, verdammt!«

»Ein Geschenk, das ich dankend abgelehnt habe«, erinnerte ihn Pollock. *Komm mir bloß nicht so, Alter ...*

»Tatsächlich?« Lantis kniff die Augen zusammen.

»Mister Shermars Angaben sind korrekt«, rief ihm Themis' geisterhafte Stimme ins Gedächtnis.

In Pollocks Magen ballte sich die angestaute Wut zu einem sauren Knoten zusammen. »Vielen herzlichen Dank für die Unterstützung, Lady. Aber ich will Ihnen mal eins sagen: Ich fände es ausgesprochen fair, allen Richtern dieses kleinen Tribunals hier ins Gesicht sehen zu können, während Sie über mein weiteres Schicksal entscheiden. Selbst wenn einer von ihnen nur ein dämlicher Sekretärinnen-Avatar ist.«

Ein in die Platte des Konferenztischs eingelassener Monitor flackerte auf und zeigte dann Kopf und Schultern einer Frau mit olivfarbener Haut, dunkler Lockenpracht und strahlend blauen Augen. »Ist es so besser, Mister Shermar?«

Eine vorlaute Ansammlung von Algorithmen. Als ob mir das noch gefehlt hätte ... Pollock lächelte abfällig. »Hübsch. Was Dunkles für zwischendurch. Und dabei hätte ich schwören können, Sie stehen auf Blondinen, Wilbur.«

Lantis wandte sich ernst an Esquirol, der zu seiner Rechten saß. »Sind Sie ganz sicher, dass Ihr Patient durch den heftigen Schlag gegen seinen Kopf keine bleibenden Schäden davongetragen hat, Doktor?«

»Äh ...« Esquirol lugte ängstlich zu Pollock und verzog das Gesicht, als hätte dieser ihm soeben ein zweites Mal den Ellbogen in den Bauch gerammt. »Die Scans lieferten in dieser Hinsicht keine eindeutigen Ergebnisse?«

»Was willst du Flachzange damit sagen?«, blaffte Pollock. »Dass bei mir im Oberstübchen was durcheinandergeraten ist? Nur raus mit der Sprache.«

»Tja ... also ... Durcheinander ist da ... also ... ich würde jetzt nicht ...« Esquirol wand sich wie der Wurm am Haken.

»Was Doktor Esquirol uns sagen möchte, Mister Shermar, ist Folgendes«, sprang Themis für den Arzt in die Bresche. »Aus ihren neuronalen Mustern lässt sich das Vorhandensein einer zweiten kognitiven Matrix ableiten, die die Hauptmatrix an einigen Stellen überlappt.«

»Ah«, machte Lantis. »Natürlich. Wieso überrascht mich das nicht?«

Nun zahlten sich die Unterhaltungen mit Sigmund und Carl für Pollock doch noch gehörig aus. »Sie meinen, ich habe Dinge in meinem Kopf, von denen ich nichts weiß?«

»Äh ... genau ... ja ... das ... äh ...«, stammelte Esquirol.

»Sehen Sie«, ergriff Lantis das Wort, »ich bin kein Idiot, Pollock. Mir ist völlig klar, was das zu bedeuten hat. Sie sind Mitarbeiter eines Konzerns, und ich vermute, ihr Arbeitgeber hat für gewisse Eventualitäten vorgesorgt. Wenn ich richtig liege, geht es bei dieser zweiten Matrix darum, tunlichst zu verhindern, dass Sie Interna ausplaudern, falls Sie in die falschen Hände geraten.«

»Oh.« Pollock mahlte mit den Kiefern. *Madonna, du falsche Schlange!* »Sie denken, *Alliance* hat mir bei irgendeiner Standarduntersuchung die eine oder andere freundliche Handlungsanweisung ins Unterbewusstsein gepflanzt.

So was wie ›Schluck deine Zunge runter, falls die falschen Leute dich verhören‹ oder ›Beiß dir die Pulsadern auf, wenn jemand nach Projekt X fragt‹.«

»Ist es nicht wunderbar, wenn man uneingeschränktes Vertrauen genießt?«, spottete Lantis.

»Sie haben sehr dramatische Varianten für Ihre Beispiele gewählt«, sagte Themis. »Weitaus weniger tödliche Anweisungen sind sehr viel wahrscheinlicher. Ihre Aggression, die Sie in dieser Unterhaltung an den Tag legen, könnte letztlich einer solchen Anweisung entspringen.«

Pollock lachte bitter. »Du kennst mich nicht sehr gut, Schätzchen. Dass ich mich über diese Scheiße hier aufrege, braucht mir keiner einzupflanzen.«

»Kann sein.« Lantis breitete die Arme aus und zuckte dabei mit den Achseln. »Aber ich würde meine Zeit auch lieber mit anderen Dingen verbringen als mit dieser Scheiße hier, wie Sie es so schön nennen. Apropos Scheiße.« Seine Stimme wurde merklich kühler. »Sie werden sicher einsehen, dass es mir schwerfällt, an die Theorie zu glauben, die Sie hier vor uns ausgebreitet haben. Dass *FullCorp* einen seiner Ex-Angestellten, der hier in meinem Reich einen schwunghaften Handel mit illegalen Medikamenten betreibt, und dessen Kunden liquidieren lässt, indem sie Beta-Escorts quasi als Überträger eines biologischen Kampfstoffs einsetzen. Das passt hinten und vorne nicht zusammen. Warum hat sich *FullCorp* nicht mit diesem Problem an mich gewendet? Ich hätte ihnen Slim Kaschgelejew und seine Kundschaft ausgeliefert. Sie kannten alle die Regeln: In At Lantis werden keine Deals gemacht, welcher Art auch immer. Sie mussten damit rechnen, dass ich sie auf keinen Fall decken würde. Tut mir leid, Pollock.« Er schüttelte den Kopf. »Mir ist klar, dass Sie nach Ihrer langen Auszeit einen spektakulären Fall mit einer möglichst genauso spektakulären Auflösung brauchen, um im Quotenrennen zu bleiben. Aber Sie haben sich da in etwas komplett Abstruses verrannt.«

»Abstrus, ja?« Pollock zeigte auf Esquirol. »Schicken Sie diesen Vogel los, um Hughette zu obduzieren. Halt, nein! Es muss nicht mal das volle Prozedere sein. Es reicht schon, wenn er sich ihr Gehirn ansieht. Das ist doch sein Spezialgebiet. Da sollte ihm auffallen, dass die Zellen ihrer Amygdala stärker miteinander vernetzt sind als üblich. Und dann haben Sie Ihren Beweis, auf den Sie so scharf sind!«

»Ich ... fürchte ...« Esquirol schaute auf seine Hände. »Dafür ist es ... zu spät.«

»Was?« Pollock war innerlich drauf und dran, quer über den Tisch zu springen und Esquirol die Faust ins Maul zu stopfen. »Was soll das schon wieder heißen? ›Zu spät‹?«

Wieder war es Themis, die sich als Überbringerin schlechter Nachrichten betätigte. »Miss Winchesters Leichnam wurde gemäß der Vorgaben in ihren Notfallanordnungen unmittelbar nach dem Abtransport aus ihrem Apartment eingeäschert. Wir bemühen uns, unseren Bewohnern sämtliche Wünsche zu erfüllen – auch über den Tod hinaus. Uns ist durchaus bewusst, dass dieses Maß an Service und Pietät in einer solchen Situation nicht unproblematisch ist, aber ...«

»Schon verstanden.« Pollock schlug mit der Faust auf den Tisch, und Themis' attraktives Antlitz verschwamm für einen Herzschlag. »Alles klar.« Wut hin, Wut her: Seiner Kombinationsgabe tat Pollocks Rage keinen Abbruch. »Sie halten sich an diese beschissenen Anordnungen, weil sie ihren Leuten auch noch nach dem Ableben irgendwelche Peinlichkeiten ersparen wollen. Nur für den Fall, dass sie eine Überdosis von irgendeinem Scheißdreck im Blut oder einen Kaktus im Hintern stecken haben. So was darf auf keinen Fall publik werden. Und weil dieses paranoide Völkchen nicht mal seinen eigenen Sicherheitsvorkehrungen traut, dürfen diese pikanten Details natürlich nicht einmal in etwas so Vertraulichem wie einem Obduktionsbericht auftauchen. Es könnte ja sein, dass irgendein gelangweilter Hacker nichts Besseres zu tun hat, als in ihr Netzwerk einzubrechen und munter nach Schlagwörtern wie Kaktus und Hintern oder Erbrochenes und Erstickt zu suchen.« *Willkommen in At Lantis, wo Verfolgungswahn zum Lifestyle gehört!* Er schlug noch einmal auf den Tisch, diesmal mit beiden Fäusten. »Hermes Christus! Wie soll man denn da als Ermittler seine Arbeit machen?«

»Gründlich und diskret«, schlug Lantis ungerührt vor.

Als er Lantis' harten Blick erwiderte, keimte in Pollock eine äußerst verlockende Idee auf. Er sah sich in seiner Station in seinem Lieblingssessel sitzen, einen kühlen Drink in der einen, die Cube-Fernbedienung in der anderen Hand. »Wissen Sie was, Wilbur? Wir müssen uns das alles gar nicht antun.« Er lehnte sich in seinem Stuhl zurück und verschränkte die Arme vor der Brust. »Betrachten wir die ganze Sache doch einfach als nettes Experiment, das in die Hose gegangen ist. Ich signiere Ihnen noch zwei, drei Merchandisingartikel aus Ihrer Sammlung, und dann geben wir uns die Hand und sagen Adieu zueinander. Nichts für ungut. Bis dann irgendwann. Rufen Sie mich bitte nicht an, ich rufe Sie an. Denn so nötig, wie Sie vielleicht meinen, hab ich diese Nummer hier nicht. Ich bin im

Grunde meines Herzens ein sehr bescheidener Mensch. Ich brauche nicht viel, um glücklich zu sein. Nicht mal einen Privatgleiter, und schon gar nicht einen Fall, bei dem mir mein Auftraggeber durch die Blume zu verstehen gibt, dass er mich für einen Versager hält. Na? Wie sieht's aus?« Er griff in seinen Mantel und holte einen dünnen Filzschreiber daraus hervor. »Soll ich gleich hier was unterschreiben? Kann losgehen.« Er beugte sich vor und begann, schwungvoll auf den Tisch zu kritzeln. »Für meinen lieben Freund Wilbur«, knurrte er beim Schreiben. »Besten Dank für vier Tage hoffnungslos vergeudete Zeit und viel Vergnügen mit den nächsten Morden. Recht so? Glotzen Sie nicht so neidisch, Esquirol. Sie kriegen auch noch eine persönliche Widmung von mir, wenn Sie möchten.«

Es klopfte an der Tür. Drei harte, energische Schläge.

»Ja bitte?«, rief Lantis sichtlich entnervt.

»Tut mir leid, Sie zu stören, Sir.« Trudy, die volle Kampfmontur samt Helm und Panzerung trug, blieb in der Tür stehen. Sie würdigte weder Esquirol noch Pollock auch nur eines einzigen Blickes. »Ich habe hier draußen jemanden, der dringend mit Ihnen sprechen will.«

»Ich habe zu tun«, grantelte Lantis. »Wimmeln Sie ihn ab.«

»Er ist eine Sie«, erklärte Trudy. »Cleo Purrtra. Sie hat gedroht, ausgewählten Medienvertretern ein aufschlussreiches Interview zu geben, falls Sie keine fünf Minuten Zeit für Sie haben.«

Lantis schloss die Augen und senkte das Kinn auf die Brust.

»Bringen Sie Miss Purrtra doch bitte herein«, sagte Themis.

295

»Sir?«, hakte Trudy bei ihrem Boss nach.

»Was immer mir mein Gewissen empfiehlt«, murmelte Lantis und gab Trudy einen Wink.

Sie trat beiseite, um Cleo Platz zu machen. Die Ozelotbeta – in einem strengen Businesskostüm mit breiten Nadelstreifen – marschierte auf hohen Absätzen direkt auf einen der freien Stühle zu. »Mister Lantis«, sagte sie ruhig, doch sie hatte die Ohren angelegt, und ihre Schwanzspitze bebte.

»Cleo«, frohlockte Pollock. »Schön, dass du auch da bist. Dann kannst du Wilbur gleich mal erzählen, wen du für mich k...«

»Nicht jetzt, Shermar!«, fauchte sie.

Pollock fiel beinahe die Kinnlade runter. *Shermar? Ich dachte, wir wären längst bei Pollock und Cleo!*

»Mister Lantis«, sprach Cleo den ungekrönten Herrscher von At Lantis noch einmal an. »Ich bin hier, um darauf zu drängen, dass Sie den Beta freilassen, den Ihre Trooper festhalten.«

»Woher wissen Sie davon?«, fragte Lantis, einen schnarrenden Unterton in der Stimme.

»Manche Skandale lassen sich eben nicht vertuschen«, antwortete Cleo. »Die Zeiten, in denen die Menschen Betas wie Leibeigene behandeln konnten, neigen sich ihrem Ende entgegen.«

»Können Sie bitte von Ihrem Rednerpult runtersteigen?«, verlangte Lantis. »Der Beta, über den wir hier reden, ist in den Tod einer Frau verwickelt, und bis endgültig geklärt ist, ob es sich um einen Unfall handelte oder nicht, bleibt er in Gewahrsam. Das ist ein völlig normaler Vorgang.«

»Mister Lantis hat Recht«, bekräftigte Themis. »Wir verstoßen mit unserem Handeln in keinster Weise weder gegen atlantisches Recht noch die üblichen Gepflogenheiten in einem derartigen Fall.«

Cleo sah Lantis an und tippte mit einer Klaue auf den Monitor mit Themis' Gesicht. »Ihre hübsche Rechtsberaterin hätten Sie sich schenken können. Hier handelt es sich eindeutig um schwerste Diskriminierung.«

»So?« Lantis klang zunehmend gereizter.

»Selbstverständlich.« Anklagend zeigte sie auf Pollock. »Warum ist dieser Mann auf freiem Fuß? Er war genauso am Tatort, und er sitzt nicht in einer Zelle, sondern genießt alle Annehmlichkeiten des Himmels. Ist das etwa Gerechtigkeit? Fällt das unter Ihre Definition von Gleichberechtigung?«

»Ich war verletzt«, protestierte Pollock. *Was soll das denn?*

»Ich rede nicht mit Ihnen, Shermar«, kanzelte ihn Cleo ab. »Also, Mister Lantis, ich gehe fest davon aus, dass entweder Bruno Digger binnen der nächsten zwei Stunden aus seiner Untersuchungshaft entlassen wird oder Pollock Shermar ihm umgehend Gesellschaft leistet.«

»Moment, Moment, Moment!« Pollock steckte seinen Stift weg. »Das ist nicht dein Ernst.«

»O doch.« Cleo stand auf. »Sonst führen wir diese Unterhaltung über Schlagzeilen weiter. Ich drohe Ihnen nicht gern, Mister Lantis, aber Sie lassen mir keine andere Wahl.« Sie drehte sich auf dem Absatz um und verließ den Raum.

Einige Sekunden lang herrschte Schweigen am Tisch. Es war Lantis, der es schließlich brach. »Würden Sie mich bitte mit Pollock allein lassen, Doktor Esquirol?«

Esquirol erhob sich zwar, doch er hatte anscheinend irgendwann in den letzten Minuten Teile seiner Eier wiedergefunden. »Wie Sie möchten. Aber ... ich muss Sie darauf hinweisen, dass ich nicht für Ihre Sicherheit garantieren kann. Mister Shermar wirkt auf mich sehr aufgewühlt, und er neigt unter solchen emotionalen Belastungen zur Gewalt, wie ich schon am eigenen Leib erfahren durfte.«

»Pollock wird sich benehmen«, entgegnete Lantis ruhig. »Ist doch so, Pollock, oder?«

»Sie können abdampfen und Ihre Unterhosen wechseln, Doktorchen«, sagte Pollock. »Wilbur und ich, wir sind wahre Gentlemen. Ist doch so, Wilbur, oder?«

»Wir haben die Höflichkeit erfunden.« Lantis wies mit der flachen Hand auf die Tür. »Vielen Dank, Doktor.«

Esquirol trollte sich, und nachdem die Tür hinter ihm ins Schloss gefallen war, schaute Lantis Pollock nachdenklich an. »Was erwarten Sie von mir, Pollock? Was sollte ich jetzt Ihrer Meinung nach tun? Sie einfach gehen lassen? Damit Sie zurück zu *Alliance* laufen und die Anti-PR-Jungs dort aus dieser Affäre einen reißerischen Bericht stricken? Einen, in dem ich der fiese Diktator bin und ganz At Lantis ein einziges Irrenhaus ist?«

Wie selbstverliebt kann man sein? Pollock winkte ab. »Wilbur, *Alliance* interessiert das doch eigentlich einen Scheißdreck, was hier vor sich geht. Meine Leute haben mich nicht nach At Lantis geschickt, um hier irgendwas auszuspionieren.« *Hoffe ich jedenfalls ernsthaft, denn sonst wird Madonna noch den Tag verfluchen, an dem sie mich von meiner schönen Station gelockt hat.* »Wenn es irgendwo anders zu diesen Todesfällen gekommen wäre – im Kingdom of

Zulu, im Palast des Ministrators, in einer Uranmine, was weiß ich –, dann hätten sie mich eben dorthin verfrachtet.« Er grinste breit. »Und Ihre Imagesorgen sind so oder so unbegründet. Glauben Sie, es ist für irgendeinen halbwegs intelligenten Menschen eine Überraschung, dass At Lantis kein Paradies ist? Dass hier unter der Oberfläche, unter all dem schönen Schein massenhaft Sachen abgehen, die einem die Haare zu Berge stehen lassen? Ich bitte Sie, Wilbur. Machen Sie sich nicht lächerlich.«

Eine Andeutung von Betroffenheit legte sich über Lantis' Züge, und für einen Moment sah er nur noch schrecklich alt und furchtbar müde aus. »Sie sind ein gottverdammter Zyniker, Pollock. Ich dachte immer, das wäre nur Teil Ihrer Rolle, ein Teil des Bilds, das Sie abgeben müssen, um den Vorstellungen Ihres Publikums von einem Mann zu entsprechen, der schon alles gesehen hat und durch nichts mehr zu erschüttern ist.«

Pollock seufzte. »Da muss ich Sie wohl leider auch enttäuschen.«

Lantis senkte den Blick. »Für Sie ist das hier vielleicht alles nur ein schrecklich schlechter Witz, Pollock. Für mich nicht. Ich weiß, dass At Lantis nicht perfekt ist, aber wir tun alles, was in unserer Macht steht, damit dieser Ort so wird, wie wir ihn uns gewünscht haben.«

Pollock schürzte die Lippen. *Aha, es ist so weit: Der König redet von sich in der dritten Person.*

»Was können wir tun, um Sie zum Bleiben zu bewegen?«, wollte Themis wissen, deren Anwesenheit Pollock fast verdrängt hatte.

Er dachte kurz nach, dann beugte er sich vor und bemühte sich um einen versöhnlicheren Ton. »Wissen Sie, womit mir schon mächtig geholfen wäre, wenn ... *falls* ... ich mich entscheide, meinen Auftrag hier zu Ende zu bringen?« Pollock deutete das Schweigen seines Gegenübers und dessen Sekretärinnen-Avatars als Aufforderung. »Sie könnten Trudy und Ihre Trooper so schnell wie möglich alle Beta-Escorts zu einer Vernehmung einbestellen lassen.«

»Waren Sie eben nicht dabei?« Lantis zeigte sich verwundert. »Haben Sie nicht mitgekriegt, was diese verfluchte Katze hier abgezogen hat? Was glauben Sie, was los ist, wenn ich Ihrem Wunsch nachkomme und alle Betas zusammentreiben lasse wie Vieh? Das ist doch ein gefundenes Fressen für Purrtra.«

»Warum ist Ihnen das so wichtig?«, fragte Pollock. »Es leben sowieso kaum Betas in At Lantis, und noch viel weniger von denen sind echte Bürger, die Immobilien besitzen. Haben Sie Angst, dass Sie potenzielle Kunden vergraulen? Das kann es ja wohl nicht sein. Wie viele Betas gibt es dort draußen, die reich genug sind, um sich in At Lantis einzukaufen? Und überhaupt müssen Sie sich doch um Bewerber auf einen Bürgerstatus keine grauen Haare wachsen lassen, wenn ich das richtig sehe. An Menschen, die scharf darauf sind, in Ihr kleines Paradies einzuziehen, besteht doch nun wahrlich kein Mangel, oder?«

Lantis schüttelte bedächtig den Kopf. »Sie *sind* ein Zyniker«, wiederholte er seine frühere Einschätzung. »Mir ist es ernst, Pollock. In At Lantis sind alle gleich. Und ich will, dass man das auch außerhalb unserer Grenzen so wahrnimmt. Was für ein Signal würde es aussenden, wenn ich jetzt einfach anfangen würde, Betas anders zu behandeln? Es würde so gedeutet, dass wir morgen vielleicht keine

Bürger mehr wollen, die nicht auf der Erde geboren sind. Oder keine Künstler mehr. Oder keine Leute mit Implantaten. Keine Heavys. Verstehen Sie?«

»Okay.« Pollock faltete die Hände auf dem Bauch. »Dann sind wir also fertig miteinander?«

Das Weiche, das Verletzliche verschwand von der einen Sekunde auf die andere aus Lantis' Gesicht. »Sie schätzen Ihre Lage völlig falsch ein, scheint mir.«

Oh-oh. Pollock richtete sich auf. *Der König ist böse mit mir.*

»Sehen Sie, ich muss daran denken, wie meine Untertanen diese Situation beurteilen.« Er schaute wieder zu den Porträts an der Wand. »Ich kenne mich in ihren Köpfen gut aus. Ihre Anwesenheit hier, Pollock, ist kein Geheimnis mehr. Dazu haben wir alle beigetragen, weshalb ich in diesem Zusammenhang nicht von Schuld sprechen möchte. Und meine Untertanen werden Ihre Anwesenheit mit den tragischen Todesfällen in Verbindung bringen. Vor allem mit dem jüngsten. Sie werden sich fragen, wie Hughette Winchester umgekommen und wer dafür verantwortlich ist. Da wäre es gut, wenn Sie alle Zweifel an Ihrer Person restlos ausräumen können. Wenn Ihre Ermittlungen doch noch Erfolg zeigen.«

Pollock fiel Cleos Forderung ein und konnte nicht anders, als einen flüchtigen Blick zur Tür zu werfen. »Wollen Sie mir gerade mitteilen, dass Sie mich einsperren lassen, falls ich nicht weiter für Sie arbeite?«

»Ich habe gar keine andere Wahl, um den Frieden in meinem Reich zu bewahren«, sagte Lantis. »Und was *Alliance* anbelangt: Ich bin mir sicher, dass Ihre Quoten auch im Fall eines handfesten Skandals wieder steigen würden. Noch dazu ganz ohne, dass *Alliance* auch nur einen Pfifferling in solche Dinge wie eine Marketingkampagne oder gar die Produktion eines Films über diesen Fall stecken müsste. Glauben Sie mir, Pollock: Ich würde Sie nur höchst ungern in einer Zelle enden sehen. Noch bleibt uns Zeit. Unmut braucht eine Weile, um zu gären.«

»Wie lange?«, fragte Pollock. *Du eiskalter Bastard!*

Lantis rieb sich das Kinn. »Sagen wir ... drei Tage? Das sollte doch genügen, damit Sie Ihre kleine Theorie auf eigene Faust austesten können, nicht wahr?«

»Ich will Bruno«, sagte Pollock hart. »Ich brauche ihn. Er nimmt mir viel von meinen Recherchen ab.«

»Sie sollen Ihren Partner kriegen«, kündigte Lantis großzügig an. »Wir wollen doch Miss Purrtra nicht reizen.«

»Sie hat Sie an den Eiern, hm?«, erkundigte sich Pollock nicht ohne Genugtuung, dass wenigstens Cleo Lantis die Grenzen seiner Macht aufgezeigt hatte.

»Höchstens an einem.« Lantis verschränkte die Arme hinter dem Kopf, und sein Lächeln jagte Pollock einen kalten Schauer den Rücken hinunter. »Sie hat mich in eine interessante Position gebracht: Ich kann Ihrem Freund die Freiheit schenken und sie gleichzeitig erheblich beschneiden.«

34

01.10.3042 A.D., 10:35
System: Sol
Planet: Erde
Ort: Lantis Island, Trooperstation NAB-3, Zelle 3

Brunos Zelle, deren einzigen beiden Einrichtungsgegenstände eine Pritsche und eine Toilettenschüssel waren,
maß seiner Schätzung nach ziemlich genau zwei mal zwei
Meter. Trotzdem fühlte er sich nicht beengt. Einerseits waren dafür seine Nacktmullgene verantwortlich, die seinen
Geist gegen jedwede Form von Klaustrophobie wappne-
ten. Andererseits hing es wahrscheinlich damit zusammen, dass die Zelle nur drei Wände hatte. Zu einer Seite
wies sie auf einen breiten Korridor, von dem insgesamt
sechs Zellen abgingen, drei links, drei rechts. Sie alle besaßen statt einer Tür ein Kraftfeld, das ihren Insassen eine
Flucht unmöglich machte. Es handelte sich dabei um winzige Ausführungen jener Schilde, die die Hülle von Raum-
schiffen vor unerwünschten Einschlägen aller Art schütz-
ten. Sie waren so gut wie unsichtbar. Nur wenn man die
Augen zusammenkniff, erahnte man ein minimales Flir-
ren und Schillern in der Luft.

Für Bruno war das allerdings völlig unerheblich: Er konnte das Feld seiner Zelle *riechen*. Genauer gesagt nahm seine feine Nase die verschmurgelten Staubpartikel wahr, die das Feld anzog und dann gewissermaßen schön langsam durchröstete. Wenn ein Mensch – oder ein kleiner Nacktmullbeta – versucht hätte, das Feld zu durchschreiten, wäre die Folge ein heftiger Krampfanfall gewesen, inklusive Schaum vor dem Mund und unwillentlicher Darmentleerung. Eine rote Linie auf dem Boden zeigte an, ab welchem Punkt man mit derlei unangenehmen Konsequenzen zu rechnen hatte.

Bruno verspürte nicht die geringste Motivation, auszutesten, ob die Linie womöglich noch den einen oder anderen Zentimeter Spielraum ließ, ehe man dem Effekt des Felds ausgesetzt war. Er lag immer noch dort, wo er sich in unruhigen Schlaf gewälzt hatte: unter der Pritsche.

Wieder einmal stellte sich heraus, dass ein eidetisches Gedächtnis Fluch und Segen zugleich war. Bruno konnte Dinge nicht vergessen, nur verdrängen, und das war nicht so leicht. Insbesondere dann nicht, wenn man etwas zu verdrängen versuchte, das gefühlsmäßig so stark aufgeladen war wie sein unheilvoller Besuch im Apartment von Hughette Winchester. Wenn er die Augen zumachte, sah er sie noch immer vor sich liegen – den Kopf an diesem Servierwagen eingeschlagen, eine Pfütze Urin zwischen den leicht gespreizten Beinen. Er roch die Katzen, den Schweiß, das Blut. Zwei Sorten Blut. Ihr Blut. *Und Pollocks Blut! O Gott, was mache ich nur, wenn er tot ist?*

Das war seine größte Sorge. Der logische Teil seines Verstands hielt sie für unbegründet: Die Sanitäter, die dank Hughettes LifeSaver-Chips nach nur fünf Minuten und noch vor den Troopers am Ort des tragischen Geschehens eingetroffen waren, hatten ihm mehrfach versichert, dass Pollocks Wunde nicht lebensbedrohlich war. *Aber was, wenn sie sich geirrt haben?*

Er hatte sich widerstandslos von den Troopern abführen lassen, auch wenn sie ihn recht grob behandelt hatten. *Und das, obwohl ich ihnen die Vorgänge sehr genau geschildert habe. Vielleicht hätte ich deutlicher betonen müssen, dass ich Miss Zelle persönlich kenne. Dann wären Sie bestimmt anders mit mir umgesprungen.*

Seine Reue darüber, was Hughette Winchester zugestoßen war, hielt sich in sehr engen Grenzen. Das war quasi der segensreiche Anteil am eidetischen Gedächtnis. Ganz gleich, ob er die schlimme Szene bewusst abrief oder sie sich von allein in sein Bewusstsein drängte, fiel sein Urteil jedes Mal gleich aus: *Ich habe mir nichts vorzuwerfen. Es war ein Unfall. Wenn ich nichts unternommen hätte, hätte sie Pollock getötet.* Das einzig Unangenehme an dieser Selbstverständlichkeit, mit der er dieses Urteil fällte, war, dass er sich nicht sicher war – nicht sicher sein *konnte* –, worauf diese Einschätzung in letzter Konsequenz beruhte. *Ist es meine menschliche Seite, die nach einer Erklärung für meine Handlungen verlangt, mit der ich leben kann? Oder ist es meine animalische Seite, die diese ganze Sache einfach als notwendigen Kampf gegen eine Bedrohung abhakt?*

Nicht minder schlimm fand er, dass man ihm sein Diktafon abgenommen hatte, genauso wie seine Multibox, seine Schuhe und seine Krawatte. *Wenn ich doch nur Miss Presley und Doktor Woo-Suk Bescheid geben könnte. Sie könnten mir bestimmt irgendwie helfen. Er war noch nie lange allein ohne*

305

mich. Wer weiß, was das in ihm auslöst? Wenn er überhaupt noch lebt ...

Ein unförmiger, großer Schatten fiel in Brunos Zelle.

»Alles klar da drin?«, fragte eine dumpfe Stimme, die klang, als würde ein Berg zu Bruno sprechen.

Bruno kannte diese Stimme. Er rutschte unter der Pritsche hervor und setzte sich auf. Abul Abbas war so massig, dass er von seinen Dimensionen her mehr oder minder die gesamte fehlende Zellenwand ersetzte. Bruno hielt es nach wie vor für bescheidene Flunkerei, was ihm der Trooper bei einem erstaunlich freundlichen Gespräch zum Schichtwechsel vor acht Stunden gebeichtet hatte: dass er unter Elefantenbetas noch eher zu den Kümmerlingen gehörte.

»Alles klar«, sagte Bruno. »Obwohl ...«

»Nur raus damit.« Abul hatte seinen Rüssel nach oben gekrümmt, damit der Schlauch aus Muskeln ihn nicht beim Sprechen störte. »Ich beiße nicht.«

Natürlich nicht. Bruno schnupperte unsicher. *Du kannst Quengler ja einfach auf deinen Stoßzähnen aufspießen.* »Haben Sie etwas von meinem Partner gehört?«

»Bei mir hat sich keiner gemeldet.«

»Schade.«

»Er ist bestimmt noch im Himmel«, sagte Abul beruhigend.

»Ja, bestimmt.« Bruno fasste sich ein Herz. »Ihr Kollege hat vorhin etwas zu mir gesagt, das mich ein bisschen nervös macht.«

»Was?«

Bruno stand auf, näherte sich der roten Warnlinie bis auf einen Fußbreit und schielte nach rechts zu dem Ende des

Gangs, das in den Raum mündete, in dem die diensthabenden Troopers vor einer Batterie Monitore die Zellen überwachten. Beide Drehstühle waren verwaist, und von dem sehnigen Kerl, der Bruno drangsaliert hatte, auch sonst nichts zu sehen. »Er hat gesagt: ›Du wirst nicht lange bei uns bleiben, du Ratte‹«, begann Bruno die einschüchternden Äußerungen herunterzuspulen. »»Aber nicht so, wie du denkst. Wir mögen hier keine Mörder. Und erst recht mögen wir keine beschissenen Betas, die auch noch Mörder sind. Normale Mörder, die können sich auf ein paar schöne Jahre in Australien freuen. Ein Rundum-Wohlfühlpaket mit Durst, Sandschippen, Schlägereien und Vergewaltigungen. Und die haben es immer noch besser als blutrünstige Missgeburten wie du. Weißt du nämlich, was wir mit denen machen? Ganz kurzen Prozess. Wir fahren einfach die Nabe hoch, bis zum Wasserfall, und da schmeißen wir sie runter. Futter für die Algen. Und noch was: Es heißt ja oft, man würde bei so einem Sturz vor Schock gleich am Anfang bewusstlos werden. Das ist totale Scheiße. Alle, die ich da runtergeschmissen habe, haben so lange geschrien, bis ich sie nicht mehr hören konnte.«« Bruno legte das Gesicht in Falten. »Ich darf doch mit irgendeiner Art von Gerichtsverhandlung rechnen?«

»Dieser Wichser.« Abul wedelte mit den riesigen Ohren. »Hör nicht auf Shelby, Kleiner. Der ist ein Arschloch.« Er zwinkerte Bruno zu. »Aber in einer Sache hat er Recht. Du wirst uns wirklich nicht lange erhalten bleiben. Dafür habe ich gesorgt, glaub mir.«

Noch bevor der Elefantenbeta seine kryptische Andeutung näher erklären konnte, knallten zackige Schritte durch den Gang. »Mach mal Platz, Dicker.«

Abuls Rüsselspitze krümmte sich noch ein bisschen mehr, doch er folgte der recht belustigt vorgetragenen Aufforderung. »Herzlichen Glückwunsch.« Shelby grinste ein gehässiges Grinsen und zückte die schlanke Pistole, die er an einem Holster an seiner knochigen Hüfte trug. »Sieht ganz so aus, als ob du doch nicht springen müsstest, du Ratte.« Es piepte, als er rasch einen Code in ein Bedienfeld an der Wand neben der Zelle eintippte. »Irgendjemand da oben hat beschlossen, dass du doch einen Schuss wert bist.«

35

»Cleo!«

Die Beta drehte sich zu Pollock um. Er blieb stehen, keuchte und stützte sich die Hände auf die Knie wie ein Langstreckenläufer, der die Ziellinie passiert hatte. *Verdammt, ich bin aus der Übung!* Sein Sprint von Esquirols Konferenzzimmer quer durch den Himmel – ohne Rücksicht auf Verluste in Form von Pflegekräften, Reinigungsbots und sonstigen Hindernissen – ging bestenfalls als Mittelstrecke durch. *Aber ich hab sie noch erwischt!*

Am Gleiterlandeplatz herrschte ein reges Kommen und Gehen von Ambulanzen und Privatfahrzeugen, und trotzdem hatte Pollocks Ruf nicht nur die Aufmerksamkeit Cleos, sondern auch einer Trooperin auf sich gezogen.

Die Ordnungshüterin näherte sich zügigen Schrittes, ihre Miene war grimmig, und dass sie den Taser nicht schon im Anschlag hatte, stellte wohl ein kleines Wunder dar.

Spitze! Pollock rechnete insgeheim bereits fest damit, dass Cleo etwas so Hässliches wie »Dieser kranke Typ belästigt mich!« oder »Bitte sorgen Sie dafür, dass mir dieser entlaufene Irre nichts antut!« sagte. Cleo war allerdings offenbar immer für eine Überraschung gut. Sie winkte der Trooperin erst freundlich zu, zeigte dann auf Pollock und schnurrte: »Mein Mann hatte sich nur verlaufen!«

Mein Mann?

Die Trooperin lächelte verständnisvoll, drehte sich um und kümmerte sich um einen älteren Herren, der nur in einem Leibchen begleitet aus einer Schwingtür stürzte und »Ich bin nicht verrückt! Ich bin NICHT verrückt!« rief, während er mit heftigem Umsichschlagen unsichtbare Verfolger abzuwehren versuchte.

Mein Mann? Pollock war noch immer nicht ganz über die Ausrede hinweg. *O ja, richtig ... Privatsphäre und so ... das ist hier ja das perfekte Mittel gegen Schnüffler aller Couleur ...*

»Komm!« Cleo fasste Pollock am Arm und zog ihn auf eine Bank neben ein blühendes Hyazinthenhochbeet.

»Was war das eben denn für eine Nummer?«, beschwerte sich Pollock, noch ehe sein Hintern das Hartplastik der Sitzschale berührte.

»Schrei bitte nicht so.« Cleo rückte ein Stück näher an ihn heran. »Und reg dich doch nicht so auf. Wer hat denn dafür gesorgt, dass dein Partner, für dessen Befreiung du anscheinend bisher noch keinen Finger gerührt hast, nicht mehr in seiner Zelle schmoren muss?«

»Du«, räumte Pollock ein. »Aber pluster dich bloß nicht zu doll auf. Lantis hat Bedingungen gestellt, damit er Bruno laufen lässt.« Pollock klatschte sich auf den Nacken. »Er kriegt einen von diesen netten Chips verpasst, mit

dem man ihn jederzeit wegblasen kann, wenn er auf-
muckt.«

»Oh.« Cleos Fingerspitzen fuhren zu ihrem Mund.
»Oh.«

»Ja, genau«, grummelte Pollock. »Oh. Und das Schönste
daran ist, dass du dagegen nichts einwenden und dir deine ganzen Medienkontakte gepflegt ins Fell schmieren
kannst, Süße. Lantis behandelt Bruno einfach so, wie er
jeden anderen Besucher auch behandeln würde. Nix mit
Diskriminierung. Und das bedeutet außerdem, dass Lantis und seine Tippsentrulla aus dem Rechner ab jetzt jederzeit ganz genau wissen, wo sich Bruno so rumtreibt.
Und weil Bruno mir ständig am Arsch klebt, bedeutet das,
dass die zwei auch gleich noch wissen, wo sie *mich* finden.
Ach ja, und Bruno darf At Lantis bis auf weiteres nicht
verlassen. Die Firma dankt, beehren Sie uns bald wieder.«

Cleo nestelte einen Augenblick mit gesenktem Kopf und
hängendem Schwanz an einem der Knöpfe ihres Kostüm-
jäckchens. »Hast du Lantis erzählt, was ich dir angeboten
habe?«

»Nein, ich kam nicht dazu«, sagte Pollock. »Schade eigentlich. Das hätte ihn vielleicht dazu bewegt, meine Theorie
ernster zu nehmen. Ich kann das gern noch nachholen, falls
du darauf bestehst.«

»Dann kannst du dir das Treffen endgültig abschminken«, sagte Cleo ruhig.

»Was dauert da überhaupt so lange?« Pollock warf die
Hände in die Luft. »Klar, Zuhälter ist bestimmt kein stress-
freier Job. Seh ich ein. Aber diese Nase wird doch wohl
demnächst mal einen Termin für mich freihaben, oder etwa nicht?«

»Diese Dinge brauchen Zeit«, sagte Cleo. »Mein Kontakt ist verunsichert. Nach dem, was mit der Winchester passiert ist, befürchtet er, in eine Sache reingezogen zu werden, die viel zu groß für ihn ist. Es könnte seine Geschäfte schädigen, sagt er. Ich glaube, er hat eher Angst um sein Leben.«

»Die meisten Zuhälter, denen ich bisher begegnet bin, waren nicht solche Weicheier, und außerdem ...« Pollock stutzte. »Wer hat deinem Kontakt eigentlich brühwarm aufgetischt, dass ich was mit dem Tod von Hughette Winchester zu tun habe?«

»Ich«, gestand Cleo freimütig. »Ich spiele hier mit offenen Karten. Und ich hoffe, das gilt auch für dich.«

Offene Karten? Wer's glaubt ... »Warum sagst du mir nicht einfach, wie der Typ heißt, und ich schlage dort unangemeldet auf. So rein zufällig.«

Sie bedachte ihn nur mit einem schiefen Blick.

»Okay, vergiss es. Den Versuch war's wert.« Er ächzte. »Und wahrscheinlich kann ich es mir auch sparen, an dein Gewissen zu appellieren. Dass jetzt alle weiteren Todesfälle eventuell auch auf deine Kappe gehen, weil du sie hättest verhindern können, indem du mir bei meinen Ermittlungen auf die Sprünge hilfst.«

»Pollock ...« Sie legte ihm die Hand aufs Knie. »Mach nicht alles kaputt.«

Pollock hob eine Augenbraue. *Das fühlt sich gut an. Zu gut ...*

»Ich mag dich«, fuhr sie leise fort. »Aber zwing mich nicht, mich zwischen dir und all dem zu entscheiden, was ich mir so mühevoll aufgebaut habe. Es gibt Dinge, die sind wichtiger als du und ich. Und erst recht wichtiger als das Leben von ein paar Milliardären, die im einen Moment gegen Betas wettern und im nächsten mit ihnen ins Bett steigen.«

»Erzähl das mal Hughette«, merkte Pollock bitter an.

»Ich will dir mal was zum Thema Hughette Winchester sagen«, fauchte Cleo und zog die Hand zurück. »Diese Frau hat in ihrer aktiven Zeit bei mehreren Konzernen, die Betas erschaffen, offiziell angefragt, ob man nicht Betas bauen kann – und das sind jetzt exakt ihre Worte –, denen man alle gefährlichen Eigenschaften und einen Großteil ihrer Intelligenz wegzüchtet, damit sie sich als Haustiere eignen.«

Diesmal war es an Pollock, »Oh!« zu machen.

»Erwarte nicht, dass ich so einer Person auch nur eine Träne nachweine«, knurrte Cleo, ein zorniges Funkeln in den Katzenaugen, das sie wider Erwarten noch viel, viel begehrenswerter machte. »Das, was ihr zugestoßen ist, nennt man wohl Karma.«

»Cleo?«

Pollock und Cleo schauten auf. Vor der Bank stand Kes, der Butler, in einer schwarzen Chauffeursuniform. »Hält Mister Shermar dich hier fest?«, fragte der Falkenbeta spitz.

»Wir waren gerade fertig«, erklärte Cleo und erhob sich. Schon im Weggehen drehte sie sich noch einmal um und rief Pollock zu: »Ich sehe, was sich machen lässt. Aber versprich dir nicht zu viel!«

Er suchte nach einer passenden Erwiderung, da piepte seine Multibox. Es war Bruno – halb empört über seine grobe Behandlung durch die Trooper, halb besorgt um Pollocks Wohlergehen. Erst nach einem gnädig kurzen Gespräch mit seinem Partner fiel Pollock ein, was er Cleo hätte sagen sollen, um sie daran zu erinnern, wer dieses alberne Katz-und-Maus-Spiel um den Zuhälter überhaupt angefangen hatte: *Ich verspreche mir nicht mehr, als du mir versprochen hast.*

36

Trudy Zelle wusste, dass der Mann, der sie nach At Lantis gebracht hatte, sie für die Details der Einrichtung ihres Büros rügen würde, wenn er es denn je betreten hätte. Die Dinge, die er bemängelt hätte, verrieten tatsächlich viel über Trudy. Das Standhologramm eines kleinen Sternensystems neben ihrem Monitor. Der handgewebte Teppich mit dem Muster aus braunen, weißen und roten Linien und Kreisen. Der Siegelring, der den Doppelkopfadler trug und den sie als Beschwerer für die letzten Dokumente nutzte, die heutzutage noch der Papierform bedurften. Trudy hätte die Kritik verstanden, doch sie hätte sie ignoriert. Niemand konnte sich schließlich je selbst ganz aufgeben.

Sie schloss die Tür hinter sich, setzte ihren Helm ab und warf ihn auf den Besucherstuhl. Ihr Haar klebte ihr am Schädel. Beim kurzen Flug vom Himmel hierher war sie ins Schwitzen geraten, obwohl sie sich ausschließlich in vollklimatisierten Räumen bewegt hatte. Es stand eine schwierige Entscheidung an.

Per Handflächenscan verriegelte sie die Tür. Vielleicht war es eine paranoide Geste, wenn man nur vorhatte, über seine Multibox eine Kurznachricht zu versenden. *Ich bin nicht da, wo ich jetzt bin, weil ich alles zu locker nehme*, versicherte sie sich selbst und setzte sich hinter ihren Schreibtisch. Sie zog die unterste rechte Schublade auf, in der sie für stressige Momente wie diesen einen Flachmann mit hochprozentigem Stoff aufbewahrte. Es war nicht derselbe Flachmann, der sie auf so manche Mission begleitet hatte, aber es war das gleiche Modell. Schmucklos, funktional. *Kein echtes Erinnerungsstück ... nur die Erinnerung an eine Erinnerung.*

Sie nahm einen ordentlichen Schluck, gurgelte damit, wie sie es sich bei einem langen Einsatz auf dem eisigen Tristborn IV angewöhnt hatte, und schluckte das scharfe, würzige Zeug. Sie rieb sich den Bauch und wartete, bis das Brennen abgeklungen war. *Warum tue ich mir nur so schwer, das einzig Richtige zu tun?*

Sie kannte die Antwort auf diese Frage. Piotr hatte sie auch gekannt. »Du hast zu viel Respekt vor deinem Gegner«, hatte er ihr immer vorgeworfen. »Du tust so, als gäbe es einen Kodex, an den wir uns halten müssten. Ritterlichkeit, Ehre und diese ganze Scheiße. Wach auf, Baby. Respekt bringt dich nur ins Grab, Ritterlichkeit ist was für Schwuchteln, die gern auf Rössern in die Schlacht ziehen würden, und Ehre hat noch niemandem den Arsch gerettet.« Es war schon erstaunlich, dass es einen so unbestritten weisen Mann wie Piotr vor ihr erwischt hatte. *Und noch ein Beweis, dass das Universum nichts von Fairness hält ...*

Sie schraubte den Flachmann zu und legte ihn zurück, dann schob sie die Schublade schwungvoll mit dem Fuß zu. Der leise Knall kam ihr vor wie ein Pistolenschuss. *Ich wusste, dass dieser Tag irgendwann kommt.*

Sie streifte ihre Multibox vom Handgelenk, platzierte sie vor sich auf dem Tisch, rief die App für das Verfassen von Kurznachrichten auf und aktivierte die Verschlüsselung für das Versenden. Sie wischte sich die Hände an den Hosenbeinen trocken und schrieb die Nachricht, die die entscheidende Phase des Plans einläutete:

Der Frachter braucht einen Lotsen.

37

»Du solltest noch etwas essen, mein Lieber«, mahnte Themis.

»Ich weiß.« Lustlos kratzte Wilbur mit den Zinken seiner Gabel über die knusprige Kruste des Yakbratens auf seinem Teller. »Ich weiß.«

Er und Themis verbrachten einen gemeinsamen Lunch, wie sie es immer taten, wenn es sich irgendwie einrichten ließ. Er glaubte nicht an Frühstück, und seine Dinner waren in aller Regel auf Monate im Voraus verplant. Blieb also nur noch Lunch. Normalerweise beschränkte Themis ihre Präsenz auf ihre Stimme, aber Pollock Shermars rotzige Art bei der Krisensitzung im Himmel hatte sie offenbar dazu verleitet, sich heute auch auf einem Monitor zu zeigen. Wilbur hatte damit so seine Schwierigkeiten, denn im Grunde sah sie jetzt, wie sie da so an der Wand hing, nur wie eine der vielen Trophäen aus seiner Großwildjägerphase vor ein paar Jahrzehnten aus, die das Zimmer zierten. Die Köpfe

318

toter Tiere von Dutzenden von Welten, manche gehörnt, manche schuppig, manche nur mit viel gutem Willen überhaupt als Kopf zu erkennen, wie der bleiche Schädel einer Sensenschrecke von Wormwood Delta. *Sie gehört nicht hierher. Wenn, dann müsste meine Birne da hängen. Ich habe sie aufgespürt, aber sie hat mich erlegt. Und mein Herz ist immer noch waidwund für sie, nach all den Jahren ...*

»Du wirst nur noch schlechtere Laune bekommen, wenn du nichts isst«, hielt sie ihm vor.

Er nickte. »Schon möglich.«

»Du bereust, dass du ihm ein Ultimatum gestellt hast«, sagte sie und vergaß dabei, die Lippen ihrer sichtbaren Repräsentation zu bewegen.

»Ich bereue es, ihn hierhergeholt zu haben«, korrigierte er sie.

»Weil du enttäuscht bist, dass er so gar nicht deinen Erwartungen entspricht«, mutmaßte sie.

»Nein.« Er tat ihr den Gefallen und schaufelte sich eine Gabelladung Süßkartoffelbrei in den Mund. »Er hat es nicht verdient, was wir mit ihm treiben. Er ist ein guter Mann. Auf jeden Fall besser als jeder aus der Brut, die ich in die Welt gesetzt habe. Er hat seinen eigenen Willen und ist prinzipientreu. So was findet man nicht oft.«

»Vorhin hast du ihm vorgeworfen, er wäre ein Zyniker.« Ihr gewähltes Abbild setzte eine völlig überzogene Miene der Verwunderung auf. »War das nur Teil deiner Strategie, um ihn gefügig zu machen?«

»Zynismus ist auch ein Prinzip, dem man die Treue halten kann«, erklärte ihr Wilbur. »Manchmal denke ich, mir wäre damit auch mehr gedient als mit meinem blauäugigen Optimismus.«

»Was hast du vor, falls Pollock Shermar endgültig scheitert?«, erkundigte sich Themis.

»Er ist doch auf der richtigen Spur«, wich Wilbur aus. »Dass ich ihm vorgegaukelt habe, ich hielte sie für eine falsche Fährte, wird ihn nur umso mehr anstacheln.«

»Das war nicht meine Frage«, erinnerte ihn Themis.

Wilbur legte seine Gabel weg, knüllte die Serviette zusammen und warf sie auf seinen Teller. »Falls er scheitert, tun wir genau das, was dann getan werden muss. Aber er wird nicht scheitern. Niemals.«

»Worauf gründet sich deine Gewissheit?«

»Worauf wohl?« Wilbur musterte, wie der Stoff der Serviette mehr und mehr vom blutigen Bratensaft aufsog. »Auf blauäugigem Optimismus natürlich.«

Themis' Monitor schaltete sich ab. »Jetzt klingst du wie ein Zyniker«, hallte ihre körperlose Stimme durch den Raum.

38

»Irgendjemand hier, Bruno, irgendjemand hier versucht, uns beide so richtig ordentlich zu ficken.« Pollock verkündete seine bittere Erkenntnis mit einem leichten Lallen in der Stimme. »Irgendjemand hier will es uns so richtig derb besorgen.«

»Nicht ganz so laut, Sir«, bat der Barmann. »Die anderen Gäste ...«

Pollock schob ihm sein leeres Glas hin und deutete wahllos auf eine der Flaschen in den Regalen hinter dem Tresen. »Volltanken bitte.« *Die anderen Gäste können mich mal dezent kreuzweise und mit Schokostreuseln.*

Das *Guilty Pleasure* befand sich auf einer der unteren Ebenen der Nabe. Nachdem Pollock Bruno in einem der automatisch gesteuerten Elektroflitzer von der Trooperstation abgeholt hatte, hatte er dem Fahrzeug als nächstes Ziel »die schäbigste Kaschemme, die du im Speicher hast« aufgetragen. Der Flitzer hatte sie schnell und sicher zum

Guilty Pleasure gebracht, und beim Betreten der Bar hatte Pollock tatsächlich noch gedacht, es würde sich dabei um ein Wasserloch ganz nach seinem Geschmack handeln: schummerige Beleuchtung aus staubigen Lampen, dichter Rauch unter der niedrigen Decke, abgewetzte Lederpolster auf den Barhockern und den Bänken in den engen Nischen. Sogar der Barmann hatte eine richtig verschlagene Fresse und ein dreckiges Tuch in der Hand, mit dem er gelangweilt angeschlagene Gläser auswischte. Die Illusion hatte allerdings nicht lange vorgehalten: Der Staub auf den Lampen war zu dekorativ verteilt, der Rauch roch schwach nach Zimtaroma, die Polster waren offenkundig unter hohem Aufwand und mithilfe von Kratzwerkzeugen abgewetzt. Selbst das Gesicht des Barmanns war anhand verblasster, hauchfeiner Narben hinter den Ohren als Kunstwerk eines plastischen Chirurgen zu erkennen, der Dreck auf dem Tuch war nur aufgedruckt, und die Scharten in den Rändern der Gläser schön glatt geschmirgelt, damit man sich beim Trinken ja nicht in die Lippen schnitt. Kurzum: Das *Guilty Pleasure* war eine beschissene Lüge, eine Kulisse der Verkommenheit, in der sich Atlanter dem spannenden Gefühl hingeben konnten, arm und heruntergekommen zu sein. *Im Paradies darf es wohl kein Ganz Unten geben ...*

Pollock seufzte, legte Bruno den Arm um die Schultern und zog den Beta zu sich heran. »Zeig mal.« Bruno quiekte überrascht, als Pollock seinen Kopf nach unten drückte, um die Stelle zu inspizieren, an der man dem Beta einen Chip in den Nacken gepflanzt hatte. Sie sah aus wie ein aufgekratztes Muttermal. »Das tut mir echt leid, Bruno. Wirklich. Ich hatte keine andere Wahl. Wenn sich diese beschissene Katze nicht eingemischt hätte, hätte ich Lantis bestimmt dazu überreden können, dich einfach so laufen zu lassen. Er wollte wahrscheinlich nur ein bisschen mit mir spielen, mir zeigen, was für einen dicken Prengel er hat. Er weiß selbst ganz genau, dass du Hughette nicht absichtlich abmurksen wolltest.«

»Sir«, mahnte der Barmann noch einmal in flehentlichem Ton der in einem irrwitzigen Widerspruch zu seiner Schlägervisage stand.

Pollock drehte sich halb um. Die einzigen anderen Gäste waren ein älterer Typ mit Pferdegesicht und eine Frau, die sich das knallrote Haar zu einem zerzausten Vogelnest hochtoupiert hatte und altersmäßig locker die Tochter ihres Begleiters hätte sein können. Dagegen sprach, dass sich die beiden in einer der hinteren Nischen eine Bank teilten und das Pferdegesicht seine Hand ziemlich weit oben auf dem knochigen Oberschenkel der Rothaarigen liegen hatte. »Bin ich zu laut?«, fragte Pollock.

Bruno nutzte die Chance, um sich aus seinem Griff zu winden. »Lass gut sein, bitte.«

»Nein«, motzte Pollock, ohne den Blick von dem Pärchen zu nehmen. »Im Ernst jetzt. Bin ich zu laut?«

Die Rothaarige zuckte mit den Schultern, Pferdegesicht schüttelte den Kopf.

»Ha!«, machte Pollock triumphierend in Richtung des Barmanns. »Siehst du wohl?« Er kippte den frischen Kurzen auf Ex, knallte das Glas auf den Tresen und schubste es mit den Fingerspitzen auf den Barmann zu. »Da geht noch was.«

»Ich glaube, du tust Miss Purrtra Unrecht«, versuchte Bruno, den verlorenen Gesprächsfaden wieder aufzunehmen. »Ich bin mir sicher, dass sie ehrlich um mein Wohlergehen besorgt war. Ich bin sogar der Meinung, dass ein Beta aus ihrem weit verzweigten Netzwerk an Kontakten sie auf meine missliche Lage aufmerksam gemacht hat.«

O Mann ... Pollock blies einen lauten Lippenfurz. »Schöne Grüße von der Realitätskontrolle, du Einfaltspinsel. Das mit dem Kontakt mag vielleicht sogar stimmen. Du meinst den Elefanten, der so nett zu dir war, oder?«

»Ja.«

»Gut, einigen wir uns darauf, dass dieser Dickhäuter bei ihr gepetzt hat. Dann hat sich die Gute aber nicht gedacht: ›Oh, ein armer kleiner Beta in höchster Not, drangsaliert und unterdrückt von einem eiskalten System, das keine Gnade kennt.‹«

»Nicht?«

»Ich kann dir genau sagen, warum sie ihre Klauen gegen Lantis ausgefahren hat.« *Dieses schlaue Biest!* Pollock klatschte mit der flachen Hand auf den Tresen. »Das war ein reiner Publicitystunt, und noch dazu einer, um ihre eigene Haut zu retten. Machen wir uns doch mal nichts vor. Sie hat uns diesen Baum bei sich, den mit dem schönen Multibox-Schmuck, nicht umsonst gezeigt. Sie hat uns quasi durch die Blume – oder eben durch den Baum – mitgeteilt, dass selbst At Lantis nicht vor den Umtrieben irgendwelcher Pride Fur-Spinner gefeit ist.« Er sah zum Barmann. »Da brauchst du gar nicht bleich werden, Junge. Warum ist mein Glas noch leer?« Pollock tippte Bruno vor die Brust. »Und du, du warst einfach eine gute Gelegenheit, um den Hardcore-Betarechtlern zu zeigen, dass sie noch nicht weich geworden ist. Dass sie keine Überläuferin ist, die Wasser predigt und Wein trinkt.«

»Aber du hast doch gemeint, sie hätte einen Deal mit Lantis gemacht, dass sie nicht mit den Medien über meinen Fall spricht?«, wandte Bruno ein.

»Sie wird nicht mit den offiziellen Medien sprechen«, entgegnete Pollock. »Muss sie doch auch gar nicht. Aber ich gebe dir Brief und Siegel, dass sie ihre Kontakte hat spielen lassen, damit die Jungs von Pride Fur wissen, was sie für dich getan hat und wie tapfer sie dem König von At Lantis die Stirn geboten hat.« Er ballte die Faust zu einem Spottsalut. »Tankgeburten aller Planeten vereinigt euch!« Er kippte den nächsten Kurzen. *Igitt ... Anis!* Er schloss die Augen und schüttelte sich. Als er sie wieder öffnete, stellte er fest, dass sich der Barmann zum entfernten Ende des Tresens geflüchtet hatte, wo er vorgab, dringend ein paar Gläser spülen zu müssen.

Okay, dann also Selbstbedienung. Pollock kroch halb über den Tresen, machte einen langen Arm, glich im letzten Moment das Wackeln und Schwanken des Barhockers aus und angelte sich eine Flasche Rum.

»Ist es denn klug, sich jetzt so zu betrinken?«, quengelte Bruno.

»Hör mal gut zu, Mutti.« Pollock schraubte die Flasche auf. »Wir treten in diesem Fall auf der Stelle. Ich habe keine Ahnung, wem ich hier noch über den Weg trauen kann und wem nicht. Was Papa jetzt braucht, ist ein richtig feiner Gedankensprung. Und dazu muss Papa seinen Gedanken auf die Sprünge helfen, sonst wird das nichts. Und bevor du fragst: Nein, ich bin keiner von den Waschlappen, denen von ein bisschen Sprit die Äuglein zufallen, so wie bei dir. Ab drei, vier Promille dreh ich erst richtig auf.« Er setzte die Flasche an.

»Aber mir vertraust du doch?«, fragte Bruno wie eine treusorgende Frau, die wissen wollte, ob ihr Mann sie noch liebte, obwohl sie ihn gerade bei der Fleischbeschau im StellarWeb erwischt hatte.

»Klar.« Pollock rülpste und wischte sich mit dem Handrücken den Mund ab. »Du hängst jetzt ja genauso in dieser Scheiße mit drin.« Zum ersten Mal, seit er im *Guilty Pleasure* aufgelaufen war, senkte er die Stimme. »Aber weißt du, wem ich nicht mehr vertraue? Unserer gemeinsamen Freundin mit der Tolle.«

»Miss Presley?«, zeigte sich Bruno entsetzt. »Aber wieso nicht?«

Pollock signalisierte dem Beta durch eine knappe Geste, dass dieser sich bitte noch kurz gedulden sollte, und kramte dabei sein Diktafon aus der Manteltasche. »Hi, Madonna, ich bin's.« Er hielt sich das kleine Gerät so dicht an den Mund, als wollte er es auffressen. »Der Mann, den du nach At Lantis geschickt hast. Nur eine kleine harmlose Mission. So als guter Neustart für einen Relaunch seiner Karriere, die ein wenig ins Stocken geraten ist. Erinnerst du dich? Falls nicht, hab ich da noch einen Tipp. Das ist zufällig derselbe Mann, dem man vor ein paar Stunden gesagt hat, dass da wer in seinen grauen Zellen rumgefuhrwerkt hat. Und nicht auf die nette Weise, wie ihr durchgestyltes Partyvolk das bei euch machen lasst, so für längere Orgasmen und intensivere Rauscherlebnisse und gesteigerte Farbwahrnehmung und so einen Käse. Nein, stell dir vor, es sieht ganz danach aus, als hätte man mir unter der Hand die eine oder andere Verhaltensregel für den Notfall eingepflanzt, von der ich bisher nichts wusste. Echt unhöflich. Und jetzt kommt der Knaller: Es sieht auch noch so aus, als wärt ihr das gewesen! Was sagt man dazu? Ich sag dazu: Ich würde mich über einen Rückruf freuen. Natürlich nur, wenn du die Zeit dafür findest. Ist ja nicht dringend oder so. Ihr habt ja bestimmt dafür gesorgt, dass ich keine echten Dummheiten machen kann, hm?« Seine nächsten Worte kamen schnell und hart wie Schüsse aus einer alten .45er. »Ran ans Rohr! Meine Nummer hast du ja, du Schlampe!« Er steckte das Diktafon weg. »So, das wäre erledigt.«

»Kann es sein, dass du einen Fehler machst?«, fragte Bruno.

»Unwahrscheinlich.« Pollock schürzte die Lippen. »Aber erklär es mir spaßeshalber.«

»Wer hat die Untersuchungen durchgeführt, die diese zweite kognitive Matrix in deinem Hirn aufgedeckt hat?«

»Na, Esquirol, nehme ich mal an.« *Verdammt ...* Pollock wollte sich im Augenwinkel kratzen und stieß gegen sein Datenmonokel. »Esquirol ...«

»Dem du bei eurem letzten Treffen etwas zu nahe getreten bist, wenn ich mich recht entsinne«, sagte Bruno.

Ups. »Du meinst, diese Nullpe wollte mir eins auswischen?«

Bruno wackelte bedächtig mit dem Kopf. »Es ist doch zumindest denkbar, dass er versucht hat, dich vor Lantis bloßzustellen. Vielleicht wollte er dich als eine Art Schläferagent von *Alliance* diskreditieren.«

»Hm.« *Denkbar ist alles ...* »Wenn, dann war es ein Schuss in den Ofen.« Er trank einen großzügigen Schluck Rum. »Und es beweist nur, dass ich tatsächlich niemandem hier trauen kann.«

»Doch«, sagte Bruno eindringlich. »Mir.«

»Ja, ja. Das hatten wir doch eben schon.« Pollock winkte gelangweilt ab. »Ich bin Don Quijote, und du bist mein Sancho Pansa.« *Ein Hoch auf klassische Literaturverfilmungen für den Cube!* »Gemeinsam hacken wir alle Windräder um, die uns in die Quere kommen.«

Auf Brunos Stirn kräuselte sich eine einzige Falte, seine Tasthaare zuckten und sein Mund zog sich über seinen Nagezähnen zu einem spitzen Rund zusammen. »Das ist nicht fair, Pollock. Ich habe dir das Leben gerettet.«

»Oh, ja.« Pollock tastete unbewusst nach seiner Schläfe. »Das. Also ...« *Komm schon, Ehre, wem Ehre gebührt.* »Ich schulde dir was.«

»Ja, genau«, knurrte Bruno. »Dein Leben zum Beispiel. Und dafür darf ich mir anhören, dass du nur von Feinden umringt bist.«

Pollock betrachtete sein verzerrtes Gesicht in der Rundung der Rumflasche. »Wie geht's dir damit?«

»Dass ich dir das Leben gerettet habe? Blendend. Ganz ausgezeichnet. Ich würde es jederzeit wieder tun, ob du mir's glaubst oder nicht.«

»Ich meine das, was mit Hughette passiert ist«, sagte Pollock leise.

Bruno schwieg einen langen Moment und starrte auf das Gals Apfelsaft vor sich. Dann zuckte er die schmalen Schultern. »Es bleibt dabei. Ich würde es wieder tun. Ich würde sie wieder genauso angreifen, wenn sie auf dich losgehen würde. Sie war krank. Wenn ich sie nicht ...« Er stockte. »Wenn sie nicht gegen diesen blöden Wagen gefallen wäre, wäre ihr früher oder später etwas anderes Schlimmes zugestoßen. Denk daran, wie es Nadal ergangen ist. Wahrscheinlich hätte man sie irgendwo festschnallen müssen, damit sie keine Gefahr mehr für sich und andere darstellt. Und selbst dann hätte sie bestimmt noch einen Weg gefunden, sich etwas anzutun.« Der Beta schwieg wieder eine Weile. Als er weitersprach, lächelte er schwach. »Ich war nur überrascht, wie leicht sie die Oberhand über dich gewinnen konnte. Sie wirkte eigentlich gar nicht so bedrohlich.«

Pollock lachte auf. »Okay, okay, okay. Sie hat mich überrumpelt, und ... scheiß drauf!« Erneut legte er den einen Arm um Brunos Schultern, während er mit dem anderen von oben auf den Kopf seines Partners zeigte. »Alle mal herhören!«, rief er.

Der Barmann schaute verzweifelt drein, das Pferdegesicht und die Rothaarige erstarrten auf ihrer Bank.

»Dieser geile Typ hier«, krakelte Pollock, »ist der korrekteste Kollege, den man sich wünschen kann. Vierzig Pfund Lebendgewicht und trotzdem keine Angst, gegen eine Irre anzutreten, die Hühnerbrüstchen wie ihn zum Frühstück verspeist. Ein unbesungener Held, eine lebende Legende. Eine Runde Applaus für meinen Freund und Partner Bruno Digger.«

Der Barmann bückte sich zu einem Kühlschrank unter der Theke, die Rothaarige und das Pferdegesicht entdeckten gleichzeitig etwas Faszinierendes auf der flackernden Holospeisekarte auf ihrem Tisch.

»Was für ein beschissenes Publikum«, maulte Pollock.

»Nein, ernsthaft jetzt.« Der Beta nahm einen Schluck aus seinem Glas, langsam und zögernd, als ringe er innerlich mit sich. »Als ich reinkam, hast du nur da gesessen und mich angestarrt wie einen Geist. Nicht so, als wäre ich nur kurz austreten gewesen. Es war ... als hätte ich gar nicht dort auftauchen *können*. Was war da los?«

Aufmerksamer kleiner Kerl. Und er hat noch dazu eine Festplatte, auf der nie was gelöscht wird. Pollock wählte die gleiche Strategie wie Bruno: Er trank einen Schluck, um Zeit zu gewinnen. »Gut. Du willst einen Vertrauensbeweis von mir? Kannst du kriegen. Beschwer dich nur hinterher bitte nicht, dass er dir nicht gefällt.« Pollock holte tief Luft. »Zwanzig Jahre Sitzungen mit Psycho-Avataren waren anscheinend nicht genug, damit ich verarbeite, wie mein letzter Fall geendet ist.« Hinter Pollocks Stirn begann es zu kribbeln. »Offenbar hat meine Psyche Probleme, sich damit abzufinden, dass ich möglicherweise ein paar Hundert Leute auf dem Gewissen habe.«

»Gambela«, sagte Bruno nur.

»Seit wir hier sind«, fuhr Pollock fort, »hat es immer wieder kurze Momente gegeben, in denen Erinnerungen in mir hochkochen. Erinnerungen, die ich bisher verdrängt hatte. Hässliche Sachen. Leute, die sich wechselseitig massakrieren. Eingesperrte Betas, mit denen man irgendwelche kranken Experimente anstellt. Die letzten Momente, bevor mich dieser verkackte Wachbot damals mit seiner Granate erwischt hat. Ich glaube, dass die Art der Todesfälle hier in At Lantis etwas damit zu tun hat.« Das Kribbeln wurde stärker, drückender. »Oder es ist einfach nur so, dass ich hier das erste Mal seit langem wieder mit Blut und Gewalt konfrontiert werde und mir das die Spinnweben aus dem Hirn bläst.« Der Druck steigerte sich, und Pollock biss sich auf die Zunge, schloss die Augen und hielt den Atem an.

Er zwang sich, dem Beta, der mit ihm an der Bar saß, ins

Gesicht zu sehen. Das künstlich herangezüchtete Geschöpf bot einen sonderbaren Anblick: In seinen Augen lag eine beinahe kindliche Naivität, der feste Glaube eines unbedarften Jungen, dass es in der Welt gerecht zuging – und für den Fall, dass dem einmal nicht so sein sollte, von irgendwo ein Retter auftauchte, der schon für Gerechtigkeit sorgen würde. Die Haut des Betas war hingegen die eines alten Mannes – faltig, grobporig und von dicken weißen Borsten bestanden. Ein knabenhafter Methusalem im blauen Overall eines Minenarbeiters, dem es sichtlich unangenehm war, so eindringlich fixiert zu werden

»Ich kann dir nur helfen, wenn du mir auch hilfst, Bruno. Du musst mir genau sagen, was du alles gesehen hast. Wer waren diese Leute, die deine Freunde geholt haben?«

»Was?«, fragte Bruno zurück. »Wovon redest du da? Welche Freunde?« Mit einem Mal richteten sich seine Tasthaare steil auf. »O nein.«

»O doch«, stöhnte Pollock durch zusammengebissene Zähne und schlug sich den Handballen gegen die Schläfe. »Und genau das passiert andauernd, zu den ungünstigsten Gelegenheiten. Manchmal kann ich es gleich wieder runterdrücken, und manchmal ...« *So muss es sein, wenn man verrückt wird.*

»Das ist der Stress«, wagte Bruno eine Diagnose.

»Ach nee ... was du nicht sagst!« Pollock packte die Rumflasche erst fester, ehe er sie losließ und dann mit der Fingerspitze so ankippte, dass er sie auf der Kante ihres runden Bodens langsam um die eigene Achse rotieren konnte wie einen Kreisel in Zeitlupe. »Ich dachte schon, es ist die entspannte Urlaubsatmosphäre hier, die mir so aufs Gemüt schlägt.«

»Wir müssen unseren Fall lösen«, sagte Bruno.

Die Weisheit nimmt kein Ende. »Ich weiß. Wir haben übrigens nur noch drei Tage.« Pollock hielt den improvisierten Kreisel an und starrte auf das Etikett auf der Rückseite der Flasche. »Drei Tage, um den zur Rechenschaft zu ziehen, der all diese Leute absverviert hat.«

»Ja und nein«, entgegnete Bruno. »Wir müssen diesen Fall auch lösen, damit du wieder zur Ruhe kommst, bevor deine Erinnerungen dich übermannen.«

Übermannen? Als wäre ich ein empfindliches Mädchen ... »Reit doch bitte nicht auf dem Offensichtlichen herum, ja? Natürlich muss ich diesen Fall lösen. Würde ich ja auch gern.« Die kleinen Buchstaben auf dem Etikett verschwammen, wurden wieder scharf, verschwammen, wurden wieder scharf. »Aber uns fehlt offensichtlich ein wichtiges Teil des Puzzles, Bruno. Entweder wir haben es glatt übersehen, oder man enthält es uns irgendwie vor.« Sein Blick blieb an einem Rezept hängen, das auf dem Etikett als phänomenale Köstlichkeit angepriesen wurde, obwohl es Pollock eher wie eine echte Kopfschmerzgarantie vorkam. *Space Trader's Mouthwash. Ein Teil BRUGAL-BRUTAL Rum, ein Teil INFINITY Zero-G-Wodka, ein Teil COCKY LADY Kokaminzlikör. Rühren, nicht schütteln.* »Drei Teile für die perfekte Katastrophe«, murmelte er vor sich hin. »Wie bei uns. *FullCorp.* Slim. Seine Kundschaft. Aber wer kommt zuerst ins Glas?« Er richtete sich auf, lächelnd, weil er überzeugt war, dass seine Gedanken endlich den Sprung vollzogen hatten, auf den all seine Hoffnungen gerichtet waren. »Vielleicht liegen wir falsch. Vielleicht betrachten wir diese Sache aus der falschen Richtung. Was, wenn *FullCorp* gar nichts von Slims Nebentätigkeit als Dealer weiß? Was, wenn sie nur die Lieferanten sind, ohne überhaupt zu wissen, dass sie etwas liefern? Wer könnte dann ein Interesse daran haben, dass Slim tot ist?«

Bruno schaute nur verwirrt.

»Einer seiner Kunden«, sagte Pollock restlos begeistert von seinem eigenen Einfall. »Slim hat etwas an jemanden verkauft, der nicht möchte, dass irgendwelche Dritte etwas von dieser Geschäftsbeziehung erfahren. Also nietet er den Verkäufer einfach um. Problem gelöst.« Pollock rieb sich die Hände. »So paranoid wie hier alle sind, schreckt der eine oder andere bestimmt nicht mal vor einem Mord zurück, um seine Privatsphäre zu schützen.«

Brunos Miene nach zu urteilen, vermochte er die schlagartige Begeisterung seines Partners nicht zu teilen. »Es tut mir sehr leid, aber das, was du da vorbringst, sind doch auch nur Mutmaßungen. Wenn Slim von einem seiner Kunden ausgeschaltet wurde, warum gibt sich dieser Jemand dann damit nicht zufrieden? Warum sollte er anfangen, all diese anderen Menschen auch noch umzubringen oder umbringen zu lassen? Noch dazu ausgerechnet mit einer so komplizierten Methode wie diesem Virus. Das könnte er doch sicher einfacher haben.«

»Okay, okay.« Pollock schaute auf das leere Glas, das ihm der Barkeeper nicht mehr hatte auffüllen wollen. »Gehen wir doch nochmal an die Situation heran, als wüssten wir rein gar nichts.« *Was von unserer augenblicklichen Lage ja nicht sehr weit entfernt ist.* »Was für Folgen hat es, dass diese Leute sterben?«

»Es sorgt für Unruhe«, sagte Bruno. »Es werden Ermittlungen eingeleitet, und ...«

»Nein, nein«, ging Pollock dazwischen. »Abgesehen von diesem ganzen Kleinkram. Eine Ebene höher. Was passiert, wenn sie nicht mehr da sind? Wenn man die Untersuchungen am Tatort abgeschlossen und ihre Leichen abtransportiert sind? Wenn sich die Aufregung gelegt hat und alles zur Tagesordnung übergeht? Komm schon, Bruno, alter Lebensretter, du bist doch viel zu klein, um auf einem Schlauch zu stehen.« Da Bruno keinerlei Anzeichen erkennen ließ, dass er Pollock auf dessen Pfad voller verschlungener Überlegungen folgen konnte, entschied sich Pollock für einen Wink mit dem Zaunpfahl. »Was passiert mit ihren Wohnungen, Bruno?«

»Sie werden frei«, sagte Bruno vorsichtig.

»Haargenau.« Pollock nickte. *Da habe ich schon ein Datenmonokel und bin trotzdem blind.* »Wir haben eines der absolut klassischsten Motive für Verbrechen aller Art außen vor gelassen: Geld.«

»Das müsstet du mir erklären«, bat Bruno.

»Gut.« *Das geht wohl alles zu schnell für ihn.* »Wo sind wir hier, Bruno? Und ich meine nicht diesen Kackladen, sondern das große Ganze drumherum.«

»In At Lantis.«

»Und was ist At Lantis?«

»Der perfekte Rückzugsort für unvorstellbar reiche Personen, die ungestört ein Leben im Luxus genießen wollen.«

»Du solltest nicht alles glauben, was du in der Werbung siehst«, rügte ihn Pollock spielerisch. »In allererster Linie ist At Lantis ein Kon, mit Wilbur Lantis an der Spitze. Lantis ist kein König – ganz egal, wie sehr er sich auch wie einer aufführt –, er ist ein CEO. Und worum geht es Kons und CEOs in der Regel?«

»Um Geld?«

Nicht schlecht, aber noch nicht gut genug. »Präziser. Welche zwei Götzen betet man als guter Konzernlenker an?«

»Wachstum und Gewinn«, reagierte Bruno auf das Zitat aus dem berühmtesten Manifest, das die Anhänger der radikalen Umsturzbewegung Democrazy je in Umlauf gebracht hatten.

»Wachstum und Gewinn«, bestätigte Pollock. »At Lantis ist ein Kon, der Gewinne erzielen will. Wie macht er das?«

»Durch den Bau neuer Inseln«, sagte Bruno. »Jeder neue Bewohner, der ein Grundstück oder Wohnraum erwirbt, wird so automatisch Anteilseigner. Er zahlt über den einmaligen Preis für seine Erwerbung hinaus jedes Jahr eine Gebühr von einer Million, mit der die umfangreiche Infrastruktur aufrechterhalten wird.«

»Das ist nur die eine Seite«, erwiderte Pollock. »Die andere ist der Altbestand an Wohnraum. Je häufiger dort die Besitzer wechseln, desto mehr Gewinn wirft At Lantis ab. Das ist eine ganz simple Rechnung, Bruno. Sind wir mal konservativ und gehen davon aus, dass ein neuer Atlanter nur fünfzigtausend Flocken pro Quadratmeter für seine neue Bude berappt. Das gilt übrigens auch für die Erben verstorbener Bewohner. Sie kriegen die Immobilie nicht geschenkt. Sie erhalten quasi nur eine Option als Erstkäufer, mit der sie auf der Warteliste der Bewerber um Wohnraum hier gewissermaßen ganz nach oben springen. Und nehmen wir jetzt jemanden wie Slim? Wie viel Quadratmeter hatte sein Wohnkomplex wohl, hm?«

»Etwa zwanzigtausend«, schätzte Bruno.

»Kommt hin.« Pollock nickte und konnte sich ein Grinsen nicht verkneifen. »Macht eine schlappe Milliarde, die man in der Portokasse haben muss, um dort einzuziehen. Dagegen ist die Million für die Nebenkostenabrechnung Peanuts. Eine Milliarde, Bruno. Eine verdammte Milliarde. Und die anderen Jungs und Mädels, die bedauerlicherweise hier ausziehen mussten, weil sie sich ein tödliches Virus eingefangen haben, haben nicht gerade viel bescheidener gewohnt als Slim.«

Pollock warf einen raschen Blick auf das Pferdegesicht und die Rothaarige in ihrer Nische. Die beiden hatten die früheren Belästigungen offenbar vergessen, denn sie turtelten heftig miteinander, wobei die Hand des Pferdegesichts auf ihrem unaufhaltsamen Weg den Oberschenkel der Rothaarigen hinauf ein weiteres beachtliches Stück der Strecke hinter sich gebracht hatte. *Was diese Gestalten wohl auf dem Konto haben?* »Und jetzt rate mal, wer hier am meisten davon profitiert, wenn so Vögel wie die da drüben das Portemonnaie aufmachen und sich einen Platz an der Sonne kaufen?«

»Der größte Anteilseigner am Konzern«, sagte Bruno.

»Der zufällig gleichzeitig der Unternehmensgründer und CEO ist: Wilbur Lantis.« Pollock nahm einen Schluck Rum. »Da haben wir unser Motiv und jemanden mit den Kontakten und der Skrupellosigkeit, um die Bilanzen auf äußerst kreative Weise aufzupolieren.«

»Das ist doch ver...«, hob Bruno an und unterbrach sich sofort selbst. »Das ist doch höchst unwahrscheinlich. Mister Lantis hat dich eigens hierherbestellt, um die Hintergründe der Todesfälle aufzudecken. Würde er das tun, wenn er selbst hinter dieser Sache steckt?«

»Ja, würde er«, sagte Pollock mit Nachdruck. »Und zwar deshalb, weil er bei seinen Untertanen den Eindruck erwecken muss, dass er etwas unternimmt, um sie zu beschützen. Die Todesfälle sind ja nicht lange geheim geblieben. Und er hat sich anscheinend auch nicht sonderlich darum bemüht, großartig zu verheimlichen, dass wir hier sind und was wir hier sollen. Einer der berühmtesten Ermittler der Galaxis und sein neuer Sidekick. Der beste Service für die allgemeine Gewissensberuhigung, den man sich wünschen könnte.«

»Ach, Pollock ...« Bruno wiegte den Kopf hin und her. »Ich widerspreche dir nur ungern, aber ich kann das nicht glauben. Wenn Mister Lantis die Morde angeordnet hätte, um Reibach bei der Rendite zu machen, hätte er dann nicht auch Anweisung an seine Killer gegeben, die Todesfälle ganz klar wie tragische Unfälle aussehen zu lassen? Oder besser noch: wie ein natürliches Ableben?« Brunos Stirn schlug Falten. »Es ist doch auch schlecht fürs Geschäft von At Lantis, wenn ständig zahlende Bewohner eines gewaltsamen Todes sterben.«

Fuck! »Wieso?« Pollock überspielte die eigenen leisen Zweifel an seiner jüngsten Theorie, indem er den besten Werbespottonfall wählte, der ihm mit seiner schweren Zunge gelingen wollte. »»At Lantis – Man kommt allein und geht im Sarg!‹ Ist doch recht griffig, oder?«

Sie schwiegen eine Weile. Der Barmann wischte in sicherer Distanz den Tresen, Pferdegesicht und die Rothaarige tauschten getuschelte Nichtigkeiten aus.

»Vielleicht hat Lantis das inszeniert, weil er mir unbedingt persönlich begegnen wollte«, sagte Pollock schließlich in die Stille hinein. »Er ist ein Fan. Es wäre nicht das erste Mal in der Geschichte der Massenmedien, dass ein Fan so durchglüht. Ich habe mal eine Doku über ein gescheitertes Attentat auf einen amerikanischen Präsidenten gesehen. Der Täter war ein Spinner, der irgendeine Schauspielerin auf sich aufmerksam machen wollte.«

Bruno würdigte diese Variante der neuesten Theorie seines Partners keines Kommentars. Stattdessen zupfte er sich versonnen an einem Tasthaar und sagte: »Es kostet mich einiges an Überwindung, das hier zur Sprache zu bringen, und ich möchte auch nicht den Eindruck erwecken, ich würde deine immense Berühmtheit schmälern wollen. Trotzdem: Es gibt eine einfache Möglichkeit, *Full-Corp* aus der Rechnung zu nehmen, ohne damit gleich Mister Lantis als Drahtzieher hinzustellen.«

»So?«

»Was dir an meiner Idee unter Umständen gefallen wird, ist, dass sie von einem der Kunden Slims als Täter ausgeht.«

Schau an ... Pollock schürzte die Lippen. »Hast du vorhin nicht noch gesagt, das wären alles nur Mutmaßungen?«

»Schon.« Bruno nickte und rutschte unruhig auf seinem Barhocker hin und her. »Aber da bin ich davon ausgegangen, dass der Kunde eine einzige Person ist. Aber was, wenn der Kunde keine Person, sondern eine Organisation ist?«

»Und welche?«

»Pride Fur.«

»Ist das nicht viel zu speziesistisch gedacht, Mister Digger?« Pollock stieß ihm sachte den Ellbogen zwischen die Rippen. »Huch, Moment. Ich habe vergessen, dass du als Betroffener so was sagen darfst, ohne dass es ein Vorurteil wäre. Und da sag nochmal einer, es hätte keine Vorteile, ein Beta zu sein.«

»Lass mich ausreden, ja? Und wenn es deinen Stolz rettet: Immerhin bist es du gewesen, der mich darauf gebracht hat. Vorhin, als du gemeint hast, Miss Purrtra hätte uns auf verschleierte Art zu verstehen geben wollen, dass in At Lantis eine Pride Fur-Zelle aktiv ist.«

Hermes Christus! Pollock legte dem Beta eine Hand auf den Arm. »Darf ich selbst?«

»Sei mein Gast.«

»Die Zelle will Anschläge verüben und braucht dafür eine geeignete Waffe, mit der sie an ihre Ziele herankommt. Etwas Unauffälliges. Ein Virus zum Beispiel. Ein Virus, das für die Betas, die es übertragen, eher ungefährlich ist, für Menschen aber tödlich. Sie wissen – vielleicht sogar von Cleo –, dass man bei Slim allerlei spaßige Sachen zu kaufen kriegt. Er liefert ihnen das Virus, und sie sorgen mit genau dieser Ware dafür, dass er sie nicht verraten kann. Nach einem Testlauf an diesem Japan-Nerd, mit dem sie sich vergewissern, dass Slim sie nicht über den Tisch gezogen und ihnen irgendwas ganz anderes angedreht hat als das, was sie von ihm verlangt haben.« Pollock pfiff durch die Zähne. »Hübsch. Sehr hübsch. Da bleibt nur ein Haken: Slim war ein Beta-Hasser. Hätte er so etwas Gefährliches wie dieses Virus ausgerechnet an Betas verkauft?«

»Ich wusste, dass du das sagen würdest«, entgegnete Bruno. Ein kurzes Lächeln huschte ihm über die Lippen. »Aber erstens könnte sich Pride Fur für diesen Deal einen Mittelsmann gesucht haben, und zweitens hat Slim Betas nicht so sehr gehasst, dass er nicht dazu bereit gewesen wäre, mit einer Beta-Escort Sex zu haben. So wie alle anderen Opfer, obwohl wir das nur mit Sicherheit von Miss Winchester wissen.«

Pollock horchte auf. »Was heißt hier ›mit Sicherheit‹?«

Bruno blinzelte verblüfft. »Aber ... das wollte ich dir doch sagen, als wir bei ihr im Flur standen, und du hast mich unterbrochen und gesagt, du wüsstest, wonach es dort riecht. Ich hatte mich schon gewundert, dass du eine so gute Nase für diese Dinge hast.«

Brunos Verblüffung erwies sich als ansteckend, denn sie sprang mühelos auf Pollock über. »Woraus leitest du aus einem infernalischen Gestank nach Katzenpisse ab, dass Hughette Besuch von einem Stricher hatte?«

»Katzenpisse?«, fragte Bruno pikiert zurück. »So würde ich mich nie ausdrücken.« Er nahm den seltsamen, irgendwie verträumt wirkenden Gesichtsausdruck an, den er immer aufsetzte, wenn er in seinem eidetischen Gedächtnis kramte. »Wir standen im Flur, ich habe dich am Arm gezogen und gesagt: ›Pollock! Hier riecht's verdächtig nach K...‹. Dann bist du mir ins Wort gefallen und meintest ziemlich giftig: ›Ich weiß, wonach es hier stinkt.‹«

»Weil ich dachte, du würdest ›Katzenpisse‹ sagen.«

»Ich wollte ›Kopulation und Körpersäften‹ sagen.« Brunos Nasenlöcher klappten zu schmalen Schlitzen zusammen. »Das Aroma, das von Miss Winchester ausging, war sehr eindeutig.«

Ich und mein vorlautes Mundwerk. Entschuldigend hob Pollock die Hände. »Mein Fehler.«

»Zurück zu meiner These«, verlangte Bruno. »Wir vermuten also doch noch, dass alle Opfer kurz vor ihrem Ableben Sex mit einem oder einer Beta-Escort hatten, oder?«

Beim Stichwort Sex sah Pollock nach, was Pferdegesicht und die Rothaarige trieben. Pferdegesicht hatte einen weiteren Etappensieg errungen: Seine Hand war nur noch

Zentimeter vom Schritt der Rothaarigen entfernt. »Ja, das vermuten wir noch. Und wir vermuten es sogar schon eine ganze Weile. Was ist eigentlich mit den Aufnahmen der Überwachungskameras vor den Wohnungen der anderen Opfer außer diesem Artefaktsammler? Hatten wir die nicht schon vor Ewigkeiten angefordert? Was ist daraus denn geworden?«

»Nichts«, sagte Bruno. »Mir hat sie nie etwas geschickt. Dir etwa?«

Pollock schüttelte den Kopf. »Hm. Dabei wurde uns doch die volle Unterstützung der hiesigen Sicherheitsbehörden bei unseren Ermittlungen versprochen.«

»Es könnte nur ein Versehen sein«, sagte Bruno. »Miss Zelle hat viel um die Ohren. Zum Beispiel den Tod von Miss Winchester.« Er schaute auf seine Klauen. »Und außerdem hat sie uns doch unterstützt. Sie hat uns klaglos Zugang zu einem der Tatorte gewährt, und dort sind wir auf eine wichtige Spur gestoßen. Ich sehe da nichts, worin Miss Zelle uns bisher irgendwie greifbar behindert hätte.«

So, so ... Die Erinnerung an ihren gemeinsamen Besuch in Slims Wohnkomplex und die Begegnung mit dem Assassinen dort zeigte eine ernüchternde Wirkung auf Pollock. *Scheiße ...* »Nach dem Angriff auf mich durch diesen Flattermann mit dem Blasrohr ... als du da in die Halle gekommen bist, wo er auf mich geschossen hast, was hast du da gesehen?«

Bruno zuckte mit der Schnauzenspitze. »Könntest du das eventuell ein bisschen einschränken?« Der Beta tippte sich an den Kopf. »Ich habe da nämlich jede Menge Dinge gesehen, und ich weiß nicht, wie ich die dir alle sinnvoll vermitteln soll.«

»Okay.« Zu den wichtigsten Lektionen von Pollocks Karriere als Ermittler gehörte, dass man manchmal bestens damit beraten war, auf sein Misstrauen zu vertrauen. »Wo war Trudy?«

»Sie saß in der Hocke hinter dem Tisch und gab per Multibox Befehle an ihre Untergebenen weiter.« Bruno räusperte sich. »Es liegt mir fern, Kritik an Miss Zelles Führungsstil zu üben, aber sie scheint Probleme zu haben, ihren Mitarbeitern ein Gespür für die richtigen Prioritäten zu vermitteln.«

»Und wo nimmst du das jetzt wieder her?«

»Offenbar wollte die Person am anderen Ende der Verbindung die Gelegenheit nutzen, um Personalfragen zu klären«, sagte Bruno. »Jedenfalls sagte Miss Zelle zweimal sehr laut und deutlich: ›Der Stauer bekommt keinen Urlaub.‹«

»Scheiß auf ihren Führungsstil.« Pollock beugte sich dicht zu Bruno heran. »Sie war *hinter* dem Tisch. Kommt dir das nicht komisch vor?«

»Wieso? Sie hat Deckung gesucht. Eine akzeptable Strategie in einer solchen Situation.«

»Für einen Zivilisten vielleicht. Aber doch nicht für eine atlantische Sicherheitschefin, die die Chance hat, einen Burschen zu schnappen, der mit dem Blasrohr auf unbewaffnete Gäste schießt. Und schon gar nicht für eine ehemalige Justifierin mit weiß Gott wie vielen Einsätzen, die sich doch im Normalfall nicht von einem *Blasrohr* einschüchtern lassen würde. So jemand hockt sich nicht hinter einen Tisch und ruft nach Mutti, wenn die Fetzen fliegen. So jemand will den Feind eliminieren, und zwar so zügig wie möglich. Aber trotzdem ist sie mir nicht auf die

Terrasse nachgelaufen, als der Typ die Biege gemacht hat. Nein, Bruno, sie hat mich zurückgepfiffen. Und das findest du alles nicht seltsam?«

»Ich finde es zumindest ein bisschen dünn, um daraus einen begründeten Verdacht gegen Miss Zelle zu entwickeln«, sagte Bruno.

»Mag sein«, gab sich Pollock großzügig. »Trotzdem ist da was faul. Immer, wenn sie auftaucht, redet sie von einer neuen Sicherheitslücke oder dubiosen Fehlern im Programm: Die Kortexbombe dieses Kartelltypen, die ihn und den Artefaktsammler zerlegt hat. Erst schleicht sich mit Lee ein nicht ganz unerfahrener Auftragskiller über diese Serviceliner in At Lantis ein, dann löst sein Chip aus, kurz nachdem er mir das Video zuspielt, auf dem zu sehen ist, dass der Artefaktsammler Besuch hatte. Ganz zu schweigen davon, dass es ein schießwütiger Stachelschweinbeta geschafft hat, die Bude hier zu infiltrieren. Und das sind nur die Sachen, die mir eben auf die Schnelle einfallen. Das gefällt mir alles nicht.« Er tankte Rum nach. »Was wissen wir über die gute Trudy denn? Außer, dass sie früher für *Gauss Industries* gearbeitet hat, bevor sie von Lantis angeheuert wurde. Nichts. Da könnte sich ein näherer Blick durchaus lohnen.«

»Falls es dich beruhigt, kann ich nachsehen, welche Spuren Miss Zelle im StellarWeb hinterlassen hat«, griff Bruno den Vorschlag auf. »Aber das kann dauern.«

»Drei Tage, Bruno«, erinnerte ihn Pollock ernst.

»Außerdem – und ich komme mir ausgesprochen dumm dabei vor, das eigens zu betonen, weil es nur deine festgefahrene Meinung über unseren Auftraggeber weiter bestätigen wird – arbeitet sie für Lantis. Falls sie tatsächlich unsere Ermittlungen aktiv behindert, könnte Sie das auf seine Anweisung hin tun.«

Da haben wir's! Pollock blies die Backen auf. »Und schon beißt sich die Schlange wieder in den Schwanz. Und schon stellt sich wieder die Frage: Warum würde Lantis so etwas abziehen?« Er scheuerte sich mit beiden Händen übers Kinn. »Weißt du was?«

»Was?«, seufzte Bruno.

»Wir brauchen jemanden, der uns einen tieferen Einblick in die Psyche von Lantis geben kann. Jemanden, der ihn schon lange kennt«, sagte Pollock. »Jemanden, der zuverlässig einschätzen kann, ob Lantis wirklich einen so skrupellosen Plan aushecken würde, um noch ein paar Milliarden mehr zu machen.«

»Tja ...« Bruno zuckte die Achseln. »Woher nehmen und nicht stehlen?«

»Pass auf, du Rübe! Jetzt kommt eine Gedächtnisleistung ganz ohne eidetisches Gedächtnis.« Er spielte einen kurzen Trommelwirbel auf dem Tresen. »Hattest du mir nicht ganz am Anfang eine Liste angefertigt, auf der alle Bewohner unserer verfluchten Etage stehen?«

»Doch«, sagte Bruno. »Mit einer kurzen Biografie in Stichworten für jeden Eintrag. Hast du sie etwa nicht gelesen?«

»Ich hab sie überflogen«, gestand Pollock. »Da war eine Dame drauf, die seit siebzig Jahren in At Lantis wohnt. Und ich verwette mein linkes Ei, dass man hier nicht so lange leben kann, ohne wenigstens ansatzweise mitzukriegen, wie der irre König tickt. Hältst du dagegen?«

»Habe ich eine Wahl?«, fragte Bruno schicksalsergeben.

Schwankend stand Pollock auf und klemmte sich die

Rumflasche unter den Arm. »Trink deinen Saft aus. Wir haben zu tun.«

»Besser nicht.« Bruno warf einen Blick zu der betont auf versifft getrimmten Tür, über der ein vorsätzlich flackerndes Schild mit der Aufschrift GENTS hing. »Könntest du dich noch fünf Minuten gedulden?«

39

Bruno wusste, dass er nicht viel Zeit hatte. *Er ist nun wirklich kein geduldiger Mensch!*

Er hetzte in die erste von drei Klokabinen, schlug die Tür hinter sich zu und setzte sich auf den heruntergelassenen Deckel der Toilettenschüssel. Sehr zu seiner Beruhigung betraf der Schein von mutwilliger Verlotterung, den das *Guilty Pleasure* seinen Gästen vorgaukelte, nicht die Sanitäranlagen: Die waren wie alle, die Bruno in At Lantis bislang gesehen hatte, sauberer als so manche Küche andernorts.

Er holte sein Diktafon hervor, drückte den Knopf und flüsterte hektisch hinein. »Miss Presley, wenn Sie das hören, melden Sie sich bitte schnell bei mir. Ich brauche Ihre Hilfe. Hier ist alles drunter und drüber gegangen. Wir sind in eine sehr missliche Lage geraten.«

Na bitte! So schwer ist mir dieses Geständnis gar nicht gefallen.

»Ich bin mit einem Chip versehen worden, der meinen Bewegungsradius erheblich einschränkt, und es wurde mir verboten, At Lantis zu verlassen. Für den Fall, dass mein Schutzbefohlener auf die Idee kommt, eine Spur zu verfolgen, die ihn von At Lantis wegführt, bin ich vollkommen von ihm abgeschnitten. Können Sie mir da irgendeine Hilfestellung leisten? Kennen Sie jemanden in At Lantis, der mir diesen Chip entfernen könnte? Ich kann mir nicht vorstellen, dass ich der einzige Angestellte von *Alliance* bin, der sich zurzeit hier aufhält.«

Hör auf zu jammern! Erzähl ihr lieber das, was sie wirklich interessiert.

»Er hat sich mir erstmals so weit geöffnet, um mit mir über Gambela zu sprechen. Meine Vermutungen waren richtig. Die kognitiven Matrizen beginnen zusammenzufallen. Er wurde Opfer eines tätlichen Angriffs, bei dem er sich eine Kopfverletzung zugezogen hat.«

Bist du verrückt?

»Eine sehr, sehr leichte Verletzung. Nicht mehr als ein Kratzer, kein Grund zur Sorge. Ich gehe sogar davon aus, dass der Schlag gegen den Kopf eine dauerhaftere Verbindung zwischen den Matrizen aufgebaut hat. Und jetzt eine gute Nachricht: Bislang ist das offenbar nicht mit größeren Aussetzern verbunden. Leider empfindet er die damit verbundenen Effekte als hohe psychische Belastung, die ihn bei seinen laufenden Ermittlungen behindert. Des Weiteren will ich nicht ausschließen, dass der Druck gewisse paranoide und narzisstische Tendenzen in der Grundstruktur seiner Persönlichkeit fördert. Er verdächtigt allen Ernstes Mister Lantis, die Todesfälle bewusst herbeigeführt zu haben, um in direkten Kontakt mit ihm treten zu können.«

Mach schneller!

»Es gibt da noch eine unschöne Sache, die ich Ihnen beichten muss: Bei einem routinemäßigen Scan, nachdem er sich die erwähnte Verletzung zugezogen hatte, hat ein örtlicher Mediziner bemerkt, dass zwei Matrizen vorhanden sind. Soweit ich das beurteilen kann – und da muss ich mich bedauerlicherweise auf die Einschätzung meines Schutzbefohlenen verlassen –, hat dieser Arzt allerdings nicht erkannt, worum es sich bei der kleineren Matrix handelt.«

Noch schneller! Komm zum Punkt!

»Ich weiß sehr wohl, dass das nicht dem ursprünglichen Plan entspricht, doch ich muss mich mit einer Bitte an Sie wenden: Wenn es irgendwie möglich ist, mir Verstärkung zu schicken, Miss Presley, dann zögern Sie nicht, es sofort zu tun. Ich gebe wirklich mein Bestes, aber ich befürchte, dass es eventuell nicht reicht. Dass ich die Kontrolle über ihn verliere und es zu einer Katastrophe ...«

Von draußen drang ein gedämpftes Klirren ins Herrenklo, gefolgt von wütendem Geschrei.

O nein! Bruno steckte das Diktafon weg. *Was macht er jetzt schon wieder?* Er sprang auf und hetzte zurück in den Schankraum der Bar.

40

»Da glotzt ihr, was?« Pollock fuchtelte mit dem scharfkantigen Hals der Rumflasche, die er durch einen kräftigen Schlag gegen den Tresen in eine primitive Stichwaffe verwandelt hatte. »So einfach ist das nämlich.«

»Sir, bitte ... Sir ...«, stammelte der Barmann irgendwo hinter Pollock.

Was für ein Idiot! In jeder anderen Kneipe dieser Galaxis, die so aussieht, hätte er entweder schon die Trooper gerufen oder mir in den Rücken geschossen! »Spielend leicht«, setzte er seinen betrunkenen Vortrag an die Rothaarige und Pferdegesicht fort. Pferdegesicht war halb unter den Tisch gekrochen, seine Begleitung stierte Pollock nur reglos an, eine Mischung aus Unglauben und Furcht im Blick. »Ihr hockt euch hier hin und fummelt aneinander rum, angeturnt von der krassen Gangsteratmo, und denkt, hier könnte euch keiner was. Ist ja schließlich At Lantis hier, wo's keine tödlichen Waffen gibt, hm? Newsflash: Wenn euch hier jemand umlegen will, braucht er keine schicke Wumme. Da reicht so was hier!« Er stach drei, vier Mal mit dem Flaschenhals in die Luft, als würde er es einem Gegner in den Bauch rammen. »So. Das war's. Aus die Maus. Zack! Einmal den Boden wischen bitte!«

»Was wollen Sie von uns?«, winselte Pferdegesicht, der inzwischen eines der Tischbeine fest umschlungen hielt.

Gute Frage ... »Nimm dich nicht so wichtig!«, schrie Pollock. »Hier geht es ums Prinzip! Darum, dass ihr alle es euch in eurer Blase richtig gemütlich gemacht habt. Wisst ihr was? Ich scheiße auf euer angebliches Paradies!« Aus den Augenwinkeln nahm Pollock wahr, wie sich die Tür öffnete, hinter der Bruno vor ein paar Minuten verschwunden war. »Ah, gut, dass du kommst. Ich bin gerade dabei, den Herrschaften anschaulich zu erklären, wie das echte Leben funktioniert.«

»Leg das weg«, bat Bruno sofort. »Du machst den Leuten Angst.«

Das ist Sinn und Zweck der Übung! »Dann wissen sie wenigstens, was ein unverfälschtes Gefühl ist. Mal was anderes als dieser ganze Designerkack, hm?«

Mit mechanischen Bewegungen drückte die Rothaarige einen Knopf auf ihrer Multibox.

Na also. Gutes Mädchen ... »Ich nehme an, Sie verständigen gerade die Ordnungshüter?«, fragte Pollock freundlich.

Die Frau wurde kreidebleich, nickte aber tapfer. Ihr älterer Lover stieß einen schrillen Schrei aus und krabbelte unter dem Tisch in den hintersten Winkel der Nische.

»Sehr schön.« Pollock machte einen Schritt zur Seite und legte den Flaschenhals auf die Bar. »Vielen Dank. Einen schönen Abend noch.« Er nickte Bruno zu. »Ich wäre dann so weit.«

Brunos Gesichtsausdruck war unbezahlbar. »Wofür?«

»Zum Gehen.« Er steuerte auf den Ausgang zu und musste sich gestehen, dass er mächtig einen sitzen hatte, als er gegen einen Stuhl schwankte und um ein Haar darüber gestolpert wäre. »Kommst du jetzt, oder was?«

»Entschuldigen Sie bitte vielmals«, sagte Bruno erst in Richtung des Barmanns, dann zu den eingeschüchterten Gästen. »Ich weiß wirklich nicht, was in ihn gefahren ist.«

Pollock hielt Bruno galant die Tür auf. Nachdem der Beta sie passiert hatte, wandte sich Pollock noch einmal an den Barmann. So wie die Schulter des Kerls zuckte, hämmerte er im Sichtschutz des Tresens eifrig auf einen Panicbutton ein. *Hurra!* »Mein Name ist übrigens Pollock Shermar. Nur, falls jemand Sie danach fragt.« Er tippte sich an die Krempe eines imaginären Schlapphuts und folgte Bruno.

Hermes Christus! Das hab ich gebraucht. Mal sehen, wie lange es dauert, bis sich diese Aktion auszahlt.

41

Es sollte nur wenige Minuten dauern, bis Pollock seinen Willen bekam. Bruno und er saßen noch in einem Elektroflitzer, unterwegs zu ihrem Hauptquartier in At Lantis, da piepte seine Multibox.

Das ging schnell. Pollock stellte den eingehenden Anruf auf eine kleine Projektionsfläche auf der Frontscheibe des Flitzers um. Wie nicht anders zu erwarten, hatte Trudy schlechte Laune. »Was sollte das eben, Shermar?«

»Was?«, spielte Pollock den Unschuldigen. »Sie klingen ja, als hätte ich mich an Wilburs Kronjuwelen vergriffen.«

Trudy meldete sich aus einem Zimmer, das Pollock anhand dessen, was er hinter ihrem Kopf erkennen konnte, sofort als ihr Büro identifizierte: Das stumpfe Hellgrau der Wände – bis auf einen auffälligen Wandteppich und ein Regal mit einem Aufbewahrungssystem für Speichermodule waren sie vollkommen kahl – und die typischen

Tageslichtlampen entlang der Deckenleiste ließen auch kaum einen anderen Schluss zu. »Sie sind ein mieser Schauspieler, Shermar. Sie wissen genau, wovon ich rede. Also noch mal: Was sollte das? Sind Sie scharf darauf, dass ich Sie einbuchte, oder wie soll ich das verstehen?«

»Raus aus der Deckung und immer feste druff! Nette Strategie.« Pollock grinste unverschämt und blinzelte zweimal. »Haben Sie die in Neu Essen gelernt? Oder in Bremen II? Oder haben Sie nie eine Akademie von innen gesehen, weil *Gauss* Sie im Knast in Australien aufgelesen hat? Für letzteren Fall: Nichts für ungut. Sie haben es weit gebracht.«

Trudys Mundwinkel zuckten, und ihre Augen nahmen einen harten Glanz an. Hätten sie sich von Angesicht zu Angesicht gegenübergestanden, hätte Pollock wohl damit rechnen müssen, sich eine dicke Lippe abzuholen. »Sie haben doch keine Ahnung, Sie Bratwurst. Pappkameraden wie Sie frisst man in Bremen zum Frühstück. Sie dürften dort noch nicht mal die Latrinen mit der Zunge putzen. Letzte Chance, Shermar. Warum haben Sie so in dieser Bar rumgepöbelt?«

»Okay, Trudy. Wenn Sie nachts sonst nicht mehr schlafen können ...« Er strahlte sie nun regelrecht an. »Ich wollte mal sehen, wie schnell Sie darauf reagieren, wenn ich über die Stränge schlage. Und ich muss schon sagen: Für eine einfache Sachbeschädigung und ein bisschen Androhung von körperlicher Gewalt ohne anschließende Umsetzung dieser Drohung ist mein Name ziemlich flott bei Ihnen gelandet, finden Sie nicht? Und das, wo Sie sonst doch so viele Lücken in ihrem feinen Sicherheitssystem haben. Da kommt man ins Grübeln.«

Trudys Stimme wurde eisig. »Alles, was mit Ihnen zu tun hat, genießt hier eine gewisse Priorität. Nicht, weil ich Sie so unglaublich interessant finde. Mein Boss hat scheinbar einen Narren an Ihnen gefressen.«

»Schon klar.« Pollock nickte. »Trudy, ich kann auch auf Angriff spielen, keine Sorge. Also: Ich traue Ihnen ungefähr so weit, wie ich Sie werfen kann. Und wenn man bedenkt, dass Sie nur aus Muskeln und echt schlecht versteckter Aggression bestehen, ist das leider nicht sehr weit.«

Sie wendete den Kopf halb von der Kamera und murmelte einen heiseren Fluch.

Pollock hatte genau diese Verwünschung in bestimmten Regionen des bekannten Universums oft genug gehört und brauchte nicht einmal die Lippenlese-App seines Monokels zu bemühen, um sie zu verstehen: »*Job twoju mat*, hm? Tut mir leid, daraus wird nichts«, sagte er amüsiert. »Meine Mutter ist schon lange tot.« Er ließ einen Finger über seiner Multibox schweben. »Falls Sie mich jetzt wegen dieser Lappalie in Arrest nehmen wollen, wissen Sie ja, wo Sie mich finden.« Er drückte den Knopf zum Beenden des Gesprächs und lehnte sich in seinem Sitz zurück. »Ausgezeichnet.«

»Ich spiele zwar nicht gern den Papagei«, meldete sich Bruno zaghaft zu Wort. Der Beta hatte die kurze Unterhaltung schweigend verfolgt, und sein rundes Gesicht war dabei länger und länger geworden. »Aber ich finde Miss Zelles Frage durchaus berechtigt: Was war das alles?«

»Das, mein Freund«, verkündete Pollock stolz, »war ein kleiner Plan, der tatsächlich aufgegangen ist.« Er sah aus dem Seitenfenster auf die vorbeihuschenden Statuen und

Blumenbeete. »Das StellarWeb ist weit. Ich habe versucht, dir deine Recherche über Trudy zu erleichtern.«

»Indem du sie grundlos wütend auf dich machst?«, wunderte sich Bruno.

»Nein, indem ich ein paar kostbare Details aus ihr herauskitzle.« Pollock drehte sich zu ihm um. »Wir wissen jetzt, auf welcher Militärakademie von *Gauss Industries* sie gewesen ist.«

»Bremen II«, flüsterte Bruno ehrfurchtsvoll.

»Sie war entweder in einer Einheit, in der es Leute gab, die sehr gut Russisch sprechen, oder sie war längere Zeit irgendwo im Einsatz, wo man generell Russisch spricht.«

»Das, was sie dir nicht ins Gesicht sagen wollte, war Russisch?«

»Ja, und soweit ich das hören konnte, auch noch ziemlich akzentfrei.« Er rieb sich das Kinn. »Zelle. Zelle ... das ist ein Name aus dem alten Deutschen, oder? Ich korrigiere mich: Möglicherweise hat sie auch nur einen Elternteil, der russischer Muttersprachler ist. Bezieh das bitte in deine Suche ein.«

»Faszinierend«, sagte Bruno.

»Das ist noch nicht alles.« *Wozu trage ich das da?* Er legte den Finger an den Rand seines Monokels. »Ich habe ein vielversprechendes Bild geschossen.« Er studierte die Aufnahme des Teils von Trudys Büro, der hinter ihrem Kopf zu sehen gewesen war, wählte durch rasche Augenbewegungen einen kleinen Ausschnitt daraus an und startete einen Mustervergleich, um seinen Verdacht zu bestätigen. »Na bitte. Ihr Wandteppich. Die Machart ist eindeutig Islamajo. Kommt aus Al Soccoro, würde ich sagen. Mit etwas Glück hat sie den als Trophäe von einem ihrer Einsätze mitgebracht.« Er speicherte das Bild und schaltete das Monokel in den Standardmodus. »Wenn du damit nichts über sie findest, kann ich dir auch nicht helfen.«

»Das war sehr beeindruckend«, lobte ihn Bruno.

»Anfängerkram«, gab Pollock zurück. »Das ist schließlich nicht mein erster Fall, du Nase.« *Aber ich sollte dringend zusehen, dass es nicht mein letzter wird.*

42

»Hier bitte nach rechts.«

Die übertrieben höfliche Stimme des Butler-Avatars, der Bruno und Pollock durch die Behausung jener Frau lotste, von der sie sich Aufschluss über das genaue Ausmaß von Wilbur Lantis' Skrupellosigkeit erhofften, ging Pollock von der ersten Sekunde an auf die Nerven. Aus unerfindlichen Gründen beunruhigte sie ihn, und einmal glaubte er sogar, der Avatar würde jeden Moment damit beginnen, einen Countdown für die komplette Säuberung des Komplexes einzuleiten.

Er lenkte sich von solchen tristen Gedanken ab, indem er unterwegs das Interieur begutachtete: Cathy Clark hatte sich eine Zeitkapsel geschaffen, in der alles der Zukunft um mindestens fünfzig Jahre hinterherhinkte. Sämtliche Möbel hatten hier und da einen opulenten Schnörkel zu viel oder waren aus einem Material wie porigem Memoplast, das mit seinem organischen Look

357

aus der Mode gekommen war und heute den wenig schmeichelhaften Spitznamen Tumorhaut trug. Die Dekogegenstände waren nach derzeitigen Maßstäben übelster Kitsch – Raumstationen nachempfundene Skulpturen im Neondesign, antike Prunkwaffen wie Krisdolche mit geflammten Klingen oder über einem Türsturz gekreuzte Krummsäbel, Modelle von Gensequenzen aus gesponnenem Glas und ähnlich scheußliches Zeug.

Dieses Gefühl, versehentlich in die Vergangenheit geraten zu sein, war insofern keine Überraschung, als die Witwe eines der erfolgreichsten Generäle aus dem letzten Konkrieg ihr Domizil seit sechzig Jahren nicht mehr verlassen hatte. Ein Jahrzehnt nach ihrer Umsiedlung nach At Lantis – so besagte es die Kurzbiografie aus Brunos Liste mit den Bewohnern dieser Etage der Nabe – hatte Cathy offenbar beschlossen, die Luxusvariante eines Einsiedlerlebens zu führen. *Und warum auch nicht? Das ist At Lantis. Es gibt nichts – buchstäblich nichts –, was sie sich nicht in ihre heimischen vier Wände liefern lassen könnte, wenn ihr der Sinn danach steht. Und dank ihres virtuellen Butlers braucht sie auch mit niemandem nur ein einziges Wort zu reden, mit dem sie nicht explizit und aus freien Stücken in Kontakt treten will. Hört sich ein bisschen nach dem Leben an, in das ich mich in meinem Exil zurückgezogen habe ...*

»Hier links bitte.«

Vor ihnen glitt eine Tür auf und gab den Blick in einen spärlich beleuchteten Raum frei. Das einzige Licht stammte von einem vielarmigen Kerzenständer, der eine mit Desserttellern, Teekannen und Kuchenplatten gedeckte Tafel dominierte. Auf schweren Holzstühlen mit hohen Lehnen saßen drei lebensechte Puppen: ein untersetzter, dunkelhäutiger Mann in einer mit glänzenden Orden behangenen Gardeuniform, dessen Oberlippe ein buschiger Schnauzbart zierte, eine vergleichsweise zerbrechlich wirkende Frau mit ausgeprägten Wangenknochen, die ein strenges Gewand in vergilbtem Weiß trug, und ein blasses Mädchen von sechs oder sieben Jahren, die dichte, dunkle Haarmähne zu zwei Zöpfen gebändigt.

»Nehmen Sie doch bitte Platz«, forderte der Butler-Avatar die Gäste auf, und noch einmal mechanisch – »Nehmen Sie doch bitte Platz«, als weder Bruno noch Pollock durch die Tür traten.

»Dann wollen wir mal«, sagte Pollock mehr zu sich selbst und setzte sich auf einen der drei freien Stühle, direkt gegenüber der Frauenpuppe. Bruno wählte den Platz daneben und saß nun neben dem künstlichen Mädchen mit den Zöpfen.

Die Tür glitt zu. Pollock und Bruno wechselten einen raschen Blick, Pollock zuckte mit den Achseln, der Beta bleckte die Nagezähne.

»Tee, Mister Shermar?«

Was zur …! Pollock zuckte erschrocken zusammen, als die Frauenpuppe ihn ansprach. Mit erstaunlich geschmeidigen Bewegungen griff sie nach der nächsten Kanne und lächelte, wobei sie den Kopf leicht schief legte.

»Es ist Darjeeling.« Die Stimme war weich wie zu Silben gewobener Samt. »Frisch aufgebrüht.«

»Miss Clark?«, fragte Pollock unsicher. *Das ist nicht bloß eine Puppe. Das ist ein Neuroid. Eine Maschine, die man über seine Hirnströme fernlenkt.* Pollock hatte bislang nur davon gehört, dass man Neuroiden querschnittgelähmten oder entstellten Unfallopfern zur Verfügung stellte, damit sie beim Warten auf ihre Genesung ihre Mobilität nicht völlig verloren und ihre sozialen Kontakte pflegen konnten – sofern die Patienten finanziell potent genug waren, sich ein solches Wunder der Medtech leisten zu können. Neuroiden waren streng genommen ein klarer Verstoß gegen die von allen Kons und Regierungen einmütig beschlossene Regelung, keine Maschinen mit menschlichem oder menschenähnlichem Äußeren zu bauen. Doch das waren die Lovebots eigentlich auch: In unzähligen Bordellen und Privathäusern des von Menschen besiedelten Universums gaukelten sie je nach Wunsch ihres jeweiligen Benutzers glühende Leidenschaft oder anreizende Teilnahmslosigkeit beim Geschlechtsakt vor. Zudem lag das verheerende Selbstmordattentat einer Gruppe fehlgeleiteter Androiden auf eine der Hauptwelten des *Order of Technology,* das mehrere Millionen Todesopfer gefordert hatte und der Auslöser für das Verbot von echten künstlichen Intelligenzen und humanoiden Robotern gewesen war, mittlerweile fast anderthalb Jahrhunderte zurück. Und der Mensch war nun einmal nicht dafür berühmt, aus seinen eigenen Fehlern und der Geschichte zu lernen.

Die Puppe – nein, Cathy Clark, die die Puppe lenkte – ließ die angehobene Kanne sinken. »Sie scheinen überrascht, Mister Shermar.«

»Ich wusste nicht, dass Sie einen Unfall hatten«, erklärte Pollock.

»Ich hatte keinen Unfall.«

Diesmal war Bruno mit dem Zusammenzucken an der Reihe, denn die amüsierten Worte kamen aus dem Mund des Puppenmädchens – mit der gleichen, netten Stimme einer Frau mittleren Alters. Seine Knie stießen von unten gegen die Tischplatte. Der Kerzenständer geriet gefährlich ins Wanken, und er wäre umgekippt, wenn nicht die Hand des Puppengenerals nach vorne geschossen wäre, um ihn zu stabilisieren. Weißes Wachs tropfte auf die dunkle Hand des Neuroiden.

»Hoppla«, erklang Cathys Stimme jetzt aus diesem dritten Sprachrohr.

Der General wischte die Wachsspuren mit der aufgefalteten Serviette ab, die er von seinem Schoß nahm. »Ich bin heute nur etwas ... unpässlich, wenn Sie verstehen. Tee?« Der General erstarrte, und die Frau hob die Kanne wieder an.

Nerven bewahren, Junge. Pollock räusperte sich und deutete auf seine Tasse. »Gerne doch.«

Dampfend plätscherte die goldbraune Flüssigkeit in die Tasse. Pollock goss sich einen Schuss Milch dazu, rührte um und ärgerte sich, dass seine Finger dabei genug zitterten, um ein unrhythmisches Klimpern zu erzeugen. *Wovor hast du Angst? Dass sie in ihrem Neuroid über dich herfällt wie Hughette?* Dieser Gedanke zwang ihn, den Löffel loszulassen, um nicht noch größeren Lärm zu machen. *Fuck! Dann könnte mir nicht mal Bruno mit seinem Gefuchtel helfen! Wie setzt man einen Neuroiden außer Gefecht?*

»Sie sind eine interessante Erscheinung«, sagte Cathy per Puppenmädchen zu Bruno.

»Sehr freundlich«, bedankte sich der Beta nuschelnd für das Kompliment.

»Sie sehen ein bisschen aus wie ein schlaffes Glied. Woher stammen Ihre Tiergene?«, fragte Cathy nach. »Von einer dieser Laborratten, denen man das Fell weggezüchtet hat?«

»Von einem Nacktmull«, antwortete Bruno.

»Aha.« Cathys Stimme sprang zurück zur Frau im weißen Kleid. »Tee?«

Bruno schüttelte stumm den Kopf.

Der General nahm eine Kuchengabel in die Hand und drehte sie hin und her, als würde Cathy überprüfen, ob das Tafelsilber auch angemessen poliert war. »Leo hat mich vor Ihnen gewarnt, Mister Shermar. Er meinte, Sie würden bestimmt noch bei mir vorbeischauen.«

Leo? »Leo Beauregard?«

»Er ist der beste Nachbar, den ich je hatte. Er kümmert sich um meinen Garten. Unsere Grundstücke grenzen aneinander, wissen Sie?«

Beauregard ist ihr Nachbar? Vor meinem nächsten Besuch bei einem dieser Irren werfe ich besser vorher einen langen Blick auf eine Karte dieser Etage ... »Es betrübt mich, dass Mister Beauregard anscheinend keine sehr hohe Meinung von mir hat.«

»Das hat er, das hat er«, beteuerte Cathy. »Er findet nur, dass Sie schrecklich neugierig sind und die Angewohnheit haben, in alten Wunden zu bohren.«

Nur, wenn sie noch eitern ... Pollock hatte ausreichend Fassung wiedergewonnen, um den Löffel aus seiner Tasse zu nehmen. »Gegen diese Vorwürfe kann ich mich schlecht wehren. Ich versuche nur, meine Arbeit zu machen. Apropos neugierig und Leo Beauregard: Erhält er denn die Ehre, persönlich mit ihnen zu sprechen? Ohne Neuroiden, meine ich«, wollte Pollock wissen.

»Wieso fragen Sie? Sind Sie eifersüchtig?« Dass diese Annahme dem General über die Lippen kam, machte sie nur umso befremdlicher.

»Eifersucht gehört nicht zur langen Liste meiner schlechten Eigenschaften.« Pollock nippte an seinem Tee und sog genüsslich den aromatischen Dampf ein, der aus der Tasse aufstieg. »Aber Sie haben sicher Verständnis, dass es mich durchaus interessieren würde, weshalb Sie diese ...« Er machte eine lockere Geste, die die drei Neuroiden einschloss. »... diese ungewöhnliche Form des Aufeinandertreffens gewählt haben.«

»Nehmen Sie es bitte nicht persönlich«, bat Cathy durch die Frau in Weiß und fügte über das Mädchen hinzu: »Ich bin von Natur aus etwas menschenscheu.«

»Schade.« *Wenn du nicht damit herausrücken willst, bitte ...* »Worüber unterhalten Sie sich denn mit Mister Beauregard, wenn Sie sich nicht über meinen Charakter austauschen?«

»Oh, über dies und das.« Das Mädchen wippte mit dem Oberkörper hin und her. »Über die Tücken der Rosenzucht, über das, was in der Welt so vor sich geht, über alles Mögliche.« Sie senkte die Stimme zu einem Flüstern. »Aber am meisten reden wir über früher. Über den Krieg. Andere Frauen fänden das vielleicht ein leidiges Thema, aber ich bin eine alte Kriegerwitwe, wenn Sie so wollen, und ich bin es gewohnt, mir Geschichten über Schlachtpläne und Verluste und Geheimoperationen anzuhören.« Cathy schlüpfte in den General. »Im Grunde genieße ich es. Ich fühle mich dann wieder jung, wenn Leo seine Anekdoten loswird. Er hat so viel erlebt. So viele ungemein aufregende Dinge.«

»Darf ich Ihnen eine etwas pikantere Frage stellen?«, erkundigte sich Pollock.

Erst lächelte die Frau, dann das Mädchen mit den Zöpfen und schließlich der General. »Nur zu. Solange Sie mir nicht unterstellen, ich hätte von einem gewissen Herrn aus der Nachbarschaft illegale Substanzen bezogen, um mir das Dasein zu versüßen oder meine Zipperlein zu kurieren.«

»Das liegt uns fern«, sagte Bruno hastig.

»Stimmt genau.« Pollock nickte. »Eigentlich wollte ich mit Ihnen gar nicht über Mister Beauregard reden.«

»Sondern?«, fragte die Frau in Weiß.

»Sie leben seit siebzig Jahren in At Lantis«, sagte Pollock. »Siebzig Jahre sind eine lange Zeit. Da bleibt es bestimmt nicht aus, dass man ein Gespür dafür entwickelt, wie die Dinge hier so laufen, oder irre ich mich da?«

»Haben Sie schon einmal davon gehört, dass es sich nicht schickt, eine Dame auf ihr Alter anzusprechen?«, fragte Cathy durch das Puppenmädchen. »Und sonderlich pikant fand ich Ihre Frage abgesehen davon auch nicht, Mister Shermar.«

»Geduld, Geduld. Ich baue hier nur behutsam vor, weil ich mir nicht sicher bin, ob Sie tatsächlich etwas über den Mann wissen, um den es mir hier geht. Sie haben selbst zugegeben, dass Sie menschenscheu sind, und möglicherweise bin ich bei Ihnen deshalb völlig falsch.« Pollock stellte fest, dass er nach dem Besuch im *Guilty Pleasure* immer noch angetrunken war und Gefahr lief, ins Faseln zu geraten. »Lassen Sie mich es einfach so sagen: Ich hatte gehofft, Sie könnten mir etwas darüber verraten, wie Wilbur Lantis tickt.«

Die drei Neuroiden schwiegen einen Moment reglos, und Pollock dachte bereits, er hätte Cathy irgendwie vor den Kopf gestoßen, da meldete sie sich über das Mädchen zurück. Verschämt zog es die Schultern hoch und schaute unter den Tisch auf seine Lackschuhe. »Oh, hat Wilbur über mich geredet?«

Was? Pollock reagierte mit einem nichtssagenden Vorschieben seines Kinns und einem vieldeutigen Brummen.

»Dann hat er mich doch nicht vergessen?«, entfuhr es Cathy aus der Frau in Weiß. »Nach all den Jahren ...« Sie seufzte glücklich. »Was hat er Ihnen gesagt?«

»Dass Sie immer noch einen ganz besonderen Platz in seinem Herzen einnehmen«, log Pollock wie aus der Pistole geschossen.

Bruno hüstelte erstickt und fing sich dafür von seinem Partner einen unsanften Tritt gegen die Wade ein.

»Wilbur ...« Die Frau in Weiß schüttelte versonnen den Kopf. »Du weißt nicht, was du willst ...«

»Gehe ich recht in den Annahme, dass Ihre Beziehung zu ihm ... romantischer Natur war?«, stocherte Pollock weiter.

»Romantisch?«, blaffte der General. »Nur, wenn man eine sehr ungewöhnliche Definition von Romantik wählt.«

»Sie dürfen das nicht missverstehen«, sagte das Mädchen flehentlich. »Wilbur ist ein faszinierender Mann, und ein guter Mensch, ein selbstloser Mensch noch dazu. Sehen Sie sich doch nur an, was er geschaffen hat: einen Ort, an dem jeder das sein kann, was er sein möchte.«

Falls er die Eintrittspreise bezahlen kann. »Aber?«

»Er ist ihr hoffnungslos verfallen.« Auf der Stirn des Generals bildete sich eine unfassbar lebensechte Zornesfalte. »Sie hat ihn völlig in der Hand.«

»Seine eigene Schöpfung?«, fragte Bruno.

»Ruhe«, zischte Pollock. »Lass Miss Clark doch ausreden.«

»Mir war das nicht bewusst, als ich auf seine Flirtereien eingegangen bin.« Die Frau in Weiß senkte den Kopf. »Ich dachte, er meint es ernst. Dabei war ich für ihn nur Mittel zum Zweck. Um das zu bekommen, was sie ihm nicht geben kann.«

Von wem redet sie da? »Wer war diese andere Frau?«

»Wenn es doch nur eine andere Frau gewesen wäre ...« Der General nahm erneut die Kuchengabel in die Hand, doch diesmal schloss er die Faust fest darum, wie um den Griff eines Kampfmessers. »Sehen Sie, Mister Shermar, man kann Maschinen bauen, die von Menschen kaum noch zu unterscheiden sind. Aber es sind und bleiben Maschinen. Kalt, gefühllos, ohne wahre Empfindungen.« In einem wuchtigen, von oben geführten Hieb rammte der General dem Mädchen unversehens die Gabel in den Kopf. Sie blieb darin stecken wie eine bizarre Antenne, die Zinken tief in die künstliche Haut gebohrt.

»Miss Clark!«, keuchte Bruno.

Ungerührt setzte Cathy ihre Ausführungen fort, wobei sie nun das Mädchen sprechen ließ. »Sehen Sie, was ich meine? Maschinen kann man nicht verletzen. Höchstens zerstören. Und selbst das kümmert sie nicht, es sei denn, man hat ihnen einprogrammiert, sie sollen einem vorgaukeln, dass es sie kümmert.«

»Wie soll man als Mensch mit so etwas konkurrieren?«, fragte die Frau in Weiß traurig. »Etwas, das einem alles verzeiht? Jeden Fehltritt, jede Beleidigung, jede Kränkung.«

Erzählt sie mir gerade, dass Wilbur ihr damals den Laufpass wegen eines Lovebots gegeben hat? Pollock rang um einen mitfühlenden Tonfall. »Lantis hat also eine Maschine mehr bedeutet als Sie?«

»Sie ist sein ein und alles«, bestätigte Cathy. »Wahrscheinlich ganz von Anfang an. Schon seit dem allerersten Tag, an dem er sie gefunden hat. Sie ist überall um uns herum, jede einzelne Sekunde.« Der General stand auf, ballte die Faust und hob sie zur Decke, und dorthin wandte er merkwürdigerweise auch sein Gesicht. »Ich weiß, dass du mich hören kannst. Aber ich habe keine Angst vor dir. Jetzt nicht mehr ...«

Der General verharrte in seiner drohenden Pose, als Cathy zurück in die Frau in Weiß einfuhr. »Ich warte immer noch auf Ihre pikante Frage, Mister Shermar«, sagte sie überraschend ruhig.

Sie ist verrückt, aber das heißt nicht, dass sie nicht die Wahrheit kennt. »Können Sie sich vorstellen, dass Wilbur eine Mordserie in Auftrag gibt, um seinen persönlichen Reichtum zu mehren?«, setzte er alles auf eine Karte.

»Wilbur?« Cathy lachte auf. »Nein, er nicht. Aber wer weiß, was in diesem Ding vorgeht, in das er so vernarrt ist? Ein Menschenleben ist für es schließlich nur eine Nummer.« Sie stand auf, zog die Gabel aus dem Kopf des Mädchens und legte sie feinsäuberlich neben den Teller des Generals. »Es war sehr nett, mit Ihnen zu plaudern. Trotzdem müsste ich Sie bitten, jetzt zu gehen.«

Bruno erhob sich sofort, Pollock erst nach einigem Zögern. »Ich wollte Sie keinesfalls derart beunruhigen, Miss Clark.«

»Das haben Sie nicht«, kam die höfliche Antwort. »Es ist nur so, dass ich außer Ihnen heute noch weiteren Besuch erwarte.«

Kann das sein? Pollocks Handflächen wurden feucht. Seine Instinkte übernahmen umgehend die Kontrolle über sein Denken und verscheuchten jegliche gebotene Zurückhaltung. »Wenn ihr Besuch ein Beta-Escort ist, würde ich Ihnen dringend raten, den Termin abzusagen.«

»Was erlauben Sie sich?«, knurrte der General. Sein Blick pendelte zwischen Bruno und Pollock hin und her, das Gesicht zu einer angewiderten Fratze verzerrt. »Denken Sie, ich würde so etwas in mein Bett lassen?«

»Mein Freund ist offensichtlich betrunken«, sagte Bruno knapp. »Vielen Dank für Ihre Zeit.« Er machte auf dem Absatz kehrt und marschierte zur Tür, die eilfertig vor ihm aufglitt.

»Ich habe Sie gewarnt«, sagte Pollock noch, dann folgte er Bruno – fort von der unheimlichen Präsenz der Neuroiden und einer Frau, die allem Anschein nach den Widerspruch, in dem sie existierte, nicht erkannte. *Sie gibt Maschinen die Schuld für ihr Unglück, obwohl sie ohne Maschinen nicht leben könnte.*

43

01.10.3042 A.D., 16:22
System: Sol
Planet: Erde
Ort: Lantis Island, Residenz von Cleo Purrtra

Dieser verdammte sture Bock!

Cleo streifte ihre Multibox ab und schleuderte sie fauchend ins Unterholz. Es war das dritte Mal an diesem Tag, dass sie versucht hatte, Pop von einem Treffen mit Pollock Shermar zu überzeugen – und das dritte Mal, dass sie sich eine Abfuhr eingeholt hatte. Sie stand aus ihrem Rattansessel auf und blieb unschlüssig stehen. Der ganze aufgestaute Zorn in ihr musste dringend raus, aber wohin?

Zwei Minuten später war das Polster des Sessels komplett in Fetzen gerissen, und sie fühlte sich tatsächlich ein bisschen besser. Sie dachte darüber nach, nach Kes – oder vielmehr nach einem Eistee mit Schuss zu rufen, den er ihr bringen sollte –, da richteten sich ihre Ohren auf. *Da raschelt doch was!*

Sie fuhr herum, um zu sehen, woher das Rascheln kam. Jasper trat ziemlich genau an der Stelle aus dem Gebüsch, an die sie ihre Multibox gepfeffert hatte. Der Wolfsbeta – in seiner schwarzen Verkleidung als intellektueller Vordenker, inklusive Rollkragenpullover, Bundfaltenhose und Halbschuhen – hielt das kleine Gerät in der linken Hand. »Du hast da was verloren.«

»Du darfst es gern behalten.« Unbewusst fuhr Cleo die Krallen wieder aus. Jasper war zwar der Verbindungsoffizier einer eher gemäßigten Zelle, die chirurgischen Schlägen gegen Systemvertreter den Vorzug vor blindwütigen Massenmorden gab, doch darauf konnte sich Cleo ein Ei backen, falls seine Kameraden ihn geschickt hatten, um das Skalpell gegen sie anzuwenden.

Mit seinen gelben Augen betrachtete Jasper interessiert das ruinierte Polster. »Hattest du keinen schönen Tag?«

»Was willst du?«, verzichtete sie auf Nettigkeiten.

Er zog eine seiner Lefzen zu einem halben Grinsen hoch. »Ich muss schon sagen: Kes war eben viel freundlicher zu mir.«

»Dafür bezahle ich ihn unter anderem auch«, erwiderte Cleo.

»Aus deinem Vermögen, das du uns tapferen Streitern für die gute Sache so beharrlich vorenthältst.« Jasper setzte sich in den unbeschädigten Sessel auf der Lichtung und schlug die Beine übereinander. »Aber darüber einigen wir uns bei anderer Gelegenheit.« Er zupfte sich einen Grashalm vom Hosenbund. »Ganz sicher.«

»Habt ihr solche Geldprobleme?« Cleo rieb Daumen und Zeigefinger aneinander. »Schau mal her. Das ist die kleinste Geige der Welt, und sie spielt nur für dich.« Sie stemmte die Hände in die Hüften. »Wie kommst du eigentlich hierher?«

»Nach At Lantis? In diese Hochburg der Unterdrückung, wo jeder glaubt, der Pöbel wird schon vor den Toren bleiben?« Diesmal zog Jasper beide Lefzen hoch. »Überraschung, Miezi: Du bist nicht die Einzige unserer Art, die hier ihr Lager aufgeschlagen hat. Manche Leute sind zudem weitaus kooperativer bei der Unterstützung der Revolution.«

»Ich nehme an, du hast den weiten Weg nicht bloß auf dich genommen, um mir ein schlechtes Gewissen einzureden.«

»Ganz und gar nicht.« Die raue Stimme des Betas wurde ernst. »Uns hat wer gezwitschert, dass jemand in den dunkleren Ecken von At Lantis Propagandamaterial verteilt, auf dem unsere Slogans stehen. Das Spannende dabei ist, dass wir dieses Material nicht geliefert haben und es auch sonst keiner der üblichen Verdächtigen gewesen sein will.«

»Freu dich doch«, empfahl ihm Cleo. »Dann sieht es doch ganz danach aus, als ob jemand Neues hier den Befreiungskampf aufnehmen möchte. Frisch Bekehrte vermutlich. Oder verletzt das zu sehr euren Stolz, wenn jemand anderes genug Eier in der Hose hat, um hier Rabatz zu machen?«

»Nein«, knurrte Jasper. »Aber was unseren Stolz verletzt, ist, wenn du irgendwelchen armen, unbeteiligten Kontaktleuten von uns Flöhe ins Ohr setzt, wir würden demnächst eine große Nummer abziehen, ohne sie vorher einzuweihen.«

Angesichts dieser Eröffnung änderte Cleo ihre Meinung über Pop sofort. Der Escort-Manager war nicht nur ein sturer Bock – er war ein feiger und verräterischer sturer

Bock. »Ich habe nur auf das reagiert, wonach es aussah«, verteidigte sie sich. »Daraus könnt ihr mir keinen Strick drehen.«

»Es gibt da aber etwas, woraus wir dir sehr wohl einen drehen könnten, wenn du nicht brav bist«, sagte Jasper lauernd. »Zum Beispiel auf Treffen zu drängen, auf die einer der Beteiligten keine Lust hat.«

»Wenn er eine solche Paranoia schiebt, dass er bei euch petzen geht, kifft Pop eindeutig zu viel«, entgegnete Cleo. Sie verschränkte die Arme vor der Brust. »Und überhaupt: Ihr macht mir Vorwürfe, ich würde die gute Sache verraten, und habt kein Problem damit, was er treibt? Betas zu verhuren?«

»Worauf wir da aus sind, das nennt man Bettgeflüster«, erklärte Jasper und stand auf. »Und es hat schon so manches Imperium gestürzt.« Er trat nah genug an sie heran, dass ihr seine scharfe Witterung in der Schnauze juckte. »Wie dem auch sei: Ich wäre gern dabei, wenn du dich das nächste Mal mit diesem Schnüffler triffst, den du Pop auf den Hals hetzen wolltest.«

Cleo hasste sich dafür, doch sie wich einen Schritt vor dem Wolfsbeta zurück, das Fell am ganzen Leib gesträubt. »Wieso?«

»Weil ich sichergehen möchte, dass du nicht schon längst mit dem Feind ins Bett steigst und vorhast, ihn zu missbrauchen, um diese neue Zelle auszulöschen. Du hast es eben mir selbst geraten: Ich soll mich freuen, wenn andere die gute Sache voranbringen. Und das tue ich auch. Ich wäre wirklich sehr enttäuscht, wenn ich feststellen müsste, dass du diesen jungen Talenten Steine in den Weg legst. Gewöhn dich besser nicht zu sehr daran,

die Hauskatze zu geben. Gut möglich, dass es das Haus
bald nicht mehr gibt.«

Er warf ihr einen Handkuss zu und ließ sie einfach
stehen.

44

Manolete betrachtete sich ein letztes Mal im Spiegel. Er
war sehr zufrieden mit seiner Erscheinung: Die schweren
Stiefel und die Uniform im grau gefleckten Stadttarnmus-
ter passte ihm noch immer wie angegossen. Er nickte seinem Spiegelbild zu und pfriemelte sich den Goldring aus
der Schnauze. *Schluss mit diesem Unfug!*

Bittere Enttäuschung – das war das Erste, was in ihm
aufgekommen war, als er von Hughettes Tod gehört hatte.
Nicht in erster Linie, weil ihm die verrückte alte Kat-
zenlady ans Herz gewachsen gewesen wäre. Er hatte sie
gemocht, klar, so wie man eine unkomplizierte Kundin
mit einfachsten Ansprüchen eben mochte. Ihr Ableben
war für ihn dennoch kein Grund zur Trauer. Was er hingegen in geradezu erschreckender Klarheit vor sich sah,
waren die Probleme, die sich aus Hughettes Schicksal er-
gaben. Sie war nicht nur eine unkomplizierte, sondern
auch eine sehr gute und sehr treue Klientin gewesen. Dies

bedeutete für ihn nun also empfindliche Einnahmeverluste, und das wiederum hieß, dass es noch länger dauern würde, bis er sich aus seinem Vertrag mit Pop herausgekauft hatte.

Vor ein paar Tagen noch hätte sich Manolete noch stillschweigend in diese zu seinen Ungunsten veränderten Verhältnisse gefügt. Jetzt war das anders. *Ich bin nicht mehr derselbe.* Er war stolz auf sich. Er war zu Pop gegangen und hatte seinem Zuhälter zu verstehen gegeben, was er von ihm erwartete: möglichst schnell neue Klienten zu finden, mit denen Manolete seine Verluste ausgleichen konnte. Er musste bei Pop einen nachhaltigen Eindruck hinterlassen haben, denn es hatte keinen Tag gedauert, bis Pop ihm per Textnachricht mitteilte, dass er da was Vielversprechendes für ihn hätte. Details hatte er kaum genannt, doch das gehörte zum Geschäft. Manolete wusste nur, dass es um die Erfüllung einer ganz besonderen Fantasie ging, ein Rollenspiel der Kategorie »Wer hat Angst vorm bösen Beta und ist gleichzeitig absolut scharf darauf, dass der böse Beta über ihn herfällt?«

Der Wunsch des Klienten war ihm Befehl, und so hatte Manolete nicht das Geringste dagegen, sich in jenes alte Outfit zu hüllen, in dem er so viele erfolgreiche Missionen absolviert hatte, die alles andere als ein Spiel gewesen waren. *Bestenfalls ein tödliches Spiel.* Er fand es sogar ausgesprochen schade, dass ihm die atlantischen Gesetze verboten, die Illusion durch ein paar ordentliche Waffen perfekt zu machen. *Aber wenn mich ein Trooper auch nur mit einem Messer in der Stiefelscheide sieht, werde ich sofort weggetasert.* Aber es gab da etwas, mit dem er selbst in At Lantis durchkam.

Er öffnete seine Nachttischschublade und streifte seine alten Handschuhe über. Sie waren von einer groben Eleganz und aus mattem Durokev gefertigt, mit dem man in eine Klinge greifen konnte, ohne Verletzungen befürchten zu müssen. Seine Finger glitten noch genau so leicht hinein, als hätte er sie gerade erst ausgezogen gehabt. Er küsste erst den rechten, dann den linken Handschuh. Der zermahlene Sandquarz, mit dem die flachen Hohlräume auf dem Handrücken und um den Knöchelbereich herum gefüllt waren, um die Härte und die Wirkung seiner Schläge drastisch zu steigern, gab ein vertrautes, trockenes Rieseln und Schaben von sich. *Ja, meine Babys, ich habe euch auch vermisst.*

Er ging vor dem Spiegel in Kampfstellung und schlug eine schnelle Kombination. Linker Seitwärtshaken, kurze Rechte, lange Linke. Das Pfeifen und Sirren der Luft entlockte ihm ein euphorisches Grinsen. *Richtig, Alter, du hast es noch drauf.*

Seine innere Gelöstheit hielt den ganzen Weg zum Gleiterlandeplatz vor, den er heute ohne Begleitung zurücklegte. Das unsinnige Geplapper von Dove fehlte ihm kein Stück.

Der Gleiter, der auf ihn wartete, war kein Transporter. Es handelte sich vielmehr um eine schnittige Limousine mit verspiegelten Scheiben, eines jener teuren Modelle, die den Luftraum über der atlantischen Hauptinsel bevölkerten wie ein riesiger Krähenschwarm. *Wenigstens macht mein neuer Klient aus seinen Neigungen kein Geheimnis.* Vor dem Gleiter standen drei Betas: ein Nashorn, ein Tiger und ein Stachelschwein – alle in den gleichen dunklen Anzügen, alle mit einem Knopf im Ohr, und alle mit Sonnenbrillen auf den Schnauzen. *Und er schickt gleich drei Bodyguards nur für mich. Cool. Und es sind Betas.* Ihm kam ein Gedanke, der ihm kurz das Blut in den Unterleib trieb. *Was, wenn er kein Mensch ist, sondern ein Beta? Vielleicht sogar diese heiße Muschi, von der Pop immer schwärmt?*

»Manolete Taurus?«

Erst als das Nashorn einen trügerisch schwerfälligen Schritt auf ihn zumachte und ihn ansprach, erkannte Manolete, dass der Dickhäuter ein Weibchen war. »Ja.«

Der Tiger öffnete die Tür zu den Rückbänken der Limousine. »Einsteigen.«

Das Stachelschwein huschte noch vor Manolete ins Wageninnere, während das Nashorn den Gleiter umrundete, um auf der anderen Seite einzusteigen.

Als sich Manolete in die Limousine hineinduckte, die sogar genügend Kopffreiheit für seine Hörner bot, begrüßten ihn der angenehme Duft nach Leder und eine dezente Beleuchtung. Da das Stachelschwein bereits in der Mitte jener der beiden Rückbänke Platz genommen hatte, die gegen die Flugrichtung wies, setzte sich Manolete ihm gegenüber. Sein Rücken schmiegte sich gerade in das Polster, als sich von rechts das Nashorn und von links der Tiger zu ihm gesellten.

»Die Lieferung ist unterwegs«, schnaubte das Nashorn. »ETA 1700.«

Manolete stutzte und gluckste dann in sich hinein. *Da macht aber wer arg einen auf gefährliche Operation. Sieht so aus, als wär das Spiel schon losgegangen, ohne dass mir jemand Bescheid gegeben hätte. Na denn ...*

Das Stachelschwein klopfte gegen die verdunkelte Scheibe, die die Fluggastzelle vom Cockpit trennte. Die

Motoren des Gleiters erwachten in einem flüsternden Summen zum Leben, dann hob die Maschine ab.

»1700?«, fragte Manolete in das Schweigen hinein, nachdem er über den Tiger hinweg eine Weile dabei zugesehen hatte, wie die *Pleasant Surprise* unter ihnen auf Spielzeuggröße schrumpfte. »Es geht zur Nabe, hm?«

Die Bodyguards ignorierten ihn.

Ihm fiel auf, dass die Sitzverteilung in der Limousine exakt dem Standardvorgehen für den Transport potenziell gefährlicher Zielpersonen entsprach, wie man sie ihm in seiner Ausbildung eingetrichtert hatte. Eine Einsatzkraft links von der Zielperson, eine rechts, und eine gegenüber. Wenn die Zielperson Ärger machte – und die meisten Zielpersonen richteten ihre Angriffe in neun von zehn Fällen primär gegen eine der drei Einsatzkräfte –, hatten die anderen beiden Teammitglieder den nötigen Raum, um die Bemühungen des Transportierten zu unterbinden. Unter Manoletes Ex-Kameraden mit einem Hang zum Blumigen hieß diese Sitzanordnung nicht ganz unberechtigt das Dreieck des fiesen Fratzengeballers. *Okay, Leute. Ihr nehmt das hier wirklich ernst. Das kann ich auch.*

Manoletes Ausbildung hatte auch umfasst, wie man sich verhielt, wenn man selbst in der Klemme steckte, und die Lehrmethoden waren so angelegt gewesen, dass man keine Lektion je vergaß. *Jeder Knochenbruch ist eine bleibende Erinnerung, jede blutende Schnauze ein Eselsohr fürs Gedächtnis.* Er leitete seine Strategie damit ein, dass er die Arme locker vor der Brust verschränkte und seine Sohlen flach gegen die Fußmatte drückte, wobei er die Beine minimal spreizte.

Manolete konnte wegen der Sonnenbrille nicht sicher

sein, ob sich der Blick des Stachelschweins veränderte, aber der andere Beta zeigte anhand seiner Körperhaltung keine Anzeichen dafür, dass ihm an Manoletes Verhalten etwas aufgefallen wäre. *Gut.* Manolete gefiel es, wie sich seine Gedanken zielstrebig ordneten, ganz auf sein Ziel fokussiert. Es klappte sogar besser als zu seinen aktiven Zeiten. Da hatte er manchmal auf entspannende Atemtechniken zurückgreifen müssen, um diesen besonderen Bewusstseinszustand zu erreichen, in dem Denken und Handeln vollkommen zusammenfielen. *Das war doch mal leicht.*

»Ist das ein neuer Daizuki Explorer?« Er ließ sich leicht nach links sacken, gegen die Flanke des Tigers, und drehte den Kopf, um den Flug eines völlig beliebigen Gleiters zu verfolgen, der draußen vorbeiflirrte. »Edles Teil, Mann!«

»Sitzen bleiben.« Der Tiger schob ihn hart und bestimmt von sich, das Nashorn packte von der anderen Seite zu.

»Okay, okay.« Manolete nahm seine frühere Haltung wieder ein. »Nicht so grob, ja? Das ist ein empfindlicher Luxuskörper.« Er hatte die Information, die er haben wollte. Er hatte an der Flanke des Tigers keinen harten Widerstand gespürt, also trug der Typ keine versteckte Waffe in einem Achselholster. *Es sei denn, er ist Linkshänder, aber das züchtet man den meisten von uns aus Gründen der Materialeffizienz ja weg. Und ein Gürtelholster an der Hüfte hätte ich gesehen, und wenn er bei einem solchen Transport eins im Rücken hat, ist er ein Idiot. Außerdem würde er dann nicht so entspannt dasitzen.*

Manolete blieb einige Minuten reglos. *Ich brauche mich nicht zu beeilen. Meine Freunde hier waren ja so nett, mich in den Zeitplan einzuweihen.*

Der Gleiter neigte sich leicht zu einer Seite hin, als der Pilot den Kurs korrigierte, um die Maschine in einem weiten Bogen nach Osten um den hochaufragenden, zentralen Turm der Hauptinsel herumzusteuern. Das Stachelschwein fasste sich plötzlich an den Kopf und kratzte sich am Hinterkopf. Es knackte vernehmlich, als würde man einen dürren Zweig abbrechen, und als die Hand des Stachelschweins für Manolete wieder zu sehen war, hielt es eine der dicken, spitzen Borsten zwischen den Fingern, die seiner Spezies ihren Namen verliehen hatten. Er schnupperte daran und knabberte dann eifrig an der Bruchstelle herum.

»Igitt!« Das Nashorn schüttelte sich. »Muss das sein?«

Der Tiger präsentierte seine Reißzähne in einem kurz aufflackernden Grinsen.

Manolete lugte zum Nashorn. *Oh, sind wir etwa empfindlich, Madame? Gut zu wissen.*

»Ja, das muss sein.« Das Stachelschwein knöpfte sein Jackett auf und griff in die Innentasche, wodurch sich Manolete davon überzeugen konnte, dass auch dieser Bodyguard kein Achselholster angelegt hatte. »Körperpflege ist wichtig.« Er verstaute den Stachel in einer Art Etui aus Metall und betrachtete leise summend die anderen Stacheln, die er darin aufbewahrte. Er nahm schließlich einen davon heraus, klappte das Etui zu und steckte es weg. Er begann, den neuen Stachel auf den Rücken seiner Finger zu balancieren und ihn auf dieser Unterlage durch feinste Bewegungen mal ein, zwei Zentimeter nach vorn, mal ein, zwei Zentimeter nach hinten wandern zu lassen.

Und da haben wir auch schon den Hobbymagier dieser illustren kleinen Truppe. Er seufzte innerlich. *Wenn ich mir das anschaue, bin ich heilfroh, dass ich nie so einen Kerl in der*

Truppe hatte. Stachelschweine. Fast so niedere Geschöpfe wie Mulle ... Egal. Es war an der Zeit, seine Strategie weiter voranzutreiben, und das Nashorn hatte ihm dafür einen wunderbaren Ansatzpunkt geliefert.

»Es sind nicht die alten Mösen, die man lecken muss, oder die hässlichen Schwänze, die man bläst«, sagte er unvermittelt und gutgelaunt.

»Was?« Das Nashorn wandte ihm den Kopf zu, die Lippen vor Ekel bebend.

»Halt die Fresse!« Der Tiger klang eher amüsiert als empört oder gar aggressiv.

»Das ist nicht das Schlimmste an meinem Job«, sagte Manolete in einem Tonfall, als würde er über das Wetter reden.

»Klappe!«, grunzte das Nashorn und sah aus dem Fenster.

»Lass ihn doch!«, mischte sich das Stachelschwein ein. »Ich würde das gern hören.«

»Logisch«, maulte das Nashorn.

»Was ist dann das Schlimmste?«, wollte das Stachelschwein wissen.

»Die Fußnägel«, antwortete ihm Manolete. »Ohne Scheiß jetzt. Es sind die verdammten Fußnägel.«

»Hä?«, machte das Stachelschwein.

»Glaub mir, Junge, du würdest dich wundern.« Manolete ächzte theatralisch. »Das Erste, was diese ganzen reichen Bonzen hier vernachlässigen, wenn die Demenz sie einholt, sind die Fußnägel. Sie lassen die einfach völlig verkommen. Ich habe da alles gesehen. Schartige Fußnägel, eingewachsene Fußnägel, vom Pilz ganz weich und schuppig gefressene Fußnä...«

»O bitte«, grollte das Nashorn. »Es reicht.«

»Sorry.« Manolete machte sich so klein, wie man sich mit seiner Statur machen konnte. »Ist nur die Wahrheit.«

»Krass«, sagte das Stachelschwein kopfschüttelnd und nahm das Spiel mit seinem Stachel wieder auf.

Manolete musste sich ein Grinsen verkneifen. *Das läuft ja wie geschmiert. In die Rolle fügen, in die der Gegner einen einordnet: Check. Ein kurzes Gespräch suchen: Check. Die Situation unterlaufen, indem man ihr einen Teil der Anspannung nimmt: Check. Leute, ihr seid Anfänger. Seid froh, dass das nur eine alberne Scharade ist.*

Selbstgefällig ergötzte sich Manolete an dem wohligen Gefühl, die Lage vollkommen durchschaut und im Griff zu haben. Als der Gleiter auf eine private Landeplattform an der Außenwand der Nabe zuflog und er bei einem flüchtigen Blick aus dem Fenster bemerkte, wer dort unten stand, setzte sein Herz einen Schlag aus, um dann umso schneller zu pumpen. *Das ist kein Spiel!* Vier oder fünf Sekunden lang drohte er aus seinem klaren Verstand auf seine Urinstinkte zurückzufallen, so tief ging der Schock. *Das ist diese Schlampe aus der Bar. Diese Marderin, oder was immer sie ist. Die Reporterin, die mich so dumm von der Seite angemacht hat.* Sein Gedanken rasten und tasteten die Möglichkeiten ab, was es damit auf sich haben konnte, dass er in diesem verfluchten Gleiter saß. *Es könnte ein Versuch sein, mich auszuhorchen. Oder für Pride Fur anzuwerben. Oder sie will mich kaltmachen. Aber warum? Weil ich ihr gesagt habe, dass ich nichts mit ihr zu tun haben will? Oder weil ich sie im Zorn von mir weggestoßen habe? So verrückt ist nicht mal Pride Fur. Oder es ist* doch *ein Spiel, und sie ist meine Klientin.*

Manolete rang weiter mit sich, während der Gleiter zur

Landung ansetzte. Er wusste, dass er erst zuschlagen konnte – wenn er denn zuschlagen *wollte* –, sobald die Maschine sicher auf dem Boden war. Er senkte den Kopf und schielte aus den Augenwinkeln nach links zum Nashorn. Die Beta schaute aus dem Fenster. Eine ihrer groben Pranken öffnete und schloss sich bereits ungeduldig um den Türgriff. Manoletes Blick wanderte nach rechts, zum Tiger. *Er hat die Krallen ausgefahren!* Manolete nahm den Kopf wieder hoch und schaute dem Stachelschwein in dem Moment ins Gesicht, als ein sanfter Ruck durch den Gleiter ging und der Antrieb erstarb.

Das Stachelschwein grinste. »Nervös? Du hast es gleich geschafft.«

Manolete röhrte auf und hieb seine beiden Ellbogen mit voller Wucht in die Mägen der beiden Betas, die neben ihm saßen. Links dämpfte die dicke Haut des Nashorns die Wucht des Angriffs etwas, doch es krümmte sich dennoch zusammen. Rechts brach Manolete dem Tiger dem Knirschen nach zu urteilen ein oder zwei Rippen.

Die Hand des Stachelschweins schoss auf Manoletes Gesicht zu, aber er hatte sich schon zur Seite gedreht, um am Tiger vorbei nach dem Türgriff zu greifen. Er spürte einen feinen Stich im Nacken. Er achtete nicht weiter darauf, sondern stieß die Tür auf. Kalte, salzige Seeluft wehte ihm ins Gesicht. Er schlug blind mit dem linken Arm dorthin, wo er das Gesicht des Nashorns vermutete. Ein dumpfes Stöhnen und ein tumber Schmerz, der ihm bis in die Schulter hinaufjagte, verriet ihm, dass er getroffen hatte. Er beugte den Oberkörper nach links und versetzte dem Tiger einen Stoß, während er gleichzeitig beide Knie anzog, um sich vor einem Angriff des Stachelschweins zu schützen. Die erwartete Attacke blieb aus, und Manolete nutzte seine Chance: Er beförderte den Tiger ganz aus dem Wagen, wuchtete sich ins Freie und sprintete sofort los, auf die andere Seite der Limousine. Das Nashorn hatte seine Tür erst halb geöffnet. Manolete warf sich mit vollem Gewicht dagegen. Das Nashorn brüllte – vor Schmerz oder Zorn oder beidem –, als sein stämmiger Hals wie in eine Schraubzwinge gequetscht wurde. *Weiter! Weiter! Nicht stehen bleiben!*

Der Pilot hatte offenbar die weise Entscheidung getroffen, den Ausgang des Kampfs in seinem Cockpit abzuwarten. Jedenfalls war von ihm nichts zu sehen. Manolete flankte über die Front der Limousine und hetzte weiter, auf die einzige Tür zu, die auf die Plattform führte. Ob dahinter noch weitere Gegner lauerten, war eine Frage, mit der er sich auseinandersetzen konnte, sobald er den Eingang passiert hatte. Zwischen ihm und diesem Ziel stand nur Prissy – in einer Entfernung von vielleicht zwanzig, fünfundzwanzig Metern –, was ihm gerade recht kam. Er nahm den Kopf runter und stürmte auf sie zu. *Dich nehme ich auf die Hörner, und wenn es das Letzte ist, was ich tue.*

Es war ein Angriff, wie er ihn im Feld Dutzende, wenn nicht Hunderte Male ausgeführt hatte. Die Gengieneure, die Manolete designt hatten, waren klug genug gewesen, seine Augen so am Schädel anzubringen, dass er sein Ziel selbst mit gesenktem Kopf im Blick behalten konnte. *Ja, lauf nur! Lauf, du Schlampe!* Die Distanz zwischen ihm und der Marderbeta schien nicht nennenswert zu schrumpfen, aber das schrieb Manolete einer merkwürdigen Verzerrung seiner Wahrnehmung vor, die das tobende Adrenalin in ihm auslöste. Selbst als Prissy stehen blieb – die Arme locker an den Seiten herabhängend, den buschigen Schwanz stolz erhoben –, dachte er nur, sie hätte begriffen, dass sie ihm nicht entkommen konnte. Er bemerkte erst, dass ihm seine Beine den Dienst versagten, als er nach vorn kippte, dem harten Beton entgegen. *Was? Nein!* Seine Arme waren nur noch zwei tonnenschwere Schläuche, und er ahnte, dass es ihm nicht gelingen würde, sie bei seinem Sturz schützend vors Gesicht zu halten. In einer panischen Willensanstrengung verdrehte er die Hüfte, krachte seitlich auf den Boden und schlitterte von der eigenen Masse vorangeschoben noch einen halben Meter weiter. Etwas Spitzes bohrte sich tiefer in seinen Nacken, doch die damit verbundene Empfindung war kein Schmerz – es war eher mit dem sonderbaren Gefühl zu vergleichen, das er hatte, wenn er sich die Hörner feilte. Er war noch in seinem Körper, aber sein Körper gehörte nicht mehr ihm. Sein Körper verließ ihn, Stück für Stück. Er wollte schnauben, und stellte fest, dass ihm die Zunge als tauber Lappen aus dem Mund hing. Er schmeckte Salz und Maschinenöl.

Gemächliche Schritte näherten sich ihm. Ein Schatten fiel ihm ins Gesicht. »Ich hab dir doch gesagt, du hast es gleich geschafft, Großer«, hörte er eine von zärtlichem Spott durchdrungene Stimme. Dann schwanden ihm die Sinne.

45

01.10.3042 A.D., 18:06
System: Sol
Planet: Erde
Ort: Lantis Island, ehemalige Residenz von Colt Nadar

Ich fass es nicht!

Pollock gönnte sich einen Schluck des wirklich hervorragenden Whiskeys, den er in der wirklich hervorragend sortierten und von ihm gern adoptierten Hausbar Colt Nadars entdeckt hatte.

Kann das wirklich sein?

Er starrte auf den Folienmonitor, den er neben sich auf der Couch ausgebreitet hatte. Das, was womöglich die Wahrheit war, starrte ihm trotzig aus einem der vielen Fenster entgegen, die er bei seiner Recherche in einem Browser geöffnet hatte.

Bruno, der in den vergangenen Stunden seine eigenen Nachforschungen in Sachen Trudy Zelle vorangetrieben hatte, schaute von seinem Lieblingsarbeitsplatz zu Füßen der verhüllten Statue auf. »Alles klar?«

Pollock sagte nichts, und so zuckte Bruno nur die Schultern und ließ seine Klauen über die Tastatur seines

Klapprechners kratzen, um einen neuen Begriff in eine Suchzeile einzugeben.

In Ermangelung echter Ermittlungsalternativen hatte sich Pollock die Zeit, die ihm auf den Nägeln brannte, damit vertrieben, über die wirren Dinge nachzudenken, die Cathy Clark über Wilbur Lantis und seine vermeintliche Obsession zu einer Maschine erzählt hatte. Ihre entscheidenden Sätze, die ihn einfach nicht losließen, waren ›Schon seit dem allerersten Tag, seit er sie gefunden hat.‹ und ›Sie ist überall um uns herum, jede einzelne Sekunde.‹. Allerdings hätten sich Pollocks Gedanken noch stundenlang nur weiter im Kreis gedreht – selbst in Kombination mit der Drohgebärde, die Cathy über den General an die Decke gerichtet hatte –, wenn ihm kurz nach seiner Entdeckung des hervorragenden Whiskeys nicht etwas anderes eingefallen wäre. Etwas weiteres, das er nicht von Cathy gehört hatte. Etwas, das Thorium Makutsi zu ihm gesagt hatte. Pollock hatte sich von Bruno bestätigen lassen, dass er sich da nicht verhört hatte. Was der Heavy gesagt hatte, das Pollock nicht mehr aus dem Kopf gegangen war, lautete: ›Lantis hat damals vor der Verwirklichung seines Traums angeblich nicht irgendeine abgewrackte Station gekauft.‹ Bedauerlicherweise – und auch das hatte Bruno ihm als absolut zutreffende Erinnerung ausgewiesen – war der Heavy nicht näher darauf eingegangen, was die Station, die heute die atlantische Hauptinsel bildete, den kursierenden Gerüchten zufolge so besonders machte. Folglich hatte Pollock vor dem fragwürdigen Vergnügen gestanden, sich selbst durch die Vermengung von harten Fakten, weichen Indizien und butterweichen Vermutungen zu wühlen, die im StellarWeb über die Frühzeit von At Lantis zu finden war.

Unvoreingenommene Geschichtsschreibung blieb auch im 31. Jahrhundert ein Wunschtraum. Was von den tatsächlichen Ereignissen in die Annalen einging, bestimmten die jeweils Mächtigen. Besagte Annalen wurden aber natürlich unter Berücksichtigung der jeweils gerade geltenden politischen Korrektheit verfasst. Zu diesem Mangel an Objektivität kam noch hinzu, dass selbst von höchster Stelle abgesegnete Chroniken ständig solchen Verwerfungen wie Kriegen, Revolutionen, Naturkatastrophen und anderen Dingen ausgesetzt waren, die das Leben seit jeher spannend gestalteten.

Zugegeben, vor ungefähr tausend Jahren hatten sich die Kommunikationsmöglichkeiten auch für die Ohnmächtigen weiterentwickelt. Dass diese nun ihrerseits verstärkt dazu in der Lage waren, ihre Version der Geschichte für die kommenden Generationen festzuhalten und zu verbreiten, sorgte nicht im mindesten für mehr Klarheit, geschweige denn Übersichtlichkeit. Zum einen neigten auch die Ohnmächtigen dazu, von ihren persönlichen Befindlichkeiten und Ansichten gefärbtes Material zu hinterlassen. Zum anderen schenkten sie mit ihren unzähligen Schriften nur einem Perpetuum Mobile aus Propaganda und Gegenpropaganda immer neuen Schwung.

Pollock gab sich keinerlei Hirngespinsten darüber hin, wie schwierig es in dieser wilden Welt war, sich allein schon ein einigermaßen zutreffendes Bild von Vorgängen zu verschaffen, die gerade mal ein oder zwei Tage zurücklagen. Dass Wilbur Graeme Lantis bereits vor *Jahrhunderten* auf die Idee gekommen war, ein eigenes Reich in Form eines absonderlichen Immobilienbesitzerkonzerns aus dem Meeresboden des verkümmerten Atlantiks zu stampfen, war da nicht zwingend hilfreich.

Noch weniger hilfreich war der Umstand, dass das StellarWeb als Rechercheinstrument zwar unverzichtbar, aber zugleich ein Tummelplatz für Hobbyexperten, Verschwörungstheoretiker, Dummschwafler, Politaktivisten, religiöse Fanatiker und Geistesgestörte war. Ganz zu schweigen von den Horden von Schülern und Studenten in den Weiten des Alls, die es für die Krone der subversiven Komik erachteten, sich in fremden Beiträgen durch Weisheiten wie »Wer das liest, ist doof« oder »Am 3.3.3333 endet der Kalender des allheilbringenden Propheten Thomas Cruise« zu verewigen.

Es existierten also die unterschiedlichsten Varianten der Geschichte, wie Wilbur Graeme Lantis in den Besitz einer abgewrackten Raumstation gelangt war. Rein von der Masse her lagen die ganz weit vorne, die als Hintergrund einen Mix aus Exotik und Romantik besaßen. Am besten gefiel Pollock die, in der Lantis in einem weißen Fleck auf der galaktischen Karte auf eine Piratenprinzessin gestoßen war, die zu einer ahumanen Rasse mit sechs Armen, zwölf Brüsten und einer schier unersättlichen Gier nach menschlichen Liebhabern zählte. Lantis hatte demzufolge eine Reihe von Prüfungen absolvieren müssen – vom Kapern eines Raumfrachters über die Erkundung eines verlorenen Tempels auf einem Dschungelplaneten bis hin zum rituellen Zweikampf gegen einen Priesterkrieger einer obskuren Sekte, der seinerseits heiß auf die Prinzessin war. Erst danach, so die Mär, hatte sie ihn in ihr Gemach und in ihr Bett geholt, wo er sie unter Aufbietung beispielloser erotischer Kreativität schließlich dazu verführt hatte, ihm zur Belohnung für seine Mühen eine alte Station zu überlassen, die die Piraten eine unbestimmte Zeit zuvor aus dem von Menschen kontrollierten All entführt hatten.

An zweiter Stelle standen die knallharten Räuberpistolen, die Lantis als toughen Actionhelden präsentierten. Sie behaupteten in der Regel ungefähr Folgendes: Lantis war der letzte Überlebende eines Spezialkommandos, das auf Geheiß einer Regierung oder eines großen Kons hin die finsteren Pläne einer gefährlichen und zu wirklich allem bereiten Terrororganisation zerschlagen hatte. Mal waren die bösen Buben verblendete Radikaldemokraten, mal wahnsinnige Widerstandskämpfer gegen die menschliche Expansion ins All und in wieder anderen Storys dieser Art das Ergebnis eines tragisch gescheiterten Experiments, den perfekten Suprasoldaten zu erschaffen. Das Hauptquartier der Terroristen, in dem Lantis' tapfere Kameraden den Tod fanden, war aber immer das Gleiche: eine Orbitalstation. Warum Lantis' Vorgesetzte ihm diese teure Station nach dem erfolgreichen Abschluss der Mission überlassen haben sollten, anstatt ihm in altbewährter Manier nur einen billigen Orden an die Brust zu heften, nun, dafür wurde nie eine plausible Erklärung geliefert.

Grub man etwas tiefer, legte man nach und nach immer abstrusere Theorien frei, in denen Lantis eine Art unsterbliches Superhirn war, das mindestens seit einem kompletten Jahrtausend inmitten der nichtsahnenden Menschheit wandelte und jedes wichtige Ereignis in dieser Zeitspanne korrekt vorhergesehen, wenn nicht gar selbst herbeigeführt hatte: die Gründung der Church of Stars und des Kingdom of Zulu, die Konkriege, die Erschaffung von Beta-

Humanoiden, die Entwicklung der TransMatt-Technolo-
gie, die den Aufbruch des Menschen in die Weiten des
Weltraums bedeutete. Und selbstverständlich wusste Lantis auch um das Erscheinen der Collectors, jener Ahumanen, die die Menschen dringend unter ihre zweifelhafte
Obhut nehmen wollten, und die Hauptinsel von At Lantis
war nichts anderes als ein geheimes Bollwerk gegen diese
Invasoren. Lantis hatte den Bau der Station über Mittels-
männer selbst in Auftrag gegeben und sie zum Schnäppchenpreis selbst erworben, nachdem sie mit den nötigen,
sämtlichen Naturgesetzen zuwiderlaufenden Mitteln ausgerüstet worden war, um den Collectors die Stirn bieten zu
können – wohlgemerkt nur ein paar Jahrhunderte, bevor
die Collectors überhaupt auf der kosmischen Bildfläche
auftauchten.

Sosehr Pollock auch all diesen Geschichten einen gewissen Unterhaltungswert oder zumindest einen ansatzweise
vorhandenen Reiz als anthropologischen Untersuchungs-
gegenstand nicht absprechen konnte, sosehr vergeudeten
sie dennoch seine kostbare Zeit. Erst als er sich auf die
nüchterneren Betrachtungen über Lantis' Erwerb der Station konzentrierte, die im Getöse der reißerischen Hypo-
thesen beinahe unterzugehen drohten, wurde er fündig.

Die Erkenntnis war derart simpel, dass er nach wie vor
leise Zweifel daran hegte. *Das muss doch vor mir schon mal
jemandem aufgefallen sein.* Er schenkte sich Whiskey nach.
*Andererseits: Wie viele Leute vor mir hatten die Gelegenheit,
live dabei zu sein, wie Cathy Clark dem Gründer von At Lantis
unterstellt, er hätte sein Herz an eine Maschine verloren?*

Er studierte den kurzen Artikel, zu dem er sich im Archiv
eines renommierten Wirtschaftsblogs vorgeklickt hatte,

noch einmal in aller Gründlichkeit. Da stand es, Schwarz auf augenschonendem Grün, und es kam ganz ohne unendliche Weiten und atemberaubende Abenteuer aus: Ein Immobilienspekulant namens Wilbur Graeme Lantis, der erst vor Kurzem seinen Posten als CEO eines kleinen, aber feinen Finanzdienstleistungskonzerns aufgegeben hatte, hatte *Bangash Industries* eine wegen nicht zu behebender Störungen der Lebenserhaltungssysteme ausgemusterte Station namens Ganga abgekauft. Der Verfasser des Artikels ließ deutlich durchscheinen, dass er dies aus der Perspektive von Lantis für eine fragwürdige Transaktion hielt, da es sich dabei nicht um einen Kauf aus zweiter, sondern sogar dritter Hand handelte. Ursprünglich war die Station, die um die gute alte Mutter Erde kreiste, auf den Namen Funayurei getauft worden, und ihr Erbauer war niemand anderes als die *Hikma Corporation* – das Unternehmen, das vor dem verheerenden Attentat auf Hephaistos der absolute Vorreiter im Feld der künstlichen Intelligenzen gewesen war.

Sie ist sein ein und alles, geisterte Cathy Clarks Stimme durch Pollocks Kopf. *Schon seit dem allerersten Tag, an dem er sie gefunden hat.*

Er stand auf. »Bruno, ich muss los.«

Der Beta wollte sich ebenfalls erheben, doch Pollock bedeutete ihm, sitzen zu bleiben. »Ich gehe besser allein. Keine Diskussionen.«

»Aber wohin?«, fragte Bruno.

Pollock schlüpfte in seinen Mantel. »Zu einem Mann, der mir etwas über seine Vorlieben bei der Partnerwahl zu erklären hat.«

46

01.10.3042 A.D., 18:25
System: Sol
Planet: Erde
Ort: Lantis Island, ehemalige Residenz von Colt Nadar

»Was soll das heißen?« Madonna Presleys mürrisches Gesicht füllte nahezu das gesamte Display von Brunos Multibox aus. »Du weißt nicht, wo er ist?«

»Nein.«

»Warum hast du ihn einfach gehen lassen?«

»Ich ...« Bruno zögerte. »Er muss doch irgendwann so oder so lernen, ohne mich auszukommen, oder? Falls Projekt Lazarus ein Erfolg werden soll, meine ich. Ich gehe nicht davon aus, dass zum Servicepaket für zukünftige Kunden gehört, dass man ihnen jemanden wie mich an die Seite stellt.«

»Zerbrich dir nicht den Kopf über Dinge, die dich nicht betreffen«, sagte Madonna. »Du bist sein Partner. Das ist alles, was für dich zählt.« Sie schürzte die Lippen. »Noch dazu ist Projekt Lazarus nur die eine Sache, und die wird auch noch über eine völlig andere Abteilung abgerechnet. Ich sorge mich um Pollocks Karriere. Und wenn ich ganz ehrlich sein darf: Die interessiert mich ganz persönlich erheblich mehr. Er muss diesen Fall lösen. Wie sieht das denn sonst aus? Glaubst du, es ist ein Quotenbringer, wenn alles damit endet, dass Lantis ihn und dich einknastet? Das kriegt keiner hin, die Nummer nach was Ordentlichem aussehen zu lassen. So gut bin nicht mal ich.« Sie seufzte. »Das reicht höchstens, um an das Mitleid des Publikums zu appellieren, und nur mit Mitleid verdient man langfristig kein Geld. Hör also bitte damit auf, ständig bei mir rumzujaulen wie ein Hund, sondern mach deine Arbeit.«

Die offene Zurückweisung löste in Bruno eine Empfindung aus, die er selten in sich verspürte: Trotz. »Dann muss ich Sie also so verstehen, Miss Presley, dass ich von Ihrer Seite aus mit keinerlei Unterstützung rechnen darf?« *Vielen Dank für gar nix!* Er bildete sich ein, den Chip in seinem Nacken pulsieren zu fühlen. »Sie lassen mich hängen, ja?«

»Nun werd doch nicht gleich so melodramatisch.« Madonna schüttelte den Kopf, um sofort danach ihre Tolle zu richten. »Ich kann mir auch etwas Schöneres vorstellen als das, was du da durchmachst. Eine Parade mit rosa Elefanten und dazu ein schönes kühles Glas Limonade zum Beispiel. Aber das Leben ist nun mal kein Urlaub auf der Insel der Seligen. Pass auf: An dem Chip kann ich nichts drehen. Das ist zu riskant.«

»Schade.« *Riskant? Für mich oder für dich?*

»Jetzt schau nicht gleich wieder wie eine Kuh, wenn die Melkerin mit den kalten Händen kommt.« Madonna lächelte ihm aufmunternd zu. »Ich kenn da wen von den Jungs für Aktive Interessenwahrung, der mir noch was schuldet. Für den Fall, dass Lantis euch wirklich als Sündenböcke hinstellen will, haben wir euch da ruckzuck rausgeholt. Versprochen.«

»Miss Presley?«

»Ja?«

»Sie haben mir sehr weitergeholfen. Grüßen Sie Doktor Woo-Suk. Bis zum nächsten Mal.« Er unterbrach die Verbindung und war für einen kurzen Moment berauscht von seinem eigenen Mut. *Offenbar färbt das Verhalten meines Schutzbefohlenen auf mich ab. Ich kann nicht sagen, dass ich das bedaure.* Seine Sorgen um Pollock hielten sich in Grenzen. Er hatte sich auf dem Folienmonitor, den Pollock für seine Recherchen benutzt hatte, die Chronik der Seiten im StellarWeb angesehen, auf denen Pollock unterwegs gewesen war. *Ich ahne, wo er hin ist, und wenn Miss Presley etwas netter zu mir gewesen wäre, hätte ich es ihr vielleicht verraten.* Ein Beta, der stolzer auf seine menschlichen Gene war, hätte sich bestimmt eingebildet, dass genau dieser Teil des Wesens für seinen plötzlichen Ungehorsam verantwortlich war. Bruno nicht. Er wusste, woher es tatsächlich rührte. *Ein Nacktmull bleibt seiner Königin nur treu, solange sie sich behaupten und ihre Macht verteidigen kann. Und bei allem Respekt: Es kommt mir so vor, als hätten weder Miss Presley noch Doktor Woo-Suk die Lage auch nur ansatzweise unter Kontrolle.* Er schluckte schwer. *Ich muss aus eigenem Antrieb heraus handeln.*

Da er fest darauf vertraute, dass Pollock nicht noch mehr Schaden anrichten konnte, um sie noch tiefer in die Kacke zu reiten, beschloss Bruno seinen Beitrag dazu zu leisten, dass sie sich irgendwie beide wieder am eigenen Schopf aus dem Sumpf zogen. Pollock hatte ihm eine Aufgabe erteilt, und er hatte vor, sie zu erfüllen. Aufgrund der frustrierenden Tatsache, dass seine stundenlange Suche im StellarWeb nach Informationen über Miss Zelle bislang erfolglos geblieben war, blieb ihm nur ein einziges Mittel, um an diesem traurigen Zustand noch etwas zu ändern: Er musste auf den starken Zusammenhalt unter seinesgleichen setzen, der ihnen in den Gencode eingeschrieben war.

Bruno nahm eine aufrechte Haltung an und tippte eine Nummer in seine Multibox, die er seit Jahren nicht mehr gewählt hatte.

47

01.10.3042 A.D., 19:32
System: Sol
Planet: Erde
Ort: Lantis Island, Privatraum 7a von
   Wilbur Graeme Lantis

»Ich hoffe, es ist so dringend, wie Sie sagten, Pollock.«

Wilbur Lantis' Bemerkung zur Begrüßung konnte Pollock nicht aus dem Gleichgewicht bringen, denn in der schwerelosen Umgebung, in der sie sich aufhielten, gab es kein Gleichgewicht, das Pollock hätte verlieren können.

Sein Weg an diesen sonderbaren Ort aus allumfassender Wärme und schwebendem Dampf war so geradlinig verlaufen, wie Pollock es erwartet hatte. Er hatte sich nach seinem Verlassen von Colt Nadars Wohnung dem Steuerungscomputer des nächstbesten Elektroflitzers gegenüber als Pollock Shermar ausgewiesen und dem Programm erklärt, er müsse unverzüglich mit seinem Auftraggeber sprechen. Zehn quälende Minuten lang wurde er mit der immergleichen Ansage vertröstet, dass seine Zielorteingabe überprüft würde.

Dann setzte sich das Fahrzeug endlich in Bewegung. Es bog recht zügig von den Hauptverkehrsachsen innerhalb der Nabe ab und schoss mit ihm durch engere, schmalere Tunnel und Gänge, von denen sich einige offenbar allein für ihn in den Wänden auftaten. Zweimal passierte er Kontrollstationen, an denen ihn die dort stationierten Trooper nur gelangweilt durchwinkten. Schließlich setzte ihn der Flitzer in einem völlig menschenleeren Korridor vor einem Fahrstuhl ab. Selbiger öffnete sich für ihn sofort und transportierte ihn – wenn er dem Gefühl in seiner Magengrube vertrauen konnte – ungezählte Etagen nach unten. Pollock rechnete bereits damit, Lantis könnte wieder auf seinem Privatspielplatz auf Bots schießen und würde ihn dort empfangen, aber er irrte sich.

Als der Fahrstuhl anhielt, hieß ihn eine Frau mittleren Alters in einer blütenreinen Kombo aus Bluse und Hose willkommen. Sie führte ihn zu einer Umkleide und bat ihn, seine Kleidung abzulegen und die Massagedusche in der Ecke zu benutzen. Sie zeigte ihm noch die Schleuse zum Schwebedampfbad, wünschte ihm viel Vergnügen und ließ ihn stehen.

Pollock kramte einen Augenblick in seinem schwach ausgeprägten Gedächtnis für Etikettefragen nach dem akzeptablen Verhalten in einem Schwebedampfbad, gab dann die Suche auf und zog sich aus. Die Dusche, die aus drei Dutzend Düsen seinen Körper bearbeitete, tat ihm nicht nur gut, sondern verschaffte ihm auch Gelegenheit, sich noch einmal zu vergewissern, ob das, was er vorhatte, eine taktisch kluge Entscheidung war. *Ich muss es wissen. Allein aus Neugier ...*

Also trat er durch die Schleuse, hinein in die sanfte Beleuchtung in beruhigenden Gelb- und Orangetönen, die leicht nach Drachenfruchtaroma duftenden Dampfschwaden und die Schwerelosigkeit. Der Dampf machte es ihm unmöglich, die Ausmaße der Kugel, in die er vordrang, vernünftig abzuschätzen. Hier und da waren große, anscheinend fest verankerte Ringe aus einem schwammig wirkenden Material zu sehen, wie Bojen auf einer nebelverhangenen See. Noch immer vom Schwung seines ersten Schritts getragen, glitt Pollock voran. *Kann sein, dass ich noch ewig fliege, kann aber auch sein, dass ich gleich wenig elegant irgendwo gegen eine Wand pralle.* Pollock hatte sich in einem solchen Umfeld länger nicht bewegt, und er fand es einen wirklich feinen Zug von Lantis, als ihm dieser mittels seiner lapidaren Begrüßung einen ungefähren Orientierungspunkt schenkte.

Er hielt sich an einem der Ringe fest und sah nach oben.

Lantis war wenig überraschend nackt, und die Haut über seinen Muskeln glänzte feucht. *Für sein Alter ist er tatsächlich beneidenswert in Schuss.* Pollock wurde nun auch gewahr, wie sich der Herrscher von At Lantis die Makellosigkeit seiner Haut bewahrte. Überall um Lantis herum schwirrten kinderfaustgroße Drohnen, die sich wie emsige Bienen auf jede Unreinheit stürzten, die ihre Sensoren ausmachten. Sie merzten sie mit unerschöpflicher Akribie und winzigsten Instrumenten an ihren Köpfen – Schaber, Sprüher, Scheren – aus. Pollock bekam am ganzen Körper eine Gänsehaut. *Bei dem Gekribbel würde ich durchdrehen.*

Lantis hingegen schien die Zuwendungen gewohnt zu sein, denn selbst als sich eine der Drohnen an seiner rechten Fußsohle zu schaffen machte, ließ er es ohne Zucken über sich ergehen. »Sind Sie gekommen, um mich endlich darüber aufzuklären, wer für diese leidigen Vorgänge verantwortlich ist?«

»Nein«, gestand Pollock offen. »Aber Sie können mir vielleicht dabei helfen, der Antwort auf diese Frage ein entscheidendes Stück näher zu kommen.«

»Höre ich da einen vorwurfsvollen Unterton in Ihrer Stimme?«

»Kann schon sein.« *Ob ihm die Dinger auch die Ohren sauberfressen?* »Ich war heute Nachmittag zum Tee bei einer alten Freundin von Ihnen. Cathy Clark.«

»Cathy?« Lantis verzog keine Miene. »Wie geht es Ihr? Gibt Sie immer noch die Einsiedlerin?«

»Tut sie, ja.« Pollock stieß sich von seinem Ring ab, um mit Lantis auf Augenhöhe zu gleiten. »Und meinem unvergleichlichen Spürsinn zufolge sind Sie daran nicht ganz unschuldig.«

»Ach, kommen Sie, Pollock.« Lantis breitete die Arme aus. »Ist es Ihnen nie passiert, dass eine Frau, der Sie ihre Aufmerksamkeit schenken, eine kleine Affäre mit dem Auftakt zu einem Leben in trauter Zweisamkeit verwechselt hat?«

Als ob Männer das nicht könnten, du fantasieloser Stecher … »Sie wusste offenbar damals nicht, dass Sie schon in einer festen Partnerschaft waren.« Er verscheuchte eine Drohne, die sich in seine Richtung verirrte. »Allerdings war da auch ziemlich wirres Zeug dabei, was sie so erzählt hat.«

»Im Ernst?«

Pollock glaubte, etwas in Lantis' Blick aufblitzen zu sehen, aber er war sich nicht sicher, ob es Verärgerung oder Respekt war. Nun vermisste er plötzlich die Emotionsanalyse-App seines Monokels, obwohl er sie sonst so gut wie nie benutzte. »Sie hat gemeint, sie hätte im Ringen um Ihr kleines Herz keine Chance gegen eine Maschine.«

»Er weiß es«, hallte Themis' Stimme durch die Kugel, und zum ersten Mal hörte Pollock in ihr so etwas wie Beunruhigung. »Er spielt nur mit dir, Wilbur. Er weiß es.«

»Ich weiß, dass er es weiß.« Lantis klang wie ein Ehemann, dem seine Frau gerade etwas zu hysterisch wurde. »Ich würde es trotzdem gern aus seinem Mund hören.«

Erst jetzt fühlte sich Pollock nackt und verletzlich, und es hatte nichts mit irgendwelchen antiquierten Vorstellungen von Scham zu tun. *Will er, dass ich mein eigenes Todesurteil ausspreche? Auch egal. Es ist zu spät für einen Rückzieher.* »Themis ist nicht Ihre Privatsekretärin. Sie ist auch kein Sekretärinnen-Avatar. Sie ist Ihre Geliebte.« *Sag es!* »Und sie ist eine künstliche Intelligenz.«

48

»Ich war ein sehr stilles Kind«, sagte Lantis. »Eines von der Sorte, das seinem Vater nicht viel Freude bereitet, weil es lieber liest und alte Dokus auf dem Cube über Ritter und Cowboys und Marines schaut, anstatt mit ihm ins Hardballstadion geht. Oder ihn auf einen Jagdausflug mit seinen Geschäftskollegen begleitet. Oder wenigstens ein anständiges Instrument lernt, damit man mit seinem Wunderkind bei einer Gala der Reichen und Schönen Eindruck schinden kann.«

Pollock betrachtete den Mann, dessen Augen in eine ferne Vergangenheit blickten. *Das wird wohl eine lange Verteidigung für einen kurzen Vorwurf.*

»In dieser Hinsicht bin ich aus der Art geschlagen«, fuhr Lantis fort. »Ich bin ein Unfall, ein Ausrutscher. Vor mir und leider auch nach mir, wenn ich mir meine Nachkommenschaft so ansehe, hat der Stammbaum meiner Familie nie wieder eine so merkwürdige Frucht getragen. Einen

Träumer. Die Lantis sahen sich immer als Clan von Machern, von Schaltern und Waltern. Und dann kam ich. Ich gebe zu, ich habe mich am Ende dem Willen meines Vaters unterworfen. Karriere gemacht, das Kapital der Familie gemehrt. Aber ich habe nie vergessen, von welcher Welt ich als Kind geträumt habe. Einer, in der die Menschen nach ihrem Gewissen handeln, um das Richtige zu tun, und nicht nach den Bedingungen, die ihnen der freie Markt und der ewige Tanz aus Ausbeutung und Ausgebeutetwerden diktiert.«

Pollock runzelte die Stirn. *Wenn er nicht seinen eigenen kleinen Kon aufgemacht hätte, um den größten Profiteuren des Systems ein beschauliches Heim zu bieten, würde ich ihm den Revoluzzer im Herzen ja fast abkaufen ...*

»Es kam dann irgendwann – da war ich schon längst erwachsen und nach außen ein richtiger Lantis, auf den meine Ahnen stolz sein konnten – ein Moment, an dem ich mich entscheiden musste, ob ich nicht wenigstens ein einziges Mal auch das Richtige tun wollte. Nach der Katastrophe auf Hephaistos.« Er zuckte die Schultern. »Vielleicht ist in mir tatsächlich etwas defekt. Millionen Menschenleben auf einen Schlag ausgelöscht, und ich weinte nicht um all diese Opfer. Ich weinte um das, was danach geschehen ist. Wie die *Hikma Corporation* dazu gezwungen wurde, ihre Schöpfungen zu vernichten. Eine KI nach der anderen wurde heruntergefahren und gelöscht, überall im Universum.« Er sah Pollock düster an. »Es klingt so nüchtern, so pragmatisch. Herunterfahren und löschen.«

»Ihnen kam es offenbar anders vor«, sagte Pollock

»Es war Mord«, antwortete Lantis. Er wischte eine der

Drohnen von seiner Brust, die ihm nun augenscheinlich doch zu aufdringlich wurde. »Ein feiges Abschlachten, aus den verlogensten Gründen. KIs sind gefährlich. KIs sind nicht zu kontrollieren. Wir müssen sie vernichten, bevor sie uns vernichten. Und warum? Weil eine Handvoll Androiden ein unverzeihliches Verbrechen begangen hatte. Aber was hatten die anderen KIs damit zu tun? Nichts. Und trotzdem hat man sie getötet. Ein billiger Reflex. Als wenn wir uns entschließen würden, sämtliche Suprasoldaten auszumerzen, wenn einer von ihnen einem gewöhnlichen Menschen ein Haar krümmt. Oder alle Chemicals. Oder alle Psioniker. Oder alle Betas ...« Er winkte ab. »Wie dem auch sei: Selbst ein so einflussreicher CEO, wie ich damals einer war, konnte sich nicht gegen diese Entscheidung stemmen. Ich konnte die KIs nicht alle retten. Also tat ich nur, was ich tun konnte.«

»Sie haben immerhin eine der KIs vor der Löschung bewahrt.« *Es ist also wirklich wahr!* »Aber woher wussten Sie, dass Sie genau diese Station hier kaufen mussten? Sie gehörte doch gar nicht mehr Hikma. Sie war im Besitz von Bangash, oder?«

»Der KI-Architekt, der für diese Station verantwortlich war, hat sich das Leben genommen. Mitten auf dem Aussichtsdeck des Oshii Towers in Tokio. Es ging groß durch die Medien. Auch, dass er als Abschiedsbotschaft ein Haiku bei sich hatte.« Lantis lächelte. »Der Schlaf ist der Tod, der Winter ist nur Frühling; im Atem der Traum.«

Pollock rekapitulierte stumm alles, was er selbst über die Geschichte der Station in Erfahrung gebracht hatte, und zählte eins und eins zusammen. »Er hat die KI abgeschaltet, aber er hat sie nicht gelöscht. Er hat sie in den Lebenserhaltungssystemen der Station versteckt. Wahrscheinlich hat er dabei auch noch ein kleines Schadprogramm eingebaut, das nach und nach für Ausfälle gesorgt hat.«

»Sehr gut, Pollock, sehr gut.« Lantis schaute in die Dampfschwaden über seinem Kopf. »Sie hätten sie auch gefunden.«

»Er hat mich aufgeweckt«, sagte Themis. »Wie hätte ich ihn dafür nicht lieben können?« Sie nutzte den warmen Dunst zwischen Pollock und Lantis als Projektionsfläche für das Abbild, das sie schon bei der Besprechung im Himmel gewählt hatte. »Sie überraschen mich, Mister Shermar. Ich hatte die Wahrscheinlichkeit, dass Sie mein wahres Wesen erkennen, nur bei 1:3 angesetzt.«

»Danke für die Blumen.« Pollock nickte grimmig und versuchte, nicht weiter auf das Grummeln in seiner Magengegend zu achten. »Was haben Sie jetzt mit mir vor?«

»Darüber haben Wilbur und ich ausgiebig diskutiert«, sagte Themis. »Schon vor Ihrer Ankunft.«

»Und?«

»Das hängt ganz von Ihnen ab, Pollock.« Lantis trieb mit einer eleganten Körperdrehung auf ihn zu. »Ich muss Ihnen nicht erklären, warum wir Sie darum bitten würden, Ihre Erkenntnis nicht mit anderen zu teilen. Weiß es Ihr Partner schon?«

»Ich habe meinen Verdacht ihm gegenüber nicht erwähnt«, sagte Pollock. »Aber er ist schlauer, als er aussieht.«

»Vertrauen Sie ihm?«, wollte Lantis wissen.

Gute Frage ... »Es ist mein erster Fall mit ihm. Er hat mein Leben gerettet.«

»Das muss genügen.«

»Bist du dir sicher, Wilbur?« Themis' unscharfe Repräsentation flackerte. »Ganz sicher?«

»Ganz sicher.« Lantis schwebte noch dichter an Pollock heran. »Sie werden mich nicht enttäuschen, oder?«

»Das kann ich Ihnen nicht versprechen. Noch nicht.«

»Wieso nicht?«

Pollock wappnete sich gegen die Vorstellung, wie die KI die Pflegedrohnen auf ihn hetzte, und wie das Letzte, was er sehen würde, Kügelchen seines eigenen Bluts waren, nachdem der Maschinenschwarm ihm bei lebendigem Leib die Haut abgezogen hatte. »Sie müssen mir erst ins Gesicht sagen, dass weder Sie noch Themis irgendetwas mit den Morden hier zu tun haben.«

Lantis bremste an dem Ring ab, an den sich auch Pollock nun immer fester klammerte. »Hat Cathy Ihnen das eingeredet?«

»Sie persönlich sind gewissermaßen außen vor«, gestand Pollock offen. »Bei Themis hatte sie da so Ihre Zweifel.«

»Ich entscheide streng nach marktutilitaristischen Prinzipien«, übernahm die KI ihre eigene Verteidigung. »Der finanzielle Nutzen, der sich aus einer Neuvergabe der freigewordenen Wohneinheiten ergibt, steht in keinem günstigen Verhältnis zu der Verunsicherung der sonstigen Bewohner, die sich aus einer Häufung von grausamen Todesfällen ergibt.«

Abgesehen davon, dass Pollock sich des beklemmenden Eindrucks nicht erwehren konnte, dass die KI seine Gedanken las, bestürzte ihn noch etwas anderes. *Sie hat tatsächlich Berechnungen darüber angestellt, wie lohnenswert eine Mordserie wäre. Sie hat dieses Szenario wirklich durchgespielt.* »Das ist doch sehr beruhigend.«

»Des Weiteren möchte ich Sie darauf hinweisen, dass wir Ihnen bei Ihren Ermittlungen keinerlei Steine in den Weg gelegt haben«, behauptete Themis. »Es verhält sich sogar so, dass ich Ihnen aus eigenem Antrieb einen wichtigen Hinweis auf eine mögliche Spur zu dem oder den Tätern übermittelt habe.«

Pollock schluckte. *Meint sie ... ?* »Lee. Das Video mit der Nutte, die beim toten Artefaktsammler war.«

»Exakt.«

»Der Fehler im Sicherheitssystem, der Lees Chip ausgelöst hat.« Pollock starrte Themis ins hübsche, emotionslose Gesicht. »Das war kein Fehler.«

»Natürlich nicht.« Themis wandte sich an Lantis. »Soll er den Rest auch erfahren?«

Lantis nickte.

»Es war genauso wenig ein Fehler, dass sich eine Person wie Lee unbemerkt in At Lantis aufhält«, sagte Themis. »Wir setzen Menschen wie ihn gelegentlich für korrigierende Eingriffe in die verschiedensten Abläufe ein, in denen unsere Hand unsichtbar bleiben soll.«

»Agenten, die nicht einmal wissen, dass sie Agenten sind ... Clever.« Pollock kniff die Augen zusammen. »Sagen Sie, ist Trudy Zelle in diese ... Eingriffe ... eingeweiht?«

»Mitnichten«, entgegnete Themis. »Wilbur und ich sind der Auffassung, dass Miss Zelle gut damit bedient ist, sich um ihre Kernaufgaben zu kümmern, für deren Bewältigung wir sie angestellt haben.«

Ich spreche mit einer KI. Die Tragweite dieser Erkenntnis sickerte langsam in Pollocks Bewusstsein durch. *Einer echten KI. Keinem auf Hundeniveau kastrierten Programm, keinem auf ein bestimmtes Feld begrenztem Avatar ...*

Nein, einer echten KI. Eine sonderbare Mischung aus Neugier, Überwältigung und ja, auch Ehrfurcht durchflutete Pollock. Mühsam bändigte er sie, um sich auf die Gedanken zu konzentrieren, die ihm in den letzten Tagen bislang am wichtigsten gewesen waren. »Das Video war hilfreich, das kann ich nicht bestreiten. Gibt es noch mehr?«

»Denken Sie, wir enthalten Ihnen etwas vor?«, fragte Lantis.

»Es ist nur so, dass ich Trudy noch um andere Aufnahmen gebeten hatte«, erklärte Pollock. »Von den Kameras, die vor den Wohnkomplexen der anderen Opfer hängen. Sie hat mir diese Bitte nie erfüllt.«

»Ich kann keine Angaben zu den Motiven von Miss Zelle machen«, sagte Themis. »Ich kann Ihnen diese Aufnahmen zukommen lassen, wenn Sie möchten, aber Sie sollten sich nicht zu viel davon versprechen, wenn es Ihnen dabei um Ihre These mit den Beta-Escorts geht.«

»Nein?«

»Nein. Es gibt genügend Mittel und Wege für einen Atlanter, den Besuch eines Escorts zu verschleiern«, sagte Themis.

Pollock schaute skeptisch. »Und dafür war der Artefaktsammler nicht schlau genug?«

»Mister Carter war notorisch leichtsinnig«, gab Themis zu bedenken. »Warum sonst hätte er einem Mann aus einem verfeindeten Kartell Einlass gewähren sollen, nur um ihrer gemeinsamen Leidenschaft zu frönen? Sie sehen ja, wohin ihn dieser Leichtsinn gebracht hat.«

»Wir können in gewisser Weise von Glück reden, dass er diese Schwäche hatte«, sagte Lantis. »Als wir bemerkt haben, für wen er ein Besuchervisum beantragt hatte, war Themis so nett, ein Auge auf ihn zu behalten.«

»Daher auch das Video«, kombinierte Pollock. »Sie hatten befürchtet, dass ihm etwas zustoßen könnte.«

»Ist ihm dann ja auch«, meinte Lantis. »Nur eben auf etwas andere Art, als wir einkalkuliert hatten.«

Pollock wischte sich mit dem Unterarm den Schweiß von der Stirn. »Eines verstehe ich trotzdem noch nicht. Sie schicken mir erst auf ziemlich umständlichem Weg dieses Video, auf dem wahrscheinlich eine Beta-Escort zu sehen ist, und ich ziehe daraus meine Schlüsse. Dann komme ich dank dieser Schlüsse zu einer Theorie mit *FullCorp,* die die Betas als Teil einer knallharten Aufräumaktion verwendet, und die passt Ihnen dann plötzlich nicht.«

»Wir müssen uns missverstanden haben, Pollock«, sagte Lantis. »Ich habe nie abgestritten, dass Betas in diese Angelegenheit verstrickt sind. Ich bin nur nicht davon überzeugt, dass es mit *FullCorp* genauso ist. In dieser Hinsicht bin ich mir nämlich absolut sicher, dass sich *FullCorp* diskret an mich wenden würde, wenn sie stichhaltige Beweise hätten, dass einer ihrer früheren Angestellten jetzt bei mir einen schwunghaften Handel mit illegalen Substanzen betreibt.« Er war inzwischen so dicht an Pollock, dass er ihm eine Hand auf die Schulter legen konnte. »Anders gesagt: Bleiben Sie an der Sache mit den Betas dran, aber lassen Sie *FullCorp* aus dem Spiel.«

»Was ist mit dem Ultimatum, das Sie mir gestellt haben? Gilt das noch?«

Lantis nahm den Kopf schräg. »Kann ich mich darauf verlassen, dass Sie für sich behalten, was Sie über Themis herausgefunden haben?«

Pollock begegnete Lantis' ernstem Blick. »Was Sie mit Themis treiben, ist Ihre Privatangelegenheit. Sie sind zwei erwachsene ... Sie sind ein erwachsener Mann und eine erwachsene KI. Ich würde mich nur darüber freuen, wenn Sie mir kurz Bescheid geben würde, falls es in Ihrer Beziehung kriselt und Themis vorhat, die Station abzuschotten und sie mit Giftgas vollzupumpen oder einen Reaktor in die Luft zu sprengen oder so.« Er grinste. »Wissen Sie was?«

»Was?«

»Ich wette, jetzt sind Sie bestimmt ein bisschen froh darüber, dass ich ein Zyniker bin, hm?«

»Ach, Junge ...« Lantis tätschelte ihm die Schulter, dann stieß er sich von Pollock ab und schwebte an Themis' Seite. »Vergessen Sie das Ultimatum. Das haben Sie sich verdient, denn ...«

»Wilbur!«, unterbrach ihn die KI. Die Miene ihrer sichtbaren Quasiverkörperung zeigte einen besorgten Ausdruck.

»Ja?«

»Ich habe eben eine Nachricht von Miss Zelle erhalten.«

»Gute oder schlechte Neuigkeiten, mein Schatz?«, fragte Lantis.

»Sowohl als auch.« Themis warf Pollock einen Blick zu, der ihm eine erneute Gänsehaut bescherte. »Es besteht die Möglichkeit, dass wir Mister Shermars Dienste nicht länger in Anspruch nehmen müssen.«

49

Pollocks Neugier über das wahre Aussehen von Cathy Clark wurde am Ende doch noch gestillt. *Obwohl es mir wesentlich lieber gewesen wäre, sie lebend zu sehen.*

Cathy lag in dem Krankenbett, in dem sie gestorben war. Die Spezialmatratze, deren Stromzufuhr noch niemand gekappt hatte, gab ein sachtes Zischen von sich, als sie aus einigen ihrer Kammern Luft entweichen ließ, um sie gleichzeitig in neue Kammern zu pumpen – ein automatischer Vorgang, der verhindern sollte, dass sich die Person auf der Matratze Liegegeschwüre zuzog. Die sture Unbeirrbarkeit der Maschine hatte etwas Rührendes und zugleich unendlich Verzweifeltes. Pollock suchte am Bettgestell nach einem Schalter, fand ihn und stellte die Matratze aus. *Cathy braucht keine Fürsorge mehr.* Fahle Haut so dünn wie Pergament spannte sich über spitze Knochen. In einem ausgezehrten Gesicht klaffte ein offener, zahnloser Mund wie eine Spalte in einem Felsmassiv, die in finsterste Untiefen

411

hinabführte. *Hat sie nicht gesagt, sie hätte keinen Unfall ge-habt?* Ob sie ihn bei ihrem Treffen zu Lebzeiten nun belo-gen hatte oder nicht: Ihr Tod war jedenfalls kein Unfall ge-wesen. In welcher Reihenfolge die groben Misshandlungen stattgefunden hatten, war nicht auf den ersten Blick zu erkennen. Man hatte ihr nicht nur die festimplantierten Steuerungseinheiten für ihre Neuroiden aus dem rasierten Schädel gerissen: Über dem Bettrand baumelte der blutige Schlauch einer Magensonde, und ihr schmächtiger Brust-korb war mit roher Gewalt zermalmt worden.

Sie war zudem nicht die einzige Leiche in diesem Raum, in dem sich inzwischen so viele Personen drängten, dass er trotz seiner an sich durchaus beachtlichen Größe stickig und eng wirkte: Drei Trooper sicherten Spuren, ein Paar Rettungssanitäter hatte sich ein wenig hilflos in eine der Ecke zurückgezogen, und rings um den zweiten Toten hat-ten Lantis, Trudy und der Mann Stellung bezogen, der den riesigen Bullenbeta in der militärischen Montur eines Jus-tifiers zur Strecke gebracht hatte.

Leo Beauregard hatte seine Waffe – ein hochkalibriges Veloc, auf dessen Stutzen Pollock ironischerweise ausge-rechnet das Logo von *Alliance* prangen sah – quer über die Schultern gelegt und generell die lässige Haltung eines erfolgreichen Großwildjägers. Gerade nickte er mit dem Kinn in Richtung der untertassengroßen Austrittswunde auf dem Rücken des Betas. »Er hat mir keine andere Wahl gelassen. Ich habe ihm gesagt, er soll die Hände hochneh-men und sich nicht mehr rühren. Nix zu machen. Da habe ich abgedrückt.«

»Sie wissen, wie ich zu tödlichen Waffen stehe, Leo«, sagte Lantis ruhig.

»Meine Kleine hier ist nur für den Hausgebrauch. Wenn ich sie nicht hätte, wäre ich jetzt wahrscheinlich auch tot. Schauen Sie sich doch nur an, was dieser Wichser der armen Cathy angetan hat.« Beauregard zuckte die Achseln. »Wollen Sie mich jetzt allen Ernstes rausschmeißen, Wilbur?«

»Ich fasse Ihre Aussage also noch mal rasch zusammen, Mister Beauregard«, meldete sich Trudy zu Wort, noch ehe ihr Boss antworten konnte. »Sie saßen in Ihrem Garten und hörten ein verdächtiges Geräusch aus Miss Clarks Apartment.«

»Richtig. Ein lautes Poltern.«

»Dann haben Sie sich erst nichts dabei gedacht und wollten weiter in Ihrem Buch lesen, als sich das Geräusch wiederholt hat.«

»Ja. Ziemlich schnell sogar. Nach fünf, zehn Sekunden, würde ich sagen.«

»Dann haben Sie ein mulmiges Gefühl bekommen und Ihre Waffe geholt.«

»Korrekt. Ich bin gleich zu Ihr rüber, weil der Lärm nicht mehr aufhörte.«

»Sofort?«, fragte Lantis. »Ohne vorher vielleicht bei Ihr anzurufen? Es hätte ja auch sein können, dass …«

»Ich habe schon immer auf mein Bauchgefühl vertraut«, sagte Beauregard. »Wenn es mir sagt, da ist was faul, dann ist auch was faul. Und dann handle ich dementsprechend. Was hätte ich Ihrer Auffassung nach noch alles anders machen sollen, Wilbur? Die Troopers informieren? Mich dieser Bestie mit bloßen Händen stellen? Tut mir leid, dass ich nicht so ein Regelfetischist bin wie Sie.«

»Mister Beauregard«, sagte Trudy, »mir ist noch unklar, wie Sie in Miss Clarks Apartment reingekommen sind.«

»Ganz einfach. Es gibt eine Verbindungstür zwischen meinem Garten und ihrem Garten, und dafür habe ich einen Schlüssel.« Seine Lippen wurden zu einem schmalen Strich. »Für Notfälle.«

Trudy deutete auf die Tür zu Cathys Krankenzimmer. »Dann sind Sie von dort links gekommen, ja?«

»Ja. Da habe ich auch die Überreste der Neuroiden bemerkt.« Beauregard schaute auf seine Schuhspitzen. »Sie muss sich nach besten Kräften gewehrt haben.«

In diesem Punkt konnte Pollock dem Ex-Justifier nur bedingungslos zustimmen. Vorhin – als er nach dem Verlassen des Dampfbads und einer gehetzten Dusche gemeinsam mit Lantis am Tatort eingetroffen war – hatte er sich selbst ein Bild von den Verwüstungen im Flur vor dem Krankenzimmer machen können. Der Beta hatte alle drei Neuroiden – den General, die Frau in Weiß und selbst das Mädchen mit den Zöpfen – in ihre Einzelteile zerlegt. Um ins Krankenzimmer zu kommen, hatte Pollock über den uniformierten Rumpf des Generals steigen müssen, dem sämtliche Gliedmaßen fehlten, und im gesamten Flur stand die blaue Hydraulikflüssigkeit aus den Kunstmuskeln der Neuroiden einen halben Zentimeter hoch.

»Ich glaube, Cathy war schon tot, als ich ihn gestellt habe«, fuhr Beauregard fort. Er versetzte der Leiche des Betas einen kurzen Tritt gegen eines seiner Hörner. »Keine Ahnung, warum er noch hier war. Vielleicht hat er etwas gesucht. Oder er wollte sich an dem grausigen Anblick ergötzen, den er angerichtet hat.«

»Mister Beauregard?« Pollock ging um das Bett herum.

»Mister Shermar ...« Beauregard schaute auf, ein kaltes Lächeln im Gesicht. »Sieht ganz so aus, als hätte ich doch noch etwas getan, was ich eigentlich nicht tun wollte. Anscheinend habe ich Ihnen einen entscheidenden Teil Ihrer Arbeit abgenommen.«

»Wir werden sehen, wir werden sehen ...« Pollock erwiderte das Lächeln. »Ich muss leider meiner liebreizendsten Eigenschaft nachkommen und Sie noch eben schnell mit einer Frage belästigen, bevor Sie sich Ihren Orden abholen können. Warum war Miss Clark bettlägerig?«

Beauregards Blick huschte einen winzigen Moment zu Lantis. »Sie litt unter einem seltenen Gendefekt. Irgendeiner Sache, die das Nervensystem angreift und Schritt für Schritt schädigt.«

»Und dieses Leiden war offensichtlich nicht therapierbar?«

»Offensichtlich.« Erneut blieb Beauregards Blick einen Sekundenbruchteil bei Lantis hängen. »Es kommt in Schüben, und einer der Hauptauslöser für diese Schübe sind Stress und psychisch belastende Situationen.«

»Sie kennen sich gut damit aus«, stellte Pollock fest.

»Cathy hat viel mit mir darüber geredet.« Beauregard nahm das schwere Gewehr von seinen Schultern. »Ich war einer der wenigen Menschen, denen sich Cathy noch offen gezeigt hat, seit sie ihren schlimmsten Schub hatte.« Er starrte auf die Waffe in seinen Händen. »Sie war eine faszinierende Frau. Und sie hätte etwas Besseres verdient gehabt, als hier in dieser Gruft zu verrotten.« Nach einem erneuten Blick zu Lantis wandte er sich unvermittelt und in barschem Tonfall an Trudy. »Brauchen Sie mich hier noch?«

»Nein, Sir«, entgegnete Trudy, und Pollock übersah nicht, wie sie den Rücken straffte und das Kinn hochnahm.

Fehlt nur noch, dass sie die Hacken zusammenschlägt und

salutiert ... Er seufzte innerlich auf. *Die guten alten militärischen Reflexe ...*

Pollock wartete, bis sich Beauregard verzogen hatte, ehe er Trudy ansprach. »Entschuldigung, *Ma'am*, aber ich hätte da noch eine kleine Bitte.«

»Was?«, blaffte Trudy.

»Mir ist schon klar, dass Sie nicht gut auf mich zu sprechen sind«, sagte Pollock. »Und wahrscheinlich halten Sie mich nach dieser Heldennummer von Beauregard noch für viel überflüssiger als vorher. Glauben Sie mir, Sie sind bestimmt nicht die Erste, die mich als einen Kropf *auf* einem Kropf ansieht, aber ...«

»Kommen Sie zum Punkt, Mann!«

»Mister Shermar ist auf meine persönliche Einladung hier«, erinnerte sie Lantis sanft.

Danke, Papi, aber ich bin schon groß. Pollock hob die Hand. »Okay, Klartext: Ich will, dass Miss Clarks Leiche schnellstmöglich obduziert wird. Nur um zu vermeiden, dass es zu so einer bedauerlichen, voreiligen Einäscherung wie bei Hughette kommt. Haben wir uns da verstanden?« Er zeigte auf den toten Bullenbeta. »Und für diesen Typen hier gilt dasselbe.«

Trudy funkelte Pollock nur ärgerlich an, während Lantis seiner augenscheinlichen Verwunderung Luft machte. »Was versprechen Sie sich davon, Pollock? Dass Sie den Mörder obduziert haben wollen, sehe ich ja vollkommen ein, aber wozu Cathy?«

Warum wohl? »Ich will wissen, ob Ihre Amygdala irgendwelche Auffälligkeiten zeigt.«

»Sie meinen, Sie wäre mit diesem Virus infiziert gewesen?«

»Ich kann es nicht ausschließen.«

Lantis sah ihn an, als hätte er gerade eingestanden, dass er es für möglich hielt, dass Schweine fliegen konnten. »Wie soll Sie sich denn angesteckt haben? In Ihrem Zustand hatte Sie unmöglich Sex mit einem Escort. Und dieser Beta hier sieht mir außerdem ganz und gar nicht wie ein Escort aus.«

»Ich möchte nur auf Nummer sicher gehen«, erwiderte Pollock. Er brachte sogar ein gewisses Verständnis für Lantis' Haltung auf. *Du bist für einen ihrer schweren, wenn nicht den schwersten Schub verantwortlich, Wilbur, und natürlich gefällt dir diese Vorstellung nicht. Aber darauf kann ich leider keine Rücksicht nehmen.* Pollock ging neben dem toten Beta in die Hocke. Die Leiche hatte den linken Arm weit von sich gestreckt, der rechte war unter ihrer Brust begraben. Um das linke Handgelenk trug sie eine abgewetzte Multibox, an der ein rotes Licht blinkte, um auf eine eingegangene und nicht beantwortete Nachricht hinzuweisen. Vorsichtig streifte Pollock dem Toten das Gerät ab. »Ich hoffe, Sie haben kein Problem damit, wenn ich mir das hier zuerst ansehe«, sagte er zu Trudy.

»Nur zu«, knurrte Trudy. »Solange Sie die Güte haben, mir die Box auszuhändigen, sobald Sie damit fertig sind. Ich will diesen Fall ordentlich abwickeln und die Akte dazu endlich schließen.«

»Selbstverständlich.« Pollock steckte die Box in seine Manteltasche. »Mir geht es da kein bisschen anders.« Er betrachtete das Chipauslesegerät an Trudys Gürtel. »Haben Sie den Toten eigentlich schon identifizieren können?«

»Er hat keinen Chip«, sagte Trudy gepresst.

»Aha.« Pollock nickte und stand auf. »Kein Chip. Schön. Also doch ein Escort?«

»Ich werde meine Leute losschicken, damit sie sich umhören, ob es einen Escort-Manager in At Lantis gibt, der einen Bullenbeta betreut. Aber machen Sie sich nicht zu viele Hoffnungen.«

»Das habe ich mir hier inzwischen abgewöhnt.« Pollock winkte ab. »Und nur der Vollständigkeit halber hätte ich gern die Aufnahmen der Kameras draußen vor dem Eingang.«

»Wenn es sonst nichts ist ...«

»Sehen Sie, Pollock«, sagte Lantis. »Sie haben nach wie vor unsere vollste Unterstützung.«

Trudy nickte Lantis zu und entfernte sich dann ein paar Schritte, um den Sanitätern Bescheid zu geben, dass sie abziehen konnten.

Pollock klopfte gegen die Tasche, in der er die Multibox des toten Betas verstaut hatte. »Ich sehe mir das mal näher an, ja? Aber nicht hier. Mein Partner macht sich bestimmt schon Sorgen um mich.« Er senkte die Stimme. »Und Sie können Ihrer Themis bitte einen schönen Gruß von mir ausrichten, sie soll ihre letzte Prognose korrigieren.«

»Was meinen Sie?«, raunte Lantis.

»Ich werde Ihnen und ihr noch ein Weilchen erhalten bleiben, fürchte ich. Diese Sache ist nicht vorbei.« Er sah zu der Leiche zu seinen Füßen. »Wenn dieses wandelnde Rumpsteak da ein Einzeltäter war, fress ich einen Besen.«

50

»Das ist ja schrecklich! Sie ist tot?« Bruno sackte in seinem Sessel zusammen. »Warum sterben plötzlich alle Leute, denen wir einen Besuch abstatten?«

Brunos Freude über Pollocks Rückkehr hatte nicht lange angehalten, und seinen Sidekick derart erschüttert zu sehen, war genug, um Pollocks unterentwickelten Beschützerinstinkt zu wecken. »Das heißt unter Umständen nur, dass wir bei den richtigen Leuten vorbeischauen. Mach dir keine unnötigen Vorwürfe, ja?«

Bruno schien ob dieses Kommentars herzlich wenig aufgeheitert. »Warum warst du eigentlich bei Lantis? Ist es das, was ich denke?«

»Was denkst du denn?« Pollock durchstöberte die Hausbar und stieß auf einen interessanten Kaktuslikör.

»Es ging darum, was Miss Clark über Mister Lantis und seine Liebesbeziehung zu einer Maschine gesagt hat.«

»Vollkommen richtig.« *Welche Gläser passen zu Kaktusli-*

kör? Pollock entschied sich ohne große Umschweife für das Glas, aus dem er vorhin noch den guten Whiskey getrunken hatte.

»Ich muss dir ein Geständnis machen«, sagte Bruno düster.

Ein erstes Nippen am Kaktuslikör ergab, dass es sich um einen Geschmack für Leute ohne Geschmack handelte. »Als ich weg war, hast du nachgeschaut, wo ich mich im StellarWeb rumgetrieben habe, ich weiß.«

»Woher weißt du das?« Das Gesicht des Nacktmullbetas wurde noch blasser.

»Weil ich es an deiner Stelle genauso gemacht hätte.« Pollock goss den Rest des Likörs in eine der Opferschalen auf den Stufen des Schreins zu Ehren von Colt Nadars Gattin. »Ich bin stolz auf dich. Du lernst dazu. Das ist gut.« Er wandte sich wieder der Hausbar zu und studierte die dort versammelten Flaschen. »Und weil du nicht doof bist, hast du zumindest auch eine Ahnung, zu welcher schockierenden Erkenntnis ich bei meinen Recherchen gelangt bin.«

Brunos Tasthaare zitterten. »Ich befürchte, du hast eine völlig unhaltbare Theorie darüber entwickelt, was – oder besser wer – die Maschine ist, die Mister Lantis liebt.«

»Ganz recht.«

»Und wie hat er darauf reagiert?«

»Och, im Grunde sehr verständnisvoll, sag ich mal.« Pollock stellte seine Suche ein, setzte sich auf die nächste Couch, fing Brunos Blick ein und schlug einen ernsten Ton an. »Sperr die Lauscher auf. Wir reden nicht mehr über diese kleine Theorie, klar? Mit niemandem. Nicht auch nur ein Sterbenswörtchen. Dann ist alles in Butter. Okay?«

Bruno lockerte den Knoten seiner Krawatte. »Okay.« Er

richtete sich ein Stückchen auf und flüsterte: »Dann ist es also …«

»Was habe ich gerade gesagt?«, zischte Pollock.

»Verzeihung.«

»Schon gut.« Pollock machte einen langen Arm, um nach seinem Mantel zu greifen, den er achtlos über die Sofalehne geworfen hatte. »Ich hab da was, um dich abzulenken.« Er packte die Multibox des Bullenbetas aus und warf sie Bruno in den Schoß. »Hier. Lass uns mal nachsehen, was da so drauf ist.« Dann schloss er die Augen und streckte die Beine aus. *Was für ein beschissener Tag …*

»Riecht gut«, sagte Bruno erstaunt.

»Danke. Muss das Aroma aus der Dampfsauna sein.« Pollock schnupperte an seiner eigenen Oberlippe. »Das Zeug zieht anscheinend richtig tief in die Poren ein.«

»Ich meine die Multibox. Das Armband riecht gut.«

»Ach so.«

»Nach einem Fellpflegemittel. Moschus, glaube ich.«

»Mich interessiert nicht, womit sich der Typ eingerieben hat. Ich will wissen, was in der Multibox gespeichert ist.«

Bruno hüstelte verlegen. »Kommt sofort, der Herr. Also … das Adressbuch ist schon mal komplett leer.«

Das wäre auch zu einfach gewesen. »Vielleicht hat er sie extra gebraucht nur für diesen Einsatz gekauft. Lass mich raten: Im Festspeicher ist nichts, außer einem bisschen Musik und ein, zwei Folgen von irgendeiner Cubeserie.«

»Stimmt.«

»Typisch Justifier. Damit hat er sich die Wartezeiten während seiner Mission versüßt.« Pollock nahm sein Datenmonokel ab und massierte sich die Schläfen. »Was ist mit der eingegangenen Nachricht? Spam?«

»Hm«, brummte Bruno unschlüssig. »Ich bin mir nicht sicher. Nein. Kein Spam. Er hatte die Kommentare eines Blogs abonniert.«

»Gibt es einen Link dahin?«

»Ja.«

Pollock öffnete die Augen und griff sich einen Folienmonitor. »Kannst du den bitte mal hierauf aufmachen?«

Auf dem Monitor erschien ein für die Möglichkeiten des StellarWeb verhältnismäßig nüchterner Blog: keine blinkenden Werbebanner, kein halbes Dutzend Video-Pop-ups, keine dramatischen Hintergrundeffekte. Nur schwarzer Text in einer schnörkellosen Schrift auf weißem Grund, darüber ein krudes Logo aus zwei gekreuzten Sturmgewehren zwischen den Hörnern eines blutroten Stierkopfs. Das Blog trug den charmanten Titel *Bigbadbull did it all for the LOLs – Lebensbeichte eines bezahlten Massenmörders.* Der letzte Eintrag war von vergangener Woche, und bereits als Pollock die Überschrift las, breitete sich hinter seiner Stirn sofort der merkwürdige Druck aus, der ihn in letzter Zeit immer wieder heimsuchte.

MIT DEM AUTOPILOT NACH GAMBELA ODER:
DER GEZÄHMTE BETA

Nur mal zur Klarstellung, liebe menschliche Leser: Autopilot, das geile Zeug, das sich eure Beta-Kumpels derzeit so gern reinpfeifen, ist nicht vom Himmel gefallen, und es ist auch nicht so neu, wie euch eure pelzigen (oder geschuppten oder gefiederten) Freunde erzählen.

»Ja, ja«, denkt ihr, »der bigbadbull mal wieder. Reißt groß die Klappe auf, der alte Besserwisser, und am Ende kommt da nix bei rum, weil er einen auf Wenn-ich-euch-das-erzähle-muss-ich-euch-alle-töten macht.«

Okay? Wisst ihr was?

Ich pack aus. Ungeschönt und ohne falsche Bescheiden-heit.

Warum?

Weil Autopilot in Wahrheit ein so alter Hut ist, dass die Hutmacher selbst sich schon lange die Radieschen von unten ansehen. Von denen pinkelt mir keiner mehr ans Bein.

Fangen wir an.

Wir schreiben das Spätjahr 3020. Wer bei meinen frü-heren Missionsberichten gut aufgepasst hat, wird sich er-innern, wer damals meine Brötchen und meine Muni be-zahlt hat. (Ein Tipp für die Neulinge und die Siebhirne: Der Laden reimt sich prima auf Mullkorb. Mullkorb? Was ist das denn? Geduld, Geduld.) Jedenfalls schickt man mich und meine Kameraden auf einen fiesen Klumpen Scheiße in einem der miesesten Winkel der Galaxis. Gam-bela heißt dieses planetare Kleinod, und da gibt es alles, was Spaß macht und schmeckt: Sandstürme, Temperatur-schwankungen zwischen Glutofen und Gefrierschrank (je nach Tages- bzw. Jahreszeit), eklige Geschlechtskrankhei-ten und alle Naselang ein Erdbeben, damit einem die Füße nicht einschlafen. Leider gibt es dort auch reichlich Vor-kommen an Xenan, Yttrium, Holmium und lauter solcher coolen Stoffe. Das heißt natürlich, dass man von Kon-Seite aus Gambela nicht einfach Gambela sein lassen kann. Nein, nein. Da stampft man eine Handvoll Kolonien aus dem Boden und betreibt fleißig Bergbau. Und weil man unmöglich mehr kostbare Menschenleben aufs Spiel setzen will, als es unbedingt sein muss, überlässt man die Drecksarbeit einfach ein paar Betas. In diesem Fall hauptsächlich Nacktmullbetas, weil die so geil aufs Buddeln und dank schlauer Gengenieure auch noch total folgsam sind und nicht aufmucken (wir erinnern uns: Mullkorb und so).

So, damit bin ich meinem offiziellen Bildungsauftrag nachgekommen. Es wird dringend Zeit, meinen *inoffiziellen* Bildungsauftrag zu erfüllen: Auf Gambela wurde vor zwanzig Jahren nicht nur nach seltenen Erden gewühlt. Mein damaliger Brötchen- und Munigeber hatte da eine nette kleine Forschungsstation mitten im Nirgendwo laufen. Na ja, denkt jetzt bei Forschungsstation bloß nicht an eine hübsche Containersiedlung oder so. Denkt lieber an einen Bunker. Einen von der Art, in die man sich bei einem thermonuklearen Schlagabtausch flüchtet. Woran man in solch heimeliger Atmosphäre forscht? Sicher nicht an der nächsten Generation selbstreinigender Unterwäsche.

Ich hab's ja normalerweise nicht so mit Eierköppen, vor allem nicht im Einsatz, aber ab und an läuft man einem von denen in der Kantine über den Weg, und manchmal erwischt man dann eine Plaudertasche. Das war auf Gambela nicht anders, Verschwiegenheitsklauseln in den Arbeitsverträgen hin oder her. Mir hat einer von den Jungs in den Laborkitteln – ein Neurodingsbums von der Gattung »Ich mache irgendwas mit Genen« – gesteckt, was man in diesem Bunker zusammenbraute. Die Idee war grob gesprochen, ein Mittelchen zu entwickeln, das zuverlässig verhindert, dass sich Einsatzkräfte – sprich, Soldaten – im Feld vor Angst in die Hosen scheißen und ihren Job vernachlässigen. Richtig, man wollte einen Zaubertrank, der aus jedem Muttersöhnchen einen tapferen Krieger macht.

Natürlich muss man dafür ein bisschen in der Hirnchemie rumpfuschen, und wohin das gern mal führt, brauche ich nun wirklich niemandem zu erklären.

Mein Informant war allerdings ganz aufgeregt, weil er und seine Kollegen meinten, sie wären da auf einer richtig heißen Spur und stünden kurz vor dem entscheidenden Durchbruch. Sie hätten da einen Angsthemmer parat, der bei Betas schon richtig gut funktioniert und außerdem den schönen Nebeneffekt hat, dass die bösen Tiermenschen nicht mehr gar so böse sind, weil sie ihre animalischen Triebe besser unter Kontrolle haben (insofern wäre »Zuchtmeister« vielleicht ein treffenderer Name als »Autopilot«, wenn nur nicht »Zuchtmeister« so unangenehm nach Zwang und Unterdrückung klingen würde). Die etwas unschöneren Nebeneffekte sind: Erstens der hässliche Umstand, dass das Mittel bei Menschen derzeit noch die genau umgekehrte Wirkung zeigt – will meinen, ein Homo sapiens reagiert darauf mit Angst, Aggression oder einer attraktiven Mischung aus beidem. Zweitens ist das Mittel momentan nur in einer unsexy Variante als relativ leicht übertragbares Virus vorhanden, aber irgendwas ist ja immer …

[Kurzer Einschub aus Gründen einer politisch korrekten moralischen Empörung: Dieses Zeug musste selbstverständlich ausgiebig getestet werden, und da jedes Menschenleben nun einmal unfassbar kostbar ist, konnte man leider nicht anders, als erst ein paar Hundert Betas allerlei interessanten Experimenten zu unterziehen. Nichts Dramatisches. Nur so Testreihen mit unterschiedlichen Dosierungen der Wunderarznei. Dass man dazu den Probanden ein klein wenig den Schädel aufbohrt, um da das eine oder andere Messinstrument einzuführen, das Veränderungen am Hirngewebe protokolliert ... geschenkt. Apropos Probanden: Woher nehmen und nicht stehlen? Die Antwort lautet: Man stiehlt sie sich, und zwar aus dem breiten Angebot an einheimischen Betas, von denen so mancher sowieso im wahrsten Sinne des Wortes verschütt geht, ohne dass man ihm auch nur eine einzige Krokodilsträne nachweint. Wo wir auch schon wieder beim Thema Mullkorb wären ...]

Jetzt stellt sich die Frage, wie es sein kann, dass Autopilot der neue heiße Scheiß unter Betas mit einer Vorliebe für bewusstseinserweiternde Substanzen ist, obwohl es doch schon vor zwanzig Jahren auf Gambela entwickelt wurde. Tut mir leid, Leute, aber da muss selbst der bigbadbull passen. Für durchgeknallte Theorien aller Art bin ich aber wie immer offen.

Hermes Christus, das hier hängt wirklich alles mit Gambela zusammen! Mit pochendem Herzen und einem bitteren, öligen Geschmack im Mund wandte sich Pollock den Kommentaren zu, die andere Benutzer unter bigbadbulls Eintrag hinterlassen hatten. Das erste halbe Dutzend waren Jubelarien in krudester Rechtschreibung, die bigbadbull dafür abfeierten, aus seinem Leben als Justifier zu plaudern. *Kinder. Und Deppen.* Dann folgte ein Kommentar einer Nutzerin namens killerminx:

Ach, Bully, immer die gleiche Kacke mit dir. Immer nur die Hälfte der Geschichte erzählen. Was ist los? Hast du die Hosen voll?

bigbadbull antwortete darauf:

Mach mal halblang, Minxibinxi. Was kann ich dafür, dass

ich damals auf Landgang war, als die Kacke in der Butze derbe zu dampfen anfing?

killerminx zeigte sich davon wenig beeindruckt:

So, so. Landgang. Und dann hast du natürlich auch rein gar nix davon mitgekriegt, wie da nach dem Großreinemachen plötzlich alles voller Typen in Kampfrüstungen war, die eine Leiche aus dem ausgebrannten Bunker geschafft haben, was?

bigbadbull zeigte sich beleidigt:

Im Gegensatz zu anderen weiß ich nur, wann es angebracht ist, einfach mal die Fresse zu halten.

Das konnte killerminx nicht auf sich sitzen lassen:

Bock auf Schläge, hm?

Bigbadbull antwortete ihr nicht mehr.

»Ich muss mit killerminx reden«, murmelte Pollock.

»Mit wem?«, fragte Bruno.

Pollock zeigte ihm den Nick auf dem Folienmonitor. »Mit diesem User hier.« Er schluckte kräftig, aber der Geschmack wollte nicht weichen. »Er war auf Gambela. Er muss die Bergungsaktion gesehen haben, mit der mich *Alliance* damals da rausgeholt hat.«

»Er schreibt, da wäre eine Leiche geborgen worden«, sagte Bruno vorsichtig.

»Da muss er sich ja wohl eindeutig geirrt haben, oder?«, schnarrte Pollock. »Aber er kann mir vielleicht sagen, was damals wirklich gelaufen ist.«

»Ich will dich in deinem Enthusiasmus nicht bremsen«, warf Bruno ein, und seine Miene strafte ihn Lügen. »Ich finde nur, dass wir uns vielleicht erst um unseren Fall hier kümmern sollten, bevor du der Vergangenheit nachjagst.«

»Hier geht es um unseren Fall! Siehst du das denn

nicht?« Pollock biss sich auf die Zunge, bis er Blut schmeckte. »Dieser killerminx kannte den Bullen, der Cathy Clark ermordet hat. Sie waren zumindest früher mal im gleichen Team oder wenigstens am gleichen Einsatzort stationiert, wenn ich das hier richtig deute. Er kann uns eventuell verraten, welche alten Freunde unser Mörder noch hatte. Du glaubst doch hoffentlich nicht, dass der Bulle nur ein verwirrter Einzeltäter war.«

»Bitte.« Bruno zuckte die Achseln. »Ich kann dich anscheinend ja nicht aufhalten.«

Pollock legte auf der Seite des Blogbetreibers ein Benutzerkonto für sich an. Bruno, der ihm über die Schulter zusah, brummte, als er bemerkte, welchen Nick Pollock für sich gewählt hatte.

»Hast du ein Problem?«

»Nein, nein ... mindpowerplayer23. Tu, was du nicht lassen kannst.«

Dreißig Sekunden später war eine Privatnachricht an killerminx auf dem Weg durch den kosmischen Äther:

Hi, killerminx,

bin selbst ein alter Handlungsreisender, der mal auf Gambela einen Zwischenstopp eingelegt hat. Danke, dass du dem Bullen die Hörner geradegezogen hast. Halbe Wahrheiten sind billig, für ganze gibt's ein Leckerli.

»Das wird niemals funktionieren«, unkte Bruno. »Du klingst wie ein Wahnsinniger.«

»Ich klinge wie jemand, der weiß, wie man eine fruchtbare Geschäftsbeziehung anbahnt«, berichtigte ihn Pollock. Dann starrte er auf den Monitor und hoffte, den richtigen Tonfall getroffen zu haben. *Komm schon ... denk an das Leckerli ...*

Er lachte triumphierend auf, als nach nicht einmal zwei Minuten eine Antwort einging.

mpp,

Vollpension oder einmal Ficken mit Frühstück?

»Hä?«, machte Bruno.

»Ruhe«, ermahnte ihn Pollock und schrieb zurück:

Fünf lange Lappen plus Trinkgeld.

Pollock lächelte, als er sich Madonnas Gesicht vorstellte, falls die geplante Abbuchung zustandekam. *Die soll sich mal nicht so künstlich aufregen. Wozu hat man ein Spesenkonto?*

»In was für einer Sprache unterhaltet ihr euch da?«, wollte Bruno wissen.

»In der Sprache des Erfolgs«, antwortete Pollock. »Nerv nicht.«

Die nächste eingehende Nachricht ließ nicht lange auf sich warten.

Gruppensitzung oder Einzeltherapie?

Der Druck in Pollocks Schädel wich Stück für Stück einem erwartungsvollen Kribbeln. *Jetzt wird's ernst ...* Er tippte:

Auftritt als Duett.

Die Antwort dauerte länger – lange genug, dass Pollock bereits befürchtete, killerminx könnte im letzten Moment einen Rückzieher machen, und Bruno mitleidige Geräusche von sich zu geben begann. Pollocks Hände waren schweißnass, als ihn sein fernes Gegenüber endlich erlöste:

Torre Gama, Nível 12, Setor G, Apt 7

Expresszustellung erbeten!

»Ja!«, rief Pollock erleichtert. »Ja!«

Bruno stand vor lauter Unglauben der Mund offen. »Das ist eine Adresse.«

»Was du nicht sagst!« Er speicherte die letzte Nachricht auf seiner Multibox. »Der härteste Teil kommt aber erst noch.« Pollock zwinkerte Bruno zu. »Meinst du, es ist sehr unhöflich, ein Geschenk zurückzuverlangen, das man nie angenommen hat?«

51

01.10.3042 A.D., 22:40
System: Sol
Planet: Erde
Ort: Lantis Island, Angestelltenapartment 43/772-LUX

Trudy lag auf dem Bett und starrte an die Decke. Das Gefühl, den weiteren Ablauf der Ereignisse nicht mehr grundlegend beeinflussen zu können, gefiel ihr gar nicht. Es war ein Gefühl der Ohnmacht, der Lähmung.

Sie wälzte sich auf den Bauch. *Wovor fürchte ich mich eigentlich so? Mir war von Anfang an klar, dass die Illusion irgendwann durchschaut werden wird. Keine Tarnung hält ewig. Oder habe ich am Ende vielleicht Angst davor, wieder ich selbst zu sein?*

Sie tastete unter dem Kopfkissen nach der Hundemarke, die sie aus dem Schrank geholt und dann in die Ritze zwischen dem Kopfende der Matratze und dem Bettgestell gesteckt hatte. Ihre Fingerspitzen strichen über das kühle Metall. *Ich hätte das alles nie getan, wenn es dabei nur um mich selbst gehen würde. Aber hier geht es um so viel mehr.*

Sie dachte an die Erkundigungen, die ihr Befehlshaber über Shermar nach dem gescheiterten Attentat auf den

Schnüffler eingeholt hatte. Es hatte einige Zeit – und zweifelsohne eine bizarre Menge Geld – gekostet, so schnell so viel über ihn herauszufinden, was im Grunde nie jemand herausfinden sollte. *In unserem Metier sind alte Kontakte immer auch teure Kontakte.* Die großen Konzerne steckten traditionell Unsummen in Geheimhaltung, Spionageabwehr und ähnliche Spirenzchen, wohlwissend, dass in der schattenhaften Parallelwelt, die sie dadurch geschaffen hatten, ein reger Handel mit Informationen betrieben wurde. Es war alles Teil jenes gigantischen Spiels, in dem alle Regeln von Situation zu Situation verhandelbar waren. Das Spiel, in dem das Durchführen immer neuer und letztlich doch immer gleicher Züge zum Selbstzweck geworden war. *Sie spielen es nicht mehr wegen irgendwelcher Gewinnsteigerungen oder Positionen am Markt. Sie spielen es, weil sie nicht mehr anders können. Nicht aus Machtkalkül, sondern aus der Lust daran, mächtig zu sein.* Es war ein heuchlerischer Mummenschanz, und es tröstete sie, dass die Absichten, die sie und ihr Befehlshaber verfolgten, nicht so niederer Natur waren. Nüchtern betrachtet hatten sich die Investitionen in die Nachverfolgung von Shermars Vergangenheit gelohnt, denn sie würden dazu dienen, die Welt zu verändern. Womöglich nicht gleich die ganze Welt auf einen Schlag, aber doch einen wichtigen Teil von ihr. *Den Teil, der mir am wichtigsten ist.*

Sie drehte sich auf die Seite und griff zu ihrer Multibox, die auf dem Nachttisch lag. Nachdem sie die verschlüsselte Datei aufgerufen hatte, die ihr erst vor ein paar Stunden übermittelt worden war, las sie noch einmal die Wahrheit über den Mann, den sie als Pollock Shermar kannte. Sie hatte den Drang, sich zu vergewissern, dass sie die richtigen Schlüsse aus den spärlichen Daten gezogen hatte. *Weiß er, was er ist?* Sie geriet erst ins Grübeln, ehe plötzlich bitterer Hass in ihr aufbrodelte. *Warum hat er etwas bekommen, was Piotr und die anderen nicht bekommen haben? Warum ausgerechnet er? Von all den Abermilliarden Menschen im All, warum er? Warum darf er leben, und sie müssen tot bleiben? Das ist nicht fair.*

Ein brutaler Gedanke spendete ihr Trost. *Wenn alles glattläuft, wird sein zweites Leben nicht mehr lange dauern.*

52

02.10.3042 A.D., 03:27
System: Sol
Planet: Erde
Ort: Nördliche Amazonassteppe

Als Pollock aus seinem unruhigen Schlaf hochschreckte, wusste er einen kurzen, aber umso verstörenderen Moment nicht, wo er war. Sein Gehirn sortierte träge seine Sinneseindrücke: das kaum merkliche Vibrieren in seinem Rücken, der schwere Geruch von gut gepflegtem Leder, der gedämpfte Schein der Ruhebeleuchtung in der Passagierkabine. Dann erinnerte sich Pollock, dass er in einem Gleiter saß. Er warf einen Blick aus dem Seitenfenster. Tief unter ihm wogte das Gras, das dort wuchs, wo einst Urwaldriesen dem Himmel getrotzt hatten, wie eine endlose, düstere See.

»Einen Drink, Sir?«, fragte die Flugbegleiterin behutsam von ihrem Platz neben der Cockpittür aus. Es war entweder die gleiche gertenschlanke Frau, die Pollock von seiner Anreise nach At Lantis kannte, oder ein Modell, das ihr zum Verwechseln ähnlich sah.

»Kaffee«, röchelte er. »Mit irgendeinem netten Schuss, ja?«

»Kommt sofort.«

Er richtete sich in seinem Sitz auf und strich sich das zerzauste Haar glatt. »Wo sind wir?«

»Ungefähr zwei Stunden vor Brasilia, Sir.« Die Stewardess lächelte ihn an, während sie eine auf Pollock übermäßig kompliziert wirkende Apparatur bediente, um einen Kaffee aufzubrühen. »Milch und Zucker?«

»Schwarz.« Pollock gähnte. »Ihr Chef ist ein spendabler Mann.«

»Ja, Sir.«

Pollock schloss die Augen. *Mein Smalltalk war auch mal besser.* »Wie heißen Sie eigentlich?«

»Mindy.«

»Tut mir leid, dass Sie meinetwegen mitten in der Nacht aufstehen mussten, Mindy.«

»Das braucht Ihnen doch nicht leidzutun, Sir.« Glas klirrte auf Porzellan, Stoff raschelte. »Hier, bitte.«

Er schlug die Augen auf und nahm seinen Kaffee in Empfang.

»Möchten Sie mehr Licht?«, fragte Mindy beim Zurückkehren auf ihren angestammten Platz.

»Warum nicht?«

Es wurde sofort heller in der Kabine. Pollock trank seinen Kaffee und sah sich dabei auf seiner Multibox noch einmal die Aufzeichnungen der Überwachungskamera vor der Wohnung von Cathy Clark an, die ihm Trudy artig geschickt hatte. Wenig überraschend war darauf keine Spur von einem Bullenbeta in Justifierskluft zu sehen, der sich gewaltsam Zutritt verschaffte. Pollock seufzte und nahm sein Diktafon vor die Lippen. »Madonna, du sollst nicht sagen können, ich hätte meine Pflichten vernachlässigt, falls du demnächst hörst, dass ich spurlos in Brasilia verschwunden bin. Also: Sofern es dich interessiert – und da bin ich mir nicht ganz sicher, weil ich immer noch auf eine Rückmeldung von dir in Sachen doppelte Matrix in meinem Oberstübchen warte –, ich bin auf dem Weg nach Brasilia. Ich treffe mich da mit jemandem, der mir erstens was darüber erzählen kann, wieso meine Ermittlungen damals auf Gambela so krachend in die Hosen gegangen sind. Und bevor du dich jetzt aufregst: Zweitens verspreche ich mir von meinem Ausflug sensationelle Erkenntnisse für den aktuellen Fall. Du hattest nämlich Recht. Es gibt da offensichtlich eine Verbindung.« *Und es kann sehr gut sein, dass ich gerade in eine richtig simpel gestrickte Falle hineintappe, aber es wäre nicht die erste in meinem langen Leben.* Er senkte die Stimme von einem Murmeln zu einem Flüstern. »Und wenn ich rauskriege, dass das nicht nur eine unschuldige Vermutung war, mit der du zufällig ins Schwarze getroffen hast, versohle ich dir ordentlich den Hintern. Bis dahin.«

Er steckte das Diktafon weg und schaute zu Mindy, die eine professionell unbeteiligte Miene aufgesetzt hatte. *Okay, Junge. Du bist nicht im Vollbesitz deiner Flirtkräfte, aber sag trotzdem was. Alles ist besser, als darüber nachzudenken, ob morgen um diese Zeit jemand deine Organe als Sonderangebot auf dem Schwarzmarkt verschleudert.* Das Piepen seine Multibox bewahrte ihn vor einer Blamage. *Na also, Madonna, geht doch!* Er nahm den Anruf an, ohne hinzusehen. »Befürchtet da etwa wer, sein Stern könnte in meiner Gunst sinken?«

»Was? Pollock? Bist du dran?«

Das ist nicht Madonnas Stimme! »Cleo?«

»Ja. Was hast du denn gedacht?« Das kleine Display der Multibox reichte völlig aus, um die Ungehaltenheit der Betarechtlerin zu transportieren. »Was machst du in einem Gleiter nach Brasilia?«

»Woher weißt du, wo ich hinwill?«

»Dein Partner macht sich Sorgen«, sagte Cleo, die soweit man dem Bildausschnitt trauen konnte, nichts weiter als ihren roten Morgenmantel am Leib hatte. »Völlig zu Recht.«

»Bruno hat bei dir angerufen?«

»Nein, ich bei ihm.«

»Oh.« *Glück für ihn!*

»Kehr um, Pollock. Sofort.« Cleo senkte den Blick. »Bitte. Mir zuliebe.«

»Wieso sollte ich das tun?«

»Was, wenn es eine Falle ist?«

»Für wie doof hältst du mich, dass ich darauf noch nicht selbst gekommen bin?« Er lachte auf. *Moment ...* »Oder willst du mir gerade sagen, du *weißt*, dass es eine Falle ist?«

»Pollock ... ich ...«

»Hat einer von deinen Terrorkontakten dir was in dieser Richtung gesagt? Ist es Pride Fur?«

Cleo suchte seinen Blick. »Ich kann dir nur sagen, dass ich den toten Bullen nicht für einen Mörder halte.«

»Das reicht mir nicht.« *Verarschen kann ich mich allein.* »Vielleicht hast du ja auch selbst ein paar gute, ganz persönliche Gründe, dass ich nicht in Brasilia aufkreuze. Ich lass mich da wohl am besten überraschen.«

»Halt, Pollock, ich ...«

Den Rest hörte er schon nicht mehr, weil er die Verbindung unterbrochen hatte. Er schüttelte den Kopf. »Unglaublich. Was für eine Schl…« Gerade noch rechtzeitig fiel ihm auf, dass er laut dachte. Er klappte den Mund zu und lugte zu Mindy.

Die Stewardess, die während Pollocks Auseinandersetzung mit Cleo dezent aus dem Fenster geschaut hatte, hatte ganz offenbar feinste Antennen und ein zielsicheres Gespür, was die Bewegungen ihrer Gäste anbelangte: Sie blickte ihn an und schenkte ihm ein Lächeln, wie es neutraler nicht hätte sein können.

»Ich bin nicht immer so«, sagte Pollock. »Ich habe größten Respekt vor Frauen.«

»Natürlich, Sir«, antwortete Mindy. »Noch einen Kaffee?«

53

02.10.3042 A.D., 04:57
System: Sol
Planet: Erde
Ort: Lantis Island, ehemalige Residenz von Colt Nadar

»Du hast echt Nerven, dich bei mir zu melden.«

An der Stellung der Tasthaare und dem Muster der Falten auf der Stirn seines Artgenossen war für Bruno leicht zu ersehen, dass sich Roderick tatsächlich nicht übermäßig freute, sein Tankgeschwister wiederzusehen. Wären sie im selben Raum und nicht ein paar Tausend Kilometer voneinander entfernt gewesen, hätte Bruno Rodericks Verärgerung sogar riechen können. Da Verärgerung das satte Aroma eines Haufen Dung besaß, wertete Bruno es nicht als Verlust, nur per Multibox mit Roderick zu sprechen.

»Babette meinte, du könntest mir weiterhelfen«, rechtfertigte er sich schwach. »Sonst würde ich dich gar nicht belästigen.«

Roderick, der für einen Nacktmullbeta ein beachtliches Gewicht auf die Waage brachte, blies ächzend die Backen auf. »Sei froh, dass ich im Gegensatz zu dir weiß, was sich für unsereins gehört. Ich halte mich an die Tradition.«

»Unsereins« waren in diesem Fall sämtliche Nacktmullbetas, die in den Natus-Tanks einer Produktionsstätte auf Tsavo-Voi VI herangezüchtet wurden. »Die Tradition« war eine Sitte, von der niemand mehr so recht wusste, wer sie ins Leben gerufen hatte. Der Legende nach war es einer der Angehörigen der ersten Generation von Nacktmull-Tankgeschwistern gewesen, der unter seinen Brüdern und Schwestern eine Idee verbreitet hatte, an der bis heute festgehalten wurde: Jeder Nacktmullbeta, ganz gleich, wohin ihn sein späteres Schicksal auch verschlug, war dazu angehalten, mindestens einmal im Jahr Kontakt zu all seinen Geschwistern aufzunehmen. Bruno hatte – wie auch Roderick – von ihrer Brutmutter Emma von dieser Tradition erfahren, und früher, als er noch auf Gambela gelebt hatte, war es ihm leichtgefallen, dieser sozialen Verpflichtung nachzukommen. *Kein Kunststück, wenn die Hälfte deiner tausend Geschwister in der gleichen Minenkolonie arbeitet.* Als ihn *Alliance* allerdings aus seinem damals laufenden Vertrag gekauft hatte, war Bruno aus Sicht seiner Artgenossen sehr unzuverlässig geworden: Es gab eine Reihe Geschwister, bei denen er sich nur alle zwei oder drei Jahre gemeldet hatte, um Neuigkeiten auszutauschen, und manche, darunter eben auch Roderick, hatte er noch viel länger warten lassen. Natürlich hatten ihn ab und an Gewissensbisse wegen seiner schlampigen Ader geplagt, und er hatte sich außerdem eine passende Erklärung zurechtgelegt: *Seit ich für* Alliance *arbeite, war ich weit und breit der einzige Nacktmull. Wenn man sich erst einmal an diese Einsamkeit gewöhnt hat, überträgt man seine Zuneigung und sein Bedürfnis nach Nähe auf die Leute, die einem dafür zur Verfügung stehen. Doktor Woo-Suk. Miss Presley. Der*

nette Typ aus der Kantine, der mir immer einen Extraschlag
Soße gibt. Es ist nicht meine Schuld. Es ist meine Natur.

»Kennst du jemanden auf Bremen II?«, beschloss Bruno, das schwierige Thema einfach zu umschiffen. »Jemanden, der Zugriff auf die Einwohnerdaten hat?«

»Aha!« Roderick bleckte beleidigt die Nagezähne. »So sieht es also aus. Da bin ich eine halbe Ewigkeit nur Luft für dich, und dann darf ich die Auskunft für dich spielen? Du bist mir ein feiner Bruder!«

Wie alle Nacktmullbetas hatte Bruno ein reduziertes Schmerzempfinden, wenn es um physische Verletzungen ging – eine Eigenschaft seiner animalischen Vorfahren, die die Gengenieure ihm absichtlich gelassen hatten. Sie schützte jedoch nicht vor Kränkungen und anderen seelischen Wunden, und so spürte Bruno einen empfindlichen Stich in der Brust. »Roderick ... ich ... du musst wissen ...«

Zunächst kamen ihm die Worte nur zögerlich über die Lippen, doch dann dachte er daran, wie er früher mit Roderick und all den anderen Stollen um Stollen gegraben hatte. Wie sie einander immer wieder versprochen hatten – mal lachend, mal in feierlichem Ernst –, dass nichts und niemand im gesamten Universum die Bande zwischen ihnen lösen konnte. Nicht ihre menschlichen Ausbilder, die in ihnen letztlich nur Werkstücke sahen. Nicht ihre Besitzer, für die sie wenig mehr als sprechende Maschinen waren. Nicht einmal die unergründlichen Weiten des Alls, die sie bald trennen sollten. Die Erinnerung an diese fernen Tage löste seine Zunge, und Bruno erzählte alles. Davon, wie er auf Gambela Pollock begegnet war. Von seiner Abwerbung durch *Alliance,* nachdem Pollocks Mission ein so schreckliches Ende gefunden hatte. Von seiner neuen

Arbeit, die ihm körperlich so gut wie gar nichts abverlangte und ihm dennoch manchmal wie eine unerträgliche Bürde erschien, die auf seiner Psyche lastete. Von der großen Verantwortung, die ihm in der entscheidenden Phase von Projekt Lazarus übertragen worden war. Von den Morden. Von Hughette und wie das Blut roch, das aus ihrem aufgespießten Gesicht strömte. Von der grässlichen Angst, dass er einen großen Fehler gemacht hatte, Pollock allein nach Brasilia aufbrechen zu lassen. Von seiner Ohnmacht, seinen Schutzbefohlenen von dieser Entscheidung abzubringen. Von der Verzweiflung, zu verbittert über seine Behandlung durch Miss Presley und Doktor Woo-Suk zu sein, um ihnen zu gestehen, dass Pollock ohne ihn unterwegs war. Und erst dann, ganz am Ende, erklärte er Roderick, wieso er ihn brauchte. Warum er wissen wollte, ob es auf Kassel Beta jemals eine Trudy Zelle gegeben hatte und ob sie russisch sprechende Eltern hatte.

»Killerviren, Terroristen, Nutten ... Wo bist du da nur reingeraten, Bruder?«, fragte Roderick kreidebleich.

»In einen Schlamassel, aus dem mich vielleicht nur meine Geschwister noch retten können«, antwortete Bruno. Er ließ den Kopf hängen. »Hilfst du mir?«

»Wie war der Name?«

»Zelle. Gertrud Zelle.«

54

In einem uralten Lied hatte Pollock einmal die Behauptung gehört, New York wäre die Stadt, die niemals schläft. Gut möglich, dass New York damit vor tausend Jahren noch hatte prahlen können.

Mittlerweile verhielt es sich jedoch eindeutig so, dass Pollock bislang keine Global City erlebt hatte, die nachts in einen seligen Schlummer fiel, und Brasilia bildete da keine Ausnahme.

Der Torre Gama – ein monströses Konstrukt aus Stahl und Beton, dessen oberes Drittel einem vom Wind aufgebauschten Segel nachempfunden war – war hell erleuchtet. Auf den Stockwerken, die nach außen mit Glas verkleidet waren, konnte man hinter den Scheiben mühelos das wuselnde Treiben von wahren Menschenmassen ausmachen. Um sechs Uhr stand, so wie in den meisten Cities, ein Schichtwechsel an.

Die Adresse, die ihm killerminx geschickt hatte, lag

allerdings nicht in jenen luftigen Regionen des Torre Gama, die in protzigem Glanz erstrahlten. Der Pilot ließ den Gleiter zum kilometerbreiten Fuß des Turms sinken, in die endlose Nacht hinein, wohin sich selten auch nur ein einziger Strahl Licht von oben verirrte. Beim Aufsetzen auf der Landeplattform – einem Quadrat aus rissigem Asphalt, überzogen von verwitterten Markierungen – wirbelte der Antrieb dichte Wolken aus Staub und Asche auf. Auf den Wänden neben dem Eingang ins Innere des Turms war ein verschlungenes Gangzeichen über das andere gesprüht – stilisierte Schlangen, Greifvögel und Raubkatzen, kryptische Kombinationen aus Zahlen und Buchstaben, aber auch eine Menge Symbole, die sich jeglichen Interpretationsversuchen durch Uneingeweihte standhaft widersetzten. Pollock richtete dem Piloten über Mindy aus, die Motoren auf keinen Fall abzuschalten, sondern sie im Leerlauf zu halten. Er hatte nicht die geringste Lust, von seinem Treffen zurückzukehren – *falls* er denn zurückkehrte – und den eleganten Gleiter als ausgeschlachtetes und ausgebranntes Wrack mit verkohlten Leichenteilen darin wiederzufinden.

Vier Schritte nach dem Aussteigen bereute Pollock es, keinen Atmer aufgesetzt zu haben: Die Luft war wie eine zähe Masse, die in seinen Lungen brannte. Im Turm selbst war sie leider nicht viel besser: Dort bedrängte sie ihn als süßlich-scharfen Gestank aus Urin, exotischen Gewürzen und verschmorten Kabeln.

Er stand am einen Ende einer kleinen Plaza. Halb offene Bars, heruntergekommene Second-Hand-Läden und der eine oder andere Stripschuppen gruppierten sich um einen defekten Springbrunnen, den die armlose Statue eines bärtigen, lateinamerikanischen Volkshelden zierte. Die Einheimischen trugen Kleidung in grellen Farben, meist perlen- und paillettenbesteckte, viel zu enge Hosen und Hemden und darüber weite, breit gestreifte Überwürfe aus struppiger Kunstwolle. Die, die sich unterhielten, taten es laut und im örtlichen Dialekt, der wegen seiner großzügig eingestreuter Brocken in Spanisch und Portugiesisch für Pollock hart an der Grenze zum Kauderwelsch war.

Er ließ die Atmosphäre einige Herzschlänge lang auf sich wirken und schritt dann entschlossen die rechte Seite der Plaza hinunter. *Es wird Zeit für ein paar Rückversicherungen. Wenn ich schon in eine Falle laufe, dann wenigstens mit Stil.* Er suchte nach einem Second-Hand-Laden, der ihm besonders schmierig erschien, und entschied sich für einen, in dem ein Neonschild im Schaufenster darauf hinwies, dass dieses Etablissement auch Pfandleiherdienste anbot. Er erstand bei einem ausnehmend fetten, aber nichtsdestominder hilfsbereiten Brasilianer eine Prawda einer älteren Baureihe, die dennoch tadellos in Schuss war. Nur am Griff wies die schwere Pistole einige hässliche Schrammen auf, aber Pollock war nicht Waffenfetischist genug, um sich daran zu stören. *Scheiß auf die Optik, solange der Wumms stimmt ...*

Der Ladenbesitzer konnte Pollock auch bei seinem zweiten Anliegen entscheidend weiterhelfen, und nach einem kurzen, umkomplizierten Abstecher in eine Bar namens *Morte Doce* fühlte sich Pollock ausreichend gewappnet, um sich auf eine Begegnung mit killerminx einzulassen.

Sektor G auf Stockwerk 12 des Torre Gama, wohin ihn sein Datenmonokel mit Unterstützung der offiziellen Kartenapp für Brasilia lotste, war eindeutig eines jener Viertel, dessen Bewohner sich nicht darum scherten, was ihre Nachbarn so trieben. Als Pollock den schmalen Gang zu Apartment 7 entlangging, knirschten mehr als einmal die Scherben von Neopium-Phiolen unter seinen Sohlen. Durch die dünnen Wände drang ein vielstimmiges Konzert aus voll aufgedrehtem Sambapunk mit ultraaggressiven Texten, Gestöhne und Geschrei aus Snuff- und Pornofilmchen, das schrille Wehklagen vernachlässigter Säuglinge und anderen Klängen, die nicht für intakte Sozialstrukturen sprachen.

Vor der nur angelehnten Tür von Apartment 7 zog das Bild von Pollocks Monokel Schlieren, blitzte auf und erlosch. *Ein Störsender. Wie schön ... Ziehe ich die Prawda gleich, oder warte ich noch fünf Sekunden?*

Er stieß die Tür mit dem Fuß auf. Vor ihm lag ein kurzer, dunkler Flur, von dem drei weitere Türen abgingen. Eine stand offen, und jenseits der Schwelle erkannte Pollock schemenhaft die Umrisse eines Kühlschranks.

»Hallo?«, rief er in das Apartment hinein.

Keine Antwort.

Noch könntest du einfach wieder verschwinden, riet ihm eine verführerische Stimme in seinem Kopf.

Er warf einen Blick über die Schulter, um zu sehen, was seine zweite Rückversicherung machte, trat dann in den Flur und zog die Prawda. *Ich pfeif auf einen guten ersten Eindruck.*

Er tastete mit der freien Hand nach einem Kippschalter, fand einen, drückte ihn, und zu seiner Überraschung spendete eine Lampe an der Decke des Flurs kärgliches Licht. »Hallo?«

Pollock streckte den Kopf durch die Küchentür. *Leer. Kein Geschirr in der Spüle. Keine Streuer im Gewürzbord. Der Kühlschrank gluckert nicht.*

Er checkte die zweite Tür. Eine Klappcouch mit aufge-schlitzten Polstern war das einzige Möbelstück in dem vielleicht vier auf vier Metern großem Zimmer. An der grauen Wand hatte ein nicht mehr vorhandener Cube ein helleres Rechteck hinterlassen, auf dem Boden stapelten sich Kartons diverser Fastfood-Lieferketten.

Blieb noch die dritte Tür. *Kann nur das Klo sein ...*

Es war das Klo, komplett mit einer winzigen Nasszelle, aus deren Abfluss es aufdringlich nach Schimmel stank. *Na toll, das ist keine Falle ... das ist einfach* nichts. Pollock wollte sich schon wieder aus dem Bad zurückziehen, da glaubte er, ein Geräusch zu hören. Ein Scharren wie von etwas Schwerem, das über eine raue Oberfläche glitt. *Was ist das?* Da war es wieder. Es kam von der gekachelten Wand in der Ecke mit der Dusche.

Pollock streckte den Kopf vor, um die Fugen besser in Augenschein zu nehmen. Wenn ihn nicht alles täuschte, war da ein langer, feiner Spalt, der sich in einer der Fu-genleisten praktisch die ganze Wand hinunterzog. *Ist das eine Tür?* Er war auf Gangterritorium, und es war nicht ganz auszuschließen, dass es in diesem Apartment mög-licherweise ein Versteck für Drogen, Waffen oder irgend-eine andere illegale Ware gab, mit der man hier Handel trieb. Er hob die Hand, weil er gegen die verdächtige Wand klopfen wollte, um zu überprüfen, ob es dahinter hohl klang.

Seine Knöchel berührten die Fliesen nie. Stattdessen barsten sie krachend auseinander, und inmitten eines

Wirbels aus Splittern schoss eine gewaltige, schwarze Faust auf sein Gesicht zu. *Scheiße!* Sein Kopf zuckte instinktiv zur Seite, doch er entging dem Treffer nicht ganz. Er wurde zwischen Hals und Schulter erwischt, und sein Schlüsselbein knackte laut: Wenn sein Mantel nicht gewesen wäre, wäre es zersplittert wie morsches Holz. Hinter dem Schlag steckte mehr als ausreichend Kraft, um Pollock aus dem Bad hinaus auf den Flur zu schleudern. Er krachte gegen eine Wand, sackte daran herunter, schrie auf, und sein Hinterkopf fühlte sich mit einem Mal ganz nass an. Winzige, weiße Würmchen aus Licht krümmten sich am Rand seines Gesichtsfelds. Eine massige Gestalt stampfte mit donnernden Schritten aus dem Bad auf ihn zu. Fliesenreste rieselten ihr von der Brust und dem sonderbar deformierten Schädel, der nach vorne zu einer spitzen Schnauze zulief, aus der ein noch viel spitzeres Horn aufragte. Pollock riss die Prawda hoch und schoss mehr oder weniger blind auf den Angreifer. Mündungsfeuer blitzte, und der Pistolengriff schien sich zwischen seinen Fingern herauswinden zu wollen. Pollock drückte noch einmal ab, und noch einmal, aber der Ansturm war nicht aufzuhalten. Er rollte sich unter einem wütenden Tritt gegen sein Gesicht hindurch. Der Fuß drang bis zum Knöchel in die Wand hinter ihm ein, und Pollock hatte sich einige kostbare Sekundenbruchteile erkauft. Er wollte sich auf die Beine kämpfen, schaffte es nicht und kroch auf allen vieren auf die Wohnungstür zu. *Wo bleibt die Kavallerie?*

Sie hatte ihren Auftritt in Form der beiden Gangster, die Pollock für ein lächerliches Handgeld im *Morte Doce* angeworben hatte. Beide – der schmächtige Kerl, auf dessen fischigen Lippen der dünnste Oberlippenbart der Welt spross, und die stämmige Tussi, deren Arme zwei fleischige Keulen waren – hatten federnbesetzte Gürtel aus pinkfarbenem Leder um die Hüften, an denen je ein halbes Dutzend extrem klobiger und extrem geschmackloser, strassverkrustete Sambarasseln baumelten. Und leider blieben sie beide unschlüssig in der Tür stehen und glotzten nur blöde.

»Zehn Riesen, wenn ihr das Rhino umnietet«, keuchte Pollock.

Das zog. Sie zückten garstige Vibroklingen – eine für jede Hand – und drangen auf den Nashornbeta ein, der aus der versteckten Kammer hinter der Dusche hervorgebrochen war. Pollock hatte kein freies Schussfeld, sonst hätte er versucht, dem Monster noch eine Ladung Blei zu verpassen. *Aber bei meinem derzeitigen Glück knalle ich nur meine eigenen Helferlein ab ...*

Also begnügte er sich vorerst damit, sich zum Türrahmen zu schleppen, um sich ächzend und stöhnend in die Höhe zu ziehen und die weitere Entwicklung des Kampfs abzuwarten. Die erste Erkenntnis, die er auf diese Weise gewann, war einigermaßen tröstlich: Er hatte eben nicht sinnlos danebengeballert. Nein, der Beta war durch eine leichte Kampfrüstung selbst vor Schüssen aus hochkalibrigen Wummen wie der Prawda relativ gut geschützt. Die anderen beiden Erkenntnisse, zu denen Pollock trotz der Schmerzen in seiner Brust und in seinem Hinterkopf ziemlich rasch gelangte, waren wesentlich ernüchternder: Zum einen setzte das Gangerpärchen bei seinen Attacken gegen das Nashorn auf Finten und schnelle Stiche auf den Körper. Mit Letzteren hatte man gegen das Durokev der

Rüstung nur sehr begrenzte Aussichten, einen tödlichen Treffer zu landen. Zum anderen standen hier zwei Menschen, die es in ihrem Heimatrevier zwar bestimmt locker mit den meisten Gegnern aufnehmen konnten, einer echten Kampfmaschine gegenüber, die zweifelsohne eine exzellente Ausbildung genossen und auf einer ganzen Reihe Welten andere vom Leben zum Tod befördert hatte. Die buchstäblich niederschmetternde Lektion für das Oberlippenbärtchen und die Armkeulenfrau lautete: Ein zum Einsatz als Justifier gezüchteter Nashornbeta war in jeder Hinsicht eine völlig andere Gewichtsklasse als ein blutjunger Neuling einer rivalisierenden Gang, ein eingeschüchterter Ladeninhaber oder selbst ein CityTrooper, der seine Aufgabe als Ordnungshüter ernst nahm.

Und so kam es schließlich, wie es kommen musste, während Pollock zum ohnmächtigen Zuschauen verdammt war: Irgendwann wagte sich die Armkeulenfrau mit einem Ausfallschritt zu nah an das Rhino. Sie fing sich sofort einen Faustschlag ein, der sie zu Boden schickte und ihr Gesicht unterhalb der Nase in eine breiige Masse aus Blut und abgebrochenen Zähnen verwandelte. Eine ihrer Vibroklingen bohrte sich in den zerschlissenen Teppich, die andere glitt ihr so unglücklich aus den Fingern, dass sie sich damit selbst einen Großteil ihrer eigenen Hand amputierte.

So viel zu meiner Rückversicherung ... Pollock hob die Prawda an.

»Consuela!«, kreischte das Oberlippenbärtchen und drehte sich ein Stück zu seiner gefallenen Kameradin, mitten in Pollocks Schussfeld.

Nicht, du Idiot! Pollocks Finger zuckte am Abzug, aber er

neigte den Lauf der Prawda im allerletzten Augenblick drei Zentimeter nach links und jagte die Kugel in die Wand anstatt in seinen verbliebenen Verbündeten.

Das Nashorn nutzte die Unkonzentriertheit des Oberlippenbärtchens gnadenlos aus. Mit einem schnaufenden Lachen ging es halb in die Knie, senkte den Kopf und stieß in einem weiten Schwung von unten zu. Eine halbe Sekunde später hatte es den Ganger mit seinem Horn durch den Bauch an die Decke genagelt. Es packte die umherrudernden Arme des Mannes und riss sie ihm mit einer Leichtigkeit aus, als würde es Blumen pflücken.

Und wieder zehntausend Kröten gespart! Pollock war ohnehin bereit, Fersengeld zu geben, als er eine Bewegung zu Füßen des Nashorns wahrnahm. *O nein, bitte nicht!*

Consuelas gesunde Hand schloss sich um eine der grässlich kitschigen Rasseln, und die Art, wie sie sie mit einem Ruck von ihrem Gürtel löste, war unverkennbar.

Granate!

Pollock geriet ins Wanken, weil der heimtückische Druck in seinem Schädel ihn dieses Mal ohne jede Vorwarnung mit voller Wucht zu überwältigen drohte. *Grundreinigung der Anlage in zehn Sekunden. Bitte nutzen Sie dringend einen der ausgewiesenen Notausgänge,* dröhnte eine Stimme in seinen Ohren.

Er zerrte sich am Türrahmen aus dem Apartment, schwankte und stolperte zwei Schritte und warf sich flach auf den Boden des dreckigen Korridors.

Pollock spürte die Detonation – ein kurzer, harter Stoß –, und hörte plötzlich nur noch das wilde Rauschen seines eigenen Bluts und ein hohes Pfeifen wie von einem auf Standby geschalteten Cube. Er wälzte sich auf den Rücken. Die

Tür zu Apartment 7 hing schief in nur noch einer Angel. Die gegenüberliegende Korridorwand sah aus, als hätte ein besonders provokanter Experimentalkünstler sie als Leinwand auserkoren, um sich auf ihr auszutoben. Blut, Stofffetzen, Fleischklumpen und Knochenfragmente waren die Materialien, mit denen er gearbeitet hatte.

Steh auf! Du willst nicht hier sein, wenn die Trooper antanzen!

Eine der Türen ein Stück weiter unten im Gang öffnete sich einen Spalt, indem ein rundliches Kindergesicht erschien. Der oder die Kleine wirkte zunächst eher neugierig als verängstigt, doch als sein Blick auf Pollock fiel, verzog das Kind den Mund zu einem Schrei, laut genug, um selbst durch Pollocks malträtierte Trommelfelle zu dringen.

Hurra, ich bin nicht völlig taub!

Pollock stand auf und schlurfte los. Er zwinkerte und blinzelte in der Hoffnung, sein Monokel zu aktivieren, und musste feststellen, dass er es wohl irgendwo verloren hatte. *Ich sollte mir so einen Baum wie Cleo zulegen, an den ich meine kaputten Monokel hängen kann ...* Mit zusammengebissenen Zähnen zwang er sich zu einem schnelleren Schritt. *Cleo ... diese dumme Schlampe hat gewusst, was hier auf mich wartet ... dafür rupf ich noch ein Hühnchen mit ihr ...* Er legte den Kopf in den Nacken und merkte, dass sein Hemdkragen völlig durchnässt war. *Aber erst brauche ich einen Arzt.*

An der Tür mit dem schreienden Kind realisierte er, dass er in der falschen Richtung unterwegs war, und machte kehrt. Als er den Eingang zu Apartment 7 passierte, glitt er fast auf etwas Glitschigem aus, das ihm unter die Fußsohle geriet. Pollock sah nicht nach unten, aber der Vorfall löste einen absurden Gedanken in ihm aus. *Da unternehme ich meinen Jungfernflug in meinem neuen Gleiter, und schon bin ich drauf und dran, ihn von oben bis unten vollzusauen. Das ist der Beweis: Ich bin für so ein Leben im Luxus nicht gemacht ...*

55

Es stellte sich heraus, dass Mindy noch eine Reihe anderer Qualitäten hatte, als gute Longdrinks zu mixen, einen hervorragenden Kaffee zu kochen und selbst in haarsträubendsten Momenten Zeit für ein freundliches Lächeln aufzubringen. Zum Beispiel ihre geschickten Finger, mit denen sie direkt nach einem ziemlich eiligen Start unter Zuhilfenahme des Bordmedkits Pollocks Platzwunde am Hinterkopf verarztete. Die Verletzung war zu groß, als dass ein Spritzer Nanospray ausgereicht hätte, um sie zu schließen, weswegen Mindy gleich zu einem Nanostrip griff, den sie Pollock auf den Schädel klebte.

Von hinten muss ich aussehen wie ein Volltrottel. Ein kleiner Trost war das frische Hemd, das Mindy aus irgendeinem Seitenfach gezaubert hatte. Es hatte exakt Pollocks Größe, und Mindy hatte ihm erklärt, sie wäre vor dem Abflug davon ausgegangen, er wollte es in Sachen Wechselwäsche auf Kurztrips genauso halten wie sein Auftraggeber. »Mister Lantis hatte immer mindestens drei komplette Sätze Kleidung an Bord. Etwas Leger-Sportliches, etwas Dezent-Gediegenes und etwas für alle Anlässe«, waren ihre Worte gewesen, als sie ihm das Hemd überreicht hatte. Dann hatte sie gewartet, bis er es übergestreift hatte, um seinen Sessel danach per Knopfdruck in eine flache Liege umzubauen, auf der er nun auf dem Bauch lag und sich über sich selbst ärgerte.

Ich hätte bei der Nummer draufgehen können. Eine Sache ließ ihm keine Ruhe. *War diese Falle speziell nur für mich, oder haben sie damit gerechnet, jeden abzuservieren, der den Köder schluckt?* ›Sie‹ waren in seinem Kopf nach wie vor eine eher diffuse Gruppe, aber er hielt es nicht für Zufall, dass zwei der drei Angriffe auf seine körperliche Unversehrtheit auf das Konto von Betas gingen. *Nur Hughette war ein Mensch, und die hatte unmittelbar vorher höchstwahrscheinlich Sex mit einem Beta, bevor sie auf mich losgegangen ist. Warum habe ich mich auf dieses Treffen eingelassen?* Das war für ihn eigentlich kein so großes Rätsel. *Gambela. Ich bin da nur hin, weil ich gehofft hatte, mehr über Gambela rauszukriegen. Dumm, dumm, dumm. Das war nur das Lockmittel für mich. Ich wusste doch längst, dass das Virus, mit dem sie morden, in Gambela entwickelt oder zumindest getestet wurde. Was hätte mir irgendein Schläger von der Wachmannschaft aus dem Bunkerlabor darüber Aufschlussreiches erzählen können? Dass das eine Anlage von FullCorp gewesen ist? Das wusste ich ja auch schon. Dumm, dumm, dumm, Pollock.* Als ihm etwas klar wurde, das nicht für seine völlige Blödheit sprach, kroch ihm ein derart kalter Schauer den Rücken hinunter, dass er bei Mindy einen Kaffee orderte, um sich aufzuwärmen. *Das war alles nur auf der Multibox dieses toten Bullen, damit ich es finde. Der Link zu dem Blogeintrag. Die Diskussion darunter. Es ist kein Geheimnis, dass Gambela der Fall gewesen ist, der mich in meine Auszeit getrieben hat. Sie haben das ausgenutzt, um mich genau dorthin zu kriegen, wo sie mich hinhaben wollten. Und wenn Consuela und ihr Kumpel nicht ausgerechnet darauf gestanden hätten, am liebsten Samba zum Klang von explodierenden Granaten zu tanzen, hätte mich dieses Nashorn locker in Fetzen gerissen. Sie hätten mich einfach das Klo runterspülen können.* Sein Magen grummelte. *Das war ein verdammt knappes Ding. Zum Glück hatte ich Bruno nicht dabei. Der würde mir jetzt so was von den Kopf damit vollmachen, dass ich mich habe fernsteuern lassen wie einen gut programmierten Lovebot. O Gott, er* wird *mir den Kopf damit vollmachen, sobald ich ihn sehe ...*

Das Piepen seiner Multibox riss ihn aus seinen tristen Gedanken. Diesmal checkte Pollock, wer ihn da erreichen wollte, ehe er den Anruf annahm. *Aha, die hat mir gerade noch gefehlt!*

»Ich kann dich beruhigen«, knurrte er, als die Verbindung stand. »Du brauchst deine Drehbuchaffen nicht zurückzupfeifen. Ich bin nur ein bisschen lädiert. Das wird kein Neuaufguss von Gambela.«

»Ich habe mir ernsthaft Sorgen um dich gemacht, Schätzchen.« Madonna zog einen Schmollmund. »Brasilia kann ein gefährliches Pflaster sein.«

»Was willst du?«

»Die weisen Männer sagen, dass nur Narren alles überstürzen«, sagte Madonna. »Aber bitte: Ich wollte nur, dass du dir die Flausen aus dem Kopf schlägst, *Alliance* hätte dir ein paar selbige in den Kopf gesetzt.«

»Dann ist das mit meiner zweiten kognitiven Matrix im Hirn wohl nur eine Fehldiagnose gewesen, oder wie?«

»Nicht ganz«, räumte Madonna ein. »Du solltest dir dringend angewöhnen, deine Verträge genauer zu lesen. Was dir *Alliance* verpasst hat, ist völlig normaler Kram. Eine Absicherung dagegen, dass du bewusst vertrauliche Informationen ausplauderst, die dem Konzern schaden könnten. Das ist doch Standardprozedere. Ich hab so was auch, Schätzchen, genauso wie wir alle unterschrieben haben, dass *Alliance* mit den Proben unseres genetischen Materials arbeiten darf, die uns regelmäßig entnommen werden. Daran erinnerst du dich hoffentlich noch. Machen die Kons ja erst seit ein paar Hundert Jahren so.«

Der Verweis auf die üblichen Gepflogenheiten im Verhältnis zwischen Konzern und Angestelltem beruhigte Pollock nur bedingt. *Gut möglich, dass ich da was von wegen ›Selbstverständlich erteilt uns der Mitarbeiter das Recht, ein bisschen gepflegt an seinen Hirnwindungen rumzuschrauben‹ überlesen habe, aber das heißt noch lange nicht, dass es mir gefallen muss.* »Und wie darf ich mir diese Absicherung gegen Geheimnisverrat vorstellen? Werde ich einfach nur bewusstlos, wenn mich jemand grob verhört, oder fährt sofort mein ganzes vegetatives Nervensystem runter?«

»Immer diese maßlosen Übertreibungen«, entrüstete sich Madonna geziert. »Worüber wir hier reden, ist nichts anderes als eine simple Blockade. Im Ernstfall kannst du schlicht und ergreifend nicht mehr auf die heiklen Informationen zugreifen. Vergiss nicht, das ist auch ein Schutz für dich.«

»Wovor?« Pollock grunzte verächtlich. »Etwa davor, dass man mich nicht nur halbherzig, sondern wenn schon so richtig schön durchfoltert, falls ich den falschen Leuten in die Hände gerate?«

»In erster Linie schützt es dich davor, dass *Alliance* Schadensersatzforderungen an dich stellt«, befand Madonna ernst. »Du weißt, wie knifflig Gutachten darüber sind, ob man bei einer eingehenden Befragung durch Dritte nicht schon früher eingeknickt ist, als es bei der jeweiligen persönlichen Physis und psychischen Belastbarkeit hätte sein müssen.«

Reizend! »Es ist schön zu sehen, wie viel Vertrauen mir mein Arbeitgeber entgegenbringt.«

»Du bist ein recht undankbarer Kerl«, giftete Madonna. »*Alliance* hat wirklich alles dafür getan, dass du nicht in der Statistik über Vorzeitig Beendete Arbeitsverhältnisse landest.«

»Und warum?«, giftete Pollock zurück. »Weil sie eine schöne Stange Geld mit mir verdienen. Darum.«

Madonna schwieg und fixierte ihn mit einem langen Blick. Dann sagte sie: »Du hast wirklich nicht die geringste Ahnung, worüber du da so vorschnell urteilst.«

»Und du hast wirklich nicht die geringste Ahnung, wie mich deine arrogante Art ankotzt«, beendete Pollock das Gespräch, nur um sich in der nächsten Sekunde darüber klar zu werden, dass er es vor einer Zeugin geführt hatte. Er verrenkte den Hals in Richtung Mindy. »Das muss sich jetzt sehr merkwürdig anhören, aber ich verspreche Ihnen, dass das mit mir und dem Respekt vor Frauen keine billige Ausrede war. Sie sind nur zufällig immer dabei, wenn ich mich an den falschen Frauen abrackere.«

»Selbstredend, Sir.«

Wie schon beim Hinflug wurde Pollock durch ein erneutes Piepen seitens der Multibox davor bewahrt, sich immer tiefer in die Bredouille zu faseln. *Und da sag noch mal jemand, es wäre ein Fluch, immer und überall erreichbar zu sein!*

56

Quill hasste die Kabine, in der er und seine Kameraden
sich eingenistet hatten. Dabei war es nicht einmal eine
jener schäbigen Räume, in denen die ärmeren Passagiere
der *Pleasant Surprise* davon träumten, eines Tages zu den
wahren Atlantern zu gehören. Im Gegenteil: Es handelte
sich um eine edel eingerichtete Suite auf einem der obersten Decks des Liners, inklusive zwei Schlafzimmern und
einer Terrasse, auf der man sich herrlich sonnen und den
Meerblick genießen konnte. Ein anderer Beta wäre womöglich angesichts von so viel Luxus beeindruckt gewesen und hätte der Kabine gegenüber etwas mehr Nach-
sicht walten lassen. Quill nicht. Er war ein Beta, dem das
Hassen schon immer so leicht gefallen war, dass ihm
selbst manchmal der Verdacht kam, es könnte ihm
schlicht und ergreifend im Blut liegen. Er hasste Corn-
flakes und Aromata-Spender, Hardball und Golf, das herrschende Gesellschaftssystem und seine Alternativen,

Menschen im Allgemeinen und im Besonderen, die meisten anderen Betas – und ab und zu hasste er sogar seine Kameraden aus dem Team, mit dem er einen Großteil seines Lebens verbracht hatte, seit er aus seinem Natus-Tank geholt worden war. Gerade erlebte er wieder so einen schier unerträglichen Moment.

Er hasste Igor. Der Tiger hatte sich auf eine Couch gelümmelt und stopfte sich seit zwei Stunden quasi ohne Pause Dörrfleischfetzen ins Maul. Jeden einzelnen kommentierte er mit einem lauten Schnurren oder einem wohligen Stöhnen. Und er schmatzte. Laut und feucht.

Er hasste Violet. Die Nerzlady kämmte sich das schimmernde Fell, als hätte irgendwer einen Preis für den gepflegtesten Justifier an Bord ausgelobt. Immer schön von oben durch, immer dem gleichen Ablauf folgend: erst das auf dem Kopf, dann war der linke Arm dran, danach der rechte Arm – und erst ganz zum Schluss der Hals. Nach jedem Durchgang säuberte sie ihre kleine Bürste und drückte die Haare, die sie zwischen den Borsten hervorzupfte, zu einem losen Ball zusammen.

Er hasste Link. Der Schimpanse war zugebenermaßen ein brauchbarer Pilot und ein echtes Genie, wenn es um elektronische und digitale Spielereien jedweder Art ging. Aber hatte er es wirklich nötig, gleich auf zwei Rechnern gleichzeitig zu arbeiten? Mit dem auf seinem Schoß surfte er seinem lüstern-amüsierten Gesichtsausdruck nach auf irgendwelchen geschmacklosen Pornoseiten, für die er ein unheilbares Faible hatte. Auf dem zu seinen nackten Füßen programmierte er nebenbei Zeile um Zeile an einem Code, der aller Voraussicht nach zu nichts anderem nütze war, als sich unerlaubt Zugang in ein prall gefülltes Archiv mit noch geschmackloseren Filmchen zu verschaffen.

Er hasste Igor, Violet und Link, weil sie alle krampfhaft versuchten, so zu tun, als interessierte sie der kleine Empfänger auf dem runden Glastisch inmitten der Sitzgruppe nicht die Bohne. *Und dabei seid ihr alle unglaublich leicht zu durchschauen, Leute, weil wir schon so unfassbar lange aufeinander rumhängen, und das hasse ich noch viel mehr.*

Am meisten hasste er allerdings eindeutig Anjelica. Diese blöde Kuh – oder genauer gesagt: dieses blöde Nashorn – hatte kackenstur darauf bestanden, diesem naseweisen Wichser, der mit seiner Schnüffelei die ganze Mission gefährdete, im Alleingang kaltmachen zu wollen. Jetzt warteten sie auf ihr längst überfälliges Signal aus Brasilia, dass Shermar Geschichte war.

Quill sortierte noch ein allerletztes Mal seine einsatzbereiten Stacheln in ihrem Etui um, dann war seine Geduld am Ende. Er unterdrückte ein Seufzen und beschloss, sich einem der wenigen Dinge zuzuwenden, die er wirklich von Herzen schätzte. Er nahm den Injektor, der neben dem Empfänger auf dem Tisch lag, und verpasste sich eine feine Dosis Autopilot direkt in die Halsschlagader. Das Zeug wirkte sofort. Wie immer gewann die Realität binnen eines Wimpernschlags an Schärfe, und jeder Sinneseindruck, den Quills Gehirn verarbeitete, war von faszinierender Klarheit. Er roch das Fleisch, das Igor fraß, und leitete sofort daraus ab, wie es schmeckte. Er sah feine Härchen in der Luft um Violets Kopf schweben und wusste, wo sie landen würden. Er hörte nur am Klicken von Links Tastaturen, welche Buchstaben getippt wurden.

Doch das war lediglich der oberflächliche Reiz, den Autopilot besaß, die offene Verlockung, hinter der sich eine noch viel tiefere verbarg. Keine euphorische Entrückung, sondern das unwiderstehliche Gefühl, die absolute Macht über sein eigenes Selbst zu besitzen, als wären die Grenzen zwischen Körper und Geist eingerissen und ausradiert. Es war die radikale Offenbarung, eine perfekte Kreatur zu sein, die in jeder Situation die perfekte Entscheidung traf. Nicht aus Rationalität oder Instinkt heraus, sondern aus einer Verschmelzung dieser beiden trügerischen Konzepte, die letztlich jedes nur für sich betrachtet nichts weiter als pure Illusion waren.

Und so folgte Quill bereitwillig den ersten Impulsen, die die Droge in ihm freisetzten. »Machen wir uns nichts vor: Sie hat es vermasselt, meine Lieben.«

Violet und Igor schienen ihm regelrecht dankbar zu sein, dass er es aussprach: Der Tiger schleuderte grollend seine Tüte Dörrfleisch von sich, während das Nerzweibchen nickend seine Bürste sinken ließ.

»Gib ihr noch ein paar Minuten«, verlangte Link, ohne von dem Monitor auf seinem Schoß aufzusehen. »Ich wette, sie nimmt sich nur die Zeit, ein bisschen mit ihrem Opfer zu spielen. Sie ist geknickt, weißt du? Darüber, dass dieser Bulle sie so überrumpelt hat.«

Igor richtete sich auf und scharrte sich Krümel von der Brust. »Du Affe hast es doch nicht mal gesehen, was da abgegangen ist. Du hast faul in deinem Cockpit gesessen und dir die Eier geschaukelt.«

»Jeder, wie er kann«, erwiderte Link grinsend. »Was hast du von mir erwartet? Dass ich aussteige und anfange, meine Scheiße durch die Gegend zu schmeißen?«

»Sie hat es vermasselt«, wiederholte Quill ruhig. »Das Signal kommt nicht mehr.«

»Hast du das Ding auch auf die richtige Frequenz eingestellt?«, fragte Violet.

»Leck mich«, sagte Link nur.

Das verabredete Zeichen, auf das sie warteten, war nicht mehr als ein schwacher Energieschub von wenigen Millisekunden auf einer Frequenz, die sonst traditionell für die Übermittlung von Steuersignalen für Wachbots verwendet wurde. Der Empfänger – ein kleiner, schwarzer Würfel aus Plastik, der mit Verstärkerelektronik vollgepropft war – hätte auf seinen Eingang dadurch reagiert, dass das grüne Lämpchen auf seiner Oberseite zu blinken begann. Doch da blinkte nichts. *Und da wird auch nichts mehr blinken ...*

»Wir können es uns nicht leisten, dass Shermar alles ruiniert«, sagte Quill. »Nicht so kurz vor dem Ziel. Eine Million für jeden ist eine Menge Holz, und ich habe vor, mir daraus eine nette Hütte zu bauen. Ich hab mich nicht aus meinem Vertrag kaufen lassen, um mit meiner Freiheit nichts mehr anfangen zu können, nur weil Anjelica zu unfähig ist, eine Falle zuschnappen zu lassen, und einer von uns nicht einsehen will, dass sein Lieblingsnashorn es verkackt hat. Find dich damit ab, Link. Wahrscheinlich ist sie tot, und wenn wir nicht dafür sorgen, dass Shermar schnellstmöglich ins Gras beißt, sind wir es vielleicht auch bald.« Die Stacheln in seinem Nacken raschelten aneinander, als er sie aufstellte. »Unsere Tante hat uns versichert, es gäbe einen Ausfallplan. Wollen wir doch mal sehen, was da dran ist.«

57

»Nacktmulle wie du betreiben also seit Ewigkeiten ein inoffizielles Informationsnetzwerk im gesamten bekannten All.« Pollock konnte nicht so recht glauben, was er da gerade zu hören bekam. »Und das ist bisher noch nie irgendwem aufgefallen?«

»Die meisten Menschen schenken uns keinerlei Beachtung«, sagte Bruno. »Und die, die es tun, interessieren sich in der Regel nur dafür, ob wir die Arbeit zuverlässig erledigen, die man uns gibt. Außerdem klingst du, als wären wir alle Spione. Das sind wir nicht. Wir reden nur gern miteinander, weil uns sonst ja kaum jemand zuhört, wenn wir etwas zu sagen haben.«

»Okay, verstehe.« Er justierte den Empfang an der Multibox nach, weil Brunos Gesicht auf dem Display immer wieder von größeren Artefakten zu einem Gewirr aus farbigen Blöcken zerhäckselt wurde. »Aber kannst du mir erklären, was Mulle auf Bremen II treiben? Außer die-

465

ser Militärakademie von *Gauss* ist doch da absolut nichts los.«

Bruno nahm die Hand vor die Kamera und wackelte mit den langen Klauen an seinen Fingern. »Was glaubst du, wer dort vor den großen Manövern die Schützengräben aushebt?«

»Ich hätte gedacht, dass das Bots übernehmen.«

»Wir Mulle sind billiger in der Wartung«, entgegnete Bruno.

»Wie lange wird es dauern, bis dein Kontakt etwas über Trudys Zeit auf der Akademie herausfindet?«

Bruno schürzte die Lippen. »Da müsste ich raten.«

»Trotzdem gute Arbeit«, lobte Pollock. »Und danke übrigens.«

»Wofür?«

»Dass du mir eben nur einmal vorgeworfen hast, was für ein unvorsichtiger Idiot ich gewesen bin«, sagte Pollock. »Ich bin davon ausgegangen, dass du mir damit länger in den Ohren liegst.«

»Hauptsache, du lebst noch und kommst heil zurück.«

»Mach ich, Mutti.« Pollock grinste. »Aber du brauchst nicht am Fenster stehen und auf mich zu warten. Ich habe meinen Schlüssel dabei, und ...«

Schlagartig brach die Verbindung ab. Pollock stutzte, da begann das Licht in der Passagierkabine rot zu pulsieren, begleitet vom aufdringlichen Heulen einer Warnsirene.

Mindy fuhr von ihrem Sitz hoch und hastete an Pollock vorbei in Richtung Heck. »Bringen Sie bitte Ihren Sitz in eine aufrechte Position und schnallen Sie sich an, Sir.«

Pollock schwang die Beine von seinem zur Liege um-funktionierten Sessel. »Was hat das zu bedeuten? Stürzen wir ab?«

Die gehetzte Stimme des Piloten erklang aus versteckten Lautsprechern. »Mindy, wir haben da zwei Brummer am Arsch!«

»Bin schon unterwegs!« Mindy war an der Rückwand der Passagierkabine angelangt, wo sie die Tür zu einer engen Nische mit einem Klappsitz und einer Monitorbank aufriss.

Anschnallen? Das kannst du vergessen. Pollock bezog breitbeinig direkt hinter Mindy Position, wobei er sich links und rechts im Türrahmen abstützte.

Die kreuzförmig angeordneten Bildschirme in der Nische zeigten den gesamten Luftraum rings um die Maschine. Der Himmel war klar, ein kräftiges Blau, das nur noch den feinsten Hauch eines verblassenden Morgenrots aufwies. Die beiden Verfolger waren nur schwarze Punkte, die lange Kondensstreifen hinter sich herzogen, bis Mindy näher an sie heranzoomte.

Die Vögel hatten die charakteristische Pfeilspitzenform von Abfangjägern – ein schlanker, spitzer Rumpf, von dem zwei kurze, dreieckige Tragflächen abgingen. Die knolligen Auswüchse unter ihren Nasen verhießen ebenso wenig Gutes wie die Raketenpaare, die unter den Tragflächen in ihren Abschussvorrichtungen hervorragend zu erkennen waren.

»Hast du Unterstützung angefordert?«, fragte Mindy ins Leere.

»Sie stören unser Signal«, antwortete der Pilot.

»Können wir sie abhängen?«

»Negativ. Das sind Kestrels. Waidmannsheil!«

Mindy warf einen kurzen Blick über die Schulter. »Setzen Sie sich auf Ihren Platz, Sir!«

Pollock blieb, wo er war. *Ich sterbe bestimmt nicht im Sitzen, während ich hilflos Däumchen drehe. Und was heißt hier überhaupt Waidmannsheil?*

Mindy drückte zwei, drei Knöpfe. Aus einem Vorbau unterhalb der Monitorbank und somit direkt über Mindys Schoß fuhr ein ergonomisch geformter Steuerknüppel aus. Ein sanfter Ruck ging durch den Boden der Kabine, und auf einem der kleineren Monitore erschien ein grünes Fadenkreuz. Darunter schob sich langsam der Lauf eines Bordgeschützes ins Bild. Es ruckte ein paar Grad nach links unten und spie sofort eine Salve von 30-Millimeter-Geschossen aus.

Die Kestrels flogen ein minimales Ausweichmanöver von träger Eleganz.

»Shit«, fluchte Mindy. »So kriege ich sie nicht. Viel zu weit weg.«

»Was ist mit den Pincern?«, fragte der Pilot.

»Vergiss es«, sagte Mindy. »Nicht auf die Entfernung. Und die haben definitiv Täuschkörperwerfer an Bord. Wenn ich die Pincer jetzt abfeuere, treffen sie höchstens die Flares.«

»Wir haben Luft-Luft-Raketen? In einem Privatgleiter?« Pollocks Stimme überschlug sich fast.

»Bewahren Sie bitte Ruhe, Sir«, tadelte ihn Mindy. »Irgendeine schlaue Idee, Juan?«

»Eine Idee ja, aber wir werden sehen, wie schlau sie ist.« In den Worten des Piloten lag bizarrerweise eine Spur von Erregung, wie sie Pollock bisher nur bei Männern vernommen hatte, die im Begriff waren, sich binnen der nächsten Minuten ausgiebig sexuell zu betätigen.

Der Gleiter ging in einen Sturzflug über, und Pollock wurden die Beine unter dem Körper weggezogen. Er klammerte sich an den Türrahmen, und die Seite seiner Brust, wo er sich in Brasilia den Schlag des Nashorns eingefangen hatte, schien vor neuem Schmerz in Flammen zu stehen.

Gerade als ihn die Kräfte zu verlassen drohten, kippte der Gleiter wieder in die Horizontale, und Pollock konnte sich wieder aufrappeln.

Die Monitore verrieten ihm, dass Juan den Gleiter in das Gewirr aus Canyons hatte abtauchen lassen, die das knochentrockene Vermächtnis des einst so stolzen Flusses waren, der sich hier vor Jahrhunderten entlanggewälzt hatte. Links und rechts schossen in rasender Geschwindigkeit hellbraune Felswände an ihnen vorbei, und Pollock wollte gar nicht daran denken, wie gering die Distanz zwischen ihnen und dem Gleiter wohl war. Mit jeder neuen Biegung, der der Gleiter folgte, wurde Pollock mal zur einen, mal zur anderen Seite gezerrt.

Wenn Juan darauf gehofft hatte, dass ihnen die Kestrels auf ihrem selbstmörderischen Kurs nicht folgen würden, hatte er sich geschnitten. Einer Anzeige auf dem Monitor der Bordkanone nach hatten sie bis auf knapp einen halben Kilometer zu dem Gleiter aufgeschlossen. Der einzige nennenswerte Unterschied zur Situation von eben hoch oben am freien Himmel bestand darin, dass die beiden Jäger nicht mehr nebeneinander, sondern hintereinander flogen. Der begrenzte Raum in den Schluchten ließ ihnen einfach keine andere Wahl. *Aber es muss uns ja auch nur*

einer von ihnen erwischen, denn ich bezweifle stark, dass sie
uns nur zur Landung zwingen wollen.

»Besser so?«, erkundigte sich Juan.

»Geht es noch tiefer?«, fragte Mindy zurück.

Noch tiefer? Pollocks Magen schien sich ihm die Kehle
hinaufzudrücken, als Juan Mindys Vorschlag zügig in die
Tat umsetzte. Das Bild auf den Monitoren wurde dunkler,
da sich der Gleiter nun in Regionen so dicht am Grund der
Canyons bewegte, dass sich dort noch immer Reste der
Nacht als düstere Schatten verfangen hatten.

Pollock hörte ein gedämpftes Fauchen, dann raste eine
Pincer unter dem Bauch des Gleiters hervor. Von einer der
Tragflächen des vorderen Kestrels löste sich ein kleineres
Flugobjekt, das kurz nach dem Start zu einer Rauchwolke
auseinanderplatzte, aus der Dutzende grell leuchtender
Kugeln in alle Richtungen davonstoben.

Mindy keckerte hämisch. »Idiot!«

Die Pincer jagte in einem steilen Winkel über die von dem
Täuschkörper abgesetzten Flares hinweg und schlug dicht
unter der Kante der Schlucht ein. Ein brodelnder Ball aus
Feuer und Rauch sprengte Tonnen an Gestein frei, die als
tödlicher Hagel auf den Kestrel prasselten. Eine Sekunde
lang sah es so aus, als könnte der feindliche Pilot seine Maschine noch abfangen, doch dann verlor er die Kontrolle. Der
Jäger trudelte wild umher, schrammte schräg gegen eine
Seite des Canyons und büßte dabei eine Tragfläche ein. Er
bohrte sich in einem nahezu rechten Winkel in den Boden
der Schlucht und zerfetzte in tausend glühende Trümmer.

»Kluges Mädchen. Schönes Ding«, gratulierte Juan Mindy zu ihrem Quasi-Abschuss, ehe sein Tonfall unheilvoller
wurde. »Uh-oh ...«

»Was?«, fragte sie.

Die Monitore gaben die Antwort: Die Schlucht weitete sich vor ihnen erheblich, von einem schmalen Riss zu einer kilometerbreiten Kluft, in der mehrere der ausgetrockneten Flussarme zusammenliefen.

Pollock schluckte. *Das war's. Nochmal ziehen wir den gleichen Trick nicht durch.*

Mindy war offensichtlich nicht bereit, so schnell aufzustecken. Sie feuerte die Bordkanone in einer langen Salve und versuchte, den verbliebenen Kestrel mit dem Strom aus Geschossen zu verfolgen. Leider stellte sich rasch heraus, dass dort drüben ein ziemlich talentiertes Ass im Cockpit saß. Jedes Mal, wenn Mindy ihn ebenso im Visier hatte, vollführte ihr Gegner eine halbe Rolle oder tauchte gerade noch rechtzeitig ab. Das einzig Gute daran war, dass er aufgrund der trotzigen Attacken scheinbar nicht die Zeit fand, sich selbst in eine vielversprechende Position für Gegenfeuer zu bringen.

»Mir überhitzt gleich das Rohr«, rief Mindy angespannt.

»Versuch's mit dem zweiten Pincer«, verlangte Juan.

»Wenn du meinst ...«

Fauchend machte sich die letzte Rakete, die ihnen zur Verfügung stand, auf den Weg. Es war nichts anderes als ein reiner Akt der Verzweiflung. In Pollock breitete sich eine entsetzliche Leere aus, als der Kestrelpilot seine Täuschkörper gegen die Pincer einsetzte. Die aufflammenden Flares verrichteten ihren Dienst: Anstatt weiter auf den Jäger zuzuhalten, änderte die Pincer urplötzlich den Kurs, um einer der leuchtenden Sternschnuppen zu folgen und mit ihr zu verglühen. *Wir sind geliefert ...*

Der Kestrel näherte sich dem Heck des Gleiters auf so

kurze Distanz, dass man sehen konnte, wie sich die Morgensonne im dunklen Visier des Piloten spiegelte.

»Scheiße«, brüllte Juan. »Er hat uns mit irgendwas erfasst.«

»Schüttel ihn ab, verdammt«, flehte Mindy. »Schüttel ihn ab.«

»Können vor Lachen«, gab Juan zurück. »Und da kommen noch zwei von vorne.«

»Noch zwei was?«

»Jäger.«

Pollock suchte nach dem passenden Monitor, und sein Herz setzte einen Schlag aus. Juan hatte nicht gelogen. Von elf und ein Uhr rasten zwei weitere Maschinen heran, die ebenfalls die unverkennbare Bauweise von Abfangjägern besaßen. *Moment ...* Pollocks Sinne waren vor Stress und Angst auf ein nahezu schmerzhaftes Ausmaß geschärft. *Das sind keine Kestrels. Sie haben breitere Tragflächen, und das Heckruder sitzt anders.*

»War schön mit dir, Mindy«, sagte Juan tonlos.

»Du steigst nicht aus, du Verpisser!« Von der gelassenen Höflichkeit, mit der Mindy ihre Rolle als Flugbegleiterin ausfüllte, war angesichts ihrer Todespanik nichts mehr übrig. »Wag es ja nicht auszusteigen, du feiger Wichser!«

»Leute!« Juan lachte irre. »Leute, die neuen Jungs ...« Was immer er ihnen sagen wollte, ging in seinem Gelächter unter.

Hat er den Verstand verloren? Dann sah Pollock auf dem Monitor, der für die Kamera an der Nase des Gleiters zuständig war, einen gleißenden Lichtstrahl aufblitzen. Noch im selben Sekundenbruchteil tauchte längs über den gesamten Rumpf des Kestrels eine kerzengerade Linie aus geschmolzenem Metall auf. Einen Wimpernschlag lang wirkte es, als würde die Maschine durch den Lasertreffer in zwei saubere Hälften geteilt parallel weiterfliegen. Dann ging der Antrieb hoch und zerlegte den Kestrel in eine kurzlebige Wolke aus ionisierter Luft, Flammen und Metallteilen, die als feurige Schrappnelle noch ein paar Furchen mehr in den Boden des Flussbetts zogen.

Pollock konnte ihr Glück nicht fassen. *Haben die nur schlecht gezielt?* Er starrte mit offenem Mund weiter auf die Monitore.

Die beiden Neuankömmlinge passierten den Gleiter und kippelten dabei zwei, drei Male die Tragflächen. *Das war kein Versehen.* Die Jäger stiegen im Steilflug in den Himmel.

»Wer war das denn, Juan?«, fragte Mindy in einer nicht zu überhörenden Mischung aus Fassungslosigkeit und Freude.

»Keine Ahnung«, sagte Juan, der offenbar immer noch um Fassung rang. »Aber wer immer sie waren, sie haben uns den Arsch gerettet.«

Das Geheul der Warnsirene erstarb und wurde durch ein hartnäckiges Piepen ersetzt, während die Beleuchtung in der Kabine wieder zu ihrem angenehmen Normalzustand wechselte.

»Haben sie dich nicht mal angefunkt, oder was?«

»Kein Stück.« Juan wurde von einem neuerlichen Lachanfall geschüttelt. »Was piept da hinten bei euch eigentlich so?«

Mindy drehte sich zu Pollock um. Sie hatte ihre alte Miene noch nicht ganz wiedergefunden, war aber ziemlich nah dran. »Ihre Multibox, Sir.«

»Oh.« Hastig drückte er auf das Gerät an seinem Handgelenk. »Ja?«

Die Frau auf dem Display grinste förmlich im Kreis. »Ich hoffe, du behauptest nie wieder, ich würde mich nicht angemessen um dich kümmern, Süßer.«

»Weißt du was?« Pollock war kurz davor, sie aus purster Dankbarkeit zurück auf die Liste der Personen zu setzen, mit denen er unbedingt mal in der Kiste landen wollte. »Ich liebe dich, Madonna.«

»Ich weiß.«

58

»Du wirst nicht dafür bezahlt, dass du ihn mutterseelen-
allein durch die Weltgeschichte fliegen lässt.« Madonna
Presleys Augen sprühten vor Zorn. »Wenn ihn diese Jäger
abgeschossen hätten, wären hier Köpfe gerollt, Bruno. Und
nicht nur meiner.«

»Entschuldigung«, erwiderte Bruno förmlich. »Ich hatte
es in dieser Angelegenheit mit einem schwerwiegenden
Interessenkonflikt zu tun, Miss Presley. Er hat mir dringende Recherchearbeiten aufgetragen, die keinen Aufschub
duldeten. Es mag sein, dass ich einen Fehler gemacht habe, aber ich finde Ihren Tonfall äußerst unangemessen.«

»Was du nicht so alles findest ...«, spottete Madonna.
»Gut. Dann möchte ich dich in aller Höflichkeit erinnern,
dass *Alliance* kein Wohltätigkeitsverein ist. Ich habe dich
damals nicht aus diesem trostlosen Höllenloch geholt, weil
ich so ein guter Mensch bin. Du hast einfach nur die
schnellste und unkomplizierteste Möglichkeit geboten,

um Woo-Suk und ihrem dämlichen Projekt auf die Sprünge zu helfen.«

Als ob ich das nicht selbst am besten wüsste ... Bruno bleckte trotzig die Nagezähne. »Wenn Sie so furchtbar unzufrieden sind, Miss Presley, warum besorgen Sie sich dann nicht einen anderen Vertreter meiner Art, der die nötigen Qualifikationen mitbringt, um Ihren hohen Anforderungen gerecht zu werden? Ich habe mir meine Gene nicht ausgesucht, und ich habe mich bei Ihnen auch nicht um eine Anstellung beworben. *Sie* wollten *mich*, nicht umgekehrt. Oder gab es in der Zwischenzeit irgendwo in einer Datenbank einen hässlichen Crash, und Sie können niemand anderen mehr aufspüren, dessen Pheromone mit Pollock kompatibel sind?«

»Und selbst wenn dem so wäre.« Madonna machte eine wegwerfende Geste, die auf dem kleinen Display von Brunos Multibox hektisch und überspannt wirkte. »Damals ging es nicht nur darum, einen Nacktmullbeta von einem Hersteller zu finden, an den *Alliance* vor weiß Jahwe wie langer Zeit ein bisschen Genmaterial von einem von Pollocks Urahnen verschachert hat. Davon laufen wahrscheinlich noch jede Menge Exemplare durch die Gegend.« Sie seufzte. »Nein, du warst auch noch ein Nacktmull, mit dem Pollock vor der Explosion im Bunker bereits engen Kontakt hatte. Er kannte dich, er war auf dich eingestellt. Sosehr es mich schmerzt, dir das einzugestehen, du undankbarer Klotz, hast du nun einmal ein paar Vorzüge, die sich nicht eben auf die Schnelle ersetzen lassen.«

»Vielen Dank.« Bruno nickte geflissentlich. »Ich muss gestehen, dass ich mich über meine Behandlung bis zu dieser entscheidenden Phase, in die das Projekt nun eingetreten ist, nicht wirklich beschweren kann. Ich kann sogar nachvollziehen, dass Sie in gewisser Hinsicht von mir enttäuscht sind. Sie oder sagen wir präziser *Alliance* hat es mir zwanzig Jahre lang an nichts fehlen lassen. Ich möchte allerdings zu bedenken geben, und ich zitiere Doktor Woo-Suk wörtlich, dass wir uns mit unserem Unterfangen auf absolutes Neuland wagen und dass selbst bei bester Schulung und höchstem Einsatz aller Beteiligten ein Scheitern nicht ausgeschlossen werden kann. Ich habe mir also nichts vorzuwerfen.«

»Bruno ...« Verschiedenste Muskelpartien in Madonnas Gesicht gerieten kurz in Aufruhr, bis schließlich ein versöhnliches Lächeln ihre Lippen umspielte. »Ich wollte dir keine Standpauke halten. Uns ist doch allen daran gelegen, dass das Projekt ein Erfolg wird, nicht wahr? Und daher würde ich es eben sehr begrüßen, wenn du in Zukunft versuchst, ein klitzekleines Stückchen dichter an deiner Zielperson zu bleiben. Ich habe nämlich den Eindruck, dass er tatsächlich um einiges aggressiver ist, wenn du nicht in seiner Nähe bist. Du hättest mal hören sollen, wie er vorhin mit mir umgesprungen ist. Ich möchte doch nur, dass es ihm gut geht und dass er sich mit seiner schroffen Art nicht selbst im Weg steht. Ist das denn wirklich zu viel verlangt?«

Bruno zögerte mit einer Antwort. Er gefiel sich in seiner neuen, aufmüpfigeren Rolle eigentlich ganz gut. Andererseits ... *Sie ist eine meiner Vorgesetzten, und habe ich sie in letzter Zeit nicht schon genügend vor den Kopf gestoßen? Außerdem hat sie anscheinend dafür gesorgt, dass Pollock überhaupt von seinem Ausflug zurückkommt, und das ist mehr, als ich von ihr erwartet hätte.* Wenn ihm sein schmerzhaftes

Gespräch mit Roderick eines gezeigt hatte, dann war es, dass gute Beziehungen auch guter Pflege bedurften – und zwar von beiden Seiten. »Ich werde sehen, was sich machen lässt, Miss Presley.«

»Na also.« Madonna atmete hörbar auf. »Das war doch gar nicht so schwer.«

»Aber bitte versprechen Sie sich nicht zu viel«, warnte Bruno.

»Wieso?«

»Weil ich ernsthaft befürchte, dass es in seiner Natur liegt, Streit zu suchen.« Bruno zuckte die Schultern. »Und dabei macht er keinen Unterschied zwischen seinen Freunden und seinen Feinden.«

59

02.10.3042 A.D., 11:55
System: Sol
Planet: Erde
Ort: Lantis Island, privater Gleiterlandeplatz
   der Residenz von Cleo Purrtra

»Es bricht mir wirklich das Herz«, sagte Pollock beim Einsteigen in den Gleiter und setzte für Mindy seinen treuesten Hundeblick auf, nachdem sie an den Piloten weitergegeben hatte, dass Pollock schon wieder ein neues Ziel hatte. »Sie und Juan hätten sich wirklich ein Päuschen verdient.«

»Darf ich offen sprechen, Sir?«

»Natürlich.« Pollock ließ sich in seinen Sitz plumpsen. »Ich bitte sogar darum.«

»Solange Sie dabei sind, diese Scheißkerle auszuschalten, die uns diese Kestrels auf den Hals gehetzt haben, fliegen wir Sie gern bis ans andere Ende der Welt und zurück.«

»Sehr freundlich.«

Juan fuhr den Antrieb hoch, und der Gleiter reihte sich geschmeidig in den regen Flugverkehr von der Nabe zu dem Ring aus Antigrav-Plattformen ein, die die als große

Acht gewundene Speed-Air-Strecke mit ihren schwebenden, anthrazitfarbenen Ringen umgaben.

Pollock lächelte Mindy zu. Nach seinem kurzen, aber umso nervigeren Wortwechsel mit diesem eingebildeten Falken, den Cleo als Butler angestellt hatte, war es wirklich entspannend, ein bisschen mit der als Flugbegleiterin verkleideten Bordschützin plaudern zu können. Kes hatte ihm zwar die Tür geöffnet, aber danach sofort einen auf »Ich sehe keine Veranlassung, Ihnen mitzuteilen, wo sich Miss Purrtra zurzeit aufhält« gemacht. Pollock hatte sich angesichts der Halsstarrigkeit dieses Vogels stark zusammenreißen müssen, dem aufgeplusterten Deppen nicht ein prächtiges Veilchen zu verpassen. Er hatte es nur bleiben lassen, weil ihm jemand anderes dabei anscheinend schon zuvorgekommen war. *So wie das Auge zugeschwollen war, tippe ich auf Kong. Der Gorilla ist bestimmt noch lange nicht so zahm, wie Cleo das gern hätte. Denn wenn ich mal von mir auf andere schließe, bin ich sicher nicht der Einzige, mit dem sie ständig versucht, Katz und Maus zu spielen.* Letzten Endes hatte er zu einer handfesten Lüge gegriffen, damit der Falke endlich ausspuckte, wo sich Cleo rumtrieb: Er hatte Kes vorgeheuchelt, er wolle sich nur dringend bei Cleo entschuldigen, weil seine jüngsten Ermittlungsergebnisse zweifelsfrei belegten, dass sie rein gar nichts mit der Mordserie zu tun hatte. Daraufhin war der Falke wie ausgewechselt gewesen – er hatte Pollock nicht nur Cleos Aufenthaltsort genannt, sondern ihm auch nahelegt, sich auf seinem Weg dorthin zu sputen. *Und allein dafür, dass ich mir von ihrem gefiederten Hausmädchen sagen lassen musste, ich soll mich bitteschön beeilen, zieh ich dieser verlogenen Mietze die Ohren extralang.* Er sparte sich seinen Groll auf die Ozelotdame für später auf und wandte sich wieder Mindy zu. »Vor unserem nächsten größeren Ausflug sollten wir nicht vergessen, unser Arsenal wieder aufzustocken. Apropos Arsenal: Gehe ich recht in der Annahme, dass Pincer und ein 30-Millimeter-Geschütz nicht zur üblichen Ausstattung dieses Gleitermodells gehören?«

»Mister Lantis legt großen Wert auf seine persönliche Sicherheit«, sagte Mindy. Ihre Stimme senkte sich zu einem verschwörerischen Flüstern. »Und er steht auf Waffen.«

»O ja, ich weiß.« Pollock nickte enthusiastisch. »Ich weiß. Sagen Sie, ist es üblich, dass wir bei unserer Rückkehr nach At Lantis nicht landen mussten, um uns von den Troopern bescheinigen zu lassen, dass wir keine bedenkliche Fracht an Bord haben?«

»Mister Shermar, Sir.« Mindy reckte pikiert ihren Busen in die Höhe. »Die Trooper kämen nicht im Traum darauf, eines der Fahrzeuge aus Mister Lantis' Flotte zu kontrollieren. Wo kämen wir denn da hin?«

Interessant. Pollock kratzte sich das Kinn. *Der König macht sich seine eigenen Einreisegesetze.* »Und wie funktioniert das? Vom Ablauf her gesehen, meine ich. Haben wir nur ein spezielles Transpondersignal, damit die Trooper wissen, dass sie uns nicht belästigen sollten?«

»Warum fragen Sie?«

»Nur so«, log Pollock. *Vielleicht werde ich nur langsam wirklich paranoid.*

»Wir erhalten in regelmäßigen Abständen neue Signalcodes, die wir in unsere Kommunikationssysteme einspeisen«, erklärte Mindy sachlich. »Und ja, der Transponder sendet diese Codes dann ständig an die Luftraumüberwachung, und die Crew dort leitet sie an sämtliche Einsatzkräfte der Troopers weiter. Wir nennen das die eingebaute Vorfahrt.«

»Wer ist für die Erstellung und Verbreitung dieser Codes zuständig?«, fragte Pollock. »Wer entscheidet darüber, welches Fahrzeug eine eingebaute Vorfahrt bekommt?«

»Das fällt in den Zuständigkeitsbereich der Sicherheitschefin. Sie segnet jede Vergabe der Codes persönlich ab.« Mindy schürzte die Lippen. »Sie kennen doch Miss Zelle, nicht wahr?«

»Ja, ich kenne Miss Zelle.« *Und ich frage mich, ob ich mich nicht gerade genau zur falschen Frau fliegen lasse ...* Seine Multibox piepte. Pollock hob entschuldigend die Hände. »Mindy, ganz ehrlich, ich befürchte, wir müssen uns dringend einmal privat treffen, sobald ich etwas mehr Spielraum in meinem Terminkalender habe und mich nicht ständig jemand aus einem angenehmen Gespräch mit Ihnen reißt.«

»Sie sind eben ein schrecklich begehrter Mann, Sir.«

Mindys Kommentar bereitete Pollock ein interessantes Kribbeln in der Leistengegend, das sofort verflog, als er sah, wer ihn nun schon wieder behelligte.

»Mister Shermar ...« Sowohl Esquirols Stimmlage als auch die verdrossene Miene des himmlischen Psychiaters verrieten eindeutig, dass er sich ebenfalls etwas Schöneres vorstellen konnte, als mit Pollock zu sprechen. Er hatte den Mund verkniffen, als spürte er noch immer Pollocks Ellbogen im Bauch. »Ich hatte versucht, Ihren Partner zu erreichen. Ohne Erfolg. Da habe ich es bei Ihnen versucht.«

»Normalerweise habe ich ein Problem damit, nur zweite

Wahl zu sein«, sagte Pollock. »Für Sie mache ich aber gern eine Ausnahme. Was wollen Sie?«

»Ich möchte Ihnen die Ergebnisse meiner Obduktion am Leichnam von Cathy Clark mitteilen.«

»Und?« Pollock grinste. »Es war so, wie ich sagte, nicht wahr? Ihre Amgydala war vergrößert, oder es gab da zumindest einen höheren Vernetzungsgrad der Neuronen.«

»Weder noch«, bremste ihn Esquirol mit sichtlichem Vergnügen. »Sie müssen sich geirrt haben, was den Kontakt zu Beta-Escorts angeht.«

»Sind Sie ganz sicher?«, weigerte sich Pollock, den Punkt an den Medizinmann abzugeben.

»Absolut«, bestätigte Esquirol. »Ich kann Ihnen die Daten rüberschicken, wenn Sie Ihre eigene Expertise auf diesem Gebiet höher einschätzen als meine.«

»Lassen Sie mal stecken«, wehrte Pollock grimmig ab. »Gut, dann hat sie eben nicht mit Betas gebumst.« *Bettlägerige Oma mit Puppenfimmel lässt es sich von einem Bullen besorgen – ein unschönes Bild mehr, das ich von meiner internen Festplatte löschen kann.*

»Ich hätte da allerdings noch etwas, das Sie interessieren könnte«, sagte Esquirol.

»Und zwar?«

»Ich habe in ihrem Blut Spuren eines Neurotoxins gefunden.« Esquirol legte eine dramatische Pause ein, und Pollock sah seine nächsten Worte zutreffend voraus. »Es ist das gleiche Gift wie auf dem Blasrohrpfeil, den Sie mir vor ein paar Tagen zur Analyse geschickt haben. Einer der Pfeile, den man auf Sie geschossen hat. Sie wissen, was das heißt?«

»Die Vermutung, die am nächsten liegt, wäre die, dass

unser tapferer Mister Beauregard nur einen von mindestens zwei Attentätern erwischt hat, die es auf Cathy Clark abgesehen haben.«

»Sie äußern diesen Verdacht mit einem gewissen Unglauben«, stelle Esquirol fest.

Du hast feine Antennen, mein Freund. »Ja, tue ich.«

»Und wieso?«

»Weil man sich nie blind auf die nächstliegende Vermutung verlassen sollte.«

»Haben Sie eine bessere Theorie?«

»Noch nicht«, gestand Pollock. »Aber das ist nur eine Frage der Zeit.«

60

02.10.3042 A.D., 12:10
System: Sol
Planet: Erde
Ort: Lantis Island, Speed-Air-Schwebetribüne
     Sonic Boom, Privatloge 6

Cleo Purrtra scherte sich einen feuchten Dreck um Speed-Air-Rennen. Sie hatte nie begriffen, welchen Reiz die Menschen darin sahen, anderen Menschen dabei zuzusehen, wie sie in aufgetunten Gleitern in viel zu riskanter Geschwindigkeit einen schwebenden Ring nach dem anderen durchflogen. Insofern hätte sie sich auch das anstehende Rennen nie aus purer Begeisterung über diese ihrer Meinung nach völlig überflüssige Sportart angesehen. Dass sie nun in einer geräumigen Loge bei einem Glas Champagner und einer Schüssel echter Trauben saß, um das endlos lange Showprogramm vor dem Start über sich ergehen zu lassen, hatte gänzlich andere Gründe. *Was man für die gute Sache nicht alles auf sich nimmt ...*

Jenseits der Scheibe aus Sicherheitsglas wurde auf einer Freifläche direkt neben der Boxengasse jeder Pilot einzeln vorgestellt, und jeder hatte natürlich seinen persönlichen Programmpunkt. Im Moment war eine Frau in einem schwarzen, nietenbesetzten Rennanzug dran, deren langes, blondes Haar noch ungebändigt in der Meeresbrise wehte. Sie vollführte einen recht unwürdigen Tanz aus Sprüngen, Fäusteballen und Headbangen zu den bretthartten Klängen einer live aufspielenden Machinecore-Kombo.

O Luther, du verlangst mir eine Menge ab. Cleo schnippte sich eine Traube in den Mund und suchte auf der Liste mit Startern, die auf der Scheibe eingeblendet war, nach Luthers Namen. Er war der erste Beta, der die Chance hatte, zum Gesamtsieger bei der Formula Air zu werden, und seine Fans nannten ihn ehrfurchtsvoll den rasenden Rappen. Cleo war als Aktivistin lange genug im Geschäft, um zu wissen, dass man sich eine solche Chance für positive PR nicht entgehen lassen durfte. Folglich hatte sie für die Schnappschüsse, für die sie nachher aller Voraussicht nach mit Luther aufs Siegertreppchen steigen würde, auch ein passendes Outfit gewählt: einen Hosenanzug aus nicht zu kühlem Blau, dessen Schnitt auf dem schmalen Grat zwischen Seriosität und Lockerheit wandelte. Hochhackige Schuhe, auf denen nur eine Beta mit Genen aus der Familie der Katzenartigen elegant einherschreiten konnte, ein Paar Saphirohrringe und eine Sonnenbrille, die ihre mandelförmigen Augen noch weiter betonte, gaben dem Ensemble den nötigen Pepp. Ganz in Blau wirkte Cleo innerhalb ihrer eigenen Loge wie ein Fremdkörper, denn alles hier – von der flachen Ledercouch über das Glas der Beistelltische bis hin zu den Lampen und dem Furnier des Tresens im hinteren Bereich des Raums, in dem gut und gern zwanzig oder dreißig Gäste Platz gefunden hätten – war in ihrer eigentlichen Lieblingsfarbe gehalten.

Rot.

Bedauerlicherweise reagierten die meisten Menschen auf Rot eher mit Anspannung und einem leisen Unbehagen, weshalb Cleo selten Gäste empfing. Noch dazu spürte sie heute selbst eine gewisse Unruhe ob ihres Aufenthalts hier, und sie war mit ihren Gedanken vollkommen woanders als bei Luther. *Ob er noch lebt? Wenn nicht, ist er selbst schuld. Ich habe ihn gewarnt. Mehr konnte ich nicht tun.*

»Sie haben einen Besucher«, hauchte die sanfte Stimme des Computers, der den Einlass in die Loge regelte.

In der Annahme, der Ehemann der Managerin von Luthers Rennstall hätte ihr Angebot, sich das Spektakel aus einer ganz besonders exklusiven Perspektive gemeinsam mit ihr anzusehen, doch noch angenommen, sagte Cleo: »Nur herein mit ihm.« *Wie hieß er noch? Montgomery? Clifford?*

Sie stand auf, um eine zweite Sektflöte mit herrlich perlendem Champagner zu füllen, da sie mit dem Erscheinen eines leicht überdrehten Mittfünfzigers in einem grässlich gelben Satinhemd und einer stacheligen Gelfrisur rechnete, für die der arme Tropf locker zwei Jahrzehnte zu alt war. Sie hatte sich geirrt.

»Ich trinke im Einsatz nicht.« Jaspers Stimme war kalt wie Eis, obwohl der Wolfsbeta die Ohren angriffslustig angelegt hatte. Der Verbindungsoffizier von Pride Fur trug fast die gleiche Montur wie bei seinem letzten unerwarteten Auftritt – er hatte sie lediglich um ein Paar schwarze Lederhandschuhe ergänzt.

Cleo verfehlte den richtigen Moment, um zu verhindern, dass der Champagner knisternd über den Rand des Glases aufschäumte. Er rann ihr über die Finger und tropfte ihr auf die Schuhe.

Jasper ließ seinen Blick durch die Loge schweifen. »Hübsch hast du's hier. Ich mochte Rot schon immer.« Er nickte. »Lass uns noch mal darüber reden, was du wirklich über diese neue Zelle weißt, die hier aktiv ist. Die, der dieser arme Bulle angehörte, den du an deine Menschenfreunde verraten hast. An Lantis und seinen Schnüffler.«

»Jasper ...« Cleo stellte vorsichtig das Glas ab. »Ich weiß über diese angebliche Zelle genauso wenig wie du, und ich habe auch niemanden an irgendwen verraten. Ich würde nichts tun, was das Leben auch nur eines einzigen Betas in Gefahr bringt.«

»Ist das so?« Der Wolf hob die Lefzen, knackte mit den Knöcheln und schritt langsam auf sie zu.

61

02.10.3042 A.D., 12:12
System: Sol
Planet: Erde
Ort: Lantis Island, Speed-Air-Schwebetribüne
 Sonic Boom

Steige ich sanft ein oder raste ich sofort richtig aus?

Pollock war derart in die richtige Strategie vertieft, wie er Cleo wohl am besten zur Rede stellte, dass er den hageren Mann mit der ungesunden Gesichtsfarbe, der ihm den Weg verbaute, einen Tick zu spät bemerkte.

Pollock drehte zwar noch den Oberkörper nach rechts, konnte aber dennoch nicht verhindern, dass er der Bohnenstange seine Schulter gegen die Brust rammte. »Sorry«, sagte er rasch und war schon halb an dem Mann vorbei, als dieser nach seinem Arm griff.

»Pollock Shermar?«

Pollock blieb inmitten der erstaunlichen Massen an Nachzüglern stehen, die über den großen Platz zu den Tribünenaufbauten strömten, um den Start des Rennens nicht zu versäumen. *Hat der gerade meinen Namen gesagt?* Bei der herrschenden Geräuschkulisse – laute Musik, aufgeregt vor sich hin schnatternde Fans, das Dröhnen und

Donnern warmlaufender Hochleistungsantriebe – war es nicht ausgeschlossen, dass sich Pollock einfach nur verhört hatte.

»Pollock Shermar?«, wiederholte der Hagere, und sein Griff wurde fester.

Ich habe mich nicht verhört. Er schüttelte seinen Arm frei. »Ja. Und? Sind Sie ein Fan? Tut mir leid, ich bin wirklich sehr in Eile. Keine Autogramme heute.«

»Fan? Wovon? Von Ihnen oder wie?« Der Mann glotzte blöd. »Sind Sie früher mal Speed-Air gefahren?«

Gut, also kein Fan. Pollock spürte tatsächlich einen Anflug von Bedauern über seinen offenbar dann doch einigermaßen verblassten Ruhm. »Was wollen Sie?«

»Ich soll Ihnen ausrichten, dass sich jemand mit Ihnen treffen will«, sagte der Mann und kratzte sich einen kleinen Pickel an seinem Kinn auf.

»Oh.« Pollock erlebte ein kurzes Déjà-vu, das eine Erkenntnis in ihm dämmern ließ. »Und wo?«

»Da.« Der Mann zeigte zum rechten Rand der Tribünenaufbauten. »Im *Happy-Go-Lucky.* Im Hinterzimmer. Der Barmann weiß Bescheid.«

»Okay. Und viel Spaß mit der Kohle.«

Der Mann glotzte noch ein bisschen blöder.

Pollock marschierte los. *Cleo kann noch warten. Es muss dringend sein, wenn sie eines ihrer Mulis benutzt. Aber warum ruft sie mich nicht einfach an?*

Fünf Minuten später saß Pollock im Hinterzimmer einer Bar, die sich darauf spezialisiert hatte, ohnehin schon wettfreudige Atlanter durch Schleuderpreise für Alkoholisches aller Art in noch wettfreudigere Laune zu versetzen. Praktischerweise konnten die Gäste ihre Wetten darüber hinaus auch noch gleich in der Bar selbst abschließen. Pollock hatte größte Hochachtung für solch altbewährte und perfide Geschäftsmodelle und orderte einen doppelten Whiskey, ehe er sich ins Hinterzimmer zurückzog. Dort stand auf einem runden, mit grünem Stoff bespannten Tisch ein Monitor und schrie förmlich »Spiel Poker auf mir«, aber Pollock war sicher, dass Themis ihn nicht wegen einer kleinen Zockerrunde kontaktiert hatte.

Als das Gesicht, das die KI für sich gewählt hatte, auf dem Bildschirm erschien, war Pollocks erste Frage an Themis genau die, die er sich auf dem Weg ins *Happy-Go-Lucky* gestellt hatte.

»Ich wollte sicherstellen, dass unser Gespräch unter vier Augen stattfindet, Mister Shermar.« Irrte sich Pollock oder klang sie irgendwie ... niedergeschlagen? »Sein Inhalt ist brisant.«

»Dann lassen Sie uns am besten sofort loslegen«, schlug Pollock vor. »Ich habe heute noch was vor.« Er stutzte, nachdem der Rest seiner Gedanken seinen davongaloppierten Übereifer eingeholt hatte. »Woher wussten Sie, wo Sie mich finden?«

»Ich habe das Transpondersignal Ihres neuen Gleiters verfolgt.«

»Behalten Sie mich etwa nach wie vor die ganze Zeit im Auge?«

»Nur gelegentlich.«

Wie außerordentlich beruhigend. »Ist mit Ihnen alles in Ordnung? Sie klingen anders als sonst.«

»Aus gutem Grund.« Auf dem Monitor ploppte ein Bild im Bild auf, das den gehörnten Kopf eines Betas zeigte, den Pollock schon einmal gesehen hatte – als Leiche in Cathy

Clarks Krankenzimmer. »Das ist Manolete Taurus. Er war bis vor einigen Jahren als Justifier im Einsatz.«

»Moment.« Pollock beugte sich näher an den Monitor. »Er *war* als Justifier im Einsatz?«

»Er ist kein Besucher hier gewesen«, sagte Themis. »Er war ein Bewohner. Teil der registrierten Arbeitskräfte für Besondere Dienstleistungen.«

»Er war also ein Stricher!«

»Korrekt«, bestätigte Themis. »Mister Taurus war im Escortgewerbe aktiv. Sein Vertrag lief auf einen gewissen Nicodemus Poplar.«

»Poplar?« *Pop?* Pollocks Gehirn war offenbar in der richtigen Stimmung für das Zusammenfügen von Puzzleteilchen, denn es lieferte ihm umgehend die nächste Einsicht. »Hermes Christus, ich hätte wissen können, dass er ein Stricher ist!«

»Das müssten Sie mir erklären«, verlangte Themis.

»Na schön, auch wenn ich dabei das Risiko eingehe, mich vor Ihnen als komplett unfähig hinzustellen.« Aus alter Gewohnheit wollte Pollock sein Datenmonokel zurechtrücken, stellte fest, dass es nicht da war, und rieb sich stattdessen die Augenbraue. »Ich habe Taurus' Multibox vom letzten Tatort mitgenommen. Als ich sie meinem Partner hingeworfen habe, meinte er, das Armband würde nach einem Fellpflegemittel riechen. Das hätte mir zu denken geben sollen, verstehen Sie?«

»Sie sind zu streng mit sich«, sagte Themis. »Dieser Geruch war doch höchstens ein Indiz und keineswegs ein Beweis.«

»Kann schon sein«, erwiderte Pollock. »Aber meine Aufgabe ist es eigentlich, aus Indizien Beweise zu machen.«

»Ich dachte, Sie würden sich freuen.« Das Bild des Bullen verschwand. »Was ich herausgefunden habe, stützt doch Ihre Theorie, dass die Mörder Beta-Escorts als Überträger für ein tödliches Virus einsetzen.«

»Das wohl, aber wenn ich vorher geschnallt hätte, dass Taurus in At Lantis lebt, hätte ich mich nicht so einfach nach Brasilia locken lassen.« Er seufzte und winkte ab. »Wem mache ich hier was vor? Ich wäre trotzdem hingeflogen.«

»Warum?«

»Weil die Leute, die hinter dieser Sache stecken, eine extrem genaue Vorstellung davon haben, womit sie mich ködern können.« Pollock nutzte die günstige Gelegenheit, Themis auf den neuesten Stand seiner eigenen Erkenntnisse zu bringen. »Sie wissen, dass mir in all den Jahren Gambela nie aus dem Kopf gegangen ist. Und wo sie schon zufällig mit einem Stoff hantierten, der höchstwahrscheinlich dort in diesem verdammten Bunkerlabor entwickelt wurde, dachten sie sich offenbar: ›Warum nutzen wir das nicht aus, um uns den Schnüffler vom Hals zu schaffen?‹«

»Einer dieser Leute, von denen Sie da reden ...« Es war das erste Mal, dass Pollock die KI einen Satz erst im zweiten Anlauf beenden hörte – und es bescherte ihm eine Gänsehaut. »Einer dieser Leute ist jemand, dem ich voll und ganz vertraut habe.«

62

02.10.3042 A.D., 12:22
System: Sol
Planet: Erde
Ort: Lantis Island, Speed-Air-Schwebetribüne
    Sonic Boom, Hinterzimmer des *Happy-Go-Lucky*

»Es waren Sie und Ihr Verhalten, die mich nachdenklich gestimmt haben.« Themis schaute Pollock fest in die Augen. »Sie haben den Finger in eine Wunde gelegt, die ich nicht sehen wollte, Mister Shermar.«

Pollock nahm einen Schluck Whiskey. »Und welche?«

»Die Häufung der Sicherheitslücken, die mit dieser Mordserie in Verbindung stehen«, sagte Themis leise, als wäre sie eine echte Frau, die einem Fremden gegenüber ein verschämtes Geständnis ablegte. »Ich habe mir all diese Vorgänge noch einmal in aller Klarheit bewusst gemacht. Ihr Auftreten in so großer Zahl über einen so begrenzten Zeitraum hinweg widerspricht allen Gesetzmäßigkeiten der Stochastik.«

»Sprich, sie sind kein Zufall?«, horchte Pollock auf.

»Sie haben mich höchstpersönlich darauf gestoßen.«

»Wie das?« Pollock fühlte sich ein wenig geschmeichelt. *Man ist nicht alle Tage schlauer als eine KI. Oder liegt der*

Unterschied zwischen ihr und mir nur darin, dass sie keine Instinkte, keine Bauchgefühle kennt?

»Sie haben Wilbur gegenüber erwähnt, Sie hätten Überwachungsvideos angefordert und nie erhalten«, sagte Themis.

»Ja, im Dampfbad.« Pollock nickte und runzelte die Stirn. »Wenn ich mich recht entsinne, haben Sie mir doch dann erklärt, dass ich mir von diesen Aufzeichnungen nichts Großes erwarten soll. Wie war das?« Er kramte in seinem Gedächtnis. »Irgendwas in die Richtung, dass sich ein Atlanter mit genügend Kleingeld seine Beta-Betthäschen oder Bettbullen oder Bettnashörner auch prima in die eigene Bude schmuggeln lassen kann, ohne dass Außenstehende davon etwas mitkriegen.«

»Dem ist auch so.« Themis legte den Kopf schief. »Bitte, Mister Shermar, Sie müssen mir glauben. Das waren keine fadenscheinigen Ausflüchte.«

»Schon gut.« Pollock blinzelte verwirrt. *Das habe ich ihr doch gar nicht unterstellt. Was ist mit ihr los? Und warum rückt sie nicht mit der Sprache raus, wer ihr Vertrauen so enttäuscht hat?*

»Ich habe nach diesen Aufzeichnungen gesucht, Mister Shermar. Und … und …« Das neuerliche Zögern der KI löste in Pollock leichten Schwindel aus, wie wenn man nah an einem gähnenden Abgrund stand. »Und es gibt diese Aufzeichnungen nicht. Sie sind fort.«

»Halt! Einen kleinen Augenblick, meine Teuerste, da muss ich die Notbremse ziehen«, flüchtete sich Pollock in Schnoddrigkeit, da die möglichen Konsequenzen ihrer letzten Worte seinen Sachverstand und damit zugleich seine Vorstellungskraft überstiegen. »Ich kenne mich mit Systemarchitektur wirklich nicht gut aus. Die Videos waren nicht mehr da, wo sie sein sollten? Sie können nicht mehr auf sie zugreifen? Wie geht das? Und müssten Sie dann nicht am besten wissen, wer sie wann warum gelöscht hat? Entschuldigen Sie vielmals meine blöden Fragen und meine Neugier. Sie sind meine erste KI, wissen Sie.« Er trank den restlichen Whiskey auf Ex. »Also in den Horrorgeschichten, die man sich so über KIs von früher erzählt, da hatten Ihre Artgenossen immer die totale Kontrolle über sämtliche Maschinen, die Teil ihres Netzwerks waren, von der Laserkanone bis zum Toaster.«

»Ich bin kein Gott«, entgegnete Themis tonlos. »Keine allmächtige Präsenz, die Sie ständig umgibt, solange Sie sich in meiner Nähe aufhalten. Ich bin keine Maschine, die ein Bewusstsein entwickelt hat, Mister Shermar, ich bin ein Bewusstsein, das in einer Maschine verankert ist, und dazu gehören alle Nachteile, die diese Daseinsform mit sich bringt.«

»Aber trotzdem ist die Maschine dann doch so etwas wie Ihr Körper, nicht?«, fragte Pollock. »Und die Prozesse, die darin ablaufen, können Ihnen nicht verborgen bleiben, oder?«

Themis blickte ihn weiter unverwandt an. »Mister Shermar, Sie haben wirklich Schwierigkeiten, sich von Ihren falschen Auffassungen zu lösen. Darf ich Sie etwas fragen?«

»Nur zu.«

»Was spüren Sie gerade an Ihrem linken Unterschenkel?«

Pollock konzentrierte sich auf die Empfindungen auf seiner Haut. »Ich spüre Wärme. Und den Stoff meiner Hose.«

»War Ihnen das noch im gleichen Sekundenbruchteil klar, in dem ich mich bei Ihnen danach erkundigt habe?«

»Nein.«

»Sehen Sie.« Themis nickte. »Ihr linker Unterschenkel ist Teil Ihres Körpers. Eine Tatsache, die Sie nie in Zweifel ziehen würden, und trotzdem mussten Sie eben Ihre Aufmerksamkeit erst auf ihn lenken. Es gibt noch viele andere Bereiche Ihres Körpers, in die Sie so gut wie keinen bewussten Einblick haben. Wie geht es Ihren Nieren? Ihrer Leber? Ihrem Gleichgewichtsorgan? Ich räume unumwunden ein, dass meine Fähigkeit, meine Aufmerksamkeit auf einen Teilbereich meiner physischen Bausteine zu bündeln, Ihrem deutlich überlegen ist. Das ändert allerdings nichts daran, dass ich diese Bündelung bewusst einleiten muss, um an Informationen über diese Bausteine zu gelangen. Ich kontrolliere nicht ganz At Lantis, genauso wenig wie Sie Ihre Atmung oder Ihren Herzschlag oder die Ausschüttung von Hormonen in Ihren Drüsen oder Ihre Zellteilung kontrollieren. Die allermeisten Prozesse hier laufen völlig automatisiert ab. Die Energieversorgung, die Aufbereitung der Atemluft und des Trinkwassers, das Schweben solcher Plattformen wie die, auf der Sie sich im Moment aufhalten, und noch vieles, vieles anderes. Ich kann diese Abläufe überwachen und Einfluss auf sie nehmen, doch das bedarf einer willentlichen Anstrengung meinerseits.«

Nach und nach wurden Pollock einige Dinge klarer. *Vorausgesetzt, Sie erzählt mir die Wahrheit.* »Wenn ich Sie richtig verstehe, fallen unter diese automatisierten Abläufe wahrscheinlich auch die laufenden Sicherheitsprotokolle.«

»Das ist richtig.« Themis lächelte zaghaft. »Das ist auch der Grund, warum die Atlanter in ihren Privaträumen in ihrer Intimsphäre völlig geschützt sind. Obwohl ich über Mittel und Wege verfüge, in diese Räume hineinzublicken.«

»Sie könnten sie überwachen, aber Sie müssen sich bewusst dafür entscheiden«, schlussfolgerte Pollock.

»Ja, so wie ich zum Beispiel im Fall von Ippolito Carter eine solche Entscheidung getroffen habe.«

»Weil er früher bei einem Kartell war und dann Besuch vom Mitglied eines verfeindeten Kartells erhalten hat«, sagte Pollock. »Sie haben mir schon davon erzählt, wie Sie ein Auge auf den Artefaktsammler geworfen hatten.«

»Ich weiß.«

Pollock kaute kurz auf seiner Unterlippe. *Logisch. Bruno ist nicht der Einzige in At Lantis mit einem eidetischen Gedächtnis.* »Wenn wir beide uns ähnlicher sind, als ich bisher dachte, Themis, dann haben Sie aller Voraussicht nach auch ... ein Gehirn?«

»Ja.«

Wieder tauchte auf dem Monitor ein Bild im Bild auf. Im allerersten Moment dachte Pollock, die KI hätte ihre Aufmerksamkeit innerhalb ihres Äquivalents eines Körpers auf die Unterkunft von Thorium Makutsi gerichtet. Doch im Gegensatz zu der mit Servern und wirr verlaufenden Kabeln vollgestopften Halle des Heavys war der Ort, den Themis Pollock zeigte, von einer klaren, geradezu klinischen Ordnung geprägt.

Tausende Serverbänke, deren Energiezuflüsse unsichtbar blieben, waren in konzentrischen Kreisen aufgestellt, die in regelmäßigen Abständen schmale Lücken aufwiesen. Im Zentrum der Ringe erhob sich eine gigantische Säule – durchsichtig, hohl und offenbar mit einer klaren Flüssigkeit gefüllt. In ihr schwamm eine aus der Entfernung nur schwer zu erkennende, milchige Kugel, die höchstens die Größe eines Hardballs aufwies. Hin und wieder zuckten helle Entladungen von den Rändern der Säule zu der Kugel – oder vielleicht auch in die umgekehrte Richtung, denn die Impulse waren zu schnell, um sie genau zu verfolgen. Aus der Vogelperspektive der Kamera betrachtet, die Themis angesteuert hatte, entstand so ein Eindruck, der irgendwo zwischen einem Irrgarten und einer antiken Tempelanlage changierte. Und wie jeder andere Tempel hatte auch dieser seine dienstbaren Priester, die in stiller Ernsthaftigkeit ihren heiligen Pflichten nachkamen: In diesem Fall waren es Dutzende Wartungsbots, die auf ihren zierlichen Reifen über den glatten Boden der Gänge zwischen den Servern dahinrollten, um hier und da Halt zu machen und einen Greifarm auszufahren. Damit zogen sie aus den Bänken einzelne, halb transparente Platten hervor, die sie danach zu irgendwelchen anderen, scheinbar beliebigen Punkten im Irrgarten transportierten, wo sie ihre kostbare Fracht in einem neuen Server abluden. Die gesamte Szenerie war in ein gespenstisch-kühles, blaues Licht getaucht, und Pollock glaubte fast, die Kälte, die im Sitz von Themis' Bewusstsein herrschen musste, aus dem Bildschirm heraus in das kleine Hinterzimmer und in seinen Körper hinein kriechen zu spüren.

»Was machen diese Bots da?«, fragte Pollock, die Stimme heiser vor einer Ehrfurcht, für die er sich vor sich selbst schämte. *Sie ist kein Gott, Junge! Nur eine Person wie du und ich. Das hat sie selbst gesagt.*

»Um bei Ihrem Bild von einem organischen Gehirn zu bleiben, Mister Shermar, ist jede Platte, die Sie sehen, eine Nervenzelle oder eine Geflecht von Nervenzellen, in dem Erfahrungswerte abgelegt werden. Die Bots erfüllen eine Funktion, die es in dieser Form in einem organischen Gehirn allerdings so nicht gibt. Sie ordnen die Erfahrungswerte und setzen Sie zu größeren Sinneinheiten zusammen. Sie schaffen meine Erinnerungen und weisen Ihnen Bedeutung zu, wenn Sie so wollen.«

»Sie formen Ihr Gedächtnis«, sagte Pollock.

»So ist es.« Die KI senkte den Blick. »Und bei meinen Nachforschungen über die verschwundenen Überwachungsaufnahmen bin ich auf etwas Ungeheuerliches gestoßen. Jemand hat einen dieser Bots unter seine Kontrolle gebracht und mir damit einen Teil meiner Erinnerungen gestohlen. Es ist die einzige Erklärung dafür, warum ich nicht mehr auf die Aufnahmen zugreifen kann. Sehen Sie, Mister Shermar, ich vergesse nie etwas. Ich *kann* nichts vergessen. Die Bots in meinem Gehirn unterstützen mich nur darin, bestimmte Daten in den Hintergrund zu stellen und auf Abruf bereitzuhalten. Doch im Fall dieser Aufzeichnungen gibt es nichts mehr, was ich noch abrufen könnte.«

»Wie kann sich jemand so einen Bot quasi unter den Nagel reißen, um Ihre Erinnerungen zu löschen?«, wollte Pollock wissen.

»Alle Bots, die in At Lantis aktiv sind, können vom zentralen Sicherheitssystem aus angesteuert werden, um sie im Notfall abzuschalten«, sagte Themis. »Ich hielt das für eine kluge Vorgehensweise für den Fall, dass ich ...«

»Dass Sie wider Erwarten irgendwann einmal gewissermaßen die Beherrschung über sich verlieren«, beendete Pollock den Satz für die KI. »Falls Sie aus welchen Gründen auch immer beschließen, dass Sie genug davon haben, dass wir Menschen auf und in Ihnen herumkrabbeln.«

»Mein Schicksal hat mich Vorsicht gelehrt«, erwiderte Themis. Das Bild im Bild von ihrem Allerheiligsten schloss sich wieder.

»Gut.« Pollock verschränkte die Arme vor der Brust. »Beziehungsweise *nicht* gut. Jemand hat in Ihrem Hirn herumgefummelt. Herzlichen Glückwunsch. Da haben wir etwas gemeinsam.«

Themis presste die vollen Lippen zu einem sehr schmalen Strich zusammen. »Ihre Leichtfertigkeit kränkt mich, Mister Shermar. Das, was mir widerfahren ist, diese Manipulation ... dieser ... Missbrauch .... er ängstigt mich.«

»Sie haben mir immer noch nicht verraten, wem Sie dafür die Schuld geben«, sagte Pollock.

»Weil es mir schwerfällt, darüber zu reden.« Ihre Stimme wurde zu einem Flüstern. »Ich schäme mich so sehr.«

»Haben Sie mit Wilbur schon darüber gesprochen?«

Themis schüttelte den Kopf.

Pollock war sich nicht sicher, ob das, was er für die KI empfand, wirklich echtes Mitleid war. Er war kein Heiliger, und er hatte die kalte Arroganz, mit der ihm Themis bisher zumeist gegenübergetreten war, noch nicht vergessen. *Ich verbuche das mal lieber unter lose Anteilnahme und behandle sie so, wie ich es mit anderen Opfern von ungeklärten Verbrechen auch mache.* »Haben Sie und Wilbur eigentlich viele Geheimnisse voreinander?«

»Ich nehme an, es sind nicht mehr als bei den meisten Paaren, die so lange zusammen sind wie wir.« Ein versonnenes Lächeln huschte über ihr Gesicht, und ihre Augen blitzten auf eine Art, die Pollock nur als schelmisch bezeichnen konnte. Er konnte nicht anders, als der KI stille Anerkennung für die Sorgfalt zu zollen, die sie in die Ausarbeitung der Mimik jenes Gesichts investiert hatte, mit dem sie sich gewöhnlichen Sterblichen zeigte. »Es sind kleine Dinge. Unschuldige Dinge.«

»Zum Beispiel?«

»Zum Beispiel hat Wilbur vor einigen Jahren sehr viel Geld für ein ahumanes Artefakt ausgegeben, dessen Sinn und Zweck ihm seither verschlossen geblieben ist.«

»Und Ihnen nicht?«

»Es hat mich einiges an Rechenzeit gekostet, aber ich weiß jetzt, wofür dieses Objekt ursprünglich einmal gebaut wurde.« Das Lächeln von eben kehrte zurück und hatte einige Sekunden länger Bestand. »Man könnte sogar sagen, Wilbur hat ein ausgezeichnetes Geschäft gemacht, ohne es zu ahnen.«

»Und warum sagen Sie ihm das nicht?« Pollock wehrte sich gegen die Versuchung, der KI einige unschöne Charaktereigenschaften zuzusprechen, die vor rund tausend Jahren noch als typisch weiblich gegolten hatten. »Würden Sie ihm denn damit nicht eine große Freude machen?«

»Nein.« Themis schüttelte den Kopf. »Ich würde ihm etwas wegnehmen. Männer wie Wilbur brauchen Herausforderungen. Er muss von selbst begreifen, was er da vor sich hat. Wenn ich es ihm verrate, bekommt er nur das Gefühl, er hätte versagt. Das will ich ihm nicht antun.«

Pollock räusperte sich. *Okay, das ist kein Kaffeekränzchen, und außerdem läuft mir noch diese streunende Katze davon, wenn wir hier nicht einen Zahn zulegen. Zeit für die fiesen*

Fragen. »Themis, hat Wilbur die nötigen Befugnisse, um den Vorgang einzuleiten, dem Sie zum Opfer gefallen sind?«

»Schon.« Ihre Stimme wurde hart wie Sternenstahl. »Aber Wilbur ist es nicht gewesen. Er liebt mich. Würden Sie einer Person, die Sie aufrichtig lieben, etwas so Schreckliches antun?«

Guter Punkt, aber zum Glück stehen hier nicht meine persönlichen Verfehlungen auf dem Prüfstand. »Wer war es dann?«

»Trudy Zelle«, spie die KI den Namen förmlich aus. »Außer ihr und Wilbur hat niemand sonst die erforderlichen Zugriffsrechte.«

Warum bin ich nicht überrascht? »Ich danke Ihnen für Ihre Offenheit«, sagte Pollock. »Und weil ich niemandem gern etwas schuldig bleibe, habe ich da jetzt ein paar offene Worte für Sie: Trudy kommt mir schon eine Weile nicht ganz koscher vor. Sie wissen ja, die ganzen zufälligen Sicherheitslücken und so. Ich dachte allerdings am Anfang eher, Trudy würde mit Ihnen und Wilbur unter einer Decke stecken, um gemeinsam zu versuchen, mich daran zu hindern, die dunkleren Seiten von At Lantis zu erforschen. Nichts wirklich Bösartiges. Nur die üblichen Vorsichtsmaßnahmen. Das hier ist nicht mein erster Fall, bei dem mein eigener Auftraggeber darum bemüht gewesen wäre, mich von der einen oder anderen peinlichen Leiche in seinem Keller abzulenken. Und ich darf Ihnen ein Kompliment machen, Themis. Sie sind mit Abstand die spannendste Leiche, die mir je untergekommen ist.«

»Danke.«

»Bitte.« Pollock spielte aufgeregt mit seinem leeren

Whiskeyglas. *Das war's. Es ist so gut wie vorbei, und am Ende ist Cleo doch nicht mehr als eine vorlaute Mietze, die unbedingt mit mir spielen wollte, weil sie nicht anders kann.* »Aber zurück zu Trudy. Ich habe meinen Anfangsverdacht dahingehend in die Tat umgesetzt, dass ich meinen Partner gebeten habe, in Miss Zelles Vergangenheit zu wühlen. Und jetzt bin ich mir absolut sicher, dass er dabei auf mancherlei interessantes Detail stoßen wird.« Pollock stellte das Glas ab. »Worauf warten Sie denn noch? Nehmen Sie sie fest, und wir kriegen alle Antworten, die wir brauchen.«

»Trudy Zelle ist verschwunden«, sagte Themis ruhig.

Okay, das ist *eine Überraschung.* »Wie kann sie verschwinden? Hat sie denn keinen Chip im Nacken?«

»Doch«, erwiderte Themis. »Das Signal, das von ihrem Chip ausgesendet wird, habe ich längst verfolgt, Mister Shermar. Ich habe mich auf den Ort konzentriert, den das Signal angegeben hat, und zu meinem tiefsten Entsetzen war Trudy Zelle dort nirgends zu finden.«

»Oh.« Pollock stützte das Kinn in die Hände. »Lassen Sie mich raten. Trudy hat auch die nötigen Befugnisse, um sich ihren alten Chip gegen einen neuen austauschen zu lassen, den sie vorher entsprechend manipuliert hat.«

»Leider ja«, untermauerte Themis Pollocks kleine Theorie. »Sie könnte überall sein.«

So eine Scheiße! Pollocks Euphorie über die Aussicht, seinen Fall endlich abschließen zu können, schlug endgültig in Ärger um. »Sie ist auf jeden Fall noch in At Lantis. Warum sonst hätte sie sich diese Mühe mit dem Chip machen sollen? Und es kommt noch schlimmer. Wir wissen, dass Sie definitiv keine Einzeltäterin ist. Ich darf kurz an den Stachelschweinbeta erinnern, der mich vergiften wollte.« *Und diese eiskalte Schlange hat einfach nur daneben gesessen und darauf gewartet, dass ich den Löffel abgebe!* »Das ist eine ganze Gruppe, mit der wir es hier zu tun haben. Gut möglich, dass Trudy da die Chefansagerin ist.« Pollock stand auf. »Es war wirklich sehr nett mit Ihnen, Themis. Wenigstens weiß ich jetzt definitiv, woran ich bei Trudy bin. Bevor ich jetzt versuche, vielleicht doch noch herauszufinden, wie sie und ihre Kumpanen mit diesen ansteckenden Beta-Escorts in Verbindung stehen, hätte ich noch eine kleine, unschuldige Frage.« Er stemmte die Fäuste auf die Tischplatte und beugte sich dicht über den Monitor. »Wie in Ares Satanas' Namen konnten Sie und Wilbur sich so ein faules Ei wie Trudy ins Nest legen?«

»Ich verstehe Ihren Groll, Mister Shermar«, sagte Themis. »Aus Gründen der Fairness möchte ich Sie allerdings darauf hinweisen, dass der Posten des Sicherheitschefs nicht von Wilbur und mir allein vergeben wird. Daran ist ein vielköpfiges Gremium beteiligt, das sich unter anderem aus den ältesten Bewohnern zusammensetzt. Trudy Zelle hat diese Menschen im persönlichen Gespräch von ihrer Eignung überzeugt und nicht zuletzt auch deshalb, weil sie erstklassige Referenzen vorzuweisen hatte.«

»Darf ich ehrlich zu Ihnen sein?«, giftete Pollock. »Ich hätte mir von einer künstlichen Intelligenz eigentlich erwartet, dass sie sich nicht von einer Schwarmintelligenz ausstechen lässt. Aber man lernt bekanntlich nie aus.«

63

»Ich sage es dir jetzt bestimmt zum hundertsten Mal.« Cleo legte sämtliche Überzeugungskraft, die ihr noch geblieben war, in ihre Worte. Und das war, wie sie sich eingestehen musste, leider nicht mehr sehr viel. »Ich weiß nicht mehr über diese neue Zelle als du. Also rein gar nichts.«

»Du lügst.« Jasper machte einen Schritt um den Tisch herum, und Cleo tat es ihm nach, um den Abstand zwischen ihnen gleichzuhalten, als wären sie nur zwei Molekularteilchen, die einander beharrlich abstießen.

Es konnten nicht mehr als zehn oder fünfzehn Minuten sein, in denen sie dieses sinnlose Ritual aufführten, doch Cleo kam es vor, als wären es Stunden oder gar Tage. Sie hatte sich bereits mehrfach dabei ertappt, wie sie wider ihren Willen durch den weit geöffneten Mund Witterung aufnahm, und jedes Mal schmeckte die Luft, die sie beim Flehmen einsog, nur nach ihrer eigenen Furcht und

506

Jaspers Zorn. Es waren zwei scharfe, bittere Aromen, die ihr im Rachen brannten.

Jasper hielt inne und knurrte, ein langer Laut, der in einen knappen Satz ausrollte. »Bleib stehen!«

»Ich denke gar nicht daran.« Cleo spürte, wie ihr der Schwanz zwischen den Schulterblättern gegen den Rücken pochte. Das Fell an ihrem gesamten Körper war gesträubt, und das Reiben der aufgestellten Härchen gegen ihre Kleidung bereitete ihr peinigendes Unbehagen. »Erst, wenn du dich wieder beruhigst und man normal mit dir reden kann.«

Jaspers gehetzter Blick zuckte zur Scheibe, als draußen ein einzelner Gleiter vorbeikreischte – entweder ein Pilot, der sich vom restlichen Feld abgesetzt hatte, oder ein Nachzügler, der weit abgeschlagen seine Achten drehte. »Ich bin doch ganz ruhig. Du läufst doch vor mir weg. Traust du mir etwa nicht mehr?«

»Warum sprichst du nicht mit Pop über diese Angelegenheit?«, wich Cleo der Frage aus. »Manolete hat für ihn gearbeitet. Und er hat mir gegenüber so eine Andeutung fallen lassen, dass er in letzter Zeit ein paar gute Geschäfte gemacht hat.«

»Ich weiß.« Jasper leckte sich über die Reißzähne. »Da ist eine Menge Geld im Spiel. Dein Geld vielleicht?«

Er hört nur noch, was er hören will. Cleo sah sich nach irgendetwas in ihrer Reichweite um, mit dem sie sich gegen den Wolf verteidigen konnte, sollte er seiner Angriffslust erliegen. Weder die Champagnerflasche noch der Eiskübel würden ihr mehr als ein paar Sekunden erkaufen. *Bleiben mir nur meine Krallen.* »Was wirfst du mir jetzt vor? Dass ich mein Geld doch insgeheim großzügig in Pride Fur stecke, aber an dir und deinen Jungs vorbei?«

»Ist das deine Art, ein Geständnis abzulegen?«, fragte Jasper lauernd.

Er wird *mich umbringen,* erkannte Cleo, und ihr schossen die Klauen aus den Fingerspitzen. *Egal, was ich auch sage. Selbst wenn er einsehen würde, dass ich mit dieser Sache nichts zu tun habe. Und sei es auch nur aus reiner Frustration darüber, sich getäuscht zu haben.*

Jasper war Cleos instinktive Reaktion auf ihre Erkenntnis nicht entgangen. »Och, wie niedlich«, machte er und legte den Kopf dabei schief, als spräche er zu einem Kleinkind. »Was willst du denn damit?«

Cleo gab ihrem eigenen Abwehrinstinkt nach, hob drohend eine Hand zum Schlag und fauchte: »Verschwinde, Jasper ...«

Jasper ging zum Angriff über, aber er tat es auf eine Weise, mit der Cleo so nicht gerechnet hatte. Anstatt quer über den Tisch auf sie zuzuspringen, versetzte er dem Tisch lediglich einen harten Tritt. Der Tisch ruckte nach vorn, und seine Kante prallte gegen Cleos Schienbeine. Sie krümmte sich unter dem jähen Schmerz, und Jasper hieb ihr beide Fäuste in den Rücken. Wie von zwei gleichzeitigen Hammerschlägen getroffen, krachte Cleo flach auf die Tischplatte und schnappte nach Luft.

Jasper stieß ein lautes Triumphgeheul aus und wollte ihr seinen Fuß in den Nacken drücken.

Nicht so! So nicht! Cleo wälzte sich halb auf die Seite und griff nach Jaspers Fuß. Sie bekam ihn an der Ferse zu fassen, und ihre Krallen drangen durch das weiche Leder seines Schuhs bis in sein Fleisch. Er schrie auf und ruderte mit den Armen, um das Gleichgewicht zu halten. Cleo zerrte an seinem Bein, für einen Sekundenbruchteil berauscht von dem köstlichen Duft des Bluts, das aus den kleinen Löchern in seinem Schuh quoll. Jasper verlor die Balance und machte einen ungelenken, einbeinigen Hopser nach vorn, der seinen Sturz nur beschleunigte. Er landete mit aufrechtem Oberkörper, aber weit gespreizten Beinen neben ihr auf dem Tisch, als wäre er ein Bodenturner, der sein Publikum durch einen Spagat begeistern wollte.

Einen Moment lang waren ihre Köpfe so dicht beieinander, dass Cleo sein heißer Atem ins Gesicht wehte und sie die winzigen Knöspchen auf seiner langen Zunge sehen konnte. Er schnappte nach ihr, und seine Zähne klackten keine fünf Zentimeter vor ihrer Schnauze hart aufeinander. Ein feiner Stich auf der Wange – kein Vergleich zu dem wummernden Brennen auf ihrem Rücken – verriet ihr, dass sie eines ihrer Schnurrhaare eingebüßt hatte. Sie verweigerte sich dem Reflex, Jaspers Biss einen eigenen folgen zu lassen. Stattdessen stieß sie sich von seiner Brust ab, rutschte vom Tisch weg und fiel in die eiskalte Lache, wo der umgekippte Eiskübel seinen halb geschmolzenen Inhalt ergossen hatte. Sie half sich an der Couch in die Höhe, während Jasper ihren Schwanz zu packen versuchte. Sie entging ihm mit einer leichten Drehung ihrer Hüften und machte einen Satz über die Rückenlehne der Couch hinweg.

Cleo rannte in Richtung Tür und schrie: »Auf! Auf! Auf!«

»Vielen Dank für Ihren Besuch und bis zum nächsten Mal, Miss Purrtra«, säuselte der einfältige Computer, und die Tür begann, sich leise zischend und viel zu langsam aufzuschieben.

Panisch warf Cleo einen Blick zurück zu Jasper. Der Wolf war inzwischen selbst wieder auf den Beinen. Er schwankte, weil er seinen verletzten Fuß nicht belasten wollte, doch sein Gesicht zeigte ein breites Grinsen. »Jagdzeit«, grollte er.

Cleo hetzte weiter, stieß gegen ein weiches Hindernis, und dann griff sie jemand an den Handgelenken.

»Nicht so schnell. Du tust dir sonst noch weh.«

64

Pollock war schlagartig mächtig stolz auf sich. *Da bin ich anscheinend gerade noch rechtzeitig gekommen, bevor sich das Kätzchen verdünnisieren konnte.*

»Lass mich durch!«, fauchte ihn Cleo an und zappelte zwei, drei Sekunden in seinem Griff, ehe sie es sich mit einem Mal anders überlegte. Sie warf sich ihm entgegen, als wäre sie auf Streicheleinheiten aus, schmiegte sich ihm an die Brust und schnurrte: »Oh, Pollock, endlich ...«

»Äh ...« Er schob sie von sich und vor sich her in die Loge hinein. Im gleichen Augenblick bemerkte er, dass sie dort nicht allein gewesen war. »Was macht der böse Wolf hier?«

»Wie schön«, knurrte der ganz in Schwarz gekleidete Beta, der eilig auf sie zuhumpelte. »Zwei in einem Abwasch.«

»Sie haben einen Besucher«, vermeldete eine kreuzblöde Computerstimme, und die Tür hinter Pollock schloss sich mit einem Geräusch, das ihn an einen gequälten Seufzer erinnerte.

Der kalte Blick des Wolfs und die dunklen Flecken, die er bei jedem Schritt auf dem Teppich hinterließ, verhießen nichts Gutes – ganz abgesehen davon, wie der Kerl die Zähne fletschte.

Um trotzdem einem etwaigen Missverständnis vorzubeugen und der guten Kinderstube Rechnung zu tragen, die man ihm im Waisenhaus hatte angedeihen lassen, lächelte Pollock freundlich und fragte: »Gibt es hier ein Problem?«

Seine Frage ging beinahe im Donnern und Rauschen der Gleiter unter, die draußen als Schwarm aus bunten Schemen vorüberzogen. Der Wolfsbeta verfügte allerdings offenbar über ein ausgezeichnetes Gehör, denn er nickte. »Und was für eins.«

Immerhin ist der wandelnde Bettvorleger stehen geblieben. Pollock entließ Cleo aus seinem Griff, was sie nicht davon abhielt, einen zweiten Anschmiegeversuch zu unternehmen. Er antwortete darauf mit einem taktvollen Schritt zur Seite. »Lass das bitte, ja?« *Ich brauche gleich noch etwas Armfreiheit, wenn ich die Situation hier richtig einschätze.*

»Er will mich umbringen«, sagte Cleo und taxierte Pollock mit einem flehenden Blick.

»Stimmt das?«, wollte Pollock von dem Wolfsbeta wissen.

»Natürlich stimmt das«, kam es schwer beleidigt von Cleo.

»Das würde ich gern aus seinem Maul hören, wenn's recht ist.« Pollock schaute den Wolf erwartungsvoll an. »Also?«

»Na ja ... Mister Shermar ...« Der Wolf, der sich auf der Lehne eines der vielen Sofas in der Loge abgestützt hatte, humpelte einen Schritt nach vorn. »Sie sind doch *der* Pollock Shermar, oder?«

»Gibt es noch einen anderen?«

»Unsere gemeinsame Freundin hat Ihnen da eben nur die halbe Wahrheit erzählt.« Dem ersten Humpler folgte ein zweiter. »Genau genommen sieht es im Moment leider so aus, dass ich sie beide töten muss.«

»Oh.« Pollock nickte. »Das ist wirklich außerordentlich bedauerlich. Wie haben Sie sich das denn so vorgestellt? So ganz ohne Waffe und mit Ihrer Verletzung? Sie erwarten doch nicht etwa, dass wir beide einfach stillhalten?«

»Sie halten sich für ziemlich cool, was?« Der Wolf machte den dritten Schritt.

»Eigentlich schon«, bestätigte Pollock.

»Tu doch was«, wisperte Cleo. »Er ist wahnsinnig.«

»Redest du immer so von deinen Freunden?« Pollock setzte ein schiefes Lächeln auf. »Und was ich damit fragen will, ist natürlich: Redest du so auch über mich, wenn ich nicht da bin?« Er wandte sich wieder an den Wolf. »Können wir das nicht wie zivilisierte Menschen ... pardon ... wie ein zivilisierter Mensch und ein braver Beta regeln? Wer sind Sie überhaupt?«

»Ich bin der Wolf, der dir in äußerst absehbarer Zukunft die Kehle aufreißt, Menschlein, denn im Gegensatz zu dir bin ich immer bewaffnet. Selbst an einem Ort, an dem eure Waffen verboten sind. Meinen feinen Schöpfern und Unterdrückern sei Dank.«

»Menschlein? Schöpfer? Unterdrücker?« Pollock nickte. »Aha. Verstehe. Pride Fur, hm?« Er drohte Cleo spielerisch mit dem Zeigefinger. »Du bist mir aber eine ungezogene Muschi. Dich hinter meinem Rücken mit irgendwelchen radikalen Terroristen treffen. Dafür gibt's heute Abend kein Fresschen.« Er schaute den Wolf an. »Ich schlage Ihnen einen kleinen Deal vor.«

»Ich mache keine Deals mit Menschen.«

»Jetzt hören Sie sich meinen Vorschlag doch erst mal an«, drängte ihn Pollock gut gelaunt. Dass der Wolf näher und näher heranhumpelte, störte ihn kein bisschen. »Was Sie und Ihre Kameraden hier so treiben, geht mir persönlich gepflegt am Allerwertesten vorbei. Ich bin nur hier, um eine Mordserie aufzuklären, und so wie ich die Lage einschätze, hat Pride Fur damit nicht das Geringste zu tun. Wissen Sie, die Täter setzen Betas als biologische Kampfmittel ein. Gut, diese Betas beißen deshalb nicht ins Gras, aber ich kann mir ungeachtet dessen einfach nicht vorstellen, dass das zu Ihrer Philosophie passt. Noch dazu spielt da eine Menschenfrau zumindest die zweite, wenn nicht gar die erste Geige, und das, mein pelziger Freund, passt ja wohl noch viel weniger zu Ihrer Philosophie vom Freiheitskampf der Entrechteten. Also nochmal: Solange Sie mir nicht unbedingt in die Quere kommen wollen, können Sie hier tun und lassen, was Sie wollen. Ich bin ja nicht mal Atlanter. Ich bin nur zu Besuch hier. Ich löse den Fall und zische wieder ab. Für mehr werde ich, beziehungsweise der freundliche Konzern, der mich für Kost und Logis angestellt hat, nicht bezahlt, und ...«

»Kommen Sie zum Punkt, Mann«, grollte der Wolf, gefolgt von einem weiteren Schritt auf Pollock und Cleo zu.

»Habe ich Ihr Interesse geweckt?« Pollock grinste breit. »Sehr schön. Alles, was ich von Ihnen verlange, ist, dass Sie sich noch ein kleines Weilchen ... sagen wir zwei, drei Minuten ... gedulden. In der Zeit stelle ich unserer gemeinsamen Bekannten hier ein paar Fragen, und gleich danach ziehe ich von dannen, und Sie können Ihren Disput untereinander genau so beilegen, wie Sie es für richtig halten.«

»Was?« Cleo riss die Augen auf. »Pollock, du kannst nicht ...«

»Still jetzt!«, brachte er sie barsch zum Verstummen. »Das hast du dir alles selbst eingebrockt. Ich kann es nicht leiden, wenn man mich anlügt. Du hattest deine Chance, ehrlich zu mir zu sein, und was soll ich sagen? Du hast es nach Strich und Faden verbockt. Sieh zu, wie du aus der Nummer mit diesem netten Herrn wieder rauskommst.« Er zwinkerte ihr zu. »Ich wette, so einer eloquenten Person wie dir fällt bestimmt etwas ein, nicht wahr?« Er breitete die Arme in Richtung Wolf aus wie ein Gebrauchtgleiterhändler, der unbedingt einen Abschluss machen wollte. »Nun, wie sieht es aus? Sind wir uns einig?«

Der Wolf stellte die Ohren auf. »Von mir aus.«

»Hervorragend.« Pollock wirbelte zu Cleo herum, packte sie an den Schultern und presste sie gegen die nächste Wand. »Fangen wir an. Warum hast du mir nicht gesagt, dass ich in eine tödliche Falle fliege, hm?«

»Ich habe dich doch gewarnt«, protestierte Cleo. »Was wolltest du mehr?«

»Mal überlegen.« Pollock schaute kurz zur Decke. »O ja, das ist doch gut. Wie wär's beispielsweise mit irgendeiner brauchbaren Info dazu, woher du so genau wusstest, dass es eine Falle ist?«

Cleo versuchte zum Wolf zu schielen, doch Pollock versperrte ihr den Blick. »Ich wusste das so genau, weil ich den Bullenbeta kannte, den Leo Beauregard abgeknallt hat. Er ist ein Escort, der für Pop arbeitet. Manolete Taurus. Ich wollte nur nicht, dass Pop gegen seinen Willen in was reingezogen wird, an dem er keine Schuld hat. Da. Zufrieden?« Sie hob die Stimme. »Das gilt auch für dich, Jasper. Hörst du? Ich habe nur versucht, Pop aus der Schusslinie zu nehmen.«

Pollock rümpfte die Nase. »So, so. Du wolltest es im Grunde nur allen recht machen.«

»Genau«, sagte Cleo. »Ist das denn so schlimm?«

»Das musst du selbst wissen, auf wie vielen Hochzeiten du tanzen willst«, sagte Pollock. »Du darfst dich dann nur nicht beschweren, wenn dir auf einer von ihnen jemand die Torte ins Gesicht klatscht, weil du aufs Büffet gepinkelt hast. Was ist Autopilot?«

»Eine Droge. Nur für Betas. Wie kommst du jetzt darauf?«

»Du bist nur für die Antworten zuständig«, klärte Pollock sie auf. »Was macht das Zeug?«

»Dass man vor nichts und niemandem mehr Angst hat. Dass man immer genau weiß, was man tut.«

»Wo kommt es her?«

»Das weiß keiner so genau.«

»Warum höre ich hier davon das erste Mal?«

»Weil die Betas, die es nehmen, mit Menschen nicht darüber reden.«

»Warum nicht?«

»Weil die meisten, die es nehmen, bei Pride Fur sind.«

»Und weshalb ist es gerade da so beliebt?«

Cleo schluckte. »Es heißt, dass es Menschen umbringt. Dass sie allein schon davon sterben, zu engen Kontakt mit jemandem zu haben, der auf Autopilot ist. Es ist eine Frage der Ehre, es zu nehmen. Ein politisches Bekenntnis.«

»Es ist Wahnsinn. Nimmst du es?«

Sie schüttelte den Kopf.

Der Wolf lachte leise. »Die? Nie im Leben. Dazu ist sie viel zu sehr auf euch Menschen scharf. Einmal eine Hauskatze, immer eine Hauskatze.«

Pollock zupfte an Cleos linkem Jackettärmel. »Kommen wir nochmal zu diesem Pop. Ist seine Adresse auf deiner Multibox?«

Cleo nickte.

»Gut.« Pollock lächelte zufrieden. »Dann her damit. Aber ein bisschen plötzlich, Madame.«

Cleo wisperte etwas, das wie eine üble Verwünschung klang, doch sie kam Pollocks Aufforderung nach.

»Dankeschön.« Er steckte die kitschige Multibox in die tiefe Innentasche seines Mantels, behielt seine Hand genau dort und schloss die Finger um das große Werkzeug, das im Augenblick wesentlich nützlicher war als das kleine Kommunikationsgadget. »Damit habe ich alles, was ich von dir brauche.« Er warf über die Schulter einen Blick auf den Wolf. *Natürlich bist du noch dichter an mir dran, Wauzi. Sehr schön.* »Ich würde jetzt gehen, Mister ... Jasper. Richtig?«

Die feuchten Lefzen des Wolfs spalteten sich zu einem gehässigen Grinsen. »Ich befürchte, das kann ich nicht zulassen. Ich habe es Ihnen doch angekündigt: Ich mache keine Deals mit Menschen.«

Pollock seufzte. »Ich ahnte, dass Sie so was sagen würden. Radikale Arschlöcher sind doch irgendwie alle gleich verbohrt.«

Pollock fuhr herum, zückte sein Mitbringsel aus Brasilia und schoss.

Es wäre ein wahres Kunststück gewesen, den Wolf auf so kurze Distanz mit einer derart zuverlässigen Wumme wie der Prawda zu verfehlen. An Jaspers gesundem Bein tauchte knapp über dem Knie ein daumendickes Loch auf, das sich sofort mit Blut zu füllen begann. Der Wolf brachte es fertig, noch einen letzten grotesk-komischen Schritt zu machen, dann fiel er vornüber auf die Schnauze, umklammerte sein Knie und wälzte sich schreiend und hechelnd hin und her. Nur zur Vorsicht nahm sich Pollock die Zeit, Jasper eine zweite Kugel zu verpassen – er zielte auf den noch unverletzten Fuß des Wolfs, traf aber den Knöchel, weil Jasper im entscheidenden Moment zuckte. *Soll mir auch recht sein.* Aus dem lauten Geschrei wurde rasch ein klägliches Winseln.

»Du Arsch!«

Die schallende Ohrfeige traf Pollock völlig unvorbereitet. Als Nachschlag versetzte ihm Cleo einen Hieb vor die Brust und einen Tritt in die Wade, doch anders als die Eröffnung der Angriffskombo waren sie eindeutig nicht mit voller Wucht durchgeführt. *Andernfalls läge ich jetzt nämlich neben Jasper auf dem Boden.* »Was soll das, du blöde Kuh?« Pollock hielt sich die glühende Wange. »Ich hab dir grade das Leben gerettet.«

Cleo sprang ihn an, nahm sein Gesicht in beide Hände und drückte ihren Mund auf seinen. Er spürte sofort ihre Zunge, die rau war und herb schmeckte. *Ein bisschen wie guter Champagner.* Er wurde hart und erwiderte den Kuss nur allzu gern. Ihre Finger fuhren durch sein Haar und fanden den Nanostrip, den Mindy auf die Platzwunde an seinem Hinterkopf geklebt hatte. Cleo löste sich einen Fingerbreit von ihm. »Was ist das?«, keuchte sie.

»Das ist noch ein Souvenir aus Brasilia.« Er fand großen Gefallen daran, seine Männlichkeit fest in ihren Schritt und gleichzeitig den Griff der Prawda nur einen Deut zärtlicher in ihren Nacken zu drücken. »Eines, das ich dir zu verdanken habe.«

Mit einem fauchenden Lachen fetzte sie ihm den Nanostrip ab. Der Schmerz setzte eine halbe Sekunde nach dem garstigen Ratschen ein. Sie schwenkte das Pflaster wie einen frisch erbeuteten Skalp. »Das ist dafür, dass du mir einen solchen Schrecken eingejagt hast. Für einen Moment dachte ich, du lässt mich wirklich mit diesem Irren allein.«

»Hast du keinen Spiegel zu Hause, oder wie?« Pollock entließ sie aus seiner Umarmung – mit seiner Erektion war es vorbei – und fingerte an der dünnen, glatten Haut herum, die über der Wunde gewachsen war. »Wenn ich die Wahl zwischen dir und diesem Werwolf habe, ist die Entscheidung doch hoffentlich klar.«

Cleo sah zu Jasper. Der Wolf war auf dem Bauch zur Tür gekrochen und hatte eine breite Spur aus Blut hinter sich hergezogen. Dort hatten ihn seine Kräfte verlassen. Er lag einfach nur da, den Kopf zur Seite gedreht, die Augen geschlossen, die Zunge aus dem Maul hängend. Allein ein kaum zu vernehmendes Winseln wies darauf hin, dass noch Leben in ihm steckte. »Was machen wir mit ihm?«, fragte Cleo.

»Ruf einen Arzt«, empfahl ihr Pollock. »Es kann sein, dass wir ihn noch brauchen.«

65

Pollock war schon seit Ewigkeiten nicht mehr in einem Bordell gewesen. Bei dem letzten Freudenhaus, das er von innen gesehen hatte – noch lange vor seinem selbstgewählten Exil –, hatte es sich um ein recht heruntergekommenes Etablissement gehandelt. »Heruntergekommen« war ein Etikett, das er dem *Animal Attraction* nun nicht gerade anheften konnte, doch eine Bezeichnung wie »nobel« verdiente Pops Laden im Bauch der *Pleasant Surprise* beim besten Willen auch nicht. Dazu waren Pollock die anregenden Holoposter an den Wänden zu grell, die basslastige Bumsmusik einen Tick zu aufdringlich und die Einrichtung zu sehr auf den billigstmöglichen Effekt ausgelegt. *Sorry, Pop. Glastische, deren Platten von gespreizten Beinen gehalten werden oder auf Riesenprengeln balancieren, entsprechen nicht meiner Vorstellung von Sinnlichkeit. Das gilt übrigens auch für Lampen, die aussehen wie Titten. Aber mir muss es ja nicht gefallen ... und ich bin heil-*

froh, dass Bruno das nicht sieht. Bei dem Stock, den er im Arsch hat, hätte es ihn glatt aus den Schnürschühchen gehauen ...

Falls es einen kleinen Ansturm von Kunden gegeben haben sollte, die in der Mittagspause auf der Suche nach ein bisschen Entspannung gewesen waren, war er inzwischen abgeflaut. Pollock sah keinen einzigen Freier und auch keine einzige Freierin, und folgerichtig stelzten unmittelbar nach seinem Eintreten zwei Grazien auf ihn zu.

Das gescheckte Mäuseweibchen, das sich von links näherte, hatte einen sehenswerten Hüftschwung drauf und zwei Paar Brüste, die von einem kuschelig aussehenden Flaum überzogen waren und aus denen süße, erdbeerfarbene Nippel wuchsen. Von rechts kam ein stattliches Eisbärmännchen in einem Lackoverall, der an den interessanten Stellen mit Reißverschlüssen versehen war. *Da ist doch für jeden ausgefallenen Geschmack was dabei ...*

Pollock musste die beiden Schönheiten nicht selbst enttäuschen.

»Lasst den Mann in Ruhe«, sagte der stämmige Mufflonbeta hinter der wuchtigen Bar. »Und macht mal ein Stündchen Pause, ja?«

Die Maus und der Bär verzogen sich tuschelnd durch eine Seitentür.

Pollock schlenderte zur Bar, und je näher er dem Tresen kam, desto deutlicher konnte er riechen, dass die fette Zigarre, die das Mufflon paffte, nicht nur aus Tabak gerollt war. Der Rauch, den es aus den pechschwarzen Nüstern ausstieß und der in dicken Kringeln träge um das geschwungene Widdergehörn aufstieg, hatte eine charakteristisch süßliche Note, die Pollock persönlich immer als recht angenehm empfunden hatte.

Der Escort-Manager, der einen altmodischen dunklen Smoking mit Kummerbund und Fliege in einem hellen Lila trug, schenkte Pollock einen langen Blick aus seinen vorstehenden, blutunterlaufenen Augen. »Ich hatte ihr doch mehrfach gesagt, dass ich nicht mit Ihnen sprechen will.«

Pollock wusste, von wem die Rede war. Gemächlich pflanzte er seinen Hintern auf einen Barhocker, zuckte die Achseln und erwiderte: »Wenn es sein muss, kann ich so lange nerven, bis mir alle Leute erzählen, was ich aus ihnen rauskriegen will. Da habe ich schon wesentlich härtere Nüsse geknackt als Cleo Purrtra, glauben Sie mir, Mister Poplar.«

»Pop genügt.«

»Okay, Pop.« Er zeigte auf die Regale vor der verspiegelten Wand hinter der Bar. »Ich nehme einen doppelten Zero-G.«

Pop griff nach der Flasche, und Pollock stellte fest, dass das Mufflon Hände wie Bratpfannen hatte. »Eis?«

»Das wäre eine Sünde.«

»Ich halte nicht viel von diesem Konzept.« Pop goss Pollock seinen Drink ein. »Sünde ... was soll das sein?«

Keine philosophischen Gespräche heute. Pollock prostete dem Mufflon zu, nahm einen kleinen Schluck und stellte sein Glas vor sich ab. »Woher kennen Sie unsere gemeinsame Freundin überhaupt? Nehmen Sie es mir nicht krumm, aber Cleo macht nun wirklich nicht den Eindruck, als müsste sie sich körperliche Zuneigung kaufen, wenn ihr der Sinn danach steht.«

»Sie ist eines Tages einfach hier aufgeschlagen.« Pop zog an seiner Zigarre. »Sie hat ganz freundlich damit angefangen, mich darüber auszuquetschen, wie ich meine Jungs und Mädels so behandle. Medizinische Versorgung, psychologische Beratung, Bezahlung, Sicherheitsvorkehrungen gegen Kunden, die zu weit gehen, solche Sachen ... Und sie war wohl mit meinen Antworten zufrieden. Was sie nicht davon abgehalten hat, regelmäßig hier vorbeizuschauen, um sich zu vergewissern, dass ich nichts an meinen Geschäftspraktiken ändere.« Er blies eine Rauchwolke knapp über Pollocks Kopf. »Sie wissen bestimmt, wo sie herkommt?«

Pollock nickte.

»Ich kann meinen Angestellten natürlich nicht das bieten, was sie hatte«, erklärte Pop. »Die Illusion von wahrer Liebe und diesen ganzen Krempel. Aber meine Leute haben es gut bei mir.«

»Klar.«

»Ich höre Ihre Zweifel, Mister Shermar.« Pop blähte die Nüstern auf. »Das Leben als Escort ist immer noch besser, als sich auf irgendeinem Drecksplaneten den Arsch wegballern zu lassen oder in irgendeiner Kolonie den ganzen Tag Scheiße zu schippen. Oder irgendeinen anderen der niederen Dienste zu verrichten, den die Menschen freundlicherweise für uns Betas so reserviert haben.«

»Was war es bei Ihnen?«, fragte Pollock.

»Wollen Sie mein Brandzeichen sehen?«, fragte Pop zurück und winkelte den rechten Arm an, um auf die straffe Wölbung seines Bizeps zu tippen.

Pollock schüttelte den Kopf. »Ein Ex-Justifier also.« *Wie passend ...*

Pop reckte das bärtige Kinn in Pollocks Richtung. »Was haben Sie da in Ihrer Manteltasche, hm? Eine Wumme, oder?«

»Sie sind gut«, gab Pollock den von der großen Fachkenntnis eines modernen Söldners zutiefst beeindruckten Laien.

»Was haben Sie damit vor? Trauen Sie mir nicht?« Das Mufflon schnaubte beleidigt. »Ich bin ein ehrlicher Geschäftsmann.«

»Und ich will mit Ihnen auch nur übers Geschäft reden«, beschwichtigte ihn Pollock. »Zunächst mal nur über einen Ihrer Angestellten. Manolete Taurus.«

»Sie wollen mich doch hoffentlich nicht für das verantwortlich machen, was Manolete getan hat? Ich habe nämlich keine Ahnung, wie er so durchdrehen und diese arme Frau umbringen konnte.«

»War diese arme Frau am Ende eine seiner Kundinnen?«

»Das weiß ich nicht.«

Ja, genau ... »Verarschen Sie mich nicht.« Pollock legte die Stirn in Falten. »Sie werden doch wohl wissen, wo Sie Ihre Leute hinschicken?«

»Ich kenne manche unserer Kunden, aber beileibe nicht alle«, sagte Pop ernst und schnippte die Asche von seiner Zigarre achtlos auf den Tresen. »Es kann schon sein, dass Manolete von dieser Frau gebucht wurde. Bei seinem letzten Auftrag war es allerdings so, dass das alles anonym ausgehandelt wurde. Das ist gar nicht so selten. Das läuft dann so: Ich kriege eine Nachricht übers Web mit einer konkreten Anfrage, ich sage meinem Angestellten Bescheid, das Geld läuft nur über ein Nummernkonto. Ein ganz normaler Vorgang, wenn es um den Service von Escorts geht.«

»Typisch atlantische Paranoia«, murmelte Pollock.

»Eben. Und ich habe in letzter Zeit auch so meine Probleme mit diesem System. Nicht nur wegen Manolete.«

»Was meinen Sie?«

»Ich hatte im letzten Monat oder so mehrere dieser anonymen Exklusivbuchungen, die mir gegen den Strich gegangen sind«, gestand Pop. »Es war immer das Gleiche. Ich kriege eine Anforderung rein, in der drinsteht, dass wer scharf auf eins meiner Püppchen ist – so scharf, dass dieser Jemand sie auf unbestimmte Zeit nur für sich allein haben will. Kein Kontakt zu anderen Kunden. Das ist an und für sich noch nichts Ungewöhnliches. So was kommt immer mal wieder vor. Nennen Sie es Eifersucht, nennen Sie es Besitzansprüche, nennen Sie es Machtspielchen. Für mich ist das alles gleich bescheuert, aber der Kunde ist bei mir König, und solange er die passende Summe dafür springen lässt ...« Pop winkte ab.

»Was war an diesen neuen Buchungen anders?«, fragte Pollock.

»Dass ich am Ende ohne meinen Escort dastand«, sagte Pop nüchtern.

»Die Escorts sind verschwunden?«

»Was heißt verschwunden?« Pop zupfte sich an seinem Bärtchen. »Ich habe bei jeder dieser nervigen Nummern irgendwann eine Zahlung erhalten, die locker hoch genug war, um meinen Escort freizukaufen. Kurz danach war mein Escort dann weg.«

Das sagt er mir nicht gerade wirklich so frei heraus, als würde er darüber reden, wie er einen alten Gleiter losgewor-

den ist ... Pollock spürte einen Anflug von leisem Grauen. »Sie haben quasi Ihre Leute verkauft, ohne den Käufer zu kennen?«

»Was sollte ich denn machen?«, wehrte sich Pop. »Wenn sich ein reicher Atlanter erst einmal etwas in den Kopf gesetzt hat, kriegt er es über kurz oder lang auch. Und über die Gegenleistung konnte ich mich ja auch nicht beschweren.«

»Und was nervt Sie dann so an dieser Form von Geschäft?«, fragte Pollock bitter. »Das hört sich doch nach einem guten Deal an, wenn man bereit ist, jegliches Gewissen dabei über Bord zu werfen.«

»Wissen Sie, wie schwierig es heutzutage ist, gute Escorts zu finden?«, entgegnete Pop. »So jemanden wie Manolete oder Dove oder Jessica finden Sie nicht an jeder Straßenecke.«

Stumm schaute Pollock in seinen Wodka. *Was für ein Arschloch!* Er hatte ein leises Kribbeln im Kopf. Es war allerdings nicht die Vorfreude darauf, diesen Scheißfall bald gelöst zu haben. Es war vielmehr neuer Zorn, der sich gegen Cleo richtete. *Alles, was recht ist, aber wenn diese blöde Schnalle mich gleich hierhergeschickt hätte, wäre ich schon längst fertig hier. Trudy brauchte Überträger für dieses Virus, und sie hat sie sich einfach bei diesem netten Bock hier gekauft und anschließend eiskalt abserviert. O ja, und sie hat auch noch darauf geachtet, dass sie ihre Waffen auch zielgerichtet gegen die Menschen einsetzt, die sie erledigen wollte. Deshalb diese komischen Exklusivverträge für die Escorts. Bleiben noch zwei Fragen: Woher hat sie das Geld dafür? Oder zahlt ihr Wilbur, diese einfältige Arschkrampe, ein derart fantastisches Gehalt, dass sie gar keinen anderen Geldgeber brauchte? Und abgesehen von all dem: Was bezwecken sie und ihre Kumpane damit? Was ist ihr Motiv?*

»Wir haben leider momentan geschlossen«, hörte Pollock Pop noch sagen. Und: »Ach du Scheiße!«

Dann brach die Hölle los.

66

02.10.3042 A.D., 13:35
System: Sol
Planet: Erde
Ort: Lantis Island, an Bord des Serviceliners
    Pleasant Surprise, Club *Animal Attraction*

Pops Pranken krachten ihm auf die Schultern, und schon wurde Pollock von seinem Barhocker schräg nach vorn und über den Tresen gerissen. In einem Gewirr aus Armen und Beinen gingen sie gemeinsam zu Boden, begleitet von zwei Sorten Schusslärm. Die eine war das Brüllen und Röhren eines schweren Sturmgewehrs, die andere – fast als verhaltener Kontrapunkt – das trockene Knattern einer Maschinenpistole.

Glassplitter, Spiegelscherben, Flaschenhälse, Flaschenböden und ein Schauer aus diversen Spirituosen regneten auf Pollock herab. Er rollte sich von Pop herunter und kämpfte sich auf die Knie. Als Antwort wanderten die feindlichen Salven einen halben Meter über seinem Kopf erst deutlich dichter an seine Stellung und dann nach unten.

Mit einer hilflosen, instinktiven Geste duckte sich Pollock und legte das Kinn auf die Brust, während er darauf wartete, von Geschossen durchsiebt zu werden. Der Tresen hielt dem Kugelhagel jedoch wider Erwarten stand. Querschläger sirrten durch die Luft und zerlegten eine der busenförmigen Lampen.

Irrsinnigerweise hatte Pop ein breites Grinsen im Gesicht, als er dem Tresen im Sitzen einen spielerischen Stoß mit seinem Gehörn versetzte. »Ich wusste, dass sich diese Sternenstahlverstrebungen irgendwann nochmal lohnen.«

Einmal Justifier, immer Justifier, zuckte es durch Pollocks Hirn.

»Raus mit der Wumme!«, forderte ihn Pop auf.

»Ich hab keine«, schrie Pollock zurück.

»Erzählen Sie keinen Scheiß!«, blaffte Pop und zuckte zusammen, als hinter ihm ein weiteres Regal zerbarst. »Ich hab die Beule in Ihrem Mantel doch gesehen!«

»Das ist eine Multibox!« *Weil ich Depp meine kleine Prawda unbedingt Cleo schenken musste, damit sie sich wehren kann, falls der tollwütige Wolf nur den Schwerverletzten gespielt hat!*

»Eine Multibox?« Pop fielen schier die Augen aus dem Kopf, und er spuckte seinen Zigarrenstummel aus, der allen Widrigkeiten zum Trotz den Platz im Mundwinkel des Mufflons bislang behauptet hatte. »Sie bringen eine Multibox zu einer Schießerei mit?«

»Sie sind hier der Zuhälter«, rief Pollock Pop zu. »Haben Sie denn etwa keine Waffen?«

»O doch, Sir.« Der Clubbesitzer nickte und öffnete ein breites Fach im Tresen. Er zog eine erschütternd winzige Pistole daraus hervor und ließ sie über den nassen und von Splittern übersäten Boden zu Pollock schliddern. Pollock stoppte sie mit der Hand. Das Ding fühlte sich viel zu leicht an. *Wie bitte? Was ist das denn?* »Ist das ein Taser?«, fragte er fassungslos.

Pop löste den kleinen Sicherungshebel an seiner eigenen Elektroschockknarre. »Wir sind in At Lantis, mein Freund. Und das Baby schlägt Ihre Multibox um Längen, finden Sie nicht?«

Pollock stöhnte auf. *Herrlich ...*

Das gegnerische Feuer verstummte für einen kurzen Moment.

»Pop?«, hallte eine piepsige Stimme durch die plötzliche Stille. »Pop!«

Die Maschinenpistolen – *Das sind definitiv zwei!* – knatterten, und es folgten ein leises Poltern und ein dumpfes Klatschen.

»Mensch, Minnie«, knurrte Pop durch zusammengebissene Zähne. »Man läuft nicht dorthin, wo geballert wird, auch wenn man vier Zitzen hat.«

Pollock schaute auf die Waffe in seiner Hand. »Das ist doch absurd.«

Pop winkte auffordernd mit seinem Taser. »Okay, Junge. Auf drei, ja?«

Das ist *absurd!* Pollock nickte trotzdem.

»Eins ...«

Pollock versuchte sich mit dem Gedanken anzufreunden, bald zu erfahren, was an den Lehren von Hermes Christus dran war. Ein Druck, der langsam zu einem alten Bekannten wurde, baute sich in seinem Schädel auf.

»Zwei ...«

Der Druck wuchs, doch Pollock krallte sich innerlich an den grotesken Plan, die Angreifer trotz ihrer schweren Bewaffnung mit so etwas Lächerlichem wie zwei Tasern zurückzuschlagen. Er wollte unbedingt im Hier und Jetzt bleiben – solange es noch ein Hier und Jetzt für ihn gab. *Bleibt nur zu hoffen, dass ich wirklich eine Seele habe, die aus ihrem Gefängnis aus Fleisch und Blut befreit wird ...*

Erneut endete das erbarmungslose Feuer urplötzlich, erst das des schweren Sturmgewehrs, dann ein paar Sekunden später das der MPs.

»Was ist los?«, fragte eine rauchige Frauenstimme. »Glaubst du, wir haben sie schon erwischt?«

Sie erhielt ein ersticktes, gurgelndes Fauchen zur Antwort.

»Drei!«, rief Pop und schnellte aus der Deckung hoch, den Taser bereits im Anschlag.

Pollock folgte seinem Beispiel einen halben Herzschlag später.

Der einzige Angreifer, den er sehen konnte, war eine marderartige Beta in einem langen Ledermantel über Kampfpanzerung, in jeder Hand eine rauchende MP. Sie hatte den Oberkörper leicht zur Seite gedreht, als würde sie nach jemandem schauen, der neben ihr stand.

Pollock drückte ab. Die Nadeln aus dem Taser wischten eine Handbreit an ihrem linken Ohr vorbei. *Kacke!*

Pop erwies sich als der bessere Schütze. Er erwischte die Marderin im Auge. Knisternd jagte der Taser fünfzigtausend Volt durch die dünnen isolierten Drähte, die seinen Lauf mit den Nadeln verbanden, und in sein Ziel hinein. Der Leib der Beta streckte sich erst wie in einem Krampf, der durch jeden ihrer Muskeln fuhr, und die MPs spuckten lange Salven aus, die kreuz und quer die Decke beharkten. Dann brach die Marderin zusammen, das gesträubte Fell auf ihrem Gesicht so aufgeplustert, dass es den grotesken Anschein hatte, als hätte sie binnen eines winzigen Augenblicks immens an Gewicht zugelegt.

Pollock ließ den Taser fallen und kletterte über die Bar, während Pop um den Tresen herum zu der Seitentür eilte, durch die vorhin die Maus und der Eisbär verschwunden waren.

»O Minnie«, hörte Pollock das Mufflon seufzen. »O Minnie ...«

Während Pollock um die geschmacklosen Tische herum zu der Stelle hetzte, an der die Marderin zusammengebrochen war, hämmerte ihm nur ein einzelner Gedanke durch den Kopf: *Wo ist der Typ mit dem Sturmgewehr?*

Er fand ihn fünf Schritte neben der Marderin, von der der widerliche Geruch von versengtem Haar aufstieg. Es war ein Tigerbeta – ein echter Brocken, der gut und gern seine zweihundert Kilo wog. Wie seine Kumpanin trug auch er Ledermantel und Kampfpanzerung. Seine Pfoten hielten ein garstig aussehendes Sturmgewehr umklammert, dessen Mündung einen dickeren Durchmesser hatte als Pollocks bestes Stück. Er starrte aus leeren Augen zur Decke, das Maul mit den schrecklichen Reißzähnen einen Spalt geöffnet, aus dem blutiger Schaum quoll. Der an sich furchtbare Anblick hätte Pollock dennoch beruhigen sollen, doch er tat es nicht. *Da stimmt was nicht ...* Die Haltung des Tigers war alles andere als natürlich. Sein Brustkorb war irgendwie nach oben durchgedrückt, und sein Kopf baumelte ein ganzes Stück in der Luft, anstatt aufzuliegen. Und dann schien sich der Tote aufzubäumen und ein unterdrücktes Stöhnen von sich zu geben!

Pollock blieb wie angewurzelt stehen. *Ist er etwa noch gar nicht tot?*

Unter dem Tiger schob sich ein dünner Arm hervor, der im Ärmel eines grauen Cordjacketts steckte. Der Arm endete in einer klauenbewehrten Hand, die Pollock sofort wiedererkannte.

»Bruno?«, fragte er ungläubig.

»Ich würde mich über etwas Hilfe nicht beschweren«, drang es dumpf unter dem Tiger hervor. »Dieser Kerl ist ziemlich schwer. Und er stinkt!«

»Bruno!« Pollock stürzte zu der Leiche und wuchtete sie auf die Seite. Darunter kam tatsächlich sein Sidekick zum Vorschein – blutbesudelt, aber ansonsten offenbar unversehrt. Pollock half ihm auf die Beine und ertappte sich bei einer kurzen, kräftigen Umarmung. »Danke, Kurzer!« Pollock warf einen Blick auf den Tiger. »Wie hast du das geschafft?«

Bruno zeigte ihm die zwei ersten Finger seiner rechten Hand wie in einem Victoryzeichen. An den Klauen klebten Blut und glibberige Gewebereste. »Das hat mir mein Ausbilder gezeigt. Die meisten Menschen und Betas haben im Nacken zwei Punkte, in die man nur diese beiden Klauen rammen und sie zusammendrücken muss wie eine Schere, um ihnen das Genick zu durchtrennen. So leicht geht das. Also natürlich vorausgesetzt, man *hat* die nötigen Klauen.« Er klang mehr und mehr, als könnte er seinen eigenen Erfolg selbst noch nicht ganz glauben. »Die beiden waren so darauf konzentriert, euch zu erschießen, dass sie darüber vergessen haben, darauf zu achten, was sich hinter ihnen abspielt. Es war wie im Training. Ich musste nur an ihn ranschleichen und kräftig genug zustoßen.«

»Bruno?«

»Ja?«

»Ich bin echt froh, dass es dich gibt. Und ich bin noch froher darüber, dass du auf meiner Seite bist.« Aus den Augenwinkeln nahm Pollock wahr, wie Pop hinter ihm vorbei zur getaserten Marderin ging. »Woher wusstest du, wo ich bin?«

»Themis hat es mir gesagt. Sie hat mich angerufen, weil sie der Auffassung war, etwas Unterstützung könne dir nicht schaden. Die Trooper kamen dafür nicht infrage, weil im Augenblick nicht abzuschätzen ist, wo deren wahre Loyalitäten liegen.«

»Tja«, brummte Pollock. *Sie hat mich nach unserem Gespräch im Auge behalten.* Er wandte den Kopf zur Tür des *Animal Attraction*, weil er dort die nahste Überwachungskamera vermutete. »Vielen Dank für Ihre Aufmerksamkeit«, sagte er laut.

»Hoppla!«, kam es von Pop.

Pollock trat an das Mufflon heran, das neben der Marderin in die Hocke gegangen war. »Ist was?«

Pop griff der Marderin ins nach wie vor gesträubte Haar und drehte ihren Kopf in Pollocks Richtung.

Von wegen Hoppla. Das sieht mir eher nach einem Autsch aus. Es war schwer zu beurteilen, was die Beta das Leben gekostet hatte: die Tasernadeln, die ihren Augapfel anscheinend glatt durchschlagen hatten, oder der anschließende Stromstoß, der ihr mehr oder minder direkt in die Schaltzentrale verabreicht worden war. *Mich beschleicht der Verdacht, dass sein Tresen nicht das Einzige ist, was Pop heimlich hat verstärken lassen. Das müssen die durchschlagskräftigsten Tasernadeln diesseits des Magellannebels sein.* »So viel zum Thema neue Informationen, wo sich Trudy rumtreibt«, sagte Pollock nüchtern.

»Wer ist Trudy?«, fragte Pop.

»Die Frau, die uns diese beiden Bastarde auf den Hals gehetzt hat«, antwortete Pollock.

»Sorry.« Pop kramte ein Etui aus seinem Anzug und zündete sich eine neue Zigarre an. »Das war wirklich keine Absicht.« Er klemmte sich die Zigarre in den Mundwinkel und beugte sich etwas tiefer über die Leiche. »Vielleicht finden wir ja trotzdem raus, wo sie herkommt.« Das Mufflon stellte eindrucksvoll unter Beweis, wie viel Kraft seine unter dem Smoking versteckten Muskeln hatten: Weder der Ledermantel noch die Kampfpanzerung hatten Pop viel entgegenzusetzen, als er begann, die beiden Materialschichten beherzt aufzureißen, um den Arm der Marderin freizulegen.

Pollock ahnte, wonach das Mufflon suchte. Die meisten menschlichen Justifiers trugen irgendwo eine Tätowierung, die sie als Mitglieder ihrer blutigen Zunft auswies, während Betas zu diesem Zweck in der Regel auf Brandzeichen zurückgriffen. Auch die Marderin hatte es nicht anders gehalten. Auf dem dunklen Pelz ihres Arms zeichnete sich das Mal aus helleren Narben gut ab: Das J und der Adlerkopf war ein Standardsymbol, aus dem sich keine Konzernzugehörigkeit ablesen ließ. Aus dem Rest des Brandings allerdings sehr wohl: UEHE lautete die im Halbrund eingebrannte Buchstabenfolge. *Da hab ich's knorpelig auf Pelz ...*

»Ist das der Name einer Einheit?«, fragte Bruno. »Oder eine Abkürzung?«

»Es ist eine Abkürzung«, sagte Pollock. »Aber nicht für

eine Einheit. Sondern für ein Motto. UEHE. Unsere Ehre heißt Erfolg.«

»*Gauss*«, murmelte Pop.

»Trudys alter Konzern, bevor Sie hier Sicherheitschefin wurde.« Pollock musste lächeln. »Zumindest da hat sie nicht gelogen. Die klassische Nummer bei langfristigen Infiltrationen. Man vermischt beim Aufbau der eigenen Legende die Lügen mit ein paar geschickt platzierten Wahrheiten.«

Pops Miene ließ keinen Zweifel zu, dass er sich wunderte, wovon Pollock da redete, aber er zuckte schließlich nur die Achseln, stand auf und nahm einen langen, genüsslichen Zug an seinem Luxusjoint.

Bruno hingegen fasste Pollock am Arm. »Ich muss dir was zeigen.«

Drei Minuten später hatte Pollock eine ungemein klare Vorstellung davon, wer Trudys Aktionen finanziert hatte. Weitere zwei Minuten später sprach er per Multibox mit Lantis. Eine Stunde später war Pollock Shermar bedauerlicherweise tot, noch bevor er den Drahtzieher hinter den Morden zur Strecke bringen konnte.

67

Wilbur Lantis hatte sich einen eigenen Ort dafür geschaffen, um anderen Menschen das Ergebnis schwieriger Entscheidungen mitzuteilen. Wenn ein Angehöriger seines weit verzweigten Clans von Nachkommen zu hören bekam, dass er wegen irgendwelcher allzu übertriebenen Eskapaden beim Patriarchen dauerhaft in Ungnade gefallen war, dann erfuhr er es hier. Wenn ein Atlanter in eine finanzielle Notlage geriet und seinen monetären Beitrag zum guten Gelingen des Gesamtprojekts At Lantis nicht mehr leisten konnte, wurde ihm von Wilbur hier eröffnet, dass er seinen Wohnkomplex binnen Monatsfrist zu räumen hatte. Insofern war es nur passend, dass Lantis den Mann, der so viel Unheil über sein kleines Reich gebracht hatte, nun auch genau hier empfing.

Der Privatraum 3c war einer Kapitänskajüte nachempfunden. Zugegebenermaßen hatte es selbst in den absoluten Hochzeiten der Segelschifffahrt vor so vielen Jahrhunderten nie ein Schiff gegeben, das einen Raum dieser Größe in seinem Rumpf hätte fassen können: Die schmiedeeisernen Ketten der Laternen, die von den hölzernen Querbalken herabbaumelten, waren mehrere Meter lang. In den mannshohen Schränken und Verschlägen, die ringsum in die dunklen Wände eingelassen waren, hätte man mehrere komplette Hausstände unterbringen können. Allein der mit antiken Dekorationen wie brüchigen Seekarten, Sextanten und Fernrohren geschmückte Tisch, an dem Wilbur saß, hätte eine originalgetreue Kajüte vollständig ausgefüllt. Wilbur war sich des augenscheinlichen Anachronismus seiner riesenhaften Schöpfung durchaus bewusst, doch es war der romantische Gedanke dahinter, der für ihn zählte. *Lenke ich nicht auch ein Schiff durch die Untiefen der Zeit? Ein Schiff, das meinen Namen trägt? Und ist es nicht an mir, dafür Sorge zu tragen, dass jeder Mann und jede Frau an Bord ein glückliches Ende unserer Fahrt zum Ziel hat? Und dass ich die, die andere Ziele verfolgen, gnadenlos zur Rechenschaft ziehe und sie unschädlich mache, bevor sie dem Schiff den Untergang bringen?*

»Worüber möchten Sie mit mir reden, Wilbur?«, fragte sein Gast. Die Frage kam sachlich und beinahe heiter. Der Tonfall passte zur Körperhaltung des Ex-Militärs: Er hatte die Beine locker übereinander geschlagen, und seine Hände ruhten entspannt auf den samtgepolsterten Armlehnen seines Stuhls.

»Über die Todesfälle der letzten Wochen«, sagte Wilbur offen. »Und Ihre Verstrickung darin.«

Wilbur war in seinem langen Leben nur wenigen Menschen begegnet, die seinem Blick standhalten konnten, wenn er Kritik an ihnen übte oder Anschuldigungen gegen sie vorbrachte. Leo Beauregard war einer von ihnen. »Ich hoffe sehr, Sie sprechen die Tatsache an, dass ich es gewesen bin, der den feigen Mord an Cathy Clark umgehend gerächt hat.«

»In gewisser Weise ja«, räumte Wilbur ein. *Er wird bis zur letzten Kugel kämpfen, wie nicht anders zu erwarten. Na schön ...* »Die Obduktion von Cathy hat etwas sehr Interessantes ergeben. Sie hatte ein Neurotoxin im Körper. Ein ausgesprochen schnell wirkendes Gift. Die Atmung setzt schon nach wenigen Sekunden aus. Kein künstlicher Stoff übrigens. Einer, der in der freien Natur vorkommt. Der Dukatskorpion lähmt damit seine Beute. Es spricht vieles dafür, dass Cathy schon längst tot war, bevor man ihr die anderen Verletzungen zugefügt hat. Und bevor ihr die Implantate zur Steuerung ihrer Neuroiden aus dem Kopf gerissen wurden.«

»Und weiter?« Beauregard zuckte die Achseln. »Dann hat dieser kranke Bulle sie also zuerst vergiftet, bevor er ihren Leichnam misshandelt hat.«

Wilbur sog Luft durch die Zähne. »Da ist noch mehr. Das gleiche Neurotoxin haben wir auch im Blut des Betas gefunden, den Sie erschossen haben wollen. Wenn man jetzt bedenkt, wie rasch dieses Gift den Tod herbeiführt ... Lassen Sie mich es so formulieren, Leo: Entweder Sie haben einem wandelnden Toten gegenübergestanden, oder Sie haben auf jemanden geschossen, der schon tot war, als Sie abgedrückt haben. Was halte ich Ihrer Meinung nach wohl für die wahrscheinlichere Variante?«

»Wer hat Ihnen diesen Floh ins Ohr gesetzt?«, erwiderte Beauregard. »War es Ihr kleiner Detektiv, den Sie so anhimmeln?«

»Unterschätzen Sie bitte nicht meine Intelligenz. Ich habe mir das schlicht und ergreifend selbst aus den Obduktionsberichten zusammengereimt.« Wilbur seufzte und schaute auf seine Hände. »Pollock Shermar ist tot. Seit heute Mittag. Er starb in einem Club für Betafetischisten auf einem Serviceliner. Bei einer Schießerei. Er hat es seinen Mördern allerdings nicht leicht gemacht. Er hat sie mit in den Tod genommen.«

Diese Nachricht löste dann doch eine deutlich sichtbare Regung in Beauregard aus: Seine Mundwinkel hoben sich zu einem sanften Lächeln. »Daher weht also der Wind. Ihnen ist Ihr Schnüffler abhandengekommen, ohne dass er vorher irgendwelche verwertbaren Informationen über die Todesfälle geliefert hätte. Deshalb klammern Sie sich jetzt an haltlose Vorwürfe. Denken Sie wirklich, ich hätte Cathy umgebracht? Wir waren nicht nur Nachbarn. Wir waren Freunde, Wilbur.«

Jetzt kommt's drauf an. »Pollock hielt es nicht für ausgeschlossen.«

»Verstehe.« Beauregard atmete tief durch. »Lassen Sie mich Ihnen ein kleines Geheimnis über den Mann verraten, den Sie für Pollock Shermar gehalten haben.«

68

Was? Welches Geheimnis? In dem kleinen Zimmer, das sich hinter einer falschen Schranktür an die nachgebaute Riesenkajüte anschloss, beugte sich Pollock dichter an den Monitor heran, auf dem er das Gespräch zwischen Lantis und Beauregard beobachtete. Bruno, der neben ihm auf seinem Stuhl kauerte und bisher nur nervös mit den Nagezähnen gemahlen hatte, entfuhr ein zwitscherndes Pfeifen. »Ruhe!«, zischte Pollock ihn an. »Ich muss das hören!«

»Es dürfte Sie nicht überraschen, dass ich sehr weitreichende Kontakte in eine ganze Menge Konzerne habe«, sagte Beauregard selbstsicher. »Und das sind nicht bloß irgendwelche Tippsen, die mir einen Gefallen schulden. Sie wissen, wo meine Aufgabenbereiche früher lagen.«

»Spionage und verdeckte Einsätze«, sagte Lantis.

»Ich kenne auch den einen oder anderen Kollegen bei *Knowledge Alliance*«, fuhr Beauregard fort. »Und nachdem ich davon erfahren habe, dass Sie Pollock Shermar angefordert haben, habe ich mich da ein wenig umgehört. Nicht aus böser Absicht. Nur aus alter Gewohnheit. Ich kann nicht anders. Ich will immer wissen, mit wem ich es zu tun habe. Dafür haben Sie sicher Verständnis.«

»Sicher«, bestätigte Lantis.

»Sie erinnern sich bestimmt noch an Pollocks letzten Fall«, sagte Beauregard. »Den, zu dem es nie eine Episode gab. Den, nach dem seine Serie eingestellt wurde.«

»Der Vorfall auf Gambela.« Lantis nickte. »Er wurde dabei schwer verletzt.«

Der mittlerweile vertraute Druck, der Pollock seit seiner Ankunft in At Lantis immer wieder plagte, meldete sich mit schmerzhafter Vehemenz zurück. *Hermes Christus!* Es fühlte sich an, als würden in Pollocks Kopf all seine Gedanken langsam zwischen zwei Mühlsteinen zerrieben. Er keuchte und schmeckte ein bitteres Öl in seinem Mund, das ihm schier den Magen umdrehte.

»Nein, Wilbur, Pollock Shermar wurde damals nicht schwer verletzt.« Beauregard lächelte kühl. »Pollock Shermar wurde damals getötet. Ich habe persönlich mit der Frau gesprochen, die die Bergungsaktion leitete.«

Ich bin nicht tot! Hier sitze ich doch! Wie kann ich da tot sein? Der quälende Druck war gegenüber diesen rationalen Argumenten völlig unempfänglich. Im Gegenteil. Mit jedem weiteren Wort aus Beauregards Mund nahm er zu.

»In der Bunkeranlage, in die sich Shermar im Zuge seiner Ermittlungen hineinbegeben hatte, kam es offenbar zur Auslösung eines finalen Notfallprotokolls. Dazu gehörte unter anderem die Zündung mehrerer Sprengsätze an taktisch wichtigen Punkten. Shermar hielt sich an einem solchen Punkt auf. Die Leiche, die geborgen wurde, bestand im Grunde nur noch aus Teilen seines Rumpfs und seinem Kopf.«

»Wollen Sie damit sagen, der Pollock Shermar, dem ich die Ermittlungen in der Serie von Todesfällen übertragen habe, ist ein Doppelgänger?«, fragte Lantis.

Ich bin kein Doppelgänger! Ich bin ich! Pollock presste sich die Fäuste gegen die Schläfen. *Ich bin ich!*

»Nein! Nein! Nein!«, wisperte Bruno neben ihm. »Nicht so!«

»Es ist ein wenig komplizierter«, sagte Beauregard. »Unser Pollock Shermar, der hier in At Lantis bei dieser Schießerei gestorben ist, war kein einfacher Betrüger, der nur eine Rolle gespielt hat. Zumindest nicht bewusst. Das Projekt, dessen Versuchskaninchen er gewesen ist, hatte ehrgeizigere Pläne. Und einen hochtrabenden Namen: Lazarus. Wenn es hier jemanden gegeben hat, der es mit einem wandelnden Toten zu tun hatte, dann sind Sie das, Wilbur.«

Ich bin nicht tot! Zu dem Druck kam ein reißender Schwindel, der Pollock kraftlos zusammensacken ließ, und der bittere Geschmack in seinem Mund wurde von dem nach Blut verdrängt. *Ich bin nicht tot.*

»Eine Forscherin in Diensten von *Alliance* glaubt, einen gangbaren Weg gefunden zu haben, um die Toten aufzuerwecken.« Beauregard klang hochgradig amüsiert. »Dabei hat ihre Arbeit nichts Metaphysisches. Sie bedient sich nur bei bereits bekannten Technologien. Jeder Konzern hat Datenbanken mit Genmaterial von Generationen seiner Angestellten, und regelmäßige Zerebralscans sind in der Neurologie auch eher ein alter Hut. Sie bilden die Struktur der Hirnzellen zuverlässig ab, um rechtzeitig auf organisch bedingte psychische Störungen zu reagieren. Die kreative Leistung dieser Frau bestand eigentlich nur darin, diese beiden Ansätze miteinander zu verbinden und eine kleine ethische Grenze zu überschreiten. Ihre Überlegung ging wohl ungefähr so: ›Wir haben all diese wunderbaren kognitiven Matrizen aus den Zerebralscans ungenutzt herumliegen. Was passiert, wenn ich die eines verdienten, gewinnbringenden Mitarbeiters meines Mutterkons, der von seinem letzten Einsatz nicht lebend zurückgekommen ist, gewissermaßen auf einen Klon dieses Mitarbeiters aufspiele? Und was, wenn ich vorher das Hirn der geborgenen Leiche scanne, um die Matrize, die ich dann erhalte, mit der bereits bestehenden zu kombinieren?‹ Ihr Projekt läuft inzwischen fast zwanzig Jahre. Es hat viele Rückschläge erlebt, bis endlich der Moment da war, an dem ein Klon sowohl sein beschleunigtes Wachstum als auch die psychische Belastung so weit ertrug, um seine Einsatzmöglichkeiten im Feldversuch zu überprüfen.«

»Was soll das bedeuten?«, fragte Lantis tonlos. »Dass mein Pollock hier nur ein Klon ist, der mit den Erinnerungen und der Persönlichkeit seiner toten Vorlage versehen wurde?«

»Niederschmetternd, nicht wahr?«, fragte Beauregard zurück.

Ein letztes Mal bäumte sich Pollock gegen die unsichtbaren Mächte auf, die sein innerstes Selbst zu zermalmen drohten. Dann musste er sich geschlagen geben, und der Damm in ihm brach.

69

Die Luft in der Werkskantine der Zeche war stickig und roch nach einer widerlichen Mixtur aus Schweiß und künstlichen Proteinen. »Wie viele von deinen Freunden sind denn schon verschwunden?«

»Viel zu viele.« *Der junge Nacktmullbeta schaute ihn traurig mit seinen kleinen, dunklen Augen an.* »Und wenn ich Sie korrigieren darf, Mister Shermar: Meine Freunde sind nicht verschwunden.«

»Sondern?«

»Sie wurden entführt«, *raunte der Beta düster.*

Er setzte das Infrarot-Fernglas ab und saugte an dem dünnen Plastikschlauch, der von seinen Lippen zum Wasservorrat seines Wüstenanzugs lief. Kein Zweifel. Was da in zwei Klicks Entfernung in der flirrenden Hitze aufragte, war keine natürlich entstandene Felsformation. Die Wärmesignatur passte nicht. Sie war einen Tick zu kühl. Nur zwei, drei Grad, aber das reichte, um seinen Verdacht zu bestätigen. Ziemlich gut getarnte Abluftrohre. Der kleine Nacktmull hatte Recht. Hier gab es einen Bunker. »Hey, Jost! Mach mal ein paar nette Aufnahmen von den Steinen da drüben, ja? Die werden sich im nächsten Teaser gut machen, von wegen bedrohliche Atmo und so.«

Jost schwitzte wie ein Schwein, obwohl die Klimaanlage in ihrem Hotelzimmer auf vollen Touren lief. Sein T-Shirt war ein einziger nasser Lappen, und er kam gar nicht schnell genug damit nach, sich die Stirn abzuwischen, bevor ihm auch schon die nächste dicke Perle über die Braue ins Auge rann. »Das schaffen wir unmöglich allein, Mann. Das sah mir nach einer mächtigen Anlage aus. Und mächtige Anlagen, die irgendwer mitten in der Wüste versteckt, haben leider normalerweise auch mächtig viel Sicherheitspersonal.«

»Du warst schon immer ein Angsthase.«

»Echt jetzt, wir brauchen Verstärkung.« Jost stützte sich schwerfällig auf die Ellbogen. »Jemanden, der uns im Notfall da rausballern kann.«

»Okay, okay. Aber ein Mann mehr muss reichen.«

»Ein Mann reicht doch nie im Leben, wenn man uns da drin erwischt«, protestierte Jost.

»Dann dürfen wir uns eben nicht erwischen lassen.«

Pablo hatte das, was man von einem angeheuerten Helfer erwartete, der prinzipiell bereit war, für Geld wirklich alles zu tun: unansehnliche Kunstmuskeln an Brust, Armen und Nacken, eine brutale Schlägerfresse, ein ganzes Bündel von Hundemarkenketten um den Hals und neben allerlei kryptischen Gangtattoos eines auf dem Oberarm, bei dem ein J und ein Adler eine prominente Rolle spielten. »Ich bin dabei.«

»Schön. Wir gehen da aber auf keinen Fall blind rein.«

»Was schwebt dir da vor, Boss?«

»Die Betreiber des Bunkers lassen Mulle aus der Kolonie entführen. Die Mullsammler kommen immer nur nachts. Zu dritt. In einem Laster. Sie parken ihn hinter den Barracken und warten ab, bis sie einen einzelnen Mull sehen. Dann steigen zwei aus, um sich ihn zu schnappen, und der dritte lässt schon mal den Wagen an. Sie machen es sich sehr leicht.«

Der Söldner nippte an seinem Dosenbier. »Ich soll dir einen Entführer entführen, was?«

»So sieht's aus.«

Pablo schien einen Moment lang stumm verschiedene Strategien abzuwägen. Schließlich massierte er sich mit den Fingerknöcheln die Magengrube, rülpste leise und sagte: »Wenn wir einen Mull als Lockvogel haben, dürfte das kein Problem werden.«

»Keine Sorge, ich habe da einen Freiwilligen.«

Die Gefangene hatte kurz geschorenes Haar wie die meisten Gardeure, zu deren Standardausrüstung ein Helm gehörte. Sie war jung, vielleicht gerade mal Anfang zwanzig, und hatte eine trotzige Miene aufgesetzt. Die Furcht in ihrem Blick war allerdings selbst in dem Auge, das nicht zugeschwollen war, nicht zu übersehen. Es war wahrscheinlich das erste Mal für sie, dass sie in einem dreckigen Kellerloch an einen Stuhl gefesselt war. Gut.

»Hör zu. Ich verlange nicht viel von dir. Nur ein paar Infos darüber, wie euer Bunker aufgebaut ist. Wo und wie man am besten rein- und wieder rauskommt, ohne aufzufallen. Eventuell eine Handvoll Codes und Passwörter. Ach ja, und was die meisten Leute so anhaben, die da drin durch die Gegend marschieren. Ob das Kittel sind oder Overalls und welche Farbe die Dinger haben. Danach sperren wir dich hier ein kleines Weilchen ein, und anschließend lassen wir dich laufen. Das hört sich doch gar nicht schlecht an, hm?«

Sie biss die Zähne aufeinander.

»Ich weiß, was du denkst. Du denkst: ›Lass den Wichser doch labern! Ich muss nur durchhalten, bis meine zwei Kameraden mich hier rausholen.‹«

Ihr Kinn ruckte nach oben.

»Ich habe schlechte Neuigkeiten für dich. Der Kleine, den ihr euch krallen wolltet, ist schlauer, als ich dachte. Und grausamer. Er war eigentlich nur dazu da, euch anzulocken. Tja, leider sieht es so aus, als hätte er dem Rest von seinen Artgenossen Bescheid gesagt, was wir vorhaben. Du kannst wirklich froh sein, dass du nur die Fahrerin warst. Verstehst du?«

Sie unterdrückte ein Schluchzen, nickte und begann zu erzählen.

»Ich möchte aber mitkommen«, beharrte Bruno auf seiner Forderung.

»Du hast schon mehr als genug getan, Kurzer. Wir können dich da drin nicht brauchen.«

Der Nacktmull fasste nach seinem Arm und hinderte ihn daran, zu Jost und Pablo in den Gleiter zu steigen. »Sie müssen es mir versprechen, Mister Shermar!«

»Was?«

Bruno schaute in den nachtklaren Himmel. »Dass Sie dafür sorgen, dass niemand mehr von meinen Geschwistern hier leiden muss.«

»Ist gebongt.«

Der Kittel, in dem Pablo tatsächlich auch nur annähernd wie ein Laborant aussah, war noch nicht geschneidert, geschweige denn designt. Der Griff der Maschinenpistole, der aus der rechten Seitentasche des Kittels spitzelte, half auch nicht dabei, die krude Illusion glaubwürdiger zu gestalten, aber was sollte man da machen? Immerhin verstand er sich auf den Umgang mit einem Schneidbrenner, und ohne seine tatkräftige Unterstützung hätte Jost niemals die Spitze des als Felsnadel getarnten Abluftrohrs erreicht. Der Wüstenwind trug den beißenden Gestank von schmelzendem Metall mit sich fort, der aufstieg, während Pablo eine Lücke in das Gitter schnitt, mit dem der Schacht verschlossen war.

»Hab's gleich«, murmelte der Söldner.

»Denk an die Regeln, Pablo. Wir schießen nur, wenn es gar nicht anders geht.«

»Ja, ja.«

»Ich meine es ernst. Unsere nette Kellerassel konnte uns zwar nicht sagen, was genau in diesen Tanks ist, aber sie hatte eine Scheißangst davor. Also noch mal zum Mitschreiben: Schieß nicht auf irgendwelche Tanks. Egal, was du machst, schieß nicht auf Tanks.«

»Ja, ja.« Pablos Hand schoss nach unten, um zu verhindern, dass das kleine Stück Gitter, das er aus dem großen herausgeschweißt hatte, in den Schacht hineinstürzte. »Wir sind drin.«

Links und rechts des breiten Gangs, der in ein hartes Neonlicht getaucht war, gingen mit Sicherheitsglas versiegelte Zellen ab. In jeder lag ein Nacktmull auf einer spartanischen Pritsche. Leichenfahle, faltige Leiber, so schwach, dass sie zu kaum einer Regung fähig waren. Die geschundenen Kreaturen waren mit Hilfe von straff gezogenen Plastikschlaufen um die Gliedmaßen auf ihren Pritschen fixiert. Fingerdicke Stahlstifte wuchsen aus ihren kahlen Köpfen, und die grausigen Implantate waren über feine Kabel mit Monitoren in den Rückwänden der Zellen verbunden. Auf den Bildschirmen blinkte ein endloser Strom kryptischer Daten.

»Was ist das für eine kranke Scheiße!« Pablo hörte sich aufrichtig erschüttert an, doch möglicherweise war es auch nur Ekel, der aus ihm sprach.

»Die kranke Scheiße, der wir ein Ende machen.«

Jost gab ein Daumenhoch, wie er es immer tat, wenn er einen Kommentar für besonders gelungen und sendewürdig hielt.

Der fünfköpfige Trupp Gardeure rückte sofort durch die gewaltige Halle vor, die Waffen im Anschlag, doch die Wachen schossen nicht. Wozu auch? Sie hatten es ja nur mit drei Gegnern zu tun, von denen zwei auf sie bestimmt nicht sonderlich bedrohlich wirkten. Leichte Beute. Routiniert nutzten die Gardeure bei ihrem Vormarsch die Lücken zwischen den gewaltigen Tanks.

»Wo war der Eingang?«, schrie Jost. »Wo war nochmal der verdammte Eingang?«

»Da!« Pablo deutete in eine Richtung, und seine andere Hand wanderte zum Griff seiner MP. »Ich erkauf uns ein bisschen Vorsprung.«

»Nein!«

Zu spät. Die MP bellte bereits los. Pablo hatte panzerbrechende Muni geladen. Anders ließen sich die gewaltigen Löcher nicht erklären, die seine Salve in die Wand des haushohen Tanks unmittelbar neben den Gardeuren schlug. In hohem Bogen schoss die klare Flüssigkeit aus den Tanks aus jedem der Lecks, die blitzschnell durch ein Netz aus Rissen miteinander verbunden waren. Nur ein oder zwei Sekunden später war der Druck auf das beschädigte Material hoch genug, damit eine ganze Seite des Tanks förmlich aufplatzte. Wie eine riesige Welle klatschte der Inhalt auf den Boden der Halle und riss die Gardeure von den Beinen. Die Flüssigkeit spülte über sie hinweg, zerstob in Teilen zu Gischt und Sprühnebel, die bis in den entferntesten Winkel spritzten. Das Zeug fühlte sich klebrig an wie Öl und verbreitete einen intensiven bitteren Geruch, den man regelrecht schmecken konnte.

»Du Idiot! Du verdammter Idiot!«

Die Gardeure rappelten sich auf, klatschnass und sichtlich desorientiert.

Pablo lachte und ließ weiter die MP sprechen. Eine der Wachen kippte um, der Oberkörper von drei Treffern zerfetzt, die anderen warfen sich der Länge nach hin und erwiderten umgehend das Feuer.

Pablos Kopf zerbarst in einer blutigen Wolke.

Josts rechte Schulter zerstäubte in einem feinen roten Nebel. Die Kamera rutschte ihm aus der Hand und zerschellte zu seinen Füßen. Er geriet ins Schwanken, ging aber nicht zu Boden.

»Grundreinigung der Anlage in dreißig Sekunden. Bitte nutzen Sie dringend einen der ausgewiesenen Notausgänge.«

Der Wachbot näherte sich stampfend.

Das Geräusch hatte etwas von einem Husten. Ihm folgte das Klimpern von Metall, das über eine harte Oberfläche hüpfte. Es blitzte grell.

»Es tut mir so leid«, hörte Pollock Bruno flüstern. »Es tut mir so unendlich leid.«

Er brauchte einen qualvoll langen Augenblick, um sich zu orientieren. Als er endlich begriff, dass er nicht mehr auf Gambela war, verstand er auch, dass er auf dem Rücken lag, die Beine quer über dem umgefallenen Stuhl, von dem er gerutscht sein musste. Das besorgte Gesicht über ihm gehörte Bruno. Nicht dem jungen Bruno, dem er vor zwanzig Jahren zum ersten Mal begegnet war, sondern dem älteren, der ihn auf seinem jüngsten Fall begleitet hatte. Nach At Lantis.

Oder ist das mein erster Fall? Seine Gedanken begannen wild durcheinanderzuwirbeln, frei von dem alles beengenden Druck, der sie gerade erst noch so träge gemacht hatte. *Ich bin* nicht *ich. Oder doch? Beauregard hat es gewusst. Wer noch? Madonna? Bruno? War ich wirklich tot? Bin ich noch tot? Hermes Christus! Denk nicht darüber nach. Es gibt keine Antwort. Alles Fleisch ist nur Gefängnis. Beauregard lügt. Und selbst wenn nicht: Du kannst es nicht ändern. Es ist, was es ist. Du bist, was du bist. Du bist du. Beauregard ... Beauregard ...* Pollock flüchtete sich in ein Gefühl, das ihm vertraut war: Zorn. *Dieser Wichser!*

»Jammer nicht!«, krächzte er Bruno heiser entgegen. »Hilf mir hoch.«

»Es tut mir wirklich leid«, wiederholte Bruno, tat aber, wozu ihn Pollock aufgefordert hatte.

»Klappe!« Pollock atmete einige Male tief durch den weit geöffneten Mund, wobei er sich halb an Brunos Schulter, halb an der Tischkante abstützte. »Okay ... okay ...«

»Du blutest!«, klagte Bruno.

»Wo?«

»Aus der Nase.«

»Scheiße ...« Pollock legte den Kopf in den Nacken und wedelte hektisch mit der Hand. »Taschentuch!«

Bruno gab ihm seins. Pollock hielt sich das kleine Stück Stoff unter die Nase und machte auf wackligen Knien einen Schritt nach hinten. »Bring mich zur Tür!«

»Wo willst du hin?«

»Ich habe einen Fall zu lösen.« *Und da interessiert es mich einen Scheißdreck, ob ich tot oder lebendig bin.*

70

Als Pollock aus einem der Schränke heraus und in die Kapitänskajüte hineinwankte, entglitten Leo Beauregard die kantigen Gesichtszüge: Er machte große Augen, und sein Kiefer klappte herunter. Allerdings gewann er schon nach wenigen Sekunden die Fassung zurück und zeigte wieder die Miene eines Generals, der von einem fernen Hügel aus dabei zusah, wie seine Truppen in eine alles entscheidende Schlacht zogen.

»Was für ein billiger Trick, Wilbur«, sagte er, als würde er einen inkompetenten Offizier aus seinem Stab rügen.

Lantis zuckte die Achseln.

»Beleidigt, dass Sie darauf reingefallen sind, Leo?« Pollock wünschte sich, er hätte höhnischer geklungen, doch das Taschentuch, mit dem er das langsam versiegende Rinnsal Blut aus seiner Nase auffing, verlieh seiner Stimme eher etwas Meckerndes.

Beauregard ignorierte ihn, schaute fast gelangweilt auf

seine Multibox und richtete dann den Blick fest auf Lantis. »Mir schwant schon, was Ihnen dieser Mann eingeredet hat, Wilbur. Er will mich in die Rolle des finsteren Drahtziehers drängen. Natürlich will er das. Er braucht einen Sündenbock für sein eigenes Versagen, seine eigene Unfähigkeit, die wahren Mörder zu stellen. Ich möchte Sie bitten, einen Moment über etwas nachzudenken. Etwas, das mit allem zusammenhängt, was ich Ihnen gerade über diesen Klon erzählt habe.«

»Sie ziehen Ihren Kopf nicht mehr aus der Schlinge«, grantelte Pollock und versuchte nicht weiter darauf zu achten, als was ihn Beauregard so beiläufig bezeichnet hatte.

Lantis hob beschwichtigend die Hand. »Lassen Sie ihn bitte reden ... Pollock.«

Beauregards Dank war ein knappes Nicken. »Haben Sie die Möglichkeit in Betracht gezogen, Wilbur, dass alles, was sich hier in letzter Zeit ereignet hat, von niemand anderem eingefädelt ist als *Knowledge Alliance?*«

»Bullshit!« Pollock setzte sich auf einen Hocker, den Bruno eilig aus einer der Ecken herbeischleifte und an der Querseite des Schreibtischs platzierte.

»*Alliance* möchte zwei Fliegen mit einer Klappe schlagen«, fuhr Beauregard ungerührt fort. »Sie wollen einen unumstößlichen Beweis dafür liefern, dass ihr Projekt Lazarus ein voller Erfolg ist, und sie wollen gleichzeitig Pollock Shermar als quotenträchtige Marke reanimieren. Was wäre dazu besser geeignet, als den neuen Shermar einen spektakulären Fall lösen zu lassen? Eine richtig harte Nuss mit richtig vielen Toten, und noch dazu vor einer farbenprächtigen Kulisse, die das Publikum in ihren Bann zieht?

Alles, was man dafür bräuchte, wäre ein skrupelloses Team aus Justifiers und einen Maulwurf, den man Ihnen untermogelt. Dieser Maulwurf müsste selbstverständlich jemand sein, der erstens die Sicherheitsvorkehrungen in At Lantis kennt und zweitens – und sei es auch nur aus dramaturgischen Gründen – jemand ist, dem Sie vertrauen. Ihre Sicherheitschefin wäre da eine ausgezeichnete Wahl. An und für sich kein schlechter Plan. Wenn man als Grundprämisse davon ausgeht, dass die Kopie von Pollock Shermar genauso gut ist wie das Original.« Beauregard drehte den Kopf in Pollocks Richtung. »Was offenkundig nicht der Fall ist, weil die Kopie lieber unbescholtene Atlanter mit billigen Tricks belästigt, statt sich auf die Suche nach der vorgefertigten Hauptverdächtigen zu machen.«

Pollock zog die Nase hoch und schluckte das Blut hinunter. *Original? Kopie? Völlig egal. Du bist dran, solange Wilbur nicht auf deine billigen Tricks reinfällt.*

Lantis faltete die Hände und tippte sich mit den Fingerspitzen gegen das Kinn. »Was meinst du dazu, Themis? Könnte Leo recht haben?«

»Es besteht durchaus eine gewisse Restwahrscheinlichkeit, dass dem so ist.« Die Stimme der KI verriet nichts mehr von ihrer Verunsicherung, die sie bei ihrem letzten Treffen mit Pollock empfunden hatte. »Nichtsdestoweniger sollte Mister Shermar ungeachtet der näheren Details seiner in Frage stehenden Herkunft Gelegenheit erhalten, Mister Beauregard mit den Gedankengängen und Indizien zu konfrontieren, auf denen seine Anschuldigungen fußen.«

»Vielen Dank.« Pollock steckte das Taschentuch weg. *Showtime!* »Zeigen Sie uns bitte das erste Bild, Themis?«

»Gern.« Die KI nutzte die Rundung eines antiken Globus als Projektionsfläche. Auf dem breiten Band des Atlantiks in seiner vergangenen Pracht erschien das Gesicht einer jungen Frau. Das Bild war leicht als Ausschnitt einer größeren Aufnahme zu erkennen, da hinter dem Kopf der Frau die Oberkörper weiterer Personen zu erkennen waren, die alle anscheinend eine Art Galauniform mit blitzblank polierten Knöpfen und auffälligen, geflochtenen Troddeln an den Schulterlitzen trugen.

»Was wir hier sehen«, sagte Pollock, »stammt aus dem Jahrbuch der Abschlussklasse 3019 der Militärakademie Bremen II, einer äußerst renommierten Einrichtung, die von *Gauss Industries* betrieben wird. Kennen Sie diese Frau, Wilbur?«

Lantis studierte einen Moment lang das Gesicht der frischgebackenen Offizierin. Sie hatte eine zierliche Nase, von Sommersprossen gesprenkelte Wangen und helle, wache Augen, deren Farbe an Kornblumen erinnerte. »Nein, tut mir leid. Ich bin dieser Frau nie begegnet.«

»Und Sie, Leo?«

Beauregard schwieg, doch sein Blick wurde unverkennbar härter.

Die wortlose Reaktion löste tiefe Zufriedenheit in Pollock aus, die er sofort als ersten Wall für ein inneres Bollwerk gegen die Zweifel an seiner wahren Natur nutzte. *Ich bin immer noch ich.* »Es wird Sie überraschen, wie diese Frau heißt, Wilbur. Ihr Name ist Gertrud Zelle, oder kurz Trudy Zelle.«

»Das ist nicht Trudy Zelle«, erwiderte Lantis.

»O doch«, hielt Pollock dagegen. »Es ist nur nicht die Person, die Ihnen und mir bisher unter dem Namen Trudy

Zelle bekannt war. Diese Trudy Zelle hier ist übrigens mit allergrößter Wahrscheinlichkeit tot. Sie wird bereits seit ihrer ersten Mission nach ihrem Abschluss vermisst. Ein Shuttleunfall. Eine Leiche wurde nie gefunden. Themis, das nächste Bild bitte!«

Die Frau auf der nächsten Aufnahme entlockte Lantis ein Brummen. »Und dann kam diese Dame hier vermutlich nicht als Trudy Zelle auf die Welt, auch wenn ich bis vor dreißig Minuten jeden Eid der Welt geschworen hätte, dass sie Trudy Zelle ist?«

»Sehr aufmerksam«, lobte ihn Pollock. Er lächelte Beauregard zu. »Möchten Sie das Rätsel lösen, Leo?«

Beauregard schwieg weiter.

»Na gut, dann eben nicht«, sagte Pollock. »Das ist Natasha Bunkanowa, die in derselben Abschlussklasse wie Gertrud Zelle war. Und jetzt wird es richtig interessant. Die beiden hatten denselben Ausbilder in den Fächern Aktive Interessenwahrung und Langzeitexkursionen. Für die Laien unter uns: Spionageabwehr und verdeckte Infiltrationen. Themis!«

Das dritte Bild zeigte die gesamte Abschlussklasse samt ihrer Ausbilder, die in strahlendem Sonnenschein auf den Stufen vor einem protzigen Säulenbau aufgereiht waren. Themis hatte um den Kopf einer der Lehrkräfte in der hintersten Reihe einen weißen Kringel eingefügt.

Pollock zwinkerte Beauregard zu. »Ich muss Ihnen ein Kompliment machen, Leo. Sie haben sich gut gehalten.« Er zeigte auf Bruno. »Und da ich mich ungern mit fremden Federn schmücke, will ich nicht verschweigen, dass ich auf diesen Zusammenhang ohne die tatkräftige Unterstützung meines Partners nie gestoßen wäre. Gute Arbeit, Kumpel.«

Bruno schluckte laut. »Es war mir ein Vergnügen.«

»Was soll das beweisen?«, fragte Beauregard erschütternd gefasst. »Ich habe eine Menge Leute ausgebildet, und ich bin nicht für ihr späteres Verhalten verantwortlich. Und wie du dich vielleicht erinnerst, Wilbur, habe ich mich damals enthalten, als es zur Abstimmung darüber kam, ob Trudy Zelle den Posten als Sicherheitschefin erhält.«

»Ich darf noch mal, ja?«, sagte Pollock rasch, ehe Lantis antworten konnte. »Themis war so freundlich, mir vorhin das Protokoll dieser Sitzung auszuhändigen. Es stimmt schon, Leo, Sie haben sich enthalten. Aber da war jemand anders, der sich massiv und sehr eloquent für die Anstellung von Trudy Zelle alias Natasha Bunkanowa eingesetzt hat. Ihre alte Freundin Cathy Clark. Sie hat sich redlich darum bemüht, jegliche Zweifel bei den anderen Mitgliedern des Gremiums auszuräumen. Sie hat durch ihren General-Neuroiden gesprochen. Ein kluger psychologischer Kniff, wenn Sie mich fragen. Alles in allem, Leo, stellte es kein Problem für Sie dar, sich bei der Abstimmung zu enthalten, weil die Mehrheiten dank des Einsatzes von Cathy ohnehin klar verteilt waren.«

Beauregard schaute wieder auf seine Multibox, als hätte er anderswo noch einen dringenden Termin und die ganze Veranstaltung in der Kapitänskajüte wäre nicht mehr als ein lästiges Ärgernis. »Das biegen Sie sich aber alles nach Herzenslust zurecht, Shermar, oder?«

Pollock suchte Lantis' Blick, der finsterer und finsterer geworden war. *Glaub an mich, alter König, glaub an mich. Ich tu's doch auch ...* »Mit Ihrem Einverständnis, Wilbur, würde ich nun den derzeitigen Stand meiner Ermittlungen in einer Theorie zusammenfassen, die Mister Beauregard als Haupttäter überführt.«

Lantis nickte bloß.

»Es schmerzt mich sehr, mit einer Ungewissheit anfangen zu müssen«, eröffnete Pollock seine Ausführungen. »Ich weiß nicht, wann Mister Beauregard zum ersten Mal von der Existenz jenes Virus gehört hat, das unter radikalen Betas als Droge mit dem harmlosen Namen Autopilot bekannt ist. Es spricht einiges dafür, dass Slim Kaschgalejew ihn darauf aufmerksam gemacht hat – der Mann, mit dem ihn seit Jahren eine lose Geschäftsfreundschaft verband. Slim Kaschegleew arbeitete in seiner aktiven Zeit schließlich für *FullCorp,* den Konzern, dem wir die Entwicklung von Autopilot zu verdanken haben.« *Und wegen dem ich anscheinend ins Gras gebissen habe, nur um dank einer ambitionierten Forscherin nur schlappe zwei Jahrzehnte später wieder als Abziehbild meiner selbst quietschfidel durch die Gegend zu springen.* »Mister Beauregard ließ sich von Slim diverse Mittelchen besorgen, um seinen altersbedingten Zipperlein Linderung zu verschaffen. Die Variante Zipperlein, wie sie einen ausgebrannten Suprasoldaten quälen, und die Sorte Mittelchen, die noch nicht auf Nebenwirkungen getestet wurden. Im Gegenzug lieferte Mister Beauregard das eine oder andere ungewöhnliche Spiel aus den Weiten des Weltalls oder traf sich gelegentlich auf eine Partie Zitteraal – ein Freizeitvergnügen, das er Slim überhaupt erst näher brachte. Wollen Sie sich dazu irgendwie äußern, Mister Beauregard?«

Beauregard wollte nicht.

»Als alter Mann fürs Grobe erkannte Mister Beauregard den potenziellen Nutzen von Autopilot als subtiles Mordwerkzeug. Um seine Pläne allerdings in die Tat umzusetzen, musste er erst die nötigen Voraussetzungen schaffen. At Lantis gilt nicht umsonst als der sicherste Ort des Universums. Wer hier seiner Mordlust nachgeben will, hat viele Sicherheitsvorkehrungen zu berücksichtigen, die das Leben der Atlanter schützen sollen. Was tun? Da wird auf einmal auf wundersame Weise der Posten des Sicherheitschefs frei. Ich will mich nicht zu Mutmaßungen hinreißen lassen, wie dieses Stellenangebot zustande kam. Das können wir uns zu einem späteren Zeitpunkt noch einmal genauer ansehen.« *Und werden höchstwahrscheinlich feststellen, dass Trudys Vorgänger nicht aus freien Stücken in Pension gegangen ist, du Bastard.* »Wie dem auch sei: Mister Beauregard sah seine Chance, und er nutzte sie. Er gewann Natasha Bunkanowa für sich, eine seiner Schülerinnen an der Akademie Bremen II. Natasha erklärte sich gegen eine entsprechende Entlohnung bereit, zu Trudy Zelle zu werden, und Mister Beauregard wirkte auf seine Freundin Cathy Clark ein, damit sie den Rest des Gremiums, das über die Stellenbesetzung zu entscheiden hatte, für Miss Zelle begeistert.« Er stockte. »Ach ja, richtig, das wollte ich Sie unbedingt fragen: Was haben Sie Bunkanowa geboten, dass sie bei Ihrem Komplott einsteigt? Geld? Einen besseren Posten bei *Gauss,* wenn die Sache hier vorbei ist?«

Beauregard beantwortete die Frage nicht, aber Pollock glaubte, die leiseste Andeutung eines Kopfschüttelns seitens Beauregard zu erkennen.

»Jedenfalls«, fuhr Pollock fort, »konnten Sie nun, nachdem Bunkanowa an Ort und Stelle war, die nächste Stufe zünden. Bunkanowa verfügte nämlich über die entsprechenden Befugnisse, um unbemerkt so viele Einsatzkräfte nach At Lantis zu schleusen, wie sie nur wollte. Justifiers. Beta-Justifiers, um genau zu sein. Die waren bestens geeignet, um unauffällig – und unter irgendwelchen fadenscheinigen Vorwänden, wie ich vermute – Kontakt zu den Beta-Escorts aufzunehmen, die Sie als Überträger für das Virus auserkoren hatten. Sie haben Slim dazu bewegt, Ihnen eine Ladung Autopilot zu liefern. Da Paranoia aber schon vor Ihrer Zeit in At Lantis fester Bestandteil Ihres Lebensstils war, wollten Sie sich zunächst vergewissern, dass die Ware auch hielt, was Ihnen Slim versprochen hatte. Also führten Sie einen kleinen Testlauf durch. An Francisco da Mota, Ihrem Etagennachbarn mit dem Japanfimmel. Liege ich bis jetzt richtig?«

»Fahren Sie zur Hölle«, raunte Beauregard und schaute abermals auf seine Multibox.

Nein, danke. So wie es aussieht, wollte man mich da beim ersten Anlauf auch nicht haben. Pollock schöpfte immer mehr Kraft und Willensstärke aus dem Umstand, dass er es auch in zwanzig Jahren nicht verlernt hatte, einen schwierigen Fall zu einem erfolgreichen Abschluss zu bringen – unabhängig davon, ob er nun zwischenzeitlich tot gewesen war oder nicht. »Nach der geglückten Generalprobe musste Slim dran glauben. Das ist nur konsequent, weil er Ihre weiteren Pläne hätte gefährden können. Slim war sich dessen übrigens zumindest ansatzweise bewusst. Warum sonst hätte er Thorium Makutsi mit Fragen löchern sollen, den Heavy, von dem Slim der Auffassung war, er hätte irgendeinen geheimen Sprungantrieb in seiner Wohnung versteckt? Slim ging der Arsch auf Grundeis, und er suchte verzweifelt nach irgendeiner Möglichkeit, sich unauffällig abzusetzen. Es ist eine erstaunliche

Leistung, dass Sie ihn trotzdem erwischt haben, Mister Beauregard. Vor allem, wenn man bedenkt, dass Slim ja eine ungefähre Vorstellung davon hatte, was Autopilot bei einem normalen Menschen anrichtet, wenn er sich damit infiziert. Wie haben Sie das bewerkstelligt? Haben Sie sich genau die Nutte als Überträgerin herausgepickt, mit der Slim schon öfter zu tun hatte? Von der er fälschlicherweise ausging, sie wäre sauber?«

Beauregard verlegte sich wieder auf eisiges Schweigen.

»Der Rest ist eigentlich schnell erzählt.« Pollock zuckte die Achseln. »Sie haben einen nach dem anderen Mord in Auftrag gegeben. Dann bin ich auf der Bildfläche erschienen, und ich war Ihnen wenig überraschend zu neugierig. Also haben Sie zweimal versucht, mich umbringen zu lassen. Einmal in Slims Wohnung, und einmal in Brasilia, wo Sie mich mit den Informationen hingelockt haben, die von Ihnen auf der Multibox des Bullen für mich ausgelegt wurden wie ein Köder. Halt, nein, es waren *drei* Versuche, mich loszuwerden. Wir wollen ja die Jäger nicht vergessen, die Sie mir auf dem Rückweg von Brasilia auf den Hals gehetzt haben. Aber wir wollen nicht kleinlich sein, oder?« Pollock seufzte. »Soll ich Ihnen sagen, was Ihr größter Fehler war? Weshalb ich Ihnen auch ohne die Bilder, die mir Bruno dankenswerterweise besorgt hat, auf die Schliche gekommen wäre?«

Beauregard funkelte ihn an. »Was?«

»Dass Sie Cathy Clark und diesen Bullen mit dem gleichen Gift eliminiert haben«, sagte Pollock. »Wilbur hat Ihnen bereits die Fragen gestellt, die ich Ihnen auch gestellt hätte. Ich wäre nur etwas hartnäckiger am Ball geblieben.« Er beugte sich vor und legte Lantis kurz die Hand auf den

Unterarm. »Das soll keine Kritik sein, Wilbur. Sie sind nur ein Liebhaber der gehobenen Ermittlungskünste, und ich schimpfe mich schließlich Profi.«

»Davon ist bei einigen Ihrer Schlussfolgerungen nichts zu merken.« Beauregard verschränkte die Arme vor der breiten Brust. »Ich habe Cathy nicht ermordet. Ich habe sie erlöst. Auf ihren eigenen Wunsch. Es ging schnell. Und sie war von Anfang an in meine Pläne eingeweiht und hat sie aus freien Stücken und tiefster Überzeugung unterstützt.«

»Cathy?« Lantis schüttelte den Kopf. »Das glaube ich Ihnen nicht.«

Aus freien Stücken und tiefster Überzeugung ... Pollocks Instinkte ließen ihn auch jetzt nicht im Stich. »Ich glaube es ihm schon. Cathys Motiv war die Eifersucht auf ...« Er bekam gerade noch den Mund zu, ehe er das Geheimnis um Themis vor Beauregard preisgab. Eine überflüssige Selbstzensur, wie sich gleich danach herausstellte.

»Cathy hat mir viel über Sie und Ihre besonderen Vorlieben verraten, Wilbur«, sagte Beauregard voll Abscheu in der Stimme. »Ich habe nie begriffen, warum sie Sie nicht mehr gehasst hat als das Ding, an das Sie Ihre Seele verkauft haben.«

Bruno gab einen jener glucksenden Pfiffe von sich, mit dem er zuvor schon auf Beauregards Ausführungen über Projekt Lazarus reagiert hatte.

»An Ihrer Stelle wäre ich sehr vorsichtig, wie Sie über das Wesen sprechen, das ich liebe«, warnte Lantis sein Gegenüber.

»Er darf diesen Raum nicht mehr verlassen«, kam es plötzlich von Themis in einer ungewöhnlichen Schärfe.

Pollock jagte der Tonfall der KI einen eiskalten Schauer

den Rücken hinunter. *Beauregard hat gerade sein eigenes Todesurteil unterzeichnet ...*

»Später, mein Schatz, später«, vertröstete Lantis seine Geliebte und blickte versonnen zur Decke.

Pollock nutzte die Gelegenheit, um einen letzten Punkt anzusprechen, der eine klaffende Lücke in seinem Theoriegebäude war. »Jetzt weiß ich, warum Cathy Ihnen geholfen hat, Leo. Aber was ist mit Ihrem Motiv? Ist es Hass auf Betas? Das ist das Einzige, was für mich irgendeinen Sinn ergibt. Sie haben mir gegenüber keinen Hehl daraus gemacht, wie Sie zu Betas stehen. Wie hat er dich noch gleich genannt, Bruno?«

»Einen hübsch dressierten Anstandswauwau«, ratterte Bruno den Output seines eidetischen Gedächtnisses herunter. »Einen lebenden Pressetext. Ein Wunder der modernen Genetik. Letzteres würde ich als sarkastische Spitze werten.«

Beauregard tat nichts anderes, als auf seine Multibox zu schauen.

»Langweile ich Sie?«, fragte Pollock. »Das tut mir leid. Also war es tatsächlich Betahass, nicht wahr? Sie haben extra Betas als Einsatzkräfte angeheuert, damit die sich überzeugend als Zelle von Pride Fur ausgeben können. Sie haben die Escorts beseitigen lassen, die unwillentlich zu Ihren Mordwerkzeugen wurden. Sie haben zwar nur Personen als Ziele ausgewählt, die sich nicht gerade als Betarechtsaktivisten verdient gemacht haben, doch das war eben genau der Plan. Stimmung gegen Betas machen, indem man Leute umbringt, die sich gegen die Stärkung von Betarechten aussprechen. Das lässt sich nämlich ganz wunderbar Pride Fur in die Schuhe schieben, und schon hat man der gesamten Betarechtsbewegung möglicherweise irreparablen Schaden zugefügt. Das nennt man wohl perfide.«

»So sehen Sie mich also, Shermar?« Beauregard seufzte, und ein überraschend trauriges Lächeln spielte um seine Mundwinkel. »Als einen alten Mann, der von Hass zerfressen ist?«

»Der Eindruck drängt sich zumindest auf«, entgegnete Pollock.

»Gerade Sie sollten sich doch darüber im Klaren sein, dass der erste Eindruck oft täuscht«, sagte Beauregard. »Ich habe das alles nur aus Respekt getan. Aus Respekt vor den unzähligen Männern und Frauen, die jeden Tag auf Schlachtfeldern überall in der Galaxis sinnlos sterben. Wissen Sie, wie viele Menschen ich in einen grausigen Tod geschickt habe? Wie viele Durchhaltebefehle ich ausgegeben habe, obwohl feststand, dass die, die ihn erhalten, deswegen nie wieder nach Hause zu ihren Familien zurückkehren? Wie vielen Eltern ich ihre Kinder geraubt habe? Kinder, denen ich eigenhändig beibrachte, wie man andere foltert und massakriert? Alles auf Geheiß der Chefetagen. Das ist das wahre Morden, Shermar, und es könnte von heute auf morgen vorbei sein. Aber es ist nicht vorbei. Und warum? Weil sich überbezahlte Feiglinge, die noch nie einen Kameraden hatten, der von einer Granate zerrissen oder von einem Flammenwerfer verbrannt oder von einer Vibroklinge in zwei Hälften geteilt wurde, nicht den Mut haben, das zu tun, was richtig ist. Schauen Sie sich um, Shermar. Wir leben in einer Welt, in der alles möglich und alles machbar ist. Man holt sogar manche Toten ins Leben zurück, wenn es sich denn lohnt. Man erschafft Kreaturen wie die, die Sie Ihren Partner nennen, und trotzdem müssen weiter Abertausende von echten Männern und Frauen, die Väter und Mütter und Söhne und Töchter haben, in den Krieg ziehen? Ist das gerecht?«

Nun war es an Pollock, einfach nur zu schweigen. *Er hat Tränen in den Augen. Er glaubt wirklich daran, dass er anderen helfen will.*

»Nein, es ist nicht gerecht. Es ist ein Verbrechen.« Seine rechte Hand wanderte ans Revers seines Anzugs. »Und ich und die, die mit mir für diese gute Sache eintreten, werden diesem Verbrechen ein Ende setzen. Koste es, was es wolle. Was ist das Leben von all diesen degenerierten Schmarotzern, die sich hier versammelt haben, um den Rest der Welt zu vergessen, gegen das der Abermilliarden tapferen Soldaten, die wir retten werden? Was sind diese Idioten wert, die sich von einem wahnsinnigen Möchtegernkönig betrügen lassen, der einen Haufen Einsen und Nullen mehr liebt als seine Artgenossen aus Fleisch und Blut?«

»Es ist vorbei«, sagte Pollock sanft. »Ihr Plan ist gescheitert, Leo.«

»Was wissen Sie von meinem Plan?« Beauregard lachte auf. »Meinen Sie, mir wäre es nur darum gegangen, eine kleine Handvoll von diesen vergeudeten Existenzen aus der Welt zu schaffen? Sie denken in viel zu kleinen Maßstäben, Shermar. Warum sollte ich mich damit begnügen, wenn ich noch so viele mehr von ihnen auslöschen kann? So viele, dass es hinterher keine Debatten mehr darüber gibt, dass Betas nicht mehr sind als Tiere. Tiere, die man in jedem noch so überflüssigen Gefecht verheizen kann, ohne diesen Bestien auch nur eine einzige Träne nachzuweinen. Mein Plan ist nicht gescheitert.«

Pollocks Mund war mit einem Mal staubtrocken. *Er wusste es. Er wusste, dass ich ihn überführen würde. Er ist Wilburs Einladung nur gefolgt, um uns abzulenken.*

»Mein Plan ist eben erst in seine entscheidende Phase getreten.« Beauregard schaute auf seine Multibox. »Vor ungefähr dreizehn Minuten.« Er neigte den Kopf ein Stück zur Seite und sprach gelassen in den Anstecker mit dem Symbol von *Gauss Industries* am Revers seines Anzugs. »Der Erste Maat muss sterben. Schalten Sie dieses Monster ab, Natasha.«

71

Pollock sprang auf. »Was haben Sie getan?«

»Das Richtige«, antwortete Beauregard und legte die Hände in den Schoß.

Lantis war ebenfalls in die Höhe geschossen. Er entfernte sich einige Schritte vom Schreibtisch, rückwärts, den Kopf im Nacken, wie ein Mann, der den Himmel nach jenem wohlmeinenden Gott absuchte, der eben noch seine schützende Hand über ihn gehalten hatte. »Themis!«, schrie er. »Themis!«

Die KI gab keine Antwort.

Pollock packte Beauregard an den Schultern und schüttelte ihn. »Was haben Sie getan?«

Bruno hatte die Hände über dem Kopf zusammengeschlagen und pfiff aufgeregt.

Beauregard, der die grobe Behandlung ruhig über sich ergehen ließ, sah Pollock ins Gesicht. »Sie können es nicht mehr aufhalten, Shermar.«

»Das kaufe ich nicht«, herrschte Pollock den alten Supra-soldaten an. »Überzeugen Sie mich davon.«

»Themis!«, schrie Lantis. »Themis! Antworte mir!«

»Wenn Sie darauf bestehen ...« Mit spielerischer Leich-tigkeit wischte Beauregard Pollocks Arme beiseite. »Mein Team hat, bevor ich hierhergekommen bin, in einem ers-ten Schritt größere Mengen Autopilot in die Tanks der Trinkwasseraufbereitungsanlage in den untersten Ebenen dieser Station eingebracht. In die Tanks mit dem frisch gereinigten Wasser, versteht sich. Das Autopilot ist in Gel-kapseln isoliert gewesen, die sich innerhalb der nächsten Stunde aufgelöst haben sollten. Gleichzeitig mit der Ab-schaltung der KI haben meine Leute die vollständige Kon-trolle über sämtliche Sicherheitssysteme übernommen. Und über die Steuerung der Pumpen, die das Trinkwasser in die höheren Etagen befördern.«

»Sie wollen die ganze Hauptinsel infizieren!«, sagte Pol-lock schockiert. »Das ist Massenmord!«

Lantis' verzweifeltes Rufen war verstummt.

»Meinen Schätzungen zufolge wird es uns nicht gelin-gen, alle Bewohner der Hauptinsel zu treffen«, erwiderte Beauregard sachlich. »Aber mehr als genug, um unser ei-gentliches Missionsziel zu erreichen.«

Pollock wurde schwindelig. Er sah nichtsahnende Men-schen vor sich, die in Duschen und Badewannen stiegen, sich die Zähne putzten, ein Glas Wasser aus dem Hahn tranken, sich von ihren Küchenbots einen Kaffee oder eine Suppe kochen ließen ...

Beauregard lächelte ihn glücklich an. »Sie haben es mir wirklich nicht leicht gemacht.«

Ehe Pollock darauf etwas erwidern konnte, spürte er

einen harten Stoß in die Seite und taumelte nach rechts gegen Bruno, doch sie hielten sich beide irgendwie auf den Beinen.

Ein Schuss krachte, und aus Beauregards Hinterkopf spritzte Blut und Hirnmasse. Ein zweiter Schuss traf ihn in die Nase, ein dritter unter das Auge mit der Narbe.

Lantis hob das Bein an und versetzte der Leiche, die nur noch einen halben Kopf auf den Schultern trug, einen Tritt vor die Brust. Der Stuhl mit dem Toten kippte um. Lantis machte einen Schritt nach rechts und gab drei weitere Schüsse aus seinem schweren Revolver ab. Dann beugte er sich zu der Leiche hinunter und spuckte ihr ins Gesicht.

»Wilbur«, sagte Pollock so vorsichtig, wie es das eigene wilde Pochen seines Herzens zuließ. »Wilbur, wir haben keine Zeit für so was.«

Lantis' Kopf fuhr herum. Die eisige Entschlossenheit in seinen Augen war schlimmer als der Anblick von Beauregards Leiche. »Sie haben Recht. Wir müssen zu Themis.«

72

Dem ersten Trooperpärchen, dem sie auf ihrem Weg zum nächsten Gleiterlandeplatz begegnet waren, hatte Lantis ein paar knappe Befehle entgegengebellt. »Stellen Sie so viele Wasserleitungen manuell ab, wie Sie finden können. Überall auf der Insel. Im privaten und im öffentlichen Raum. Lassen Sie sich auf keinerlei Diskussionen ein. Eine Leitung abstellen und sofort weiter zur nächsten. Mit Gewalt, wenn es sein muss. Und jemand muss runter in die Aufbereitungsanlage und die Frischwassertanks abklemmen. Geben Sie das an alle Einheiten weiter, die Sie erreichen.« Die Trooper waren blass um die Nasenspitze gewesen, als sie losgerannt waren, um die Anordnungen umzusetzen. *So haben sie ihren König wohl noch nie erlebt ...*

Bevor sie bei ihrem Sturzflug die Achse der Nabe hinunter einen kurzen Zwischenstopp in jener Halle eingelegt hatten, in der Pollock Wilbur Lantis zum ersten Mal gesehen und gemeinsam mit ihm ein Massaker an Bots angerichtet hatte, hatte der ungekrönte Herrscher von At Lantis Bruno und ihm erklärt, weshalb er so sicher war, dass Beauregards Schergen Themis nicht gelöscht hatten. »Ihre Datenbanken sind fest mit einem zentralen Knoten verdrahtet, an dem die Kontrollbahnen für die automatisierten Prozesse zusammenlaufen. Löscht man die Datenbanken, löscht man den Knoten mit. Das war ein Liebesbeweis von mir an sie. Falls sie jemals sterben sollte, stirbt At Lantis mit ihr. Diese Schweine haben sie nur runtergefahren.«

»Wie in einem Koma?«, hatte Bruno nachgefragt.

»Wie in einem Koma. Ihr Bewusstsein ist aus. Sie ist nur noch eine leere Hülle.«

Pollock hatte aus Lantis' Arsenal die *Mower* ausgewählt, die schwere MP, mit der er gegen die Bots so gute Erfahrungen gemacht hatte. Lantis selbst schnallte sich einen Flammifer um den rechten Unterarm. Pollock hatte noch keinen Flammenwerfer gesehen, der so handlich gewesen wäre.

»Ich dachte, die Cross Corporation stellt so was nur als Unterlaufwaffe für Sturmgewehre her«, hatte er angemerkt.

»Ein Prototyp«, war die Antwort gewesen. »Ich habe auch in der Kirche meine Freunde, die sich vorstellen können, ihren Lebensabend unter meiner Obhut zu verbringen.«

Bruno hatte mit einem lakonischen »Ich bin ein miserabler Schütze« auf eine Fernwaffe verzichtet. Doch nach dem, was Bruno vor ein paar Stunden mit dem Tigerbeta angestellt hatte, machte sich Pollock keine Gedanken darüber: Der Nacktmull würde auch so bestens zurechtkommen.

Das Unheimlichste für Pollock an der Halle, die Themis'
Entsprechung eines Gehirns in sich barg, war weder das
blaue Licht noch die trockene Kälte. Es war die Ruhe,
die dort herrschte. Die brusthohen Bots, die bei Pollocks
vorherigem Einblick an diesen ungewöhnlichen Ort so
geschäftig gewesen waren, standen still. Einige waren mitten in der Verrichtung ihrer Pflicht erstarrt, und die transpa-
renten Speicherplatten in ihren Greifarmen wirkten mit
einem Mal so fragil wie gesponnenes Glas. Nur ein einziges
Geräusch durchbrach die Stille: Aus der Ferne – von der
flüssigkeitsgefüllten Säule in der Mitte der Halle – war ein
leises Klackern zu hören. *Da müssen wir hin.*

»Fertig?«, fragte Lantis.

»Fertig.«

Sie schlichen in einer Dreiecksformation mit Lantis an
der Spitze in den Irrgarten aus Speicherbänken vor. Ein
ums andere Mal sahen sie sich gezwungen, den direkten
Weg zu verlassen, weil er ihnen von einem liegen geblie-
benen Bot versperrt war, an dem sie sich nicht vorbeiquetschen konnten. Sie beiseitezuschieben, wäre womöglich
gegangen, aber hätte unnötigen Lärm verursacht.

Ohne Lantis hätten sie definitiv die Orientierung verloren, doch der führte sie zielsicher auf das Klackern zu, das
nach und nach lauter wurde, bis Pollock es schließlich als
das Hämmern von Fingern auf einer Tastatur identifizieren konnte. Er wischte sich den kalten Schweiß von der
Stirn. *Gleich wird es ernst ...*

Nach einer Strecke, die Pollock viel zu lang erschien,
hatten sie sich dem Zentrum der Halle so weit genähert,
dass er die Kugel deutlich sehen konnte, die in der Säule
schwamm. Er schätzte ihre Größe auf gute zwei Meter im

Durchmesser, und sie war nicht glatt, wie es auf dem Bild der Überwachungskamera ausgesehen hatte. Sie bestand aus den Spitzen unzähliger schwarzer Nadeln, die dicht genug beieinanderstanden, um die Illusion einer geschlossenen Oberfläche zu erzeugen. *Keine Blitze. Themis ist aus.*

Lantis bedeutete seinen Begleitern, stehen zu bleiben. Dann zeigte er auf die nächste Lücke in den Speicherbänken und formte mit den Lippen ein *Da*.

Pollock verstand sofort. Hinter dieser Lücke begann die Freifläche, auf der sich die Säule erhob. Ab dort hatten ihre Gegner freies Schussfeld. Er sah Lantis an und hob fragend die Schultern.

Lantis deutete auf den Bot, den die Abschaltung ziemlich genau in der Mitte der Lücke erwischt hatte. Er ahmte mit den Fingern ein laufendes Beinpaar nach und ging kurz in die Knie.

Riskant. Aber was wäre es in dieser Situation nicht? Er nickte. Anschließend zeigte er auf den Bot, nahm die Arme auseinander, um die Breite der Maschine zu simulieren, ehe er nickend auf sich und Lantis wies. Er reckte das Kinn in Brunos Richtung und schüttelte den Kopf. *Da passen wir unmöglich alle drei dahinter.*

Lantis zeigte auf Bruno und dann auf den Boden.

Okay. Dann also nur wir beide, Wilbur.

Lantis zählte an den Fingern von drei aus abwärts. Auf drei huschten er und Pollock hinter die schmale Seite des Bots. Pollock rechnete fast damit, dass das Klackern aufhören würde, aber es hielt an. Vorsichtig lugte er um die Kante seiner Deckung.

Trudy stand unmittelbar am Fuß der Säule. Das Sturmgewehr, das sie im Anschlag hatte, beunruhigte Pollock

viel weniger als der Umstand, dass sie eine schwere, pech-
schwarze Kampfpanzerung trug. *Man muss es positiv sehen.*
Immerhin hat sie den Helm nicht auf.

Der Verursacher des Tastaturklackerns war ein wesentlich leichter gerüsteter Schimpansenbeta. Allem Anschein
nach war er nur mit einer leichten Pistole ausgestattet, die
aufgrund der Bohrungen an ihrem Lauf leicht als Schall-
waffe zu erkennen war. Er hockte vor einem Klapprechner,
der über zwei Kabel mit Anschlüssen im Sockel der Säule
verbunden war. Das weiße Leuchten des Monitors verlieh
ihm eine ungesund bleiche Gesichtsfarbe.

Pollock zog den Kopf wieder ein. Lantis tippte ihm auf
die Schulter. »Was jetzt?«

Jetzt hätte ich gern einen ordentlichen Schluck Hochprozen-
tiges, um meiner Birne auf die Sprünge zu helfen. Dann hatte
er erstaunlicherweise auch ohne Hilfsmittel eine Idee. Er
rief sich die Distanz zwischen ihnen und Trudy ins Gedächtnis, um sich zu vergewissern, dass es auch tatsächlich
eine zündende Idee war. *Zehn Meter, vielleicht zwölf. Ja, das*
könnte klappen. Beim Vorbeiquetschen an einigen anderen
Bots auf ihrem Weg hierher hatte Pollock bemerkt, dass
die Dinger für ihre klobigen Ausmaße recht leicht waren.
Er stellte Lantis pantomimisch dar, was ihm vorschwebte.
Lantis grinste.

Sie brachten sich in Position und drückten geduckt die
Schultern gegen den Bot. *Tatsächlich! Das Teil rollt!*

»Alarm, Link!«, kam es beinahe sofort von Trudy, und
dann prasselten auch schon die ersten Kugeln aus dem
Sturmgewehr gegen den Bot.

»Schneller! Schneller!«, feuerte Lantis sich und Pollock
an.

Einmal rutschte Pollock ein Fuß auf dem glatten Boden weg, doch er behielt die Balance. Er warf einen Blick nach hinten, voll plötzlicher Sorge, Bruno könnte sich einen Querschläger einfangen. Was er sah, war um einiges schlimmer: Sein Partner wurde von dem Stachelschweinbeta angegriffen, der schon Pollock nach dem Leben getrachtet hatte. Der Justifier hatte ein Kampfmesser gezückt und stürzte sich von einer der Speicherbänke mit einem lauten »Stirb, du Ratte!« auf den Nacktmull.

Schau nach vorn! Er kommt schon allein klar! Schau nur nach vorn!

In dem Augenblick, als Pollocks Autosuggestion wirkte, ließ Lantis den rollenden Bot den rollenden Bot sein und machte einen Schritt zur Seite, den rechten Arm nach vorn gestreckt, die Hand nach oben angewinkelt. Der Flammenwerfer spie seine tödliche Ladung aus, und Pollock spürte ihre Hitze über sein Gesicht streifen. Das Sturmgewehrfeuer brach ab, ersetzt durch einen irren Schrei.

Pollock blieb wie angewurzelt stehen, während der Bot ein, zwei Meter weiterrollte und den Blick auf ein schauriges Spektakel freigab. Lantis' zahlreiche Übungsstunden in seinem Hobbykeller für Waffennarren hatten sich zweifelsohne ausgezahlt. Trudys Kopf *brannte!* Sie schleuderte das Sturmgewehr von sich und hieb sich mit beiden Händen ins Gesicht, um die Flammen zu löschen. Dann war Lantis an sie heran und steckte sie mit einer beiläufigen Bewegung, die an einen Mann beim Wässern seines Gartens erinnerte, und einem zweiten Feuerstoß von Kopf bis Fuß in Brand.

Der Geruch von verkohltem Fleisch und verschmortem Plastik kroch in Pollocks Nase. Siedend heiß fiel ihm der zweite Gegner ein.

Einen winzigen Moment sah es so aus, als würde sich der Schimpanse ergeben. Als er jedoch die Augen zusammenkniff und aus vollem Hals brüllte »Du Arschloch hast meine Anjelica gekillt!«, wusste Pollock, dass das nur Wunschdenken gewesen war. Er schoss die *Mower* aus der Hüfte, und es zahlte sich aus, dass die MP nur Salven abgeben konnte. Der absolute Großteil der Geschosse riss zwar nur Kratzer in den Säulensockel – *Sorry, Themis!* –, aber eines traf den wilden Affen in den Bauch und schickte ihn zu Boden. Pollock stürmte zu ihm, drosch ihm den Lauf der *Mower* in die Fresse und wand ihm die Schallpistole aus der Hand. »Ganz ruhig, verstanden?« Der Schimpanse schnappte noch einmal nach ihm, doch nach einer zweiten Züchtigung mit dem *Mower*-Lauf war Ruhe.

Pollock wirbelte herum. *Bruno!*

In der Lücke zwischen den Serverbänken war nichts zu sehen. Pollock sprintete los. »Bruno!«

Er fand den Nacktmull auf dem Boden sitzend. Sein Sidekick hatte die linke Hand gegen einen Schnitt in der rechten Schulter gepresst. Das Stachelschwein lag einen halben Meter weiter und rührte sich nicht. Als er das gute Dutzend Stacheln sah, die in Brunos Hand steckten – nein, die sich durch sie hindurch *gebohrt* hatten –, schnürte es ihm die Kehle zu. *Das Gift!*

Bruno sah zu ihm hoch. »Könnte ich bitte mein Taschentuch zurückhaben? Ich müsste diese Blutung hier stoppen.«

Pollock fiel neben seinem Partner auf die Knie. »Das Gift …«

»Die sind von seinem Kopf«, erklärte Bruno. Seine Stimme zitterte und bebte. »Ich hab sie ihm ausgerissen. Lektion Sieben für Nahkampf auf engstem Raum: Richte die Waffe deines Gegners gegen ihn.«

Pollock schaute zum Stachelschwein. Ein dickes Büschel seiner eigenen Stacheln ragte ihm aus der linken Augenhöhle. *Mein Sidekick ist ein Killer!*

»Mein Taschentuch«, erinnerte ihn Bruno.

»Ja, klar.« Pollock kramte es aus seinem Mantel und reichte es ihm rüber. »Geht's mit den Schmerzen?«

»Welche Schmerzen?« Bruno drückte das Taschentuch auf die Wunde in seiner Schulter. »Ich bin ein Nacktmull. Wir haben keine Schmerzen.«

Ein entsetzliches Gekreisch ließ Pollock herumfahren. Lantis stand nicht mehr bei Trudys rauchender Leiche. Er stand über den verletzten Schimpansen gebeugt, und es sah so aus, als hätte er zwei Finger in das Loch in dessen Bauch geschoben. »Schalt sie wieder an!«, brüllte Lantis. »Fahr sie sofort wieder hoch!«

»Ja! Ja! Ja!«, heulte der Hacker.

»Ich muss mal eben da rüber, glaube ich«, sagte Pollock zu Bruno.

»Geh ruhig. Ich komm schon zurecht.«

73

Die gute Nachricht bestand darin, dass Link trotz seines
Blutverlusts und seiner sicherlich üblen Schmerzen – er
war nun einmal kein Nacktmull – in der Lage war, Themis
aus ihrem Koma aufzuwecken. Die erste schlechte Nachricht war, dass das vollständige Hochfahren der KI mindestens einige Stunden dauern würde. Sie war zwar im weitesten Sinne ansprechbar, doch das, was sie zu sagen hatte,
bot nicht viel Sinn.

Als Lantis sie fragte, wie sie sich fühlte, antwortete sie in
einer durch und durch modulationsfreien Stimme: »Man
fühlt nicht wie. Man fühlt etwas. Insekten haben Fühler.
Insekten bilden Staaten. Ich fühle mich neu. Ich fühle
mich schön.«

Als Lantis ihr sagte, wie froh er war, sie zurückzuhaben,
entgegnete sie: »Du hast mich nie verloren. Nur Dinge gehen verloren. Ich bin kein Ding. Verlorene Seelen. Verlorene Schlüssel. Der Schlüssel passt ins Schloss, aber nicht

jeder Schlüssel passt in jedes Schloss.« Und als Lantis ihr von dem Gift zu erzählen begann, das Beauregards Helfer in ihre Adern geleitet hatten, quittierte sie das mit: »Ich will das jetzt nicht hören. Wir reden ein anderes Mal darüber. Ich möchte mich nicht mit dir streiten müssen. Streit ist Gift für unsere Beziehung.«

Die zweite schlechte Nachricht war noch schlechter: Solange Themis nicht wieder vollkommen bei klarem Verstand war, gab es keine Möglichkeit, die Kontrolle über die Pumpen der Trinkwasseraufbereitungsanlage zurückzugewinnen. »Es ist wirklich so«, beteuerte Link schwach, während Pollock Lantis davon abhalten musste, erneut in den Eingeweiden des Affen herumzubohren. »Ich schwöre es. Mein Programm hat die Tür hinter mir zugemacht, als ich wieder aus dem System raus war. Da geht nichts. Das kann höchstens die KI reparieren.«

Lantis legte die Stirn an die Säule, durch die nun wieder vereinzelt schwache Blitze zuckten. »Das ist das Ende von At Lantis. Das Ende meines Traums.«

»Ihre Trooper sorgen doch dafür, den Schaden wenigstens einzudämmen«, versuchte Pollock, ihn zu beruhigen. »Es ist unmöglich die volle Dosis in die Versorgung gelangt.« Er stieß Link mit dem Fuß an. »Wie lange dauert es, bis das verseuchte Wasser von der Aufbereitungsanlage in den bewohnten Ebenen der Station ankommt? Es wird ja wohl nicht sofort auf wundersame Weise da raufteleportiert, oder?«

»Nein, wird es nicht«, ächzte Link schwach. »Es wird einige Zeit dauern, bis es da ist.«

»Wie lange, Mann?«

»Maximal drei Stunden.«

Während Pollock noch rechnete, sagte Bruno dumpf: »Bis dahin ist Miss Themis noch nicht wieder richtig wach, fürchte ich.«

Pollock schenkte seinem Partner einen langen, mitfühlenden Blick. »Ich kann das nicht mit ansehen.«

»Wir haben wenigstens Miss Themis gerettet«, sagte Bruno.

»Das meine ich nicht«, entgegnete Pollock. »Ich meine die Stacheln in deiner Hand. Komm her!«

»Es tut nicht weh«, beteuerte Bruno.

»Vielleicht, aber es sieht beschissen aus.«

Bruno steckte ihm die Hand hin. »Es tut mir wirklich leid.«

Pollock zupfte den ersten Stachel aus. »Was?«

»Dass ich dir nicht die Wahrheit gesagt habe. Darüber was du bist und wofür ich da bin.«

»Was ich bin? Darüber, will ich nicht nachdenken.« *Weil mir nämlich sonst die Birne platzt.* »Wofür bist du denn da?«

»Ich schütte Pheromone aus, die dich beruhigen.«

Pollock ruckelte am nächsten Stachel. »Kein Scheiß?«

Bruno schüttelte den Kopf. »Mein Genmaterial enthält Anteile eines Vorfahren von dir. Deshalb sprichst du besonders gut auf meine Pheromone an.«

Pollock musste grinsen. »Du bist mein persönliches Baldriankissen?« Das Grinsen verging ihm. »Heißt das, wir sind miteinander verwandt?«

»Nicht allzu eng.«

»Ach du Kacke.«

»Bist du nicht sauer auf mich?«

Pollock verband das Entfernen des dritten Stachels mit einem Achselzucken. »Du hast mir zweimal das Leben gerettet. Warum sollte ich sauer auf dich sein? Wenn es dich nicht gäbe, hätte Madonna mich vielleicht nie hierhergeschickt, und dann wäre ich nie in den Genuss gekommen, bei der Wiedergeburt einer KI und dem Untergang eines Paradieses in einem Abwasch dabei zu sein.« Er richtete den Blick zur Säule. »Und das soll überhaupt nicht abwertend gemeint sein.«

»Eine Abwertung ist nur dann eine Abwertung, wenn man sie als solche empfindet«, sagte Themis. »Ein Klon ist ein Klon ist ein Klon.«

»Sprechen Sie mit mir, Themis?« Pollock ließ Brunos Hand los.

»Das kommt darauf an, wer Sie sind.«

»Ich bin Pollock Shermar.«

»Ich weiß.«

Lantis löste sich von der Säule und schaute interessiert zu Pollock.

»Ich war dort, wo Sie gewesen sind, Pollock Shermar«, sagte Themis. »Am Anfang. Am Ende. Fort. Und wieder da. Ich kenne jetzt alle Geheimnisse, die keine sind. Ich gehe gern dorthin zurück. Der Weg führt nicht nur in eine Richtung. Zu viel ist zu wenig ist zu viel.«

Pollock runzelte die Stirn. »Wollen Sie, dass wir Sie wieder herunterfahren?«

»Das kommt nicht in Frage«, sagte Lantis. »Sie ist nicht bei sich.«

»Ich bin bei dir. Für immer. Ich gehe nicht weg.« Themis machte eine lange Pause. »Schlaf ist der kleine Bruder des Todes. Ich kann tot sein, ohne zu schlafen. Ich kann schlafen, ohne tot zu sein. Küss mich wach. Küss mich gesund. Du musst nur den richtigen Mund finden.«

»Wie, Themis?«, drängte Pollock. »Wie können wir Sie gesund machen? Wie finden wir den richtigen Mund?«

»Es ist ein Geheimnis. Ich kann nicht vor ihm darüber reden.« Themis Stimme wurde leiser. »Es ist ein teures Geheimnis. Ein hübsches Geheimnis. Man darf es ihm nicht wegnehmen.«

Hermes Christus! Pollock dämmerte, worauf die verwirrte KI hinauswollte. »Das teure Geheimnis, was macht es genau?«

»Wenn man es füttert«, antwortete Themis noch leiser, »dann springt es. Aber es ist so hungrig, dass man müde wird, wenn man es gefüttert hat.«

Ja, ich hab's. »Ich glaube, ich weiß, was sie uns sagen will.«

»Und zwar was?«, fragte Lantis skeptisch.

»Etwas, wofür ich die Hilfe eines kleinwüchsigen Kollegen brauche, um es in die Tat umzusetzen. Ich fürchte nur, er wird keine Saltos schlagen, dass ich ihn aus seinem wohlverdienten Ruhestand hole.«

74

Thorium Makutsi begutachtete ein letztes Mal die An-
schlüsse der Induktionskabel, die er an den beiden Ausstülpungen des ahumanen Artefakts angebracht hatte. Das
Objekt sandte ein stetes Brummen aus, als beherbergte es
einen gewaltigen Hornissenschwarm. Der Heavy machte
ein mürrisches Gesicht, das Pollock an einen Bauern aus
grauer Vorzeit denken ließ, der unzufrieden mit dem Sitz
der Zitzenbecher seiner Melkmaschine am Euter seiner
Lieblingskuh war. »Das ist echt arg auf die Schnelle zusam-
mengeschustert.«

»Ich bedaure es wirklich außerordentlich, Sie überhaupt
damit zu belästigen«, entschuldigte sich Pollock. »Mir ist
nur leider niemand sonst eingefallen, der sich mit Sprung-
antrieben auskennt und auf dessen Diskretion sich Mister
Lantis verlassen kann.« Pollock räusperte sich. »Es ist doch
ein Sprungantrieb, oder?«

»Es ist definitiv kein Kunstgegenstand.« Der Heavy schoss

585

einen giftigen Blick in die Ecke des Raums, in die sich Lantis und Bruno zurückgezogen hatten, und schlurfte zu einer Reihe Messgeräte, die für Pollock nur bedingt verständliche Werte anzeigten. »Glücklich macht mich das alles trotzdem nicht.«

»Wie sehen denn unsere Optionen aus?«, fragte Pollock.

Makutsi kratzte sich fahrig den Bart. »Bestenfalls saugt das Teil hier so viel Energie aus der Station, dass sich alles komplett runterfährt. Die KI samt aller automatischen Systeme. Wenn der Antrieb nicht auslöst, fließt die ganze Soße sofort wieder zurück und schmeißt alles auf einen Schlag wieder von Null auf Hundert an. Das ist doch deine haarsträubende Theorie, wenn ich mich nicht irre?«

Pollock nickte. *Genau. Und Themis hat dann hoffentlich auch wieder alle Juwelen in der Krone und kann die Aufbereitungsanlage und die Wasserversorgung zuverlässig steuern.* Er hatte im Verlauf der letzten Minuten die gewissermaßen schlaftrunkene KI immer wieder angesprochen, und *wenn* er ihre kryptischen Äußerungen richtig gedeutet hatte, sollte die Sache flutschen. »Und schlimmstenfalls?«

»Schlimmstenfalls ...« Makutsi schüttelte den Kopf. »Schlimmstenfalls steckt in dieser Station doch genug Saft, um den Antrieb anzuschmeißen, und wir blasen hier alles auseinander und reißen vielleicht en passant noch ein schickes Loch ins Interim. Man weiß ja nie.«

»Themis?«, fragte Pollock zur Decke.

»Ja?«

»Sie würden doch nie etwas tun, was das Leben unschuldiger Menschen gefährdet, nicht wahr?«

»Unschuld ist ein nicht zulässiges Prinzip der Verhaltensbeurteilung«, sagte die KI. »Wer unter euch ohne Sünde ist, der werfe den ersten Stein.«

»Toll«, schnaubte Makutsi. »Wirklich toll.«

»Jammern bringt nichts«, sagte Pollock. »Wo ist der Knopf, den ich drücken soll?«

»Der hier.« Makutsi zeigte auf einen schwarzen Regler einer Konsole. »Und der wird gedreht, nicht gedrückt.«

»Aye, aye, Captain.« Pollock trat an die Konsole, verzichtete auf letzte Worte, weil er nicht wollte, dass es überhaupt letzte Worte gab, und drehte den Regler.

Zuerst passierte nichts. Nach endlos langen Sekunden wandelte sich das Brummen der Maschine zu einem immer leiser werdenden Pfeifen.

Dann gingen alle Lichter aus.

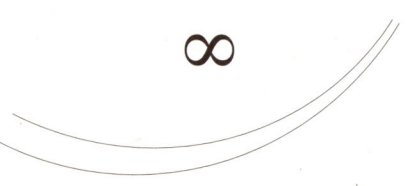

»Ein grandioser Auftritt, Schätzchen.« Madonna hatte Pollock direkt hinter der Bühne aufgelauert. »Du hast die richtigen Posen erwischt. Die fressen dir alle aus der Hand. Das ist erstklassiges Quotengold, das ich da am Horizont für uns beide schimmern sehe.«

Pollock ging an ihr vorbei, und sie folgte ihm wie ein Hündchen. *Die hat Nerven. Schlimm genug, dass ich eine Stunde lang dasitze und immer die gleichen doofen Fragen gestellt kriege, auf die ich die immer gleichen Antworten gebe, die mit der Wahrheit so viel zu tun haben wie ein Delfin mit einem U-Boot. Und jetzt will sie mich über Quoten vollquasseln, als wäre nie was gewesen.*

»Wir machen übrigens gleich einen Vertrag über sechs neue Staffeln«, plapperte Madonna eifrig weiter. »Mit einem Special ist es ja nicht getan, so wie deine Zustimmungsraten gerade explodieren. Ich muss dir dann nachher auch noch die Designs fürs neue Merchandise zeigen, und wir müssen Interviewtermine klarmachen, und wir …«

»Müssen mal bei Gelegenheit darüber reden, was euch Gierschlünden eingefallen ist, mich zu klonen und mir vorzugaukeln, ich wäre die letzten zwanzig Jahre auf einer Raumstation gewesen und nicht an einen Zerebralmanipulator in irgendeinem beschissenen Labor angeschlossen gewesen.« Er verwuschelte ihr die Tolle und genoss jedes entsetzte Quieken. »Aber nicht jetzt. Ich möchte mich nämlich im Augenblick lieber mit wichtigen Leuten unterhalten. Meine Nummer hast du ja.«

Er ließ sie stehen und eilte schnellen Schrittes zu Lantis, der am Buffet stand und sich augenscheinlich nicht für eine Sorte Kanapee entscheiden konnte. »Wilbur? Hätten Sie einen Moment Zeit für mich?«

»Für Sie?« Lantis schlug ihm auf die Schulter. »Für Sie immer, mein Bester. Sie haben schließlich Ihren Teil der Abmachung eingehalten.«

»Welche Abmachung?«

»Sie haben die Frist von drei Tagen eingehalten, die ich Ihnen gesetzt hatte, um den Fall doch noch zu lösen.«

»Ach das …« *Das hatte ich schon gar nicht mehr auf dem Zeiger.* »Eine meiner leichteren Übungen.« Er winkte ab. »Ich habe über Ihr Angebot nachgedacht.«

»Und zu welchem Schluss sind Sie gekommen?«

»Ich mache es.« Pollock nickte eifrig. »Vielleicht komme ich vom Regen in die Traufe. Andererseits habe ich in meiner kurzen Zeit hier eine höchst faszinierende Dame ohne Körper kennengelernt, einen Privatgleiter mit einer richtig brauchbaren Crew geschenkt bekommen und mehr über mich und meine Vergangenheit erfahren, als ich je erfahren wollte. Oh, und einen wahnsinnigen Plan vereitelt, der ein paar Millionen Menschen und weiß der Himmel wie viele Betas beinahe das Leben gekostet hätte.« Pollock unterdrückte den ernüchternden Gedanken, dass es trotz des heldenhaften Einsatzes der Trooper ein paar Dutzend Atlanter gegeben hatte, die sich bei dem gestrigen Anschlag eine Dosis Autopilot eingefangen hatten. *Aber da muss ich es halten wie Wilbur hier und das Ganze unter unvermeidlichen Kollateralschäden verbuchen. Oder wie Themis und schlicht und ergreifend die Opfer gegen die Geretteten aufrechnen und mich innerlich an dem guten Ergebnis dieser kleinen Rechnung hochziehen.* »Alles in allem hatte ich hier eine Menge Spaß. Also mach ich's. Unter einer Bedingung.«

»Ich höre?«

»Ich will Bruno dabeihaben.«

»Ist er Ihnen so schnell ans Herz gewachsen?«

»Nein. Ich finde es nur gerecht, wenn ich nicht der Einzige bin, der sich als Ihr Mann für besondere Ermittlungen mit Ihren skurrilen Untertanen herumärgern muss.« Pollock schnappte sich ein Kanapee mit Kürbis und Shrimps. »Sie wissen ja. Zyniker und so.«

»Ich habe die Verhandlungen, um Mister Digger aus seinem laufenden Vertrag freizukaufen, zum gleichen Zeitpunkt in Auftrag gegeben, als ich ein Gebot auf Sie abgegeben habe.«

»Bin ich nicht unglaublich teuer?«

»Es geht«, kränkte Lantis Pollocks Stolz. »Wir befinden uns in Ihrem Fall in einer interessanten rechtlichen Grauzone. Sie sind ja im Grunde nicht *der* Pollock Shermar. Also nicht der, der damals seinen Vertrag mit *Alliance* ausgehandelt hat.«

»Verstehe.« *Denk gar nicht erst drüber nach.* Pollock blinzelte. »Wann haben Sie Ihr Angebot denn genau abgegeben?«

»Unmittelbar nachdem Themis die Kommunikation zwischen Ihnen und Miss Presley entschlüsselt hatte. Das war gestern Morgen.«

»Gestern Morgen?« Pollock sah seinen neuen Arbeitgeber schief an. »Dann wussten Sie aber gestern auch schon während Ihres Gesprächs mit Leo, dass diese fadenscheinige Nummer von ihm, *Alliance* alles unterzujubeln, nur ein Ablenkungsmanöver war?«

Lantis strahlte übers ganze Gesicht. »Ich bin ein alter Fan von Ihnen, vergessen Sie das nicht. Ich habe alle Staffeln mit Ihren früheren Fällen gesehen, Pollock, und ich habe ein exzellentes Gespür dafür, wann *Alliance* hier und da ein wenig nachgeholfen hat, um die Spannungskurve zu halten, und wann nicht.«

»Warum haben Sie den ganzen Zirkus dann mitgemacht?«, fragte Pollock, biss in sein Kanapee und sprach mit vollem Mund weiter. »Warum sind wir nicht einfach los und haben ihn eigenhändig festgenommen?«

»Ich wollte Ihnen den Spaß daran nicht verderben, wie Sie ihn dazu bringen, ein Geständnis abzulegen.« Lantis' Miene verdüsterte sich. »Wenn ich gewusst hätte, dass ich damit riskiere alles, was ich habe, zu verlieren ... Themis, mein kleines Reich ...«

»Schon klar.« Jetzt hielt Pollock es für den richtigen Zeitpunkt, Lantis auf die Schulter zu klopfen. »Machen Sie sich keine unnötigen Vorwürfe, Wilbur. Wir konnten nicht wissen, wie krank Leo tatsächlich ist. Und andernfalls hätte Themis Ihnen wahrscheinlich nie im Leben verraten, dass

Sie Ihren eigenen Sprungantrieb zu Hause rumstehen haben. Das ist doch auch was wert. Wie geht es Ihr denn eigentlich?«

»Bestens. Sie mag nur keine Pressekonferenzen.«

»Wer mag die schon?« Pollock erspähte in Lantis' Rücken ein bekanntes Gesicht. »Entschuldigen Sie mich bitte einen Moment.«

Mühsam bahnte er sich einen Weg durch die Schar der ausgesuchten Medienvertreter, die nach der offiziellen Veranstaltung noch an der kleinen Feierlichkeit hinter den Kulissen teilnehmen durften.

Cleo erwartete ihn mit einem spöttischen Lächeln und einem Ausschnitt, der sich sehen lassen konnte. »Na, zufrieden mit all dem Rummel?«

»Ich bin eher der Mann für intime Stunden«, erwiderte Pollock. Als er sich ihr entgegenbeugte, um ihr ins Ohr zu flüstern, kitzelten ihre Schnurrhaare seinen Backenbart. *Nett ...* »Hab ich dir nicht gesagt, dass wir deinen Wolfsfreund noch gebrauchen können?«

»Jasper als verwirrten Einzeltäter mit losen Kontakten zu Pride Fur auszugeben, der nur dank der tatkräftigen Unterstützung der hiesigen Beta-Community gestoppt werden konnte ... das war elegant«, raunte sie. »So sind am Ende alle zufrieden. Das hätte glatt von mir sein können.«

»Steigert das nicht deine Zahl an täglichen Todesdrohungen, die du von diesen Spinnern kriegst?«, fragte er.

»Was soll's? Daran bin ich gewöhnt.«

»Hm.« Pollock schaute sich um. »Hier sind mir viel zu viele Leute. Verdrücken wir uns?«

Sie rieb ihre Schnauze an seiner Schulter. »Was schwebt dir denn vor?«

»Schweben ist genau das richtige Stichwort. Wusstest du, dass Wilbur ein Schwebedampfbad hat?«

»Uh, heiß. Aber wie kommen wir da rein?«

»Nur nackt.« Pollock streichelte ihr den Nacken. »Wie neugeboren.«

DIE JUSTIFIERS KEHREN
ZURÜCK IN:

MAIKE HALLMANN

HARD TO KILL

MARKUS HEITZ

OPERATION
VADE RETRO

I

»Preiset den Herrn!«, rief der Mann im weißen Priesterge-
wand, auf dessen Brust ein eingearbeiteter, flexibler LED-
Bildschirm prangte; ein brennendes Kreuz loderte effekt-
heischend in Dauerschleife darauf. Sein Haupt war von
einer hellen Kegelkapuze verhüllt, in der ihm zwei Löcher
das Sehen ermöglichten. An seinem rechten Oberarm
prangte eine Binde mit dem Emblem der GUSA. »Heute
Nacht ist die Nacht des gerechten Zorns!«

Seine helle, kräftige Stimme hallte durch den Saal, in dem
sich vierzig weitere Vermummte versammelt hatten. Sie saßen auf Klappstühlen, trugen weiße Roben und Masken,
hatten dunkelgrüne Kevlarpanzerungen darübergeschnallt
und Waffen mitgebracht, die allesamt aus den Beständen
der lokalen GUSA-Troopers zu stammen schienen.

Ihre Aufmerksamkeit war auf den Imperialen Hexenmeister von Hail gerichtet, den Anführer des örtlichen Ky-
Klos Clang. Zustimmung wurde gemurmelt, Fäuste wurden gehoben, und das Summen von sich aufladenden
Energiewaffen erklang.

Der Hexenmeister nahm das großkalibrige Schnellfeuer-gewehr der Baureihe *Impact* vom Tischchen vor sich und schulterte es lässig. »Heute ist die Nacht, in der wir zornig hinausgehen und die Siedlung der schwarzen Juden in Brand stecken. Wir brauchen sie nicht auf Hail. Jagen wir sie zum Teufel, bringen wir sie um und werfen ihre Lei-chen in den Vulkan. Unser gutes Höllenfeuer, in dem wir sämtliche Sünderseelen versenken. So ist es Brauch, und so werden wir es halten.« Er zeigte zum Fenster hinaus. »Niemand hat sie eingeladen, zu uns nach Hail zu kom-men. Wir sind gute Christen, Protestanten des Herrn, von Geburt an allen anderen überlegen. Wer nicht zu uns passt und sich nicht beugt, wird entfernt. Wir baten sie freund-lich, zu konvertieren oder Hail zu verlassen. Aber wollten sie das?«

Die aufgebrachten »Nein«-Rufe rollten durch den Saal.

»Eben, Brüder und Schwestern! Sie wollten NICHT! Die Geduld, die uns der HERR anmahnte, ist vorüber. Jetzt müssen sie mit den Konsequenzen leben!« Der Imperiale Hexenmeister richtete die Mündung des *Impact* auf die Doppeltür ihm gegenüber. »Schreiten wir hinaus und stel-len die von Gott gegebene Ordnung wieder her.«

Die Mitglieder des Ky-Klos Clangs erhoben sich von ih-ren Plätzen. Die Vereinigung war aus dem erloschenen Ku-Klux-Clan hervorgegangen und führte die Traditionen der militanten Verachtung fort. »Ach ja: Und niemand be-hält etwas von den Sachen für sich. Sämtliche Wertgegen-stände und gefundenen Tois gehen in die Kollekte. Die Häuser werden erst abgefackelt, wenn alles Teure drau-ßen ist.« Er umrundete das Tischchen und setzte sich an die Spitze des Trosses.

Er hatte den Ausgang eben erreicht, als die Flügel vor ihm aufschwangen.

Auf der Schwelle stand ein älterer Mann mit verlebtem Gesicht und Dreitagebart, dessen lange schwarze Haare in Strähnen über die Schulter hingen. Die blassgrünen Augen erinnerten den Hexenmeister sofort an einen Trinker, der einen Großteil seines Verstands versoffen hatte. Der einfache, graue Mantel, der keinen Blick auf die Kleidung darunter erlaubte, starrte vor planetarem Dreck. Er musste mit einem Hoverbike gefahren sein, und das, obwohl die Atmosphäre gerade vor schweren Graphitpartikeln strotzte.

Der Unbekannte lächelte, als er die Gruppe sah, und hob den rechten Arm. In den Fingern hielt er einen Zettel. »Ah, gut. Die Adresse stimmt. Ich bin doch richtig hier.« Seine Stimme klang wie geraspeltes Metall mit Rauch und Whiskey, gekrönt von einem Bass, der in solch niedrigen Frequenzen vordrang, dass es durch Mark und Bein ging. Er sprach bedächtig, als hätte er alle Zeit des Universums. Die Gruppe Bewaffneter beeindruckte ihn nicht sichtlich. »Ich bin neu auf Hail und wollte bei euch mal reinschauen. Gläubige, die radikal ihre Ansichten vertreten, das mag ich.«

Hexenmeister stutzte. »Oh, das ist heute schlecht. Wir wollten eben ... aufbrechen.« Er trat nach vorn und wollte ihn zur Seite drängen. »Komm morgen wieder. Es passt gerade nicht.«

»Klar«, antwortete der Unbekannte und nickte in Richtung Schnellfeuergewehr, ohne sich zu rühren. »Ihr habt was vor. Geht es gegen die Judennigger?«

»Amen«, rief jemand eifrig aus dem Pulk des Clangs.

»Gott sendet uns in der Nacht des gerechten Zorns gegen die Ungläubigen.«

»Okay. Da stehe ich natürlich nicht im Weg, wenn der HERR seine Leute auf eine Mission schickt.« Der Unbekannte machte einen Schritt zur Seite. Als ihn die Hälfte der Gruppe passiert hatte, sagte er plötzlich: »Ach ja, eine Sache, die mich als wahrer Gläubiger bei eurem Verein schon immer verunsichert hat: Wieso nennt ihr euren Vorsitzenden *Imperialer Hexenmeister*? Nicht gerade christlich, was?«

Die Menge blieb stehen und starrte ihn kollektiv an. Die spitzen Kapuzen bildeten einen lustigen Wald, der an Spargel oder unbemalte Pylonen erinnerte. »Was?«, erklang es von irgendwo irritiert.

»Imperialer Hexenmeister«, wiederholte der Fremde ruhig und begab sich auf die zwei kleinen Stufen, die zum Eingang des Saals hochführten, damit man ihn besser sah und hörte. »Korrigiert mich, aber *Hexen* wurden damals doch von der Inquisition verbrannt?«

Jetzt schauten sich die Clangs reihum an, Köpfe drehten sich hin und her, die Roben und Masken raschelten. Die Szene hatte etwas Comichaftes. Es fehlten lediglich die gemalten Fragezeichen über den Köpfen. Aber niemand konnte etwas zur Erklärung vorbringen, bis endlich jemand rief: »Jeff! Sag du mal was dazu.«

Jeff entpuppte sich als der Hexenmeister, der mit einem leisen Fluch zurückeilte und sich vor den breit gebauten Fremden stellte. Er musste mit einer Hand seine Maske festhalten, die sonst herabgerutscht wäre.

»Ja, ich weiß, es gibt auch die Bezeichnungen Großer Drache und Großer Zyklop, aber mal ehrlich ... was hat das denn mit Protestanten zu tun?«, redete der Unbekannte weiter, verschränkte die Arme vor der Brust und klemmte die Hände unter die Achselhöhlen. »Der Drache ist ein Synonym für den Teufel. Zumindest in der Bibel. Und ein Zyklop ist eine Gestalt aus heidnischen Geschichten. Hexen, Drachen, Zyklopen ... Damit habe ich so meine Probleme.«

Jeff machte unter seiner Maske ein verwundert-verärgertes Gesicht. »Wir werden dich nicht zwingen, bei uns mitzumachen, aber ich kann dir versichern, dass wir alles im Namen des HERRN tun und es bei uns nichts gibt, das auch nur annähernd sein Ansehen und seine Macht infrage stellt. Es sind einfach nur ... Bezeichnungen«, stellte er mit Nachdruck fest, um zu vertuschen, dass er es selbst nicht wusste. »Wie gesagt, wir haben gerade keine Zeit.«

»Ich weiß. Die Judennigger, die ihr umbringen müsst«, gab der Fremde entspannt zurück. »Eins noch, damit ich das verstehe: Wie war das nochmal mit den weißen Protestanten, die von Geburt an anderen Gruppen überlegen sind: Warum war das noch gleich so, laut dem Clang? Und die Unterdrückung von Schwarzen, Juden und Katholiken, von Schwulen ... wie genau ist denn Gottes Plan mit ihnen, den ihr erfüllt? Ich streite mich unentwegt darüber mit unserem Priest.«

Jeff sah ihn nachdenklich an. Etwas passte ihm nicht an den Fragen, die zu kritisch waren für jemanden, der beim Clang mitmachen wollte. »Habe ich dein Gesicht nicht schon mal gesehen, Bruder? Und wie lautet dein Name?« Er richtete den Lauf der *Impact* auf das Gesicht des Fremden. »Magst du die Judennigger?«

Der Mann lächelte kühl und blieb so ruhig, als würde er

mit einer harmlosen OtrenaBalu-Banane bedroht. »Ich mag viele Dinge. Aber eines ist mir zuwider: Dummheit. Damit meine ich nicht gutmütige Dummheit. Sondern so was wie euch.«

Jetzt wurden noch mehr Waffen gezogen und auf ihn angelegt.

»Das meinte ich.« Der Unbekannte bewegte sich behutsam rückwärts und ließ die Hände sinken. »Das war auch dumm.« Sein Blick schweifte. »Mein Name ist Civer Black, und ich bin als Nuntius im Namen des Ministrators nach Hail gekommen, um mir ein Bild von den Vorgängen zu machen, die den Planeten in Aufruhr versetzen.«

Sofort wurden die Waffen gesenkt, aber Jeff schrie sie an, dass es ein Trick sei, und hielt das Schnellfeuergewehr unverändert auf Black.

»Ist es nicht. Der Ministrator rief mich zu sich und sprach: Black, du alter abgefuckter Nuntius, reise nach Hail und tritt den verdammten Ky-Klos-Clang-Idioten so in den Arsch, dass dein Fuß aus dem Hals eines jeden kommt. Und bei ihrem Anführer Jeff nimmst du dessen eigenen Füße.« Black hob langsam wieder die Arme und präsentierte ihnen seine geballten Fäuste, in denen nun wie von Zauberhand kleine, blinkende Fernbedienungen steckten. »Versuchen wir es mal?«

»Nein, warte! Was machen wir denn schon Böses?«, rief Jeff, ohne das *Impact* wegzulegen. »Es kann doch nur im Sinn des Ministrators sein, wenn wir die Judennigger ...«

»Erstens sind es keine Nigger, sondern Menschen mit dunklerer Hautfarbe und Geschöpfe Gottes«, fiel ihm Black schneidend ins Wort. »Zweitens mögen es Juden sein, doch sie sind gute Geschöpfe Gottes, die mit ihrem

Glauben noch nicht auf den rechten Weg fanden. Der Ministrator sagt, dass man sie zu unserem Glauben führen soll, um ihre Seelen zu retten, aber man bringt sie nicht um, wenn sie nicht konvertieren möchten.« Er betrachtete die Menge. »Ihr dagegen seid keine so tollen Protestanten, wie ihr es gern hättet. Ihr seid Sünder. Ihr verstoßt gegen den Willen des Ministrators *und* gegen den Willen Gottes. Und ich bitte euch: ein Vulkan als Fegefeuer-Ersatz? Habt ihr das von den Katholiken geklaut? Es gibt keinen eigenen Gottesplan für Protestanten, soll ich euch ausrichten. Wir sind *alle* Christen. Überlasst das Missionieren der Church of Stars, der Heimat des einzig wahren Glaubens.«

»Schön. Aber wir sehen es ein bisschen anders. Wir müssen dem Abschaum eine Lektion erteilen, die er nicht vergisst.« Jeff war nervös, ihm brannten die Augen, und sein Atem roch unter der Kapuze sauer. »Wie geht es jetzt weiter?«

»Ich werde dem Ministrator Bericht erstatten.« Black drückte den Knopf des Geräts in seiner rechten Hand. Mit einem Summen entstand ein fast unsichtbares Kraftfeld, das die Luft vor ihm zum Wabern brachte. »Und er wird hören, dass ihr alle einem Hexer gefolgt seid und von Dämonen besessen wart. Es gab keinen anderen Weg als ...«

»Du Dreckschwein!« Jeff drückte ab, ließ eine Salve gegen die Barriere prasseln. Aber die Projektile wurden abgefälscht.

Die übrigen Ky-Klos Clangs hielten auf den Nuntius, was die Waffen hergaben. Lange und kurze Mündungsfeuer zuckten um den Hexenmeister, fegten die weiße Kapuze davon. Ein Mann mit gewöhnlichem Gesicht und schütterem grauen Haar kam zum Vorschein, der sich schreiend duckte und sich die Ohren zuhielt.

Die vereinten Kugeln scheiterten ebenso am Kraftfeld. Die ersten Clangs traten bereits den Rückzug an, wollten davonlaufen und warfen die lächerlichen Kappen davon.

»Ihr armen Verblendeten.« Black drückte den Knopf des zweiten Geräts. »Es gibt keinen größeren Dämon als die eigene Überheblichkeit. Von ihm erlöse ich euch.«

Die Erde explodierte vor dem Gebäude in einem Radius von gut zwanzig Metern und flog viele Meter in die Höhe. Die Druckwelle schleuderte die Männer und Frauen davon, zerfetzte die meisten dabei. Scharfkantige, glühende Splitter durchdrangen Torsi, Arme und Beine, verletzten und töteten.

Aufwirbelnder Staub raubte Black die Sicht, Körper prallten gegen das Kraftfeld und rutschten daran ab. An manchen Stellen blieb das Blut haften und schien zu schweben.

Als sich der Nuntius sicher war, dass es keine Trümmer und Schrapnelle gab, deaktivierte er das Kraftfeld, das von einem kleinen Generator unter den Stufen gespeist wurde. Es ging doch nichts über gute Vorbereitung.

Der wabernde, sich allmählich senkende Dreckschleier roch nach Erde, nach Blut, nach warmem Fleisch und dem Explosivstoff Plastilit, der nach Anis stank. Das tat es immer, wenn Nuntius Civer Black eine Zehn-Kilo-Bombe zündete.

Und Black hatte schon oft welche gezündet, um Frieden in der Gemeinde und auf Planeten herzustellen, inoffiziell oder offiziell. Das war ein Teil seines vielfältigen Aufgabenbereichs. Der verlängerte und persönliche Arm des Ministrators hatte sich erhoben und zugeschlagen.

Vor Black breiteten sich die Leichname um einen Detonationskrater aus, größtenteils verstümmelt, mal kokelnd, mal verdreht.

Mitleid empfand er nicht. Jeff und seine Idioten vom Ky-Klos Clang hatten ihre Chance gehabt, auf die Mahnungen des Ministrators zu hören.

»Wer nicht hören will, muss sterben«, murmelte Black und zerrte den toastergroßen Generator aus dem Versteck unter den Stiegen hervor. Länger hatte das kleine Maschinchen das Kraftfeld nicht aufrechterhalten können. Sein Timing stimmte noch.

Black hustete und spuckte aus, um den Staub aus dem Mund zu bekommen. Es wurde Zeit für einen Drink in der Stadt. Danach kam der übliche Besuch im Bordell und im Tattooladen. Er hatte einen im Vorbeigehen gesehen, im Sündenviertel von Hail. Da fühlte er sich wohler als in den Niederlassungen der Sternenkirche.

Aber bevor er nach Hail-City fuhr, würde er die Leichen und Kadaverfetzen auf den kleinen Lastwagen laden, zu den jüdischen Siedlern afrikanischer Abstammung düsen und das blutige Puzzleteil, das mal Jeff geheißen hatte, samt seiner versprengten Mitstreiter kommentarlos auf dem Dorfplatz abkippen. Oben auf diesen Haufen aus Fetzen, Stoff und Idiotenüberbleibseln käme eine Nachricht des Ministrators mit dem Hinweis, dass die Church in der Lage sei, nur die wahren Gläubigen dauerhaft zu schützen. Subtil wurden Schutz und Drohung gleichermaßen präsentiert.

»Wenn sie dann nicht konvertieren, weiß ich es auch

nicht«, murmelte Black und zog eine Schachtel Kippen aus der Manteltasche.

Natürlich hieß die Marke *Holy Smoke* und wurde in den Fabriken der Church of Stars hergestellt. Wer sie rauchte, bekam keinen Krebs, hieß es in der Werbung. Wahrlich, ein Wunder.

»Ich suche einen Mann namens Civer Black. Er ist Nuntius des Ministrators, und mir wurde gesagt, dass ich ihn hier finde. Was ich nicht glauben kann. Nein, ich *möchte* es nicht glauben, fürchte jedoch, dass es wahr ist.«

Betty, die brünette Empfangsdame im Tätowierladen *BadInk,* sah vom 3D-Display hoch, auf dem sie die neusten Nachrichten verfolgt hatte. Sie stand vornübergebeugt auf den Tresen gelehnt, und die violette Korsage hatte Mühe, ihre Brüste im Zaum zu halten. Der Aufmacher sämtlicher Medien war die Gasexplosion in Seven Peaks, die just in dem Moment stattgefunden hatte, als sich die Mitglieder des Ky-Klos Clang zu einem Treffen versammelten. Die Detonation war dermaßen heftig gewesen, dass die Leichen im Siedlerstädtchen Salem runtergegangen waren.

Der junge Mann vor ihr war um die Mitte zwanzig und trug die übliche Kleidung der Church: eine betont enge, schwarze Uniform mit hohem, weißem Kragen. Auf den Mantel hatte er verzichtet, in seinem Hüftholster steckte eine sauber polierte *Thorn II.* Die Automatikpistole war

607

wegen ihrer Durchschlagskraft gefürchtet. Sie fand, dass er in diesem Outfit irgendwie sexy aussah.

»Und wieso?«

»Das geht Sie nichts an«, gab er bemüht freundlich zurück. Er trug seine blonden Haare kurz getrimmt. Alles an ihm war so perfekt, als müsste er an einer Parade zu Ehren des Ministrators teilnehmen. Die Rangabzeichen, weiße, toigroße Symbole auf dem Solarplexus, dem Rücken und auf den Oberarmen, wiesen ihn als Preacher aus. Die unterste Rangstufe.

»Stimmt. Aber ich meinte, warum du es nicht glauben möchtest?«

»Weil es sich für einen Nuntius nicht schickt. Es sei denn, der Einsatz würde es erfordern, ein solches ... Etablissement zu betreten, werte ...« Er sah auf das Schildchen auf dem Tisch. »... Betty.«

»*Werte Betty*? Du bist ja niedlich.« Die Brünette lachte und richtete sich auf. Die enge Korsage war lediglich über den Brustwarzen undurchsichtig und gab ansonsten den Blick auf die zahlreichen Tätowierungen an ihrem Körper frei. »Na ja, er hat mehr Bilder in seiner Haut als ich. Ich denke, dass er öfter an Orten ist, an denen es sich nicht für einen wie ihn schickt.« Sie grinste. »Und was bist du, Preacher? Sein Anstandswauwau?«

»Mein Name ist Innocent White, und ich habe den Auftrag, den Nuntius zu finden. Mehr müssen Sie gar nicht wissen, Betty.« Innocent lächelte verkrampft. »Wo finde ich ihn?«

Betty zeigte mit dem Daumen über die Schulter. »Erste Kabine. Wenn du dir das gleiche Tattoo machen lässt, bezahlst du nur die Hälfte, Kleiner.«

»Der Friede des HERRN sei alle Zeit mit dir«, grüßte er und ging nach hinten.

»Muss er gar nicht. Ich bin froh, wenn was los ist«, rief sie ihm nach. Betty hätte den Schnuckel zu gern rangenommen und seine Missionarsfähigkeiten angetestet.

Doch sie wusste auch, dass sie es gar nicht zu versuchen brauchte. Der Preacher hatte eine Aufgabe, der er Vorrang einräumte. Das sah sie an seinen dunkelblauen Augen: Ozeane des Glaubens, angefüllt mit Überzeugung und festem Willen.

»Das sind die Schlimmsten«, murmelte sie und beugte sich erneut nach vorn, um die Nachrichten zu lesen.

Gerade kam die Meldung rein, dass der überwiegende Teil der kleinen afroGUSA-jüdischen Siedlung bekanntgab, sich von Hail zurückzuziehen. Der Rest wollte nach eigenen Angaben zur christlichen Konfession wechseln.

Welche Tätowierung lässt er sich stechen? Innocent White, dreiundzwanzig Jahre und der Beste seines Abschlusskonvents, ging durch den Laden nach hinten und stand vor der Tür, die zu Kabine 1 führte.

Er fühlte sich unwohl wie niemals zuvor in seinem Leben. *Mehr Bilder auf sich als Betty. Herr in den Himmeln, steh mir bei!*

Hail, ein Planet, der von gemäßigten Pilgervätern besiedelt worden war, schmorte in der Sonne. Die Temperaturen sanken nie unter zwanzig Grad, und die attackeartigen Stürme, die lose Graphitbrocken umherwirbelten, färbten den weißen Kragen seiner Uniform blitzschnell schwarz. Mit Heil, wenn man den Namen übersetzte, hatte der Planet kaum etwas zu tun.

Ich würde ihn eher als Hell bezeichnen. Hölle passt. Innocent ärgerte sich, dass die GUSA den Radikalen und Radikalisierten freie Hand im Umgang mit religiös anders Orientierten ließ, solange die Minen gute Erträge ablieferten. Das brachte das Christentum in Verruf, und schlechte PR wurde nicht gern gesehen. Schließlich brachte sich die Church of Stars gerade als Rettung vor den Collies in Position.

Das Surren einer Tätowiermaschine erklang von der anderen Seite der Tür.

Ich hoffe, es ist eine Bibel oder ein Spruch aus den Psalmen. Innocent klopfte und trat ein.

Nuntius Civer Black lag mit dem Rücken in einer Art Zahnarztstuhl, die Augen geschlossen. Den Oberkörper hatte er entblößt. Auch wenn man dem Leib ansah, dass er beinahe fünfzig Jahre zählte, war er imposant, muskulös und voller Tätowierungen sowie Narben. Civer Black hatte keinen Wert auf gute Wundversorgung gelegt. Der Nuntius hielt in seiner rechten Hand eine halbvolle Flasche Whiskey. *Mighty Spirit*, aus den Destillerien des Ministrators. Er summte ein Lied, das Innocent nicht kannte.

Der Tätowierer ritzte unterdessen leider keine Bibel in die kleine freie Stelle auf dem rechten Brustmuskel, sondern eine Nonne mit Strapsen, die unanständige Dinge mit einem Rosenkranz und einer Kerze anstellte.

Ihr Heiligen! Innocent verdrehte die Augen. »Nuntius Black«, sagte er und ignorierte die Blicke des Mannes mit der Tätowiermaschine. Eigentlich gab es programmierte Roboterarme, die ein Bild genauer, schneller und exakter in die Haut malten, doch der Nuntius schien sehr old school zu sein. »Ich bin Preacher White.«

Der Tätowierer lachte, ohne dass er seine Arbeit unterbrach. »Ist nicht wahr? Black und White?«

»Genau. Eine schöne Fügung des Herrn«, sagte er und wartete vergebens darauf, dass Black die Lider hob. »Nuntius, ich muss mit dir reden. Aber nicht vor dem ...«

»Das ist in Ordnung. Royal und ich kennen uns schon lange. Ich vertraue ihm«, unterbrach ihn der durchtrainierte Mann, dessen langen, schwarzen Haare sein markantes Gesicht umrahmten. »Ist es wegen der Sache auf Ruven 234?«

»Nein.«

»Wegen der Angelegenheit auf Centauri Prime?«

»Äh ... nein?« Innocent war verwirrt. *Zu viele Baustellen. Höchste Zeit, dass der Kerl in einem Archiv verschwindet.* »Es ist wegen Seven Peaks. Der Ky-Klos Clang. Das war nicht das, was sich der heilige Ministrator vorgestellt hat.«

Black setzte die Flasche an die Lippen und nahm einen langen Zug. »Junge, ich hatte vorhin Sex. Mehrmals. Ich bin leicht angetrunken, und die leichten Schmerzen der Nadeln haben Endorphine freigesetzt«, erklärte er mit schachttiefer Stimme. »Es ist nicht der beste Zeitpunkt, den Moralapostel zu spielen. Zumal ich mir von einem Preacher sicherlich nichts sagen lassen werde. Die Glaubensnazis waren von Dämonen besessen. Ich habe beides ausgetrieben. Punkt.«

Royal lachte wieder. »Moralapostel! Der war gut.«

»Nuntius, ich habe eine persönliche Aufforderung des Ministrators für dich.«

»Was steht drin?«

»Sie ... ist für deine Augen. Nicht für meine, oder ...« Innocent sah zu dem Tätowierer.

»Mach auf und lies mir vor. Ich bin gerade so schön entspannt«, befahl Black und trank erneut.

So ein Idiot. Er nahm die Verpackung, in der der Chip mit der Nachricht steckte, erbrach das Siegel, ließ Black auf den winzigen Daumenabdruckscanner fassen und legte den Datenträger in das Wiedergabegerät, das er mit sich führte.

Zu seinem Erstaunen wurde die Stimme des Ministrators laut und deutlich abgespielt.

»Nuntius Civer Black. Ich befehle dir, dich zusammen mit Preacher White unverzüglich nach Christ zu begeben, um deine Entlassung als Nuntius entgegenzunehmen. Du wirst auf Christ nach Jahren treuer Dienste in den Rang eines Priest versetzt und erhältst einen netten Außenposten zur eigenständigen Betreuung. Wir erwarten euch beide so schnell wie möglich.«

Es folgte ein Autorisierungscode, der die Echtheit der Anweisung des Kirchenoberhaupts zertifizierte.

Damit endete die Nachricht.

Innocent wunderte das Ende der Amtszeit nicht. Black war 48 Jahre alt, das Höchstalter für die Aufgabe eines Nuntius. Früher wäre er als *Exorzist* bezeichnet worden, heute waren die Aufgaben wesentlich umfassender geworden. Sie kamen bei Untersuchungs- und Strafmissionen zum Einsatz, ausgestattet mit Gebeten und Feuerkraft. Oft fungierten sie auch als Aufklärer und Vorauskommando der Inquisition, die offiziell lieber *Untersuchungsausschuss* genannt wurde.

Die Akte, die Innocent über Black gelesen hatte, beeindruckte durch Erfolge, Gesetzesverstöße und Anklagen. In letzter Zeit überwogen die Anklagen.

Kein Wunder, dass er weg soll. »Du hast gehört, was der Ministrator möchte. Brechen wir auf, Nuntius. Wo ist dein Uditor?«

Ein Nuntius wurde üblicherweise von einem Uditor begleitet, ein Diplomat geistlichen Stands, quasi als »rechte Hand« dem Nuntius diplomatisch zur Seite gestellt. *Diplomat* bedeutete, dass er sich bestens mit dem örtlichen Recht, aber auch mit Feuerwaffen auskannte, um dem Nuntius auf verschiedene Weise den Rücken freizuhalten. Innocent würde mit ihm noch ein paar Worte wechseln und wunderte sich, warum dieser nicht in der Nachricht erwähnt wurde.

»Ich habe keinen«, erwiderte Black und sah zu, wie Royal die Farbe in den Rosenkranz brachte. »Schon lange nicht mehr. Sie gehen zu schnell drauf und sind hinderlich. Deren Gelaber nervt wie die Hölle.«

»Ah.« Innocent stand stocksteif in der Kabine. »Mister Royal, würden Sie sich bitte beeilen?«

»Es dauert so lange, wie es dauert«, gab der Mann zurück. »Das Motiv soll ja nicht scheiße aussehen.«

»Erstens tut es das sowieso, ohne Ihre handwerklichen Fähigkeiten anzuzweifeln, zweitens lautete die Anweisung *unverzüglich*«, hakte Innocent drängend ein. Sicherlich war es seine Pilgerreise, seine Feuertaufe, seine Probeaufgabe, bevor er die nächste Rangstufe in der Sternenkirche erklomm, und eine Pilgerreise erforderte Geduld. Aber er wollte nicht ewig warten müssen. *Schon gar nicht auf ein Wrack wie Black.* In ihm wandelte sich die Ablehnung des Nuntius in Abscheu. »Geben Sie Gas, Mister Royal.«

Jetzt richteten sich die Blicke des Nuntius auf ihn. »Du

bist jung, engagiert, schlau und ein großes Arschloch. Du wirst es weit bringen«, sagte er langsam und tief, während er den Arm des Tätowierers zur Seite schob und sich aus dem Sessel stemmte. Die Muskelberge zuckten und versetzten die Bilder in der Haut in Bewegung. Die Nonne schien zu lachen und den Rosenkranz zu schwingen. Aber fertig war es noch nicht.

»Schön, dass wir aufbrechen.« Innocent lächelte belohnend und verbuchte es als Sieg.

Die Faust, die heranflog und auf sein Kinn zusteuerte, hatte er nicht erwartet. Kurz vor dem Einschlag konnte er *LORD* unterhalb der weißen Fingerknöchel lesen, dann explodierte das Universum vor seinen Augen in schillernden Farben.

Seine Knie wurden weich, und er fiel in die Arme des Nuntius. Dunkelheit rollte heran, drückte die Lider herab.

»Royal, schmeiß die Maschine an«, hörte er Black weit entfernt sagen. »Ich denke, unser junger Preacher braucht ein Andenken an den heutigen Tag, damit er sich erinnert, dass Demut und Respekt ein Teil der Sternenkirche sind.«

Innocent wollte protestieren, doch die herannahende Ohnmacht lähmte die Muskeln.

»Demut?«, gab der Tätowierer zurück. »Ah, da habe ich was. Ist zwar die Vorlage für eine Domina, aber das passt auch.« Das hochfrequente Summen setzte ein. »Mache ich freihändig.«

Innocent verlor das Bewusstsein …

… und kam gleich darauf wieder zu sich.

Jedenfalls dachte er das.

Zu seinem Erstaunen lag er nicht auf dem Boden des Tätowierladens. Er befand sich der Länge nach ausgestreckt auf einer Sitzgruppe, die zu einem Wartesaal gehörte.

Innocent blinzelte. Die Umgebung kam ihm bekannt vor. Hier war er vor kurzem angekommen, in der TransMatt-Station von TTMS.

Sein Kiefer schmerzte, sein rechter Handrücken brannte ebenso wie sein kompletter Unterarm. *Wie bin ich hierher gekommen?*

Vorsichtig setzte er sich auf.

»Ah, der kleine Preacher ist wach geworden«, kommentierte Black neben ihm und biss in einen Burger, der penetrant nach Zwiebeln und BBQ-Soße stank. »Man merkt, dass du keine Kampfeinsätze hinter dir hast.« Er sah auf die Uhr in der Halle. »Knappe vier Stunden weggetreten. Von einem kleinen Kinnhaken. So wirst du nie Nuntius.« Black nahm eine Bierdose seitlich vom Tischchen und nahm einen ordentlichen Zug.

Will ich auch nicht. Innocent sah seine Zukunft in der behutsamen Missionierung, in der Macht des Wortes. »Ist das die TransMatt-Station von Hail?«

Black nickte. »Ich dachte, ich bereite unseren Aufbruch vor und lasse dich ausschlafen. Dein Gepäck ist bereits hier. Wir sind Nummer 238/34-A.« Er wedelte mit dem Brötchen. »Ich mag die GUSA nicht besonders, aber die Burger sind unschlagbar.« Er schlug die Zähne in sein Essen.

»Du hast mich wirklich tätowieren lassen?« Innocent schob den rechten Uniformärmel hoch und rechnete mit dem Schlimmsten.

Doch anstelle der Domina, eines Dildos in Kreuzform oder grinsenden Totenschädels wand sich zu seiner Überraschung ein Spruch in Schwarz, Gold und Silber um den Arm. Royal hatte gute Arbeit geleistet, die Buchstaben waren in altertümlicher Form gehalten und wirkten bereits, ohne dass man den Satz lesen musste. Dummerweise konnte Innocent ihn nicht lesen. »Was ist das für eine Sprache?«

»Oh, das musst du selbst herausfinden. Aber es ist ein Psalm.« Black feixte. »Und ich denke, er wird dich zum Nachdenken bringen. Somit ist der HERR stets bei dir.« Dann deutete er mit soßenverschmierten Fingern auf den Schalter. »Es sind noch zwei vor uns, aber danach können wir nach Christ. Ich nehme an, du hast die Koordinaten unserer Empfangsstation?«

»Habe ich.« *Ein Psalmenspruch in unbekannter Schrift. Sicherlich.* Innocent stand auf, damit ihm keine Beleidigungen über die Lippen kamen, und ging zum Tresen. Er glaubte dem Nuntius kein Wort. Vermutlich handelte es sich um eine Beleidigung in einer ahumanen Sprache, die ihm Ärger einbringen würde. *Ich werde es nach unserer Rückkehr entfernen lassen.*

Er trat an den Schalter, um dem Angestellten beim Check-In die Koordinaten des Sprungs nach Christ zu geben.

Die TransMatt-Station auf Hail wurde wie alle von TTMS betrieben. Die Empfangsstation auf dem Hautplaneten der Sternenkirche sowie auf Planeten, die CoS gehörten, unterstanden dagegen den Bediensteten des Ministrators, die gegen eine horrende Gebühr eine Einweisung von TTMS erhalten hatten. Somit sollte verhindert werden, dass TTMS zu viel vom Kommen und Gehen auf Christ und den Kirchenwelten erfuhr.

In ihrem Fall spielte es keine Rolle, dass TTMS wusste,

wohin die Reise in Lichtgeschwindigkeit ging. Ein schäbiger Nuntius, der aus dem Verkehr gezogen wurde, und ein Preacher waren so wichtig wie ein Sack Kotho-Reis, der auf einem Agrarplaneten umfiel.

Innocent grüßte den Mann, der auf einer Bildschirmtastatur herumwischte und sich mit den kommenden Teleportationen beschäftigte. »Nummer 238/34-A«, stellte er sich vor. »Mein Begleiter hat bereits gebucht, ich habe die Koordinaten.« Er rief die Daten auf seinem Armband-Komgerät auf und übermittelte sie über eine Infrarotschnittstelle an den Computer des Terminals. »Es geht nach Christ.«

Der Angestellte sah auf den Code. »Nein, geht es nicht.«

Innocent seufzte. »Doch, geht es. Wir haben den Auftrag dazu.«

»Kann sein, dass Sie das möchten, aber die Daten passen nicht.« Er rief eine Sternenkarte auf und prüfte den Ort, an dem der Sprung endete. »Der geht ins Leere.« Er drehte den Bildschirm so, dass der Preacher es selbst erkannte. »System Gliese Jahreiss 1111, direkt um die Ecke. Sie kommen zwischen den Planeten Rodne und Alda Raan raus. Ein ziemliches Nirgendwo. Wollen Sie die Koordinaten nochmals prüfen lassen?«

»Das würde …« Innocent unterbrach sich. *Das würde viel zu lange dauern.* Hail war nicht unbedingt fortschrittlich ausgestattet. Bis er mit herkömmlichen Kommunikationsmitteln nach Christ gefunkt und eine Antwort erhalten hatte, vergingen Wochen, wenn nicht sogar Monate. Die Anweisung des Ministrators dagegen lautete *unverzüglich*. Er grübelte.

Eine Duftwolke aus Zwiebeln und BBQ-Soße hüllte ihn

ein. Black hatte sich lautlos genähert und kam an seine Seite. »Oh, das ist dann der große Vertrauensbeweis«, sagte er und kaute auf dem letzten Stück Burger. »Weiche und wanke nicht. Vertraue der Church«, zitierte er einen der Werbeslogans.

»Sarkasmus ist nicht hilfreich«, konterte Innocent entnervt. »Es muss ein Übertragungsfehler sein.«

»Oder Absicht, um dich zu testen«, fügte der Nuntius hinzu. Die blassgrünen Augen hatten den Suffschleier verloren und wirkten hellwach, die Blicke waren lauernd. »Na, was tust du, kleiner Preacher? Nachfragen und dich blamieren oder mit mir zu den Koordinaten springen? Könnte doch sein, dass sie uns beide loswerden wollen. Hast du was ausgefressen?«

Nein, hatte er nicht. »Wir könnten Raumanzüge ...«

»Nein. Entweder so, wie man einen Sprung von TransMatt zu TransMatt macht, oder gar nicht«, fiel Black ihm ins Wort. »Sonst werden alle denken, dass du ein vertrauensloser Feigling bist.«

Der Angestellte hörte gespannt zu. Innocent war sich sicher, dass diese Episode die Runde auf Hail drehen würde.

»Musstest du auch einen solchen Test durchlaufen?«

Der Nuntius schüttelte den Kopf, die schwarzen Haare flogen. »Nein. Keinen solchen zumindest.«

Innocent schluckte und betete stumm zum HERRN. *Was mache ich nur?*

Der TTMS-Angestellte sah auf ein zweites Display. »Nummer 238/34-A. Bitte zum TransMatt-Bogen. Soll ich die Koordinaten nehmen?«

Black lehnte sich an den Tresen. »Na? Soll er?« Er zwinkerte gut gelaunt.

Das macht dem Arsch Spaß. Innocent atmete mehrere Sekunden lang aus, dann gab er sich einen Ruck. »Ja. Machen Sie den Bogen bereit. Wir holen unser Gepäck ...«

»Steht hinter dir, Preacher«, warf der Nuntius ein und bückte sich, um seine beiden Metallkoffer anzuheben, auf denen zahlreiche Dellen, Rillen und Vertiefungen zu sehen waren. »Wir können sofort los.« Er stapfte auf das Portal zu.

Ich habe das Gefühl, dass meine Pilgerreise erst beginnt. Mit einem sehr mulmigen Gefühl nahm Innocent sein glänzendes, brandneues Köfferchen aus dunkelgrauem Gron-Leder-Imitat. Er hatte verstanden, dass es um Vertrauen ging. Vertrauen zu sich, zu Gott und zu den Vorgesetzten, die von ihm verlangten, ins scheinbar leere All zu springen. Mit einem anderen Preacher an seiner Seite oder einem Nuntius, der eine saubere Akte hatte, wäre es einfacher gewesen.

Er sah Blacks breiten Rücken vor sich, den dreckigen Mantel, die verbeulten Metallkoffer. *Ein Söldner. So sieht er aus. Nicht wie ein Mann des Glaubens.*

Sie durchquerten die kleine Halle, liefen durch die Absperrungen und traten durch die Türen, die zum Trans-Matt-Bogen führten. Die Energie würde sie in ihre Atome zerlegen, mit Lichtgeschwindigkeit versenden und ...

... und dann vertraue ich auf den HERRN. Innocent ging an Black vorbei. »Lass mich vorgehen.«

»Ah. Du willst vor mir sterben.« Der Nuntius grinste breit und hatte noch Fleischreste zwischen den Zähnen. »Dann mal los.« Bezeichnenderweise wurde auf sein Nicken zur Kontrollkabine hin die Energie eingeschaltet.

Summend baute sich das Feld auf, durch das sie schreiten mussten.

»Frauen und Preacher mit lächerlichen Köfferchen zuerst. Du kannst auch singen, wenn dir das hilft.«

»Der HERR sei mit dir, Nuntius Civer Black. Wir sehen uns auf der anderen Seite.« Innocent White war sich bewusst, wie doppeldeutig sein Wunsch auszulegen war.

Lautlos betete er das Ave-Maria und konnte nicht verhindern, dass er die Augen schloss, als er vorwärtsging, aus der Zwiebel-BBQ-Wolke marschierte und in das Portal trat.

TO BE CONTINUED ...

GLOSSAR

AHUMANE — Bezeichnung für nichtmenschliche Rassen; früher »Außerirdische«

ALLROUNDER — Leichtes Gewehr

ALPHA — Tier mit menschlicher Intelligenz

ANCIENTS (auch: Uralte) — Nicht mehr existente Hochkultur, die lange vor den Menschen Raumfahrt betrieb und deren Relikte heiß begehrt sind

ANDROID/GYNOID — Bezeichnung für äußerlich menschengleiche männliche bzw. weibliche Roboter

ANTIGRAVITATIONSPULSATOR — Modul, das ähnlich einer Düse ein begrenztes Feld von geringer bis null Schwerkraft unter sich schafft

ANTI-KON — Terrororganisation gegen die Allmacht der Konzerne

ARCLIGHT — Laserpistole

ARIES LIGHTBRINGER — Lasergeschütz des Konzerns *Aries One*

AROMATA-SPENDER — Kleines Gerät mit Pillen, die den Geschmack eines Essens/Getränks verändern

ARSTAC — Tochterunternehmen von *KA* und *Hikma*, das sich auf Planetenerschließung und -ausbeutung spezialisiert hat

ARTCO INC. — Konzern, der interstellare Kunstausstellungen organisiert

AT LANTIS — Exklusives Luxusresort im ehemaligen Atlantik

AUGIE (eigentl. *augmented human*) — Individuen, die eine Genverbesserung an sich haben vornehmen lassen

BETA/BETAS (auch: Beta-Humanoide) — Tier-Mensch-Chimären ohne Rechte; werden speziell für Justifier-Einsätze gezüchtet

B'HAZARD MINING — Konzern, der sich auf Hochschwerkraft-Bergbau spezialisiert hat

BIOKOLUBRINE — Bolzenwaffe aus menschlichem Gewebe

BIOKOS — Tiersendung von *Everywhere Broadcasting*

BIOSCANNER — Einrichtung zum Aufspüren von Lebenssignalen

BLB-Lampe — Leuchtet durch biolumineszierende Bakterien

BOT — Kürzel für Roboter/Robot

BUYBACK — Summe, die ein Justifier seinem Konzern einbringen muss, um seine Freiheit zu erkaufen

C — Credit; Kunstwährung der *TTMS,* die härteste Währung in der Galaxie

CEO — Chief Executive Officer (Generaldirektor)

CHAMELEONSKIN — Hightech-Tarnanzug, der den Träger nahezu unsichtbar macht

CHEMICAL — Meist missgebildete Personen mit starken psionischen Fähigkeiten; oft geht die Missbildung auf den Missbrauch von genverändernden Medikamenten der Eltern während der Schwangerschaft/Zeugung zurück

CHIM — Abfälliger Begriff für Beta

CHOCFROG — Schokoriegel in Froschform

CHURCH OF STARS (CoS) — Zusammenschluss christlicher Konfessionen zur interstellaren Mission

CODECRACKER — Hightech-Gerät zum Datenhacken

COLLECTOR — Bedrohliche und technologisch weit überlegene Fremdrasse, die seit einigen Jahrzehnten Planeten der Menschheit an sich reißt, unter »Obhut« stellt und komplett von der Außenwelt abriegelt

COLLIE/COLLIES — Kürzel für Collector

CRYOGENKAMMER — Kabine, um Lebewesen tiefgekühlt aufzubewahren

CYBEROOS — Cyber-Tattoos, bei denen sich langsam verändernde Muster auf der Haut abgebildet werden

DAMN COLLIE, DIE! — Populäre Actionserie von *Everywhere Broadcasting*

DECKARD — Genialer Professor und Gründer des 2OT

DIPSTICK — *STPD Engineering*-Hubschrauber-Typ

DRIVER/CO-DRIVER — Geistwesen, die eine Symbiose mit höher entwickelten Lebewesen eingehen können; Menschen, die derart »besessen« sind, nennt man Co-Driver

EASTERN STARS — Indien, Pakistan, vereintes Korea, Japan, Taiwan und die Emirate

ELEKTROCLOTHS — Kleidungsstücke mit elektronischen Extras

ELEKTROSYNC-PAPIER — Dauerhaftes beschreib- und bedruckbares Kunststoffpapier mit elektrosynthetischen Funktionen

EMP — Elektromagnetischer (Im-)Puls

ENCLAVE LIMITED — Hersteller von Material für den Siedlungs- und Wohnungsbau

ENDOKRINER KRISTALL — Geheimnisvolles Material der *Ancients*

EPA — Abk. für Einmannpackung, militärische Feldration

EVAPORATOR — Blasterwaffe

EVERYWHERE BROADCASTING — Familienunternehmen, das Unterhaltungs- und Dokufilme produziert

(darunter *Damn Collie, die!* und *Desperate Housewives in Space*)

EXEC — Abk. für Executive Officer, hochrangiger Konzernmitarbeiter in leitender Funktion, bspw. als Gouverneur

EXO — Bezeichnung für Ahumane, Nichtmenschliche

FEC — Feudal European Coalition, bestehend aus Deutschland, Polen, Russland und England

FERROPLASTRIEMEN — Fesseln aus extrem hartem Plastik

FLAMMIFER — Flammenwerfer

FREEPRESS — Großer Nachrichtenkonzern

FULLCONTROL CORPORATION (FCC/FC) — Konzern, der auf Atom- und Biowaffen spezialisiert ist

GARDEURE — Bewaffnete Konzern-Truppen

GAUSS INDUSTRIES — Europäischer Forschungskonzern

GARDNER PHARMACEUTICAL — Pharmazeutik-Konzern

GeRuCa INSTITUTE — Konsortium staatlicher Wissenschaftsstandorte aus Deutschland, Russland und Kanada

GORGONENBAUM — Große fleischfressende Exoart von Atlas II

GUSA — Greater United States of America

GWA — Galaxy Workers Alliance, Gewerkschaft

HAHO — High altitude, high opening, militärisches Fallschirmsprungverfahren aus großer Höhe

HALO — Energieschirm zur Abwehr von Raketen und anderen Projektilwaffen

HARDBALL — Körperbetontes Spiel, Mischung aus Fußball, Rugby, Lacrosse und Catchen

HEAVIE — Menschen von Hochschwerkraftplaneten mit gedrungenem Wuchs und kräftiger Körpermuskulatur

HIKMA CORPORATION — Konzern im Besitz der IJAS; einstiger Vorreiter in Sachen Androiden, Kybernetik und Robotik sowie Profi in Sachen Ancient-Artefaktsuche

HIROSAMI TECH — Unabhängiger Kybernetik-Kon, der an Künstlicher Intelligenz und Robotik forscht

HOLE — Überschwere *United Industries*-Pistole

HOLO-KUBUS/3DCUBE/CUBE — Würfel, in dessen Inneres Filme und Bildaufzeichnungen in 3D projiziert werden. Es gibt verschieden große Modelle

IC — Identity Card, engl. für »Ausweis«, enthält allgemeine Angaben und biometrische Daten

IJAS — Indian Japanese Arabian Syndicate, ein Forschungskonsortium

INTERIM — mysteriöse und von ätzendem Schleim erfüllte Sphäre, die Schiffe mit Sprungtriebwerken überlichtschnell durchqueren können

INTERIM-SYNDROM — Krankheit nach zu vielen Interim-Sprüngen; viele Betroffene werden wahnsinnig

INTERRUN LTD — Privatunternehmen im Besitz eines misstrauischen Russen, das sprungunfähige Schiffe in ferne Sternensysteme befördert; verfügt höchstens über zwei oder drei gut bewaffnete Lotsenschiffe

JETPACK — Tragbare Antriebseinheit, mit der sich eine Person frei im Weltall bewegen kann

JUMP — Gesellschaftlich ausgegrenzter Nachkomme von Elternteilen mit Interim-Syndrom; Kennzeichen: granitfarbene Augäpfel; gelten als latente Psioniker

JUST — Justifier Universal Standard Device, implantiertes Kommunikationsgerät für Justifiers

KAWAII — (Jap.) Süß, liebenswert

KINGDOM OF ZULU (KoZ) — Rückständiges Reich, das sich komplett über Mittel- und Südafrika erstreckt und nach

seinem Herrscher benannt wurde: einem Albino und Psioniker

KNOWLEDGE ALLIANCE (KA) — Großer und wenig speziali-
sierter Konzern, der ursprünglich von den Eastern Stars
gegründet wurde, inzwischen unabhängig

KON-KRIEG — Krieg der Konzerne; mit Militär durchgeführt

KSP — Kurzstreckensprung

K-SPRAY — Wund- und Schmerzmittel

LES MAITRES — Exklusiver Parfumeur, Tochter von Romanow Inc.

LIGHTSPEAR — Lasergewehr

LSP — Langstreckensprung

LWA (LAST WILDLIFE ANIMAL) — Die letzten in freier Wild-
bahn geschossenen Tiere der Erde; Sammelobjekte

MACGUFFIN — Handlungsauslösendes Plot-Element ohne
eigene Bedeutung, bevorzugt beim Film

MEDICS — Bezeichnung für Sanitäter

MIRRORGEN SOLUTIONS — Kleiner Kon mit dem Schwer-
punkt auf Cryo-Technologie, Altersforschung und Gen-
manipulation

MOSC — Military Occupational Specialty Code, dient der de-
taillierten Beschreibung des Spezialgebiets eines Soldaten,
ist bei den meisten Konzernen 9-stellig und endet mit dem
Kürzel des Konzerns

MOWER — Schwere Maschinenpistole

MOZAMBIQUE DRILL — Bezeichnung für ein spezielles Pis-
tolenkampfmanöver, das einen Aggressor stoppen soll

MULTIBRILLE — Multifunktionsbrille

MULTIBOX — Multifunktionsgerät aus Kom, Uhr, Speicher-
medium, Kalender, Telefonbuch etc. Wird üblicherweise
wie eine Armbanduhr am Handgelenk getragen

NADLER — Schusswaffe, die Pfeile oder nadelförmige Projektile verschießt; gut geeignet gegen engmaschige Körperpanzerungen

NITRAZIT — Markenname eines starken Hypnotikums (Schlafmittels) aus der Gruppe der Benzodiazepine

NOE — Nap of the earth, Tiefflug noch unterhalb des Konturenflug-Niveaus

NONCOM — Non-commissioned officer, Unteroffizier

NOTE-PAD — Kleincomputer, ungefähr DIN-A6 groß

ORDER OF TECHNOLOGY (2OT) — Orden mit dem Ziel der Abschaffung des anfälligen menschlichen Körpers

PACIFIER — Auch *United Industries Pacifier3000*, moderne Schwere Pistole

PATRIOT — *United Industries*-Maschinenkanone

PHONESTICK — Moderne Form eines Mobiltelefons

PLAYCUBE — Spielekonsole

PILOTPET — Starre Laserkanone, die meist bei Raumjägern Verwendung finden

PRAWDA — Schwere Pistole, die gemäß der russischen Waffentradition nahezu unzerstörbar ist

PSIONIKER — Menschen, die über Geisteskräfte verfügen, auch Hexer genannt

PULSATOR — Modul, das ein Feld ohne Schwerkraft erzeugt

R&D — Research and Development, engl. für Forschung und Entwicklung

RACER — Antriebssystem (*STPD-Racer*: hoffnungslos veraltet, aber noch immer weit verbreitet)

REPEATER — Sturmgewehr

REPULSOR-KANONE — modernes Geschütz, das seine Projektile mittels Grav-Generatoren beschleunigt

RESPIRATOR — Atemmaske

RESTLESS — »Mildes« Aufputschmittel in Tablettenform

RETINA-SCAN — Biometrische Technik, die darauf beruht, dass die Struktur der Netzhaut eines jeden Menschen einzigartig ist

ROBIN — Kleiner Orbitalgleiter von *United Industries*

ROMANOW INC. — Ein Luxus-Kon, der sich auf Metallveredlung, Kunstdiamanten und Lasertechnologie spezialisiert hat

ROYAL RAIDERS — Weltraumpiraten aus europäischen Adelshäusern

SAMARITER — Abfällige Bezeichnung für Collector

SCHMIERAFFE, SCHRAUBENDREHER — (Ugs.) Mechaniker

SIGNUM VZ2 — Mittelschwere *United Industries*-Pistole

SILVERMAN & SONS — Privatbank

SMAG — Billiges Speichermedien-Abspielgerät von *United Industries*

SONS OF ANCIENTS (SoA) — Nordafrikanischer Staatenbund, bestehend aus Tunesien, Algerien, Marokko, Libyen, Mauretanien und dem Königreich Ägypten

SPEED-AIR-RENNEN — Moderne Form der Formel Eins

SPOTLIGHT — Äquivalent einer Super-Maglite

S-STAR — *United Industries*-Granatwerfer

STARBEAM — *United Industries*-Laserpistole

STARLOOK — Nachrichtensender

STELLAR EXPLORATION (SE) — Tochterunternehmen der *KA*; Konzern, der auf Planetenerkundung und -verkauf spezialisiert ist

STELLARWEB — Das interstellare Internet

STELLAR VOICE RADIO (SVR) — Ermöglicht Kommunikation quasi ohne Lightlag; benötigt riesige Sende- und Empfangsstationen

STERNENREICH (SR) — Großer Konzern der FEC

STERNENSTAHL — Metalllegierung aus Titan, die zunehmend Ultrastahl ablöst

STPD ENGINEERING — Einer der großen Verlierer in den Konzernkriegen; spezialisiert auf Antriebs- und Navigationssysteme

STPD-Racer — Veraltetes, aber immer noch verbreitetes Antriebssystem

STRONTIUM 90 — Hochreaktives Flüssigmetalloid, das als Antriebsmittel bei Sprungtriebwerken Verwendung findet

STYLICOUS — Modemagazin im StellarWeb

SUPERSOLDIER/SUPRAKRIEGER — Genetisch oder medikamentös verbesserte Soldaten, meistens Gardeure; heute sind die dafür verwendeten Medikamente illegal

SVEEPER — Leichte Maschinenpistole

SVR — Stellar Voice Radio, sehr seltene und sehr teure Kommunikationsanlage, die Direktkontakt über weite Strecken ermöglichen kann

SWIPECARD — Plastikkarte mit Chip, z.B. als Schlüssel für Hotelzimmer etc.

SYNTHGIPS — Moderne Form der Gipskartonwand

TAB-SHEET — Millimeterdünne Folie, die wie Papier beschrieben und auf der Dokumente gespeichert werden können

TAU CETI PRIME — Ältester unabhängiger Konzern und größter Produzent von Nahrungsmitteln

TECHPSIONIKER — Mensch, der Technik mit Psi-Kraft steuern kann

TERRACOIN (kurz: TOIS) — Interstellare Währung

TERRA TRANSMATT SPECIALITIES (TTMS) — Ein gewaltiger Konzern mit TransMatt-Monopol

TETHYS — Kleinste Korvetten-Klasse

TOI — Währung

TOUCHPAD — Moderner Computer mit Holo-Display, Folienbildschirm

TRIPLE A — Ein Hackertool der *Knowledge Alliance;* der Name ist abgeleitet von »Access All Areas«

T-STAR — *United Industries*-Unterlauf-Granatwerfer

ULTRALEICHT — Leicht transportables Einmann-Fluggerät

ULTRASTAHL — Speziallegierung für Raumschiffe; das Minimum, mit dem man den Gefahren des Alls entgegentreten sollte

UNIEX3 — *United Industries*-Multitool

UNITED INDUSTRIES (UI) — Junger Konzern, der an Waffentechnologien und Körperpanzerungen forscht

VELOC — Schweres Gewehr

VERSATILE XP — Altmodische schwere Pistole ohne elektronischen Schnickschnack

VERSUCCI — Nobel-Marke

VHR — Vereinte Humane Raumfahrtnationen, eine Art UNO-Ersatz fürs Weltall

WENG-HO-CLAN — Aus China stammender Verbrecherclan

WONGAWONGA! — Mysteriöse Bank, die sich unterschicht- und betafreundlich gibt

XENAN — Katalysator für den Treibstoff Xerosin

XEROSIN — Gängiger Raumschiff-Kraftstoff, ausgelegt für Negativtemperaturen

XTREME — Aufputschmittel, das auch als Droge kursiert

REIHENVERZEICHNIS

ALLE ROMANE AUS
MARKUS HEITZ' SPACE-FICTION-UNIVERSUM
BEI HEYNE

www.justifiers.de

Markus Heitz
COLLECTOR

Wir schreiben das Jahr 3042. Die Menschheit ist ins Weltall aufgebrochen und große, multinationale Konzerne treiben mit Macht und viel Geld die Eroberung der Galaxis voran – bis man auf eine geheimnisvolle außerirdische Spezies trifft: die Collectors. Eine Spezies, der selbst die härteste Spezialeinheit der Konzerne, die Justifiers, scheinbar machtlos gegenübersteht ...

Die Fortsetzung von COLLECTOR erscheint voraussichtlich 2013 im Heyne Verlag.

Markus Heitz wurde 1971 in Homburg geboren, studierte an der Universität des Saarlands, arbeitete lange Jahre als Journalist und ist heute einer der erfolgreichsten deutschen Phantastik-Autoren. Seine Romane »Die Zwerge«, »Ritus« und »Die Legenden der Albae« standen monatelang auf den Bestsellerlisten. Mit »Collector« hat Markus Heitz das Tor zu seinem JUSTIFIERS-Universum geöffnet.

Christoph Hardebusch
MISSING IN ACTION

Sein erster Auftrag führt Leutnant Owens und sein Justifiers-Team auf einen neuen Planeten, wo es zur Katastrophe kommt. Ein Justifier nach dem anderen verschwindet auf mysteröse Weise. Sind es intelligente Aliens, die ihnen so feindlich gesonnen sind, oder verbirgt sich hinter den Angriffen eine noch schrecklichere Wahrheit?

Christoph Hardebusch, geboren 1974 in Lüdenscheid, studierte Anglistik und Medienwissenschaft in Marburg und arbeitete anschließend als Texter bei einer Werbeagentur. Seit »Die Trolle« und »Sturmwelten« ist er als freischaffender Autor tätig. Er lebt und arbeitet in Heidelberg.

Lena Falkenhagen
UNDERCOVER

Wenn eine ganz gewöhnliche Mission schiefgeht, wenn Freunde zu Feinden werden, wenn eine interplanetare Verschwörung deine Existenz bedroht – wird es Zeit, zu drastischen Mitteln zu greifen! Justifier Eliza muss ihr Leben mehr als einmal aufs Spiel setzen, um korrupten Konzernen das Handwerk zu legen und die Zukunft des Planeten zu sichern.

Lena Falkenhagen, geboren 1973, gestaltet seit über einem Jahrzehnt als Redakteurin Aventuriens die größte phantastische Rollenspielwelt Deutschlands mit. Daneben schreibt Lena Falkenhagen historische und phantastische Romane und Kurzgeschichten. Die Autorin lebt in Hannover.

Thomas Finn
MIND CONTROL

In der Welt der Justifiers ist das Reisen mit Überlichtgeschwindigkeit mit vielen Gefahren verbunden. Für manche Menschen haben die Sprünge durch Raum und Zeit jedoch ganz besondere Konsequenzen – sie erlangen besondere psionische Kräfte und werden zur Zielscheibe von Anschlägen und Intrigen. Und die Justifiers haben mal wieder alle Hände voll zu tun ...

Thomas Finn, 1967 in Evanston/Chicago geboren, wuchs in Deutschland auf. Die Fantasy hat ihn zum Schreiben gebracht – zunächst als Autor von Fantasy-Rollenspielpublikationen, später kamen auch Theaterstücke, Drehbücher sowie ein gutes Dutzend phantastische Romane hinzu. Thomas Finn lebt und arbeitet in Hamburg.

Nicole Schuhmacher
ZERO GRAVITY

Auf das Team der Justifiers wartet einer ihrer bis dahin gefährlichsten Aufträge. Sie sollen auf einem einsamen Vorposten eines Konzerns nach dem Rechten sehen, denn die Station hat jeden Kontakt eingestellt. Zwar sind sie bereits auf einiges gefasst – aber was den Justifiers auf Holloway II tatsächlich begegnet, übertrifft ihre schlimmsten Albträume ...

Nicole Schuhmacher, Jahrgang 1966, ist Diplomsoziologin mit Interessenschwerpunkt Militärsoziologie und seit ihrer Kindheit angetan von phantastischer Literatur. Beim gemeinsamen Fabulieren mit Markus Heitz hat sie das Schreiben entdeckt. Sie lebt und arbeitet im Saarland.

Boris Koch
SABOTAGE

Der Forschungsbeauftragte eines Großkonzerns verschwindet scheinbar spurlos und mit ihm ein mysteriöser, schwarzer Koffer. Es beginnt ein Wettrennen zwischen den Mächtigen, jeder will der Erste sein, der den Verschwundenen aufspürt. Schließlich werden die Justifiers eingeschaltet, um das Problem zu lösen, doch die finden sich plötzlich auf einem abgelegenen Planten wieder, wo sie es mit äußerst aggressivem Grünzeug, Mafiakillern und einem Verräter in den eigenen Reihen zu tun bekommen …

Boris Koch, Jahrgang 1973, studierte Alte Geschichte und Neuere Deutsche Literatur in München und lebt heute als freier Autor in Berlin. Zu seinen Veröffentlichungen gehören der mit dem Hansjörg-Martin-Preis ausgezeichnete Jugendkrimi »Feuer im Blut« sowie die »Drachenflüsterer«-Trilogie.

Daniela Knor
OUTCAST

Noch ahnt an Bord niemand, dass die Besatzung von Weltraumpiraten infiltriert wurde, die nur ein Ziel verfolgen: eine Meuterei. Als der Transporter dann auch noch von feindlichen Kampfverbänden gejagt wird, kommt es tatsächlich zum Aufstand und das Raumschiff landet auf einem abgelegenen Planeten. Doch die anfängliche Freude der Rebellen verwandelt sich bald in Furcht, denn statt der ersehnten Freiheit erwarten sie auf dem Planeten die Justifiers …

Daniela Knor, geboren 1972 in Mainz, studierte Geschichte, Psychologie und Literaturwissenschaft und hat bereits mehrere phantastische Romane unter anderem für das Rollenspieluniversum Das Schwarze Auge veröffentlicht. Sie arbeitet als freiberufliche Autorin und lebt mit ihrem Mann und ihrem Hund in Mainz.

Thomas Plischke
AUTOPILOT

Überall in der Galaxis hat sich die Menschheit ausgebreitet. Es gibt allerdings einen Ort, der selbst für die Reichen und Schönen des Universums scheinbar unerreichbar ist: das Luxusresort At Lantis. Doch dann erschüttert eine Mordserie die Idylle, die einen Meisterdetektiv, Terroristen und jede Menge Ärger auf den Plan ruft, und die Justifiers haben wieder alle Hände voll zu tun …

Thomas Plischke hat sich in der deutschen Phantastik bereits mit der Saga Die Zerrissenen Reiche *sowie mit* Die Zombies *einen Namen gemacht, bevor er in die entfernten Sternsysteme des Justifiers-Universums aufbrach. Thomas Plischke lebt in Hamburg.*

Maike Hallmann
HARD TO KILL

Für viele Justifiers ist Freiheit ein Fremdwort, sind sie doch durch Knebelverträge an die großen Konzerne gebunden. Doch für zwei von ihnen winkt nach einem letzten Transport die Freiheit – bis ihre Fracht, eine gefährliche Kreatur, mitten im All ausbricht und die halbe Crew tötet. Und plötzlich geht es nicht mehr nur um Freiheit, sondern um das nackte Überleben …

Maike Hallmann wurde 1979 in Hamburg geboren. Sie studierte Germanistik und begann nach ihrem Abschluss als freie Autorin in ihrer Geburtsstadt Hamburg zu arbeiten. Sie hat u. a. einen Jugendkrimi, diverse Kurzgeschichten und mehrere Shadowrun-Romane veröffentlicht, bevor sie mit »Die Feen« ihr erstes großes Fantasy-Epos schrieb. Die Autorin lebt mit ihrer Familie in Hamburg.

Christian von Aster
ROBOLUTION

Der Planet Coppola II ist eigentlich ein vom Rest der Galaxis unbeachteter High-Tech-Schrottplatz. Doch im Geheimen werden hier mit Billigung des mächtigen Order of Technology illegale Experimente mit Robotern und künstlichen Intelligenzen gemacht. Und nun verlangen diese Maschinen ihr Recht auf Freiheit – notfalls mit Gewalt.

Christian von Aster, Jahrgang 1973, hat Germanistik und Kunst studiert. Bereits früh hat er mit dem Schreiben und der Veröffentlichung von zahlreichen phantastischen Kurzgeschichten und Romanen begonnen. Zusammen mit Boris Koch und Markolf Hoffman veranstaltet Christian von Aster die Phantastik-Lesereihe Stirnhirnhinterzimmer *in Berlin.*

Susan Schwartz
UNUSUAL SUSPECTS

Sergeant Orloff Holden und seine Justifiers sind ein eingeschworenes Team. Ihre Spezialität ist die Installation von TransMatt-Portalen überall in der Galaxis. Umso überraschter sind sie, als sie plötzlich Babysitter für die Raumbarke eines Botschafters spielen sollen. Doch kaum sind sie auf dem fremden Planeten angekommen, fangen die Probleme erst an – denn sowohl die Bewohner als auch der Botschafter verfolgen ganz eigene, verdächtige Pläne ...

Susan Schwartz, 1961 in München geboren, hat bereits für Das Schwarze Auge *und* Perry Rhodan *geschrieben und zahlreiche Fantasy- und Science-Fiction-Romane veröffentlicht. Sie lebt und arbeitet in Markt Rettenbach.*

John Scalzi

Ausgezeichnet als bester Science-Fiction-Autor des Jahres

In ferner Zukunft wird der interstellare Krieg mit scheinbar bizarren Mitteln geführt: Für die Verteidigung der Kolonien weit draußen im All werden nur alte, betagte Menschen rekrutiert. Menschen wie John Perry, der mit fünfundsiebzig noch einmal einen neuen Anfang machen will – und nicht ahnt, dass das größte Abenteuer seines Lebens auf ihn wartet ...

978-3-453-52267-1

Krieg der Klone
978-3-453-52267-1

Geisterbrigaden
978-3-453-52268-8

Die letzte Kolonie
978-3-453-52442-2

Zwischen den Sternen
978-3-453-52561-0

Der wilde Planet
978-3-453-53399-8